U0103260

中國文學史參考作品選（上）

黃文吉　主編

丁原基　徐麗霞
周彥文　黃文吉　合注
周益忠　馮永敏

臺灣學生書局印行

序

「中國文學史」這門課，自清光緒三十年（一九〇四）由京師大學堂開設以來，迄今已經將近百年的歷史。這門課對研究中國文學的學生而言，可說非常重要，它能幫助學生瞭解整個中國文學的演進歷程，認識各種文體的興衰流變，熟悉各時代的文風、作家及其創作成就，因此它一直被列為大學中國文學系的必修科目。

然而學生在修習這門課時，如果沒有多閱讀中國文學作品為基礎，恐怕所獲得的知識會流於空疏，無法深入到學問的底層。以個人從事中國文學史教學的經驗，常面臨的一種困擾，就是引用作品當例證時，學生往往還須依賴老師講解，如此不僅影響教學進度，教學成效也大打折扣。

為了解決這種困擾，個人過去曾呼籲國內學界，將講授中國文學史經常引用的作品，編成一套「中國文學史參考作品選」，對於作品中較難懂之處加以注解，以供學生課外閱讀，如此配合中國文學史講授，必有事半功倍之效。

這個意見提出之後，許多在大學中文系擔任中國文學史課程的教授，也都頗表贊同。臺灣學生書局多年來在支援中國文學史教學上不遺餘力，如出版葉慶炳先生所撰的《中國文學史》，羅聯添先生所編的《中國文學史論文選集(一)—(四)、續編》等，皆有其貢獻。此次承蒙該書局的邀請，及丁原基、周彥文、周益忠、徐麗霞、馮永敏等五位教授的通力合作，才有機會將構想付諸實現。

本書編纂最主要的目的，是幫助學生增廣閱讀中國文學原著，以厚植修習中國文學史課程的根基，因此在選文方面，特別考慮目前國內最常用的三本中國文學史教材，即劉大杰撰《中國文學發展史》（華正書局）、葉慶炳撰《中國文學史》（臺灣學生書局）、王忠林等教授合撰《增訂中國文學史初稿》（福記文化圖書公司），將這三本教材所引用的作品擇要、增補彙編而成。

我們爲了解決學生自行閱讀原著的障礙，對於每一篇作品較艱深的字、詞、句都加以注釋，注釋力求簡明扼要，易讀易懂，不作版本異文考證，不臚列各種說法，不直引典故出處原文，以避免繁瑣而降低學生閱讀原著的興趣。

總之，中國文學史綿亙三千多年，其中作品浩如煙海，即使名篇佳作也汗牛充棟，難以遍讀。但我們希望透過本書，讓學生在有限的時間內嘗鼎一臠，將中國文學史所引用的作品作有系統的閱讀，如此不僅修習中國文學史課程能直接受惠，對於進一步研究中國文學亦可產生極大的助力。我們在從事中國文學史教學工作之餘，同心協力完成此書，雖然曾參酌許多前人的成果，儘量追求完善，但由於涵蓋範圍甚廣，疏漏之處恐在所難免，也請讀者及方家不吝指教。

民國八十八年八月　黃文吉謹誌於

國立彰化師範大學國文系

中國文學史參考作品選

目次

序……I
壹、神　話……一
1.夸父逐日……一
2.精衛塡海……一
3.女媧補天……二
4.羿射九日……二
5.大禹治水(一)……三
6.大禹治水(二)（《山海經·大荒北經》）……四
貳、殷商文學……五
一、卜辭……五
1.卜辭(一)……五
2.卜辭(二)……五
3.卜辭(三)……五
二、易經……六
1.屯六二、上六……六
2.賁六四……六
3.歸妹上六……七
4.明夷初九……七
參、周　詩……九
一、祭祀詩……九
1.周　頌　豐年……九
2.周　頌　維天之命……九
二、宴會田獵詩……一〇
1.小　雅　鹿鳴……一〇
2.小　雅　車攻……一一
三、史詩……一二
1.大　雅　緜……一二

四、社會詩……一五
1.魏　風　伐檀……一五
2.大　雅　瞻卬（節選）……一六
3.小　雅　何草不黃……一六
4.王　風　黍離……一七
5.小　雅　十月之交（節選）……一八
五、情歌小曲……一八
1.魏　風　十畝之閒……一八
2.召　南　野有死麕……一九
3.鄭　風　狡童……一九

肆、先秦散文……二一
一、歷史散文……二一
1.尚　書　大誥（節選）……二一
2.春　秋　桓公二年……二二
3.左　傳　燭之武退秦師……二三
4.國　語　召公諫厲王止謗……二四
5.戰國策　鄒忌諷齊王納諫……二五
二、哲理散文……二七
1.老　子　八十章……二七
2.論　語　侍坐……二七
語錄五則……三〇
3.墨　子　非攻（上）……三〇
4.孟　子　王何必曰利……三二
齊人有一妻一妾……三二
5.莊　子　逍遙游（節選）……三三
6.荀　子　天論（節選）……三七
7.韓非子　五蠹（節選）……三九

伍、楚　辭……四三
1.屈　原　橘頌……四三
湘君……四四
國殤……四六
離騷（節選）……四七
哀郢……五二
2.宋　玉　九辯（節選）……五五

陸、秦代文學……五七

1. 荀　子　禮賦……五七
　成相辭（節選）……五八
2. 李　斯　泰山刻石文……六〇

柒、漢賦及其流變……六一
一、形成期……六一
1. 賈　誼　鵩鳥賦……六一
2. 枚　乘　七發（節選）……六四
二、全盛期……六八
1. 司馬相如　子虛賦（節選）……六八
2. 王　褒　洞簫賦（節選）……七三
三、模擬期……七五
1. 揚　雄　甘泉賦并序（節選）……七五
2. 班　固　東都賦（節選）……七八
四、轉變期……八一
1. 張　衡　歸田賦……八一
2. 趙　壹　刺世疾邪賦……八二
五、魏晉期……八五
1. 曹　植　洛神賦（節選）……八五
2. 王　粲　登樓賦……八八
3. 孫　綽　遊天台山賦（節選）……九〇
4. 陶淵明　歸去來辭並序……九三
六、南北朝期……九五
1. 鮑　照　蕪城賦……九五
2. 江　淹　別賦……九八
3. 庾　信　哀江南賦并序（節選）……一〇三
七、唐宋期……一〇八
1. 杜　牧　阿房宮賦……一〇八
2. 歐陽修　秋聲賦……一一〇

捌、漢代散文……一一三
一、史記……一一三
1. 項羽本紀（節選）……一一三
2. 留侯世家（節選）……一二二
3. 魏公子列傳（節選）……一二三
4. 游俠列傳（節選）……一二七
二、漢書……一三〇
1. 蘇武傳（節選）……一三〇

2.朱買臣傳……一三五
三、政論文……一三七
1.賈　誼　論積貯疏……一三七
2.鼂　錯　言兵事書……一三九
四、文論……一四二
1.王　充　論衡　自紀(節選)……一四二
玖、漢代詩歌……一四九
一、貴族文人詩……一四九
1.漢高祖　大風歌……一四九
2.梁　鴻　五噫歌……一四九
3.張　衡　四愁詩(四首之一)……一五〇
二、樂府民歌……一五〇
1.戰城南……一五〇
2.十五從軍征……一五一
3.東門行……一五一
4.婦病行……一五二
5.孤兒行……一五三
6.有所思……一五四
7.上邪……一五四
三、五言詩……一五五
1.班　固　詠史……一五五
2.秦　嘉　贈婦詩(三首之一)……一五五
四、古詩十九首……一五六
1.行行重行行……一五六
2.迢迢牽牛星……一五六
3.廻車駕言邁……一五七
4.生年不滿百……一五七
五、敘事詩……一五八
1.上山采蘼蕪……一五八
2.蔡　琰　悲憤詩……一五八
3.孔雀東南飛……一六〇
拾、魏晉文學理論……一六七
1.曹　丕　典論　論文……一六七
2.陸　機　文賦(節選)……一七〇
3.葛　洪　抱朴子　鈞世篇……一七五

拾壹、魏晉詩歌……一七九
一、建安時期……一七九
1. 曹　操　蒿里行……一七九
短歌行（二首之一）……一八〇
步出夏門行（五首之四）……一八一
2. 曹　丕　燕歌行……一八二
雜詩（二首之一）……一八三
3. 曹　植　吁嗟篇……一八三
七哀……一八四
贈白馬王彪並序（七首之三）……一八五
贈白馬王彪並序（七首之四）……一八五
4. 王　粲　七哀詩（三首之一）……一八六
5. 劉　楨　贈五官中郎將（四首之三）……一八七
6. 陳　琳　飲馬長城窟行……一八七
7. 阮　瑀　駕出北郭門行……一八九
二、正始時期……一八九
1. 阮　籍　詠懷（八十二首之一）……一八九
詠懷（八十二首之三十二）……一九〇
2. 嵇　康　贈秀才入軍（十八章之九）……一九一
酒會詩（七首之一）……一九一
三、太康時期……一九二
1. 張　華　情詩（五首之五）……一九二
2. 潘　岳　悼亡詩……一九三
3. 左　思　詠史（八首之五）……一九四
雜詩……一九五
4. 陸　機　赴洛道中（二首之二）……一九五
5. 張　協　雜詩（十首之一）……一九六
四、永嘉時期……一九七
1. 劉　琨　答盧諶（節選）……一九七
扶風歌……一九七
2. 郭　璞　遊仙詩（十四首之一）……一九八
遊仙詩（十四首之三）……二〇〇
五、晉末時期……二〇〇
1. 陶淵明　始作鎮軍參軍經曲阿作……二〇〇
歸田園居（五首之一）……二〇一
歸田園居（五首之三）……二〇二
飲酒詩（二十首之五）……二〇二

雜詩（十二首之一）……二〇三
挽歌詩（三首之三）……二〇三

拾貳、南北朝文學理論……二〇五

1. 沈　約　宋書　謝靈運傳論……二〇五
2. 劉　勰　文心雕龍　情采……二〇九
文心雕龍　時序（節選）……二一二
3. 鍾　嶸　詩品序（節選）……二一六

拾參、南北朝民歌……二一九

一、吳歌……二一九
1. 子夜歌……二一九
2. 子夜四時歌……二一九
3. 大子夜歌……二二〇
4. 讀曲歌……二二〇
5. 華山畿……二二一

二、西曲……二二一
1. 三洲歌……二二一
2. 那呵灘……二二二
3. 西洲曲……二二二

三、北方民歌……二二三
1. 敕勒歌……二二三
2. 李波小妹歌……二二三
3. 折楊柳歌……二二四
4. 捉搦歌……二二四
5. 瑯琊王歌……二二四
6. 企喻歌……二二五
7. 地驅樂歌……二二五
8. 木蘭詩……二二五

拾肆、南北朝與隋代詩歌……二二七

一、南朝詩歌……二二七
1. 顏延之　五君詠（五首之一）……二二七
2. 謝靈運　登池上樓……二二八
石壁精舍還湖中作……二二九
3. 鮑　照　擬行路難（十八首之四）……二三〇
梅花落……二三〇
4. 謝　朓　之宣城郡出新林浦向板橋……二三一

晚登三山還望京邑……二三二

5.梁武帝　白紵辭……二三三

6.簡文帝　愁閨晚鏡……二三三

7.何　遜　慈姥磯……二三四

8.吳　均　發湘州贈親故別……二三四

9.陰　鏗　晚出新亭……二三五

10.徐　陵　秋日別庾正員……二三五

二、北朝詩歌……二三六

1.胡太后　楊白花……二三六

2.王　褒　渡河北……二三七

3.庾　信　擬詠懷(二十七首之十)……二三七

重別周尙書……二三八

三、隋代詩歌……二三九

1.楊　素　山齋獨坐贈薛內史……二三九

2.薛道衡　人日思歸……二三九

昔昔鹽……二四〇

3.盧思道　從軍行……二四一

4.隋煬帝　春江花月夜……二四二

拾伍、魏晉南北朝小說……二四三

一、志怪小說……二四三

1.列異傳　宗定伯捉鬼……二四三

2.搜神記　阮瞻持無鬼論……二四四

李寄斬蛇……二四四

3.續齊諧記　陽羨書生……二四六

二、志人小說……二四七

1.語　林　王子猷愛竹……二四七

魏武帝眠中殺人……二四八

2.世說新語　劉伶病酒……二四八

王子猷居山陰……二四九

石崇每要客燕集……二四九

王藍田性急……二五〇

拾陸、魏晉南北朝文……二五一

1.孔　融　論盛孝章書……二五一

2.嵇　康　與山巨源絕交書……二五三

3.吳　均　與宋元思書……二五九

4.陶宏景　答謝中書書……二六〇
5.酈道元　水經　江水注（節選）……二六一
6.楊衒之　洛陽伽藍記　法雲寺（節選）……二六二

拾柒、初唐詩歌……二六五

一、樸質詩人……二六五
1.王　績　野望……二六五
2.王梵志　吾有十畝田……二六五
3.寒山子　閑自訪高僧……二六六

二、初唐四傑……二六六
1.王　勃　送杜少府之任蜀川……二六六
2.盧照鄰　長安古意……二六七
3.駱賓王　易水送別……二七〇
在獄詠蟬……二七一
4.楊　烱　從軍行……二七一

三、律體運動……二七二
1.沈佺期　古意呈喬補闕知之……二七二
2.宋之問　渡吳江別王長史……二七二
3.杜審言　和晉陵陸丞早春遊望……二七三

四、復古運動……二七四
1.陳子昂　感遇（三十八首之二）……二七四
登幽州臺歌……二七四

拾捌、盛唐詩歌……二七五

一、自然詩……二七五
1.王　維　鹿柴……二七五
鳥鳴磵……二七五
送元二使安西……二七六
終南別業……二七六
酬張少府……二七六
渭川田家……二七七
2.孟浩然　臨洞庭贈張丞相……二七七
歲暮歸南山……二七八
過故人莊……二七八
3.儲光羲　田家雜興（八首之八）……二七九

二、邊塞詩……二八〇
1.岑　參　走馬川行奉送封大夫出師西征……二八〇

火山雲歌送別……………………二八一
逢入京使…………………………二八一
2.高　適　燕歌行并序……………二八二
營州歌……………………………二八三
3.李　頎　古從軍行………………二八三
4.崔　顥　黃鶴樓…………………二八四
5.王昌齡　出塞（二首之一）……二八五
從軍行（七首之五）……………二八五
閨怨………………………………二八五
6.王之渙　出塞……………………二八六
7.王　翰　涼州詞…………………二八六
三、浪漫詩……………………………二八七
1.李　白　子夜吳歌　秋歌（四首之三）二八七
少年行（二首之一）……………二八七
蜀道難……………………………二八七
獨坐敬亭山………………………二八九
早發白帝城………………………二八九
黃鶴樓送孟浩然之廣陵…………二八九
戰城南……………………………二九〇
宣州謝脁樓餞別校書叔雲………二九〇
四、社會詩……………………………二九一
1.杜　甫　兵車行…………………二九一
麗人行……………………………二九二
春望………………………………二九三
石壕吏……………………………二九四
垂老別……………………………二九四
登高………………………………二九五
登岳陽樓…………………………二九五
茅屋爲秋風所破歌………………二九六
秋興（八首之一）………………二九六

拾玖、中唐詩歌

拾玖、中唐詩歌………………………二九九
一、自然詩……………………………二九九
1.劉長卿　逢雪宿芙蓉山主人……二九九
送靈澈上人………………………二九九
2.韋應物　滁州西澗………………三〇〇
寄李儋元錫………………………三〇〇
3.柳宗元　江雪……………………三〇〇

漁翁……………………………………………………三〇一
二、社會詩…………………………………………………三〇一
1.李　益　夜上受降城聞笛…………………………三〇一
2.盧　綸　逢病軍人………………………………三〇二
3.戴叔倫　女耕田行………………………………三〇二
4.張　籍　築城詞…………………………………三〇三
賈客樂…………………………………三〇三
離婦……………………………………三〇四
5.白居易　輕肥……………………………………三〇五
買花……………………………………三〇五
杜陵叟…………………………………三〇六
長恨歌…………………………………三〇七
6.元　稹　田家詞…………………………………三一〇
聞樂天授江州司馬……………………三一〇
三、奇險冷僻詩……………………………………………三一一
1.孟　郊　秋夕貧居述懷…………………………三一一
織婦詞…………………………………三一一
2.韓　愈　山石……………………………………三一二
左遷至藍關示侄孫湘…………………三一二
早春呈水部張十八員外（二首之二）……………………三一三
3.賈　島　題李凝幽居……………………………三一三
送無可上人……………………………三一四
四、奇詭穠麗詩……………………………………………三一四
1.李　賀　金銅仙人辭漢歌并序…………………三一四
將進酒…………………………………三一五
南園（十三首之十三）……………………三一六

貳拾、晚唐詩歌

貳拾、晚唐詩歌……………………………………………三一七
一、華美詩…………………………………………………三一七
1.杜　牧　遺懷……………………………………三一七
過華清宮絕句（二首之一）………………三一七
泊秦淮…………………………………三一八
山行……………………………………三一八
2.李商隱　無題……………………………………三一八
嫦娥……………………………………三一九
花下醉…………………………………三一九
賈生……………………………………三一九

錦瑟……三二〇
登樂遊原……三二一
二、社會詩……三二一
1.皮日休　橡媼嘆……三二一
2.聶夷中　詠田家……三二二
3.杜荀鶴　山中寡婦……三二三

貳拾壹、唐代古文

貳拾壹、唐代古文……三二五
1.韓　愈　進學解……三二五
送李愿歸盤谷序……三二九
2.柳宗元　蝜蝂傳……三三〇
鈷鉧潭西小丘記……三三一
3.陸龜蒙　野廟碑……三三三

貳拾貳、唐傳奇及變文

貳拾貳、唐傳奇及變文……三三七
1.沈既濟　枕中記……三三七
2.白行簡　李娃傳……三四〇
3.蔣　防　霍小玉傳……三四九
4.陳　鴻　長恨傳……三五七
5.杜光庭　虬髯客傳……三六一
6.敦煌變文　降魔變文（節選）……三六七

貳拾參、唐五代詞

貳拾參、唐五代詞……三七七
1.李　白　菩薩蠻……三七七
2.張志和　漁歌子……三七七
3.戴叔倫　調笑令……三七八
4.白居易　憶江南……三七八
5.敦煌曲子詞　望江南……三七九
鵲踏枝……三七九
6.溫庭筠　菩薩蠻……三七九
更漏子……三八〇
7.韋　莊　菩薩蠻……三八〇
女冠子……三八一
8.李　璟　攤破浣溪沙……三八一
9.馮延巳　蝶戀花……三八二
謁金門……三八二
10.李　煜　玉樓春……三八二
相見歡……三八三

浪淘沙……三八三
虞美人……三八四

貳拾肆、北宋詞……三八五

1. 范仲淹 漁家傲……三八五
2. 晏　殊 踏莎行……三八五
　蝶戀花……三八六
3. 歐陽修 踏莎行……三八六
　生查子……三八七
4. 晏幾道 臨江仙……三八七
　鷓鴣天……三八八
5. 張　先 天仙子……三八八
6. 柳　永 望海潮……三八九
　雨霖鈴……三八九
　蝶戀花……三九〇
7. 蘇　軾 水調歌頭……三九〇
　念奴嬌……三九一
　臨江仙……三九二
　江城子……三九二
8. 黃庭堅 鷓鴣天……三九三
9. 秦　觀 滿庭芳……三九三
　踏莎行……三九四
10. 賀　鑄 青玉案……三九五
11. 周邦彥 蘭陵王……三九五
　六醜……三九六
12. 李清照 醉花陰……三九七
　武陵春……三九七
　聲聲慢……三九八

貳拾伍、南宋詞……三九九

1. 朱敦儒 鷓鴣天……三九九
　采桑子……三九九
　念奴嬌……四〇〇
2. 陸　游 訴衷情……四〇〇
3. 張孝祥 六州歌頭……四〇一
4. 辛棄疾 破陣子……四〇二
　西江月……四〇二
　菩薩蠻……四〇三

永遇樂……四〇三
5.劉克莊 賀新郎……四〇四
6.姜 夔 揚州慢……四〇五
點絳脣……四〇六
7.史達祖 雙雙燕……四〇六
8.吳文英 祝英臺近……四〇七
9.蔣 捷 虞美人……四〇八
10.周 密 一萼紅……四〇八
11.王沂孫 踏莎行……四〇九
12.張 炎 高陽臺……四一〇

貳拾陸、宋代詩歌……四一一

1.楊 億 漢武……四一一
2.王禹偁 畬田詞……四一一
3.歐陽修 明妃曲和王介甫作……四一二
感二子……四一二
4.梅堯臣 初冬夜坐憶桐城山行……四一三
魯山山行……四一四
5.蘇舜欽 淮中晚泊犢頭……四一四
6.王安石 明妃曲……四一五
兼并……四一五
南浦……四一六
7.蘇 軾 遊金山寺……四一六
出潁口初見淮山，是日至壽州……四一七
惠崇春江曉景……四一八
澄邁驛通潮閣……四一八
8.黃庭堅 寄黃幾復……四一九
雨中登岳陽樓望君山……四一九
9.陳師道 舟中……四二〇
別三子……四二〇
10.陳與義 送人歸京師……四二一
傷春……四二一
11.陸 游 遊山西村……四二二
關山月……四二二
寄朱元晦提舉……四二三
龍興寺弔少陵先生寓居……四二三
示兒……四二四

12.楊萬里　和王道父山歌（二首之二）……四二四
初入淮河四絕句（四首之一）四二五
13.范成大　後催租行……………四二五
四時田園雜興（六十首之三十一）……………四二六
四時田園雜興（六十首之三十五）……………四二六
州橋……………四二六
14.姜　夔　除夜自石湖歸苕溪（十首之一）四二七
15.翁　卷　鄉村四月……………四二七
16.趙師秀　約客……………四二八
17.劉克莊　戊辰即事……………四二八
18.文天祥　過零丁洋……………四二九

貳拾柒、宋代古文小說

……………四三一
1.歐陽修　五代史伶官傳序……………四三一
2.蘇　洵　六國論……………四三二
3.曾　鞏　墨池記……………四三四
4.王安石　答司馬諫議書……………四三五
5.蘇　軾　記遊定惠院……………四三七
6.蘇　轍　黃州快哉亭記……………四三八
7.話　本　碾玉觀音……………四四〇
錯斬崔寧……………四五五

貳拾捌、金元詩詞及諸宮調

……………四七一
1.宇文虛中　在金日作（三首之一）……四七一
在金日作（三首之二）……四七一
2.元好問　論詩絕句（三十首之七）……四七二
論詩絕句（三十首之八）……四七二
懷州子城晚望少室……………四七三
摸魚兒……………四七三
3.劉　因　觀梅有感……………四七四
4.薩都剌　上京即事（五首之三）……四七四
百字令……………四七五
5.虞　集　挽文山丞相……………四七五
6.王　冕　墨梅……………四七六
7.楊維楨　海鄉竹枝歌（四首之一）……四七七
海鄉竹枝歌（四首之四）……四七七

8.董解元　西廂記諸宮調（小亭送別）……四七七

貳拾玖、元代散曲……四八一

1.關漢卿　四塊玉……四八一
南呂　一枝花……四八一
2.白　樸　沉醉東風……四八三
3.王實甫　十二月過堯民歌……四八四
4.盧　摯　折桂令……四八四
5.姚　燧　憑闌人……四八五
6.馬致遠　天淨沙……四八五
壽陽曲……四八六
四塊玉……四八六
7.張養浩　朝天子……四八六
山坡羊……四八七
8.貫雲石　清江引……四八七
殿前歡……四八八
9.睢景臣　般涉調　哨遍……四八八
10.劉時中　正宮　端正好……四九一
11.張可久　喜春來……四九四
折桂令……四九五
12.喬　吉　綠么遍……四九五
水仙子……四九六
13.徐再思　喜春來……四九六
14.周德清　喜春來……四九七

參拾、元代雜劇……四九九

1.關漢卿　竇娥冤　楔子……四九九
救風塵（第三折）……五二三
2.王實甫　西廂記（第四本第三折）……五二八
3.白　樸　梧桐雨（第四折）……五三二
4.馬致遠　漢宮秋（第四折）……五三八
5.康進之　李逵負荊（第二折）……五四二
6.紀君祥　趙氏孤兒（第二折）……五四六
7.鄭光祖　倩女離魂（第一折）……五五一

參拾壹、明代詩文……五五七

1.宋　濂　送東陽馬生序……五五七
2.劉　基　田家……五五九

狙公……五六〇
3.高　啓　牧牛詞……五六〇
4.于　謙　石灰吟……五六一
5.李夢陽　秋望……五六一
6.何景明　俠客行……五六二
7.歸有光　寒花葬志……五六二
8.唐順之　答茅鹿門知縣二……五六三
9.李攀龍　輓王中丞（八首之二）……五六六
10.王世貞　送內弟魏生還里（四首之四）五六七
11.袁宏道　晚遊六橋待月記……五六七
12.鍾　惺　浣花谿記……五六八
13.王思任　小洋……五七〇
14.張　岱　西湖七月半……五七二

參拾貳、明代戲曲

參拾貳、明代戲曲……五七五
1.高　明　琵琶記（第二十一齣　糟糠自厭）……五七五
2.李開先　寶劍記（第三十七齣　林冲夜奔）……五七九
3.梁辰魚　浣紗記（第三十四齣　懷故）…五八一
4.康　海　中山狼（第四折）……五八四
5.徐　渭　雌木蘭（第一齣）……五八七
6.湯顯祖　牡丹亭（第十齣　驚夢）……五九三
7.李　玉　占花魁（巧遇）……五九九

參拾參、明代小說

參拾參、明代小說……六〇五
1.羅貫中　三國演義（三十一回　曹操煮酒論英雄）……六〇五
2.施耐庵　水滸傳（十回　林教頭風雪山神廟）……六〇八
3.吳承恩　西遊記（七回　如來佛掌）……六一三
4.笑笑生　金瓶梅（十二回　西門慶騙剪金蓮髮）……六一四
5.馮夢龍　警世通言（杜十娘怒沈百寶箱）六一六
6.淩濛初　初刻拍案驚奇（轉運漢遇巧洞庭紅　波斯胡指破鼉龍殼）……六三三

參拾肆、明代散曲及民歌

參拾肆、明代散曲及民歌……六五五

1. 康　海　朝天子……………………………六五五
2. 王九思　駐馬聽……………………………六五五
3. 常　倫　沈醉東風…………………………六五六
4. 李開先　傍妝臺……………………………六五六
5. 劉效祖　沈醉東風…………………………六五七
6. 馮惟敏　胡十八（四首之四）……………六五七
7. 陳　鐸　沈醉東風…………………………六五八
8. 王　磐　朝天子……………………………六五八
9. 金　鑾　河西六娘子………………………六五九
10. 沈　仕　鎖南枝……………………………六五九
11. 梁辰魚　夜行船……………………………六五九
12. 沈　璟　集賢賓……………………………六六〇
13. 施紹莘　黃鶯兒……………………………六六〇
14. 民　歌　掛枝兒……………………………六六一
山歌……………………………六六一
四季五更駐雲飛……………………六六一

參拾伍、清代詩文

參拾伍、清代詩文…………………………六六三
一、詩……………………………………六六三
1. 吳偉業　圓圓曲……………………………六六三
過淮陰有感（二首之二）……………六六六
2. 王士禎　江上………………………………六六六
眞州絕句（五首之四）………………六六七
3. 查愼行　村家四月詞（十首之十）………六六七
4. 鄭　燮　還家行……………………………六六八
5. 袁　枚　苔…………………………………六六九
6. 趙　翼　閒居讀書（六首之六）…………六六九
7. 黃景仁　癸巳除夕偶成（二首之一）……六七〇
都門秋思（四首之三）………………六七〇
8. 龔自珍　己亥雜詩（三一五首之一二五）六七一
9. 王闓運　曉上空泠峽………………………六七一
10. 黃遵憲　哀旅順……………………………六七二
山歌（九首之二）……………………六七三
二、文……………………………………六七三
1. 顧炎武　與友人論學書……………………六七三
2. 魏　禧　大鐵椎傳…………………………六七六
3. 侯方域　李姬傳……………………………六七八
4. 方　苞　獄中雜記…………………………六八〇

5.姚　鼐　登泰山記……六八四
6.汪　中　哀鹽船文……六八六
7.曾國藩　與諸弟書……六八九

參拾陸、清詞……六九三

1.陳維崧　好事近……六九三
　點絳脣……六九三
2.朱彝尊　高陽臺……六九四
　解珮令……六九五
3.曹貞吉　滿江紅……六九五
4.顧貞觀　金縷曲……六九六
5.納蘭性德　蝶戀花……六九七
　長相思……六九七
6.厲　鶚　百字令……六九七
7.張惠言　水調歌頭……六九八
8.項鴻祚　揚州慢……六九九
9.蔣春霖　唐多令……六九九

參拾柒、清曲……七〇一

一、散曲……七〇一

1.朱彝尊　朝天子……七〇一
2.厲　鶚　折桂令……七〇一
3.吳錫麒　掉角兒……七〇二
4.趙慶熺　一半兒……七〇二
5.許光治　水仙子……七〇三

二、戲曲……七〇三

1.洪　昇　長生殿（第二十四齣　驚變）……七〇三
2.孔尚任　桃花扇（第七齣　卻奩）……七〇七
3.蔣士銓　冬青樹（第二十九齣　柴市）……七一二
4.楊潮觀　吟風閣雜劇（邯鄲郡錯嫁才人）……七一四

參拾捌、清代小說……七一九

1.蒲松齡　聊齋志異（促織）……七一九
2.吳敬梓　儒林外史（五、六回　嚴監生之死）……七二三
3.曹雪芹　紅樓夢（三十三、四回　寶玉挨打）……七二三
4.李汝珍　鏡花緣（三十三回　粉面郎纏足）……七二四

受困，長鬚女玩股垂情）……七三四
5.石玉崑　三俠五義（三十九回　俠客爭鋒）……………七三九
6.韓邦慶　海上花列傳（六十四回　猛踢窩心腳）……………七四一
7.李寶嘉　官場現形記（五十三回　制臺見洋人）……………七四二
8.吳沃堯　二十年目睹之怪現狀（五十一回　督辦春心）…………七四四
9.劉　鶚　老殘遊記（二回　白妞說書）…七四五

壹、神話

1. 夸父逐日（《山海經・海外北經》）

夸父①與日逐走②，入日③；渴，欲得飲，飲于河、渭④；河、渭不足，北飲大澤。未至，道渴而死⑤。棄其杖，化爲鄧林⑥。

①夸（ㄎㄨㄚ）父：《山海經》中記載的巨人名，傳說是炎帝的後裔。②與日逐走：追著太陽跑。③入日：走進太陽炎熱的光輪裏。④飲于河、渭：喝黃河和渭水的水。⑤道渴而死：在半路渴死了。⑥棄其杖，化爲鄧林：夸父臨死時拋掉手杖，立刻變成桃林。鄧林，即桃林。

2. 精衛填海（《山海經・北山經》）

發鳩之山①，其上多柘木。有鳥焉，其狀如烏，文首②、白喙③、赤足，名曰精衛，其鳴自詨④。是炎帝⑤之少女名曰女娃，女娃游于東海，溺而不返，故爲精衛。常銜西山之木石，以堙⑥于東海。

①發鳩之山：山名，在今山西省長子縣西，是太行山分支。②文首：頭上有花紋。③喙（ㄏㄨㄟˋ）：鳥嘴。④其鳴自詨（ㄒㄧㄠ）：它的鳴聲是自己呼叫自己；即「精衛」本是此種鳥的叫聲。詨，呼，叫。⑤炎帝：神農氏。⑥

堙（一ㄣ）：填塞。

3. 女媧補天（《淮南子・覽冥訓》）

往古①之時，四極廢②，九州裂③；天不兼覆，地不周載④；火爁炎而不滅⑤，水浩洋而不息⑥；猛獸食顓民⑦，鷙鳥攫老弱⑧。于是女媧煉五色石以補蒼天⑨，斷鼇足以立四極⑩，殺黑龍以濟冀州⑪，積蘆灰以止淫水⑫。蒼天補，四極正，淫水涸⑬，冀州平；狡蟲⑭死，顓民生。

①往古：遠古。②四極廢：四方撐天的柱子倒塌。（古人把天想像成屋頂一樣。）③九州裂：九州大地裂開。九州，泛指中國的土地。裂，指土地崩裂。④天不兼覆，地不周載：上天不能完全覆蓋大地，大地也不能遍載萬物。⑤火爁（ㄌㄢˋ）炎（ㄧㄢˋ）而不滅：大火蔓延而不能熄滅。爁炎，大火延燒的樣子。⑥水浩洋而不息：洪水漫流而控制不住。⑦猛獸食顓（ㄓㄨㄢ）民：猛獸吞食善良的人民。顓民，善良的人民。⑧鷙（ㄓˋ）鳥攫老弱：凶猛的鳥用爪捕食老弱的人。鷙，猛禽。攫，抓取。⑨女媧煉五色石以補蒼天：女媧熔煉五彩神石補綴天空。女媧，女神名。傳說是人頭蛇身，在開天闢地時捏黃土作人，成爲人類始祖。⑩斷鼇（ㄠˊ）足以立四極：斬斷巨龜的足作撐天的支柱。鼇，大鱉（ㄅㄧㄝ）。⑪殺黑龍以濟冀州：殺黑龍以解救中原人民。⑫積蘆灰以止淫水：積聚蘆灰堵塞平地湧出的大水。淫水，洪水。⑬涸（ㄏㄜˊ）：乾枯。⑭狡蟲：凶猛的害蟲，意指上文所說的猛獸、鷙鳥。

4. 羿射九日（《淮南子・本經訓》）

逮至堯之時①，十日并出，焦禾稼，殺草木②，而民無所食。猰貐③、鑿齒④、九嬰⑤、大風⑥、封豨⑦、修蛇⑧，皆爲民害。堯乃使羿誅鑿齒于疇華⑨之野，殺九嬰于凶水⑩之上，繳⑪

大風于青邱⑫之澤，上射十日而下殺猰貐，斷修蛇于洞庭⑬，禽封豨于桑林⑭。萬民皆喜，置⑮堯以爲天子。于是天下廣狹、險易、遠近，始有道里⑯。

①逮至堯之時：到了唐堯的時候。②焦禾稼，殺草木：晒枯了莊稼，晒死了草木。③猰（ㄧㄚˋ）貐（ㄩˊ）：傳說中的怪獸，狀如龍首，行走迅速，叫聲像嬰兒啼哭，喜吃人。④鑿齒：傳說中的怪獸，牙齒長三尺，形狀像把鑿子，直露在下巴外面，并能持戈盾。⑤九嬰：傳說是一種長著九個腦袋的水火之怪，能夠噴水也能吐火。⑥大風：傳說中的凶猛大鳥（大鵬），飛翔時有大風伴隨，能毀壞人的住屋。⑦封豨（ㄒㄧ）：大野猪。⑧修蛇：長而大的蟒蛇。⑨疇華：南方水澤名。⑩凶水：北方的水名。⑪繳（ㄓㄨㄛˊ）：用繫有繩子的箭射物。⑫青邱：東方水澤名。⑬洞庭：即洞庭湖。⑭禽封豨于桑林：在桑林活捉了大野猪。⑮置：設置，一致擁戴。⑯于是天下廣狹、險易、遠近，始有道里：在這個時候天下各地不論開闊狹窄，險阻平坦，遠的近的，開始修建了道路。是，時。于是，在這個時候。

5. 大禹治水(一)（《山海經・海內經》）

洪水滔天。鯀竊帝①之息壤②以堙洪水，不待帝命。帝令祝融③殺鯀于羽郊④。鯀腹生禹⑤。帝乃命禹卒布土以定九州⑥。

①帝：黃帝。②息壤：一種神土，可以自己生長不息，所以能堵塞洪水。③祝融：火神之名。④羽郊：羽山之郊。⑤鯀腹生禹：傳說鯀死了三年，屍體都不腐爛，終于從肚子裏孕育、誕生出禹來。⑥命禹卒布土以定九州：只好命禹去布土治水，使九州得到平定。布土，布同「敷」，鋪填。

6. 大禹治水(二)（《山海經·大荒北經》）

共工臣名曰相繇，九首蛇身，自環①，食于九土②。其所歍所尼，即爲源澤③，不辛乃苦④，百獸莫能處。禹湮⑤洪水，殺相繇，其血腥臭，不可生穀；其地多水，不可居也。禹湮之，三仞三沮⑥，乃以爲池，群帝因是以爲台⑦。

①九首蛇身，自環：說相繇有九個腦袋，蛇的身子，蟠旋自繞。②食于九土：尋找九座山山上的食物來吃，此說明相繇的貪殘無厭。③其所歍（ㄡ）所尼，即爲源澤：凡是經過它噴吐棲息的地方，那地方就會成爲沼澤。歍，同「嘔」，噴吐。尼，止，棲息。④不辛乃苦：氣味不是辣就是苦。⑤湮（ㄧㄣ）：填塞，堵塞。⑥三仞三沮（ㄐㄩˇ）：三次填塞滿，三次都陷壞下去。仞，通「牣」，填滿。沮，敗壞。⑦乃以爲池，群帝因是以爲台：于是乾脆把它挖掘成爲一個池子，諸帝就利用池泥來造了幾座台。

貳、殷商文學

一、卜辭

1. 卜辭(一)(《卜辭通纂三六三》)

帝①令雨足年②，帝令雨弗其足年。

①帝：指上帝，實際是代表天。②足年：即指農業豐收年。年，禾穀一熟。

2. 卜辭(二)(《卜辭通纂三六四》)

帝其降堇①。

①降堇(ㄐㄧˇㄣ)：降下飢荒。堇，同「饉」，荒年。

3. 卜辭(三)(《卜辭通纂三七五》)

癸卯卜①，今日雨。其自東來雨②？其自南來雨？其自西來雨？其自北來雨。

①癸卯卜：癸卯是占卜的日子。②其自東來雨：雨水是從東方降下來嗎？般人以四時分配四方，因此四季爲春、夏、秋、冬，所配的四方則是東、南、西、北。

二、易經

1.屯六二、上六

屯如，邅如①，乘馬班如②。匪寇③，婚媾④。

乘馬班如，泣血漣如⑤。

①屯（ㄓㄨㄣ）如，邅（ㄓㄢ）如：處於困境，進退兩難。屯，艱困。如，語助詞。邅，徘徊，進進退退。②乘馬班如：四匹馬排列著前行，由於步調不一，顯得進退兩難。乘馬，四匹馬。班如，排列，步調難統一。③匪寇：不是盜寇。④婚媾（ㄍㄡˋ）：求婚，即雙方聯姻婚嫁。⑤泣血漣如：形容悲痛至極點，淚流不止，甚至泣血。

2.賁六四

賁如①皤如②，白馬翰如③，匪寇，婚媾。

①賁（ㄅㄧˋ）如：形容裝飾華美的樣子。②皤（ㄆㄛˊ）如：潔白的樣子。③翰如：形容像飛鳥一樣快的速度。

3. 歸妹上六

女承筐①，无實②；士刲③羊，无血。

①承筐：端著竹編的筐。承，受。②无（ㄨˊ）實：指筐裡沒有塡滿。③刲（ㄍㄨㄟˋ）：刺，割殺。

4. 明夷初九

明夷①于飛②，垂其翼；君子于行③，三日不食。

①明夷：鳥名。②于飛：正在飛。于，助詞。③君子于行：有個君子正在路上行走。

參、周詩

一、祭祀詩

1. 周頌．豐年

豐年多黍多稌①，亦有高廩②，萬億及秭③。爲酒爲醴，烝畀祖妣④，以洽百禮⑤。降福孔皆⑥。

①稌（ㄊㄨˊ）：稻穀。②高廩（ㄌㄧˇㄣ）：高大的倉房。③萬億及秭（ㄗˇ）：言穀物收穫之多。億，周代十萬爲億。秭，萬億。④爲酒爲醴，烝（ㄓㄥ）畀（ㄅㄧˋ）祖妣：把糧食所釀成的酒和醴進獻給先祖和先妣。烝，進獻。畀，給予。祖妣，歷代男女祖先。⑤以洽百禮：來配合多種的禮儀。⑥降福孔皆：言神降的福澤很普遍。

2. 周頌．維天之命

維天之命，於穆不已①。於乎不顯！文王之德之純②。假以溢我，我其收之③。駿惠我文王，曾孫篤之④。

①維天之命，於（ㄨ）穆不已：那天道的運行，啊！美得無窮無盡。維，同「惟」，思。於，歎詞。穆，壯美。不已，

無窮盡。②於乎不（ㄆㄧ）顯！文王之德之純：啊！多光明，文王的道德的純淨。於乎，嗚呼，贊歎聲。不，通「丕」，大。純，不雜，純淨。③假以溢我，我其收之：文王的德澤如水盈溢而流被後世，我這兒接受它。④駿惠我文王，曾孫篤之：遵循著文王的大道，子子孫孫篤行不悖。駿，大。惠，順，遵循。曾孫，自孫的兒子以下皆可稱曾孫。篤，厚。

二、宴會田獵詩

1.小雅·鹿鳴

呦呦①鹿鳴，食野之苹②。我有嘉賓，鼓③瑟吹笙。吹笙鼓簧④，承筐是將⑤。人之好我，示我周行⑥。

呦呦鹿鳴，食野之蒿⑦。我有嘉賓，德音孔昭⑧：「視民不恌⑨，君子是則是傚⑩。」我有旨酒⑪，嘉賓式燕以敖⑫。

呦呦鹿鳴，食野之芩⑬。我有嘉賓，鼓瑟鼓琴。鼓瑟鼓琴，和樂且湛⑭。我有旨酒，以燕樂⑮嘉賓之心。

①呦呦（ㄧㄡ）：鹿鳴聲。②苹（ㄆㄧㄥˊ）：藾蒿，草名。③鼓：敲擊。④簧：樂器名，形似搖鼓。⑤承筐是將：捧著滿筐的禮品贈送嘉賓。將，送、獻。⑥人之好（ㄏㄠˋ）我，示我周行（ㄏㄤˊ）：各位賓客愛護我，教以道理悅我心。人，指賓客。示，指示。周行，大道，此處喻爲治國之道。⑦蒿（ㄏㄠ）：青蒿、香蒿，草名。⑧德音孔昭：德高望重傳美名。德音，道德名譽。孔，很。昭，明。⑨視民不恌（ㄊㄧㄠ）：不以輕佻示百姓。視，示。恌，同「佻」，輕佻，奸巧。⑩君子是則是傚：君子可用此法則而仿效他。則，法則。傚，效法。⑪旨酒：美酒。⑫嘉賓式燕以敖：貴賓暢飲樂盈盈。式，發語詞。燕，同「宴」，宴飲。敖，同「遨」，遊樂。⑬芩（ㄑㄧㄣˊ）：黃芩，

草名。⑭和樂且湛（ㄔㄣˊ）：賓主和樂齊盡興。湛，深厚。⑮燕樂：宴飲娛樂。

2.小雅・車攻

我車既攻①，我馬既同②。四牡龐龐③，駕言徂東④。
田車既好⑤，四牡孔阜⑥。東有甫草⑦，駕言行狩⑧。
之子于苗⑨，選徒囂囂⑩。建旐設旄⑪，搏獸于敖⑫。
駕彼四牡，四牡奕奕⑬。赤芾金舄⑭，會同有繹⑮。
決拾既佽⑯，弓矢既調⑰。射夫既同⑱，助我舉柴⑲。
四黃既駕，兩驂不猗⑳。不失其馳㉑，舍矢如破㉒。
蕭蕭馬鳴，悠悠旆旌㉓。徒御不驚㉔，大庖不盈㉕。
之子于征㉖，有聞無聲㉗。允矣君子㉘，展也大成㉙。

①我車既攻（ㄍㄨㄥˇ）：獵車修得很堅固。攻，同「鞏」，堅固。②同：整齊。③四牡龐（ㄌㄨㄥˊ）龐：四匹公馬多強壯。牡，公馬。龐，高大強壯的樣子。④駕言徂（ㄘㄨˊ）東：駕著獵車駛向東。駕，駕車。言，語中助詞，相當於而或乃字。徂東，往東去。東指東都雒邑。⑤田車既好：獵車修得很完善。⑥孔阜：很肥壯。⑦甫草：廣大豐茂的草地。⑧駕言行狩（ㄕㄡˇ）：駕著獵車去打獵。狩，獵，特指冬天打獵。春獵爲蒐，夏獵爲苗，秋獵爲獮，冬獵爲狩。⑨之子于苗：君王正在行夏獵。之子，此人，這個人。于，語助詞，有正在進行的意思。⑩選（ㄓㄨㄢˋ）徒囂囂：清點隨員鬧嚷嚷。選，通「算」，清點。徒，步卒。囂囂，形容聲音嘈雜。⑪建旐（ㄓㄠˋ）設旄（ㄇㄠˊ）：步卒們舉著、排列著各樣的旗幟。旐，畫著龜蛇的旗。旄，用氂（ㄇㄠˊ）牛尾綴飾在竿頂的旗。⑫搏獸于敖：搏取野獸在敖山。敖，山名，在今河南省成皋縣西北。⑬奕奕：形容馬行快而從容。⑭赤芾（ㄈㄨˊ）金舄（ㄒㄧˋ）：皆諸

侯的服飾。赤芾，紅色護膝。金舃，金色套靴。⑮會同有繹：諸侯們一起參加周王的狩獵活動好熱烈。會同，古時諸侯朝見天子的專稱，此指諸侯們參與周王的狩獵活動。有繹，猶繹繹，形容人數眾多，絡繹不絕。⑯決拾既佽（ㄘˋ）：扳指、臂韝（ㄍㄡ）都齊備。決，同「抉」，扳指，用象牙或獸骨製成，射箭時套在右拇指上，用以鉤弦。拾，臂韝，用皮革製成，套在左臂上，射箭時用以護臂，似現在的套袖。佽，齊備。⑰弓矢既調：矢和箭配得很合適。⑱射夫既同：獵罷射手都集中。同，會合。⑲助我舉柴（ㄗˋ）：助我堆積大批的獵物。柴，胔的假借，指射獵的禽獸。⑳四黃既駕，兩驂（ㄘㄢ）不猗：四匹黃馬駕好了車，左右兩驂走起來一點兒也不向左右傾斜。驂，駕車時靠外面的左右兩匹稱左驂或右驂。猗，同倚，偏斜的意思。㉑不失其馳：此句是說駕車人駕車時不違反一定的法則。㉒舍矢如破：一箭射出就射中禽獸。破，中，射中禽獸。㉓蕭蕭馬鳴，悠悠斾旌：這兩句說，歷經緊張的狩獵，馬停下來從容地長嘶；人們又各自歸伍，旗幟安閑地在空中飄動。蕭蕭，馬長嘶聲。悠悠，閒暇的樣子。斾旌，旗幟。㉔徒御不驚：步卒和車夫都不吵鬧。不驚，不吵鬧。㉕大庖（ㄆㄠˊ）不盈：周王的廚房野味嘉肴不充滿。此句表示周王取之有度，不貪婪。㉖于征：指狩獵歸來。征，行。㉗有聞（ㄨㄣˋ）無聲：人馬整肅寂靜無聲。指聽見隊伍歸來時的步伐及車輛滾動聲，而聽不見其他的喧嘩聲。㉘允矣君子：眞是聖明的好君王。允，信，確實。君子，指周王。㉙展也大成：確實是十分成功。展也，確實是。

三、史詩

1. 大雅・緜

緜緜瓜瓞①。民之初生②，自土沮漆③。古公亶父④，陶復陶穴⑤，未有家室⑥。

古公亶夫，來朝走馬⑦，率西水滸⑧，至于岐下⑨。爰及姜女，聿來胥宇⑩。

周原膴膴⑪，堇荼如飴⑫。爰始爰謀⑬，爰契我龜⑭。曰止曰時，築室于茲⑮。

迺慰迺止⑯，迺左迺右⑰；迺疆迺理⑱，迺宣迺畝⑲。自西徂東，周爰執事⑳。

乃召司空㉑，乃召司徒㉒，俾立室家㉓。其繩則直㉔。縮版以載㉕，作廟翼翼㉖。捄之陾陾㉗，度之薨薨㉘，築之登登㉙，削屢馮馮㉚。百堵皆興㉛，鼛鼓弗勝㉜。迺立皋門，皋門有伉㉝；迺立應門，應門將將㉞。迺立冢土，戎醜攸行㉟。肆不殄厥慍㊱，亦不隕厥問㊲。柞棫拔矣㊳，行道兌矣㊴。混夷駾矣，維其喙矣㊵。虞芮質厥成㊶，文王蹶厥生㊷。予曰有疏附㊸，予曰有先後㊹，予曰有奔奏㊺，予曰有禦侮㊻。

①緜緜瓜瓞（ㄉㄧㄝˊ）：形容大瓜小瓜藤蔓長。緜緜，綿延不絕的樣子。瓞，小瓜。②民之初生：謂周民族最初的發展階段。民，指周人。③自土（ㄉㄨˋ）沮漆：從杜水來到漆水旁。土，古水名，在豳地。沮，通「徂」，到。漆，古水名，亦在豳地。④古公亶（ㄉㄢˇ）父：即周太王。是周文王的祖父。古公為其尊號，亶父是其名字。初居于豳，因受戎狄的侵擾，遂率族人遷至岐山下的周地定居。⑤陶復陶穴：指挖洞築窰暫避風雨。陶，通「掏」，挖掘。復，通「⿱穴復」，從山崖旁往裡挖的洞。穴，從地面往下挖的洞。⑥家室：房屋。⑦來朝（ㄓㄠ）走馬：清早快馬從豳來。來，指從豳來岐山。走馬，馳馬。⑧率西水滸：沿著渭水向西走。率，沿著。西，豳地之西。水滸，水邊，指渭水邊。⑨岐下：岐山之下。岐山在今陝西省岐山縣東北。⑩爰及姜女，聿來胥宇：他與妻子太姜氏，勘察地形好建房。爰，于是。及，偕同。姜女，太姜，太王之妃。聿，語助詞。胥宇，相宅，即察看地勢。⑪周原膴（ㄨˇ）膴：周原遼闊又肥沃。周，岐山之南的地名。原，平原。膴膴，肥美。⑫菫荼如飴（ㄧˊ）：菫葵苦菜甜似麥芽糖。菫，野菜名，亦稱菫葵，味苦。荼，苦菜。飴，用麥芽熬製的糖漿。⑬爰始爰謀：既研究又商量。始、謀同義，研商。⑭爰契我龜：刻龜占卜請示神明。契，刻。古人用龜甲占卜，先在其上鑽一小孔，經火燒灼後出現裂紋，視其形狀可預測吉凶，然後再用文字將占卜的結果刻在龜甲上。⑮曰止曰時，築室于茲：神明告示可定居，建屋此地最合宜。曰，發語詞。止，意為此地可居住。時，意為此時可興工。⑯迺慰迺止：這才安穩居此地。慰，安定。⑰迺左迺右：給眾人分配或左或右的居住區域。⑱迺疆迺理：丈量土地定田界。疆，劃定土地界限。理，整治田地。⑲迺宣迺畝：開溝引水田壠成行。宣，導引溝洫以洩水。畝，可耕種的田地。⑳自西徂東，周爰執事：從西邊到東邊，大家一起工作。周，普遍。執事，工作。㉑司空：掌管營建的官。㉒司徒：掌管土地及調配徒役的官。㉓俾立室家：官員領工建新家。俾，

使。立，建立。室家，房屋。㉔其繩則直：拉開繩墨直又長。繩，繩墨，營建宮室之前先用它來劃正地基的經界。㉕縮版以載：樹起夾板築土牆。縮，捆扎。版，築牆時夾土的木板。載，通「栽」，指豎起木樁固定築版以使之牢固。㉖作廟翼翼：建成宗廟好端正。翼翼，嚴正的樣子。㉗捄（ㄐㄩˋ）之陾（ㄖㄥˊ）陾：鏟土噌噌裝進筐。捄，盛土于筐。陾陾，鏟土聲。㉘度（ㄉㄨㄛˊ）之薨（ㄏㄨㄥ）薨：倒土轟轟進築版。度，投，填土。薨薨，填土聲。㉙築之登登：搗土登登把土砸（ㄗㄚˊ）。築，用木杵把土砸實。登登，搗土聲。㉚削屢馮（ㄆㄧㄥˊ）馮：削平牆土聲乒乒。屢，指牆面的高出處。馮馮，刮土牆聲。㉛百堵皆興：百座土牆齊動工。堵，牆壁。興，動工。㉜鼛（ㄍㄠ）鼓弗勝：鼛鼓的聲音勝不過勞動的聲音。鼛，大鼓，長一丈二尺。古代於眾人服力役時，擊鼓以提高工作效率。㉝迺立皋（ㄍㄠ）門，皋門有伉（ㄎㄤˋ）：建起王都外城門，城門高大好雄壯。皋門，周王都城門。有伉，即伉伉，高大的樣子。㉞迺立應門，應門將（ㄑㄧㄤ）將：建起宮殿大正門，正門莊嚴又堂皇。應門，王宮的正門。將將，莊嚴堂皇的樣子。㉟迺立冢（ㄓㄨㄥˇ）土，戎醜攸行：堆起土臺作祭壇，大眾入廟排成行。冢土，大社，祭神的壇。戎醜，大眾。攸，所。行，往。㊱肆不殄（ㄊㄧㄢˇ）厥慍：狄人怒氣至今未消止。肆，至今。殄，斷絕。厥，其，指狄人。慍，怒氣。㊲不隕（ㄩㄣˇ）厥問：不損失文王的聲譽。隕，損失。厥，指文王。問，聲譽。㊳柞（ㄗㄨㄛˋ）棫（ㄩˋ）拔矣：柞棫野樹都拔盡。柞，灌木名，有棘刺。棫，叢生有刺的小木。拔，剪除。㊴行道兌矣：交通要道皆暢達。兌，通行。㊵混（ㄎㄨㄣ）夷駾（ㄉㄨㄟˋ）矣，維其喙（ㄏㄨㄟˋ）矣：狄人驚慌奔逃，看來疲困又狼狽。混夷，即鬼方，西北之戎狄。駾，受驚奔竄。維其，何其。喙，通「㾕」，疲困。㊶虞芮質厥成：虞芮兩國結好不相爭。虞、芮，均古國名。質，請求裁判。成，兩國結為友好。相傳虞、芮二君爭田，因久不相讓，乃請文王評斷。雙方進入周境後，深為周人間的禮讓之風感動，便都將所爭之田視為閒田，相互謙退，重新結好。㊷文王蹶（ㄍㄨㄟˋ）厥生：文王以德感動虞、芮兩君之性。蹶，感動。生，同「性」。㊸予曰有疏附：我有率下親上的賢臣。予，周人自稱。曰，語助詞。疏附，率下親上的大臣。㊹先後：輔佐引導之臣。㊺奔奏：奔走四方之臣。奏，通「走」。㊻禦侮：抵禦外侮之臣。

四、社會詩

1. 魏風・伐檀

坎坎伐檀兮①，寘之河之干兮②，河水清且漣猗③。不稼不穡④，胡取禾三百廛兮⑤？不狩不獵，胡瞻爾庭有縣貆兮⑥？彼君子兮⑦！不素餐兮⑧！

坎坎伐輻⑨兮，寘之河之側⑩兮，河水清且直⑪猗。不稼不穡，胡取禾三百億⑫兮？不狩不獵，胡瞻爾庭有縣特⑬兮？彼君子兮，不素食兮！

坎坎伐輪⑭兮，寘之河之漘⑮兮，河水清且淪⑯猗。不稼不穡，胡取禾三百囷⑰兮，不狩不獵，胡瞻爾庭有縣鶉⑱兮？彼君子兮，不素飧⑲兮！

①坎坎伐檀兮：砍伐檀木發出「坎、坎」的響聲啊！坎坎，伐木聲。檀，木名，木質堅硬，可用以造車。兮，語助詞，類口語的「啊」、「喲」。　②寘之河之干兮：把它放在河兩岸。寘，同「置」，放置。干，岸。　③漣猗（ㄧˊ）：風吹水面成連鎖般的波紋。猗，語尾助詞，同「兮」，啊。　④不稼不穡（ㄙㄜˋ）：不耕種來不收割。稼，耕種。穡，收割。　⑤胡取禾三百廛（ㄔㄢˊ）兮：爲何你收三百户的糧啊！胡，爲什麼。禾，指穀物。廛，一夫之居曰廛，其田百畝。此謂取三百家之田賦。　⑥胡瞻爾庭有縣貆（ㄏㄨㄢ）兮：爲啥瞧見你院子裏掛著貂貛喲！縣，同「懸」，掛著。貆，同「貛」，獸名，外形跟熊很像，和獺、黃鼠狼等同是貂科的動物。　⑦彼君子兮：那個大人老爺啊！君子，指統治者，雖用敬稱，實含貶意。　⑧不素餐兮：不是吃白飯啊！此句是反話，有譴責意。　⑨伐輻（ㄈㄨˊ）：伐木做車輻。輻，車輪的橫木。　⑩河之側：河岸的旁邊。　⑪直：水流平直。　⑫億：同「繶」，即捆、束。　⑬特：大野獸。　⑭伐輪：伐木造車。輪，車輪，代指車。　⑮漘（ㄔㄨㄣˊ）：水邊。　⑯淪：小波紋。　⑰囷（ㄐㄩㄣ）：同「稛」，即捆。　⑱鶉（ㄔㄨㄣˊ）：鳥名，鵪鶉。　⑲飧（ㄙㄨㄣ）：熟食，泛指食。

2. 大雅·瞻卬（七章節選一、二章）

瞻卬昊天①，則不我惠②。孔塡不寧③，降此大厲④。邦靡有定⑤，士民其瘵⑥，蟊賊蟊疾⑦。靡有夷屆⑧。罪罟不收⑨，靡有夷瘳⑩。

人有土田，女反有之⑪；人有民人，女覆奪之⑫。此宜無罪⑬，女反收之⑭；彼宜有罪，女覆說之⑮。

①瞻卬（一ㄤˇ）昊（ㄏㄠˋ）天：仰望蒼天。瞻卬，仰望。昊天，皇天，上帝。②不我惠：即不惠我。惠，愛。③孔塡（ㄔㄣˊ）不寧：長久以來不得安寧。孔，很。塡，長久。④厲：災禍。⑤靡有定：不安定。⑥士民其瘵（ㄓㄞˋ）：士民遭逢大災殃。瘵，病，引申爲憂患、遭殃。⑦蟊（ㄇㄠˊ）賊蟊疾：爲害的惡人像蟊蟲般殘害病苦百姓。蟊賊，吃農作物的害蟲。疾，病苦。⑧靡有夷屆：禍害沒有止境。夷，語助詞。屆，至，終極。⑨罪罟（ㄍㄨˇ）不收：罪網弛張不收斂。罪罟，羅織罪名。罟，網。收，收起不用。⑩靡有夷瘳（ㄔㄡ）：士民苦難深淵不減輕。瘳，減損；一說，病癒。⑪人有土田，女反有之：人家有塊好田地，你卻侵奪據爲己有。女，汝，指大貴族、統治者。有，占有，奪取。⑫人有民人，女覆奪之：人家擁有的奴隸，你反而強取占便宜。民人，人民，商周時對奴隸的統稱。覆，反。⑬此宜無罪：這人原本沒罪過。宜，本該。⑭女反收之：你卻反目來拘捕。收，拘捕。⑮女覆說（ㄊㄨㄛ）之：你卻赦免又寬恕。說，通「脫」，解脫，赦免。

3. 小雅·何草不黃

何草不黃①？何日不行②？何人不將③？經營四方④。

何草不玄⑤？何人不矜⑥？哀我征夫⑦，獨爲匪民⑧？

匪兕匪虎，率彼曠野⑨；哀我征夫，朝夕不暇⑩！

有芃者狐⑪，率彼幽草⑫；有棧之車⑬，行彼周道⑭。

①何草不黃：那種青草不枯黃。黃，枯黃凋萎。象徵征夫的疲困與憔悴。 ②行（ㄏㄤˊ）：奔，走。指行役，出征。 ③將：行，出征。 ④經營四方：勞碌奔波跑四方。 ⑤何草不玄：那種草兒不腐爛。玄，赤黑色。草枯爛則成此色。 ⑥矜（ㄍㄨㄢ）：通「鰥」，無妻的人。 ⑦哀我征夫：可憐我們出征人。征夫，服役在外的人。 ⑧獨爲匪民：難道就偏偏不是人。獨，豈，難道。匪，同「非」。匪民，指遭受非人的待遇。 ⑨匪兕（ㄙˋ）匪虎，率彼曠野：我們不是野牛不是虎，爲啥整天在曠野裏轉來轉去。兕，野牛。率，循，沿著。 ⑩朝夕不暇：從早到晚勞累不休。 ⑪有芃（ㄆㄥˊ）者狐：狐狸尾巴毛蓬鬆。芃，草木茂盛的樣子，此處形容狐尾。 ⑫率彼幽草：鑽進路邊深草叢。幽草，深草中。 ⑬有棧之車：高高的役車。棧，車高高的樣子。車，役車。 ⑭行彼周道：走在漫長大路中。周道，大道，大路。

4.王風．黍離

彼黍離離①，彼稷之苗②。行邁靡靡③，中心搖搖④。知我者，謂我心憂⑤；不知我者，謂我何求⑥？悠悠蒼天⑦！此何人哉⑧！

彼黍離離，彼稷之穗⑨。行邁靡靡，中心如醉⑩。知我者，謂我心憂；不知我者，謂我何求？悠悠蒼天！此何人哉！

彼黍離離，彼稷之實。行邁靡靡，中心如噎⑪。知我者，謂我心憂；不知我者，謂我何求？悠悠蒼天！此何人哉！

①彼黍離離：小米長得好齊整。黍，小黃米。離離，形容茂盛且行列齊整。 ②彼稷之苗：高粱一片苗青青。稷，高粱。 ③行邁靡靡：我走起路來慢呑呑。行邁，行走。靡靡，步履沈重遲緩。 ④中心搖搖：心神恍惚搖盪不定。搖搖，心憂不能自主。 ⑤知我者，謂我心憂：知道我的，說我心悲憂。 ⑥不知我者，謂我何求：不知道我的，說我還有啥要求。 ⑦悠悠蒼天：高高在上的老天啊！悠悠，高遠的樣子。 ⑧此何人哉：這都是誰造成這種局面的啊！ ⑨彼稷之穗：高粱一片長滿穗。穗，穀類結實成串。 ⑩中心如醉：心神恍惚像喝醉。 ⑪噎（ㄧㄝ）：食物梗在喉嚨，透不出氣。

5.小雅·十月之交（八章節選第七章）

黽勉從事①，不敢告勞②。無罪無辜，讒口囂囂③。下民之孽，匪降自天④，噂沓背憎⑤，職競由人⑥。

①黽（ㄇㄧㄣˇ）勉從事：盡心盡力去從公。黽勉，努力。②不敢告勞：不敢喊苦。告勞，訴苦。③無罪無辜，讒口囂（ㄠˊ）囂：沒有罪，沒犯錯，眾口交讒將我誣。囂囂，眾口讒毀的樣子。④下民之孽，匪降自天：黎民百姓受災殃，並不是上天降下來。⑤噂（ㄗㄨㄣˇ）沓背憎：小人聚在一起彼此歡談，背後就相互憎恨。噂沓，議論紛紜。⑥職競由人：禍患都因有壞人。職，專主。競，爭逐。人，小人。

五、情歌小曲

1.魏風·十畝之間

十畝①之閒兮，桑者閑閑兮②！行③，與子還④兮！

十畝之外兮，桑者泄泄⑤兮！行，與子逝⑥兮！

①十畝：指桑園，表示面積寬廣。②桑者閑閑兮：採桑人收工後多悠閒啊！③行：走吧！④還（ㄒㄩㄢˊ）：回家。⑤泄（ㄧˋ）泄：和樂的樣子。⑥逝：往，亦指回家。

2.召南・野有死麕

野有死麕①，白茅包之②。有女懷春③，吉士誘之④。
林有樸樕⑤，野有死鹿。白茅純束⑥，有女如玉⑦。
舒而脫脫兮⑧，無感我帨兮⑨，無使尨也吠⑩。

①野有死麕（ㄐㄩㄣˋ）：野地裏有隻死獐。野，郊外。麕，獸名，獐子；形似鹿而小，黃黑色，頭無角，行動很敏捷。
②白茅包之：用白茅草把它包起來。白茅，多年生草，高一二尺，葉細長而尖，春天先長葉開花，簇生莖頂，有白毛密生，約長二寸。 ③有女懷春：有個姑娘正懷春。懷，思念。懷春，少女青春時期對愛情的嚮往。 ④吉士誘之：小伙子誘她做情人。吉士，男子的美稱。 ⑤林有樸樕（ㄙㄨˋ）：森林裡有些小樹。樸樕，小樹。 ⑥白茅純（ㄊㄨㄣˊ）束：用茅草細做一束。 ⑦有女如玉：姑娘啊像是美玉。如玉，像玉般的溫潤，比喻嬌美的少女。 ⑧舒而脫（ㄉㄨㄟˋ）脫兮：別著急慢慢兒來喲！舒而，慢慢地。脫脫，遲緩的樣子。 ⑨無感我帨（ㄕㄨㄟˋ）兮：別拉我圍裙啊！無，同「勿」，不要。感，觸動。帨，佩巾。 ⑩無使尨（ㄆㄤˊ）也吠：別驚動狗兒叫起來。尨，多毛的狗。

3.鄭風・狡童

彼狡童兮①，不與我言②兮！維子之故③，使我不能餐兮④！
彼狡童兮，不與我食⑤兮！維子之故，使我不能息⑥兮！

①彼狡童兮：那個漂亮的小伙子。狡，同「姣」，好。 ②言：交談。 ③維子之故：因爲你的緣故。維，以，因爲。
④使我不能餐兮：使我食不下嚥啊！餐，食。 ⑤食：指共食。 ⑥息：寢息，睡。

肆、先秦散文

一、歷史散文

1. 尚書・大誥①（節選）

王若曰②：「猷③，大誥爾多邦，越爾御事④。弗弔⑤，天降割于我家，不少延⑥。洪惟我幼沖人⑦，嗣無疆大歷服⑧。弗造哲，迪民康⑨，矧曰其有能格、知天命⑩？已⑪，予惟小子，若涉淵水⑫，予惟往求朕攸濟⑬。敷賁⑭，敷前人受命，茲不忘大功⑮；予不敢閉于天降威⑯。用寧王遺我大寶龜⑰，紹天明⑱；即命⑲，曰：『有大艱于西土，西土人亦不靜⑳，越茲蠢㉑。』殷小腆㉒，誕敢紀其敍㉓。天降威，知我國有疵，民不康㉔。曰：『予復！㉕』反鄙我周邦㉖。」

①大誥：誥，告也。大誥，普遍告知天下的人。　②王若曰：王如此說。王，指成王。若，語助詞。　③猷（ㄧㄡˊ）：發語詞，相當於「啊」。　④大誥爾多邦，越爾御事：我普遍地來告訴你們這許多諸侯之國，以及你們眾官員。多邦，各諸侯之國。越，與。御事，執事的人，指周的官吏。　⑤弗弔：不幸，指武王之喪。　⑥天降割于我家，不少延：老天降下了災禍在我家中，不稍爲遲緩一點。割，同「害」，指武王之喪。少，稍。延，緩。　⑦洪惟我幼沖人：於是我這個年輕不懂事的孩子。洪惟，發語詞。　⑧嗣無疆大歷服：繼承著無限重大的君主任務。嗣，繼承。無疆，無邊，大。大歷服，指王位。歷，歷數。服，職事。　⑨弗造哲，迪民康：我不夠明智，恐怕不能領導民眾走上安康之途。造，成爲。哲，明智。　⑩矧（ㄕㄣˇ）曰其有能格、知天命：何況是說我又能感動天神降臨，因而知道天命呢？矧，何況，況且。格，使神降臨。　⑪已：感歎詞，相當於「噫嘻」、「唉」。　⑫予惟小子，若涉淵水：我這年輕人，就好像去渡過深水一

樣。小子，成王年輕，故自己謙稱「小子」。⑬予惟往求朕攸濟：我只是去尋求我所以能渡過的辦法。⑭敷賁：頒布命令，通告天下。⑮敷前人受命，茲不忘（ㄨㄤˋ）大功：把文王、武王受命而創業功績布告於天下，這樣才不至喪失了偉大的功業。前人，指文王和武王。忘，通「亡」，失掉。大功，謂前人開國之功。⑯予不敢閉于天降威：我不敢拒絕老天降給我們的懲罰的權力。閉，拒絕。⑰用寧王遺我大寶龜：因此文王遺留給我一隻大而寶貴的龜。用，因此。寧王，指文王。⑱紹天明：承受天命，即卜問老天給我們的指示。明，通「命」。⑲即命：老天告知我們。⑳有大艱于西土，西土人亦不靜：西方（周國）有一場大災難，西方的人民不得安靜。㉑越茲蠢：現今已經發動起來了。越，於。茲，謂此時。㉒殷小腆（ㄊㄧㄢˇ）：殷國的那小主人（武庚）。腆，主。㉓誕敢紀其敘：居然敢整理他的王業。誕，發語詞。紀，整理。敘，指殷的王業。㉔知我國有疵，民不康：他（武庚）知道我們國家正有毛病（苦難），人民都不安定。指管叔、蔡叔的叛亂。㉕予復：我們要復國。予，是武庚自稱。復，指恢復殷的天下。㉖反鄙（ㄊㄨˊ）我周邦：反而圖謀我們周國。鄙，同「圖」。按，金文鄙、圖同字。

2. 春秋・桓公二年①

二年，春王正月②，戊申③。宋督弒其君與夷④，及其大夫孔父⑤。滕子來朝⑥。三月，公會⑦齊侯、陳侯、鄭伯于稷，以成宋亂⑧。夏四月，取郜大鼎于宋，戊申，納⑨于大廟。秋七月，杞侯來朝。蔡侯、鄭伯會于鄧。九月入杞⑩。公及戎盟⑪于唐。冬，公至自唐。

①桓公二年：即西元前七一〇年。②春王正月：即春天正月。王正月，周王的正月。正月，歲首之月。公羊家認爲《春秋》是孔子所作，「春王正月」是表示孔子尊重周王，有大一統的意思。③戊申：古代紀日不用初一、初二……三十等數序紀日，而是用干支紀日。④宋督弒其君與夷：宋國的督殺了他的國君宋殤公與夷。⑤及其大夫孔父：以及他的大夫孔父。孔父，是孔子的祖父。「孔」是姓氏。「父」是表字，又是謚號。⑥滕子來朝：滕子前來朝見。⑦會：會見。⑧以成宋亂：以助成宋國的動亂。⑨納：安放。⑩入杞：指魯國侵入杞國。⑪戎盟：和戎人結盟。

3. 左傳・燭之武退秦師

僖公三十年①九月甲午，晉侯、秦伯圍鄭，以其無禮於晉②，且貳於楚③也。晉軍④函陵，秦軍氾南。

佚之狐⑤言於鄭伯曰：「國危矣，若使燭之武⑥見秦君，師必退。」公從之。鄭曰：「臣之壯也，猶不如人，今老矣，無能爲也已。」公曰：「吾不能早用子，今急而求子，是寡人之過也。然鄭亡，子亦有不利焉！」許之⑦。夜縋⑧而出。

見秦伯曰：「秦、晉圍鄭，鄭既知亡矣。若亡鄭而有益於君，敢以煩執事⑨。越國以鄙遠；君知其難也⑩，焉用亡鄭以陪鄰⑪？鄰之厚，君之薄也。若舍鄭以爲東道主⑫，行李⑬之往來，共其乏困⑭，君亦無所害。且君嘗爲晉君賜矣，許君焦、瑕⑮，朝濟而夕設版焉⑯，君之所知也。夫晉何厭之有？既東封鄭，又欲肆其西封⑰；不闕⑱秦，焉取之？闕秦以利晉，唯君圖之⑲！」秦伯說⑳，與鄭人盟，使杞子、逢孫、楊孫㉑戍之，乃還。

子犯㉒請擊之，公曰：「不可，微夫人之力不及此㉓。因人之力而敝㉔之，不仁；失其所與㉕，不知；以亂易整㉖，不武㉗；吾其還也！」亦去之㉘。

①僖公三十年：即周襄王二十二年，晉文公七年，秦穆公三十年，鄭文公四十三年，西元前六三〇年。 ②無禮於晉：指晉文公重耳出亡時經過鄭，鄭文公未給予禮待的事。 ③貳於楚：對晉有二心，而同楚親近。 ④軍：駐紮。 ⑤佚之狐：鄭大夫。之，爲助詞，和下文的燭之武相同，都以「之」字介于姓名之間。此爲先秦的習慣，意爲「某姓家之某」。 ⑥燭之武：鄭大夫。 ⑦許之：燭之武答應了鄭文公。 ⑧縋（ㄓㄨㄟˋ）：用繩子綁住身體，從城牆上放下。 ⑨執事：本指秦伯手下辦事的官吏，實際上則是指秦伯本人。 ⑩越國以鄙遠；君知其難也：超越晉國而把離秦很遠的鄭作爲邊境，這樣做是很困難的。越，超越。鄙，國家的邊境。 ⑪焉用亡鄭以陪鄰：您何苦把鄭滅掉來增加鄰國的地盤呢？陪，增

益。⑫東道主：東行路上招待食宿的主人。鄭在秦的東邊，所以稱「東道主」。⑬行李：指行人之官，猶今之外交使節。⑭共其乏困：供應旅行者在資糧方面的缺乏。共，同「供」。⑮許君焦、瑕：晉惠公曾受秦恩惠，答應把晉國的焦、瑕二邑送給秦國。⑯朝濟而夕設版焉：晉惠公早晨剛渡河歸國，晚上就設版築城，修建防禦工事，和秦對立。指晉不但受恩不報答，反而很快背叛秦國。⑰肆其西封：擴展它西面的國界。肆，擴張。封，疆界。⑱闕：損害。⑲唯君圖之：唯有待您考慮這事了。唯，表示希望的語氣詞。之，代詞。⑳說：同「悅」。㉑杞子、逢孫、楊孫：三人皆秦大夫。㉒子犯：晉大夫狐偃。㉓微夫人之力不及此：如果沒有那個人的大力幫助，就沒有今天的我。微，非。夫人，猶言「那個人」，指秦穆公。㉔敝：棄，傷害。㉕失其所與：這句話是說如晉對秦用兵，是喪失了盟國。所與，指同盟國。㉖以亂易整：秦晉的步調本是一致的，如果彼此相攻，則是起了內鬨。亂，猶言「自相衝突」。整，猶言「步調一致」。㉗不武：沒有武威。㉘亦去之：晉侯也撤軍回國。

4. 國語・召公諫厲王止謗

厲王①虐，國人謗②王。召公③告王曰：「民不堪命④矣。」王怒。得衛巫⑤，使監謗者⑥。以告⑦，則殺之。國人莫敢言，道路以目⑧。

王喜。告召公曰：「吾能弭⑨謗矣，乃⑩不敢言。」召公曰：「是障⑪之也。防民之口，甚於防川。川壅而潰⑫，傷人必多，民亦如之。是故爲川者決之使導⑬，爲民者宣之使言⑭。故天子聽政⑮，使公卿至於列士獻詩⑯，瞽獻曲⑰，史獻書⑱，師箴⑲，瞍賦⑳，矇誦㉑，百工諫，庶人傳語㉒，近臣盡規㉓，親戚補察㉔，瞽史教誨㉕，耆艾修之㉖，而後王斟酌㉗焉。是以事行而不悖㉘。民之有口也，猶土之有山川也，財用於是乎出㉙。猶其原隰之有衍沃㉚也，衣食於是乎生。口之宣言也，善敗㉛於是乎興。行善而備敗㉜，其所以阜財用衣食者㉝也。夫民慮之於心而宣之於口，成而行之㉞，胡可壅也？若壅其口，其與能幾何㉟！」

王不聽。於是國人莫敢出言。三年，乃流王於彘㊱。

①厲王：周穆王四世孫，名胡，在位卅七年。周之暴君。②謗：指責過失。③召公：召康公之後，名奭（ㄕˋ），厲王的卿士。④民不堪命：謂暴政害民，人民難堪活命。⑤衛巫：衛國的巫者。⑥使監謗者：讓衛巫去監視指斥君王的人民。⑦以告：來報告。⑧道路以目：人們在路上相遇，只用眼睛相互示意。⑨弭（ㄇㄧˇ）：阻止、消除。⑩乃：於是，然後。⑪障：防堵，阻塞。⑫川壅而潰：河水受阻必旁決橫流。壅，塞。潰，旁決。⑬爲川者決之使導：治水的人，排去其壅障，使水暢流。決，排除。導，通暢。⑭宣之使言：治民者必宣導人民使之盡言。宣，開導。⑮聽政：聽取大臣朝奏政事。⑯公卿至於列士獻詩：公卿，三公九卿，皆朝廷高官。列士，上士、中士、下士。獻詩，進獻關於王政的諷諫之詩。⑰瞽（ㄍㄨˇ）獻曲：瞽，盲樂師，又稱太師。曲，樂曲，所獻樂曲多采自民間，奏給君王聽，使其了解民意。⑱史獻書：史官進獻史籍。⑲師箴：師，少師，次于太師的樂官。箴，含規勸箴戒的言辭。⑳瞍（ㄙㄡˇ）賦：瞍，眼中無瞳仁的盲人。賦，不歌而誦，似現今的吟誦。㉑矇誦：矇，眼中有瞳仁卻看不到東西的盲人。誦，沒有音節腔調的誦讀。㉒傳語：間接地傳達對政事的意見。㉓盡規：盡情規勸。㉔補察：指彌補、監督國君的過失。㉕瞽史教誨：瞽獻曲、史獻書，用意在規勸國君，遵守禮法。㉖耆（ㄑㄧˊ）艾修之：耆，六十歲的人。艾，五十歲的人。修，整飭，糾正。㉗斟酌：衡量其事之可否而付諸實施。㉘悖（ㄅㄟˋ）：違背道理。㉙財用於是乎出：財富、用度從這裏生出來。㉚猶其原隰（ㄒㄧˊ）之有衍沃：像大地上有高原、窪地、平原和沃野一樣，是說地勢不同，各有其用途。原，高原。隰，窪地。衍，平原。沃，有河川灌溉的土地。㉛善敗：好壞，治亂。㉜備敗：防範壞事。㉝其所以阜財用衣食者：是用它來豐富財物、器用和衣食的。阜，豐富。㉞成而行之：思慮周延成熟，自然要從言語中流露出來。㉟其與能幾何：贊同你的人能有幾個呢？與，贊同、親附。㊱流王於彘（ㄓˋ）：是說國人叛，厲王乃出奔於彘。流，放逐。彘，地名，今山西省霍縣。

5.戰國策・鄒忌諷齊王納諫

鄒忌修八尺有餘①，而形貌昳麗②。朝服衣冠，窺鏡，謂其妻曰：「我孰與城北徐公美③？」其妻曰：「君美甚，徐公何能及君也！」城北徐公，齊國之美麗者也。忌不自信，而復問其妾曰：「吾孰與徐公美？」妾曰：「徐公何能及君也！」旦日④，客從外來，與坐談，問之客曰：「吾與徐公孰美？」客曰：「徐公不若君之美也。」明日徐公來，孰視⑤之，自以爲不如，窺鏡而自視，又弗如遠甚。暮寢而思之曰：「吾妻之美我者，私⑥我也。妾之美我者，畏我也。客之美我者，欲有求於我也。」於是入朝見威王曰：「臣誠知不如徐公美，臣之妻私臣，臣之妾畏臣，臣之客欲有求於臣，皆以美於徐公。今齊地方千里⑦，百二十城，宮婦左右，莫不私王；朝廷之臣，莫不畏王；四境之內，莫不有求於王。由此觀之，王之蔽⑧甚矣。」王曰：「善。」乃下令：「羣臣吏民，能面刺⑨寡人之過者受上賞，上書諫寡人者受中賞，能謗譏於市朝⑩，聞寡人之耳⑪者受下賞。」令初下，羣臣進諫，門庭若市；數月之後，時時而間進⑫；期年⑬之後，雖欲言無可進者。燕、趙、韓、魏聞之，皆朝於齊⑭。此所謂戰勝於朝廷⑮。

①鄒忌修八尺有餘：鄒忌身材修長有八尺多高。鄒忌，齊人，擅長奏琴，曾被齊威王用爲齊相，封下邳，號成侯。修，長。八尺，古代尺短，八尺約相當于今一百八十四公分。②昳（ㄧˋ）麗：光艷，即容光煥發，神采非凡。③我孰與城北徐公美：我同城北徐公比起來，誰美？孰與，何如。徐公，人名，一稱徐君平。④旦日：明日。⑤孰視：仔細地看。孰，同「熟」。⑥私：偏愛。⑦方千里：縱橫各千里。⑧王之蔽：君王受部下的蒙蔽。蔽，受蒙蔽。⑨面刺：當面指摘。⑩謗譏於市朝：在公共場合對國君提出批評。市朝，泛指公共場所。⑪聞寡人之耳：傳到我的耳中。⑫間（ㄐㄧㄢˋ）進：間或、偶而進諫。⑬期（ㄐㄧ）年：周年，一整年。⑭朝於齊：到齊國朝見齊王。⑮戰勝於朝廷：只要內政修明，不必用兵就可以戰勝別國。

二、哲理散文

1. 老子・八十章

小國寡民①，使民有什佰之器而不用②，使民重死而不遠徙③。雖有舟輿，無所乘之④；雖有甲兵，無所陳之⑤；使民復結繩而用之⑥。甘其食⑦，美其服⑧，安其居⑨，樂其俗⑩。鄰國相望⑪，鷄犬之聲相聞⑫，民至老死不相往來⑬。

①小國寡民：使國家小而人民稀少。小、寡都用爲動詞。　②使民有什佰之器而不用：要使人民即使有成千上百件的器具也不使用它。什，同「十」。佰，同「百」。　③使民重死而不遠徙：要使人民重視死而不向遠地遷徙。重死，著重死，即愛惜生命。　④雖有舟輿，無所乘之：雖然有舟船車輛，卻沒有人去乘坐。　⑤雖有甲兵，無所陳之：雖然有鎧甲和兵器，卻沒有必要去陳列。　⑥使民復結繩而用之：要使人民再用結繩記事。復，重新。　⑦甘其食：人民以自己吃的食品爲甜美。甘，美。　⑧美其服：以自己穿的衣服爲漂亮。　⑨安其居：以自己的居所爲安適。　⑩樂其俗：以自己家鄉的習俗爲快樂。　⑪鄰國相望：這一國和鄰國可以相互望見。　⑫鷄犬之聲相聞：鷄鳴犬吠的聲音可以相互聽到。　⑬民至老死不相往來：人民卻直到老死，彼此不相往來。

2. 論語・侍坐①

子路②、曾皙③、冉有④、公西華⑤侍坐。

子曰：「以吾一日長乎爾⑥，毋吾以也⑦。居⑧則曰：『不吾知也⑨！』如或知爾，則何以⑩哉？」

子路率爾⑪而對曰：「千乘之國⑫，攝⑬乎大國之間，加之以師旅，因之以饑饉⑭；由也爲之⑮，比及⑯三年，可使有勇，且知方也⑰。」

夫子哂⑱之。

「求！爾何如？」

對曰：「方六七十，如五六十⑲，求也爲之，比及三年，可使足民⑳。如其禮樂，以俟君子㉑。」

「赤！爾何如？」

對曰：「非曰能之，願學焉㉒。宗廟之事㉓，如會同㉔，端章甫㉕，願爲小相㉖焉。」

「點！爾何如？」

鼓瑟希㉗，鏗爾㉘，舍瑟而作㉙。對曰：「異乎三子者之撰㉚。」

子曰：「何傷乎㉛？亦各言其志也！」

曰：「莫春㉜者，春服既成㉝，冠者㉞五六人，童子㉟六七人，浴乎沂㊱，風乎舞雩㊲，咏㊳而歸。」

夫子喟然㊴嘆曰：「吾與㊵點也！」

三子者出，曾晳後㊶。曾晳曰：「夫三子者之言何如？」

子曰：「亦各言其志也已矣！」

曰：「夫子何哂由也？」

曰：「爲國㊷以禮，其言不讓㊸，是故哂之。唯求則非邦也歟㊹？安見方六七十如五六十而非邦也者？唯赤則非邦也歟？宗廟會同，非諸侯而何㊺？赤也爲之小，孰能爲之大㊻？」

①侍坐：本篇選自《論語・先進》，標題是後加的。侍坐，侍奉孔子閒坐。②子路：孔子弟子，即仲由，字子路。③曾皙（ㄒㄧ）：孔子弟子，即曾點，字子皙，亦是孔子弟子曾參的父親。④冉有：孔子弟子，即冉求，字子有。⑤公西華：孔子弟子，即公西赤，字子華。⑥以吾一日長（ㄓㄤˇ）乎爾：因爲我的年紀比你們大一兩天。以，因爲。此句是孔子自謙的話。⑦毋吾以也：不要因爲我而不好意思說出來。⑧居：平時。⑨不吾知也：沒有人了解我啊！⑩何以：將如何用世。以，用。⑪率爾：莽撞輕率，不加思索的樣子。⑫千乘之國：擁有一千輛兵車的中等諸侯國。⑬攝：逼迫。意謂受到大國的脅迫。⑭加之以師旅，因之以飢饉：加上大國的侵犯而產生戰爭，繼之國內有飢荒之災。師旅，大軍；指戰爭。⑮爲之：治理這樣的國家。⑯比（ㄅㄧˋ）及：等到。⑰可使有勇，且知方也：能使人民勇于作戰，而且懂得道理。方，準則，指明辨是非之理。⑱哂（ㄕㄣˇ）：微笑。⑲方六七十，如五六十：如果有一個擁有六七十平方里，或五六十平方里的小國。⑳足民：使民富足。㉑如其禮樂，以俟君子：至于禮樂教化，還要等待賢能的君子來推行了。其，指小國。俟，等待。此是冉有的謙詞。㉒非曰能之，願學焉：我不敢說我是能夠勝任的，但是我願意從工作中學習。焉，語助詞。此是公西華的謙詞。㉓宗廟之事：指國君在宗廟舉行祭祖的禮儀。古代祭祀是國家的大事。㉔如會同：或是諸侯盟會之事。㉕端章甫：穿著禮服、戴著禮冠。端，即玄端，是一種禮服：此處作動詞用。章甫，禮冠。㉖小相：相是諸侯祭祀、會盟時，替國君主持贊禮、司儀的官。相又分卿、大夫、士三個等級，小相即最低的「士」的一級。此亦公西華的謙詞。㉗鼓瑟希：彈瑟的聲音逐漸稀疏；因曾皙聽到孔子問他，於是放慢了彈琴。鼓，彈。希，同「稀」。㉘鏗（ㄎㄥ）爾：即鏗然，是曲終收撥划動琴弦的聲音。鏗，狀聲詞。㉙舍瑟而作：放下瑟，挺身跪起來。曾皙原是席地而坐，此一動作，表示尊敬。舍，放下。作，起。㉚異乎三子者之撰：和他們三人所說的不同。撰，述，陳述。㉛何傷乎：有什麼妨害呢？㉜莫（ㄇㄨˋ）春：晚春，指夏曆三月。莫，同「暮」。㉝春服既成：春天的夾衣已經穿得住了。成，定。㉞冠（ㄍㄨㄢˋ）者：即成年人。古代男子二十歲行冠禮，束髮加冠。㉟童子：即未冠的少年。㊱浴乎沂（ㄧˊ）：泡在沂水裏。沂，水名，在今山東曲阜縣南，此水因有溫泉流入，故暮春時可入浴。㊲風乎舞雩（ㄩˊ）：在求雨的祭壇上乘涼。風，作動詞用，乘涼。舞雩，祭壇名，在曲阜縣東南，求雨時有歌舞，故稱「舞雩」。㊳詠：唱歌。㊴喟（ㄎㄨㄟˋ）然：嘆息的樣子。㊵與（ㄩˋ）：贊許、同意。㊶後：留在後面。㊷爲國：治國。㊸讓：謙讓。㊹唯求則非邦也歟：難道冉求所說的就不是邦國嗎？㊺非諸侯而何：不是諸侯的事，又是什麼？㊻赤也爲之小，孰能爲之大：公西華說他作小相，那誰能作大相呢？

語錄五則

子曰：「學而時習之，不亦說①乎？有朋自遠方來，不亦樂乎？人不知而不慍②，不亦君子乎？」（學而）

子曰：「學而不思則罔③，思而不學則殆④。」（爲政）

子曰：「士志於道而恥惡衣惡食⑤者，未足與議⑥也。」（里仁）

子曰：「見賢思齊⑦焉，見不賢而內自省⑧也。」（里仁）

子曰：「吾未見好德⑨如好色⑩者也。」（子罕）

①說：同「悅」。②慍（ㄩㄣˋ）：怒。③罔（ㄨㄤˇ）：迷惑而無所得。④殆：危疑不安。⑤恥惡衣惡食：以粗劣的衣服、食物爲羞恥。惡，粗劣。⑥未足與議：不值得同他談論道理。⑦思齊：希望同他一樣。⑧省（ㄒㄧㄥˇ）：反省，檢討。⑨好（ㄏㄠˋ）德：看重品德。⑩好（ㄏㄠˋ）色：看重美色。

3. 墨子・非攻①（上）

今有一人，入人園圃②，竊其桃李，衆聞則非之③，上爲政者，得則罰之④。此何也？以虧⑤人自利也。至攘人犬豕雞豚⑥者，其不義又甚入人園圃竊桃李。是何故也？以虧人愈多。苟虧人愈多，其不仁茲⑦甚，罪益厚⑧。至入人欄廐⑨，取人馬牛者，其不仁義又甚攘人犬豕雞豚。此何故也？以其虧人愈多。苟虧人愈多，其不仁茲甚，罪益厚。至殺不辜人⑩也，扡⑪其衣裘、取戈劍者，其不義又甚入人欄廐，取人馬牛。此何故也？以其虧人愈多，苟虧人愈多，其不仁茲甚矣，罪益厚。當此⑫，天下之君子皆知而非之，謂之不義。今至大爲不義，攻國⑬，則弗知非，從而譽之，謂之義。此可謂知義與不義之別乎？

殺一人，謂之不義，必有一死罪矣⑭。若以此說往⑮，殺十人，十重⑯不義，必有十死罪矣；殺百人，百重不義，必有百死罪矣。當此，天下之君子皆知而非之，謂之不義。今至大爲不義，攻國，則弗知非，從而譽之，謂之義。情不知其不義也，故書其言以遺後世⑰；若知其不義也，夫奚說書其不義以遺後世哉⑱？

今有人于此，少見黑曰黑，多見黑曰白，則必以此人爲不知白黑之辯⑲矣；少嘗苦曰苦，多嘗苦曰甘，則必以此人爲不知甘苦之辯矣。今小爲非，則知而非之；大爲非，攻國，則不知非，從而譽之，謂之義，此可謂知義與不義之辯乎？是以知天下之君子也，辯義與不義之亂也⑳。

①非攻：譴責侵略別的國家。②園圃：果園菜圃。③衆聞則非之：群衆聽到了，都認爲此人的行爲是錯誤的。④上爲政者，得則罰之：在上位的執政者捕獲了就懲罰他。⑤虧：損害。⑥攘人犬豕（ㄕˇ）雞豚（ㄊㄨㄣˊ）：偷盜人家養的家畜。豕，大豬。豚，小豬。⑦茲：同「滋」，更加。⑧厚：重。⑨欄廄（ㄐㄧㄡˋ）：養家畜的地方。⑩不辜人：無罪的人。⑪扡（ㄊㄨㄛ）：同「拖」，奪取。⑫當此：遇此情形。⑬今至大爲不義，攻國：如今甚至於大行不義之事，攻取別人的國家。⑭必有一死罪矣：必然構成一條死罪了。⑮若以此說往：如果按照這個說法類推。⑯重（ㄔㄨㄥˊ）：倍。⑰情不知其不義也，故書其言以遺後世：有的人眞是不知道攻人之國是不義的，所以把一些稱譽的話記載下來遺留給後世。情，誠然，果眞。書，記載。⑱夫奚說書其不義以遺後世哉：那還有什麼理由把那種不義的行爲記載下來遺留給後世呢？奚說，什麼理由。⑲辯：同「辨」，區別。⑳辯義與不義之亂也：在分辨義和不義的問題上是混淆顚倒的。亂，指顚倒是非，即以不義爲義。

4. 孟子・王何必曰利（梁惠王上）

孟子見梁惠王①。王曰：「叟②！不遠千里而來，亦將有以利吾國乎③？」

孟子對曰：「王！何必曰利？亦④有仁義而已矣。王曰，『何以利吾國？』大夫曰，『何以利吾家？』士庶人⑤曰，『何以利吾身？』上下交征利⑥而國危矣。萬乘之國⑦，弒⑧其君者，必千乘之家⑨；千乘之國，弒其君者，必百乘之家。萬取千焉，千取百焉，不為不多矣⑩。苟⑪為後義而先利，不奪不饜⑫。未有仁而遺其親⑬者也，未有義而後其君⑭者也。王亦曰仁義而已矣，何必曰利？」

①梁惠王：名罃（一ㄥ），魏武侯的太子。梁，即魏國，因遷都于大梁，故亦稱梁國。②叟：老丈，對年長者的稱呼。③亦將有以利吾國乎：那對我的國家會有很大利益吧？④亦：祇，只要。⑤士庶人：士子及老百姓。⑥上下交征利：上上下下互相追逐私利。征，斂取。⑦萬乘（ㄕㄥˋ）之國：擁有萬乘兵車的大國。乘，古代的兵車一輛稱一乘。又以兵車的多少來衡量國家的大小，據劉向《戰國策》序說，戰國後期韓、趙、魏（梁）、燕、齊、楚、秦七國為萬乘，宋、衛、中山以及東周、西周則屬千乘。⑧弒：古時以下殺上，以卑殺尊叫弒。⑨千乘之家：古代的執政大夫有一定的封邑，這封邑又叫采地，擁有這種封邑的大夫叫「家」。有封邑當然也有兵車。公卿的封邑大，可以出兵車千乘，大夫的封邑小，可以出兵車百乘。⑩萬取千焉，千取百焉，不為不多矣：在一萬輛兵車的國家中，大夫擁有兵車一千輛；在一千輛兵車的國家中，大夫擁有兵車一百輛；這些大夫的產業不能不說是很多的了。⑪苟：假若。⑫不奪不饜（一ㄢˋ）：不奪去國君的產業，是永遠不會滿足的。饜，滿足。⑬遺其親：遺棄他的父母。⑭後其君：怠慢他的君主。

齊人有一妻一妾（離婁下）

齊人有一妻一妾而處室①者，其良人②出，則必饜酒肉而後反，其妻問所與飲食者，則盡富貴③也。其妻告其妾曰：「良人出，則必饜酒肉而後反，問其與飲食者，盡富貴也。而未嘗有顯者來，吾將瞷④良人之所之也。」蚤⑤起，施從⑥良人之所之，徧國中無與立談者。卒之東郭墦間之祭者⑦，乞其餘⑧，不足，又顧而之他⑨，此其爲饜足之道⑩也。其妻歸，告其妾曰：「良人者，所仰望而終身也，今若此！」與其妾訕⑪其良人，而相泣於中庭⑫，而良人未之知也，施施⑬從外來，驕其妻妾。由君子觀之，則人之所以求富貴利達者，其妻妾不羞也而不相泣者，幾希⑭矣！

①處室：住在一處。②良人：丈夫。古時妻子稱丈夫爲「良人」。③富貴：富貴人。④瞷（ㄐㄧㄢˋ）：窺視。⑤蚤（ㄗㄠˇ）：同「早」。⑥施（ㄧˊ）從：從側面跟踪。施，斜行。⑦卒之東郭墦（ㄈㄢˊ）間之祭者：最後走到東郊外的墓地。墦，墳墓。⑧乞其餘：乞討祭墓剩下的酒肉。⑨顧而之他：東張西望地跑到別處去乞討。⑩饜足之道：吃飽喝醉的辦法。道，方法。⑪訕（ㄕㄢˋ）：怨謗，咒罵。⑫中庭：庭中，院子裡。⑬施（ㄕ）施：喜悅、滿足的樣子。⑭幾希：很少，幾乎沒有。

5. 莊子・逍遙游①（節選）

北冥有魚，其名爲鯤②。鯤之大，不知其幾千里也；化而爲鳥，其名爲鵬，鵬之背，不知其幾千里也；怒而飛③，其翼若垂天之雲④。是鳥也，海運則將徙于南冥⑤；南冥者，天池⑥也。《齊諧》者，志怪者也⑦；《諧》之言曰：「鵬之徙于南冥也，水擊三千里⑧，摶扶搖而上者九萬里⑨，去以六月息者也⑩。」野馬⑪也，塵埃⑫也，生物之以息相吹⑬也。天之蒼蒼，其正色邪⑭？其遠而無所至極邪⑮？其視下也，亦若是則已矣⑯。

且夫水之積也不厚，則其負大舟也無力。覆杯水于坳堂之上，則芥爲之舟[17]，置杯焉則膠，水淺而舟大也[18]。風之積也不厚，則其負大翼也無力。故九萬里則風斯[19]在下矣，而後乃今培風[20]；背負青天而莫之夭閼者[21]，而後乃今將圖南[22]。蜩[23]與學鳩[24]笑之曰：「我決[25]起而飛，槍榆枋[26]，時則不至[27]，而控[28]于地而已矣；奚以之九萬里而南爲[29]！」適莽蒼者[30]，三餐而反[31]，腹猶果然[32]；適百里者，宿舂糧[33]；適千里者，三月聚糧[34]。之二蟲，又何知[35]！小知不及大知[36]，小年[37]不及大年。奚以知其然也？朝菌不知晦朔[38]，惠蛄不知春秋[39]，此小年也。楚之南有冥靈[40]者，以五百歲爲春，五百歲爲秋；上古有大椿[41]者，以八千歲爲春，八千歲爲秋，此大年也。而彭祖乃今以久特聞[42]，衆人匹之，不亦悲乎[43]？

湯之問棘也是已[44]：「窮髮[45]之北，有冥海者，天池也。有魚焉，其廣數千里，未有知其修[46]者，其名爲鯤。有鳥焉，其名爲鵬，背若泰山，翼若垂天之雲；摶扶搖羊角[47]而上者九萬里，絕雲氣[48]，負青天[49]，然後圖南，且[50]適南冥也。斥鴳[51]笑之曰：『彼且奚適也！我騰躍而上，不過數仞[52]而下，翱翔蓬蒿之間，此亦飛之至[53]也。而彼且奚適也！』」此小大之辨[54]也。

故夫知效一官[55]，行比一鄉[56]，德合一君[57]，而征一國者[58]，其自視也亦若此矣[59]。而宋榮子猶然笑之[60]。且舉世譽之而不加勸[61]，舉世非之而不加沮[62]，定乎內外之分[63]，辨乎榮辱之境[64]，斯已矣[65]；彼其于世，未數數然也[66]。雖然，猶有未樹也[67]。夫列子御風而行[68]，泠然善也[69]，旬有五日而後反[70]；彼于致福者，未數數然也[71]。此雖免乎行，猶有所待者也[72]。若夫乘天地之正[73]，而御六氣之辨[74]，以游無窮[75]者，彼且惡乎待[76]哉！故曰：至人無己[77]，神人無功[78]，聖人無名[79]。

①逍遙游：以此名篇，取其閒放不拘，怡適自得之義。②北冥有魚，其名爲鯤（ㄎㄨㄣ）：遙遠的北方大海洋中，有一種大魚，名字叫鯤。冥，同「溟」，大洋。鯤，本義是魚卵，這裏借爲大魚名。③怒而飛：鼓翅奮力而飛。怒，振奮。④其翼若垂天之雲：雙翅就像垂在天邊的一片雲。⑤海運則將徙于南冥：在海上翺翔，是要飛往南海。海運，海波動蕩。南冥，南海。⑥天池：天然形成的湖。⑦《齊諧》者，志怪者也：《齊諧》是一種記載怪異事物的書。志，記載。怪，怪異。⑧水擊三千里：鵬初飛時撲打海水三千里。水擊，在水面拍擊。⑨摶（ㄊㄨㄢˊ）扶搖而上者九萬里：大鵬鳥凭借飆風之力，拍翼直上，飛於高空，距離地面有九萬里。摶，聚積。扶搖，風名，一名「飆」，一種從地面盤旋而上的暴風。⑩去以六月息者也：乘六月的長風飛行。息，風。⑪野馬：雲霧像奔騰的野馬。⑫塵埃：像卷起的塵埃。⑬生物之以息相吹：這是萬物發出的氣息。生物，有生機之物。息，氣息。⑭天之蒼蒼，其正色邪：人眼所看到的青蒼天地，難道是天的眞正顏色嗎？蒼蒼，深青的樣子。其，通「豈」，難道。正色，眞正的顏色。邪，同「耶」。⑮其遠而無所至極邪：是因爲它遼遠無邊嗎？其，代詞，代大鵬鳥。⑯其視下也，亦若是則已矣：從天上往下看，不過也是這個樣子罷了。意謂因相距太遠，故人視天與鵬視地都不一定得其眞相。⑰覆杯水于坳（ㄠ）堂之上，則芥（ㄐㄧㄝˋ）爲之舟：把一杯水傾覆在堂上低窪之處，一棵小草可以漂浮在上面成爲一隻小船。坳堂，堂上低窪的地方。芥，小草。⑱置杯焉則膠，水淺而舟大也：把一隻杯子放在坳堂的水上，那隻杯子就要膠著在地上，因爲水淺而杯身太大了。膠，粘住。⑲斯：于是，就。⑳而後乃今培風：然後大鵬才可以乘風而行。而後乃今，等於「然後才」。培，同「凭」。培風，凭風，乘風。㉑背負青天而莫之夭閼（ㄜˋ）者：鵬鳥的背上只負著青天，再沒有其他的東西來遮攔阻塞它了。夭閼，攔阻，阻擋。㉒圖南：謀劃著向南飛行。㉓蜩（ㄊㄧㄠˊ）：蟬。㉔學鳩：又叫鶯鳩，一種形體似雀的小鳥。㉕決（ㄋㄩㄝˋ）：急速的樣子。㉖槍榆枋（ㄈㄤ）：最高也不過是突過了榆樹枋樹。槍，冲出，突起。枋，檀木。㉗時則不至：有時可能還飛不到那麼高。時則，即「時或」。㉘控：投，落。㉙奚以之九萬里而南爲：又那裏用得著這樣費力地飛到九萬里以外去，謀畫著向南飛呢？奚以，何以，爲什麼，那裏用得著。之，往。爲，疑問語氣詞。㉚適莽蒼者：前往近郊林野的人。莽蒼，指碧綠無際的郊野。㉛三餐而反：只吃三頓飯就可以走一個來回。反，同「返」。㉜腹猶果然：肚子還飽飽的。果然，充實、吃飽的樣子。㉝適百里者，宿舂（ㄔㄨㄥ）糧：到相距百里以外的人，就要頭天夜裏搗米準備糧食。舂，用杵在臼中搗米，除去皮殼。㉞三月聚糧：聚積三個月的糧食。㉟之二蟲，又何知：這兩個小蟲子懂得什麼！之，此，指示代名詞。二蟲，指蜩和學鳩。㊱小知不及大知：小智（所見淺短）不了解大智。知，同「智」。㊲年：壽命。㊳朝菌不知晦朔：朝生暮死的菌類，不知道什麼是黑夜與黎明。朝菌，朝生暮死的菌。晦，黑夜。朔，平明。晦朔指一天的早晚。㊴惠蛄（ㄍㄨ）不知春秋：寒蟬不知道一

年裏還有春秋。惠蛄，又名寒蟬：春生夏死，夏生秋死，故不知春秋。春秋指一年。㊵冥靈：大樹的名稱。一說大龜的名稱。㊶大椿：一種高大的喬木。㊷而彭祖乃今以久特聞：可是彭祖如今以長壽而獨聞名于世。彭祖，傳說彭祖名鏗（ㄎㄥ），堯臣，封于彭城，活了八百歲。乃今，如今。特，獨。聞，聞名，著名。㊸眾人匹之，不亦悲乎：大家要和他比壽，不是可悲的嗎？匹之，和他相比。㊹湯之問棘也是已：湯問棘就是說的這件事。棘，湯時的大夫。是已，等於說「是也」。㊺窮髮：指極北方不長草木的不毛之地。窮，盡。發，指草木。㊻修：長。㊼羊角：旋風，盤旋而上象羊角。㊽絕雲氣：超越雲層。絕，超越。㊾負青天：背靠青天。㊿且：將。(51)斥鴳（ㄧㄢˋ）：一種小雀，傳說此種鳥飛不到一尺高。斥，同「尺」。(52)仞：古以七尺或八尺爲一仞。(53)飛之至：飛翔的最高度。(54)小大之辨：小和大的不同。小，指斥鴳。大，指鵬。辨，區別。(55)知效一官：才智只勝任一官之職。知，才智。效，奏效。(56)行（ㄒㄧㄥˋ）比一鄉：品行只能適合于一鄉人的心意。行，品行。比，合于。(57)德合一君：道德符合一個國君的要求。(58)而征一國者：能力能取信於一國的人。而，通「能」，能力。征，信。(59)其自視也亦若此矣：他們看待自己，也是這個樣子。其，指以上四種人。此，指斥鴳。(60)宋榮子猶然笑之：宋榮子嘿嘿地嘲笑他們。宋榮子，即戰國中期思想家宋鈃（ㄐㄧㄢ），主張「禁攻寢兵」、「情欲寡淺」，學說近墨家和道家。猶然，笑的樣子 (61)舉世譽之而不加勸：全世界都贊譽他也不會更加勤勉。舉，全。不加勸，不會更加奮勉。(62)舉世非之而不加沮（ㄐㄩˇ）：全世界都詆毀他也不感到沮喪。非之，責難他。加沮：更加沮喪。(63)定乎內外之分：拿得準對己對人的區別。定，確定。內，指「我」。外，指外物。分，分界。(64)辨乎榮辱之境：分得清榮譽和屈辱的界限。(65)斯已矣：如此而已。(66)彼其于世，未數（ㄕㄨㄛˋ）數然也：像宋榮子這樣的人，在世上並不是常有的。數數，常常、頻繁。(67)猶有未樹也：還有不足的地方，指宋榮子還未樹立至德。(68)夫列子御風而行：相傳列子駕著風行進。列子，列禦寇，鄭國人，戰國時思想家。據說他得風仙之道，能乘風而行。御風，乘風，駕風。(69)泠（ㄌㄧㄥˊ）然善也：輕快巧妙，御風的技術很高超。(70)旬有（ㄧㄡˋ）五日而後反：十五天後返回原地。(71)彼于致福者，未數數然也：他對追求幸福的事情，不曾放在心上。(72)此雖免乎行，猶有所待者也：這樣雖然免卻了步行，也還需要其他的憑借。乎，于。有所待，有依靠的東西。指列子仍要憑借風力才能飛行。(73)若夫乘天地之正：至於那乘著天地萬物的本性。若夫，至于。乘，順應。天地之正，天地萬物正常的自然的稟性。(74)御六氣之辨：駕馭風雨寒暑的變化。御，駕馭。六氣，指陰、陽、風、雨、晦、明。辨，同「變」，指六氣的變化。(75)以游無窮：遨游于無限境界。無窮，指宇宙。(76)惡（ㄨ）乎待：何所待，意指什麼都不依賴。(77)至人無己：修養最完善的人，不考慮自己，忘掉自身的一切。(78)神人無功：修養出神入化的人，不追求立功。(79)聖人無名：道德智慧最高的人，不追求聲名。

6. 荀子・天論①（節選）

天行有常，不爲堯存，不爲桀亡②。應之以治則吉，應之以亂則凶③。彊本而節用，則天不能貧④；養備而動時，則天不能病⑤；修道而不貳，則天不能禍⑥。故水旱不能使之⑦饑，寒暑不能使之疾，祆怪不能使之凶⑧。本荒而用侈，則天不能使之富⑨；養略而動罕，則天不能使之全⑩；倍道而妄行，則天不能使之吉⑪。故水旱未至而饑，寒暑未薄而疾⑫，祆怪未至而凶。受時與治世同，而殃禍與治世異⑬，不可以怨天，其道然也。故明於天人之分，則可謂「至人」矣⑭。……

治亂天邪⑮？曰：日月星辰瑞曆⑯，是禹、桀之所同也，禹以治，桀以亂，治亂非天也。時邪？曰：繁啓蕃長於春夏，畜積收臧於秋冬⑰，是又禹、桀之所同也，禹以治，桀以亂，治亂非時也。地邪？曰：得地則生，失地則死⑱，是又禹、桀之所同也，禹以治，桀以亂，治亂非地也。《詩》⑲曰：「天作高山，大王荒之⑳，彼作矣，文王康之㉑。」此之謂也。

天不爲人之惡寒也輟冬㉒，地不爲人之惡遼遠也輟廣㉓，君子不爲小人之匈匈也輟行㉔。天有常道矣，地有常數矣㉕，君子有常體㉖矣。君子道其常，而小人計其功㉗。《詩》㉘曰：「禮義之不愆，何恤人之言兮㉙。」此之謂也。……

雩而雨㉚，何也？曰：無何也，猶不雩而雨也。日月食㉛而救之，天旱而雩，卜筮然後決大事，非以爲得求也，以文之也㉜。故君子以爲文，而百姓以爲神。以爲文則吉，以爲神則凶也。……

大天而思之，孰與物畜而制之㉝？從天而頌之，孰與制天命而用之㉞？望時而待之，孰與應時而使之㉟？因物而多之，孰與騁能而化之㊱？思物而物之，孰與理物而勿失之也㊲？願於物之所以生，孰與有物之所以成㊳？故錯人而思天，則失萬物之情㊴。

①天論：本篇是荀子論天人關係的著名論文，代表荀子的宇宙觀和人生觀。原文較長，這裏只節選數段。天，指自然界。天論，即關於大自然的論述。　②天行有常，不爲堯存，不爲桀亡：大自然的運行有一定的規律，它不因有堯這樣的聖君才存在這種規律，也不因有桀這樣的暴君就失去它正常的規律。行，運行，變化。常，常規，規律。　③應之以治則吉，應之以亂則凶：對待自然界採取合理的措施，就會有好結果；對待自然界採取不合理的措施，就會遭到災禍。意即人的行動要適應自然規律。應，對待，適應。治，指合理的行動。　④彊（ㄑㄧㄤˊ）本而節用，則天不能貧：加強農業生產而節約用度，則天不能使人貧困。彊，同「強」。本，指農業生產。　⑤養備而動時，則天不能病：衣食供養齊備，行動適合時宜，則天不能使人生病。養，衣食等生活資料。　⑥修道而不貳，則天不能禍：修養道德堅定不移，則天不能給人帶來災禍。貳，違背，不專一。　⑦之：指人類。　⑧祅（ㄧㄠ）怪不能使之凶：自然界的各種奇異現象，也不能使人遭難。祅，同「妖」。祅怪，指自然界的一些奇異現象。　⑨本荒而用侈，則天不能使之富：農業荒廢而用度奢侈，則天也不能使人富裕。　⑩養略而動罕，則天不能使之全：缺衣少食而又懶惰，則上天也不能使人健全。養略，指衣食不足。動罕，缺少動作。　⑪倍道而妄行，則天不能使之吉：背離道德而胡作非爲，則上天也不能使人吉利。倍，同「背」。　⑫寒暑未薄而疾：沒有寒暑的侵襲，人也會生病。薄，迫近。　⑬受時與治世同，而殃禍與治世異：亂世的人所遇到的天時與治世的人所遇到的天時相同，而亂世的人所遇到的災禍却與治世不同。受時，所遇到的天時。　⑭故明於天人之分（ㄈㄣˋ），則可謂「至人」矣：所以明白天與人各有不同職分的人，可以稱得上是聖人了。意即聖人只注重人事而不問天道。分，職責。至人，聖人。　⑮治亂天邪：社會上的有治有亂，是否天意？　⑯瑞曆：曆象。　⑰繁啓蕃長於春夏，畜積收臧於秋冬：百物在春天繁盛地萌芽，在夏天茂盛地成長；秋天則百物結實，所以是收成蓄積的時候；冬天寒冷，所以是百物被收藏的時候。啓，萌芽。蕃，茂盛。長，成長。畜，同「蓄」。臧，同「藏」。　⑱得地則生，失地則死：此言人類離開土地就無法生活了。　⑲《詩》：指《詩經》的〈周頌．天作〉篇。按，引此詩所以說明人爲的必要。　⑳天作高山，大王荒之：高山雖是天所生成，但却經過太王的開墾，才能有利於人。高山，指岐山，在今陝西省岐山縣東北。大王，即太王公劉，周文王姬昌的祖父。荒，開闢。　㉑彼作矣，文王康之：言太王既已創業，而文王又能安定下來好好地保有它。彼，指太王。作，創始。康，安，保有。　㉒天不爲人之惡寒也輟冬：天不因爲人類憎厭寒冷就廢棄了冬天。輟，停止。　㉓地不爲人之惡遼遠也輟廣：地不因爲人類憎厭道路遙遠就廢棄了它的幅員廣闊。

㉔君子不爲小人之匈匈也輟行：君子不因爲小人的亂嚷嚷就中止了他的正義的行動。匈匈，喧嘩的聲音。㉕天有常道矣，地有常數矣：天上日月星辰的運行，地上萬物的生長，都有一定的規律、步驟。道，規律。數，次第、步驟。㉖常體：常態、常度。㉗君子道其常，而小人計其功：君子行其常道，小人則只計較一時的功利。道，力行。常，常道，經常不變的準則。計，計較。功，指目前的、一時的利害。㉘《詩》：此是佚詩。㉙禮義之不愆（ㄑㄧㄢ），何恤人之言兮：君子既遵守禮義，而行爲無差錯，又何必擔心旁人說閒話呢？愆，差錯。恤，顧慮。㉚雩（ㄩˊ）而雨：經過祈禱之後，天就下雨了。雩，天旱祭神求雨。㉛食：同「蝕」。㉜非以爲得求也，以文之也：在上位者對於上述三事所以要如此做法，並非眞的是求而有所得，不過用來順適人意，做爲政事的文飾罷了。文，文飾，指利用宗教迷信作爲政事上的一種文飾，以欺騙百姓。㉝大天而思之，孰與物畜而制之：與其尊崇天而仰慕它，何不把天當作物來看待而控制它！大天，以天爲偉大。思，思慕。孰與，何如。物畜，把天當作一物看待。㉞制天命而用之：掌握大自然的規律面對自然界的各種物質加以控制、利用。㉟望時而待之，孰與應時而使之：與其坐待時令變化給予人類的恩賜，何不適應時令變化而充分使用它呢！應時，指掌握、適應節令。㊱因物而多之，孰與騁能而化之：與其依靠物類的自然蕃殖而增多，何不運用生產技能，促使其發展變化！騁能，運用生產技能。㉗思物而物之，孰與理物而勿失之也：與其希望萬物供人使用，何不治理萬物而不失掉任何利用萬物的機會。物之，把物加以使用。理，治理。㊳願於物之所以生，孰與有物之所以成：與其羨慕萬物之生長，何不掌握它的規律，促使它成長。有，同「佑」，幫助，促進。㊴故錯人而思天，則失萬物之情：所以放棄人爲的努力而指望上天，那就失去了萬事萬物的情理。錯，放棄。

7. 韓非子・五蠹①（節選）

今有不才之子②，父母怒之弗爲改③，鄉人譙之弗爲動④，師長教之弗爲變⑤。夫以父母之愛，鄉人之行，師長之智，三美⑥加焉，而終不動其脛毛⑦，不改；州部之吏⑧，操⑨官兵，推公法而求索姦人⑩，然後恐懼，變其節⑪，易其行⑫矣。故父母之愛不足以教子，必待州部之嚴刑者⑬，民固驕⑭於愛，聽⑮於威矣。故十仞⑯之城，樓季⑰弗能踰⑱者，峭⑲也；千仞之山，跛牂⑳易牧者，夷㉑也。故明主峭其法而嚴其刑㉒也。布帛尋常㉓，庸人㉔不釋；鑠金百鎰㉕，盜跖不掇㉖。不必害㉗則不釋尋常，必害手則不掇百鎰，故明主必其誅㉘也。是以賞莫如厚而信㉙，使民利之；罰莫如重而必㉚，使民畏之；法莫如一而固㉛，使民知之。故主施賞不遷㉜，行誅無赦㉝。譽輔其賞，毀隨其罰㉞，則賢不肖俱盡其力矣。

今則不然。以其有功也爵之，而卑其士官㉟也；以其耕作也賞之，而少㊱其家業也；以其不收也外之，而高其輕世也㊲；以其犯禁㊳也罪之，而多㊴其有勇也。毀譽賞罰之所加者相與悖繆㊵也，故法禁壞而民愈亂。今兄弟被侵必攻者㊶，廉㊷也；知友被辱隨仇㊸者，貞㊹也。廉貞之行成而君上之法犯矣。人主尊㊺貞廉之行而忘犯禁之罪，故民程㊻於勇而吏不能勝也。不事㊼力而衣食，則謂之能㊽；不戰功㊾而尊，則謂之賢。賢能之行成而兵弱而地荒矣。人主說賢能之行而忘兵弱地荒之禍，則私行立而公利滅矣。

儒以文㊿亂法，俠(51)以武犯禁，而人主兼禮(52)之，此所以亂也。夫離法(53)者罪，而諸先生以文學取(54)；犯禁者誅，而羣俠以私劍養(55)。故法之所非(56)，君之所取；吏之所誅，上之所養也。法趣上下，四相反也(57)，而無所定(58)，雖有十黃帝(59)不能治也。故行仁義者非所譽(60)，譽之則害功(61)；工(62)文學者非所用，用之則亂法。楚之有直躬(63)，其父竊羊而謁(64)之吏；令尹(65)曰：「殺之！」以爲直於君而曲於父，報而罪之。以是觀之，夫君之直臣，父之暴子也。魯人從君戰(66)，三戰三北(67)，仲尼問其故，對曰：「吾有老父，身死，莫之養也。」仲尼以爲孝，舉而上之。以是觀之，夫父之孝子，君之背臣也。故令尹誅而楚姦不上聞(68)，仲尼賞而魯民易降北(69)。上下之利若是其異也，而人主兼舉(70)匹夫之行，而求致社稷(71)之福，必不幾也(72)。古者蒼頡(73)之作書也，自環者謂之「私」(74)，背私謂之「公」，公私之相背也，乃蒼頡固已知之矣。今以爲同利者，不察之患也(75)。然則爲匹夫計者，莫如修仁義而習文學(76)。仁義修則見信(77)，見信則受事(78)；文學習則爲明師(79)，爲明師則顯榮(80)：此匹夫之美也。然則無功而受事，無爵而顯榮，有政如此，則國必亂，主必危矣。故不相容之事不兩立也。斬敵者受賞，而高慈惠之行；拔城者受爵祿，而信兼愛之說；堅甲厲兵(81)以備難，而美薦紳之飾(82)；富國以農，距敵恃卒，而貴文學之士；廢敬上(83)畏法之民，而養遊俠私劍之屬；舉行如此，治強不可得也。國平(84)養儒俠，難至用介士(85)，所利非所用，所用非所利。是故服事者簡其業(86)，而游學者(87)日衆，是世之所以亂也。

①五蠹：本篇是代表韓非子政治思想的重要論文。韓非子根據古今社會變遷的實際情況，闡明他的法治思想。他斥當時的學者（戰國末期的儒家）、言談者（縱橫家）、帶劍者（即游俠，是墨家的支派）、患御者（國君所狎暱的近侍之臣）和工商之民爲五蠹，因而他主張養耕戰之士（農民、軍隊）而除五蠹之民。此即本篇的主旨。②不才之子：不成器的兒子。③弗爲改：不悔改。④鄉人譙（ㄑㄧㄠˋ）之弗爲動：同鄉鄰舍責備他，他也不動心。譙，責罵。⑤變：改變。⑥三美：三方面的好意。⑦脛（ㄐㄧㄥˋ）毛：小腿上的毛。⑧州部之吏：地方官吏。⑨操：帶領，統率。⑩推公法而求索姦人：執行國法，搜查歹人。⑪節：操守、品德。⑫易其行：轉變行爲。⑬必待州部之嚴刑者：必須依靠地方官府執行嚴厲的刑法。⑭驕：驕縱、放縱。⑮聽：聽從。⑯仞：七尺或八尺叫仞。⑰樓季：戰國時魏君魏文侯的弟弟，善於跳躍登高。⑱踰：跨越。⑲峭：高峻、陡峭。⑳牂（ㄗㄤ）：母羊。㉑夷：平、平緩。㉒峭其法而嚴其刑：此處是用地勢的陡峭來比喻立法的嚴峻。㉓布帛尋常：七八尺或十幾尺的布帛。尋，八尺。常，十六尺。㉔庸人：普通人。㉕鑠（ㄕㄨㄛˋ）金百鎰（ㄧˋ）：熔化在爐裏的上千兩黃金。鑠金，銷金。鎰，二十四兩。㉖盜跖（ㄓˊ）不掇（ㄉㄨㄛˊ）：盜跖亦不會拾取。盜跖，人名，戰國時著名的大盜。據《莊子》，謂是柳下惠的弟弟。掇，拾取。㉗不必害：不一定有害。㉘必其誅：意爲一定執行嚴厲的刑罰。誅，懲罰、殺戮。㉙是以賞莫如厚而信：所以賞賜最好是豐厚，而且要有信用。㉚罰莫如重而必：懲罰最好是罰得重，而且一定要執行。㉛一而固：統一而固定。㉜施賞不遷：施行獎賞不隨便變更。㉝赦：赦免。㉞譽輔其賞，毀隨其罰：榮譽輔助獎賞發揮作用，惡名隨著刑罰而來。㉟卑其士官：輕視他們能當官。卑，賤視。㊱少：輕視。㊲以其不收也外之，而高

其輕世也：因爲他們不願被錄用而疏遠他們，但又推崇他們的清高。㊳禁：法禁。㊴多：重視、贊賞。㊵悖繆（ㄇㄧㄡˋ）：矛盾繆誤。繆，同「謬」。㊶今兄弟被侵必攻者：今兄弟被人侵犯，必定幫助他反攻。㊷廉：方正。㊸隨仇：追隨仇人進行報復。㊹貞：忠貞。㊺尊：推崇、重視。㊻程：即「逞」，放縱。㊼事：用，役。㊽能：智能。㊾不戰功：沒有戰功。㊿文：指儒家「仁義」「禮治」等學說。(51)俠：游俠。(52)禮：尊敬。(53)離法：亂法。(54)諸先生以文學取：儒生們因儒家學說被君王錄用。(55)以私劍養：作爲刺客被統治者所豢養。私劍，指暗殺。(56)法之所非：法所不允許的。(57)法趣上下，四相反也：法之所非、君之所取、上之所養、吏之所誅，這四方面存在著矛盾。趣，同「取」。(58)無所定：無法確定其是非。(59)黃帝：傳說中我國古代部落聯盟中的領袖。(60)非所譽：不可稱譽。(61)功：指耕田作戰之功。(62)工：精通。(63)直躬：人名。(64)謁：告發。(65)令尹：楚國的最高官職。(66)從君戰：跟從國君打仗。(67)北：古「背」字。戰敗而逃時，背向敵人，故稱敗退爲敗北。(68)不上聞：不向上報告。(69)易降北：容易投降和逃跑。(70)兼舉：並取。(71)社稷：古代國家的代稱。(72)必不幾也：必定不能達到希望。(73)蒼頡：人名，傳說是古代創造文字的人。(74)自環者謂之「私」：私，古作「厶」，像自己繞圈的環狀，所以說自環就是私。(75)不察之患也：是沒有仔細考察的毛病。(76)然則爲匹夫計者，莫如修仁義而習文學：假如爲個人的私利打算，最好是學習儒家的仁義學說。(77)見信：受國君信任。(78)受事：接受國君委任的工作。(79)師：指儒家一派的老師。(80)顯榮：顯達榮耀。(81)堅甲厲兵：堅硬的鎧甲和鋒利的兵器。(82)薦紳之飾：指寬袍大袖的儒家服飾。紳，古代士大夫束在衣外的大帶。(83)敬上：尊敬國君。(84)國平：國家太平。(85)介士：即甲士。(86)服事者簡其業：服役的人懈怠他的職責。(87)游學者：指游俠和儒家。

伍、楚辭

1.屈原

橘頌①

后皇嘉樹②，橘徠服③兮。受命不遷④，生南國⑤兮。
深固難徙⑥，更壹志⑦兮。綠葉素榮⑧，紛⑨其可喜兮。
曾枝剡棘⑩，圓果摶兮⑪。青黃雜糅⑫，文章⑬爛兮。
精色內白⑭，類任道⑮兮。紛緼宜脩⑯，姱而不醜⑰兮。
嗟爾幼志，有以異兮⑱。獨立不遷，豈不可喜兮⑲。
深固難徙，廓其⑳無求兮。蘇世獨立，橫而不流兮㉑。
閉心自愼，終不過失兮㉒。秉德無私，參天地兮㉓。
願歲并謝，與長友兮㉔。淑離不淫㉕，梗其有理㉖兮。
年歲雖少，可師長兮㉗。行比伯夷㉘，置以爲象㉙兮。

①橘頌：〈九章〉中的一篇，爲屈原唯一的抒情詩，也是我國文學史上第一篇詠物詩。表面上是在歌頌橘子的「內美」和「外美」，實際上是屈原在表達自己內外兼修的美德。 ②后皇嘉樹：橘樹是天地所生的好樹。后，后土。皇，皇天。 ③徠（ㄌㄞˊ）服：來到南方適應當地水土。徠，同「來」。服，適應。 ④受命不遷：領受天地之命不可遷移。按，橘

逾淮爲枳（ㄓˇ）（果實味酸苦不可生食），故有「受命不遷」的意思。受命，稟性。⑤南國：古江漢地區，即今江南一帶。⑥深固難徙：根深柢固難以移植。⑦壹志：專一的意志。⑧綠葉素榮：綠色的葉片雪白的花朵。素榮，白花。榮，華、花。⑨紛：茂盛。⑩曾枝剡（ㄧㄢˇ）棘（ㄐㄧˊ）：橘樹的枝條層迭棘刺銳利。曾枝，枝重層。曾，同「層」。剡，銳利。棘，即刺。⑪圜果摶（ㄊㄨㄢˊ）兮：圓圓的果實飽滿又豐腴。圜、摶，形容果實渾圓的樣子。⑫青黃雜糅：青的黃的果實相映成趣。青，橘未熟時的色澤。黃，橘已熟時的色澤。糅，錯雜。⑬文章：指橘子皮色的紋理色彩。⑭精色內白：金黃的表皮潔白的內瓤（ㄖㄤˊ）。內，瓤也，兼指皮裏、瓤、子。⑮任道：可負重任。⑯紛緼（ㄩㄣ）宜脩：橘樹香氣濃郁枝葉年年修剪合宜。紛緼，香氣濃郁。脩，修剪。⑰姱（ㄎㄨㄚ）而不醜：橘樹挺拔美好而不嫌其枝葉繁多。姱，好。醜，繁多。⑱嗟爾幼志，有以異兮：嗟、嗟，你自年少就有與眾不同的地方。嗟，感歎詞。爾，屈原自稱。⑲獨立不遷，豈不可喜兮：有獨立的性格堅定不移，豈不令人感到格外可喜嗎？⑳廓（ㄎㄨㄛˋ）其：廣大空曠；此指心胸豁達。㉑蘇世獨立，橫而不流兮：遠離世俗能清醒獨立，敢於橫渡不肯隨波逐流。蘇世，對混濁的世俗保持清醒的頭腦。橫，橫渡，橫而不流。此以行船喻人的性格，敢於沖風橫渡。㉒閉心自愼，終不過失兮：事情藏在心中謹愼自知，你能自始至終不犯過失。閉心，把事情藏在心中。㉓秉德無私，參天地兮：保持美好品德行爲無偏私，在精神上眞和天地一致。㉔願歲并謝，與長友兮：希望與橘樹一起凋謝，願友誼地久天長。㉕淑離不淫：橘有美德麗容但不妖冶。淑，善。離，通「麗」字。淫，過分。㉖梗其有理：指橘的性格堅強理直氣壯。㉗年歲雖少（ㄕㄠˇ），可師長兮：年歲雖然不是太大，但是可以爲師可以爲長。㉘行（ㄒㄧㄥˋ）比伯夷：品行可比得上伯夷。伯夷，人名。屈原心目中的義士。殷人，周滅殷後，拒食周粟，餓死於首陽山。㉙置以爲象：種植你啊作爲學習榜樣。置，植。象，典型，榜樣。

湘君①

君不行兮夷猶②，蹇誰留兮中洲③？美要眇兮宜修④，沛吾乘兮桂舟⑤。令沅湘兮無波，使江水兮安流⑥。望夫君兮未來，吹參差兮誰思⑦？

駕飛龍兮北征，邅吾道兮洞庭⑧。薜荔柏兮蕙綢，蓀橈兮蘭旌⑨。望涔陽兮極浦⑩，橫大江兮揚靈⑪。揚靈兮未極⑫，女嬋媛兮爲余太息⑬。橫流涕兮潺湲⑭，隱思君兮陫惻⑮。

桂櫂兮蘭枻⑯，斲冰兮積雪⑰。采薜荔兮水中，搴芙蓉兮木末⑱。心不同兮媒勞，恩不甚兮輕絕⑲。石瀨兮淺淺⑳，飛龍兮翩翩㉑。交不忠兮怨長㉒，期不信兮告余以不閒㉓！

鼂騁騖兮江皋㉔，夕弭節兮北渚㉕。鳥次兮屋上，水周兮堂下㉖。捐余玦兮江中，遺余佩兮醴浦㉗。采芳洲兮杜若，將以遺兮下女㉘。時不可兮再得，聊逍遙兮容與㉙。

①湘君：此是〈九歌〉中的第三首，是祭祀湘水神的詩歌。本篇以湘夫人的語氣，寫她盼望湘君的怨慕和愁思。　②君不行兮夷猶：湘君還在猶豫，不動身前來。夷猶，猶豫不決。　③蹇（ㄐㄧㄢˇ）誰留兮中洲：是誰把他留在洲上？蹇，楚方言，發語詞。誰留，爲誰而留。中洲，即洲中，水中陸地。　④美要（ㄧㄠ）眇（ㄇㄧㄠˇ）兮宜修：我（湘夫人）容貌美麗，打扮又適宜。要眇，美好的樣子。宜修，修飾得體，恰到好處。　⑤沛吾乘兮桂舟：乘著桂舟順流而行，去赴湘君的約會。沛，順流而下，船走得很快。桂舟，桂木做的舟，含有芳潔的意思。　⑥令沅湘兮無波，使江水兮安流：希望沅水、湘水和長江都風平浪靜，不要興波作浪。安流，平穩流動。　⑦望夫（ㄈㄨˊ）君兮未來，吹參（ㄘㄣ）差（ㄘ）兮誰思：盼望那湘君他却沒有來，我吹著參差思念的是誰？夫，指示代詞，彼。君，指湘君。參差，古樂器名，由長短不齊的竹管編成類似笙或排簫。誰思，思念誰。　⑧駕飛龍兮北征，邅（ㄓㄢ）吾道兮洞庭：湘夫人因湘君不來乃駕飛龍向北行進，轉道去了洞庭湖。飛龍，指龍船，即桂舟做成龍形。邅，楚方言，轉道。　⑨薜（ㄅㄧˋ）荔柏兮蕙綢，蓀（ㄙㄨㄣ）橈兮蘭旌：此寫龍船上的儀仗盛美芳潔。以薜荔爲旗以蕙草來纏旗杆，以蓀這種香草作旗上曲柄，以蘭作旗杆頂端的飾物。柏，聞一多認爲「帕」字之誤。「帕」通「帛」，旌旗的總名。蓀，香草，即溪蓀，俗名石菖蒲。橈，曲木，指旗杆上的曲柄。旌，此指旗杆頂上的裝飾。　⑩望涔（ㄘㄣˊ）陽兮極浦：湘夫人已經由東南到西北橫渡了洞庭湖，經過涔陽浦進入長江。涔陽，地名，涔陽浦，在今湖南省涔水北岸澧縣附近，地處洞庭湖西北岸與長江之間。極浦，遠灘。　⑪橫大江兮揚靈：遠遠望見湘君的靈光。橫，渡。揚靈，發揚其靈光。　⑫揚靈兮未極：湘君雖揚其光靈而遠遠在望，却并未來到。極，至。　⑬女嬋（ㄔㄢˊ）媛兮爲余太息：我的侍女也不禁爲我嘆息。嬋媛，楚方言，同「嘽咺」，呼吸急促、喘息。太息，嘆息。　⑭橫流涕兮潺湲（ㄩㄢˊ）：涕淚橫流再也止不住。潺湲，水流不斷的樣子，此處形容流淚不止。　⑮隱思君兮陫惻：痛苦地思念湘君啊多麼傷心。隱，傷痛。陫惻，通「悱惻」，內心悲苦、傷心。　⑯桂櫂（ㄓㄠˋ）兮蘭枻（ㄧˋ）：桂木製的長槳，蘭木製的短槳，櫂，同「棹」，船槳。枻，楫，短槳。　⑰斲（ㄓㄨㄛˊ）

冰兮積雪：鑿冰于積雪中以便行船。斲，同「鑿」。⑱采薜荔兮水中，搴（ㄑㄧㄢ）芙蓉兮木末：薜荔長在陸地，荷花長在水中，現在卻到水中去採薜荔，到樹梢上去摘荷花。比喻想會見湘君是徒勞無功的。搴，楚方言，摘取。芙蓉，荷花的別名。木末，樹梢。⑲心不同兮媒勞，恩不甚兮輕絕：兩心不同，媒人就勞而無功；恩情不深厚，就會輕易地離棄對方。甚，深厚。輕絕，輕易地棄絕 ⑳石瀨（ㄌㄞˋ）兮淺（ㄐㄧㄢ）淺（ㄐㄧㄢ）：石灘上的水流是那麼地迅急。瀨，沙石上的急流。淺淺，水流得很快的樣子。㉑飛龍兮翩翩：龍船輕快地穿過急流。翩翩，飛翔的樣子。㉒交不忠兮怨長：相交而不忠誠，眞叫人多所怨望。怨長，長久怨恨。㉓期不信兮告余以不閑：約了日期不守信用，卻對我說沒有空閑。㉔鼂（ㄔㄠˊ）騁騖兮江皋：清晨我急急在江邊上奔走。鼂，同「朝」，清晨。騁騖，奔馳。皋，水澤。㉕夕弭節兮北渚：傍晚把船停在洞庭湖中的北渚。弭節，慢慢停下來。渚，水中小洲。㉖鳥次兮屋上，水周兮堂下：鳥在屋上棲息，水在堂下環流。次，棲息。此寫湘夫人在北渚歇息處的荒涼景色。㉗捐余玦（ㄐㄩㄝˊ）兮江中，遺余佩兮醴浦：湘夫人把玉玦和玉佩都丟在水中，以示訣絕之意。遺，丟下。玦，環形有缺口的玉。佩，佩玉。醴，通「澧」，澧水，在今湖南省境內。㉘采芳洲兮杜若，將以遺（ㄨㄟˋ）兮下女：湘夫人把採來的香草，將要送給湘君的侍女。芳洲，芳草叢生的江中陸地。杜若，香草名。遺，贈與。㉙時不可兮再得，聊逍遙兮容與：會面的機會不能再得，我姑且在芳洲上漫步散心來排遣愁思。聊，姑且。容與，徘徊、漫步。

國殤①

操吳戈兮被犀甲②，車錯轂兮短兵接③。旌蔽日兮敵若雲④，矢交墜兮士爭先⑤。淩余陣兮躐余行⑥，左驂殪兮右刃傷⑦。霾兩輪兮縶四馬⑧，援玉枹兮擊鳴鼓⑨，天時懟兮威靈怒⑩，嚴殺盡兮棄原野⑪。

出不入兮往不反⑫，平原忽兮路超遠⑬。帶長劍兮挾秦弓⑭，首身離兮心不懲⑮；誠既勇兮又以武⑯，終剛強兮不可淩⑰。身既死兮神以靈⑱，魂魄毅兮爲鬼雄⑲！

①國殤：這是〈九歌〉的第十首，是追悼陣亡將士的祭歌。死於國事叫做國殤。②操吳戈兮被（ㄆㄧ）犀甲：戰士手持兵器，身披犀甲。操，持。戈，平頭戟（ㄐㄧˇ），頂端帶橫刃，作戰時可擊可鉤。吳戈，吳國所製的戈，質量最佳。被，同「披」。犀甲，用犀牛皮作的鎧甲。③車錯轂（ㄍㄨˇ）兮短兵接：雙方的戰車你來我往的交錯混戰，這時戈、矛等長兵器已施展不開，互用刀、劍等短兵器刺殺。錯，交錯。轂，車的輪軸，此指戰車。短兵，指刀、劍等短兵器。④旌蔽日兮敵若雲：敵方旌旗多得可以遮日，兵士多得如雲集。⑤矢交墜兮士爭先：兩軍相射的箭紛紛墜落在陣地上，而我軍的將士奮勇向前殺敵。⑥凌余陣兮躐（ㄌㄧㄝˋ）余行（ㄏㄤˊ）：敵方侵犯我們的陣地，踐踏我們的行列。凌，侵犯。躐，踐踏。行，行列。⑦左驂（ㄘㄢ）殪（ㄧˋ）兮右刃傷：戰車左側的驂馬已經死了，而右驂也已爲兵刃所傷。殪，死。右，右驂。⑧霾（ㄇㄞˊ）兩輪兮縶（ㄓˊ）四馬：車輪陷埋於地下，馬匹被繩絆住，無法行動。霾，同「埋」。縶，拴、捆。⑨援玉枹（ㄈㄨˊ）兮擊鳴鼓：主帥鳴擊戰鼓來提振士氣。玉枹，鑲嵌玉飾的鼓槌。鳴鼓，戰鼓，聲音特響。⑩天時懟（ㄉㄨㄟˋ）兮威靈怒：兩軍戰況激烈，眞是驚天地、泣鬼神。天時，天象。懟，怨恨。威靈，指神。⑪嚴殺盡兮棄原野：慘烈的戰鬥後，將士們壯烈地戰死，棄屍於戰場。嚴，嚴酷，慘烈。⑫出不入兮往不反：將士視死如歸，出征以後就不打算生還。⑬平原忽兮路超遠：將士們戰死在遠離家鄉的戰場上，無一生還。平原，戰場。忽，渺茫。超遠，遙遠。⑭帶長劍兮挾秦弓：將士雖死，仍佩帶長劍，挾持秦弓，不改英武風姿。秦弓，秦國製造的弓最佳，代指良弓。⑮首身離兮心不懲：將士英勇作戰，雖身首異處，心中也沒有悔意。首身離，首、身分離，即「被殺」。不懲，不懼，不悔。⑯誠既勇兮又以武：既有勇敢的精神，又有高超的武藝。⑰終剛強兮不可凌：始終十分剛強，使人不敢侵犯。⑱身既死兮神以靈：將士身軀雖死，但死後成神，精神不死。神以靈，英靈不泯。⑲魂魄毅兮爲鬼雄：魂魄威武不屈，也是鬼中豪傑。毅，剛毅。鬼雄，鬼中英雄。

離騷①（節選）

帝高陽之苗裔兮②，朕皇考曰伯庸③。攝提貞于孟陬兮④，惟庚寅吾以降⑤。皇覽揆余初度兮⑥，肇錫余以嘉名⑦，名余曰正則兮，字余曰靈均⑧。紛吾既有此內美兮⑨，又重之以脩能⑩；扈江離與辟芷兮，紉秋蘭以爲佩⑪。汨余若將不及兮，恐年歲之不吾與⑫。朝搴阰之木蘭兮⑬，夕攬洲之宿莽⑭。日月忽其不淹兮⑮，春與秋其代序⑯；惟草木之零落⑰兮，恐美人之遲暮⑱。不撫壯而棄穢兮，何不改乎此度⑲？乘騏驥以馳騁兮，來吾道夫先路⑳！

昔三后之純粹兮，固衆芳之所在㉑，雜申椒與菌桂兮，豈維紉夫蕙茝㉒？彼堯、舜之耿介㉓兮，既遵道而得路㉔；何桀、紂之猖披㉕兮，夫唯捷徑以窘步㉖！惟夫黨人之偷樂兮㉗，路幽昧以險隘㉘；豈余身之憚殃㉙兮，恐皇輿之敗績㉚。忽奔走以先後兮㉛，及前王之踵武㉜，荃不察余之中情兮㉝，反信讒而齌怒㉞。余固知謇謇㉟之爲患兮，忍而不能舍也。指九天以爲正兮，夫唯靈脩之故也㊱！曰黃昏以爲期兮，羌中道而改路㊲。初既與余成言兮，後悔遁而有他㊳；余既不難夫離別兮，傷靈脩之數化㊴。

余既滋蘭之九畹兮，又樹蕙之百畝㊵。畦留夷與揭車兮，雜杜衡與芳芷㊶。冀枝葉之峻茂兮，願俟時乎吾將刈㊷。雖萎絕其亦何傷兮，哀衆芳之蕪穢㊸！衆皆競進以貪婪兮，憑不厭乎求索㊹，羌內恕己以量人兮，各興心而嫉妒㊺。忽馳騖以追逐兮，非余心之所急㊻，老冉冉其將至兮，恐脩名之不立㊼。朝飲木蘭之墜露兮，夕餐秋菊之落英㊽；苟余情其信姱以練要兮，長顑頷亦何傷㊾！攬木根以結茝兮，貫薜荔之落蕊㊿；矯菌桂以紉蕙兮，索胡繩之纚纚(51)。謇吾法夫前脩兮，非世俗之所服(52)；雖不周於今之人兮，願依彭咸之遺則(53)！

長太息以掩涕兮，哀民生之多艱(54)；余雖好脩姱以鞿羈兮，謇朝誶而夕替(55)。既替余以蕙纕兮，又申之以攬茝(56)；亦余心之所善兮，雖九死其猶未悔！怨靈脩之浩蕩兮，終不察夫民心(57)。衆女嫉余之蛾眉兮，謠諑謂余以善淫(58)。固時俗之工巧兮，偭規矩而改錯(59)；背繩墨以追曲兮，競周容以爲度(60)。忳鬱邑余侘傺兮，吾獨窮困乎此時也(61)；寧溘死以流亡兮，余不忍爲此態也(62)！鷙鳥之不群兮，自前世而固然(63)；何方圜之能周兮，夫孰異道而相安(64)！屈心而抑志兮，忍尤而攘詬(65)；伏清白以死直兮，固前聖之所厚(66)！

悔相道之不察兮，延佇乎吾將反(67)；回朕車以復路兮，及行迷之未遠(68)。步余馬於蘭皋兮，馳椒丘且焉止息(69)，進不入以離尤兮，退將復脩吾初服(70)。製芰荷以爲衣兮，集芙蓉以爲裳(71)；不吾知其亦已兮，苟余情其信芳(72)！高余冠之岌岌兮，長余佩之陸離(73)，芳與澤其雜糅兮，唯昭質其猶未虧(74)。忽反顧以遊目兮，將往觀乎四荒(75)；佩繽紛其繁飾兮，芳菲菲其彌章(76)！民生各有所樂兮，余獨好脩以爲常(77)！雖體解吾猶未變兮，豈余心之可懲(78)！

①離騷：其含義歷來說法不一，而漢代人所作的兩種解釋較爲通行：一是遭遇憂患；二是離別的憂愁。 ②帝高陽之苗裔兮：屈原說自己是古帝王高陽氏的後代子孫。高陽，古帝顓（ㄓㄨㄢ）頊（ㄒㄩ）的稱號。苗裔，後代子孫。 ③朕皇考曰伯庸：朕，我。皇考，對死去父親的美稱。伯庸，屈原父親的字。 ④攝提貞于孟陬（ㄗㄡ）兮：此句是說寅年寅月。攝提，寅年的別名。貞，當。孟陬，正月，夏曆的正月是寅月。 ⑤惟庚寅吾以降：寅日那天我降生了。惟，語助詞。庚寅，紀日的干支。降，誕生。 ⑥皇覽揆（ㄎㄨㄟˊ）余初度兮：父親考慮我出生在寅年寅月寅日這個奇特的日子。皇，皇考的簡稱。覽，觀察。揆，度，估量。初度，初生的時節。 ⑦肇錫余以嘉名：一開頭就給我起了個美好的名字。肇，開始。錫，同「賜」。嘉名，美名。 ⑧名余曰正則兮，字余曰靈均：給我取名叫「正則」，取字叫「靈均」。正則，公平的法則，隱含「平」的意思。靈均，極好的平地，隱含「原」的意思。屈原，名平，字原。 ⑨紛吾既有此內美兮：紛，美盛的樣子。內美，先天具有忠貞的本質。 ⑩又重之以脩能：重，加。脩能，美好的容態。 ⑪扈（ㄏㄨˋ）江離與辟芷兮，紉秋蘭以爲佩：我披上江離和白芷，還聯結秋蘭作佩飾。扈，披。江離，香草名。辟芷，香草名。紉，楚方言，貫串。秋蘭，香草名。佩，佩飾。 ⑫汩（ㄇㄧˋ）余若將不及兮，恐年歲之不吾與：歲月如流水，我好像來不及似的，怕的是年歲不等人。汩，迅速的樣子。不吾與，不等待我。 ⑬朝搴阰（ㄆㄧˊ）之木蘭兮：搴，拔取。阰，大山坡。木蘭，香木名。 ⑭夕攬洲之宿莽：攬，採取。洲，水中的陸地。宿莽，經冬而不死的草。 ⑮日月忽其不淹兮：日月，指光陰。忽，倏忽，速。淹，久留。 ⑯春與秋其代序：春去秋來，時序輪流更換。代序，輪換，代謝。 ⑰零落：指草木凋謝。 ⑱恐美人之遲暮：美人，喻懷王。遲暮，比喻年老。 ⑲不撫壯而棄穢兮，何不改乎此度：何不趁著壯盛之年而拋棄穢政，又何不改變此種態度。不，「何不」的省文。撫，持，趁著。 ⑳乘騏驥以馳騁兮，來吾道夫先路：

是說君王肯任用賢才，大展雄圖，我願作前驅引路。騏驥，駿馬，喻賢才。來，邀請。道，同「導」。先路，前驅。㉑昔三后之純粹兮，固眾芳之所在：從前三王的品德純粹無瑕，所以當時朝中賢才濟濟。三后，三王，指夏禹、商湯、周文王。純粹，精美而沒有雜質。眾芳，喻群賢。㉒雜申椒與菌桂兮，豈維紉夫蕙茝（ㄔㄞˇ）：豈只是把蕙茝聯結成串作爲佩飾，還雜有申椒和菌桂。比喻賢才眾多。雜，多種聚合。申椒、菌桂、蕙、茝，都是香草名。㉓耿介：光明正大。㉔既遵道而得路：堯舜走正路，所以得到治國的光明大道。遵，循。道，正道。路，大道。㉕猖披：猖狂邪亂。㉖夫唯捷徑以窘步：桀紂只走邪路，因而困窘難行。捷徑，邪出的小路。窘步，寸步難行。㉗惟夫黨人之偷樂兮：惟夫，語助詞。黨人，指包圍在楚王周圍的小人。偷樂，苟且偷生。㉘路幽昧以險隘（ㄞˋ）：幽昧，昏暗不明。險隘，危險狹窄。㉘憚殃：害怕禍害。㉚恐皇輿之敗績：擔憂國家遭受禍難。皇輿，君王的車子，此處代表楚國。敗績，翻車。㉛忽奔走以先後兮：忽，迅疾、匆忙的樣子。奔走以先後，指效力左右。㉜踵武：走前王走過的路。踵，腳後跟。武，足跡。㉝荃不察余之中情兮：荃，香草名，喻楚王。中情，內情、本心。㉞齌（ㄐㄧˋ）怒：盛怒。齌，猛火煮飯。㉟謇（ㄐㄧㄢˇ）謇：直言進諫，難於啓口。謇，口吃。㊱指九天以爲正兮，夫唯靈脩之故也：上指蒼天可以作證，我那樣作都爲了國君的緣故。正，通「證」。㊲曰黃昏以爲期兮，羌中道而改路：據宋洪興祖《楚辭補注》考訂，這兩句是衍文，應刪去。㊳初既與余成言兮，後悔遁而有他：你以前既然和我有成約，今反悔而改變初衷又有其他的打算。成言，約定之言。㊴余既不難夫離別兮，傷靈脩之數化：我並不怕被你疏遠而離去，只是傷心你的屢次改變心意。數化，屢次變化。㊵余既滋蘭之九畹（ㄨㄢˇ）兮，又樹蕙之百畝：我已經栽培了很多春蘭，又種植香草秋蕙一大片。滋，培植。畹，同「畝」，指田地單位，田三十畝曰畹。㊶畦（ㄒㄧ）留夷與揭車兮，雜杜衡與芳芷：分隴培植了留夷和揭車，還把杜衡、芳芷穿插種其間。畦，一塊一塊地種植。留夷、揭車、杜衡、芳芷，香草名。㊷冀枝葉之峻茂兮，願俟時乎吾將刈（ㄧˋ）：希望它們都枝繁葉茂，等待著我收割的那一天。刈，收割。㊸雖萎絕其亦何傷兮，哀眾芳之蕪穢：它們枯萎死絕有何傷害，使我痛心的是它們的荒蕪。此指群賢變節。㊹眾皆競進以貪婪兮，憑不厭乎求索：大家都拚命追逐權勢財利，貪得無厭的向人索財。競進，競相追逐權勢利祿。憑，滿。厭，滿足。求索，向別人索取財物。㊺羌內恕己以量人兮，各興心而嫉妒：他們猜疑別人寬恕自己，各自勾心鬥角相互妒忌。羌，楚方言，發語詞。量人，以小人之心度量他人。㊻忽馳騖（ㄨˋ）以追逐兮，非余心之所急：如快馬奔馳般的追逐權勢財利，這些不是我追求的東西。忽，急。馳騖，到處奔走。㊼老冉冉其將至兮，恐脩名之不立：老年在漸漸來臨，擔心美好名聲的不能樹立。冉冉，漸漸。脩名，美名。㊽朝飲木蘭之墜露兮，夕餐秋菊之落英：早晨我飲木蘭上的露滴，晚上用菊花殘瓣充飢。落英，落花。㊾苟余情其信姱（ㄎㄨㄚ）以練要兮，長顑（ㄎㄢˇ）頷（ㄏㄢˋ）亦何傷：只要我的情感堅貞不易，形消骨立又有什麼關係。信姱，眞正美好。練要，精誠堅定。顑頷，因飢餓而面色枯黃的樣子。㊿擥木根以結茝兮，貫薜荔之落蕊：我用樹木的根編結茝草，把薜荔花蕊穿在一起。落蕊，落花。(51)矯菌桂以紉蕙兮，索胡繩之纚（ㄕˇ）纚：我拿菌桂枝條聯結蕙草，胡繩搓成繩索又長又好。索，搓繩。胡繩，香草名。纚纚，繚繞的樣子。(52)謇吾法夫前脩兮，非世俗之所服：我向古代的聖賢學習啊，不是世間俗人能夠做到。謇，楚方言，發語詞。前脩，前賢。(53)雖不周於今之人兮，願依彭咸之遺則：我與現在的人雖不相容，我卻願依照彭咸的遺教。周，合。彭咸，古賢臣名。遺則，遺法。(54)長太息以掩涕兮，哀民生之多艱：聲聲嘆息著掩面哭泣啊，可憐人生路途的艱難。(55)余雖好脩姱以鞿（ㄐㄧ）羈（ㄐㄧ）兮，謇朝誶（ㄙㄨㄟˋ）而夕替：我雖愛好修潔嚴于責己，早晨被辱罵晚上又丟官。好脩姱，愛慕美好的品行。鞿，馬韁繩。羈，馬籠頭。鞿羈，指約束自己。誶，責罵。替，斥廢。(56)既替余以蕙纕（ㄒㄧㄤ）兮，又申之以攬茝：他們攻擊我佩帶蕙草啊，又指責我愛好采集茝蘭。蕙纕，纕蕙的倒文，指以蕙爲佩帶。申，加上。(57)怨靈脩之浩蕩兮，終不察夫民心：怨就怨楚王的糊塗無思慮啊，他始終不體察別人心情。浩蕩，水大的樣子，此處用來形容人無思無慮的樣子。(58)眾女嫉余之蛾眉兮，謠諑謂余以善淫：那些女子妒忌我的豐姿，造謠誣蔑說我妖艷好淫。眾女，眾小人。蛾眉，本爲女性美麗的特徵之一，用來代表美貌，屈原自喻。謠啄，造謠中傷。(59)固時俗之工巧兮，偭（ㄇㄧㄢˇ）規矩而改錯：庸人本來善于投機取巧，背棄規矩而又改變政策。時俗，世俗之人。工巧，善于取巧。偭，背棄。錯，同「措」，措施。(60)背繩墨以追曲兮，競周容以爲度：違背是非標準隨意定曲直，爭著苟合取悅作爲法則。繩墨，匠人用來畫直線的工具。追曲，隨意曲直。周容，苟合取容。(61)忳（ㄊㄨㄣˊ）鬱邑余侘（ㄔㄚˋ）傺（ㄔˋ）兮，吾獨窮困乎此時也：憂愁煩悶啊我失意不安，現在孤獨窮困多麼艱難。忳，憂愁深沉的樣子。鬱邑，氣不能舒發。侘傺，失意中心情不定的樣子。(62)寧溘（ㄎㄜˋ）死以流亡兮，余不忍爲此態也：寧可突然死去魂魄離散，媚俗取巧啊我堅決不爲。溘死，突然死去。(63)鷙（ㄓˋ）鳥之不群兮，自前世而固然：雄鷙不與那些凡鳥同群，自古以來就是這般。(64)何方圜之能周兮，夫孰異道而相安：方枘和圓鑿怎麼能夠互相配合，志向不同何能彼此相安。方，方枘，即方的木榫或方柄。圜，同「圓」，指圓鑿，即圓的鑿孔。周，合。(65)屈心而抑志兮，忍尤而攘詬：寧願委曲心志壓抑情感，寧把斥責咒罵統統承擔。尤，罪過。攘，取，承受。詬，恥。(66)伏清白以死直兮，固前聖之所厚：保持清白節操死於直道，這本爲古代聖賢所稱贊。死直，死於正道。(67)悔相道之不察兮，延佇乎吾將反：後悔我輔佐的人不能體察，我伸長脖子等了一陣子我又將回頭。相道，輔佐。延，延頸。佇，久立。(68)回朕車以復路兮，及行迷之未遠：調轉我的車走回原路啊，趁著迷途還不太遠。回，掉轉。行迷，迷路。(69)步余馬於蘭皋兮，馳椒丘且焉止息：我在長蘭草的水邊溜馬，跑上椒木小山暫且停留。步，同「踄」，解駕使馬散行。步馬，溜馬。焉，於是，在此。(70)進不入以離尤兮，退將復脩吾初服：在朝廷做官不得意反而獲罪，不如退隱重修我的舊服。離尤，獲罪。初服，未仕時的服裝，指隱士的服裝。(71)製芰（ㄐ一ˋ）荷以爲衣兮，集芙蓉以爲裳：我要把菱葉裁剪成上衣，我并用荷花把下裳織就。(72)不吾知其亦已兮，苟余情其信芳：沒有人了解我也就罷了，只要內心眞正馥郁芳柔。不吾知，不知吾的倒裝。已，算了，罷了。(73)高余冠之岌岌兮，長余佩之陸離：把我的帽子加得高高的，把我的佩帶增得長悠悠。岌岌，高峻的樣子。陸離，長的樣子。(74)芳與澤其雜糅兮，唯昭質其猶未虧：雖然芳潔污垢混雜一起，只有純潔品質不會虧損。芳，指衣飾之芬芳。澤，指佩玉之潤澤。昭質，光明清白的本質。(75)忽反顧以遊目兮，將往觀乎四荒：我忽然回頭啊縱目四望，我將游觀四面遙遠地方。(76)佩繽紛其繁飾兮，芳菲菲其彌章：佩著五彩繽紛華麗裝飾，散發出一陣陣濃郁清香。繽紛，盛多的樣子。彌章，更加明顯。(77)民生各有所樂兮，余獨好脩以爲常：人們各有自己的愛好啊，我獨愛好修飾習以爲常。(78)雖體解吾猶未變兮，豈余心之可懲：即使粉身碎骨也不改變，難道我能受警戒而彷徨。體解，肢解。懲，怨悔。

哀郢①

皇天之不純命兮②，何百姓之震愆③？民離散而相失兮，方仲春而東遷④。去故鄉而就遠⑤兮，遵江夏以流亡⑥。出國門而軫懷兮⑦，甲之鼂吾以行⑧。發郢都而去閭兮⑨，怊荒忽其焉極⑩？楫齊揚以容與兮⑪。哀見君⑫而不再得！望長楸而太息兮⑬，涕淫淫其若霰⑭。過夏首而西浮兮⑮，顧龍門而不見⑯。心嬋媛而傷懷兮⑰，眇不知其所蹠⑱。順風波而從流兮⑲，焉洋洋而爲客⑳。淩陽侯之氾濫兮㉑，忽翶翔之焉薄㉒？心絓結而不解兮㉓，思蹇產而不釋㉔。

將運舟而下浮兮㉕，上洞庭而下江㉖。去終古之所居兮，今逍遙而來東㉗。羌靈魂之欲歸兮，何須臾而忘反㉘？背夏浦而西思兮㉙，哀故都㉚之日遠。登大墳㉛以遠望兮，聊以舒㉜吾憂心。哀州土之平樂兮㉝，悲江介之遺風㉞。

當陵陽之焉至兮，淼南渡之焉如㉟？曾不知夏之爲丘兮㊱，孰兩東門之可蕪㊲？心不怡㊳之長久兮，憂與愁其相接㊴。惟郢路之遼遠兮，江與夏之不可涉。忽若去不信兮，至今九年而不復㊵。慘鬱鬱而不通兮㊶，蹇侘傺而含感㊷！

外承歡之汋約兮㊸，諶荏弱而難持㊹，忠湛湛而願進兮㊺，妬被離而鄣之㊻。彼堯舜之抗行兮㊼，瞭杳杳其薄天㊽。衆讒人之嫉妬兮，被以不慈之僞名㊾。憎慍惀之修美兮，好夫人之忼慨㊿。衆踥蹀而日進兮，美超遠而踰邁(51)。

亂(52)曰：曼余目以流觀兮(53)，冀壹反之何時(54)？鳥飛反故鄉兮，狐死必首丘(55)。信非吾罪而棄逐兮，何日夜而忘之(55)！

①哀郢（一ㄥˇ）：〈九章〉中的一篇，約作于楚頃襄王二十一年（西元前二七八），這年秦將白起攻破楚都郢（今湖北江陵縣）。②皇天之不純命兮：老天爺的命令變化無常。不純命，指失其常道。③何百姓之震愆（ㄑ一ㄢ）：爲何使老百姓震動驚慌。愆，罪過，此處指百姓遭受動蕩離亂的罪孽。④方仲春而東遷：正當仲春二月逃往東方。⑤就遠：走向遠方。⑥遵江夏以流亡：沿著長江夏水四處流亡。遵，沿著。⑦出國門而軫（ㄓㄣˇ）懷兮：走出郢都城門我很悲痛。軫懷，痛心。⑧甲之鼂（ㄓㄠ）吾以行（ㄏㄤˊ）：就在甲日的早晨開始遠行。鼂，同「朝」，早晨。⑨發郢都而去閭兮：我從郢都出發離開故里。閭，里門，指家鄉。⑩怊（ㄔㄠ）荒忽其焉極：心中迷茫悵惘不知那裏是盡頭。怊，悲傷。荒忽，通「恍惚」。⑪楫齊揚以容與兮：船槳齊划船兒慢慢前行。容與，漫無方向地任船前行。⑫君：指楚君。⑬望長楸（ㄑ一ㄡ）而太息兮：望見故國喬木不禁長嘆。長楸，即梓樹，落葉喬木。古人用喬木爲國家的象徵。⑭涕淫淫其若霰（ㄒ一ㄢˋ）：淚珠滾滾就像雪珠一樣。霰，小雪珠。⑮過夏首而西浮兮：經過了夏首我沿江西浮。夏首，夏水流入長江的水口。西浮，向西南行。⑯顧龍門而不見：回頭已看不見郢都城牆。龍門，郢都的東門。⑰心嬋媛而傷懷兮：心裏牽掛不捨無限憂傷。嬋媛，情思纏綿，牽掛不捨的樣子。⑱眇（ㄇ一ㄠˇ）不知其所蹠（ㄓˊ）：前途渺茫不知落腳何方。眇，同「渺」，渺茫。蹠，踐踏。⑲順風波而從流兮：順著風波隨著江流而行。⑳焉洋洋而爲客：開始漂泊無定四處流浪。洋洋，無處可歸。㉑凌陽侯之氾濫兮：我乘著浩蕩的波濤前進。凌，乘著。陽侯，相傳是伏羲氏時的諸侯，溺死于水，成爲波濤之神。後爲波濤的代稱。㉒忽翶翔之焉薄：如鳥飛翔不知飄到那方。焉，何處。薄，通「泊」，到，止。㉓心絓（ㄍㄨㄚˋ）結而不解兮：心中憂思鬱結無法擺脫。絓，與「挂」同，牽挂。

㉔思蹇（ㄐㄧㄢ）產而不釋：思慮不展心情不能舒暢。蹇產，曲折，形容思慮糾纏。釋，解開。㉕將運舟而下浮兮：我掉轉船頭啊順江東下。運舟，駕船。下浮，順江東下。㉖上洞庭而下江：過了洞庭湖就進入長江。㉗去終古之所居兮，今逍遙而來東：離開世世代代居住之地，現在飄飄蕩蕩來到東方。終古，世代。㉘羌靈魂之欲歸兮，何須臾而忘反：我的靈魂時時都想回去，沒有一時一刻忘記家鄉。羌，發語詞，楚辭常使用。㉙背夏浦而西思兮：背向夏浦思念西邊郢都。夏浦，夏水之濱，即今漢口市。㉚故都：郢都。㉛大墳：水邊高地。㉜舒：舒展。㉝哀州土之平樂兮：嘆這一帶生活如此安寧。州土，屈原流放時所經過的鄉邑。㉞悲江介之遺風：悲感江邊古老質樸的風俗將被破壞。江介，長江沿岸。㉟當陵陽之焉至兮，淼（ㄇㄧㄠˇ）南渡之焉如：問我乘著波濤從何而來，向南渡過長江又到那裏？陵陽，即「凌陽侯」，指波濤。淼，大水茫茫。焉如，到那裏去。㊱曾不知夏之爲丘兮：沒想到都城宮殿變丘墟。夏，同「厦」，高大的房屋。這裏指郢都的宮殿。㊲孰兩東門之可蕪：誰能使郢都那兩座東門變成荒蕪之地？㊳不怡：不愉快。㊴憂與愁其相接：我的新憂舊愁緊緊相續。㊵忽若去不信兮，至今九年而不復：時間過得太快使人難以相信，至今已被放九年還不能回去。忽，形容時光過得很快。㊶慘鬱鬱而不通兮：愁思鬱積心情不能舒暢。㊷蹇侘（ㄔㄚˋ）傺（ㄔˋ）而含慼（ㄑㄧ）：失意不安使人非常心傷。侘傺，失意的樣子。慼，憂傷。㊸外承歡之汋（ㄔㄨㄛˋ）約兮：有人善于奉承外表美好。汋約，同「綽約」，姣好的樣子，形容媚態。㊹諶（ㄔㄣˊ）荏（ㄖㄣˇ）弱而難持：實際內心脆弱很不可靠。諶，同「誠」，實在。荏弱，軟弱。㊺忠湛（ㄔㄣˊ）湛而願進兮：忠心耿耿的人願爲君王效力。湛湛，深厚。㊻妬被離而鄣之：被種種嫉妒怨恨阻塞進路。妬，小人忌妬。被離，同「披離」，紛紛地。鄣，同「障」，阻撓。㊼彼堯舜之抗行兮：那堯舜的行爲多麼高尚。抗行，高尚的行爲。㊽瞭杳杳其薄天：遠遠超出世俗直薄雲霄。瞭，通「遼」，高遠。薄天，形容堯舜的高尚足以齊天。㊾眾讒人之嫉妬兮，被以不慈之僞名：那些讒人們對他們嫉妬，還說堯舜行爲不慈不孝。僞名，捏造的惡名。㊿憎慍（ㄩㄣˋ）惀（ㄌㄨㄣˊ）之修美兮，好夫人之忼慨：楚王憎恨那誠實的美德，却喜歡聽那動聽的辭藻。慍惀，指心地很誠實，但不善用語言表達。(51)眾踥（ㄑㄧㄝˋ）蹀（ㄉㄧㄝˊ）而日進兮，美超遠而踰邁：讒人奔走鑽營一天天得到重用，賢臣只能更加地疏遠。踥蹀，行走，引申爲奔走鑽營。美，指賢臣。超遠，疏遠。踰邁，愈益疏遠。(52)亂：樂曲的末章。樂曲到最後，所有的樂器一起演奏，因此五音交亂，故稱亂。(53)曼余目以流觀兮：放開我的眼光四下觀望。曼，伸展。流觀，四下眺望。(54)冀壹反之何時：希望什麼時候回去一趟。壹反，回去一次。(55)鳥飛反故鄉兮，狐死必首丘：鳥飛再遠總要返回舊巢，狐狸死時頭向著出生的土丘。按，此二句表示不忘根本，始終眷戀祖國或故鄉。(56)信非吾罪而棄逐兮，何日夜而忘之：我確實無罪而遭到流放，日日夜夜心中實在難忘。

2.宋　玉

九辯①（節選）

悲哉秋之爲氣②也！蕭瑟兮草木搖落而變衰③。憭慄兮若在遠行④，登山臨水兮送將歸⑤。泬寥兮天高而氣清⑥，寂嵺兮收潦而水清⑦；憯凄增欷兮薄寒之中人⑧。愴怳懭悢兮去故而就新⑨，坎廩兮貧士失職而志不平⑩。廓落兮羈旅而無友生⑪，惆悵兮而私自憐⑫。燕翩翩其辭歸兮，蟬寂漠而無聲⑬；雁雝雝而南游兮，鵾鷄啁哳而悲鳴⑭。獨申旦而不寐兮，哀蟋蟀之宵征⑮。時亹亹而過中兮，蹇淹留而無成⑯。

悲憂窮慼兮獨處廓⑰，有美一人兮心不繹⑱。去鄉離兮徠遠客⑲，超逍遙兮今焉薄⑳？專思君兮不可化㉑，君不知兮可奈何！蓄怨兮積思㉒，心煩憺兮忘食事㉓。願一見兮道余意，君之心兮與余異㉔。車既駕兮朅而歸㉕，不得見兮心傷悲。倚結軨兮長太息㉖，涕潺湲兮下霑軾㉗。忼慨絕兮不得㉘，中瞀亂兮迷惑㉙。私自憐兮何極，心怦怦兮諒直㉚。

①九辯：本篇是宋玉借古樂章名爲題，抒寫自己的感慨和愁思，是一篇自敘性的長篇抒情詩。辯，通「遍」，指樂曲的一段。九辯是由很多段樂章組成的樂曲。九是指數多，不是實數。　②氣：氣氛。　③蕭瑟兮草木搖落而變衰：冷清啊草木在秋風中枯黃凋零。　④憭（ㄌㄧㄠˇ）慄兮若在遠行：心情淒涼啊好像離鄉背井。憭慄，淒涼的樣子。　⑤登山臨水兮送將歸：又像登山臨水送別故人。　⑥泬（ㄒㄩㄝˋ）寥兮天高而氣清：碧空萬里啊秋高氣爽。泬寥，曠蕩空虛的樣子。　⑦寂嵺（ㄌㄧㄠˇ）兮收潦（ㄌㄠˇ）而水清：秋水清澄平靜啊因雨停且水退。寂嵺，清澄平靜。潦，積蓄的雨水。　⑧憯（ㄘㄢˇ）凄增欷（ㄒㄧ）兮薄寒之中人：微寒襲人使人倍增傷情。憯凄，悲痛的樣子。增欷，悲嘆不止。中人，侵襲人。　⑨愴怳懭（ㄎㄨㄤˋ）悢（ㄌㄤˋ）兮去故而就新：心中悵然失意啊好像離家遠行。愴怳、懭悢，皆失意的樣子，指背井離鄉。　⑩坎廩（ㄌㄧㄣˇ）兮貧士失職而志不平：貧士挫折失位而心中不平。坎廩，指人生道路坎坷，挫折很多。

貧士，宋玉自稱。⑪廓落兮羈旅而無友生：留滯異鄉孤獨難尋知音。廓落，孤獨空虛。羈旅，留滯異鄉。友生，知心朋友。⑫惆悵兮而私自憐：多麼失望啊我獨自哀憐。⑬燕翩翩其辭歸兮，蟬寂漠而無聲：燕子翩翩今又飛回南方，秋蟬默默終日寂寞無聲。寂漠，即「寂寞」。⑭雁廱廱而南游兮，鵾（ㄩㄣˋ）鷄啁（ㄓㄡ）哳（ㄓㄚˊ）而悲鳴：大雁廱廱和鳴向南飛去，鵾鷄急促悲啼令人傷心。廱廱，雁鳴聲。啁哳，大小相間，雜碎而急促的叫聲。⑮獨申旦而不寐兮，哀蟋蟀之宵征：我啊孤獨一人通宵難寐，怎堪聽那蟋蟀徹夜哀鳴。⑯時亹（ㄨㄟˇ）亹而過中兮，蹇淹留而無成：時光荏苒轉眼人過中年，我還久留異鄉一事無成。亹亹，前進不停。⑰悲憂窮蹙（ㄘㄨˋ）兮獨處廓：悲傷窮困啊獨處在空曠境地。窮蹙，處境窮困。廓，指空曠的荒野。⑱有美一人兮心不繹（ㄧˋ）：有個美人他心裡充滿痛苦。美人，作者自稱。不繹，不愉快。⑲去鄉離兮徠遠客：離鄉背井啊客居異地。徠遠客，來爲遠客。⑳超逍遙兮今焉薄：到處漂泊如今留在哪裏？超逍遙，遠遠游蕩無著落的樣子。㉑專思君兮不可化：一心思念君王忠貞不渝。君，此指楚頃襄王。㉒蓄怨兮積思：怨恨憂愁在他胸中蓄積。㉓心煩憺（ㄉㄢˋ）兮忘食事：心情煩悶焦慮啊寢食俱廢。煩憺，煩悶，憂愁。食事，吃飯和做事。㉔願一見兮道余意，君之心兮與余異：希望面見君王陳述心意，但君王的心和我的相異。㉕車既駕兮朅（ㄐㄧㄝˋ）而歸：車雖駕出來了還得回去。朅，離去。㉖倚結軨（ㄌㄧㄥˊ）兮長太息：只好靠著車箱長長嘆息。結軨，車箱。㉗涕潺湲兮下沾軾：滾滾淚涕沾濕了車板。潺湲，流水聲，這裏形容涕淚很多。軾，車前橫木。㉘忼慨絕兮不得：與君王決絕實在難做到。絕，指與楚王決絕。㉙中瞀（ㄇㄠˋ）亂兮迷惑：心中煩亂難解紛繁思緒。瞀亂，煩亂。㉚私自憐兮何極，心怦怦兮諒直：獨自悲傷此情何時終結，內心忠誠正直堅定不移。怦怦，忠懇的樣子。諒直，忠誠正直。

陸、秦代文學

1. 荀　子

禮賦

爰有大物①，非絲非帛，文理成章。非日非月，爲天下明。生者以壽②，死者以葬，城郭③以固，三軍以強④。粹而王，駁而伯⑤，無一焉而亡⑥。臣愚不識，敢請之王。王曰：此夫文而不采者與⑦？簡然易知而致有理者與⑧？君子所敬而小人所不者與⑨？性不得則若禽獸⑩，性得之則甚雅似者與⑪？匹夫⑫隆⑬之則爲聖人，諸侯隆之則一⑭四海者與？致明而約⑮，甚順而體⑯，請歸之禮。——禮。

①爰有大物：這裏有一個很大的東西。爰，同「曰」，發語詞。②生者以壽：活著的憑藉它長壽。壽，長壽。③城郭：泛指城牆。裏城的牆叫城，外城的牆叫郭。④三軍以強：軍隊憑藉它頑強。三軍，上、中、下三軍或左、中、右三軍；此處泛指軍隊。⑤粹而王，駁而伯（ㄅㄚˋ）：運用純粹就能成王，運用駁雜也能成霸。粹，純粹。駁，駁雜不純。伯，霸王⑥無一焉而亡：一樣都不掌握只能招致滅亡。⑦文而不采者與：有文飾而不華麗的吧？文，文理。采，彩色，華麗。與，同「歟」。⑧簡然易知而致有理者與：簡單易懂而又最有條理的吧？簡，簡單。致，極。⑨君子所敬而小人所不（ㄈㄡˇ）者與：是君子所敬重而小人所輕視的吧？不，同「否」。⑩性不得則若禽獸：人性沒有它就如同禽獸。⑪性得之則甚雅似者與：人性得到它就表現出很雅正的吧？⑫匹夫：老百姓。⑬隆：尊崇。⑭一：統一。⑮致明而約：非常容易明瞭而又簡要。⑯甚順而體：很合乎理而又能身體力行。順，順乎人情。體，身體力行。

成相辭（節選）

請成相①，世之殃，愚闇愚闇墮賢良②！人主無賢，如瞽無相③何倀倀④！
請布基⑤，愼聽之⑥，愚而自專事不治⑦。主忌苟勝⑧，羣臣莫諫必逢災⑨。
論臣過，反其施⑩，尊主安國尙賢義⑪。拒諫飾非，愚而上同國必禍⑫。
曷謂「罷⑬」？國多私，比周還主黨與施⑭。遠賢近讒，忠臣蔽塞主勢移⑮。
曷謂「賢」？明君臣，上能尊主下愛民⑯。主誠聽之，天下爲一海內賓⑰。
主之孽，讒人達，賢能遁逃國乃蹷⑱。愚以重愚，闇以重闇成爲桀⑲。
世之災，妬賢能，飛廉知政任惡來⑳。卑其志意，大其園囿高其臺㉑。
武王怒，師牧野㉒，紂卒易鄉啓乃下㉓。武王善之，封之於宋立其祖㉔。
世之衰，讒人歸㉕，比干見刳箕子累㉖。武王誅之㉗，呂尙招麾殷民懷㉘。
世之禍，惡賢士，子胥見殺百里徙㉙。穆公任之，強配五伯六卿施㉚。
世之愚，惡大儒，逆斥不通孔子拘㉛。展禽三絀㉜，春申道輟基畢輸㉝。
請牧基㉞，賢者思，堯在萬世如見之㉟。讒人罔極，險陂傾側此之疑㊱。
基必施，辨賢罷㊲，文、武之道同伏戲㊳。由之者治，不由者亂何疑爲㊴？……

①請成相：讓我唱成相的歌詞。成，完成，指演奏或唱一支曲子。相，送杵聲。舂米時伴隨的歌唱。《禮記·曲禮》：「鄰有喪，舂不相。」一說，相是一種樂器。　②世之殃，愚闇愚闇墮賢良：世人所以不幸，是由於一群愚昧昏暗的小人把賢良之士毀掉的緣故。闇，同「暗」。　③人主無賢，如瞽（ㄍㄨˇ）無相：人主倘無賢臣輔佐，就像盲人沒有扶持的人一樣。瞽，盲人。相，扶持瞎子的人。　④倀（ㄔㄤ）倀：不知所措的神情。　⑤請布基：請允許我陳述一下治國的基本原則。布，敘說。基，根本。　⑥愼聽之：請你聽仔細。原文作「愼聖人」，據俞樾說改。聖字與聽字音近而訛，

人字不入韻。此節用「基、之、治、災」四個字作韻腳（古韻）。⑦愚而自專事不治：爲人愚昧而又專斷獨行，政事必不能治。⑧主忌苟勝：人主治國，最忌僥倖地成功。⑨必逢災（ㄗ）：災古讀如「茲」，與「基」、「治」叶韻。⑩論臣過，反其施：談到做臣子的過失，莫過於反其爲臣之道而行事。施，作爲。⑪尊主安國尚賢義：爲臣者應尊重人主，安定國家，崇尚賢能之士。⑫拒諫飾非，愚而上同國必禍：爲臣者如果拒絕旁人的勸諫，掩飾自己的錯誤，自己很愚昧而一味苟同在上者的意見，則國家必將有禍。飾，掩蓋。上同，附和。⑬曷謂罷（ㄆㄧˊ）：什麼叫做疲？曷，何，什麼。罷，軟弱，無能。⑭國多私，比（ㄅㄧˋ）周還（ㄧㄥˊ）主黨與施：國多奸邪之徒，結黨營私以惑人主，而其黨徒更擴張勢力。私，奸邪。比周，指狎暱勾結，聚黨營私。還，惑亂，迷惑。施，擴張。⑮遠賢近讒，忠臣蔽塞主勢移：人主與賢人疏遠而與讒佞之人接近，使忠臣的言路蔽塞，則人主的權勢即將移至小人之手。讒，指小人。⑯明君臣，上能尊主下愛民：君臣之理辨分明，賢臣上能對其君尊敬，下能撫愛人民。⑰主誠聽之，天下爲一海內賓：人主如果眞能採納賢臣的言論，則天下可以統一，海內的人民也都賓服歸附。賓，服從。⑱主之孽，讒人達，賢能遁逃國乃蹷（ㄐㄩㄝˊ）：人主的災難，在於讒人得志，因爲賢能之人都逃避了，而國家也就要傾覆危亡了。⑲愚以重（ㄔㄨㄥˊ）愚，闇以重闇成爲桀：愚蠢的更加愚蠢，昏暗的更加昏暗，終使人主成爲像夏桀一樣的昏君。重，重複。⑳飛廉知政任惡來：指殷紂王用飛廉執政，同時又委任其子惡來。按：後世因紂爲昏君的代表，而以飛廉、惡來爲讒邪之臣的代表。㉑卑其志意，大其園囿高其臺：飛廉父子不鼓勵紂建立遠大的心志，勸他擴充園囿，建築高的樓臺，只顧眼前的享樂。㉒武王怒，師牧野：武王見紂昏暴不仁，一怒而興師牧野。牧野，地名，在殷都朝歌南七十里，今河南省淇縣東北。㉓紂卒易鄉（ㄒㄧㄤˋ）啓乃下：紂王手下的兵士都倒戈助周，微子也投降了武王。鄉，同「向」。易向，回過頭來，即倒戈反攻。啓，紂之庶兄，即微子。㉔武王善之，封之於宋立其祖：武王待微子很好，將他封在宋地，做爲諸侯，並爲微子立殷人的宗廟。祖，宗廟。㉕讒人歸：讒人多依附於紂。歸，集中，依附。㉖比干見刳（ㄎㄨ）箕子累（ㄌㄟˊ）：比干被紂挖心而死，箕子也被紂王囚禁起來。累，同「縲」，本是繫罪人的繩子，引申爲被囚禁起來。㉗之：指讒人。㉘呂尚招麾（ㄏㄨㄟ）殷民懷：呂尚指揮軍隊，殷的老百姓皆依附於周。呂尚，即太公姜尚。懷，依附。㉙百里徙：百里奚以俘虜身分被遷到秦國。百里，即百里奚，本是虞國之臣，有智謀。㉚穆公任之，強配五伯（ㄅㄚˋ）六卿施：秦穆公用百里奚之後，秦國就強盛起來，可以同五霸並肩，國家日益強盛，還設立了六卿的官職。㉛逆斥不通孔子拘：孔子在周游列國時，有時被拒絕入境，有時被斥逐出境，有時又不允許他通行，還把他拘禁起來。逆，拒。斥，逐。㉜展禽三絀（ㄔㄨˋ）：柳下惠三次爲官，三次被罷黜。展禽，即柳下惠。絀，同「黜」，被罷免。㉝春申道輟基畢輸：春申死後，道亦中絕，國家的基業完全毀了。春申，即楚相春申君黃歇。輟，廢止。畢，盡。輸，墮。㉞請牧基：請允許我說明治國的基本原則。牧，治。㉟賢者思，堯在萬世如見之：賢者倘能考慮我說的話，則堯雖在萬世之上，今人也將如親身見其治國之道。㊱讒人罔極，險陂（ㄆㄧˊ）傾側此之疑：小人做壞事是無止境的，他們種種邪惡不正的行爲是要懷疑的。罔極，無已。㊲基必施，辨賢罷（ㄆㄧˊ）：欲張大國家的基業，首先要能分辨賢與不賢。罷，無能的人。㊳伏戲：即伏羲。㊴由之者治，不由者亂何疑爲：順此道而行則天下治，不順此道而行則天下亂，還有什麼可懷疑的呢？

2.李　斯

泰山刻石文①

皇帝臨位，作制明法，臣下修飭②。廿有六年，初并天下，罔不賓服③。親巡遠方黎民④，登茲泰山，周覽東極⑤。從臣思跡，本原事業，祗誦功德⑥。治道運行，諸產得宜⑦，皆有法式。大義休明⑧，垂於後世，順承勿革⑨。皇帝躬聖⑩，既平天下，不懈於治。夙興夜寐，建設長利⑪，專隆教誨。訓經宣達⑫，遠近畢理⑬，咸承聖志。貴賤分明，男女禮順，慎遵職事。昭隔⑭內外，靡不清淨，施於後嗣。化及無窮，遵奉遺詔，永承重戒⑮。

①泰山刻石文：本文是秦始皇於二十八年（西元前二一九）東巡郡縣，封泰山所刻。文見《史記・秦始皇本紀》。②修飭：修持整飭百官之事。③罔不賓服：諸侯無不稱臣降服。④黎民：本文皆爲四字句，此兩字疑衍。⑤周覽東極：徧遊東方最高的山峯。⑥從（ㄗㄨㄥˋ）臣思跡，本原事業，祗（ㄓ）誦功德：隨從的衆臣，心懷錄功，因此推究他的豐功偉業，恭敬地歌頌大秦皇帝的功德。⑦諸產得宜：各種物產適宜生長。⑧休明：美好光明。⑨順承勿革：恭順繼承，不要妄加變更。⑩皇帝躬聖：皇帝神明聖達。⑪建設長利：建設國家，謀求長遠利益。⑫訓經宣達：訓民以常道，導民以通達。⑬畢理：全部平治。⑭昭隔：顯明分別。⑮重戒：重大的告誡。

柒、漢賦及其流變

一、形成期

1.賈　誼

鵩鳥賦①

單閼之歲②兮，四月孟夏。庚子日斜③兮，鵩集余舍④，止於坐隅兮，貌甚閒暇⑤。異物來萃兮，私怪其故⑥；發書占之兮，讖言其度⑦，曰：「野鳥入室兮，主人將去。」請問於鵩兮：「余去何之？吉乎告我，凶言其災⑧。淹速之度兮，語余其期⑨。」鵩乃太息，舉首奮翼，口不能言，請對以臆⑩。曰：「萬物變化兮，固無休息。斡流而遷兮，或推而還⑪；形象轉續兮，變化而嬗⑫。沕穆無窮兮，胡可勝言⑬！禍兮福所倚，福兮禍所伏⑭；憂喜聚門兮，吉凶同域⑮。彼吳強大兮，夫差以敗；越棲會稽兮，句踐霸世。斯遊遂成兮，卒被五刑⑯；傅說胥靡兮，乃相武丁⑰。夫禍之與福兮，何異糾纆⑱；命不可說兮，孰知其極⑲！水激則旱兮，矢激則遠⑳；萬物回薄兮，振蕩相轉㉑。雲蒸雨降兮，糾錯相紛㉒；大鈞播物兮，坱圠無垠㉓。天不可預慮兮，道不可預謀㉔；遲速有命兮，焉識其時！且夫天地爲鑪兮，造化爲工；陰陽爲炭兮，萬物爲銅㉕。合散消息兮，安有常則㉖？千變萬化兮，未始有極㉗！忽然爲人兮，何足控摶㉘；化爲異物兮，又何足患㉙！小智自私兮，賤彼貴我㉚；達人大觀兮，物無不可㉛。貪夫徇財兮，烈士徇名㉜。夸者死權兮，品庶每生㉝。怵迫之徒兮，或趨西東㉞；大人不曲兮，意變齊同㉟。愚士繫俗兮，窘若囚拘㊱；至人遺物兮，獨與道俱㊲。衆人惑惑兮，好惡積億㊳；眞人恬漠兮，獨與道息㊴。釋智遺形兮，超然自喪㊵；寥廓忽荒兮，與道翱翔㊶。乘流則逝兮，得坻則止㊷；縱軀委命兮，不私與己㊸。其生兮若浮，其死兮若休㊹；澹乎若深淵之靜，泛乎若不繫之舟㊺。不以生故自寶兮，養空而浮㊻；德人無累兮，知命不憂㊼。細故蔕芥兮，何足以疑㊽！

①鵩（ㄈㄨˊ）鳥賦：此賦見於《史記》、《漢書》、《昭明文選》。今正文據《文選》本。鵩鳥，即今所謂貓頭鷹，古人認爲它是不祥的鳥。②單（ㄔㄢˊ）閼（ㄜˋ）之歲：即漢文帝七年（西元前一七三）。單閼，是古時太歲紀年法的年份名稱。《爾雅・釋天》：「太歲在卯曰單閼。」③庚子日斜：四月某日太陽西斜。庚子，是四月裏的一天；古時以干支紀日。④鵩集余舍：鵩停留在我的屋子。⑤止於坐隅兮，貌甚閒暇：它停在我的座位旁邊，態度從容而毫不驚恐。⑥異物來萃兮，私怪其故：鵩鳥止於己室，自己心裏暗暗疑怪，怕有什麼緣故。異物，怪物，指鵩鳥。萃，同「埣（ㄘㄨㄟˋ）」，止。⑦發書占之兮，讖（ㄔㄣˋ）言其度：打開了策數之書占卜一下，書上的讖語就把吉凶的定數指示出來。讖，預斷吉凶的話。度，即「數」，吉凶的定數。⑧吉乎告我，凶言其災：如果吉利的話，請告訴我；即使有凶災，也請說明。⑨淹速之度兮，語余其期：自己的年壽究竟是長是短，希望鵩鳥把期限指示出來。淹，遲。度，定數。⑩請對以臆：《漢書》「臆」作「意」。此言鵩鳥因口不能言，只好示意以作答。⑪萬物變化兮，固無休息。斡（ㄨㄛˋ）流而遷兮，或推而還：萬物的運轉推移，循環反覆，永遠在變化發展之中而無所休息。斡流，運轉。遷，變遷。推，推移。還，回，反復。⑫形象轉續兮，變化而嬗（ㄔㄢˊ）：形和氣互相轉化連續，其變化有如蟬之蛻化。嬗，通「蟬」。⑬沕（ㄨˋ）穆無窮兮，胡可勝言：自然之理深微無窮，不是言語所能道盡。沕穆，精微深遠的樣子。⑭禍兮福所倚，福兮禍所伏：禍福彼此相因，其來無定，往往福因禍生，而禍藏於福。倚，因。伏，藏。⑮憂喜聚門兮，吉凶同域：憂和喜聚集在一家之門，吉和凶同在一處。域，處所。⑯斯遊遂成兮，卒被五刑：李斯遊於秦，能身居相位達到成功；在秦二世時被趙高所讒，終於身受五刑而死。⑰傅說胥靡兮，乃相武丁：傅說雖身爲刑徒，但終於作了武丁的相。胥靡，是古代處分犯輕罪者的刑罰。胥，相。靡，繫。⑱禍之與福兮，何異糾纆（ㄇㄛˋ）：禍福之

間的關係正如繩索的幾股互相纏繞糾合。糾，兩股綫撚成的繩子。纆，三股綫撚成的繩子。⑲命不可説兮，孰知其極：天命是不能用言語解説的，誰能預知它的終極呢？説，解説。極，終極、止境。⑳水激則旱兮，矢激則遠：水受激則流速，箭受激則行遠。旱，通「悍」，水流加速。㉑萬物回薄兮，振蕩相轉：萬物彼此激盪而互爲影響，以致引起了種種變化。回薄，往返不停地激蕩。回，返。薄，迫。振，同「震」。轉，轉化。㉒雲蒸雨降兮，糾錯相紛：雲雨的自然現象説明事物變化和因果關係的錯綜複雜。糾錯，糾纏錯雜。紛，紛亂。㉓大鈞播物兮，坱（ㄧㄤ）圠（ㄨㄚˋ）無垠（ㄧㄣˊ）：自然之造化推動萬物，使之運行發展，其範圍是廣闊無邊的。大鈞，造化。播，運轉、推動。坱圠，無邊無際。垠，邊際，界限。㉔天不可預慮兮，道不可預謀：天和道皆高深莫測，只靠人類的思慮謀畫是不能對天和道有所理解的。預慮，通過人類的思慮了解天意。預，干預。預謀，通過人類的謀劃理解自然之道。㉕天地爲鑪兮，造化爲工；陰陽爲炭兮，萬物爲銅：天地是熔煉金屬的火爐，造化是冶鍊陰陽的工匠。陰陽是煉物的炭，萬物是由陰陽煉成的銅。㉖合散消息兮，安有常則：萬物或聚或散，或生或滅，本無一定的規律。合，聚。消，滅。息，生長。常則，固定的規律。㉗未始有極：未嘗有終極。㉘忽然爲人兮，何足控摶（ㄊㄨㄢˊ）：偶然生而爲人，何必愛惜珍重。控，引持。摶，撫弄。控摶，愛惜珍重。㉙化爲異物兮，又何足患：人死則化爲異物，正是自然之理，不足爲慮。化爲異物，人死後變爲另一種物質。㉚小智自私兮，賤彼貴我：小智的人眼光短淺，只顧自身利害，以外物爲賤，以己爲貴。小智自私，小智之人只見自身利害。㉛達人大觀兮，物無不可：通達之人深知死生禍福之理，對萬物一視同仁，故無所不宜。達人，通達知命之人。大觀，眼光遠大。㉜貪夫徇財兮，烈士徇名：貪財之人以身殉財，重義輕生之士以身殉名。徇，通「殉」，以身從物。㉝夸者死權兮，品庶每生：夸者爲追求權勢而犧牲性命，一般人民則貪生而惡死。夸者，好虛名、愛權勢的人。死權，爲追求權勢而送命。品庶，眾庶。每，《史記》作「憑」，貪。㉞怵（ㄕㄨˋ）迫之徒兮，或趨西東：爲利所誘、爲貧所迫的人，不免東奔西走。怵，同「訹」，誘。趨西東，指趨利避害。㉟大人不曲兮，意變齊同：大人不爲外在的物欲所屈，故萬物變化雖多，而在大人看來，卻是等同齊一，並無二致。大人，道德修養極高的人。曲，爲物所屈。意變，千變萬化。齊同，等同看待。㊱愚士繫俗兮，窘若囚拘：一般愚士爲俗累所牽絆，一舉一動，都拘束得像個被囚禁的犯人一樣。繫俗，羈于世俗。㊲至人遺物兮，獨與道俱：至人能遺世棄俗而不爲物累，所以獨能與大道同在。㊳眾人惑惑兮，好惡積億：眾人惑於世俗之利害，愛憎的情感積滿於胸中。惑惑，極亂。好惡，愛憎。積億，積滿在胸中。㊴眞人恬漠兮，獨與道息：眞人順乎自然之理而恬淡無爲，所以獨能與大道並存。眞人，得天地之道的人。恬漠，虛靜淡泊。㊵釋智遺形兮，超然自喪：拋棄智慧，忘却形骸，超脫於萬物之外，忘却自我的存在。㊶寥廓忽荒兮，與道翱翔：人如修養到了極高深的境界，則精神和宇宙可以渾然爲一，無所分別。寥廓忽荒，形容元氣未分，人與道渾然一體的狀況。與道翱翔，指人與道合而爲一。㊷乘流則逝兮，得坻（ㄔˊ）則止：人的行止如木浮於水，隨流則行，遇坻則止，完全由自然命運來決定。乘，隨。流，水流。逝，往，喻人生的行進。坻，水中高地。㊸縱軀委命兮，不私與己：把身體交給自然命運，不把它看作自己私有的東西。㊹其生兮若浮，其死兮若休：活著就好比把自己寄託在世上，死去就好比自己長遠地休息。浮，寄託。㊺澹乎若深淵之靜，泛乎若不繫之舟：人的心情平定，應如無波的深淵那樣寧靜沉寂，而在生活中應當如一隻不繫的小舟，無論怎樣漂浮不定，也應任其自然而不宜有所沾滯。㊻不以生故自寶兮，養空而浮：不以活著的緣故自我珍貴，自養空虛之性，浮游于人世。㊼德人無累兮，知命不憂：有修養的人是不會多所顧慮的；因爲他能知天命，所以就沒有任何憂愁。㊽細故蔕（ㄉㄧˋ）芥兮，何足以疑：禍福死生，實在是小事，故不足以疑惑憂慮。細，瑣細。故，事故。蔕芥，即芥蔕，指因鵩鳥入室一事而存芥蔕于胸中。

2. 枚乘

七發①（節選）

楚太子②有疾，而吳客③往問之，曰：「伏聞④太子玉體⑤不安，亦少閒⑥乎？」太子曰：「憊⑦！謹謝客⑧。」客因稱曰⑨：「今時天下安寧，四宇⑩和平，太子方富于年⑪。意者久耽安樂⑫，日夜無極⑬，邪氣襲逆⑭，中若結轖⑮。紛屯澹淡⑯，噓唏煩酲⑰，惕惕怵怵⑱，臥不得瞑⑲。虛中重聽⑳，惡聞人聲。精神越渫㉑，百病咸㉒生。聰明眩曜㉓，悅怒不平㉔。久執不廢㉕，大命乃傾㉖。太子豈有是乎？」太子曰：「謹謝客。賴君之力㉗，時時有之㉘，然未至于是也㉙。」

客曰：「今夫貴人之子，必宮居而閨處㉚，內有保母㉛，外有傅父㉜，欲交無所㉝。飲食則溫淳甘脆[34]，脭醲肥厚[35]，衣裳則雜遝曼暖[36]，燂爍熱暑[37]。雖有金石之堅，猶將銷鑠而挺解[38]也，況其在筋骨之間乎哉？故曰：縱耳目之欲[39]，恣支體之安者[40]，傷血脈之和[41]。且夫出輿入輦[42]，命曰蹶痿之機[43]；洞房清宮[44]，命曰寒熱之媒[45]；皓齒蛾眉[46]，命曰伐性之斧[47]；甘脆肥膿[48]，命曰腐腸之葯[49]。今太子膚色靡曼[50]，四支委隨[51]，筋骨挺解，血脈淫濯[52]，手足墮窳[53]；越女侍前[54]，齊姬奉後[55]；往來游宴[56]，縱恣于曲房隱間[57]之中。此甘餐毒葯，戲猛獸之爪牙也[58]。所從來者至深遠[59]，淹滯永久而不廢[60]；雖令扁鵲治內[61]，巫咸治外[62]，尚何及[63]哉！今如太子之病者，獨宜[64]世之君子，博見強識[65]，承間語事[66]，變度易意[67]，常無離側[68]，以爲羽翼[69]。淹沉之樂[70]，浩唐之心[71]，遁佚之志[72]，其奚由至哉[73]！」太子曰：「諾[74]。病已，請事此言[75]。」

客曰：「今太子之病，可無葯石針刺灸療而已[76]，可以要言妙道說而去也[77]。不欲聞之乎？」

太子曰：「僕[78]願聞之。」

客曰：「龍門之桐[79]，高百尺而無枝[80]。中鬱結之輪菌[81]，根扶疏[82]以分離。上有千仞[83]之峰，下臨百丈之溪。湍流溯波[84]，又澹淡之[85]。其根半死半生。冬則烈風、漂霰、飛雪之所激也[86]，夏則雷霆，霹靂之所感也。朝則鸝黃、鳱鴠鳴焉[87]，暮則羈雌、迷鳥宿焉[88]。獨鵠[89]晨號乎其上，鵾鷄[90]哀鳴翔乎其下。于是背秋涉冬[91]，使琴摯斫斬以爲琴[92]，野繭之絲以爲弦。孤子之鉤以爲隱[93]，九寡之珥以爲約[94]。使師堂操〈暢〉[95]，伯子牙[96]爲之歌。歌曰：「麥秀蔪兮雉朝飛[97]，向虛壑兮背槁槐[98]，依絕區兮臨回溪[99]。」飛鳥聞之，翕翼而不能去[100]。野獸聞之，垂耳而不能行。蚑、蟜[101]、螻、蟻聞之，柱喙[102]而不能前。此亦天下之至悲[103]也，太子能強起聽之乎？」

太子曰：「僕病，未能也。」

①七發：用七件事來啓發太子。②楚太子：作者假設的人物，以形成問答體。③吳客：也是假設的人物。④伏聞：我伏在下邊聽說，是一種謙詞。伏，俯伏。⑤玉體：敬詞，即今常言的「貴體」。⑥少間：（ㄐㄧㄢˋ）稍微好些。⑦憊：疲乏無力。⑧謹謝客：恭謹地感謝你這個客人。⑨因稱曰：乘機進言說。因，乘機。⑩四宇：四方邊境。⑪方富于年：正值盛年，未來的歲月還多。⑫意者久耽（ㄉㄢ）安樂：想來你長期沉溺于安樂生活。意者，想來，料想。耽，沉溺，迷戀。⑬無極：沒有節制。⑭襲逆：侵犯。⑮中若結轖（ㄙㄜˋ）：胸中像被鬱結阻塞一樣。中，胸中。轖，車箱間的橫木交錯之處，此處形容鬱結不通的胸腔。⑯紛屯澹淡：昏憒煩悶的樣子。⑰噓唏煩酲（ㄔㄥˊ）：心情煩躁，像酒醉未醒，時而發出嘆息之聲。噓唏，嘆息聲。酲，酒醉。⑱惕（ㄊㄧˋ）惕怵（ㄔㄨˋ）怵：驚懼不安、心驚膽戰的樣子。⑲瞑：通「眠」，小睡。⑳虛中重聽：體內虛弱，聽覺失靈。㉑越渫（ㄒㄧㄝˋ）：渙散。㉒咸：都。㉓聰明眩（ㄒㄩㄢˋ）曜（ㄧㄠˋ）：耳目昏惑迷亂。聰，耳。明，眼。㉔悅怒不平：喜怒無常。㉕久執不廢：長久持續而不止。㉖大命乃傾：生命就保不住了。傾，死亡。㉗賴君之力：依賴國君的力量，即托國君的福。㉘時時有之：指雖時常有這樣的病。㉙然未至于是也：然而還沒有達到那種嚴重的程度。㉚宮居而閨處：居住在深宮內院。閨，宮中內室。㉛內有保母：在宮室之中有照顧生活的婦女。㉜外有傅父：在朝廷上有教習的師傅。㉝欲交無所：想要交結朋友也沒有機會。㉞溫淳甘膬：指冷熱適中、味濃甜脆的食品。甘膬，香脆可口。㉟腥（ㄔㄥˊ）醲（ㄋㄨㄥˊ）肥厚：肉肥酒濃。腥，肥的肉。醲，酒性濃烈。㊱雜遝（ㄊㄚˋ）曼暖：指輕細柔美，保暖發熱的衣服。雜遝，眾多的樣子。曼，輕而細，指皮毛衣服，又輕又暖。㊲燂（ㄊㄢˊ）爍（ㄕㄨㄛˋ）熱暑：非常熱。燂、爍，熾熱的意思。㊳銷鑠而挺解：熔化而弛散。㊴縱耳目之欲：放縱對聲色的貪欲。㊵恣支體之安者：放縱身體安逸的人。恣，放任。支，同「肢」。㊶傷血脈之和：損害身體內部器官的調和。血脈，指身體內部器官。㊷出輿入輦（ㄋㄧㄢˇ）：出入都乘車。輿、輦，都是宮廷中的車。㊸命曰蹷（ㄐㄩㄝˊ）痿（ㄨㄟˇ）之機：名叫癱瘓不能走路的徵兆。命曰，名叫。蹷痿，身體癱瘓不能走路。機，徵兆。㊹洞房清宮：深邃的房屋，清涼的宮殿。㊺寒熱之媒：感受寒熱的媒介。㊻皓齒蛾眉：指美女。㊼伐性之斧：傷害性命的利斧。伐，砍。㊽甘脆肥膿：甘脆可口的食品、精美的肉食和烈酒。㊾腐腸之葯：腐蝕腸子的毒葯。葯，毒葯。㊿靡曼：細嫩。(51)委隨：不靈活，困頓疲弱。(52)淫濯：阻滯不通。(53)墮窳（ㄩˇ）：懶散無力。(54)越女侍前：越國的美女侍奉于前。(55)齊姬奉後：齊國的美女侍奉于後。(56)往來游宴：往來于游賞宴會之中。(57)曲房隱間：深曲的房子，隱蔽的秘室。(58)此甘餐毒葯，戲猛獸之爪牙也：這

種生活方式就好比甘心情願地服毒葯，招惹猛獸的爪牙而自投死地。(59)所從來者至深遠：跟從而來的影響也極爲深遠。(60)淹滯永久而不廢：拖延長久而不知停止。淹滯，拖延。(61)扁鵲治内：扁鵲，先秦名醫，姓秦，名越人。治内，醫治腑臟的疾病。(62)巫咸治外：巫咸，傳說中的古代神巫。治外，即通過求神禱告來治病。(63)尚何及：哪裏還來得及。(64)獨宜：只應該。(65)博見強識（ㄓˋ）：見聞廣博而記憶力強。識，記憶。(66)承間語事：乘機會談論事情的道理。承間，乘機會。(67)變度易意：改變做法，改變心意，指由博聞強識的人通過講道理的方式來改變太子。(68)常無離側：經常不離開身邊。(69)羽翼：輔佐的人，指做太子的幫手。(70)淹沉之樂：令人沉溺的娛樂。(71)浩唐之心：毫無節制地縱欲享樂的心思。浩唐，即「浩蕩」。(72)遁佚之志：怠惰的意志。(73)奚由至哉：這些又會從哪裏產生呢。(74)諾：相當于「是的」、「對」等應承語詞。(75)病已，請事此言：等我病痊癒了，一定照你的話辦。(76)可無葯石針刺灸療而已：可以不用葯物醫術的治療就能治好病。(77)可以要言妙道說而去也：可以用切實精妙的道理說服就能去掉病症。說，勸誘，說服。去，除去，引申爲治癒。(78)僕：我，自稱用的謙詞，用于平輩或下輩。(79)龍門之桐：龍門，山名，在今山西、陝西交界處。桐，梧桐，其木質宜于制琴。(80)無枝：指樹幹筆直，中無分杈。(81)中鬱結之輪菌：樹幹之中紋理緊密盤曲。鬱結，緊密。輪菌，紋理盤曲。(83)扶疏：散布，指樹根在土中向四外伸展。(83)千仞：形容高，古七尺爲仞。(84)湍流泝（ㄙㄨˋ）波：湍流，急流。泝波，逆流的人。(85)又澹淡之：又冲擊搖蕩著樹根。澹淡，搖蕩。(86)冬則烈風、漂霰（ㄒㄧㄢˋ）、飛雪之所激也：冬天就有凜冽的寒風、飄動的雪珠和紛飛的大雪的刺激。漂，同「飄」。霰，雪珠。激，刺激。(87)朝則鸝黃、鳱（ㄏㄢˋ）鴠（ㄉㄢˋ）鳴焉：早晨有黃鶯、鳱鴠鳥在桐樹上鳴叫。(88)暮則羈雌、迷鳥宿焉：晚上有失偶的雌鳥和迷失方向的鳥兒在樹上棲宿。(89)獨鵠：孤獨的天鵝。(90)鵾（ㄩㄣˋ）鷄：像鶴的一種鳥，黃白色。(91)背秋涉冬：過了秋天進入冬天。(92)使琴摯斫斬以爲琴：叫善于彈琴的師摯，把桐樹砍下來，用它做琴。琴摯，春秋時魯國的太師（樂官名），又叫太師摯或師摯，善彈琴。(93)孤子之鈎以爲隱：用孤子的帶鈎做琴隱。鈎，衣帶鈎。隱，琴上的飾物。(94)九寡之珥（ㄦˇ）以爲約：用有九個兒子的寡婦的耳環做琴徽。九寡，《列女傳》，春秋時魯國有一女琴師，是九個兒子的寡母。珥，婦女戴在耳上的珠玉飾物。約，琴徽，琴上指示音階的標誌。(95)使師堂操〈暢〉：讓孔子的樂師師堂彈堯時的琴曲〈暢〉。師堂，又稱師襄，字子京，據《韓詩外傳》載，孔子曾向他學琴。操，彈奏。暢，琴曲名，相傳堯時的琴曲。(96)伯子牙：即俞伯牙，春秋時著名的琴師。(97)麥秀蔪（ㄑㄧˊ）兮雉朝飛：麥子結穗生芒時雉鳥在早晨飛起。秀，結穗。蔪，麥芒。雉，俗稱野鷄。(98)向虛壑兮背槁槐：向著空闊的山谷啊，離開枯槁的槐樹而遠去。虛壑，空谷。背，離開。槁，枯。(99)依絕區兮臨回溪：沿著斷壁懸崖又繞著溪流盤旋。絕區，危險的地方，指懸崖峭壁。回溪，曲折的溪流。(100)飛鳥聞之，翕（ㄒㄧˋ）翼而不能去：飛鳥聽到這歌聲，都合攏翅膀不能離去。翕翼，收攏翅膀。⑩蚑（ㄑㄧˊ）、蟜（ㄐㄧㄠˇ）：爬行的小蟲。⑩柱喙（ㄏㄨㄟˋ）：張開口，形容張口凝神傾聽的神態。柱，支撐。⑩至悲：指最悲痛感人的音樂。

二、全盛期

1.司馬相如

子虛賦（節選）

楚使子虛①使於齊。齊王悉發境內之士，備車騎之衆②，與使者出田③。田罷，子虛過詫④烏有先生⑤，而無是公在焉⑥。坐定，烏有先生問曰：「今日田，樂乎？」子虛曰：「樂。」「獲多乎？」曰：「少。」「然則何樂？」曰：「僕樂齊王之欲夸⑦僕以車騎之衆，而僕對以雲夢⑧之事也。」曰：「可得聞乎？」

子虛曰：「可。王駕車千乘，選徒萬騎，田於海濱。列卒滿澤，罘罔彌山⑨，揜兔轔鹿⑩，射麋腳麟⑪，鶩於鹽浦⑫，割鮮染輪⑬。射中獲多⑭，矜而自功⑮，顧謂僕曰：『楚亦有平原廣澤，游獵之地，饒樂⑯若此者乎？楚王之獵，何與寡人⑰？』僕下車對曰：『臣，楚國之鄙人也，幸得宿衛⑱十有餘年，時從出游。游於後園，覽於有無⑲。然猶未能徧覩也！又惡⑳足以言其外澤乎？』齊王曰：『雖然，略以子之所聞而言之。』

僕對曰：『唯，唯！臣聞楚有七澤，嘗見其一，未覩其餘也。臣之所見，蓋特其小小者耳。名曰雲夢。雲夢者，方九百里，其中有山焉。其山則盤紆茀鬱㉑，隆崇律崒㉒，岑崟參差㉓，日月蔽虧㉔，交錯糾紛，上干青雲㉕，罷池陂陁，下屬江河㉖。其土則丹、青、赭、堊㉗，雌黃、白坿㉘，錫碧㉙、金、銀，衆色炫耀，照爛龍鱗㉚。其石則赤玉、玫瑰㉛，琳、瑉、琨珸㉜，瑊玏、玄厲㉝，瑌石、武夫㉞。其東則有蕙圃㉟、衡、蘭㊱，芷、若㊲、射干㊳，穹窮㊴、昌蒲㊵，江離、蘪蕪㊶，諸蔗㊷、猼且㊸。其南則有平原廣澤，登降陁靡㊹，案衍壇曼㊺。緣以大江㊻，限以巫山㊼。其高燥㊽則生葴㊾、菥㊿、苞(51)、荔(52)、薛(53)、莎(54)、青薠(55)。其卑溼(56)則生藏莨、蒹、葭(57)，東薔(58)、雕胡(59)，蓮藕、菰蘆(60)，菴閭、軒芋(61)。衆物居之，不可勝圖(62)。其西則有湧泉清池，激水推移，外發芙蓉、菱華(63)，內隱鉅石、白沙(64)。其中則有神龜、蛟(65)、鼉(66)，瑇瑁(67)、鼈、黿(68)。其北則有陰林巨樹，楩、柟、豫、章(69)，桂、椒、木蘭(70)，蘗、離、朱楊(71)，樝梨、梬栗(72)，橘、柚芬芳(73)。其上則有赤猨、蠷、蝚，鵷鶵、孔、鸞，騰遠、射干(74)。其下則有白虎、玄豹，蟃蜒、貙犴(75)。……

『於是楚王乃登陽雲之臺(76)，泊乎無爲，澹乎自持(77)，勺藥之和具，而後御之(78)。不若大王終日馳騁而不下輿，脟割輪焠(79)，自以爲娛。臣竊觀之，齊殆不如。』於是王默然無以應僕也。」

烏有先生曰：「是何言之過也？足下不遠千里來況(80)齊國，王悉發境內之士，而備車騎之衆，以出田，乃欲勠力致獲(81)，以娛左右也。何名爲夸哉？問楚地之有無者，願聞大國之風烈(82)，先生之餘論(83)也。今足下不稱楚王之德厚，而盛推雲夢以爲高(84)，奢言淫樂而顯侈靡。竊爲足下不取也。必若所言，固美楚國之美也(85)。有而言之，是章君之惡(86)；無而言之，是害足下之信(87)。章君之惡，而傷私義(88)，二者無一可。而先生行之，必且輕於齊而累於楚矣(89)。且齊東陼鉅海(90)，南有琅邪(91)，觀乎成山(92)，射乎之罘(93)，浮勃澥(94)，游孟諸(95)，邪與肅慎爲鄰(96)，右以湯谷(97)爲界。秌田乎青丘(98)，傍偟(99)乎海外，吞若雲夢者八九，其於胸中，曾不蔕芥(100)。若乃俶儻(101)瑰偉(102)，異方殊類，珍怪鳥獸，萬端鱗萃(103)，充仞(104)其中者，不可勝記。禹不能名(105)，契不能計(106)。然在諸侯之位，不敢言游戲之樂，苑囿之大。先生又見客(107)，是以王辭而不能復(108)，何爲無用應哉！」

①子虛：司馬相如假托的人物，表示虛言。②齊王悉發境內之士，備車騎之衆：齊王發動國內兵士準備壯盛的軍容。③田：射獵。④過詫：拜訪並誇耀。過，拜訪。詫，誇耀。⑤烏有先生：司馬相如假托的人物，表示無有此事也。⑥無是公在焉：無是公在那裏。無是公，亦司馬相如假托的人物，表示無此公。⑦夸（ㄎㄨㄚ）：通誇，炫耀。⑧雲夢：澤藪名。《爾雅．釋地》：「楚有雲夢。」按：古雲夢本爲二澤，分跨今湖北省境大江南北，江南爲夢，江北爲雲，今湖北京北縣至湖南華容縣，皆其區域，後世淤爲陸地，合稱雲夢。今存之曹湖、洪湖等咸爲其遺迹。⑨罘（ㄈㄨˊ）罔彌山：捉兔的網佈滿著整個山頭。罘，兔罟。罔，即網。⑩掩兔轔（ㄌㄧㄣˊ）鹿：用網覆住兔子，用車輪輾壓麋鹿。掩，即掩，指用網掩捕。轔，指用車輪輾過。⑪射麋脚麟：射中麋並抓住麟的一隻腳將牠捕獲。麋，鹿同類而稍大。⑫騖於鹽浦：馳騁在海濱的鹽灘。⑬割鮮染輪：宰割生肉，將鮮血染車輪。鮮，麟，《說文》：「大牡鹿也。」。⑫騖於鹽浦：馳騁在海濱的鹽灘。⑬割鮮染輪：宰割生肉，將鮮血染車輪。鮮，生肉。⑭射中獲多：此句是對上文「掩兔」、「染輪」的總結。⑮矜而自功：得意而自誇其功。矜，自尊大也。⑯饒樂：富有樂趣。⑰何與寡人：和我比較起來如何？何與，即何如。⑱宿衛：在宮中擔任值宿守衛的工作。⑲覽於有無：觀看園中有什麼，沒有什麼。⑳惡（ㄨ）：怎能、如何。㉑盤紆茀（ㄈㄨˊ）鬱：山勢詰屈、曲折。㉒隆崇嵂（ㄌㄩˋ）崒（ㄘㄨㄟˋ）：山勢高聳而險危。㉓岑崟（ㄧㄣˊ）參差：山勢高峻且高低不齊。㉔日月蔽虧：日月爲山所遮，有時全部隱沒，有時半掩半露。蔽，全隱。虧，半缺。㉕上干青雲：山勢高峻，接青天而入雲霄。干，觸。㉖罷（ㄆㄧˊ）池陂（ㄆㄛ）陁（ㄊㄨㄛˊ），下屬江河：山勢漸漸傾斜而與江河相連接。罷池、陂陁，音義並同，斜坡。屬，相連。㉗丹、青、赭（ㄓㄜˇ）、堊（ㄜˋ）：朱砂、石青、赤土、白土。㉘雌黃、白坿（ㄈㄨˊ）：黃赤的雌黃與可粉壁的石灰。㉙錫碧：青白色的玉石。㉚衆色炫耀，照爛龍鱗：土中含有各種礦物，彼此色彩相映像龍鱗般的間雜燦爛。㉛赤玉、玫瑰：赤玉，赤瑾，赤色的玉。玫瑰，火齊珠，似雲母，色紫有光。㉜琳、瑉（ㄇㄧㄣˊ）、琨（ㄎㄨㄣ）珸（ㄨˊ）：琳，美玉。瑉與琨珸，皆是次於玉的石頭。㉝瑊（ㄒㄧㄢ）玏（ㄌㄜˋ）、玄厲：瑊玏，次

于玉的石頭。玄厲，黑色的石頭，可磨刀。㉞瑌（ㄖㄨㄢˇ）石、武夫：瑌石，似玉的美石，白者如冰，半帶赤色。武夫，一種赤質白紋的玉石。㉟蕙圃：蕙草之圃。蕙，香草，綠葉紫莖。㊱衡、蘭：香草名。衡，杜衡，多年生草，冬日開暗紫色筒狀小花，根莖可入藥。蘭，香草。㊲芷、若：香草名。芷，白芷。若，杜若，多年生草，夏開小花，白色，萼片綠。㊳射干：多年生草，葉互生，直立如闊劍狀，花赤色有紫斑，根可入藥。㊴穹窮：野生草，高二尺，葉似芹，秋開白花，根可入藥。㊵昌蒲：多年生草本，生長水邊，葉狹長似劍，花淡黃色，氣味香烈。㊶江離、麋蕪：皆水草名。㊷諸蔗：甘蔗。㊸猼（ㄆㄛˋ）且（ㄐㄩ）：即蘘荷，多年生草，高二三尺，夏秋開淡黃色，塊根可供食用。㊹登降陁（ㄧˊ）靡：指起伏蜿蜒之丘陵。㊺案衍壇曼：指地勢寬廣。案衍，卑下。壇曼，平闊。㊻緣以大江：以長江爲邊緣。㊼巫山：山名，在今四川省巫山縣東。㊽高燥：高地乾燥之處。㊾葴（ㄓㄣ）：草名，叢生之常綠草，葉橢圓，花紫色，可製藍靛，俗名馬藍草。㊿菥（ㄙ）：草名，似燕麥。(51)苞：草名，與茅相似，可用以織席或編草鞋。(52)荔：馬荔，即今之馬藺草。(53)薛：藾蒿，初生可食。(54)莎（ㄙㄨㄛ）：多年生草，耐水旱，善蔓延，葉深綠色，夏開黃褐小花，地下塊根爲香附子，可入藥。(55)青薠（ㄈㄢˊ）：似莎而大，雁鳥所食。(56)卑溼：地勢低窪潮溼之處。(57)藏莨（ㄍㄣ）、蒹（ㄐㄧㄢ）、葭（ㄐㄧㄚ）：藏莨，俗名狗尾巴草，爲牛馬芻料。蒹，荻也。葭：蘆也。(58)東蘠：似蓬草，實如葵子，可食。(59)雕胡：菰米，可食。(60)菰（ㄍㄨ）蘆：即菰蘆，實圓長可食。(61)菴蕳（ㄌㄩˊ）、軒芋：菴蕳，青蒿，子可療病。軒芋，蕕草，生水中。(62)眾物居之，不可勝圖：眾多草木在那裡生存，不能數盡。(63)外發芙蓉、蔆（ㄌㄧㄥˊ）華：池面開放著荷花、菱花。外，指池水的表面。發，開放。芙蓉，即荷花。蔆華，即菱花，水草，浮游水面，實爲菱角，可食。(64)內隱鉅石、白沙：池內隱藏著大石頭和白砂粒。內，池內。隱，藏。(65)蛟：似蛇而四足。(66)鼉（ㄊㄨㄛˊ）：似蜥蜴而大，身有甲，皮可製鼓，即今之鱷魚。(67)瑇（ㄉㄞˋ）瑁（ㄇㄟˋ）：海龜之一種，甲上有花紋，可以裝飾器物。(68)黿（ㄩㄢˊ）：大鱉。(69)楩（ㄆㄧㄢˊ）、枏（ㄋㄢˊ）、豫、章：楩，黃楩木。枏，楠木。豫，枕木。章，樟木。以上四種皆棟樑之材。(70)桂、椒、木蘭：皆木名。桂皮可入藥；椒實爲香料；木蘭樹皮香，可食用及入藥。(71)蘗（ㄅㄛˋ）、離、朱楊：皆木名。蘗，即黃蘗，高數丈，可作藥材。離，即山梨。朱楊，河柳。(72)樝（ㄓㄚ）梨、梬（ㄧㄥˇ）栗：樝梨，即今鐵梨，黃赤而圓，肉堅，可食，味酸澀。梬栗，又名梬棗，今稱丁香柿。(73)橘、柚芬芳：橘和柚散發香氣。柚，其實與橘相類而大，即今之葡萄柚。(74)其上則有赤猨（ㄩㄢˊ）、蠷（ㄑㄩˊ）、蝚（ㄋㄠˊ）、鵷（ㄩㄢ）雛、孔、鸞、騰遠、射（ㄧㄝˋ）干：此句指樹上棲息的動物。赤猨、蠷、蝚，皆猿猴類。鵷雛，形似鳳鳥。孔，孔雀。鸞，鸞鳥。騰遠，指善騰躍之猿類。射干，似狐而小，夜鳴如狼，能攀樹。(75)其下則有白虎、玄豹，蟃（ㄨㄢˋ）蜒（ㄧㄢˊ）、貙（ㄕㄨ）豻（ㄏㄢˋ）：此句指樹下，即陰林中棲居的動物。玄豹，黑豹。蟃蜒，大獸名，狼屬而似貍。貙豻，猛獸名，似貍而大。(76)陽雲之臺：又名陽臺，在巫山之下。陽雲，《文選》作雲陽，謂宋玉賦有「雲夢中高唐之臺」句，言其高出雲之陽也。(77)泊乎無爲，澹乎自持：形容保持恬淡寧靜的心情。泊、澹，安靜。無爲，指心地泰然無事。自持，指保持寧靜心情。(78)勺（ㄕㄨㄛˊ）藥（ㄩㄝˋ）之和具，而後御之：把酸甜苦辣鹹五味調和好的醬準備妥了才開始用餐。勺藥，勺同「芍」。藥草名，其根主和五臟，又避毒氣；故合之蘭桂五味以助諸食，因呼五味之和爲勺藥。(79)脟（ㄌㄨㄢˊ）割輪焠：把鮮肉切成碎塊就在車輪之間炙而食之。此言齊王就輿上進食，以爲娛樂，遠不及楚王等到五味調和然後進食來得從容文雅。(80)況：惠賜。(81)戮力致獲：并力獲得野獸。(82)顧聞大國之風烈：願意聽到楚國的美俗善政。風，風俗習尚。烈，光輝的德業。(83)餘論：遺留的高論。(84)高：高談闊論。(85)必若所言，固美楚國之美也：雲夢之事果然如你所說，那也並不算楚國值得誇耀的。(86)有而言之，是章君之惡：如果楚王眞有其事，那就是彰顯楚王的缺失。(87)無而言之，是害足下之信：如果楚王並無其事，而你竟誇大其辭，那就對您的信譽有損了。(88)私義：個人的義氣。(89)必且輕於齊而累於楚矣：一定會輕視了齊國而禍累及楚國了。(90)齊東陼（ㄓㄨ）鉅海：齊國東以大海爲邊。陼，同渚，水邊。鉅海，大海。(91)琅玡：同「琅琊」，山名。在山東諸城縣東南一百五十里。(92)觀乎成山：在成山游觀。成山，在山東榮城縣東。(93)射乎之罘（ㄈㄨˊ）：在之罘射獵。之罘，在山東福山縣東北三十五里。(94)勃澥（ㄒㄧㄝˋ）：即渤海。(95)孟諸：在河南商丘縣東北。(96)邪與肅愼爲鄰：指齊國隔海斜與肅愼爲鄰。邪，同「斜」。肅愼，古國名，包括今黑龍江、吉林、遼寧等地。(97)湯谷：即暘谷，日出的地方。(98)秌（ㄑㄧㄡ）田乎青丘：在青丘秋獵。秌，即「秋」。青丘，海外國名，指遼東、高麗一帶的地方。(99)傍偟：即徬徨。(100)吞若雲夢者八九，其於胷中，曾不蔕（ㄉㄧˋ）芥：以齊國之大，就是把像雲夢這樣的地方吞下八九，也絲毫不覺得有芒刺或芥蔕吞在胸中。(101)俶（ㄊㄧˋ）儻（ㄊㄤˇ）：卓傑特出。(102)瑰偉：指奇珍異產。(103)萬端鱗萃：上述各種珍奇寶物像鱗介般的集中。(104)充仞：充滿。(105)禹不能名：禹不能叫出名目。(106)契（ㄒㄧㄝˋ）不能計：契不能計算出數目。(107)見客：被當成客人禮遇。(108)是以王辭而不能復：因此齊王沒有回答你任何言語。

2.王　褒

洞簫①賦（節選）

原夫簫幹之所生兮，于江南之丘墟②。洞條暢而罕節兮，標敷紛以扶踈③。徒觀其旁山側兮④，則嶇嶔巋崎⑤，倚巇迤㠧⑥，誠可悲乎，其不安也⑦。彌望儻莽、聯延曠蕩⑧，又足樂乎，其敞閑也⑨。托身軀于后土兮，經萬載而不遷⑩。吸至精之滋熙兮，稟蒼色之潤堅⑪。感陰陽之變化兮，附性命乎皇天⑫。翔風蕭蕭而逕其末兮，回江流川而溉其山⑬。揚素波而揮連珠兮，聲礚礚而澍淵⑭。朝露清泠而隕其側兮，玉液浸潤而承起根⑮。孤雌寡鶴，娛優乎其下兮⑯，春禽群嬉，翺翔乎其顚⑰。秋蜩不食，抱朴而長吟兮⑱，玄猿悲嘯，搜索乎其間⑲。處幽隱而奧屛兮，密漠泊以𤢺猭⑳。惟詳察其素體兮，宜清靜而弗喧㉑。幸得謚爲洞簫兮，蒙聖主之渥恩㉒。可謂惠而不費兮，因天性之自然㉓。

于是般匠施巧，夔襄准法㉔。帶以象牙，掍其會合㉕。鎪鏤離洒，絳脣錯雜㉖。鄰菌繚糾，羅鱗捷獵㉗。膠致理比，挹抐擫擪㉘。

①洞簫：樂器名。古代的簫以竹管編排而成，大者二十三管，長三尺四寸。小者十六管，又名籟。無蠟蜜封底的叫「洞簫」；以蠟蜜封底的稱「排簫」。現代的洞簫則是單管直吹，正面五孔，背面一孔。洞，通，指無底上下相通的意思。

②原夫簫幹之所生兮，于江南之丘墟：追溯簫管的竹莖，它原來生長的地方啊，本在江南的山上。原，推其根原。丘墟，土山。

③洞條暢而罕節兮，標敷紛以扶踈：竹子條直通暢而竹節稀疏啊，枝盛葉茂而疏密有致。標，直立，挺立。敷紛，茂盛。

④徒觀其旁山側兮：但見竹靠著山邊生長啊。旁，同「傍」，依靠。

⑤嶇嶔（ㄑㄧㄣ）巋（ㄎㄨㄟ）崎：嶇嶔、巋崎，皆形容山的險峻。

⑥倚巇（ㄒㄧ）迤（ㄧˇ）㠧（ㄇㄧˇ）：倚巇，形容山勢險峻。迤㠧，同「迤靡」，相連的樣

子。⑦誠可悲乎，其不安也：爲它生在危險的地方而感到傷悲。⑧彌望儻莽、聯延曠蕩：放眼望去，只見竹林相連，寬廣無邊。彌望，極目望去，滿眼皆是。儻莽、曠蕩，皆寬廣的樣子。⑨又足樂乎，其敞閑也：又爲它在敞亮的地方而值得高興。⑩托身軀于后土兮，經萬載而不遷：它把身體寄托于大地啊，經歷了千秋萬代都不遷移消失。后土，大地。

⑪吸至精之滋熙兮，稟蒼色之潤堅：竹子吸取了天地間的精華而長得潤澤有光，它具有大自然所賦予的鮮潤與貞堅的特色。滋熙，潤澤有光。蒼色，天空。⑫感陰陽之變化兮，附性命乎皇天：感受四時陰陽的變化啊，性命依附于上天。

⑬翔風蕭蕭而逕其末兮，回江流川而溉其山：惠風蕭蕭掠過竹巔啊，曲江流水灌溉著下面的山。翔風，夏至後暖和的風。蕭蕭，風聲。逕，同「徑」，吹過。末，竹梢頭。溉，灌注。⑭揚素波而揮連珠兮，聲礚（ㄎㄜ）礚而澍（ㄓㄨˋ）淵：白波涌起水珠飛濺啊，咆哮著注入深淵。素波，白浪。揮，動。連珠：浪花泡沫如連珠。礚礚，水石相擊聲。澍，通「注」，注入。⑮朝露清冷（ㄌㄧㄥˊ）而隕其側兮，玉液浸潤而承起根：清涼的朝露在旁邊墜落啊，潔淨的清水在根部滋潤。清冷，清涼。玉液，清泉。浸潤，慢慢地滋潤。⑯孤雌寡鶴，娛優乎其下兮：孤獨的雌鶴在水中游樂啊。

⑰春禽群嬉，翱翔乎其顛：成群嬉戲的春鳥在竹上翱翔。其顛，指竹上。⑱秋蜩（ㄊㄧㄠˊ）不食，抱朴（ㄆㄛˋ）而長吟兮：餐風飲露的秋蟬在此附樹皮長吟。蜩，蟬。抱朴，附著樹皮。⑲玄猿悲嘯，搜索乎其間：長嘯哀鳴的黑猿在中間往來。玄猿，黑猿。搜索，往來。⑳處幽隱而奧屏兮，密漠泊以獑（ㄔㄣ）猢（ㄔㄨㄢˊ）：竹子居處幽隱而深遠啊，林蔭茂密而綿延。幽隱，隱蔽。奧屏，深僻。獑猢，相連。㉑惟詳察其素體兮，宜清靜而弗喧：仔細考察它的本性啊，應是寧靜而品性淡泊。素體，本質，本性。㉒幸得諡（ㄕˋ）爲洞簫兮，蒙聖主之渥（ㄨㄛˋ）恩：有幸得號爲洞簫啊，承受到了聖主的厚恩。㉓可謂惠而不費兮，因天性之自然：可謂給予恩惠却不耗費啊，只是順著天性的自然。

㉔般匠施巧，夔襄准法：公輸般施巧技而作簫，讓精通音律的夔和師襄依據準則而掌握制簫的規格。准，通「準」，古樂器，漢京房所作，以定律數。法，規格。㉕帶以象牙，掍（ㄏㄨㄣˇ）其會合：用象牙裝飾使其構造混一嚴密。帶，裝飾。掍，混合。㉖鎪（ㄙㄡ）鏤離洒，絳脣錯雜：在口吹處塗上朱紅色，和整個簫上的文彩錯雜在一起。鎪鏤，雕刻上花紋。離洒，刻鏤。㉗鄰菌繚糾，羅鱗捷獵：竹管相并列繚繞，像羅列參差的魚鱗。鄰菌、繚糾，竹管相并列而又相連繞。羅鱗，鱗狀排列。捷獵，參差相接的樣子。㉘膠致理比，挹（ㄧˋ）抐（ㄋㄚˋ）擫（ㄧㄝˋ）擶（ㄋㄧㄝˋ）：音律精致細密，完全合乎制度規格。膠致，細密。理比，循音律相排列。挹抐、擫擶，符合禮制規格。

三、模擬期

1. 揚　雄

甘泉賦并序（節選）

孝成帝時，客有荐雄文似相如者①。上方郊祀甘泉泰畤、汾陰后土②，以求繼嗣③。召雄待詔承明之庭④。正月⑤，從上甘泉還，奏《甘泉賦》以風⑥。其辭曰：

惟漢十世⑦，將郊上玄⑧，定泰畤⑨，雍神休⑩，尊明號⑪。同符三皇⑫，錄功五帝⑬。恤胤錫羨，拓迹開統⑭。于是乃命群僚⑮，歷吉日，協靈辰⑯，星陳而天行⑰。詔招搖與太陰兮，伏鉤陳使當兵⑱。屬堪輿以壁壘兮，梢夔魖而抶獝狂⑲。八神奔而警蹕兮，振殷轔而軍裝⑳。蚩尤之倫㉑，帶干將而秉玉戚兮，飛蒙茸而走陸梁㉒。齊總總以撙撙㉓，其相膠轕兮，猋駭雲迅，奮以方攘㉔。駢羅列布，鱗以雜沓兮，柴虒參差，魚頡而鳥䀶㉕。翕赫曶霍㉖，霧集而蒙合兮㉗，半散昭爛，粲以成章㉘。

于是乘輿乃登夫鳳皇兮，而翳華芝㉙。駟蒼螭兮六素虬，蠖略蕤綏，灕虖襂纚㉚。帥爾陰閉，霅然陽開㉛，騰清霄而軼浮景兮㉜，夫何旟旐郅偈之旖旎也㉝？流星旄以電燭兮，咸翠蓋而鸞旗㉞。敦萬騎于中營兮，方玉車之千乘㉟。聲駍隱以陸離兮㊱，輕先疾雷而馺遺風㊲。淩高衍之嵱嵷兮，超紆譎之清澄㊳。登椽欒而狃天門兮，馳閶闔而入凌兢㊴。

是時未轃夫甘泉也，乃望通天之繹繹㊵。下陰潛以慘廩兮，上洪紛而相錯㊶。直嶢嶢以造天兮，厥高慶而不可乎彌度㊷。平原唐其壇曼兮，列新雉于林薄㊸。攢并閭與茇苦兮，紛被麗其亡鄂㊹。崇丘陵之駊騀兮，深溝嶔巖而爲谷㊺。往往離宮般以相燭兮，封巒石關施靡乎延屬㊻。

①客有荐（ㄐㄧㄢˋ）雄文似相如者：有個人向皇帝推荐我的文章，認爲頗似司馬相如。荐，推許。②上方郊祀甘泉泰畤（ㄓˋ）、汾陰后土：當時皇上將要到甘泉宮南的泰祠壇和汾水之南的后土祠舉行祭祀天地的儀式。郊祀，帝王在郊外祭祀天地。畤，神靈居止的地方。陰，指山的北面或水的南邊。汾陰，汾水之南。后土，土神名。③繼嗣：繼承皇位的兒子。④召雄待詔承明之庭：徵召我在承明殿。待詔，等待任職的詔令。⑤正月：指漢成帝永始四年（西元前十三）正月。⑥風：諷諫。⑦惟漢十世：漢朝第十代皇帝，即成帝。惟，發語詞。⑧將郊上玄：欲祭祀上天。⑨定泰畤：決定恢復太一神祠。⑩雍神休：使神靈保佑賜給福祥。⑪尊明號：以皇帝的名義尊崇祈禱。⑫同符三皇：上天賜福要與三皇相同。⑬錄功五帝：記錄功勛要與五帝相同。⑭恤胤錫羨，拓迹開統：憂慮無子，祈求神靈賜與吉祥，以擴大業績，使皇家的統治繼續。胤，後代。錫，賜給。⑮群僚：指朝中百官。⑯歷吉日，協靈辰：選擇吉祥的日子，與美好的時辰相合。歷，選擇，擇定。⑰星陳而天行：指陪祭的百官排列如群星，運行如天道。⑱詔招搖與太陰兮，伏鉤陳使當兵：命令北斗招搖與太陰月亮，讓鉤陳掌握軍事。招搖，星名，即北斗第七星搖光。太陰，指月亮。鉤陳，星名。⑲屬（ㄓㄨˇ）堪輿以壁壘兮，梢（ㄕㄨㄛˋ）夔魖（ㄒㄩ）而抶（ㄔˋ）獝（ㄒㄩˋ）狂：把修築作戰工事的任務交給天地之神啊，去消滅一切精怪惡鬼。屬，託付。堪輿，天地的總名，堪爲高處，指天道；輿爲下處，指地道。梢，擊殺。夔魖：鬼怪。抶，鞭打。獝狂，古代傳說中的惡鬼。⑳八神奔而警蹕（ㄅㄧˋ）兮，振般轔而軍裝：八方之神奔馳而來爲之清道警衛啊，個個身穿整齊的軍裝。警蹕，天子出入時，在所經過的道路上清道警戒。般轔，繁盛的樣子。㉑蚩尤之倫：蚩尤之類的勇士。倫，輩、類。㉒帶干將（ㄐㄧㄤˋ）而秉玉戚兮，飛蒙茸（ㄖㄨㄥˊ）而走陸梁：佩帶干將一樣的利劍，手拿玉柄大斧啊，飛躍而來，奔跑而來。干將，劍名，本爲春秋時吳國人干將所鑄劍，後泛指寶劍。蒙茸，柔細的樣子，此處指行動矯健。陸梁，跳躍。㉓齊總（ㄗㄨㄥˇ）總以撙（ㄗㄨㄣˇ）撙：指隊伍整齊密密層層。總總，同「總總」，形容聚集的樣子。撙撙，亦是聚集的樣子。㉔其相膠（ㄐㄧㄡ）輵（ㄍㄜˇ）兮，猋（ㄅㄧㄠ）駭雲迅，奮以方攘：隊形乍合乍離，如同風暴起動飛雲疾馳，奮然前行。膠輵，糾葛，形容隊伍的離離合合。猋，形容行走快速。㉕駢羅列布，鱗以雜沓（ㄊㄚˋ）兮，柴（ㄘ）虒（ㄙ）參差，魚頡而鳥䀪（ㄏㄤˊ）：指隊

伍成行列隊，像魚鱗一樣交錯而眾多啊，參差不齊，像魚一樣上下游動，像鳥一樣上下飛翔。雜沓，眾多紛雜的樣子。柴虒，參差不整齊的樣子。頡，向上飛。眄，同「頏」，飛向下。㉖翕（ㄒㄧ）赫曶（ㄏㄨ）霍：指侍衛聚集離散，迅速異常。翕赫，盛大，隆盛。曶霍，一開一合，迅速的樣子。㉗霧集而蒙合兮：行陣密布，如雲似霧啊。㉘半散昭爛，粲以成章：隊伍散布開來，燦爛多彩，光輝耀眼。㉙于是乘輿乃登夫鳳皇兮，而翳（ㄒㄧˋ）華芝：于是皇上乘坐那飾有鳳凰的車啊，而車上又覆著華蓋。乘輿，指皇上。翳，用羽毛製成的車蓋。㉚駟蒼螭（ㄔ）兮六素虯（ㄑㄧㄡˊ），蠖（ㄏㄨㄛˋ）略蕤（ㄖㄨㄟˊ）綏，滈虖（ㄏㄨˋ）襂（ㄕㄢ）纚（ㄕˇ）：車駕有一車四馬的、一車六龍的，行步進止，如蠖般的有尺度，龍行騰躍，鬃毛下垂。蒼螭、素虯，駕車的動物。虯，龍的通稱。蠖略，龍行的樣子。蕤綏，龍行、盤紆的樣子。滈虖，向下的樣子。襂纚，形容毛羽下垂的樣子。㉛帥爾陰閉，霅（ㄓㄚˋ）然陽開：忽而聚集，像陰雲閉合，忽而散開，好似陽光一樣豁然開朗。帥，聚集。霅，散開。㉜騰清霄而軼（ㄧˋ）浮景（ㄧㄥˇ）兮：言乘輿升入天空超過雲霧啊！軼，通「逸」，超逸。浮景，倒影，此指雲霧。㉝夫何旟（ㄩˊ）旐（ㄓㄠˋ）郅（ㄓˋ）偈（ㄐㄧㄝˊ）之旖（ㄧˇ）旎（ㄋㄧˇ）也：那鳥旗龜旗聳立空中隨風飄揚，多麼輕盈柔順！旟，畫有鳥隼的旗。旐，畫有龜蛇的旗。郅偈，高聳矗立的樣子。旖旎，旗幟隨風搖動輕盈的樣子。㉞流星旄（ㄇㄠˊ）以電燭兮，咸翠蓋而鸞旗：飾有星文的旗幟在上空飄揚，有如電光照耀啊！閃光之下那些以翠羽所裝飾的華蓋和繪有鸞鳥圖像的旗，都全然清晰可見。旄，用犛牛尾裝飾竿首的旗幟。鸞旗，帝王車駕用的旗幟。㉟敦萬騎于中營兮，方玉車之千乘：上萬的騎兵駐紮在中營啊，玉飾的兵車有千輛布陣排列。㊱聲駍（ㄆㄥ）隱以陸離兮：車聲隆隆，前後相接啊！駍，車馬聲。陸離，長的樣子。㊲輕先疾雷而馺（ㄙㄚˋ）遺風：馬行疾速，奔馳向前，超過迅雷，勝過疾風。馺，馬在奔馳的樣子。遺風，疾風。㊳凌高衍之嵱（ㄩㄥˇ）嵸（ㄙㄨㄥˇ）兮，超紆譎之清澄：凌越高原與群峰啊，跨過彎路與坦程。高衍，高原。嵱嵸，山峯眾多的樣子。紆譎，曲折。㊴登椽欒而狃（ㄍㄨㄥ）天門兮，馳閶（ㄔㄤ）闔（ㄏㄜˊ）而入凌兢：登上椽欒山就可以到達天門啊，再馳過閶闔就進入高空寒冷之處。椽欒，山名。狃，至，到。閶闔，傳說中的天門。㊵是時未轃（ㄓㄣ）夫甘泉也，乃望通天之繹繹：這時還沒有到甘泉宮，卻望見了高聳雲霄的通天臺。轃，通「臻」，到。繹繹：相連不斷的樣子。㊶下陰潛以慘廩兮，上洪紛而相錯：臺下陰暗不明，而有寒冷之感啊，臺上高大參天相互交錯。慘廩，陰暗寒冷的樣子。洪紛，廣大而光彩交錯的樣子。㊷直嶢（ㄧㄠˊ）嶢以造天兮，厥高慶而不可乎彌度（ㄉㄨㄛˋ）：直立高聳可通達天啊，那高度終究不可測量。嶢嶢，高聳的樣子。彌，益，更加。度，測量。㊸平原唐其壇（ㄉㄢˋ）曼兮，列新雉于林薄：平原廣闊而平坦啊，香草辛夷遍生在叢林草木之中。唐，寬闊。壇曼，寬廣的樣子。新雉，植物名，即辛夷。林薄，草木叢生的地方。㊹攢（ㄘㄨㄢˊ）并（ㄅㄧㄥ）閭與茇（ㄅㄚˊ）葀（ㄍㄨㄚ）兮，紛被麗其亡（ㄨˊ）

鄂：棕櫚薄荷叢聚而生啊，生長繁茂，四散披離，無邊無際。攢，叢聚。并閭，木名，即棕櫚。茇葀，亦作「茇苦」，草名，即薄荷。亡鄂，沒有邊際。鄂，垠，邊際。㊺崇丘陵之駊（ㄆㄛˇ）騀（ㄨㄛˇ）兮，深溝嶔（ㄑㄧㄣ）巖而爲谷：高高的山丘險而且陡啊，深深的溝塹化爲峽谷。駊騀，高大的樣子。嶔巖，深險的樣子。㊻往往離宮般以相燭兮，封巒石關施（ㄧˋ）靡乎延屬（ㄓㄨˇ）：皇帝的離宮別墅光彩交相映照、遍布各地啊，封巒觀、石關觀彼此相接，連綿不斷。離宮，行宮，古代天子出巡時所停留的臨時居所。封巒、石關，皆臺榭名。施靡，連延不斷。延屬，緜延連屬不斷。

2. 班　固

東都賦（節選）

東都主人①喟然而嘆曰：「痛乎風俗之移人也②！子實秦人③。矜夸④館室，保界河山⑤。信識昭襄而知始皇矣⑥，烏睹大漢之云爲乎⑦？夫大漢之開元⑧也，奮布衣以登皇位⑨，由數期而創萬代⑩，蓋六籍所不能談⑪，前聖靡得言焉⑫。當此之時，功有橫而當天⑬，討有逆而順民⑭，故婁敬度勢而獻其說⑮，蕭公權宜而拓其制⑯。時豈泰而安之哉⑰？計不得以已也⑱。吾子曾不是睹⑲，顧曜後嗣之末造⑳，不亦暗乎㉑？今將語子以建武之治㉒，永平㉓之事，監于太清㉔，以變子之惑志㉕。……

今論者但知誦虞夏之《書》㉖，詠殷周之《詩》㉗，講羲文之《易》㉘，論孔氏之《春秋》，罕能精古今之清濁㉙，究漢德之所由㉚。唯子㉛頗識舊典，又徒馳騁乎末流㉜。溫故知新已難㉝，而知德者鮮矣㉞！且夫僻界西戎，險阻四塞，修其防禦㉟，孰與處乎土中，平夷洞達，萬方輻湊㊱？秦嶺、九嵕，涇渭之川㊲，曷若四瀆五嶽，帶河泝洛，圖書之淵㊳？建章、甘泉，館御列仙㊴，孰與靈臺、明堂，統和天人㊵？太液、昆明，鳥獸之囿㊶，曷若辟雍海流，道德之富㊷？游俠逾侈，犯義侵禮㊸，孰與同履法度，翼翼濟濟也㊹？子徒習秦阿房之造天，而不知京洛之有制也㊺；識函谷之可關，而不知王者之無外也㊻。」

主人之辭未終，西都賓矍然失容㊼，逡巡㊽降階，惵然意下㊾，捧手欲辭㊿。主人曰：「復位(51)。今將授子以五篇之詩(52)。」賓既卒業(53)，乃稱曰：「美哉乎斯詩！義正乎揚雄，事實乎相如(54)，匪唯主人之好學，蓋乃遭遇乎斯時也(55)。小子狂簡(56)，不知所裁(57)，既聞正道，請終身而誦之。」

①東都主人：本文是班固〈兩都賦〉中的後半部分。東漢時期，關中父老對建都洛陽深爲不滿，經常發表貶洛陽、頌長安，甚至要求遷都的議論，班固對此持不同看法，于是作〈兩都賦〉。前半部分〈西都賦〉借西都賓之口盛贊長安的奢麗。本文在內容上是承接〈西都賦〉。東都主人和西都賓都是作者在賦中所假設的人物，因東都洛陽，故稱主人。②痛乎風俗之移人也：傷心呀，社會風氣確實能改變一個人的本性。③子實秦人：先生眞不愧是個秦地人。④矜夸：誇耀。⑤保界河山：憑恃黃河華山的險固。界，通「介」，恃。⑥信識昭襄而知始皇矣：深知秦昭襄王的事業，了解秦始皇的威風。信，確實。⑦烏睹大漢之云爲乎：然又如何能看清大漢帝國的所作所爲呢？烏，哪裏。云爲，作爲。⑧開元：創始。⑨奮布衣以登皇位：高祖劉邦憑著一個平民的身分登上皇位。奮，振起。⑩由數期（ㄐ一）而創萬代：經過幾年的奮鬥才創立下萬代的帝業。期，年。⑪蓋六籍所不能談：大概六經內不曾記載過。六籍，六經。⑫前聖靡得言焉：先哲沒有談論的事情。靡，無。⑬功有橫而當天：高祖攻擊強橫的秦國而正符合上天之意。當天，應天。⑭討有逆而順民：討伐叛逆而順應民心。⑮故婁敬度勢而獻其說：所以婁敬審時度勢而獻上定都長安的建議。⑯蕭公權宜而拓其制：蕭何權衡得失而決定拓展長安的體製。⑰時豈泰而安之哉：這難道是希圖奢侈和安逸嗎？⑱計不得以已也：是不得已而採取的措施。⑲吾子曾不是睹：你竟然不能認識到這一點。曾，乃，竟然。⑳顧曜後嗣之未造：反而炫耀後代子孫修建的豪侈。顧曜，反而炫耀。㉑不亦暗乎：不是太糊塗了嗎？㉒今將語子以建武之治：現在我將用建武年間的太平事迹告訴你。語，告訴。建武，東漢光武帝年號。㉓永平：東漢孝明帝年號。㉔監于太清：使

你認識無爲而治的道理。監，示。太清，清靜無爲之理。㉕以變子之惑志：從而改變你的錯誤觀念。惑志，糊塗觀念。㉖虞夏之《書》：指《尚書》中的〈虞書〉、〈夏書〉。㉗殷周之《詩》：指《詩經》中有〈周頌〉、〈商頌〉。㉘義文之《易》：指《周易》。義文，伏義氏和周文王。傳說伏義氏作八卦，周文王演進爲六十四卦。㉙罕能精古今之清濁：很少有人精通古今治亂的歷史。㉚究漢德之所由：探討漢德的由來。㉛子：西都賓。㉜又徒馳騁乎末流：但又只神往于先世奢侈淫靡的末流。末流，不良風氣。㉝溫故知新已難：想通過溫習舊典去了解新的東西已經是很困難了。㉞而知德者鮮矣：而要理解當今聖上的德業，其可能性就更少了。㉟且夫僻界西戎，險阻四塞，修其防禦：再說西都地勢偏僻，西鄰落後的西戎，關山險阻，四方閉塞，藉此防禦尚可。㊱孰與處乎土中，平夷洞達，萬方輻湊：那裏比得上東都地處國之中央，地勢平坦，四通八達，四面八方有如車輻聚于車轂。平夷，平坦。洞達，通達，指交通方便。萬方輻湊，形容萬國歸附如車之輻條集中于車之軸心。㊲秦嶺、九嵕（ㄗㄨㄥ），涇渭之川：西都依憑秦嶺、九嵕之山，又有涇、渭爲之環繞。㊳曷若四瀆五嶽，帶河泝洛，圖書之淵：那裏比得上東都四河灌通，五嶽聳峙，沿黃河泝洛水，呈現《河圖》、《洛書》之祥瑞？四瀆，指長江、黃河、淮河、濟水。圖書之淵，指《河圖》、《洛書》。㊴建章、甘泉，館御列仙：西都有豪華的建章、甘泉之宮，設高臺侍奉著仙人。㊵孰與靈臺、明堂，統和天人：但怎能與東都有靈臺、明堂宣揚教化，使天人相和比美呢？㊶太液、昆明，鳥獸之囿：西都有太液、昆明之池供游樂，有鳥獸之苑囿供圍獵。㊷曷若辟雍海流，道德之富：那裏比得上東都講學的辟雍，四周環水，以象徵道德傳播四海之豐富。㊸游俠逾侈，犯義侵禮：西都的游俠極爲奢侈無度，侵犯禮義。游俠，古稱輕生重義，勇于救人急難的人。㊹孰與同履法度，翼翼濟濟也：但怎能與東都法度如一、威儀莊嚴恭敬相比。翼翼、濟濟，恭敬的樣子。㊺子徒習秦阿房之造天，而不知京洛之有制也：先生您只熟悉秦國阿房宮的通天之高，而不知道西都洛陽法度體製的宏偉。造天，高聳至天。㊻識函谷之可關，而不知王者之無外也：只知道函谷險要可以防守，而不知道王道精神的法力無邊。無外，指極大的範圍。㊼矍（ㄐㄩㄝˊ）然失容：誠惶誠恐改變顏色。㊽逡巡：後退。㊾惵（ㄉㄧㄝˊ）然意下：表情怯懦而卑下。惵，同「惵」，恐慌。㊿捧手欲辭：拱手意欲告辭。(51)復位：請回到原位落座。(52)五篇之詩：即班固〈東都賦〉末尾的〈明堂〉、〈辟雍〉、〈靈臺〉、〈寶鼎〉、〈白雉〉五首詩，本文省略。(53)卒業：指西都賓讀罷這五篇詩。(54)義正乎揚雄，事實乎相如：是說這些詩從思想性到內容的眞實性上都超過了揚雄和司馬相如。(55)匪唯主人之好學，蓋乃遭遇乎斯時也：並非只是體現了主人的好學，而且正好反映了這個時代。(56)狂簡：狂妄自大，脫離實際。(57)裁：約束，節制。

四、轉變期

1.張 衡

歸田賦

遊都邑①以永久②，無明略③以佐時④。徒臨川以羨魚⑤，俟河清乎未期⑥。感蔡子之慷慨，從唐生以決疑⑦。諒天道之微昧⑧，追漁父以同嬉⑨。超埃塵⑩以遐逝⑪，與世事乎長辭⑫。於是仲春令月⑬，時和氣清。原隰鬱茂⑭，百草滋榮⑮。王雎鼓翼⑯，倉庚哀鳴⑰。交頸⑱頡頏⑲，關關⑳嚶嚶㉑。于焉逍遙㉒，聊以娛情。爾乃龍吟方澤，虎嘯山丘㉓。仰飛纖繳㉔，俯釣長流。觸矢而斃㉕，貪餌吞鉤㉖。落雲間之逸禽㉗，懸淵沉之魦鰡㉘。于時曜靈俄景㉙，繼以望舒㉚。極盤遊之至樂㉛，雖日夕而忘劬㉜。感老氏之遺誡，將迴駕乎蓬廬㉝。彈五弦之妙指㉞，詠周孔之圖書㉟。揮翰墨以奮藻㊱，陳三皇之軌模㊲。苟縱心於域外，安知榮辱之所如㊳。

①都邑：東漢首都洛陽。 ②永久：長久。 ③明略：高明的謀略。 ④佐時：輔佐時君。 ⑤徒臨川以羨魚：用《淮南子・說林訓》：「臨流而羨魚，不如歸家織網。」表示雖有政治理想而不能實現。 ⑥俟（ㄙˋ）河清乎未期：想等待政治清明，又不知在何時。俟，等待。河清，相傳黃河一千年清一次，常用以比喻政治清明。未期，未可預期。 ⑦感蔡子之慷慨，從唐生以決疑：體會到蔡澤不得志時曾請唐舉看相，剖析疑惑的心情。蔡子，蔡澤，燕國人，早年貧賤時找唐舉問相。唐舉曰：「先生之壽，從今以往四十歲。」于是澤乃入秦，代范雎爲相；事見《史記・范雎蔡澤列傳》。慷慨，形容有志之士激昂不平的樣子。唐生，唐舉，魏國人，戰國時善于相面的人。決疑，剖析疑慮，指蔡澤向唐生問相。 ⑧諒天道之微昧：現在的政治實在是黑暗不清。諒，信，確實是。微昧，幽暗。 ⑨追漁父以同嬉：追隨屈原所

遇到的漁人一同遊樂于川澤。⑩埃塵：指污濁的世俗。⑪遐逝：遠遠離去。⑫長辭：永別。⑬仲春令月：早春二月的好季節。令月，好季節。⑭原隰（ㄒㄧˊ）鬱茂：不論是高處或低處的平地都是草木繁盛。⑮百草滋榮：各種的草非常茂盛。⑯王雎鼓翼：雎鳩鳥兒鼓動著翅膀。⑰倉庚哀鳴：黃鶯鳥婉轉鳴叫著。⑱交頸：相與交其頸。⑲頡（ㄒㄧㄝˊ）頏（ㄏㄤˊ）：上下飛翔。頡，飛而上。頏，飛而下。⑳關關：雎鳩和鳴聲。㉑嚶嚶：黃鶯和鳴聲。㉒于焉逍遙：在這裡得到自由自在。㉓爾乃龍吟方澤，虎嘯山丘：于是自己在山澤間從容吟嘯，好像龍在大澤，虎在山丘一般。爾乃，于是。方澤，大澤。㉔仰飛纖繳（ㄓㄨㄛˊ）：擡頭用帶細絲條的箭射鳥。纖繳，指繫在箭尾部的一種細線條。㉕觸矢而斃：鳥中箭而亡。㉖貪餌吞鉤：魚貪餌而吞鉤。㉗落雲間之逸禽：射落飛翔在空中的鴻雁。㉘懸淵沉之魦（ㄕㄚ）鰡（ㄌㄧㄡˊ）：釣起沉於深淵中的魚兒。㉙曜靈俄景：日影偏斜。曜靈，太陽。俄，斜。景，日光。㉚繼以望舒：月光接著出現。望舒，神話中月神的御者，此指月亮。㉛極盤遊之至樂：極盡遊樂之能事。盤遊，遊樂。至樂，最高興的事。㉜劬：勞苦。㉝感老氏之遺誡，將迴駕乎蓬廬：因感於老子的遺訓，不宜久在外馳騁遊樂，故駕車回到家中。遺誡，指老子《道德經》中「馳騁畋獵，令人心發狂」之語。迴，返。駕，車。蓬廬，茅屋、草舍。㉞彈五弦之妙指：彈奏五弦琴領會其中美妙的意趣。指，同旨，意趣。㉟詠周孔之圖書：誦讀周公孔子所修的書以明白聖賢之道。㊱揮翰墨以奮藻：連綴詞藻，揮筆寫文。翰，筆。奮藻，即作文章。㊲陳三皇之軌模：此言著作文章以陳述古聖先王的遺法。陳，敘述。三皇，伏羲、神農、黃帝。㊳苟縱心於域外，安知榮辱之所如：暫且讓自己超脫于塵世之外，那裏還要考慮什麼榮辱得失一類事呢？縱，放任。域外，世外。如，往歸。

2. 趙　壹

刺世疾邪①賦

伊②五帝③之不同禮④，三王⑤亦又不同樂⑥。數極自然變化⑦，非是故相反駁⑧。德政不能救世溷亂⑨，賞罰豈足懲時清濁⑩。春秋時⑪禍敗之始，戰國愈增其荼毒⑫。秦漢無以相踰越⑬，乃更加其怨酷⑭。寧計生民之命⑮，唯利己而自足⑯。于茲迄今⑰，情僞⑱萬方⑲。佞諂日熾⑳，剛克㉑消亡。舐痔結駟㉒，正色徒行㉓。嫗㛑名勢㉔，撫拍㉕豪強。偃蹇㉖反俗㉗，立致咎殃㉘。捷懾逐物㉙，日富月昌㉚。渾然同惑㉛，孰溫孰涼㉜？邪夫顯進㉝，直士幽藏㉞。原斯瘼之攸興㉟，實執政之匪賢㊱。女謁掩其視聽㊲兮，近習秉其威權㊳。所好則鑽皮出其毛羽㊴，所惡則洗垢求其瘢痕㊵。雖欲竭誠而盡忠，路絕嶮而靡緣㊶。九重既不可啓㊷，又群吠之狺狺㊸。安危亡于旦夕㊹，肆嗜欲于目前㊺，奚異涉海之失柂，坐積薪而待燃㊻？榮納由於閃榆㊼，孰知辨其蚩姸㊽？故法禁屈撓於勢族㊾，恩澤不逮於單門㊿。寧飢寒於堯舜之荒歲(51)兮，不飽暖於當今之豐年。乘理雖死而非亡(52)，違義雖生而非存(53)。有秦客(54)者，乃爲詩曰：河清不可俟(55)，人命不可延。順風激靡草(56)，富貴者稱賢(57)。文籍(58)雖滿腹，不如一囊錢。伊優北堂上(59)，抗髒倚門邊(60)。魯生(61)聞此辭，系(62)而作歌曰：勢家多所宜(63)，咳唾自成珠(64)。被褐懷金玉(65)，蘭蕙化爲芻(66)。賢者雖獨悟(67)，所困在群愚(68)。且各守爾分(69)，勿復空馳驅(70)。哀我復哀哉，此是命矣夫？

①刺世疾邪：斥責世道，痛恨邪惡。②伊：發語詞。③五帝：即黃帝、顓頊、帝嚳、堯、舜。見《史記・五帝本紀》。④禮：典章制度。⑤三王：夏禹、商湯、周文王等夏、商、周三代開國君主。⑥樂：音樂。⑦數極自然變化：社會的氣數發展到極限，自然會有變化。數，氣數、命運。⑧非是故相反駁：不是故意地要去改變、對抗。反駁，排斥。⑨德政不能救世溷（ㄏㄨㄣˋ）濁：雖有好的政治措施，也不能挽救社會的混亂。溷，同「混」，污濁。⑩賞罰豈足懲時清濁：賞和罰也不足以對時世的清或濁有所懲戒。⑪時：通「是」。⑫荼（ㄊㄨˊ）毒：比喻苦難。荼，苦菜。毒，毒蛇毒蟲之類的毒物。⑬秦漢無以相踰越：秦漢沒有什麼比春秋戰國變化的地方。踰越，超過。⑭更加其怨酷：更增加了人民的怨恨慘痛。⑮寧計生民之命：哪裏考慮人民的生命。⑯自足：滿足自己的欲望。⑰于茲迄今：從春秋到現在。⑱情僞：情弊。⑲萬方：多種多樣。⑳佞諂日熾：阿諛逢迎的人一天比一天得勢。㉑剛克：剛強正直的人。㉒舐（ㄕˋ）痔（ㄓˋ）結駟：善于諂媚的小人可得賞賜乘車而行。舐痔，《莊子・列禦寇》說，有人給秦王舐痔瘡，結果得到五輛車子的賞賜。指以無恥勾當討好權勢。結駟，指馬車一輛接著一輛。㉓正色徒行：行爲正直的

人反而徒步行走。㉔嫗（ㄩˇ）媀（ㄑㄩˇ）名勢：卑躬屈膝地奉承有名有勢的人。嫗媀，傴僂，形容曲身奉迎的樣子。名勢，有名有勢的人。㉕撫拍：巴結、諂媚。㉖偃蹇：高傲。㉗反俗：不合流俗。㉘立致咎殃：立刻招致災禍。咎殃，罪過和災禍。㉙捷懾逐物：爭先恐後地追逐名利。捷懾，碎步急走的樣子。逐物，追逐名利權勢。㉚日富月昌：一天天一月月地富貴昌盛。㉛渾然同惑：指世人混同一氣，分不清是非。㉜孰溫孰涼：指世人不辨冷溫，不識是非。㉝邪夫顯進：奸邪的小人受到進用而顯耀。㉞直士幽藏：剛直之士埋沒，不爲人知。㉟原斯瘼（ㄇㄛˋ）之攸興：推究這些弊病產生的根源。原，追究其原因。瘼，病；此指社會上的弊病。攸興，所產生。㊱匪賢：不賢。匪同「非」。㊲女謁（一ㄝˋ）掩其視聽兮：寵妃們蒙蔽了皇帝的耳目。女謁，宮廷婦女的請托。掩，蒙蔽。㊳近習秉其威權：宦官們把持了皇帝的權力。近習，皇上寵信的左右近臣，指宦官。秉，把持。㊴所好則鑽皮出其毛羽：對喜歡的人就想盡辦法加以重用。鑽皮出其毛羽，言小鳥未生出羽毛，爲求其迅速長大，便鑽透皮膚讓它的羽毛快長出來；比喻當權者不擇手段提拔同黨。㊵所惡則洗垢求其瘢痕：對憎惡的人則百般挑剔毛病。洗垢求其瘢痕，把皮膚洗淨，尋找上面的瘢痕；比喻當權者吹毛求疵刁難異己。㊶路絕嶮（ㄒㄧㄢˇ）而靡緣：路途險峻，又沒有可以攀緣的東西。㊷九重既不可啓：皇帝既已不能得見。九重，君門，借指君王。㊸群吠之狺（一ㄣˊ）狺：小人誹謗不止。群吠，群狗狂吠。狺狺，狗吠聲，比喻小人的誹謗。㊹安危亡于旦夕：國家的危亡就在早晚之間。㊺肆嗜欲于目前：放縱貪求眼前的欲望。㊻奚異涉海之失柂（一ˊ），坐積薪而待燃：這和渡海丟了船隻，堆好柴草等著它燃燒有什麼區別呢？奚異，何異。涉海，渡海。失柂，失舵。㊼榮納由于閃榆：受榮寵被重用是由于諂媚得來的。閃榆，形容諂佞。㊽蚩（ㄔ）妍（一ㄢˊ）：醜惡與美好。蚩，同「媸」，醜陋。㊾故法禁屈撓於勢族：所以法律禁令到豪門貴族那裏就行不通了。屈撓，被阻撓。㊿恩澤不逮於單門：皇家的恩惠達不到勢單力孤的寒微人家。(51)荒歲：荒年。(52)乘理雖死而非亡：堅持正理，雖死猶生。乘理，服從眞理。(53)違義雖生而非存：違背正義，雖生猶死。非存，不活著。(54)秦客：作者假托的人物。(55)河清不可俟：太平盛世不可等待。河清，指黃河澄清，比喻政治清明。(56)順風激靡草：草順著風披靡，形容人看風勢隨風倒。(57)富貴者稱賢：有錢有勢的人被稱爲賢人。(58)文籍：文章書籍，指學問。(59)伊優北堂上：卑鄙諂媚的人被統治者欣賞，請上北堂端坐。伊優，卑躬獻媚的樣子。(60)抗髒倚門邊：剛直不阿的人則被疏遠遺棄，只能倚在大門邊。抗髒，高亢剛直的樣子。(61)魯生：作者假托的人物。(62)系：接續、接著。(63)勢家多所宜：有權勢的人家，做什麼都是對的。(64)咳唾自成珠：咳嗽時吐出的唾沫也自然成爲珍珠了。(65)被（ㄆㄧ）褐懷金玉：穿粗布衣服的寒士，胸中都懷有道德學問。金玉，比喻才德。(66)蘭蕙化爲芻：比喻賢人被人輕賤。蘭蕙，香草。芻，餵牲畜的乾草。(67)獨悟：獨自醒悟。(68)所困在群愚：被愚蠢的人群所圍困。(69)爾分：你的本分。(70)馳驅：指爲名利奔走。

五、魏晉期

1.曹 植

洛神賦（節選）

其形也，翩若驚鴻①，婉若遊龍②。榮曜秋菊③，華茂春松④。髣髴兮若輕雲之蔽月，飄飄兮若流風之迴雪⑤。遠而望之，皎⑥若太陽升朝霞。迫⑦而察之，灼若芙蕖出淥波⑧。襛纖得衷⑨，修短合度⑩。肩若削成⑪，腰如約素⑫。延頸秀項⑬，皓質呈露⑭。芳澤無加，鉛華弗御⑮。雲髻峨峨⑯，修眉聯娟⑰。丹脣外朗，皓齒內鮮⑱。明眸善睞⑲，靨輔承權⑳。瓌姿豔逸㉑，儀靜體閑㉒。柔情綽態㉓，媚於語言。奇服曠世㉔，骨像應圖㉕。披羅衣之璀粲㉖兮，珥瑤碧之華琚㉗。戴金翠㉘之首飾，綴明珠以耀軀。踐遠遊之文履㉙，曳霧綃之輕裾㉚。微幽蘭之芳藹㉛兮，步踟躕㉜於山隅。於是忽焉縱體㉝，以遨以嬉。左倚采旄，右蔭桂旗㉞。攘皓腕於神滸㉟兮，采湍瀨之玄芝㊱。

余情悅其淑美㊲兮，心振蕩而不怡。無良媒以接歡㊳兮，託微波而通辭㊴。願誠素㊵之先達兮，解玉佩以要之㊶。嗟佳人之信脩㊷兮，羌習禮而明詩㊸。抗瓊珶以和予㊹兮，指潛淵而爲期㊺。執眷眷之款實㊻兮，懼斯靈㊼之我欺。感交甫之棄言㊽兮，悵猶豫而狐疑。收和顏而靜志㊾兮，申禮防以自持㊿。

於是洛靈感焉，徙倚徬徨(51)。神光離合，乍陰乍陽(52)。竦輕軀以鶴立(53)，若將飛而未翔。

踐椒塗之郁烈(54)，步蘅薄而流芳(55)。超長吟以永慕(56)兮，聲哀厲而彌長。爾迺眾靈雜遝(57)，命儔嘯侶(58)。或戲清流，或翔神渚。或采明珠，或拾翠羽。從南湘之二妃(59)，攜漢濱之游女(60)。歎匏瓜之無匹(61)兮，詠牽牛之獨處(62)。揚輕袿之猗靡(63)兮，翳脩袖以延佇(64)。體迅飛鳧(65)，飄忽若神。陵波微步(66)，羅韈生塵(67)。動無常則(68)，若危若安。進止難期，若往若還。轉眄流精(69)，光潤玉顏(70)。含辭未吐，氣若幽蘭。華容婀娜(71)，令我忘飡(72)。

①翩若驚鴻：輕快像驚飛的鴻雁。翩，輕快敏捷的樣子。②婉若遊龍：柔婉像游動的蛟龍。婉，美好委婉的樣子。③榮曜秋菊：容光煥發有如秋菊。榮曜，原爲植物繁榮光采，此指宓妃容顏之盛；曜，同「耀」。④華茂春松：華美茂盛有如春天的松樹。⑤飄飄兮若流風之迴雪：回旋飛舞如清風吹轉的雪花。飄颻，動蕩不定，形容舞動的樣子。流風，隨風流行。迴，旋轉。⑥皎：明亮。⑦迫：近。⑧灼若芙（ㄈㄨˊ）蕖（ㄑㄩˊ）出淥（ㄌㄨˋ）波：鮮潔如清水中的芙蓉。灼，鮮明的樣子。芙蕖，芙蓉、荷花。淥，水清的樣子。⑨襛纖得衷：體態肥瘦適中。襛纖，肥細；襛，衣厚，指豐腴。⑩修短合度：身材高矮恰當。修短，高矮。⑪肩若削成：肩如削刻而成，輪廓明顯標準。⑫腰如約素：腰如絹帛，細而柔軟。約素，束素，一束白絹。⑬延頸秀項：秀長的脖子。延、秀，長。頸、項，脖子，前曰頸、後曰項。⑭皓質呈露：露出潔白的肌膚。皓質，潔白的膚質。⑮芳澤無加，鉛華弗御：不施脂粉，自然芳美。芳澤，化妝用的膏脂。鉛華，化妝用的粉。弗御，不用；御，進用。⑯雲髻峨峨：高高如雲的髮髻。峨峨，高的樣子。⑰修眉聯娟：彎彎的長眉毛。聯娟，微曲的樣子。⑱丹脣外朗，皓齒內鮮：鮮紅的嘴脣，白亮的牙齒。朗，明亮鮮艷。脣在外面故曰外朗，齒在內面故曰內鮮。⑲明眸善睞（ㄌㄞˋ）：明亮的眼睛善於流盼。眸，瞳子，此指眼睛。睞，旁視、顧盼。⑳靨（一ㄝˋ）輔承權：酒窩在頰邊近口、顴骨的下方。靨輔，頰邊文，今稱酒窩。權，顴夾骨，通「顴」。承，連接。㉑瓌（ㄍㄨㄟ）姿豔逸：瓌姿，美好的姿態；瓌，同「瑰」。豔逸，豔麗但是不鄙俗。㉒儀靜體閑：容止閑靜，體態嫻雅。儀，儀態。㉓柔情綽態：態度溫和寬柔。綽，寬緩的樣子。㉔曠世：曠絕一世，舉世無雙。㉕骨像應圖：骨骼狀貌，和神仙圖畫相應。㉖璀粲：明淨的樣子。㉗珥（ㄦˇ）瑤碧之華琚（ㄐㄩ）：帶著瑤碧的佩玉。珥，珠玉耳飾，此作動詞，插。瑤碧，美玉。華琚，有花紋的琚；琚，佩玉。㉘翠：翡翠鳥的羽毛。㉙踐遠遊之文履：腳上穿繡滿花紋的鞋子。踐，踏，此指爲穿。遠遊，鞋名。文履，有文飾的鞋。㉚曳（一ˋ）霧綃（ㄒ一ㄠ）之輕裾（ㄐㄩ）：拖曳著薄如雲霧的絹裙。曳，拖引。霧綃，綃輕薄如霧；綃，生絲帛。裾，裙邊。㉛微幽蘭之芳藹：隱

身在濃郁芳香的幽蘭叢中。微，隱。芳藹，香氣盛大；藹，盛大的樣子。㉜踟（ㄔˊ）躕（ㄔㄨˊ）：徘徊流連。㉝忽焉縱體：忽然之間輕舉高飛。忽焉，忽然。縱體，輕舉的樣子。㉞左倚采旄（ㄇㄠˊ），右蔭桂旗：左倚靠采旄，右遮蔽桂旗。旄，旌旗上的竿飾，用羽毛爲之；采，通「彩」。桂旗，以桂木做的旗竿。㉟攘皓腕於神滸（ㄏㄨˇ）：在水邊舒展柔嫩的手臂。攘，伸。神滸，神仙嬉戲的水涯；滸，水邊地。㊱采湍瀨之玄芝：在水灘採黑靈芝。采，同「採」。湍瀨，水流石上，指急流水。玄芝，黑芝。㊲淑美：善美。㊳接歡：互通情好。㊴託微波而通辭：寄託微波，傳達言辭。微波，水波。㊵素：通「愫」，眞情。㊶解玉佩以要之：解下佩玉，做爲信物。要，結。㊷嗟佳人之信脩：洛神眞是美好。嗟，贊美之詞。信脩，誠然美好。㊸羌（ㄑㄧㄤ）習禮而明詩：既明禮度，又善於言辭。羌，發語詞，無義。明詩，知詩，指善於言辭。㊹抗瓊（ㄑㄩㄥˊ）珶（ㄊㄧˊ）以和（ㄏㄜˋ）予：她舉瓊珶與我應答。抗，舉。瓊珶，美玉。和，應和。㊺指潛淵而爲期：指水中爲信約相會。期，會。㊻執眷眷之款實：滿懷誠實眷戀的感情。執，持。眷眷，通「睠睠」，懷念的樣子。款實，誠實的心意；款，誠。㊼斯靈：此神，指洛神。㊽感交甫之棄言：想到鄭交甫被騙的故事。周人鄭交甫在漢水濱遇二仙女，贈交甫玉佩期會相約，交甫放在懷中，行走十步，發現玉佩不見，仙女也已經失去蹤影。棄言，失信，背棄信約。㊾靜志：使激蕩的心情安定下來。㊿申禮防以自持：重申禮法，自我約束。申，同「伸」，展。禮防，禮義道德的約束。(51)徙倚彷徨：低徊徘徊。(52)神光離合，乍陰乍陽：洛神的身影，時隱時現，忽明忽暗。神光，指洛神的光彩。離合，忽離忽合。陰，暗；陽，明。(53)竦輕軀以鶴立：聳起輕軀，如鶴立欲飛。竦，聳，高舉。輕軀，輕盈的身子。(54)踐椒塗之郁烈：走上充滿香氣的椒途。椒塗，開滿花椒的道路；椒，花椒，香草名；塗，同「途」。郁烈，香氣濃郁強烈。(55)步蘅薄而流芳：走過流動香氣的蘅薄。蘅薄，杜蘅叢；蘅，杜蘅，香草名；薄，草叢生，指草叢。流芳，香氣流動。(56)超長吟以永慕：悵然長嘯以抒發深長的愛慕。超，惆悵。永慕，深長的愛慕。(57)爾迺眾靈雜遝（ㄊㄚˋ）：於是眾神出現，遊戲於此。爾迺，於是。眾靈，眾神。雜遝，眾多的樣子。(58)命儔（ㄔㄡˊ）嘯侶：呼朋引伴。儔，匹，侶。(59)南湘之二妃：指湘水神娥皇、女英。相傳舜爲天子，堯嫁以二女（娥皇、女英），後舜巡行南方，崩於蒼梧，二妃往尋，死在江、湘之間，成爲湘水的水神。(60)漢濱之游女：漢水的女神，即鄭交甫所遇的女神，見前注。游女，出遊的女神。(61)歎匏（ㄆㄠˊ）瓜之無匹：感歎匏瓜星孤獨無偶。匏瓜，星名，一名天雞，在河鼓星東方。無匹，沒有配偶。(62)詠牽牛之獨處：感歎牽牛星獨居。牽牛，星名，與織女星隔天河相對，傳說牽牛、織女爲夫妻，荒廢工作，天帝罰他們各居天河兩岸，每年只七夕相會一次。(63)揚輕袿（ㄍㄨㄟ）之猗（ㄧ）靡：揚起輕袿，體態精妙。袿，婦女的上衣。猗靡，精妙的樣子。(64)翳（ㄧˋ）脩袖以延佇：用長袖遮光，久立不忍離去。翳，遮蔽。修袖，長袖。延佇，久立。(65)體迅飛鳧（ㄈㄨˊ）：身體輕盈迅速如同飛鳧。迅，疾。鳧，水鳥名，似鴨而小，俗稱野鴨。(66)陵波微步：輕盈地行走於水波之上。陵，升。微步，輕步。(67)羅韈（ㄨㄚˋ）生塵：羅襪好像生起塵土。韈，同「襪」。(68)動無常則：指洛神的行動沒有常則。常則，固定的法則。(69)轉眄（ㄇㄧㄢˇ）流精：目光轉動，炯然有神。(70)光潤玉顏：容光像玉一般光澤溫潤。光潤，形容有光澤而溫潤。(71)婀（ㄜ）娜（ㄋㄨㄛ）：美好的樣子。(72)飡：同「餐」。

2.王　粲

登樓賦

登茲樓①以四望兮，聊②暇日以銷憂③。覽斯宇④之所處兮，實顯敞而寡仇⑤。挾清漳之通浦⑥兮，倚曲沮之長洲⑦。背墳衍之廣陸⑧兮，臨皋隰之沃流⑨。北彌陶牧⑩，西接昭丘⑪。華實蔽野⑫，黍稷盈疇⑬。雖信美而非吾土⑭兮，曾⑮何足以稍留。

遭紛濁以遷逝⑯兮，漫踰紀⑰以迄今。情眷眷⑱而懷歸兮，孰憂思之可任⑲。憑軒檻⑳以遙望兮，向北風而開襟。平原遠而極目㉑兮，蔽荊山之高岑㉒。路逶迤而修迥㉓兮，川既漾而濟深㉔。悲舊鄉之壅隔㉕兮，涕橫墜而弗禁㉖。昔尼父之在陳兮，有歸與之歎音㉗。鍾儀幽而楚奏㉘兮，莊舄顯而越吟㉙。人情同於懷土㉚兮，豈窮達而異心㉛。

唯日月之逾邁㉜兮，俟河清其未極㉝。冀王道之一平㉞兮，假高衢以騁力㉟。懼匏瓜之徒懸㊱兮，畏井渫之莫食㊲。步棲遲以徙倚兮㊳，白日忽其將匿㊴。風蕭瑟而並興㊵兮，天慘慘㊶而無色。獸狂顧以求群兮，鳥相鳴而舉翼。原野闃其㊷無人兮，征夫㊸行而未息。心悽愴以感發㊹兮，意忉怛而憯惻㊺。循階除㊻而下降兮，氣交憤於胸臆㊼。夜參半㊽而不寐兮，悵盤桓以反側㊾。

①茲樓：此樓，指當陽城樓，今湖北省當陽縣。茲，此。②聊：賴、藉。③銷憂：消除憂愁。④斯宇：此樓之宇，此處即指此樓。宇，屋邊。⑤顯敞而寡仇：明亮廣大而沒有與之匹敵比高的建築物。仇，匹敵。⑥挾清漳之通浦：前方接連著清澈漳水的水濱。挾，帶，指連接。清漳，清澈漳水；漳水，源出湖北省漳縣西南，東南流經鍾祥、當陽二縣，合沮水，又東南流，注入長江。通浦，通達無阻的水邊陸地；浦，水邊地。⑦倚曲沮之長洲：倚靠著彎曲沮水的沙洲。沮水，源出湖北省保康縣西南景山，東南流經遠安、當陽二縣，受漳水，又東南流至江陵，注入長江。⑧背墳衍之廣陸：後面靠著高而平坦的廣闊陸地。背，後，此處當動詞，指後面靠著。墳衍，高而平坦。⑨臨皋（ㄍㄠ）隰（ㄒㄧˊ）之沃流：從高處下望是低濕肥沃的水邊。臨，自高下視。皋隰，低濕的水邊地。沃流，肥沃的流域。⑩北彌陶牧：北方最遠可望見陶牧。彌，終。陶牧，陶朱公墓地；陶朱公，春秋時代越王勾踐的謀臣范蠡，江陵縣西有其墓冢；牧，郊野。⑪西接昭丘：西邊連接著昭丘。昭丘，楚昭王的陵墓，當陽城東南七十里有楚昭王墓。⑫華實蔽野：花與果實長滿田野。華，同「花」。⑬黍稷盈疇：農作物長滿田中。黍、稷，並禾本科植物；此處泛指農作物。疇，泛指田畝。⑭信美而非吾土：雖然眞的美好，但不是我的故鄉。信，確實。吾土，我的故鄉。⑮曾：乃。⑯遭紛濁以遷逝：遭逢世亂而遷移流浪。遷逝，移徙，指離開故鄉，避難荆州。⑰紀：十二年。⑱眷眷：眷戀的樣子。⑲孰憂思之可任（ㄖㄣˊ）：誰可以負荷思鄉的憂愁？任，承擔。⑳憑軒檻：靠著樓前的欄杆。㉑極目：窮盡目力，眺望遠處。㉒蔽荆山之高岑（ㄘㄣˊ）：被荆山擋住視線。荆山，在湖北省南漳縣西。岑，山小而高。㉓路逶（ㄨㄟ）迤（ㄧˇ）而修迥（ㄐㄩㄥˇ）：陸路漫長而且遙遠。逶迤，長遠的樣子。修迥，長遠。㉔川既漾而濟深：水路既長又深。漾，水道漫長的樣子。濟，渡水。㉕壅隔：阻塞。㉖橫墜而弗禁：縱橫落下，無法禁止。㉗昔尼父之在陳兮，有歸與之歎音：從前孔子在陳國，發出回去故鄉的感歎。尼父，孔子，魯哀公誄孔子的諡號。與，同「歟」，句末感歎語氣詞。㉘鍾儀幽而楚奏：楚人鍾儀被晉所囚，彈琴時演奏故國之曲。鍾儀，楚樂工，曾被鄭國俘擄獻於晉獻公，獻公命其操琴，仍操楚音。幽，囚禁。㉙莊舄（ㄒㄧˋ）顯而越吟：越人莊舄在楚國高居貴職，病中呻吟仍帶越地聲調。莊舄，越人，在越爲普通百姓，至楚做官顯赫，病中思鄉，仍發越國聲腔。㉚懷土：懷念故鄉。㉛豈窮達而異心：那裡會因爲落魄或顯貴而有不同之心。㉜唯日月之逾邁：想到光陰一天一天流逝。唯，同「惟」，思。日月，光陰。逾邁，逝去。㉝俟（ㄙˋ）河清其未極：等待天下太平，卻沒有到來。河清，相傳黃河水濁，一千年清澈一次，後人用以比喻天下太平。其，表示猜測的語氣詞。極，至，到。㉞冀王道之一平：希望王政能將天下統一平定。王道，王朝的政權。㉟假高

衢以騁力：憑藉帝王的力量，馳騁才力爲國效勞。假，借。高衢，大道，比喻帝王良好的政策。㊱懼匏（ㄆㄠˊ）瓜之徒懸：害怕像匏瓜有名無實，只是徒然高掛、不能煮食；比喻自己擁有實才，恐不爲君王所用。匏瓜，星宿名，狀似葫蘆瓜，故名。㊲畏井渫（ㄒㄧㄝˋ）之莫食：害怕像井水已經除去污穢，人們仍不願汲用。比喻自己修身全潔，畏不爲世用。渫，淘除污穢。㊳步棲遲以徙倚：徘徊流連。棲遲，游息。徙倚，行止不定的樣子。㊴忽其將匿：忽其，與「忽然」同義。匿，藏。㊵並興：同時起來。㊶慘慘：昏暗無光。㊷闃其：與「闃然」同義，寂靜的樣子。㊸征夫：行人。㊹悽愴以感發：悽愴，悲傷。感發，感觸。㊺忉（ㄉㄠ）怛（ㄉㄚˊ）而憯（ㄘㄢˇ）惻（ㄘㄜˋ）：忉怛，悲傷。憯惻，悲痛；憯，同「慘」。㊻階除：階梯。㊼氣交憤於胸臆：乖戾憤懣之氣塡滿胸中。交，通「狡」，乖戾。㊽夜參半：即半夜。㊾悵盤桓以反側：內心悵惘，前思後想，身體翻來覆去睡不著。悵，惆悵。反側，猶反覆。

3. 孫綽

遊天臺山賦（節選）

睹靈驗而遂徂①，忽乎②吾之將行。仍羽人於丹丘③，尋不死之福庭④。苟臺嶺之可攀，亦何羨於層城⑤？釋域中之常戀⑥，暢超然之高情⑦。被毛褐之森森⑧，振金策之鈴鈴⑨。披荒榛之蒙蘢⑩，陟峭崿之崢嶸⑪。濟楢溪而直進⑫，落五界而迅征⑬。跨穹隆之懸磴⑭，臨萬丈之絕冥⑮。踐莓苔之滑石，搏壁立之翠屏⑯。攬樛木之長蘿⑰，援葛藟之飛莖⑱。雖一冒於垂堂⑲，乃永存乎長生。必契誠於幽昧⑳，履重嶮而逾平㉑。

既克隮於九折㉒，路威夷而脩通㉓。恣心目之寥朗㉔，任緩步之從容。藉㉕萋萋之纖草，蔭落落㉖之長松。覿翔鸞之裔裔㉗，聽鳴鳳之嗈嗈㉘。過靈溪㉙而一濯，疏煩想於心胸㉚。蕩遺塵於旋流㉛，發五蓋之游蒙㉜。追羲農之絕軌㉝，躡二老之玄蹤㉞。

陟降信宿㉟，迄於仙都。雙闕雲竦以夾路㊱，瓊臺中天而懸居㊲。朱閣玲瓏㊳於林間，玉堂陰映於高隅㊴。彤雲斐亹以翼櫺㊵，皦日炯晃於綺疏㊶。八桂森挺以凌霜㊷，五芝含秀而晨敷㊸。惠風佇芳於陽林㊹，醴泉湧溜於陰渠㊺。建木滅景於千尋㊻，琪樹璀璨而垂珠㊼。王喬控鶴以沖天㊽，應眞飛錫以躡虛㊾。騁神變之揮霍㊿，忽出有而入無51。

①徂（ㄘㄨˊ）：往。②忽乎：猶「忽然」，輕快的樣子。③仍羽人於丹丘：追隨丹丘的仙人。仍，追隨。羽人，仙人別稱。丹丘，神話傳說中仙人居住的地方。④福庭：神仙享福的地方。⑤層城：神話傳說中的神仙居處，在崑崙山。⑥釋域中之常戀：放下塵世的貪戀。釋，放下。域中，人間。常戀，世俗常人貪戀的事物。⑦暢超然之高情：舒發超越的高尚情懷。暢，動詞，使通暢。⑧被（ㄆ一）毛褐（ㄏㄜˊ）之森森：穿上粗劣的毛製衣服，過野人生活。被，同「披」。森森，粗陋的樣子。⑨振金策之鈴鈴：揮動手杖，發出鈴鈴的音響。金策，錫杖，裝有金屬錫環的手杖。⑩披荒榛（ㄓㄣ）之蒙籠（ㄌㄨㄥˊ）：撥開荒草樹木。榛，叢樹。蒙籠，草木茂密的樣子。⑪陟峭（ㄑ一ㄠˋ）崿（ㄜˋ）之崢嶸：登上高峻險惡的山崖。峭崿，高險的山崖。崢嶸，高險的樣子。⑫濟楢（一ㄡˊ）溪而直進：渡楢溪向天臺山前進。楢溪，又名油溪，是進天臺山必經的河流。⑬落五界而迅征：斜行到五界，快速前進。落，斜行。五界，地名，相傳地當五縣交界故名。征，行。⑭跨穹隆之懸磴（ㄉㄥˋ）：跨過彎長高懸的石級。穹隆，長而彎曲的樣子。磴，山岩上的石階。⑮絕冥：極昏暗，指山谷。⑯搏壁立之翠屏：抓著長滿植物的石壁。搏，用手抓住。翠，綠色，指植物。⑰攬樛（ㄐ一ㄡ）木之長蘿：抓住纏在曲樹上的蘿藤。樛木，拳曲的樹木。⑱援葛藟之飛莖：抓住葛藟上飄動的莖條。葛藟，藤科植物，有捲鬚。⑲一冒於垂堂：在危險地方冒險。垂堂，靠近屋簷處，古人言：「千金之子，不坐垂堂。」因爲近簷處，瓦片掉落便會受傷；比喻危險的地方。⑳必契誠於幽昧：一定要使心中誠信合於幽昧神明。契，合。㉑履重嶮（ㄒ一ㄢˇ）而逾平：踏入重重危險，勝過行走平坦之地。嶮，同「險」。逾，越。㉒既克隮（ㄐ一）於九折：登罷極曲折的山路。既，已經。克，能。隮，登。九折，指曲折盤旋的道路。㉓路威夷而脩通：道路變成綿延通暢。威夷，綿延舒緩的樣子。脩通，長而暢通。㉔恣心目之寥朗：心胸眼界開朗。恣，放任。寥朗，開闊明朗。㉕藉：坐臥在物上。㉖落落：形容松樹孤高獨立的樣子。㉗覿（ㄉ一ˊ）翔鸞（ㄌㄨㄢˊ）之裔裔：看

見鸑鳥飛翔。覯，見。鸑，傳說中的神鳥。裔裔，飛翔的樣子。㉘噰（ㄩㄥ）噰：和鳴聲。㉙靈溪：天臺山中溪流名。㉚疏煩想於心胸：清除心中煩擾。疏，清除。㉛蕩遺塵於旋流：在迴旋的溪流中洗滌世俗雜念。遺塵，指世俗雜念。旋流，有漩渦的流水。㉜發五蓋之游蒙：打開五蓋的愚昧昏蒙。五蓋，佛教語，指貪欲蓋、瞋恚蓋、睡眠蓋、掉海蓋、疑法蓋，五種覆蓋人類清淨善心的不良思念。游蒙，昏昧不明。㉝追羲農之絕軌：追隨已經絕跡的伏羲、神農。絕軌，猶「絕跡」。㉞躡（ㄋㄧㄝˋ）二老之玄蹤：跟隨二老玄妙的蹤跡。二老，老子、老萊子。㉟陟降信宿：上山下山，連過二夜。陟，升。信，二夜；宿，一夜。㊱雙闕雲竦以夾路：雙闕挾路，高聳入雲。雙闕，宮殿前的高建築，左右各一，上建樓觀。㊲瓊臺中天而懸居：華美的樓臺懸在空中。瓊臺，指樓臺華美如瓊玉裝成；瓊，美玉。㊳玲瓏：顯明的樣子。㊴玉堂陰映於高隅：華美的殿堂在高處閃發冷光。陰映，閃爍冷冷的光芒。㊵彤（ㄊㄨㄥˊ）雲斐（ㄈㄟˇ）亹（ㄨㄟˇ）以翼櫺（ㄌㄧㄥˊ）：絢麗的雲霞鑲在窗格子。彤雲，彩雲。斐亹，花紋複雜的樣子，此指雲彩燦爛。翼，承接，指鑲在上面。櫺，窗格子。㊶皦（ㄐㄧㄠˇ）日炯（ㄐㄩㄥˇ）晃（ㄏㄨㄤˇ）於綺疏：明亮的陽光照耀在綺紋的窗孔。皦日，明亮的太陽；皦，光明潔白。炯晃，光輝燦爛。綺疏，裝飾花紋的窗孔。㊷八桂森挺以凌霜：高大的桂樹森然挺立，遭遇霜雪也不凋落。八桂，《山海經》：「桂林八樹。」形容桂樹高大，只要八棵就可以成林；後世用指高大的桂樹。森挺，茂盛挺拔的樣子。凌霜，經霜不落。㊸五芝含秀而晨敷：各種芝草含著花苞在晨間開放。五芝，青黃赤白黑五種顏色的靈芝，此泛指種類眾多。含秀，含苞。敷，開放。㊹惠風佇芳於陽林：和風在南方的樹林蘊蓄芳香。惠風，和風。佇芳，儲存芳香；佇，同「貯」。陽林，山南的樹林。㊺醴泉湧溜於陰渠：甘泉在山北的水渠湧流噴濺。醴泉，甘美的山泉。湧溜，流淌噴濺。陰渠，山北的山溝。㊻建木滅景於千尋：建木萬丈，不見樹影。建木，傳說中的神木名。滅景，不見樹影；景，同「影」。千尋，形容高大；尋，八尺。㊼琪樹璀燦而垂珠：琪樹的果實光輝燦爛。琪樹，傳說中的神木名。垂珠，垂掛著珍珠，指果實纍纍。㊽王喬控鶴以沖天：王子喬駕鶴衝天而飛。王喬，傳說中的仙人，周靈王太子晉，道人浮丘公引他入山，修成仙道，後乘白鶴而去。控，駕御。㊾應眞飛錫以躡虛：羅漢飛舞錫杖，騰空而行。應眞，即佛家所說的羅漢。飛錫，飛舞錫杖。躡虛，騰空。㊿騁神變之揮霍：施展疾迅的神奇變化。揮霍，迅速的樣子。(51)忽出有而入無：忽然之間，從眞實變化到虛無之境。

4. 陶淵明

歸去來辭並序

余家貧，耕植不足以自給。幼稚盈室①，缾無儲粟②。生生所資③，未見其術。親故多勸余爲長吏④，脫然⑤有懷，求之靡途⑥。會有四方之事⑦，諸侯以惠愛爲德⑧；家叔⑨以余貧苦，遂見用於小邑。於時風波未靜⑩，心憚遠役⑪。彭澤去家百里，公田⑫之利，足以爲酒，故便求之。及少日，眷然⑬有歸歟之情。何則？質性自然，非矯厲所得⑭；飢凍雖切，違己交病。嘗從人事⑮，皆口腹自役⑯。於是悵然慷慨，深愧平生之志。猶望一稔⑰，當斂裳宵逝⑱。尋⑲程氏妹⑳喪於武昌，情在駿奔㉑，自免去職。仲秋至冬，在官八十餘日。因事順心，命篇㉒曰歸去來兮。序乙巳歲㉓十一月也。

歸去來㉔兮，田園將蕪胡不歸？既自以心爲形役，奚惆悵而獨悲？悟以往之不諫，知來者之可追㉕；實迷途其未遠㉖，覺今是而昨非。舟搖搖以輕颺㉗，風飄飄而吹衣。問征夫以前路㉘，恨晨光之熹微㉙。

乃瞻衡宇㉚，載欣載奔㉛。僮僕歡迎，稚子候門。三徑就荒㉜，松菊猶存。攜幼入室，有酒盈罇㉝。引壺觴以自酌㉞，眄庭柯以怡顏㉟。倚南窗以寄傲㊱，審容膝之易安㊲。園日涉以成趣㊳，門雖設而常關。策扶老以流憩㊴，時矯首而遐觀㊵。雲無心以出岫㊶，鳥倦飛而知還。景翳翳以將入㊷，撫孤松而盤桓㊸。

歸去來兮，請息交以絕遊㊹。世與我而相遺，復駕言兮焉求㊺？悅親戚之情話㊻，樂琴書以消憂。農人告余以春及㊼，將有事乎西疇㊽。或命巾車㊾，或棹孤舟㊿。既窈窕以尋壑(51)，亦崎嶇而經丘(52)。木欣欣以向榮，泉涓涓(53)而始流。羨萬物之得時，感吾生之行休(54)。

已矣乎(55)！寓形宇內復幾時(56)？曷不委心任去留(57)？胡爲遑遑(58)欲何之？富貴非吾願，帝鄉(59)不可期。懷良辰以孤往，或植杖而耘耔(60)。登東皋(61)以舒嘯，臨清流而賦詩。聊乘化以歸盡(62)，樂夫天命(63)復奚疑？

①幼稚盈室：家中小孩多。陶潛爲彭澤令時有五子。盈，滿。 ②缾（ㄆㄧㄥˊ）無儲粟：家窮無餘糧。缾，同瓶，汲水盛酒之器，指米缸。粟，小米，泛指糧食。 ③生生所資：生活所需費用。生生，營謀生計；上字爲動詞，下字爲名詞。 ④勸余爲長吏：勸我做個小官。長吏，縣府中的丞、尉，秩四百石至二百石。 ⑤脫然：心動的樣子。 ⑥靡途：沒有門路。 ⑦四方之事：指前此義熙元年（四〇五），陶潛爲建威將軍劉敬宣參軍，奉使入都事。 ⑧諸侯以惠愛爲德：各地方諸侯都以愛惜人才爲德。此指爲彭澤令前，爲建威將軍奉使入都。 ⑨家叔：長沙公陶宏，爲陶潛之叔。 ⑩風波未靜：軍閥爭戰，時局不安定。 ⑪心憚（ㄉㄢˋ）遠役：心中害怕公務遠行。憚，畏忌。 ⑫公田：供俸祿的田。 ⑬眷然：思戀的樣子。 ⑭矯厲所得：勉強造作，所能改變。 ⑮嘗從人事：曾經爲出仕做官，與人事交往。 ⑯口腹自役：爲塡飽肚子而驅役自己。 ⑰一稔（ㄖㄣˇ）：一年。稔，農作物成熟；穀物一年一熟，故以稔爲一年。 ⑱斂裳宵逝：收拾行李，早早離去。逝，去。 ⑲尋：不久。 ⑳程氏妹：嫁給姓程的妹妹，比陶潛小三歲，從夫姓。 ㉑駿奔：迅速前去奔喪。駿，快速。 ㉒命篇：爲文章命題名。 ㉓乙巳歲：東晉安帝義熙元年（四〇五），淵明時爲四十一歲。 ㉔歸去來：回去吧。「歸去」，動詞；「來」，動詞語尾，表動作已完成。 ㉕悟以往之不諫，知來者之可追：悟知以往出仕的錯誤雖不可救止，今日歸去，追改還算爲時未晚。諫，救止、挽回。追，彌補、挽回。 ㉖迷途其未遠：幸僅爲官八十三日，雖錯未遠。迷途，迷失道路，指出仕。 ㉗輕颺（ㄧㄤˊ）：船搖動前行的樣子。颺，同「揚」。 ㉘問征夫以前路：問行人前面路程的遠近。征夫，行人。前路，指回家的路途。 ㉙恨晨光之熹微：恨朝陽不夠明亮。熹，通「熙」，陽光明亮。微，弱。 ㉚乃瞻衡宇：於是看到家門。衡宇，衡木爲門，言簡陋；衡，同「橫」。 ㉛載欣載奔：高興得跑起來。載，語助詞，有「乃」的意思。 ㉜三徑就荒：庭園小路都已經將要荒蕪。三徑，漢代蔣詡隱居，家中園舍開三徑，只與求仲、羊仲交遊其中，後世因以三徑爲隱者雅士的庭園。 ㉝盈罇（ㄗㄨㄣ）：酒壺中裝滿酒。罇，同「樽」，酒器。 ㉞引壺觴以自酌：拿起酒壺、酒杯，自斟自飲。 ㉟眄（ㄇㄧㄢˇ）庭柯以怡顏：欣賞庭園

樹木，熹形於色。眄，看。柯，樹。怡顏，容色喜悅。㊱倚南窗以寄傲：倚靠南窗，寄託自己傲世的情懷。㊲審容膝之易安：察覺簡樸的生活，容易使人安居。容膝，居室狹小到只能容納雙膝，指簡樸的生活。㊳園日涉以成趣：每天在庭園散步，以培養生活情趣。㊴策扶老以流憩：拄著拐杖，到處走走停停。策，拄，動詞。扶老，拐杖。憩，休息。㊵時矯首而遐觀：時時抬頭遠望。矯首，抬頭。㊶岫（ㄒㄧㄡˋ）：山峰。㊷景（ㄧㄥˇ）翳（ㄧˋ）翳以將入：光線昏暗，太陽將下山。景，同「影」，日光。翳翳，黑暗的樣子。㊸盤桓：徘徊流連。㊹請息交以絕遊：要求自己從此謝絕世俗的交游。㊺復駕言兮焉求：我再乘車與世俗交遊做什麼？駕，乘車。言，語助詞，無義。焉，何。㊻情話：眞心的話。㊼春及：春天到了。㊽將有事乎西疇：將到西田開始耕種。㊾或命巾車：有時坐著巾車。巾車，有帷幔的車。㊿或棹（ㄓㄠˋ）孤舟：有時划著小船。棹，槳，此處爲動詞，划槳。(51)窈（ㄧㄠˇ）窕（ㄊㄧㄠˇ）以尋壑（ㄏㄨㄛˋ）：尋找幽深的溪谷。窈窕，幽深的樣子。(52)崎嶇而經丘：經歷崎嶇的山丘。(53)涓涓：水細流不絕的樣子。(54)感吾生之行休：感慨自己年老，無所作爲。行休，將死；行，將；休，止。(55)已矣乎：算了吧。已，止。(56)寓形宇內復幾時：把形體寄託在天地間還有多少時候。(57)曷（ㄏㄜˊ）不委心任去留：爲何不放棄名利，隨順而行。委心，放下名利心。(58)遑遑：不安的樣子。(59)帝鄉：仙界。(60)植杖而耘耔（ㄗˇ）：把手杖放下，到田裡耘耔。植，立。耘，除草。耔，壅土培苗。(61)皋（ㄍㄠ）：田邊高地。(62)聊乘化以歸盡：姑且隨順自然變化以終了此生。乘化，順應生命的自然變化。歸盡，指死亡。(63)天命：宇宙自然的安排。

六、南北朝期

1. 鮑　照

蕪城①賦

瀰迆②平原，南馳蒼梧、漲海③，北走紫塞、雁門④。柂以漕渠⑤，軸以崑崗⑥。重江複關之隩⑦，四會五達之莊⑧。當昔全盛之時，車挂轊⑨，人駕肩⑩；廛閈撲地⑪，歌吹沸天⑫。孳貨鹽田⑬，鏟利銅山⑭。才力雄富，士馬精妍。故能侈秦法⑮，佚周令⑯；劃崇墉⑰，刳濬洫⑱；圖修世以休命⑲。是以板築雉堞之殷⑳，井幹烽櫓之勤㉑。格高五嶽㉒，袤廣三墳㉓；崪若斷岸㉔，矗似長雲㉕。制磁石以禦衝㉖，糊赬壤以飛文㉗。觀基扃之固護㉘，將萬祀而一君㉙。出入三代五百餘載㉚，竟瓜剖而豆分㉛。

澤葵依井㉜，荒葛罥塗㉝。壇羅虺蜮㉞，階鬥麏鼯㉟。木魅㊱山鬼，野鼠城狐；風嗥㊲雨嘯，昏見晨趨。飢鷹厲吻㊳，寒鴟嚇雛㊴。伏虣㊵藏虎，乳血飱膚㊶。崩榛㊷塞路，崢嶸古馗㊸。白楊早落，塞草前衰。稜稜㊹霜氣，蔌蔌㊺風威。孤蓬自振㊻，驚砂坐飛㊼。灌莽杳而無際㊽，叢薄紛其相依㊾。通池既已夷㊿，峻隅(51)又已頹。直視千里外，唯見起黃埃。凝思寂聽，心傷已摧。

若夫藻扃黼帳(52)，歌堂舞閣之基；璇淵碧樹(53)，弋林釣渚之館(54)；吳蔡齊秦之聲(55)，魚龍爵馬之玩(56)；皆薰歌燼滅，光沈響絕(57)。東都妙姬，南國麗人(58)；蕙心紈質(59)，玉貌絳脣；莫不埋魂幽石，委骨窮塵(60)。豈憶同輿之愉樂(61)，離宮之苦辛(62)哉？天道如何，吞恨(63)者多。抽琴命操(64)，爲蕪城之歌。歌曰：「邊風急兮城上寒，井徑滅兮丘隴殘(65)。千齡兮萬代，共盡兮何言(66)。」

①蕪城：荒蕪之城，指廣陵（舊址在今江蘇省揚州市東北）。　②瀰（ㄇㄧˇ）迆（ㄧˇ）：地勢平坦、連綿不斷的樣子。　③南馳蒼梧、漲海：向南遠通到蒼梧、漲海。蒼梧，今廣西省蒼梧縣。漲海，南海的別稱。　④北走紫塞、雁門：向北遠通到紫塞、雁門。紫塞，指長城，秦所築長城土色皆紫，漢塞亦然，故稱紫塞。雁門，郡名，戰國趙置，今山西代縣，西北有雁門山，絕頂置關。　⑤拖（ㄊㄨㄛ）以漕渠：廣陵城邊斜拖一條漕河。拖，通「拖」，引。漕渠，運糧的河道，即今自江蘇省江都縣西北抵淮安縣、長三百七十里的運河，古名邗溝。　⑥軸以崑崗：崑崗像車輪的軸心，橫貫在廣陵之下。軸，車軸，爲車輪的中心。崑崗，亦名廣陵岡，廣陵城在其上。　⑦重江複關之隩（ㄠˋ）：廣陵被重重複複的

江河關口所環繞，處於幽深隱蔽之處。隩，隱藏、掩蔽。⑧四會五達之莊：廣陵有四通八達的大道。莊，交通要道。⑨車挂轊（ㄨㄟˋ）：車軸端互相碰撞，形容車多。挂，同「掛」，碰撞。轊，車軸末端。⑩人駕肩：人多擁擠，肩互相摩擦。駕，相迫。⑪廛（ㄔㄢˊ）閈（ㄏㄢˋ）撲地：到處都是屋宅。廛閈，屋宇；廛，民宅；閈，里門。撲地，遍地。⑫歌吹（ㄔㄨㄟˋ）沸天：歌聲、吹奏聲響徹雲霄。⑬孳貨鹽田：煮海水爲鹽，滋生錢財。貨，錢財。⑭鏟利銅山：開採銅山而得利。⑮侈秦法：制度規模超過秦代。侈，奢侈，指超越。法，指制度。⑯佚周令：制度規模超過周朝。佚，通「軼」，超越。令，指制度。⑰劃崇墉（ㄩㄥ）：修築高城。劃，築城時用刀削去不平之處。崇墉，高大的城垣。⑱刳（ㄎㄨ）濬（ㄐㄩㄣˋ）洫：挖深護城河。刳，挖掘。濬，深。洫，指護城河。⑲圖修世以休命：圖謀國運長久而美好。修世，永世。休命，美好的天命。⑳板築雉堞（ㄉㄧㄝˊ）之殷：板築，築牆以兩板相夾，置土其中，以杵擊之，使之堅實。雉堞，城上的女牆。殷，盛大。㉑井幹（ㄏㄢˊ）烽櫓之勤：井幹，井上木欄。烽櫓，櫓爲城上望樓，有難時則舉烽火以報警，故曰「烽櫓」。勤，盛大。㉒格高五嶽：高峻超過五嶽。格，量度。㉓袤（ㄇㄠˋ）廣三墳：寬廣與三墳相比較。袤廣，南北曰袤，東西曰廣。三墳，指汝墳、淮墳、河墳；墳，通「濆」，水涯。㉔崒（ㄗㄨˊ）若斷岸：陡峭如斷岸。崒，高峻的樣子。斷岸，陡峭的河岸。㉕矗似長雲：高聳直立如長雲。長雲，天邊的大雲。㉖制磁石以禦衝：製磁石爲門，以防禦持有兵刃者的衝擊。磁石，可以吸鐵。㉗糊赬（ㄔㄥ）壤以飛文：城牆塗上紅土，以增加生動的文采。糊，黏、塗。赬壤，紅色的土。飛文，謂文采飛動。㉘觀基扃（ㄐㄩㄥ）之固護：看那牢固的城門。基扃，指城闕；扃，城門上的關鍵。㉙將萬祀而一君：打算萬年保持一姓之君。將，欲。祀，年，商代稱年爲祀。㉚出入三代五百餘載：經歷漢、魏、晉三朝五百餘年。三代，指漢、魏、晉。㉛瓜剖而豆分：崩裂毀壞，如瓜果剖開、豆子剝分一樣。㉜澤葵依井：井邊長滿澤葵。澤葵，莓苔一類的植物。㉝荒葛罥（ㄐㄩㄢˋ）塗：荒蔓的草糾結遍地。罥，糾結。塗，通「途」，道路。㉞壇羅虺（ㄏㄨㄟˇ）蜮（ㄩˋ）：壇堂成爲毒蛇、短狐出沒的場所。壇，祭祀的土臺。虺，毒蛇。蜮，古謂之短狐，形似鼈，亦名射工，相傳能含沙射人。㉟階鬥麏（ㄐㄩㄣ）鼯（ㄨˊ）：庭階成爲麏及鼯鼠打架的地方。麏，麞，似鹿而小。鼯，鼯鼠，長尾，居樹洞中，能從樹上飛下來，晝伏夜出。㊱木魅：古木成精，謂之木魅。㊲嘷（ㄏㄠˊ）：吼叫聲。㊳厲吻：磨嘴。厲，磨。吻，口邊。㊴寒鴟（ㄔ）嚇（ㄏㄜˋ）雛（ㄔㄨˊ）：寒鴟威嚇小鳥。鴟，俗稱鷂鷹，猛禽，常捕食蛇、鼠、雞雛等，亦嗜食腐肉。㊵伏虣（ㄅㄠˋ）：潛藏林木中的白虎。虣，通「甝」，白虎。㊶乳血飧（ㄙㄨㄣ）膚：指猛虎以血肉爲食。飧，晚飯。㊷崩榛（ㄓㄣ）：叢生的樹木崩塌下來。榛，草木叢生。㊸崢（ㄓㄥ）嶸（ㄖㄨㄥˊ）古馗（ㄎㄨㄟˊ）：古道一片陰森森。崢嶸，深冥，指陰森森的樣子。馗，同「逵」，九面通達的道路，泛指大路。㊹稜（ㄌㄥˊ）稜：嚴寒的樣子。

㊺萩（ㄙㄨˋ）萩：勁疾的樣子。㊻孤蓬自振：蓬草拔起而飛。孤蓬，蓬草，花似球，隨風而轉。振，拔。㊼驚砂坐飛：驚起的砂石無故而飛。坐飛，無故而飛。㊽灌莽杳（ㄧㄠˇ）而無際：草木叢生，一望無邊。灌莽，草木叢生之地。杳，深遠。㊾叢薄紛其相依：草木叢生，雜亂相連。叢薄，草木叢雜處：聚木曰叢，深草曰薄。紛其，紛然，雜亂的樣子。㊿通池既已夷：護城河已被填平。通池，指城濠。(51)峻隅：指高聳的城牆。(52)藻扃黼（ㄈㄨˊ）帳：藻扃，施有藻畫的門戶。黼帳，繡有文采的帷帳。(53)璇淵碧樹：玉池玉樹，以玉形容池、樹，言其富麗。璇、碧，皆美玉。(54)弋林釣渚（ㄓㄨˇ）之館：建築在漁獵之地的離宮別館。弋林，可供射獵的樹林。釣渚，可供垂釣的小洲。(55)吳蔡齊秦之聲：指各地方的聲樂。吳，今江蘇地；蔡，今河南地；齊，今山東地；秦，今陝西地。(56)魚龍爵馬之玩：指各種百戲技藝，人打扮成獸類來表演雜技。爵，同「雀」。(57)皆薰歇燼（ㄐㄧㄣˋ）滅，光沈響絕：香消燼滅，光逝聲絕，指永遠消失。薰，花草香氣。燼，被火燒過後留下的物品。(58)東都妙姬，南國麗人：東都及南國多美女，指美女多。東都，洛陽。妙姬、麗人，皆美女；姬，古代對婦女的美稱。(59)蕙心紈（ㄨㄢˊ）質：即蘭心蕙質，形容女子聰明純潔。蕙，蕙蘭，多年生草本植物，開淡黃綠色花，比喻美。紈，素，絲織細絹，比喻純潔。(60)委骨窮塵：死於荒涼之地。委，棄置。窮塵，荒涼的地方。(61)同輿之愉（ㄩˊ）樂：得寵時，與君王同車出遊的歡樂。輿，車輦。(62)離宮之苦辛：失寵時，屏居離宮，極其辛酸。離宮，本是皇帝的行宮，此指爲皇帝所棄而獨居的冷宮。(63)呑恨：含恨。(64)抽琴命操：抽琴，取出琴來。命操，創作歌曲；操，琴曲。(65)井徑滅兮丘隴殘：田畝荒蕪，墳墓崩壞。井徑，田畝間通人的小路。丘隴，墳墓；隴，同「壟」。(66)千齡兮萬代，共盡兮何言：千秋萬代，人皆有死而同歸於盡，尚復何言。

2. 江淹

別賦

黯然銷魂者，唯別而已矣①。況乃秦吳兮絕國，復燕宋兮千里②。或春苔兮始生，乍秋風兮蹔③起。是以行子④腸斷，百感悽惻⑤。風蕭蕭而異響⑥，雲漫漫而奇色⑦。舟凝滯⑧於水濱，車逶遲⑨於山側。櫂容與而詎前⑩，馬寒鳴而不息⑪。掩金觴而誰御⑫，橫玉柱而霑軾⑬。居人愁臥⑭，怳若有亡⑮。日下壁而沈彩⑯，月上軒而飛光⑰。見紅蘭之受露⑱，望青楸之離霜⑲。巡曾楹而空揜⑳，撫錦幕而虛涼㉑。知離夢之躑躅㉒，意別魂之飛揚㉓。

故離別一緒，事乃萬族㉔。至若龍馬銀鞍，朱軒繡軸㉕。帳飲東都㉖，送客金谷㉗。琴羽張兮簫鼓陳㉘，燕趙歌兮傷美人㉙。珠與玉兮豔暮秋㉚，羅與綺兮嬌上春㉛。驚駟馬之仰秣㉜，聳淵魚之赤鱗㉝。造分手而銜涕㉞，感寂寞而傷神。

乃有劍客慙恩㉟，少年報士㊱。韓國趙廁㊲，吳宮燕市㊳。割慈忍愛㊴，離邦去里。瀝泣共訣㊵，抆血相視㊶。驅征馬而不顧，見行塵而時起。方銜感於一劍㊷，非買價於泉裡㊸。金石震而色變㊹，骨肉悲而心死㊺。

或乃邊郡未和，負羽從軍㊻。遼水無極，雁山參雲㊼。閨中風暖，陌上草薰㊽。日出天而耀景㊾，露下地而騰文㊿。鏡朱塵之照爛(51)，襲青氣之烟煴(52)。攀桃李兮不忍別，送愛子兮霑羅裙。

至如一赴絕國(53)，詎相見期(54)。視喬木兮故里，決北梁兮永辭(55)。左右兮魂動(56)，親賓兮淚滋(57)。可班荊兮贈恨(58)，唯罇(59)酒兮敘悲。值秋雁兮飛日，當白露兮下時。怨復怨兮遠山曲(60)，去復去兮長河湄(61)。

又若君居淄右，妾家河陽(62)。同瓊珮之晨照，共金爐之夕香(63)。君結綬兮千里，惜瑤草之徒芳(64)。慙幽閨之琴瑟，晦高臺之流黃(65)。春宮閟此青苔色(66)，秋帳含茲明月光。夏簟清兮晝不暮(67)，冬釭凝兮夜何長(68)。織綿曲兮泣已盡，迴文詩兮影獨傷(69)。

儻有華陰上士(70)，服食(71)還山。術既妙而猶學，道已寂而未傳(72)。守丹竈而不顧(73)，鍊金鼎而方堅(74)。駕鶴上漢(75)，驂鸞騰天(76)。蹔游萬里，少別千年(77)。惟世間兮重別，謝主人兮依然(78)。

下有芍藥之詩(79)，佳人之歌(80)。桑中衛女(81)，上宮陳娥(82)。春草碧色，春水淥波(83)。送君南浦(84)，傷如之何。至乃秋露如珠，秋月如珪(85)。明月白露，光陰往來。與子之別，思心徘徊。是以別方不定(86)，別理千名(87)。有別必怨，有怨必盈(88)。使人意奪神駭，心折骨驚(89)。雖淵雲之墨妙，嚴樂之筆精(90)。金閨之諸彥(91)，蘭臺之群英(92)。賦有凌雲之稱(93)，辯有雕龍之聲(94)。誰能摹(95)暫離之狀，寫永訣之情者乎。

①黯然銷魂者，唯別而已矣：使人喪失魂魄的，只有離別了。黯然，心神沮喪的樣子。銷魂，失魂。②況乃秦吳兮絕國，復燕宋兮千里：何況相距如秦與吳、燕與宋一般的遙遠，則離恨更加愁苦。況乃，何況是。秦在陝西，吳在江蘇、浙江；燕在河北，宋在河南。絕國，隔離極遠的國家。③蹔（ㄓㄢˋ）：同「暫」。④行子：出外旅行的人。⑤悽惻：悲傷。⑥風蕭蕭而異響：風聲淒涼蕭瑟，聽起來與平時不同。⑦雲漫漫而奇色：雲無邊無際，看來色彩奇異詭譎。漫漫，廣大無邊的樣子。⑧凝滯：留止不前。⑨逶遲：徘徊不進。⑩櫂（ㄓㄠˋ）容與而詎前：船槳遲慢，豈肯向前划行？櫂，同「棹」，槳。容與，蕩漾不進。詎，豈。⑪不息：不停。⑫掩金觴而誰御：覆蓋金杯，誰忍飲酌？掩，覆，蓋上。金觴，精美的酒杯。御，用。⑬橫玉柱而霑軾：擱置琴瑟，淚流沾軾。橫，橫持，此指擱置。玉柱，琴瑟上繫弦之木，此指琴瑟等樂器。霑，同「沾」。軾，車前扶手的橫木。⑭居人愁臥：留於家中的人因離別而愁臥。居人，指行人的家人。⑮怳（ㄏㄨㄤˇ）若有亡：恍恍惚惚，若有所失。怳，精神迷離。亡，失。⑯日下壁而沈彩：太陽從壁上消失，光彩暗淡。沈彩，沈沒了光彩。⑰月上軒而飛光：月亮爬上樓頭，灑下滿天的清輝。⑱紅蘭之受露：蘭葉轉紅，沾上露水。紅蘭，蘭至秋天，葉色變紅。⑲青楸（ㄑㄧㄡ）之離霜：青綠的楸樹，蒙上寒霜。楸，落葉喬木，古人多種於道路旁。離，遭遇，同「罹」。⑳巡曾楹而空揜（ㄧㄢˇ）：巡視高大的華屋，空掩門戶。曾楹，高柱，指高屋；曾，同「層」，高；楹，屋前柱。揜，同「掩」。㉑撫錦幕而虛涼：撫摸錦帳，只覺空蕩淒涼。錦幕，織錦的帷帳。㉒知離夢之躑（ㄓˊ）躅（ㄓㄨˊ）：心知行人必然在夢中依戀徘徊。躑躅，行不前的樣子。㉓意別魂之飛揚：料想行人神魂飄蕩不定。意，預料。飛揚，心神不安定的樣子。㉔離別一緒，事乃萬族：離別情緒雖然只一種，而離別的事由則有千萬種。族，類。㉕朱軒繡軸：朱軒，漆紅色的車子，貴官所乘。繡軸，五彩具備的車子；軸，車軸，代指車。㉖帳飲東都：西漢疏廣官太子太傅，告老回鄉，公卿大夫數百人在東都門外爲其餞行。帳飲，張帳幕、設酒食以餞行。東都，東都門，長安城門名。㉗金谷：金谷園，晉石崇所建名園，在洛陽西北。㉘琴羽張兮簫鼓陳：

餞別時音樂奏起。琴羽張，琴瑟奏出羽聲；羽，羽聲，聲最細；張，琴瑟施弦，指演奏。陳，陳列。㉙燕趙歌兮傷美人：美人和樂而歌，十分悲傷。燕趙，指美人，古燕、趙二國多美人，故詩文以之稱美人。傷美人，美人傷心。㉚珠與玉兮艷暮秋：美人在暮秋以珠玉打扮得艷麗華美。㉛羅與綺兮嬌上春：美人在上春穿著綺羅；亦指打扮嬌美。上春，又稱孟春，春天的第一個月，農曆正月。㉜驚駟馬之仰秣：音樂動聽使馬也仰頭吃草。駟馬，古時一部馬車四馬駕之，泛指馬。仰秣，抬頭嚼食草料，食草料本應低頭；秣，食草。㉝聳淵魚之赤鱗：驚動深淵的魚浮出水面聽音樂。聳，通「悚」，悸動。赤鱗，泛指魚；鱗，魚。㉞造分手而銜涕：到分手之時，含淚而別。造，至。銜涕，含淚。㉟劍客慙恩：劍客，精通武術的俠客。慙恩，慚愧未能報達主人知遇之恩；慙，同「慚」。㊱報士：勇於報仇的勇士。㊲韓國趙廁：韓國，指聶政刺殺韓相：嚴仲子事韓哀侯，與韓相俠累有仇，逃亡至齊，用百金結交刺客聶政，聶政感激知遇，為之報仇。趙廁，指豫讓刺殺趙襄子；豫讓事晉智伯，智伯尊寵之，後智伯為趙襄子所滅，豫讓變姓名，為刑人，入趙襄子宮中廁所，欲伺機刺殺襄子。㊳吳宮燕市：吳宮，指專諸刺殺吳王僚；吳國公子光欲殺吳王僚，設宴飲之，刺客專諸藏匕首於魚腹，因剖魚以匕首刺殺吳王僚。燕市，指荊軻刺殺秦王；荊軻受燕太子丹恩遇，為之赴秦，藏匕首於地圖，圖窮而匕首見，不中，遇害。㊴割慈忍愛：辭別父母妻子，遠赴他鄉去行刺。慈，指父母；愛，指妻小。㊵瀝（ㄌㄧˋ）泣共訣：灑淚永別。瀝，水下滴。㊶抆（ㄨㄣˇ）血相視：拭血相看。抆血，拭血；言悲痛至極，眼中出血；抆，拭、擦。㊷方銜感於一劍：心裡懷抱知遇之恩，願以劍行刺來報效。銜感，心懷感恩。㊸非買價於泉裡：並非為換取死後的聲名。買價，換取聲名。泉裡，黃泉之下，指死。㊹金石震而色變：行刺之時鐘磬齊鳴，令人神色變動。金石，指鐘、磬一類的樂器。荊軻與秦武陽刺秦王時，秦王使衛士持戟夾陛而立，既而鐘鼓齊奏，群臣呼萬歲，秦舞陽大恐，面如死灰。㊺骨肉悲而心死：至親悲痛。聶政刺殺俠累後，自破面決眼、剖腹出腸而死，韓取其屍體暴露於市，下令能識者予千金，姊聶嫈悲哀弟死而名不揚，前往認屍，隨即自殺。㊻負羽從軍：背上弓箭從軍打仗。負，背。羽，箭。㊼遼水無極，雁山參雲：遼水浩浩無止境，雁山高聳入雲端。遼水，今遼河，流貫遼寧省，於營口入海。雁山，雁門山，在今山西省原平縣西北。參雲，高聳入雲。㊽閨中風暖，陌上草薰：暖風入送閨中，路上青草芳香。薰，香氣。㊾日出天而耀景：太陽高掛天空，光輝照耀。耀景，日光閃耀；景，日光。㊿露下地而騰文：露水下落地面，閃爍光彩。騰文，露水在陽光下閃爍光芒。(51)鏡朱塵之照爛：陽光照著燦爛的紅塵。鏡，動詞，照。朱塵，紅塵。照耀，明亮燦爛。(52)襲青氣之烟（ㄧㄣ）熅（ㄩㄣ）：春天郊野之氣盛大侵人。青氣，春天之氣，春在五行屬東方，色青，故春氣曰青氣。烟熅，同「氤氳」，氣盛的樣子。(53)絕國：相隔極遠的國家。(54)詎相見期：那裡還有相見的日期。詎，豈。(55)決北梁兮永辭：在北邊的橋上永別。決，通「訣」，別。梁，橋。(55)左右兮魂動：左右僕從為之感動。(57)親賓兮淚滋：親戚來賓淚水滋生。(58)班荊兮贈恨：折枝鋪地而坐，互相傾訴離情。班荊，折枝鋪地；班，鋪布；荊，野生灌木。贈，奉送，指奉贈撫慰。楚國伍舉與蔡聲爲摯友，伍舉受讒逃奔鄭國，又從鄭國逃奔晉國，在鄭郊與自楚出使的蔡聲相遇，兩人班荊相與食。(59)罇：同「樽」，酒杯。(60)怨復怨兮遠山曲：送別的人望著遠山曲折處，滿懷離恨。遠山曲，遠山彎曲的地方。(61)去復去兮長河湄：遠行的人沿著大河越走越遠。湄，水邊。(62)君居淄右，妾家河陽：淄右，淄水西邊，淄水在山東省境內。河陽，地名，今河南省孟縣附近。言分別遙遠。(63)同瓊珮之晨照，共金爐之夕香：指未離別前，早晨一起佩戴瓊玉、沐浴晨光，黃昏則在爐香中相處共坐，十分恩愛。(64)君結綬（ㄕㄡˋ）兮千里，惜瑤草之徒芳：指丈夫做官離別後，少婦像瑤草空自芬芳。結綬，指做官；綬，繫官印的絲帶。瑤草，香草名，喻少婦。(65)晦高臺之流黃：帷幕深掩，高臺昏暗不明。晦，暗。流黃，一種精細的絲織品，此指高臺上的帷幕。(66)春宮閟（ㄅㄧˋ）此青苔色：春天裡門戶緊關，看不到戶外青苔的顏色。閟，關閉。(67)夏簟（ㄉㄧㄢˋ）清兮晝不暮：夏天竹席清涼，白天漫長等不到黃昏。簟，細葦席。(68)冬釭（ㄍㄤ）凝兮夜何長：冬天燈火凝聚，黑夜多麼漫長。釭，燈。(69)織錦曲（ㄑㄩ）兮泣已盡，迴文詩兮影獨傷：織錦完成，眼淚也流盡；寄去迴文詩，獨自對孤單的影子傷心。織錦曲，即迴文詩。前秦苻堅時，秦州刺史竇韜流放沙漠，其妻蘇蕙思念之，用五色絲線織成迴文詩以寄贈。(70)儻有華陰上士：儻，或，同「倘」。華陰，華陰山，即西嶽華山，在今陝西省渭縣西南。上士，賢士，指求仙之人。魏人修芊，在華陰山石室中修煉，取黃精服食，後成仙而去，不知所終。(71)服食：服食丹藥。服，用。(72)道已寂而未傳：道行已高深，但還未得到眞傳。已寂，已經到高超的境界；寂，安靜。(73)守丹竈而不顧：守住煉丹的爐竈，不管世事。(74)鍊金鼎而方堅：在金鼎中煉丹，意志正堅定。(75)漢：天河。(76)驂（ㄘㄢ）鸞（ㄌㄨㄢˊ）騰天：駕鸞飛昇天空。驂，三馬拉的車，此指駕馭。鸞，傳說中鳳凰一類的神鳥。(77)蹔遊萬里，少別千年：一剎那可行萬里，短別離已是人間千年。蹔，同「暫」。少別，小別。(78)惟世間兮重別，謝主人兮依然：想到人間重別離，成仙離別世人時仍依戀不捨。惟，思。謝，告辭。依然，依戀的樣子。(79)下有芍（ㄕㄨㄛˊ）藥（ㄧㄠˋ）之詩：下有，承上文言神仙，故「下」指人間。芍藥之詩，指歌唱愛情離別的詩歌，《詩經・鄭風・溱洧》：「維士與女，伊其相謔，贈之以芍藥。」芍藥，香草名。(80)佳人之歌：指愛慕女子的詩歌。漢李延年歌：「北方有佳人，絕世而獨立；一顧傾人城，再顧傾人國。」(81)桑中衛女：指男女約會離別。《詩經・鄘風・桑中》：「云誰之思？美孟姜矣。期我乎桑中，要我乎上宮，送我乎淇之上矣。」詩中地名皆在衛地，故稱此女爲衛女。(82)上宮陳娥：《詩經・邶風・燕燕》，歌詠莊姜送陳女戴嬀，戴嬀爲衛莊公妾，其子被殺而歸，莊姜送之。上宮，衛地名。陳娥，指戴嬀，陳國人，故稱陳娥。(83)淥（ㄌㄨˋ）波：水清澈。(84)南浦：南方水邊，泛指送別之地。(85)珪（ㄍㄨㄟ）：瑞玉。(86)別方不定：離別的地方沒有一定。(87)別理千名：離別的原因有千萬種。(88)有怨必盈：有怨，其情必充盈。(89)心折骨驚：當是「心驚骨折」，作者故意反言以示造語之奇。(90)雖淵雲之墨妙，嚴樂之筆精：淵，漢王褒，字子淵。雲，漢揚雄，字子雲。嚴，漢嚴安。樂，漢徐樂。以上四人皆文學家。墨妙，文章精妙。筆精，筆墨精彩。(91)金閨之諸彥：金閨，指漢金馬門，武帝時所設官署名，使學士待詔金馬門以備顧問。彥，才俊之士。(92)蘭臺之群英：東漢中央政府藏書的官署，設蘭臺令史，掌典校圖籍、治理文書。英，傑出的文士。(93)賦有凌雲之稱：指司馬相如，司馬相如作〈大人賦〉，漢武帝大悅，飄飄然有凌雲之氣。(94)辯有雕龍之聲：指騶奭，戰國齊人，采騶衍之術紀文，文如雕鏤龍文，號稱「雕龍奭」。(95)摹：描寫。

3.庾信

哀江南賦並序（節選）

粵以戊辰之年，建亥之月①，大盜移國，金陵瓦解②。余乃竄身荒谷③，公私塗炭④。華陽奔命，有去無歸⑤。中興道銷，窮於甲戌⑥。三日哭於都亭⑦，三年囚於別館。天道周星⑧，物極不反⑨。傅燮之但悲身世，無處求生⑩；袁安之每念王室，自然流涕⑪。昔桓君山之志事⑫，杜元凱之平生⑬，並有著書，咸能自序⑭。潘岳之文采，始述家風⑮；陸機之辭賦，先陳世德⑯。信年始二毛⑰，即逢喪亂，藐是⑱流離，至於暮齒⑲。燕歌遠別，悲不自勝⑳；楚老相逢，泣將何及㉑。畏南山之雨，忽踐秦庭㉒；讓東海之濱，遂餐周粟㉓。下亭漂泊㉔，高橋羈旅㉕。楚歌非取樂之方㉖，魯酒無忘憂之用㉗。迫於此賦，聊以記言。不無危苦之辭，唯以悲哀爲主。

日暮途遠，人間何世㉘。將軍一去，大樹飄零㉙。壯士不還，寒風蕭瑟㉚。荊璧睨柱，受連城而見欺㉛；載書橫階，捧珠盤而不定㉜。鍾儀君子，入就南冠之楚囚㉝；季孫行人，留守西河之館㉞。申包胥之頓地，碎之以首㉟；蔡威公之淚盡，加之以血㊱。釣臺移柳，非玉關之可望㊲；華亭鶴唳，豈河橋之可聞㊳。

孫策以天下三分，衆纔一旅㊴；項籍用江東之子弟，人惟八千㊵。遂乃分裂山河，宰割天下。豈有百萬義師，一朝卷甲㊶，芟夷㊷斬伐，如草木焉！江淮無涯岸之阻㊸，亭壁無藩籬之固㊹。頭會箕斂者，合從締交㊺；鋤耰棘矜者，因利乘便㊻。將非江表王氣㊼，終於三百年㊽乎？

……

且夫天道迴旋，生民預然㊾。余烈祖于西晉㊿，始流播於東川(51)。洎余身而七葉，又遭時而北遷(52)。捷挈老幼，關河累年(53)。死生契闊(54)，不可問天。況復零落將盡，靈光巋然(55)。日窮于紀，歲將復始(56)。逼迫危慮，端憂暮齒(57)。踐長樂之神皋(58)，望宣平之貴里(59)。渭水貫于天門，驪山迴于地市(60)。幕府大將軍之愛客(61)，丞相平津侯之待士(62)。見鐘鼎于金張(63)，聞絃歌于許史(64)。豈知灞陵夜獵，猶是故時將軍(65)；咸陽布衣，非獨思歸王子(66)！

①粵以戊辰之年，建亥之月：粵，通「曰」、「聿」，發語詞。戊辰之年，梁武帝（蕭衍）太清二年（五四八）；建亥之月，十月。　②大盜移國，金陵瓦解：太清二年八月侯景舉兵反，十月，首都建康（南京）淪陷。大盜，竊國篡位者，指侯景。移國，易國、改朝換代。　③余乃竄身荒谷：我於是逃難到江陵。荒谷，窮鄉僻壤，借指江陵。　④公私塗炭：公室私門具遭塗炭。塗炭，淤泥和炭火，比喻遭遇危難。　⑤華陽奔命，有去無歸：由華陽奉命出使，有去無回。華陽，指江陵，梁都江陵，在華山之陽，故曰華陽。奔命，奔走應命，指奉命出使。梁元帝承聖二年（五五四）庾信奉命出使西魏，十一月西魏攻陷江陵，梁元帝被殺，庾信遂留長安未歸。　⑥中興道銷，窮於甲戌：梁朝中興之道於甲戌年又消失了。中興，由衰弱而重新興盛，指梁元帝即位於江陵，平定侯景之亂。甲戌，指梁元帝承聖二年；當時西魏攻陷江陵，元帝被殺。　⑦三日哭於都亭：三國時，魏伐蜀，羅憲守永安城，聞劉禪投降，率部屬哭於都亭三日。此處用典，說明自己聞梁亡，到都亭臨哭遙祭。都亭，城外的驛亭。　⑧天道周星：很長的時間過去了。天道，天理，自然規律。周星，歲星，亦稱木星，古人以歲星十二年爲一周天。　⑨物極不反：事物走到極點卻沒有回頭，指梁朝再無復興的機會。物極

不反，乃「物極必反」的反義。⑩傳燮之但悲身世，無處求生：傳燮，東漢人，爲漢陽太守時，被敵兵圍困，有人勸其投降，他慷慨激昂說：「亂世不能養浩然之志，食祿又欲避其難乎？吾行何之，必死于此。」結果臨陣戰死。此指只能像傳燮必死於此，悲歎自己的厄運，無處求生。⑪袁安之每念王室，自然流涕：袁安，東漢人，以天子幼弱，外戚擅權，每朝會進見，及與公卿言國事，未嘗不流涕。此指悲歎梁朝的覆亡而流涕。⑫桓君山之志事：桓譚，字君山，東漢人，著《新論》二十九篇。⑬杜元凱之平生：杜預，字元凱，晉初名將，著《春秋經傳集解》。⑭咸能自序：都能自己作序，敘述生平和志趣。⑮潘岳之文采，始述家風：潘岳，東晉人，著名文學家，有〈家風詩〉，敘述家族的傳統和風尚。⑯陸機之辭賦，先陳世德：陸機，東晉人，著名文學家，有〈祖德〉〈述先〉二賦，陳述祖先的功德。⑰二毛：白髮和黑髮雜錯，指中年。⑱藐是：遠是。是，語助詞。⑲暮齒：暮年，晚年。⑳燕歌遠別，悲不自勝：唱著〈燕歌〉，遠別故鄉，無法克制悲傷。《北史》載王褒作〈燕歌〉，道盡塞北苦寒的情狀，梁元帝及文士和之，競爲淒切，庾信亦作〈燕歌行〉。〈燕歌〉，古樂府名，多爲傷別悲苦之作。㉑楚老相逢，泣將何及：遇到故國的遺老，只有相對而泣，不知出路在那裡？《漢書》載，漢龔舍與龔勝友善，世謂「楚之兩龔」，王莽遣使徵龔勝，勝曰：「吾受漢家厚恩，亡以報，今年老矣，旦暮入地，誼豈以一身事二姓，下見故主哉？」遂不食十四日而死，有父老來弔，哭甚哀痛，趨而出，莫知其誰。楚老，即指來弔喪的隱者，此借喻故國遺老。㉒畏南山之雨，忽踐秦庭：自己本有隱居之志，然而國事危急，不得不匆匆出使北魏。《列女傳》載，陶荅子妻告荅子，南山有玄豹，霧雨七日不食，欲藏而遠害，借用說明自己有隱居之志。又《淮南子》載，申包胥累繭重胝七日七夜至於秦庭，求救兵以退吳、保存楚國，借用說明自己奉命出使西魏。忽，匆匆。南山、秦庭，暗喻南朝梁國與北朝西魏。㉓讓東海之濱，遂餐周粟：江陵失陷，北周篡魏，自己失節仕周。《史記》載，齊康公十九年，田和篡齊，遷康公於海濱；此指宇文覺篡西魏，建立北周。讓，禪讓，時庾信仕北周，故不言篡而言讓。《史記》又載，周武王滅商，伯夷、叔齊隱居首陽山，采薇而食，義不食周粟，庾信借用典故，說明自己失節仕北周。餐周粟，食北周俸祿。㉔下亭漂泊：《後漢書》載，南陽高士孔嵩，辟公府，前往京城上任，道宿下亭，群盜偷竊其馬，使他不得行；比喻自己流離失所、多患難。下亭，地名。㉕高橋羈旅：《後漢書》載，梁鴻在吳地，寄居於世族大家皋伯通的殿下爲長工，比喻自己漂泊異鄉，寄人籬下。高橋，又作皋橋，在吳閶門內，爲皋伯通所居之地。㉖楚歌非取樂之方：國亡身困，聞楚歌更增思鄉的悲痛。楚歌，楚人之歌，聲多淒楚。㉗魯酒無忘憂之用：飲魯酒，也無法忘憂。魯酒，魯地的酒，《莊子》云「魯酒薄」，故魯酒亦泛指薄酒。㉘日暮途遠，人間何世：人世滄桑，如今不知是怎樣的世界，自己則已經年老力衰，無所作爲。日暮，喻年老。㉙將軍一去，大樹飄零：指自己率領文武千餘人鎮於朱雀航，待退守，爲侯景所佔據，從此遂亡國而流徙。用後漢馮異故事，馮異爲大將軍，每所止舍，與諸將並坐論功，常獨屏樹下，軍中號曰「大樹將軍」，此處將軍則指庾信自己。㉚壯士不還，寒風蕭瑟：出使西魏，一去不得復返。用荊軻刺秦王故事，荊軻爲燕太子丹復秦仇，太子等送之易水上，荊軻歌曰：「風蕭蕭兮易水寒，壯士一去不復還。」此處荊軻亦借指庾信自己。㉛荊壁睨（ㄋ一ˋ）柱，受連城而見欺：指藺相如出使，能持璧睨柱，不曾被秦王所欺，而自己出使西魏，卻受騙而不得歸。用藺相如故事，趙王使藺相如奉和氏璧入秦，以璧償趙城，秦王受璧卻無意還城，藺相如前曰：「璧有瑕，請指示王。」於是持璧倚柱，怒髮衝上冠，持璧睨柱，欲以璧擊柱，秦王恐其毀璧，辭謝固請，還趙城。荊璧，即和氏璧，爲楚人卞和得於山中，楚古稱荊，故曰荊璧。睨，斜眼看。㉜載書橫階，捧珠盤而不定：指自己不像毛遂，出使西魏未完成使命、定盟以存梁。用毛遂故事，平原君赴楚結盟，毛遂自薦隨行，到楚談判未有結果，毛遂持劍登階力爭，說服楚王，當即歃血爲盟。載書，盟書。珠盤，諸侯盟誓所用盛牛耳的珠飾銅盤。㉝鍾儀君子，入就南冠之楚囚：以鍾儀自比，言自己羈留西魏、北周，近乎南冠之楚囚，心中不忘故國。鍾儀，春秋時楚人，被鄭人俘擄，獻於晉國，仍戴楚冠、歌楚聲，以示不忘故國。㉞季孫行人，留守西河之館：以季孫自比，言自己被羈押扣留，與季孫相似。季孫，季孫意如，春秋時魯大夫，參與平丘之盟，被晉國扣留於西河的行館。行人，使者。㉟申包胥之頓地，碎之以首：言自己不能像申包胥求到救兵，以救祖國。申包胥，楚人，伍子胥率吳軍破楚，申包胥至秦求救兵，立於庭牆而哭，日夜聲不絕，滴水不入口七日，秦哀公感動，爲之賦〈無衣〉，出兵救楚。頓地，叩頭至地。碎之以首，謂求到救兵，跪地叩首稱謝。㊱蔡威公之淚盡，加之以血：言自己不像蔡威公對國家的滅亡泣血痛哭。劉向《說苑》載，蔡威公知國之將亡，閉門而泣，三日三夜，泣盡而繼之以血。㊲釣臺移柳，非玉關之可望：故國的柳樹，不是羈留北地的我所能望見。釣臺，在武昌西北，借喻南方故國。移柳，移種的柳樹，陶侃爲武昌太守時，曾整陣於釣臺，課諸營種柳，都尉夏施盜官柳種在己門，陶侃見後，停車問曰：「此是武昌西門前柳，何因盜來此種？」夏施惶怖謝罪。玉關，玉門關，在今甘肅敦煌西北，借喻北地。㊳華亭鶴唳，豈河橋之可聞：華亭的鶴鳴，豈是兵敗於河橋的陸機所能聽得到？《世說新語》載，陸機河橋兵敗，爲盧志所讒，論罪誅斬，臨刑歎曰：「欲聞華亭鶴唳，可復得乎？」華亭，在今浙江省嘉興縣南，爲陸機之別墅，有清泉茂林，陸氏兄弟遊此十餘年。河橋，在河南省湯陰縣西南一帶。㊴孫策以天下三分，眾纔一旅：孫策三分天下，所憑藉的軍隊不過五百人。孫策，募得數百人，從袁術起義，後來平定江東，建立吳國，與魏、蜀三分天下。一旅，五百人。㊵項籍用江東之子弟，人惟八千：項籍率領江東子弟兵，只有八千人。項籍，字羽，隨叔父項梁起事反秦，舉吳中兵，得八千人，後與劉邦爭天下，兵敗，自刎烏江。惟，通「唯」，只有。㊶卷甲：藏甲，指軍隊潰敗。卷，同「捲」，收藏。甲，指兵器。㊷芟（ㄕㄢ）夷：除草，指屠殺人民像芟除草木一樣。㊸江淮無涯岸之阻：指侯景軍隊長驅直入，梁軍節節敗退，長江、淮河起不了險阻的作用。涯岸，河岸。㊹亭壁無藩籬之固：軍中的防禦工事還不如籬笆堅固。亭壁，指防禦工事。藩籬，竹木編織的屏障。㊺頭會箕斂者，合從締交：指出自下層的陳霸先等人，乘梁朝衰弱串連興起。頭會箕斂，按人頭收稅、用籮箕盛裝，以供軍費；指出身下層的人。合從締交，互相聯合、結成同盟；從，通「縱」。㊻鋤耰棘矜者，因利乘便：義同上句。鋤耰，皆農具。棘，通「戟」，兵器名。矜，矛鋌的把柄。因利乘便，利用時勢的便利。㊼江表王氣：指梁朝的氣數。江表，長江以南建康一帶。王氣，天子之氣，古有望氣之術，以爲某地出天子，先見王氣。㊽終於三百年：自孫權建都建康（二二九），至吳孫皓天紀四年（二八○）遷都武昌，共五十一年。又自東晉大興元年（三一八）建都建康，歷宋、齊、梁，至梁敬帝太平二年（五五七）梁亡，共二百四十年。前後共二百九十一年，「三百年」舉其成數。㊾天道迴旋，生民預然：大自然運轉，人事必然也有所變遷。天道，自然規律。迴旋，運轉。㊿余烈祖于西晉：烈祖，指庾信八世祖庾滔，西晉時爲官。(51)始流播於東川：後隨東晉王室遷移東川。東川，江陵。(52)洎（ㄗˋ）余身而七葉，又遭時而北遷：指元帝承聖年間的喪亂，從江陵北遷長安。洎，到。七葉，七世、七代。(53)關河累年：經年跋涉、過關渡河。(54)死生契闊：生離死別，離合聚散。(55)靈光巋（ㄎㄨㄟ）然：靈光，漢代魯靈光殿。王延壽〈魯靈光殿賦〉：「遭漢中微，盜賊奔突，自西京未央、建章之殿，皆見隳壞，而靈光巋然獨存。」是說所有的宮殿都毀於戰火，獨魯靈光殿高聳不動，用以比喻親朋好友都已死去，只有自己存活，大有孤獨之感慨。巋然，高聳不動的樣子。(56)日窮于紀，歲將復始：十二月將盡，新的一年又將開始。(57)端憂暮齒：晚年遭遇憂愁鬱悶。暮齒，晚年。(58)踐長樂之神皋：指自己來到富庶的京城。長樂，漢宮名，本秦興樂宮，劉邦時再重建，更名長樂宮。神皋，京城附近的良田。(59)望宣平之貴里：與上句義同。宣平，長安城東北頭第一門。貴里，洛陽清陽門的永和里，里中皆高門華屋，爲達官貴人所居，當世名爲貴里。(60)渭水貫于天門，驪山迴于地市：渭水通向天門，驪山連著地市；形容長安的繁榮壯麗。渭水，即渭河，流經陝西省境內。驪山，今陝西省臨潼縣東南，秦始皇建陵寢於此。地市，指地府，《三秦記》：「驪山，始皇陵，作地市，生死人交易。」(61)幕府大將軍之愛客：意謂受到大將軍的垂愛。幕府大將軍，原指漢代衛青，衛青北伐匈奴，於幕中拜大將軍，因曰幕府；此指北周宇文毓。(62)丞相平津侯之待士：意謂受到丞相的接待。丞相平津侯，原指漢代公孫弘，武帝封丞相公孫弘爲平津侯，起客館，開東閣，以延賢人，參與謀議；此指北周宇文護。(63)見鐘鼎于金張：意謂出入富貴人家。鐘鼎，鐘鳴鼎食，指富貴人家，列鼎鳴鐘而食。金張，金日磾、張世安，西漢時大官。(64)聞絃歌于許史：亦指出入富貴人家。許史，許伯、史高，西漢時外戚。(65)豈知灞陵夜獵，猶是故時將軍：昔日灞陵夜獵，有誰認識李廣將軍？故時將軍，指漢李廣，李廣家居後，嘗夜出田獵，還至灞陵亭，灞陵尉醉酒，呵止，李廣從人答曰：「故李將軍。」尉曰：「今將軍尚不得夜行，何乃故也！」此句是說自己是梁朝故右衛將軍。(66)咸陽布衣，非獨思歸王子：今日長安思歸，豈是只有梁朝的布衣王子？咸陽布衣，指羈留長安的梁朝王子；楚王之子質於秦，作〈思歸歌〉：「去千乘之家國，作咸陽之布衣。」

七、唐宋期

1.杜牧

阿房宮賦

六王畢①，四海一；蜀山兀②，阿房出。覆壓三百餘里，隔離天日。驪山北構而西折③，直走咸陽④。二川溶溶⑤，流入宮牆。五步一樓，十步一閣；廊腰縵迴⑥，簷牙⑦高啄⑧；各抱地勢，鉤心鬬角⑨。盤盤⑩焉，囷囷⑪焉，蜂房水渦⑫，矗不知其幾千萬落⑬。長橋臥波，未雲何龍？複道⑭行空，不霽何虹？高低冥迷⑮，不知西東。歌臺暖響，春光融融；舞殿冷袖，風雨凄凄。一日之內，一宮之間，而氣候不齊。

妃嬪媵嬙⑯，王子皇孫，辭樓下殿，輦來於秦⑰；朝歌夜絃，爲秦宮人。明星熒熒⑱，開妝鏡也；綠雲擾擾⑲，梳曉鬟⑳也；渭流漲膩，棄脂水也；烟斜霧橫，焚椒蘭㉑也；雷霆乍驚，宮車過也；轆轆㉒遠聽，杳不知其所之也。一肌一容，盡態極妍；縵立㉓遠視，而望幸焉，——有不得見者，三十六年㉔！

燕、趙之收藏，魏、韓之經營，齊、楚之精英，幾世幾年，剽掠於人，倚疊㉕如山；一旦不能有，輸來其間。鼎鐺玉石㉖，金塊珠礫㉗，棄擲邐迤㉘，秦人視之，亦不甚惜。

嗟乎！一人之心，千萬人之心也。秦愛紛奢㉙，人亦念其家；奈何取之盡錙銖㉚，用之如泥沙！使負棟之柱，多於南畝之農夫；架梁之椽，多於機上之工女，釘頭磷磷㉛，多於在庾㉜之粟粒；瓦縫參差，多於周身之帛縷㉝；直欄橫檻，多於九土㉞之城郭；管絃嘔啞㉟，多於市人之言語。使天下之人，不敢言而敢怒；獨夫之心，日益驕固。戍卒叫㊱，函谷舉㊲，楚人一炬，可憐焦土㊳！

嗚呼！滅六國者，六國也，非秦也；族㊴秦者，秦也，非天下也。嗟夫！使六國各愛其人，則足以拒秦；秦復愛六國之人，則遞㊵三世可至萬世而為君，誰得而族滅也？秦人不暇自哀，而後人哀之；後人哀之，而不鑑之，亦使後人而復哀後人也！

①六王畢：六國滅亡了，六王，指戰國時齊、楚、燕、韓、趙、魏等六國君主。畢，完結，指被秦滅掉。②蜀山兀：蜀山光禿禿了。兀，山頂光禿，指蜀山的樹木，因建阿房宮而被砍伐殆盡。③驪山北構而西折：指阿房宮北由驪山建起而後曲折向西。驪山，在今陝西省臨潼縣東南。④直走咸陽：一直通到咸陽。走，趨向。咸陽，秦朝的都城，故址在今陝西省咸陽市東北。⑤二川溶溶：渭水和樊川水流盛大。溶溶，河水盛大的樣子。⑥廊腰縵迴：走廊曲折迴環。廊腰，建築物間連以迴廊，猶如人之腰部。縵迴，環繞、縈迴。⑦簷牙：屋檐尖聳突起如象牙。⑧高啄：像鳥嘴向空中啄食一樣。⑨鈎心鬭角：形容宮殿結構重疊交錯。鈎心，廊腰相互連結，彎曲如鈎。鬭角，屋角彼此相接，像虬龍爭鬥。⑩盤盤：盤結的樣子。⑪囷（ㄐㄩㄣ）囷：屈曲的樣子。⑫蜂房水渦：房屋院落多得像蜂房、像漩渦。⑬落：座。⑭複道：高樓間架木築成上下都可通行的走廊。漆以五彩，則如虹霓。⑮冥迷：分辨不清楚。⑯妃嬪（ㄆㄧㄣˊ）媵（ㄧㄥˋ）嬙（ㄑㄧㄤˊ）：指六國君王的妃子。妃，王的妻子。嬪、嬙，宮中女官，這裡指宮妃。媵，陪嫁的女子。⑰輦來於秦：被運送來秦地。輦，帝后所乘的車子，此處作動詞用。⑱熒熒：光芒閃爍的樣子。⑲擾擾：紛亂的樣子。⑳梳曉鬟：晨起梳頭。鬟，環狀的髮型。㉑椒蘭：都是香料。㉒轆轆：車行聲。㉓縵立：長時間站立。縵，通「慢」。㉔有不得見者，三十六年：比喻有的宮女入宮後終其一生都沒再見過皇帝。始皇在位三十

六年（前二四六至前二一〇），故云。㉕倚疊：堆積。㉖鼎鐺（ㄔㄥ）玉石：以寶鼎爲鐵鍋，以美玉爲石頭，指不甚愛惜。鐺，鐵鍋。㉗金塊珠礫（ㄌㄧˋ）：以黃金爲土塊，以珍珠爲碎石。㉘邐（ㄌㄧˇ）迤（ㄧˇ）：連續不斷。㉙紛奢：豪華奢侈。㉚錙銖：極細小輕微的東西。六銖爲錙，四十八銖爲一兩，皆極輕微的重量單位。㉛磷磷：形容許多釘頭突出的樣子。㉜庾：露天的穀倉。㉝帛縷：絲線。㉞九土：九州，即全天下。㉟嘔啞：指樂聲雜亂。㊱戍卒叫：守邊的士卒起義高呼。指陳勝等揭竿而起。㊲函谷舉：函谷關被攻陷。指劉邦入關而亡秦。㊳楚人一炬，可憐焦土：指項羽放火焚毀阿房宮。項羽入咸陽，燒秦宮室，火三月不息。炬，火把。㊴族：滅族，殺滅全族的人。㊵遞：遞傳，代代相傳。

2. 歐陽修

秋聲賦

歐陽子①方夜讀書，聞有聲自西南來者，悚然②而聽之，曰：「異哉！」初淅瀝以蕭颯③，忽奔騰而砰湃④，如波濤夜驚，風雨驟至；其觸於物也，鏦鏦錚錚⑤，金鐵皆鳴；又如赴敵之兵，銜枚⑥疾走，不聞號令，但聞人馬之行聲。

余謂童子：「此何聲也？汝出視之！」

童子曰：「星月皎潔，明河⑦在天，四無人聲，聲在樹間。」

余曰：「噫嘻！悲哉！此秋聲也！胡爲乎來哉！蓋夫秋之爲狀也：其色慘澹，煙霏雲斂⑧；其容清明，天高日晶⑨；其氣慄冽⑩，砭⑪人肌骨；其意蕭條，山川寂寥。故其爲聲也，淒淒切切，呼號奮發。豐草綠縟⑫而爭茂，佳木葱蘢⑬而可悅；草拂之而色變，木遭之而葉脫。其所以摧敗零落者，乃其一氣之餘烈⑭。

夫秋，刑官⑮也，於時爲陰⑯；又兵象⑰也，於行爲金⑱；是謂天地之義氣⑲，常以肅殺而爲心。天之於物，春生秋實。故其在樂也，商聲主西方之音⑳，夷則爲七月之律㉑。商、傷也，物既老而悲傷；夷、戮也，物過盛而當殺。

嗟乎！草木無情，有時飄零。人爲動物，惟物之靈，百憂感其心，萬事勞其形；有動乎中，必搖其精㉒。而況思其力之所不及，憂其智之所不能；宜其渥然丹者爲槁木㉓，黟然黑者爲星星㉔。奈何以非金石之質，欲與草木而爭榮？念誰爲之戕賊，亦何恨乎秋聲！」

童子莫對，垂頭而睡。但聞四壁蟲聲唧唧，如助余之嘆息。

①歐陽子：歐陽修自稱。　②慄然：吃驚的樣子。　③淅瀝以蕭颯：風雨聲不斷的樣子。淅瀝，細雨聲。蕭颯，風聲。　④砰湃：波浪衝激聲。砰，通「澎」。　⑤鏦（ㄘㄨㄥ）鏦錚（ㄓㄥ）錚：金屬撞擊的聲音。　⑥銜枚：古時行軍，令士兵嘴裡銜枚，以防喧嘩。枚，小木棍，形狀像筷子。　⑦明河：銀河。　⑧煙霏雲斂：煙氣飛散，雲霧消失。霏，雲飛的樣子，這裡是消失的意思。　⑨日晶：陽光燦燦。　⑩慄冽：寒冷，通「凜冽」。　⑪砭：刺。　⑫綠縟：碧綠繁密。　⑬蔥蘢：蒼翠茂盛。　⑭一氣之餘烈：指秋氣之餘威。　⑮刑官：秋天有肅殺之氣，所以將掌管刑法的刑官歸屬秋天。《周禮》：「乃立秋官司寇……以佐王刑邦國。」　⑯於時爲陰：在四季中，秋天屬於陰。古以春夏爲陽、秋冬爲陰。　⑰兵象：用兵的象徵，因戰爭爲肅殺之氣。所以秋天治兵。　⑱於行爲金：在五行上屬金。《禮記・月令》：「春屬木，夏屬火，秋屬金，冬屬水。」　⑲義氣：肅殺之氣。　⑳商聲主西方之音：五聲中商聲是代表西方的聲音。西方爲秋。《禮記・月令》：「孟秋之月，其音商。」　㉑夷則爲七月之律：十二律中夷則是七月的音律。《史記・律書》：「七月也，律中夷則。夷則，言陰氣之賊萬物也。」　㉒必搖其精：必消耗其精神。　㉓渥然丹者爲槁木：年輕時紅潤的容顏變衰老了。渥然，潤澤的樣子。槁木，枯木。　㉔黟（一）然黑者爲星星：烏黑的頭髮變得斑白了。黟，烏黑的樣子。星星，形容頭髮斑白。

捌、漢代散文

一、史記

1. 項羽本紀（節選）

項籍者，下相①人也，字羽。初起時②，年二十四。其季父③項梁，梁父即楚將項燕，爲秦將王翦所戮者也。項氏世世爲楚將；封爲項④，故姓項氏。

項籍少時，學書不成，去，學劍，又不成。項梁怒之。籍曰：「書足以記名姓而已；劍，一人敵，不足學；——學萬人敵！」於是項梁乃教籍兵法。籍大喜，略知其意，又不肯竟⑤學。

項梁有櫟陽逮⑥，乃請蘄獄掾⑦曹咎書，抵⑧櫟陽獄掾司馬欣，以故事得已⑨。項梁殺人，與籍避仇於吳中⑩，吳中賢士大夫皆出項梁下。每吳中有大繇役及喪，項梁常爲主辦，陰以兵法部勒⑪賓客及子弟，以是知其能。

秦始皇帝游會稽，渡浙江。梁與籍俱觀。籍曰：「彼可取而代也！」梁掩其口，曰：「毋妄言，族⑫矣！」梁以此奇⑬籍。

籍長八尺餘，力能扛鼎，才氣過人，雖吳中子弟，皆已憚籍矣。

秦二世元年七月，陳涉等起大澤⑭中，其九月，會稽守通⑮謂梁曰：「江西⑯皆反，此亦天亡秦之時也。吾聞先即制人，後則爲人所制。吾欲發兵，使公及桓楚⑰將。」是時桓楚亡在澤中。梁曰：「桓楚亡人，莫知其處，獨籍知之耳。」梁乃出，誡⑱籍持劍居外待。梁復入，與守坐，曰：「請召籍，使受命召桓楚。」守曰：「諾。」梁召籍入，須臾，梁眴⑲籍曰：「可行矣！」於是籍遂拔劍斬守頭。項梁持守頭，佩其印綬。門下⑳大驚，擾亂，籍所擊殺數十百人。一府中皆慴伏㉑，莫敢起。

梁乃召故所知豪吏，諭以所爲起大事，遂舉吳中兵。使人收下縣㉒，得精兵八千人。梁部署吳中豪傑爲校尉、候、司馬㉓。有一人不得用，自言於梁。梁曰：「前時某喪，使公主某事，不能辦，以此不任用公。」衆乃皆伏。……

初，宋義所遇齊使者高陵君顯在楚軍，見楚王曰：「宋義論武信君之軍必敗，居數日，軍果敗。兵未戰而先見敗徵，此可謂知兵矣。」王召宋義與計事，而大說之，因置以爲上將軍㉔。項羽爲魯公爲次將，范增爲末將，救趙。諸別將皆屬宋義，號爲卿子冠軍㉕。行至安陽㉖，畱四十六日不進。項羽曰：「吾聞秦軍圍趙王鉅鹿，疾引兵渡河，楚擊其外，趙應其內，破秦軍必矣。」宋義曰：「不然。夫搏牛之蝱不可以破蟣蝨㉗，今秦攻趙，戰勝則兵罷㉘，我承其敝；不勝則我引兵鼓行而西，必舉秦矣。故不如先鬪秦、趙。夫被堅執銳，義不如公；坐而運策，公不如義。」因下令軍中曰：「猛如虎，很㉙如羊，貪如狼，彊不可使者，皆斬之！」乃遣其子宋襄相齊，身送之至無鹽㉚，飲酒高會。天寒大雨，士卒凍飢。項羽曰：「將戮力而攻秦，久留不行。今歲饑民貧，士卒食芋菽，軍無見糧㉛，乃飲酒高會，不引兵渡河因趙食，舉趙併力攻秦，乃曰『承其敝。』夫以秦之彊，攻新造之趙，其勢必舉趙。趙舉而秦彊，何敝之承！且國兵新破，王坐不安席，掃境內而專屬於將軍，國家安危，在此一舉。今不恤士卒而徇其私，非社稷之臣。」項羽晨朝上將軍宋義，即其帳中斬宋義頭。出令軍中曰：「宋義與齊謀反楚，楚王陰令羽誅之。」當是時，諸將皆慴服，莫敢枝梧㉜。皆曰：「首立楚者，將軍家也。今將軍誅亂。」乃相與共立羽爲假上將軍。使人追宋義子，及之齊，殺之。使桓楚報命於懷王。懷王因使項羽爲上將軍，當陽君、蒲將軍皆屬項羽。

項羽已殺卿子冠軍，威震楚國，名聞諸侯。乃遣當陽君、蒲將軍將卒二萬，渡河救鉅鹿。戰少利，陳餘復請兵。項羽乃悉引兵渡河，皆沈船，破釜甑㉝，燒廬舍，持三日糧，以示士卒必死，無一還心。於是至則圍王離，與秦軍遇，九戰，絕其甬道，大破之，殺蘇角，虜王離。涉閒不降楚，自燒殺。

當是時，楚兵冠諸侯。諸侯軍救鉅鹿下者十餘壁㉞，莫敢縱兵。及楚擊秦，諸將皆從壁上觀。楚戰士無不一以當十，楚兵呼聲動天，諸侯軍無不人人惴恐。於是已破秦軍，項羽召見諸侯將，入轅門㉟，無不膝行而前，莫敢仰視。項羽由是始爲諸侯上將軍，諸侯皆屬焉。

沛公已破咸陽㊱。項羽大怒，使當陽君等擊關㊲。項羽遂入，至於戲西㊳。沛公軍霸上㊴，未得與項羽相見，沛公左司馬㊵曹無傷使人言於項羽曰：「沛公欲王關中，使子嬰㊶爲相，珍寶盡有之。」項羽大怒，曰：「旦日饗士卒㊷，爲擊破沛公軍！」當是時，項羽兵四十萬，在新豐鴻門㊸；沛公兵十萬，在霸上。范增說項羽曰：「沛公居山東㊹時，貪於財貨，好美姬；今入關，財物無所取，婦女無所幸㊺，此其志不在小。吾令人望其氣㊻，皆爲龍虎，成五采，此天子氣也。急擊勿失！」

楚左尹項伯㊼者，項羽季父也，素善㊽留侯張良。張良是時從沛公，項伯乃夜馳之沛公軍，私見張良，具告以事，欲呼張良與俱去。曰：「毋從(49)俱死也。」張良曰：「臣爲韓王送沛公(50)，沛公今事有急，亡去不義，不可不語。」

良乃入，具告沛公。沛公大驚，曰：「爲之奈何？」張良曰：「誰爲大王爲此計者？」曰：「鯫生(51)說我曰：『距關，毋內諸侯(52)，秦地可盡王也。』故聽之。」良曰：「料大王士卒足以當(53)項王乎？」沛公默然，曰：「固不如也，且爲之奈何？」張良曰：「請往謂項伯，言沛公不敢背項王也。」沛公曰：「君安與項伯有故(54)？」張良曰：「秦時與臣游，項伯殺人，臣活之(55)。今事有急，故幸來告良。」沛公曰：「孰與君少長？」良曰：「長於臣。」沛公曰：「君爲我呼入，吾得兄事之。」張良出，要(56)項伯。

項伯即入見沛公。沛公奉卮酒爲壽(57)，約爲婚姻(58)，曰：「吾入關，秋毫(59)不敢有所近，籍吏民(60)，封府庫，而待將軍。所以遣將守關者，備他盜之出入與非常(61)也。日夜望將軍至。豈敢反乎！願伯具言臣之不敢倍(62)德也。」項伯許諾。謂沛公曰：「旦日不可不蚤(63)自來謝(64)項王！」沛公曰：「諾。」

于是項伯復夜去，至軍中，具以沛公言報項王。因言曰：「沛公不先破關中，公豈敢入乎？今人有大功而擊之，不義也。不如因善遇之。」項王許諾。

沛公旦日從百餘騎來見項王，至鴻門，謝曰：「臣與將軍戮力而攻秦，將軍戰河北，臣戰河南，然不自意(65)能先入關破秦，得復見將軍於此。今者有小人之言，令將軍與臣有郤(66)。」項王曰：「此沛公左司馬曹無傷言之，不然，籍何以至此！」

項王即日因留沛公與飲。項王、項伯東向坐(67)；亞父(68)南向坐，——亞父者，范增也；沛公北向坐(69)；張良西向侍。范增數目(70)項王，舉所佩玉玦以示之者三(71)。項王默然不應。

范增起，出召項莊[72]，謂曰：「君王爲人不忍[73]，若[74]入前爲壽，壽畢，請以劍舞，因擊沛公於坐殺之。不者[75]，若屬[76]皆且爲所虜。」莊則入爲壽。壽畢，曰：「君王與沛公飲，軍中無以爲樂，請以劍舞。」項王曰：「諾。」項莊拔劍起舞，項伯亦拔劍起舞，常以身翼蔽[77]沛公，莊不得擊。

於是張良至軍門見樊噲[78]。樊噲曰：「今日之事何如？」良曰：「甚急！今者項莊拔劍舞，其意常在沛公也。」噲曰：「此迫矣！臣請入，與之同命[79]！」噲即帶劍擁盾入軍門。交戟之衞士[80]欲止不內，樊噲側其盾以撞，衞士仆地，噲遂入。披帷西向立，瞋目[81]視項王，頭髮上指，目眥[82]盡裂。項王按劍而跽[83]曰：「客何爲者？」張良曰：「沛公之參乘[84]樊噲者也。」項王曰：「壯士！賜之卮酒！」則與斗卮酒。噲拜謝，起，立而飲之。項王曰：「賜之彘肩[85]！」則與一生彘肩。樊噲覆其盾於地，加彘肩上，拔劍切而啗[86]之。項王曰：「壯士！能復飲乎？」樊噲曰：「臣死且不避，卮酒安足辭！夫秦王有虎狼之心，殺人如不能舉，刑人如恐不勝[87]，天下皆叛之。懷王與諸將約曰：『先破秦入咸陽者王之。』今沛公先破秦入咸陽，毫毛不敢有所近，封閉宮室，還軍霸上，以待大王來。故遣將守關者，備他盜出入與非常也。勞苦而功高如此，未有封侯之賞，而聽細說[88]，欲誅有功之人。此亡秦之續耳。竊爲大王不取也！」

項王未有以應，曰：「坐。」樊噲從良坐[89]。

坐須臾，沛公起如廁，因招樊噲出。沛公已出，項王使都尉[90]陳平召沛公。沛公曰：「今者出，未辭也，爲之奈何？」樊噲曰：「大行不顧細謹[91]，大禮不辭小讓。如今人方爲刀俎，我爲魚肉，何辭爲[92]？」於是遂去。乃令張良留謝，良問曰：「大王來何操[93]？」曰：「我持白璧一雙，欲獻項王，玉斗一雙，欲與亞父，會[94]其怒，不敢獻，公爲我獻之。」張良曰：

「謹諾。」當是時，項王軍在鴻門下，沛公軍在霸上，相去四十里。沛公則置[95]車騎，脫身獨騎，與樊噲、夏侯嬰、靳強、紀信等四人持劍盾步走[96]，從酈山下，道芷陽間行[97]。沛公謂張良曰：「從此道至吾軍，不過二十里耳，度[98]我至軍中，公乃入。」

沛公已去，間至軍中[99]；張良入謝。曰：「沛公不勝桮杓[100]，不能辭。謹使臣良奉白璧一雙，再拜獻大王足下，玉斗一雙，再拜奉大將軍足下。」項王曰：「沛公安在？」良曰：「聞大王有意督過[101]之，脫身獨去，已至軍矣。」

項王則受璧，置之坐上。亞父受玉斗，置之地，拔劍撞而破之，曰：「唉！豎子[102]不足與謀！奪項王天下者，必沛公也，吾屬今爲之虜矣！」

沛公至軍，立誅殺曹無傷。……

項王軍壁垓下[103]，兵少食盡，漢軍及諸侯兵圍之數重[104]。夜聞漢軍四面皆楚歌[105]，項王乃大驚曰：「漢皆已得楚乎？是何楚人之多也！」項王則夜起，飲帳中。有美人名虞，常幸從；駿馬名騅[106]，常騎之。於是項王乃悲歌慷慨[107]，自爲詩曰：「力拔山兮氣蓋世，時不利兮騅不逝[108]。騅不逝兮可奈何！虞兮虞兮奈若何[109]！」歌數闋[110]，美人和之。項王泣數行下。左右皆泣，莫能仰視。

於是項王乃上馬騎，麾下[111]壯士騎從者八百餘人，直夜[112]潰圍南出，馳走。平明，漢軍乃覺之，令騎將灌嬰以五千騎追之。

項王渡淮，騎能屬[113]者百餘人耳。項王至陰陵[114]，迷失道，問一田父，田父紿[115]曰：「左。」左，乃陷大澤中。以故漢追及之。

項王乃復引兵而東，至東城，乃有[116]二十八騎。漢騎追者數千人。項王自度不得脫，謂其騎曰：「吾起兵至今八歲矣，身七十餘戰，所當者破，所擊者服，未嘗敗北，遂霸有天下；然今卒困於此，此天之亡我，非戰之罪也。今日固決死，願爲諸君快戰[117]，必三勝[118]之，爲諸君潰圍、斬將、刈旗，令諸君知天亡我，非戰之罪也。」

乃分其騎以爲四隊，四向。漢軍圍之數重。項王謂其騎曰：「吾爲公取彼一將。」令四面騎馳下，期山東爲三處[119]。

於是項王大呼馳下，漢軍皆披靡[120]，遂斬漢一將。是時，赤泉侯[121]爲騎將，追項王，項王瞋目而叱之，赤泉侯人馬俱驚，辟易[122]數里。與其騎會爲三處。漢軍不知項王所在，乃分軍爲三，復圍之。項王乃馳，復斬漢一都尉，殺數十百人。復聚其騎，亡[123]其兩騎耳。乃謂其騎曰：「何如？」騎皆伏曰：「如大王言。」

於是項王乃欲東渡烏江[124]。烏江亭長[125]檥[126]船待，謂項王曰：「江東雖小，地方千里，衆數十萬人，亦足王也。願大王急渡。今獨臣有船，漢軍至，無以渡。」項王笑曰：「天之亡我，我何渡爲！且籍與江東子弟八千人渡江而西，今無一人還，縱江東父兄憐而王我，我何面目見之！縱彼不言，籍獨不愧於心乎！」乃謂亭長曰：「吾知公長者。吾騎此馬五歲，所當無敵，嘗一日行千里，不忍殺之，以賜公！」

乃令騎者下馬步行，持短兵接戰，獨籍所殺漢軍數百人。項王身亦被十餘創。顧見漢騎司馬呂馬童，曰：「若非吾故人乎？」馬童面之[127]，指王翳[128]曰：「此項王也！」項王乃曰：「吾聞漢購我頭千金，邑萬戶。吾爲若德[129]！」乃自刎而死。

王翳取其頭，餘騎相蹂踐，爭項王，相殺者數十人。最其後，郎中騎楊喜、騎司馬呂馬童、郎中呂勝、楊武各得其一體。五人共會其體，皆是。故分其地爲五：封呂馬童爲中水侯，封王翳爲杜衍侯，封楊喜爲赤泉侯，封楊武爲吳防侯，封呂勝爲涅陽侯。……

太史公曰：吾聞之周生曰：「舜目蓋重瞳子[130]。」又聞項羽亦重瞳子，羽豈其苗裔耶？何興之暴[131]也！夫秦失其政，陳涉首難[132]，豪傑蜂起，相與並爭，不可勝數。然羽非有尺寸[133]，乘勢起隴畝[134]之中，三年，遂將五諸侯滅秦，分裂天下而封王侯，政由羽出[135]，號爲霸王，位雖不終，近古以來未嘗有也。及羽背關懷楚[136]，放逐義帝而自立，怨王侯叛己，難矣。自矜功伐[137]，奮其私智而不師[138]古，謂霸王之業，欲以力征，經營天下，五年卒亡其國，身死東城，尚不覺悟，而不自責，過矣[139]。乃引「天亡我，非用兵之罪也」，豈不謬哉！

①下相：秦縣名，在今江蘇省宿遷縣西。②初起時：開始起兵時，是秦二世元年（西元前二〇九）。③季父：叔父。④項：秦縣名，在今河南省沈丘南。⑤竟：完畢、終了。⑥有櫟（ㄌㄧˋ）陽逮：指項梁曾犯法被櫟陽縣逮捕。櫟陽，在今陝西省臨潼縣北。⑦蘄（ㄑㄧˊ）獄掾（ㄩㄢˋ）：蘄，秦縣名，在今安徽省宿縣南。獄掾，秦時掌管監獄的官吏。掾，古時對助理官吏的通稱。⑧抵：送到。⑨以故事得已：因爲曹咎的說情書，項梁以往犯的事因此得以了結。⑩吳中：今江蘇省蘇州一帶。⑪部勒：組織操練。⑫族：古代酷刑的一種，一人犯罪，牽連全族而遭誅滅。⑬奇：賞識。⑭大澤：鄉名，屬蘄縣，在今安徽省宿縣東南。⑮會稽守通：會稽郡的郡守殷通。當時會稽郡的治所在吳縣。⑯江西：指長江以北，包括中原地區。⑰桓楚：吳中奇士，生平不詳。⑱誡：吩咐。⑲眴（ㄒㄩㄢˋ）：使眼色。⑳門下：郡守府裡的人。㉑慴（ㄓㄜˊ）伏：嚇得伏地不敢動。㉒下縣：會稽郡所屬各縣。㉓校尉、候、司馬：校尉，低於將軍的軍吏。候，軍需官。司馬，軍法官。㉔上將軍：官名，此指主帥。㉕卿子冠軍：卿子，尊稱，即公子。冠軍，上將。在上將前加尊稱以示尊崇。㉖安陽：在今山東曹縣東。㉗搏牛之䖟（ㄇㄥˊ）不可以破蟣（ㄐㄧˇ）蝨：吸牛血的牛䖟能叮咬牛，但不會去咬蝨子。意思是我軍負有重大使命，不能急於同眼前這支秦軍作戰。㉘罷（ㄆㄧˊ）：同「疲」。㉙很：執拗，不聽從。㉚無鹽：地名，在今山東省東平縣東。㉛見糧：即現糧，存糧。㉜枝梧：抗拒。㉝釜甑（ㄗㄥˋ）：古時炊具。釜，鍋子。甑，蒸籠。㉞壁：營壘。㉟轅門：軍隊的營門。㊱咸陽：秦都城，在今陝西省咸陽市東北。㊲使當陽君等擊關：當陽君，英布當時的封號。關，指函谷關。㊳戲西：戲水西邊，地在今陝西省臨潼縣東。㊴軍霸上：軍，駐紮。霸上，又作「灞上」，在咸陽東南。㊵左司馬：掌管軍政的官吏。㊶

子嬰：秦王子嬰。㊷旦日饗士卒：旦日，明天。饗，犒勞。㊸新豐鴻門：新豐，原名驪邑，漢時改爲新豐，在今陝西省臨潼縣東。鴻門，在新豐東邊，今稱爲項王營。㊹山東：指太行山以東地區。㊺幸：親近。㊻望其氣：觀測他的雲氣。望氣，以觀察雲氣來推測人的禍福吉凶的一種方術。㊼左尹項伯：左尹，楚官名，令尹（丞相）的助理。項伯，名纏，項羽的族叔。㊽素善：素，一向。善，要好。㊾毋從：不要跟隨。㊿臣爲韓王送沛公：劉邦向西進兵，張良奉韓王命，帶軍隨劉邦前進，西入武關。韓王，秦二世三年，張良建議項梁，立韓公子成爲韓王。(51)鯫（ㄗㄡ）生：即小子、小人。鯫，本爲小魚，引申爲小、賤之意。(52)距關，毋內諸侯：緊守函谷關，不要讓諸侯（指項羽等）進來。距，通「拒」，抵擋、緊守。內，通「納」，放進來。(53)當：同「擋」。(54)故：舊交情。(55)活之：救了他。(56)要（一ㄠ）：邀請。(57)奉卮（ㄓ）酒爲壽：卮，酒杯。爲壽，敬詞，即祝福長壽。(58)約爲婚姻：彼此聯姻，結成兒女親家。(59)秋毫：秋天鳥類新生的細毛，引伸作微小之物。(60)籍吏民：登記編造官吏和百姓的名冊。(61)非常：指意外突發事件。(62)倍：通「背」，違背、背叛。(63)蚤：通「早」。(64)謝：道歉。(65)不自意：沒料到。(66)郤（ㄒㄧˋ）：同「隙」，仇怨。(67)東向坐：面向東邊坐，此爲最尊貴的座次。(68)亞父：項羽尊稱范增爲亞父，指尊敬他僅次於父親。(69)北向坐：面向北邊坐，此爲最末的位次。(70)數（ㄕㄨㄛˋ）目：屢次使眼色暗示。(71)舉所佩玉玦（ㄐㄩㄝˊ）以示之者三：舉起所佩的玉玦再三示意。玉玦，環形而有缺口的佩玉，古人借喻決心或斷絕，此處范增示意要項羽下決心殺劉邦。(72)項莊：項羽的堂弟。(73)不忍：不狠。(74)若：你。(75)不（ㄈㄡˇ）者：即否則。(76)若屬：你們。(77)翼蔽：掩護。(78)樊噲（ㄎㄨㄞˋ）：劉邦的大將之一，以屠狗爲業，後封舞陽侯。(79)同命：拚命。(80)交戟（ㄐㄧˇ）之衛士：把戟交叉防守在營門外的衛兵。(81)瞋（ㄔㄣ）目：瞪大眼睛，發怒的樣子。(82)目眥（ㄗˋ）：眼眶。(83)跽（ㄐㄧˋ）：長跪，雙膝著地，上身挺直。指緊張準備起立的一種姿勢。(84)參乘：古時官員的車上有兩個座位，左邊官坐，右邊讓一人陪坐，隨行侍衛，陪坐者叫參乘。(85)彘（ㄓˋ）肩：即猪蹄膀。(86)啗（ㄉㄢˋ）：吃。(87)殺人如不能舉，刑人如恐不勝：指殺人唯恐不多，用刑唯恐不重。(88)細說：小話，讒言。(89)從良坐：挨著張良坐。(90)都尉：古時武官名。(91)大行不顧細謹：做大事顧不了小細節。(92)何辭爲：爲什麼要告辭？(93)何操：帶什麼禮物？(94)會：恰巧。(95)置：留放。(96)步走：徒步快行。(97)道芷陽間行：經芷陽抄小路而行。芷陽，秦縣名，在陝西省長安東。間行，抄小路走。(98)度（ㄉㄨㄛˋ）：估計。(99)間至軍中：張良預計劉邦大約已回到軍中。(100)不勝桮（ㄅㄟ）杓（ㄕㄠˊ）：指酒量不好。桮，同「杯」。杓，舀酒的小勺。(101)督過：責備。(102)豎子：罵人的話，猶言小子、奴才。(103)垓下：地名，在今安徽省靈璧縣東南。(104)數重（ㄔㄨㄥˊ）：好幾層。(105)漢軍四面皆楚歌：四周的漢軍皆唱楚地歌謠。表示楚地都已被漢軍占領，楚人多已投效漢。(106)騅（ㄓㄨㄟ）：駿馬，毛色黑白相間。(107)慷慨：情緒激昂。

(108)逝：奔跑。(109)奈若何：怎麼辦？怎麼安置你？(110)歌數闋（ㄑㄩㄝˋ）：唱了幾次。樂歌終了一次叫「一闋」。(111)麾下：指揮的部隊。(112)直夜：當天夜裡。直，當。(113)騎能屬：軍士能跟隨得上的。(114)陰陵：縣名，在今安徽省時遠縣。(115)紿（ㄉㄞˋ）：欺騙。(116)乃有：才有、只有。(117)快戰：痛快地打一仗。(118)三勝：指下文「潰圍」、「斬將」、「刈旗」三件事。(119)期山東爲三處：約定在山的東邊，分三處集合。(120)披靡：形容軍隊潰敗零亂不整的樣子。(121)赤泉侯：即下文的楊喜，以殺項羽有功封赤泉侯。(122)辟易：退避。(123)亡：折損。(124)烏江：水名，在安徽省和縣東北，今名烏江浦。(125)亭長：古時十里一亭，設亭長一人，掌捕劾盜賊。(126)檥（ㄧˇ）：同「艤」，把船靠岸。(127)面之：慚愧不敢正面看他。相背曰面。(128)指王翳：把項羽指給王翳看。(129)吾爲若德：我爲你做一點好事。(130)重瞳子：兩個瞳仁。(131)何興之暴：爲什麼突然興起發迹呢？(132)首難：首先發難起義。(133)尺寸：尺寸土地。(134)隴畝：指田間、民間。(135)政由羽出：政事由項羽主宰。(136)背關懷楚：放棄關中，懷想楚地。(137)自矜功伐：自傲誇耀功勳。(138)師：師法、效法。(139)過矣：眞不應該啊！

2. 留侯世家（節選）

留侯①張良者，其先②韓人也。大父③開地，相韓昭侯、宣惠王、襄哀王；父平，相釐王、悼惠王。悼惠王二十三年，平卒。卒二十歲，秦滅韓。良年少，未宦事韓。韓破，良家僮三百人，弟死不葬，悉以家財求客刺秦王，爲韓報仇。——以大父、父五世相韓④故。

良嘗學禮淮陽⑤，東見倉海君⑥，得力士，爲鐵椎⑦重百二十斤。秦皇帝東游⑧，良與客狙擊⑨秦皇帝博浪沙⑩中，誤中副車⑪。秦皇帝大怒，大索⑫天下，求賊甚急，爲張良故也。良乃更名姓，亡匿下邳⑬。

良嘗閒從容步游下邳圯上⑭，有一老父⑮，衣褐，至良所。直墮⑯履圯下，顧謂良曰：「孺子⑰下取履！」良愕然⑱，欲毆之，爲其老，彊⑲忍，下取履。父曰：「履我！」良業⑳爲取履，因長跪履之。父以足受㉑，笑而去。良殊大驚，隨目之㉒。父去里所㉓復還，曰：「孺子可教矣！後五日平明㉔，與我會此！」良因怪之，跪曰：「諾。」五日平明，良往。父已先在，怒曰：「與老人期㉕，後㉖，何也？去！」曰：「後五日早會。」五日雞鳴，良往，父又先在，復怒曰：「後，何也？去！」曰：「後五日復早來！」五日，良夜未半往，有頃㉗，父亦來，喜曰：「當如是。」出一編書㉘，曰：「讀此，則爲王者師矣！後十年，興㉙。十三年，孺子見我濟北㉚穀城山㉛下，黃石即我矣。」遂去無他言，不復見。旦日㉜視其書，乃太公㉝兵法也。

①留侯：張良封號。留，在今江蘇省沛縣東南。②先：先祖。③大父：祖父。④五世相韓：任韓國五朝國君的相位。⑤淮陽：今河南省淮陽縣。⑥倉海君：隱士名。⑦爲鐵椎：鑄造鐵椎。⑧東遊：東巡。⑨狙（ㄐㄩ）擊：埋伏偷襲。⑩博浪沙：地名，在今河南省原陽縣東南。⑪副車：隨從的車子。⑫索：搜求。⑬下邳（ㄆㄟˊ）：在今江蘇省邳縣南。⑭圯（ㄧˊ）上：橋樑上。圯，東楚謂橋爲「圯」。⑮老父：老先生。⑯墮：墜落。⑰孺子：小子、年輕人。⑱愕然：吃驚的樣子。⑲彊：同「強」，勉強。⑳業：已經。㉑以足受：伸出腳讓他套上。㉒隨目之：目送他。㉓里所：大約一里路。㉔平明：天剛亮。㉕期：約會。㉖後：遲到。㉗有頃：一會兒。㉘一編書：即一冊書。㉙興：發迹。㉚濟北：指今山東省茌平縣。㉛穀城山：在今山東省茌平、東阿兩縣間。㉜旦日：明日。㉝太公：周代呂尚的稱號，爲周文王師。

3. 魏公子列傳（節選）

魏公子無忌者，魏昭王少子①，而魏安釐王異母弟也。昭王薨，安釐王即位，封公子爲信陵②君。是時范雎③亡魏相秦，以怨魏齊故，秦兵圍大梁④，破魏華陽⑤下軍，走芒卯⑥。魏王及公子患之。

公子爲人仁而下士，士無賢不肖，皆謙而禮交之，不敢以其富貴驕士。士以此方數千里爭往歸之，致食客三千人。當是時，諸侯以公子賢，多客，不敢加兵謀魏十餘年。

公子與魏王博⑦，而北境傳舉烽⑧，言「趙寇至，且入界。」魏王釋博，欲召大臣謀。公子止王曰：「趙王田獵耳，非爲寇也。」復博如故。王恐，心不在博。居頃⑨，復從北方來傳言曰：「趙王獵耳，非爲寇也！」魏王大驚，曰：「公子何以知之？」公子曰：「臣之客有能深得趙王陰事⑩者，趙王所爲，客輒以報臣，臣以此知之。」是後，魏王畏公子之賢能，不敢任公子以國政。

魏有隱士曰侯嬴，年七十，家貧，爲大梁夷門監者⑪。公子聞之，往請⑫，欲厚遺之，不肯受，曰：「臣修身絜行⑬數十年，終不以監門困故而受公子財。」公子於是乃置酒大會賓客。坐定，公子從車騎⑭，虛左⑮，自迎夷門侯生。侯生攝敝衣冠⑯，直上載公子上坐⑰，不讓，欲以觀公子。公子執轡⑱愈恭。侯生又謂公子曰：「臣有客在市屠中，願枉⑲車騎過之。」公子引車入市。侯生下見其客朱亥，俾倪⑳故久立，與其客語，微察公子。公子顏色愈和。當是時，魏將相宗室賓客滿堂，待公子舉酒㉑。市人皆觀公子執轡。從騎皆竊罵侯生。侯生視公子色終不變，乃謝客就車㉒。至家，公子引侯生坐上坐，徧贊賓客㉓，賓客皆驚。酒酣，公子起，爲壽㉔侯生前。侯生因謂公子曰：「今日嬴之爲公子亦足矣㉕！嬴乃夷門抱關㉖者也，而公子親枉車騎，自迎嬴於衆人廣坐之中㉗，不宜有所過㉘，今公子故㉙過之。然嬴欲就㉚公子之名，故久立公子車騎市中，過客以觀公子，公子愈恭。市人皆以嬴爲小人，而以公子爲長者，能下士也。」於是罷酒。侯生遂爲上客。侯生謂公子曰：「臣所過屠者朱亥，此子賢者，世莫能知，故隱屠間耳。」公子往數請之，朱亥故不復謝㉛，公子怪之。

魏安釐王二十年，秦昭王已破趙長平㉜軍，又進兵圍邯鄲㉝。公子姊為趙惠文王弟平原君㉞夫人，數遺魏王及公子書，請救於魏。魏王使將軍晉鄙將十萬衆救趙。秦王使使者告魏王曰：「吾攻趙，旦暮且下，而諸侯敢救者，已拔趙，必移兵先擊之。」魏王恐，使人止晉鄙，留軍壁鄴㉟，名為救趙，實持兩端以觀望㊱。平原君使者冠蓋㊲相屬於魏，讓㊳魏公子曰：「勝所以自附為婚姻㊴者，以公子之高義㊵，為能急人之困。今邯鄲旦暮降秦，而魏救不至，安在公子能急人之困也！且公子縱輕勝，棄之降秦，獨不憐公子姊邪！」公子患之。數請魏王，及賓客辯士說王萬端。魏王畏秦，終不聽公子。公子自度終不能得之於王㊶，計㊷不獨生而令趙亡。乃請賓客，約㊸車騎百餘乘，欲以客往赴秦軍㊹，與趙俱死。

行過夷門，見侯生，具告所以欲死秦軍狀。辭決㊺而行。侯生曰：「公子勉之矣！老臣不能從。」公子行數里，心不快，曰：「吾所以待侯生者備㊻矣，天下莫不聞。今吾且死，而侯生曾無一言半辭送我，我豈有所失哉㊼？」復引車還，問侯生。侯生笑曰：「臣固知公子之還也！」曰：「公子喜士，名聞天下。今有難，無他端，而欲赴秦軍，譬若以肉投餒虎㊽，何功之有哉！尚安事客㊾？然公子遇臣厚，公子往，而臣不送，以是知公子恨之復返也。」公子再拜，因問。侯生乃屏人間語㊿曰：「嬴聞晉鄙之兵符(51)，常在王臥內，而如姬最幸(52)，出入王臥內，力能竊之。嬴聞如姬父為人所殺，如姬資之(53)三年。自王以下，欲求報其父仇，莫能得。如姬為公子泣(54)，公子使客斬其仇頭，敬進如姬。如姬之欲為公子死，無所辭，顧未有路(55)耳。公子誠一開口請如姬，如姬必許諾，則得虎符，奪晉鄙軍，北救趙而西卻秦，此五霸之伐(56)也。」公子從其計，請如姬。如姬果盜晉鄙兵符與公子。

公子行，侯生曰：「將在外，主令有所不受，以便國家。公子即合符，而晉鄙不授公子兵，而復請之(57)，事必危矣。臣客屠者朱亥可與俱。此人力士。晉鄙聽，大善；不聽，可使擊之。」於是公子泣。侯生曰：「公子畏死邪？何泣也？」公子曰：「晉鄙嚄唶(58)宿將(59)，往，恐不聽，必當殺之，是以泣耳。豈畏死哉！」於是公子請朱亥。朱亥笑曰：「臣乃市井鼓(60)刀屠者，而公子親數存(61)之。所以不報謝者，以爲小禮無所用。今公子有急，此乃臣效命之秋也。」遂與公子俱。公子過謝侯生。侯生曰：「臣宜從，老不能；請數公子行日(62)，以至晉鄙軍之日，北鄉(63)自剄以送公子。」公子遂行。

至鄴，矯(64)魏王令代晉鄙。晉鄙合符，疑之，舉手視公子曰：「今吾擁十萬之衆，屯於境上，國之重任。今單車(65)來代之，何如哉？」欲無聽。朱亥袖四十斤鐵椎，椎殺晉鄙，公子遂將晉鄙軍。勒(66)兵，下令軍中曰：「父子俱在軍中，父歸；兄弟俱在軍中，兄歸；獨子無兄弟，歸養。」得選兵八萬人，進兵擊秦軍。秦軍解去，遂救邯鄲，存趙。

趙王及平原君自迎公子於界(67)，平原君負韊(68)矢，爲公子先引(69)。趙王再拜曰：「自古賢人未有及公子者也。」當此之時，平原君不敢自比於人(70)。

公子與侯生決(71)，至軍，侯生果北鄉自剄。

魏王怒公子之盜其兵符，矯殺晉鄙，公子亦自知也。已卻秦存趙，使將將其軍歸魏，而公子獨與客留趙。

①少子：小兒子。②信陵：魏地，在今河南省寧陵縣。③范雎：原魏國人，曾出使齊國，回國後遭誣陷，被當時的魏相魏齊使人笞打幾死，後逃至秦國，秦昭王任之爲相。④大梁：魏都邑，在今河南省開封縣。⑤華陽：地名，在今河南省密縣境內。⑥走芒卯：走，趕走。芒卯，魏軍主將。⑦博：博弈，即下棋。⑧舉烽：古代以烽火發警報。

⑨居頃：過了一會兒。⑩陰事：祕密之事。⑪夷門監者：看守東門的守門員。夷門，魏都大梁有十二個城門，東門叫夷門。⑫往請：前去拜訪。⑬修身絜行：修養品德，檢點行爲。絜，同「潔」。⑭從車騎：帶著隨從車馬。⑮虛左：空出車上左邊的座位。古代以左爲尊位。⑯攝敝衣冠：整理破舊的衣帽。攝，整理。敝，破舊。⑰上坐：上首的尊位。⑱執轡：指駕馬車。⑲枉：委屈，謙詞。⑳俾（ㄅㄧˋ）倪（ㄋㄧˋ）：通「睥睨」，斜著眼瞧。㉑待公子舉酒：等公子來開動筵席。㉒謝客就車：告別客人，上了車。㉓徧贊賓客：信陵君把侯生引見介紹給在座的每位客人。贊，告。㉔爲壽：敬酒。㉕爲公子亦足矣：爲難您也夠了。㉖抱關：守門。關，門閂。㉗於眾人廣坐之中：當著很多人面前。㉘過：超出常規、不合適的禮儀。㉙故：竟然。㉚就：成就、促成。㉛故不復謝：竟然不回拜。㉜長平：趙邑，在今山西省高平縣西北。㉝邯鄲：趙國都城。㉞平原君：趙勝的封號。平原，邑名，在今山東省平原縣南。㉟壁鄴：壁，駐紮。鄴，魏邑名，靠近趙國邊境，在今河北省臨漳縣西南。㊱持兩端以觀望：採兩面政策看時局變化。㊲冠蓋：此處指官員。冠，冠冕。蓋，車蓋。㊳讓：責備。㊴自附爲婚姻：此爲謙詞，猶言高攀結親。㊵高義：高貴的道義。㊶不能得之於王：得不到魏王的允許。㊷計：打算、決定。㊸約：集合。㊹欲以客往赴秦軍：打算率領那些食客到秦軍去就死。㊺辭決：訣別。㊻備：周備。㊼我豈有所失哉：我難道有什麼錯誤嗎？㊽餒虎：飢餓的老虎。㊾尚安事客：還要賓客有什麼用？㊿屏人間語：屏，同「摒」，遣開。間語，密談。(51)兵符：在軍事上授受領兵權及調發軍隊的信符，上面刻文字、花紋，一剖爲兩，國君和主將各執一半。國君有令，命使者持符前往，以合符爲信。(52)如姬最幸：如姬，魏王姬妾名。最幸，最受寵。(53)資之：懸賞尋找殺父仇人。(54)爲公子泣：向魏公子哭泣其恨事。(55)顧未有路：但是沒有機會。路，指機會、方法。(56)五霸之伐：可以取得像春秋時代五霸的功業。(57)復請之：晉鄙再向魏王請示核對。(58)嚄（ㄏㄨㄛˋ）唶（ㄗㄜˋ）：形容威猛有氣勢。(59)宿將：有經驗的老將。(60)鼓：動詞，操動。(61)存：問候、照顧。(62)數公子行日：算著公子在路上所走的時日。(63)北鄉：北向。因晉鄙軍在大梁北。(64)矯：假傳。(65)單車：指無兵卒隨從，單身而來。(66)勒：整頓。(67)界：邊界。(68)韊（ㄌㄢˊ）：盛箭的筒袋。(69)引：引路，表現極度恭敬的禮節。(70)人：指信陵君。(71)決：通「訣」，告別。

4. 游俠列傳（節選）

韓子①曰：「儒以文亂法，而俠以武犯禁②。」二者皆譏，而學士③多稱於世云。至如以術④取宰相、卿、大夫，輔翼其世主⑤，功名俱著⑥於春秋，固無可言者。及若季次、原憲、閭巷人也⑦，讀書，懷獨行君子之德，義不苟合當世，當世亦笑之。故季次、原憲終身空室蓬戶，褐衣疏食不厭⑧；死而已四百餘年，而弟子志之不倦⑨。今游俠，其行雖不軌⑩於正義，然其言必信，其行必果，已諾必誠，不愛其軀，赴士之阸困⑪。既已存亡死生⑫矣，而不矜⑬其能，羞伐⑭其德，蓋亦有足多⑮者焉。

且緩急，人之所時有也。太史公曰：昔者虞舜窘於井、廩⑯；伊尹負於鼎、俎⑰；傅說匿於傅險⑱，呂尚困於棘津⑲；夷吾桎梏⑳；百里飯牛㉑；仲尼畏匡，菜色陳、蔡㉒：此皆學士所謂有道仁人也，然猶遭此菑㉓，況以中材而涉亂世之末流㉔乎？其遇害何可勝道哉！

鄙人有言曰：「何知仁義，已饗其利者爲有德㉕。」故伯夷醜周，餓死首陽山㉖；而文、武不以其故貶王㉗。跖、蹻㉘暴戾，其徒誦義㉙無窮。由此觀之，「竊鉤㉚者誅，竊國者侯；侯之門仁義存㉛。」非虛言也！

今拘學㉜或抱咫尺之義，久孤於世，豈若卑論儕俗㉝，與世沉浮而取榮名哉！而布衣之徒，設取予然諾㉞，千里誦義，爲死不顧世㉟。此亦有所長，非苟㊱而已也。故士窮窘而得委命㊲，此豈非人之所謂賢豪閒者㊳耶？誠使鄉曲之俠與季次、原憲比權量力，效功於當世，不同日而論矣。要㊴以功見言信㊵，俠客之義，又曷可少哉㊶？

古布衣之俠，靡得㊷而聞已。近世延陵、孟嘗、春申、平原、信陵㊸之徒，皆因王者親屬，藉㊹於有土、卿相之富厚，招天下賢者，顯名諸侯，不可謂不賢者矣；比如順風而呼，聲非加疾，其勢激㊺也。至如閭巷之俠，脩行砥名，聲施㊻於天下，莫不稱賢，是爲難耳。然儒、墨皆排擯㊼不載，自秦以前，匹夫之俠，湮㊽滅不見，余甚恨之！以余所聞，漢興有朱家、田仲、王公、劇孟、郭解之徒，雖時扞㊾當世之文罔㊿，然其私義廉絜退讓，有足稱者。名不虛立，士不虛附(51)。至如朋黨宗彊比周(52)，設財役貧(53)，豪暴侵凌孤弱，恣欲自快(54)，游俠亦醜之。余悲世俗不察其意，而猥(55)以朱家、郭解等令與暴豪之徒同類而共笑之也。

①韓子：韓非，戰國時法家集大成者。②儒以文亂法，而俠以武犯禁：儒生以「仁義」、「禮治」等學說擾亂國家的律法，而俠士仗著私義觸犯國家的禁令。出自《韓非子・五蠹》。③學士：指學儒之士。④術：權謀之術。⑤世主：君主。⑥著：刊載。⑦季次、原憲、閭巷人也：季次，孔子弟子，齊人，名公晳哀，字季次。原憲，孔子弟子，魯人，字子思。閭巷人，居家沒有出仕的人。⑧褐衣疏食不厭：連最起碼的生活條件都不能滿足。褐衣，粗布短衣。疏食，粗飯。厭，同「饜」，足。⑨志之不倦：不斷紀念稱頌他們。⑩不軌：不合。⑪赴士之阨困：解救士人的急難。⑫存亡死生：使亡者存，死者生。⑬矜：自誇。⑭伐：誇耀。⑮多：動詞，贊美，稱頌。⑯虞舜窘於井、廩（ㄌㄧㄣˇ）：傳說舜未爲帝時，其父與後母，存心殺害他，叫他修糧倉，卻故意放火，叫他穿井，卻又推土下井，舜幾次都脫困了。窘，困。⑰伊尹負於鼎、俎：伊尹曾作廚師，操持鼎俎，爲商湯調和五味，以供飲食。伊尹，商湯的賢相。鼎，烹煮用具。俎，切肉的砧板。⑱傳說匿於傅險：傳說未遇殷王武丁時曾在傅險做築牆的工作。傳說，殷王武丁的賢相。傅險，即傅岩，地名，在今山西省平陸縣東。⑲呂尚困於棘津：姜子牙曾經受困於棘津。呂尚，即姜子牙，曾輔佐周武王滅殷。棘津，水名，在今河南省延津縣東北，現已堙沒。⑳夷吾桎梏：管仲曾經遭囚禁。夷吾，管仲字夷吾，春秋時人，輔佐公子糾爭位失敗被囚，後成爲齊桓公名相。桎，腳鐐。梏，手銬。㉑百里飯牛：百里奚曾自賣爲奴，替人飼牛。百里，春秋時秦穆公的賢相百里奚。飯，餵飼。㉒仲尼畏匡，菜色陳、蔡：孔子路過匡地，匡人誤以爲仇人陽虎，幾乎遇害，過陳、蔡，斷糧而面有菜色。畏，受驚。匡，在今河南省長垣縣西南。菜色，饑餓的臉色。陳，國名，建都宛丘。蔡，國名，建都上蔡。㉓菑：同「災」。㉔末流：本指河水的下游，此指衰敗不良的時期。㉕已饗其利者爲有德：得到了誰的好處就對誰感恩稱善。饗，通「享」。㉖伯夷醜周，餓死首陽山：伯夷，殷末孤竹君長子，反對周武王伐紂，隱於首陽山，不食周粟而餓死m—0.15k。醜，看不起。㉗貶王：降低其君主的聲譽。㉘跖（ㄓˊ）、蹻（ㄐㄩㄝˊ）：盜跖、莊蹻，古代的大盜。㉙誦義：稱頌他們的道義。㉚鉤：衣帶上的鉤子。㉛侯之門仁義存：王侯之家就有仁義在。以上三句見《莊子・胠篋》。㉜拘學：拘謹迂腐的學者。㉝卑論儕（ㄔㄞˊ）俗：降低論調，和平庸世俗同流。㉞設取予然諾：講究待人接物的義氣，不苟取，不苟予，說話算數。設，重視、講求。

㉟爲死不顧世：爲此而死不管世俗議論。㊱苟：隨便、任意。㊲委命：委託生命。㊳賢豪間者：處於賢豪之間的人。㊴要：總之。㊵功見言信：事功顯現，說話誠信。㊶曷可少哉：曷，通「何」。少，輕視。㊷靡（ㄇㄧˇ）得：不得。㊸延陵、孟嘗、春申、平原、信陵：延陵，春秋時吳公子季札，因封於延陵，故稱延陵季子。孟嘗，即齊孟嘗君田文。春申，即楚春申君黃歇。平原，即趙平原君趙勝。信陵，即魏信陵君魏無忌。㊹藉：依憑。㊺其勢激：風勢使其激蕩相傳。㊻施（ㄧˋ）：傳播。㊼排擯：排斥摒棄。㊽湮（ㄧㄣ）：埋沒。㊾扞（ㄏㄢˋ）：違反，觸犯。㊿文罔：指法網。(51)虛附：憑空依附。(52)朋黨宗彊比周：朋黨，勾結營私的幫派。宗彊，豪族。比周，彼此依附勾結。(53)設財役貧：利用錢財役使貧窮百姓。(54)恣欲自快：放縱私慾，滿足自己。(55)猥：馬虎、胡亂。

二、漢書

1. 蘇武傳（節選）

武字子卿，少以父任①，兄弟並爲郎②，稍遷至栘中廄③監。時漢連伐胡，數④通使相窺觀，匈奴留漢使郭吉、路充國⑤等，前後十餘輩。匈奴使來，漢亦留之以相當。天漢元年⑥，且鞮侯單于⑦初立，恐漢襲之，乃曰：「漢天子我丈人行⑧也。」盡歸漢使路充國等。武帝嘉其義，乃遣武以中郎將使持節⑨送匈奴使留在漢者，因厚賂單于，答其善意。武與副中郎將張勝及假吏⑩常惠等募士斥候⑪百餘人俱。既至匈奴，置幣遺⑫單于。單于益驕，非漢所望也。

方欲發使送武等，會緱王與長水虞常⑬等謀反匈奴中。緱王者，昆邪王姊子也，與昆邪王俱降漢，後隨浞野侯⑭沒胡中。及衛律⑮所將降者，陰相與謀劫單于母閼氏⑯歸漢。會武等至匈奴，虞常在漢時素與副張勝相知，私候⑰勝曰：「聞漢天子甚怨衛律，常能爲漢伏弩射殺之。

吾母與弟在漢，幸蒙其賞賜。」張勝許之，以貨物與常。後月餘，單于出獵，獨閼氏子弟在。虞常等七十餘人欲發，其一人夜亡，告之。單于子弟發兵與戰。緱王等皆死，虞常生得。

單于使衛律治⑱其事。張勝聞之，恐前語發⑲，以狀語武⑳。武曰：「事如此，此必及我。見犯乃死㉑，重負國㉒。」欲自殺，勝、惠共止之。虞常果引㉓張勝。單于怒，召諸貴人議，欲殺漢使者。左伊秩訾㉔曰：「即㉕謀單于，何以復加㉖？宜皆降之。」單于使衛律召武受辭㉗，武謂惠等：「屈節辱命，雖生，何面目以歸漢！」引佩刀自刺。衛律驚，自抱持武，馳召醫。鑿地爲坎㉘，置熅火㉙，覆武其上，蹈其背㉚以出血。武氣絕，半日復息。惠等哭，輿㉛歸營。單于壯其節，朝夕遣人候問武，而收繫張勝。

武益愈，單于使使曉武。會論㉜虞常，欲因此時降武。劍斬虞常已，律曰：「漢使張勝謀殺單于近臣，當死，單于募降者赦罪。」舉劍欲擊之，勝請降。律謂武曰：「副有罪，當相坐㉝。」武曰：「本無謀，又非親屬，何謂相坐？」復舉劍擬㉞之，武不動。律曰：「蘇君，律前負漢歸匈奴，幸蒙大恩，賜號稱王，擁衆數萬，馬畜彌山，富貴如此。蘇君今日降，明日復然。空以身膏㉟草野，誰復知之！」武不應。律曰：「君因㊱我降，與君爲兄弟，今不聽吾計，後雖欲復見我，尚可得乎？」武罵律曰：「女爲人臣子，不顧恩義，畔主背親，爲降虜於蠻夷，何以女爲見？且單于信女，使決人死生，不平心持正，反欲鬭兩主，觀禍敗。南越殺漢使者，屠爲九郡；宛王殺漢使者，頭縣北闕；朝鮮殺漢使者，即時誅滅。獨匈奴未耳。若㊲知我不降明，欲令兩國相攻，匈奴之禍從我始矣。」

律知武終不可脅，白單于。單于愈益欲降之，乃幽㊳武置大窖中，絕不飲食。天雨雪，武臥齧㊴雪與旃毛㊵並咽之，數日不死。匈奴以爲神，乃徙武北海㊶上無人處，使牧羝㊷，羝乳㊸

乃得歸。別其官屬常惠等，各置他所。

武既至海上，廩食㊹不至，掘野鼠去屮實㊺而食之。杖漢節牧羊。臥起操持，節旄盡落。積五六年，單于弟於靬王㊻弋射㊼海上。武能網紡繳㊽，檠㊾弓弩，於靬王愛之，給其衣食。三歲餘，王病，賜武馬畜服匿㊿穹廬(51)。王死後，人衆徙去。其冬，丁令(52)盜武牛羊，武復窮厄。

初，武與李陵俱爲侍中(53)，武使匈奴明年，陵降，不敢求(54)武。久之，單于使陵至海上，爲武置酒設樂，因謂武曰：「單于聞陵與子卿素厚，故使陵來說足下，虛心欲相待。終不得歸漢，空自苦亡(55)人之地，信義安所見乎？前長君(56)爲奉車(57)，從至雍棫陽宮(58)，扶輦下除(59)，觸柱折轅，劾大不敬，伏劍自刎，賜錢二百萬以葬。孺卿從祠河東后土(60)，宦騎與黃門駙馬爭舩(61)，推墮駙馬河中溺死，宦騎亡，詔使孺卿逐捕不得，惶恐飲藥而死。來時，大夫人(62)已不幸，陵送葬至陽陵(63)。子卿婦年少，聞已更嫁矣。獨有女弟(64)二人，兩女一男，今復十餘年，存亡不可知。人生如朝露，何久自苦如此！陵始降時，忽忽(65)如狂，自痛負漢，加以老母繫保宮(66)，子卿不欲降，何以過陵？且陛下春秋(67)高，法令亡常，大臣亡罪夷滅者數十家，安危不可知，子卿尚復誰爲乎？願聽陵計，勿復有云。」武曰：「武父子亡功德，皆爲陛下所成就，位列將，爵通侯(68)，兄弟親近(69)，常願肝腦塗地。今得殺身自效，雖蒙斧鉞湯鑊，誠甘樂之。臣事君，猶子事父也，子爲父死亡所恨。願勿復再言。」陵與武飲數日，復曰：「子卿壹聽(70)陵言。」武曰：「自分(71)已死久矣！王必欲降武，請畢今日之驩(72)，效死於前！」陵見其至誠，謂然歎曰：「嗟乎，義士！陵與衞律之罪上通於天。」因泣下霑衿，與武決去(73)。

陵惡(74)自賜武，使其妻賜武牛羊數十頭。後陵復至北海上，語武：「區脫捕得雲中生口(75)，言太守以下吏民皆白服，曰上崩。」武聞之，南鄉號哭，歐血，旦夕臨(76)數月。

昭帝即位數年，匈奴與漢和親。漢求武等，匈奴詭言武死。後漢使復至匈奴，常惠請其守者與俱，得夜見漢使，具自陳道。教使者謂單于，言天子射上林[77]中，得雁，足有係帛書，言武等在某澤[78]中。使者大喜，如惠語以讓[79]單于。單于視左右而驚，謝[80]漢使曰：「武等實在。」於是李陵置酒賀武曰：「今足下還歸，揚名於匈奴，功顯於漢室，雖古竹帛[81]所載，丹青[82]所畫，何以過子卿！陵雖駑怯，令漢且貰[83]陵罪，全其老母，使得奮大辱之積志，庶幾乎曹柯之盟[84]，此陵宿昔[85]之所不忘也。收族[86]陵家，為世大戮，陵尚復何顧乎？已矣！令子卿知吾心耳。異域之人，壹別長絕！」陵起舞，歌曰：「徑萬里兮度沙幕[87]，為君將兮奮匈奴。路窮絕兮矢刃摧，士眾滅兮名已隤[88]。老母已死，雖欲報恩將安歸！」陵泣下數行，因與武決。單于召會武官屬，前以降及物故[89]，凡隨武還者九人。

武以始元六年[90]春至京師。詔武奉一太牢[91]謁武帝園廟[92]，拜為典屬國[93]，秩[94]中二千石，賜錢二百萬，公田二頃，宅一區[95]。常惠、徐聖、趙終根皆拜為中郎，賜帛各二百匹。其餘六人老歸家，賜錢人十萬，復終身[96]。常惠後至右將軍，封列侯，自有傳。武留匈奴凡十九歲，始以彊壯出，及還，須髮盡白。

①父任：以父蔭而任官職。按漢制，俸祿在二千石以上的官吏，可保任子弟為郎官，稱為任子。當時蘇武的父親蘇建，有戰功，封平陵侯，官至代郡太守。②兄弟並為郎：兄弟，即蘇嘉、蘇武、蘇賢三兄弟。郎，皇帝侍從官的通稱。③移（ㄧˊ）中廄：西漢宮中馬廄因在移園中，故名。④數（ㄕㄨㄛˋ）：屢次。⑤郭吉、路充國：漢武帝元封元年（西元前一一〇）、四年（西元前一〇七），分別出使匈奴被扣留。⑥天漢元年：西元前一〇〇年。天漢，漢武帝年號。⑦且（ㄐㄩ）鞮（ㄉㄧ）侯單（ㄔㄢˊ）于：匈奴王。單于，匈奴君主的稱號。⑧丈人行（ㄏㄤˊ）：丈人，長輩。行，輩份。⑨節：又稱符節。古代使臣所持信物，以竹為桿，上飾旄牛尾。⑩假吏：臨時委派的使臣屬吏。⑪斥候：偵察哨兵。⑫遺（ㄨㄟˋ）：贈送。⑬會緱（ㄍㄡ）王與長水虞常：會，恰巧。緱王，匈奴親王。長水，水名，

在今陜西省藍田縣。虞常，西漢長水人，淪落匈奴。⑭浞野侯：漢將領趙破奴的封爵。太初二年（西元前一〇三）率騎兵抗擊匈奴，兵敗後投降匈奴。⑮衞律：漢臣，投降匈奴被封爲丁靈王。⑯母閼（一ㄢ）氏（ㄓ）：稱單于母親。閼氏，匈奴王妻妾的稱號。⑰候：拜訪。⑱治：審理。⑲發：泄露。⑳以狀語武：把事情經過情形跟蘇武說。㉑見犯而死：受到侮辱而死。㉒重負國：更加辜負國家。㉓引：牽連。㉔伊秩訾（ㄗˇ）：匈奴官名，有左、右之分。㉕即：假如。㉖何以復加：那又怎樣加重處罰？㉗受辭：審口供。㉘坎：坑洞。㉙熅（ㄩㄣ）火：微弱而沒有火苗的小火堆。㉚蹈其背：輕敲其背。㉛輿：此作動詞用，擡之意。㉜會論：共同審訊。㉝相坐：連坐，一人犯罪而牽連他人同時治罪。㉞擬：比劃。㉟膏：作動詞，肥沃。㊱因：順從。㊲若：你。㊳幽，囚禁。㊴齧（ㄋ一ㄝˋ）：咬。㊵旃（ㄓㄢ）毛：即氈毛。㊶北海：匈奴的北方，約今蘇俄貝加爾湖。㊷羝（ㄉ一）：公羊。㊸乳：生育。㊹廩食：官府供給的糧食。㊺去中（ㄘㄠˇ）實：去，通「弆（ㄐㄩˇ）」，儲藏。屮實，野生果實。㊻於（ㄨ）靬（ㄐ一ㄢ）王：且鞮侯單于的弟弟。㊼弋射：射獵。弋，繫繩子的箭。㊽網紡繳（ㄓㄨㄛˊ）：網，結網。紡繳，紡弋射所用的絲繩。㊾檠（ㄑ一ㄥˊ）：此作動詞用，矯正之意。㊿服匿：匈奴語的譯音，是盛酒酪的陶器，小口大腹方底。(51)穹廬：類似蒙古包的圓頂帳篷。(52)丁令：即丁靈，匈奴部落名。(53)侍中：官名，侍從皇帝左右，出入宮廷，應對顧問。(54)求：訪求。(55)亡（ㄨˊ）：通「無」。(56)長君：指蘇武哥哥蘇嘉。(57)奉車：奉車都尉的省稱，官名。(58)雍棫（ㄩˋ）陽宮：雍，在陜西省鳳翔縣。棫陽宮，秦時所建宮殿，在陜西省雍縣西北。(59)扶輦（ㄋ一ㄢˇ）下除：扶車走下殿階。輦，特指君王乘坐的車。除，台階。(60)孺卿從祠河東后土：孺卿，蘇武弟蘇賢字。祠，祭祀。后土，土地神。(61)宦騎與黃門駙馬爭舩：宦騎，騎馬的宦官。黃門，本指黃色宮門，此指宮廷養馬處。駙馬，即駙馬都尉，官名，掌管皇宮副車車馬。舩，同「船」。(62)大夫人：即太夫人，指蘇武之母親。(63)陽陵：在今陜西省高陵縣西南。(64)女弟：妹妹。(65)忽忽：恍惚失意的樣子。(66)保宮：即居室，大臣及眷屬犯罪囚禁的地方。(67)春秋：年齡。(68)通侯：爵位名，漢分爵位十二級，以通侯爲尊。(69)親近：指皇帝親信的侍臣。(70)壹聽：一定聽從。(71)分（ㄈㄣˋ）：料想。(72)驩：同「歡」，指宴飲。(73)決去：告別而去。(74)恧：羞愧。(75)區（ㄡ）脫捕得雲中生口：區脫，匈奴語，邊界地區。雲中，郡名，在今內蒙古托克托一帶。生口，活口，指俘虜。(76)臨：哭弔去世的人。(77)上林：苑名，供皇帝遊獵。(78)某澤：指荒澤，即北海。(79)讓：責問。(80)謝：道歉。(81)竹帛：指書冊史籍。(82)丹青：指圖畫。此處專指宮中所置古代聖賢和功臣的畫像。(83)貰（ㄕˋ）：寬赦。(84)曹柯之盟：春秋時，魯將曹沫率兵與齊戰，三戰三敗，魯割地求和。魯莊公十三年，齊桓公和魯莊公在柯邑會盟，曹沫乘機持劍登壇，脅迫齊桓公歸還魯國失地。此處李陵自比曹沫，想立功贖罪。(85)宿昔：早晚。(86)族：族滅，指誅殺全家。(87)沙幕：沙漠。

(88)隤（ㄊㄨㄟˊ）：墜落。(89)前以降及物故：除了先前已投降匈奴和死去的人。以，同「已」。物故，死亡。(90)始元六年：西元前八一年。始元，漢昭帝年號。(91)太牢：祭祀中的最高禮儀，皇帝、諸侯、大夫才能享用。祭品有一牛、一羊、一豬。(92)園廟：皇帝墓地所在的宗廟。(93)典屬國：官名，掌管歸附的各外族屬國事務。(94)秩：俸祿。(95)一區：猶言一棟。(96)復終身：終身免除賦稅或勞役。

2. 朱買臣傳

朱買臣，字翁子，吳①人也。家貧，好讀書，不治產業，常艾薪樵②，賣以給食③，擔束薪④，行且誦書。其妻亦負戴⑤相隨，數止買臣毋歌嘔⑥道中。買臣愈益疾歌⑦，妻羞之，求去。買臣笑曰：「我年五十當富貴，今已四十餘矣。女苦日久，待我富貴報⑧女功。」妻恚怒⑨曰：「如公等，終餓死溝中耳，何能富貴？」買臣不能留，即聽⑩去。其後，買臣獨行歌道中，負薪墓間。故妻與夫家俱上冢，見買臣饑寒，呼飯飲之⑪。

後數歲，買臣隨上計吏爲卒⑫，將重車⑬至長安，詣闕上書，書久不報。待詔公車⑭，糧用乏，上計吏卒更乞匄⑮之。會邑子嚴助貴幸⑯，薦買臣。召見，說《春秋》，言《楚詞》，帝甚說之，拜買臣爲中大夫⑰，與嚴助俱侍中⑱。是時方築朔方⑲，公孫弘⑳諫，以爲罷敝㉑中國。上使買臣難詘㉒弘，語在弘傳。後買臣坐㉓事免，久之，召待詔。

是時，東越㉔數反覆，買臣因言：「故東越王居保泉山㉕，一人守險，千人不得上。今聞東越王更徙處南行㉖，去泉山五百里，居大澤中。今發兵浮海，直指泉山，陳舟列兵，席卷南行，可破滅也。」上拜買臣會稽太守。上謂買臣曰：「富貴不歸故鄉，如衣繡夜行，今子何如？」買臣頓首辭謝。詔買臣到郡，治樓船㉗，備糧食、水戰具，須㉘詔書到，軍與俱進。

初，買臣免，待詔，常從會稽守邸者寄居飯食㉙。拜爲太守，買臣衣故衣，懷其印綬，步歸郡邸。直㉚上計時，會稽吏方相與羣飲，不視買臣。買臣入室中，守邸與共食，食且飽，少見㉛其綬。守邸怪之，前引其綬，視其印，會稽太守章也。守邸驚，出語上計掾吏㉜。皆醉，大呼曰：「妄誕㉝耳！」守邸曰：「試來視之。」其故人素輕買臣者入內㉞視之，還走，疾呼曰：「實然！」坐中驚駭，白守丞㉟，相推排陳列中庭拜謁。買臣徐出戶。有頃，長安廐吏㊱乘駟馬車來迎，買臣遂乘傳㊲去。會稽聞太守且至，發民除道，縣吏並送迎，車百餘乘。入吳界，見其故妻、妻夫治道。買臣駐車，呼令後車載其夫妻，到太守舍，置園中，給食之。居一月，妻自經㊳死，買臣乞其夫錢，令葬。悉召見故人與飲食諸嘗有恩者，皆報復㊴焉。

居歲餘，買臣受詔將兵，與橫海將軍韓說㊵等俱擊破東越，有功。徵入爲主爵都尉㊶，列於九卿㊷。

數年，坐法免官，復爲丞相長史㊸。張湯爲御史大夫㊹。始買臣與嚴助俱侍中，貴用事㊺，湯尚爲小吏，趨走買臣等前。後湯以廷尉㊻治淮南獄㊼，排陷嚴助，買臣怨湯。及買臣爲長史，湯數行丞相事，知買臣素貴，故陵折㊽之。買臣見湯，坐牀上弗爲禮㊾。買臣深怨，常欲死之。後遂告湯陰事，湯自殺，上亦誅買臣。買臣子山拊官至郡守，右扶風㊿。

①吳：今江蘇蘇州。　②艾（ㄧˋ）薪樵：砍柴。艾，割。薪樵，柴木。　③給（ㄐㄧˇ）食：供給生活之用。　④束薪：一捆一捆的柴木。　⑤負戴：背上揹著，頭上頂著。　⑥歌嘔：吟詠歌唱。　⑦疾歌：痛快的歌詠。　⑧報：報答、答謝。　⑨恚（ㄏㄨㄟˋ）怒：忿恨氣惱。　⑩聽（ㄊㄧㄥˋ）：任憑。　⑪呼飯飲（ㄧㄣˋ）之：供他吃喝。　⑫上計吏爲卒：上計吏，執行上計的官吏。上計，漢時，年終考核地方官員的政策。卒，供人差遣的僕役。　⑬將重車：將，推。重車，

載衣食器物的車子。⑭公車：官署名，漢代，應徵者所住的公家處所。⑮乞（ㄑㄧˋ）匄（ㄍㄞˋ）：供給。乞，給人財物。⑯會邑子嚴助貴幸：會，正巧。邑子，同鄉。嚴助，西漢辭賦家，會稽吳人，與朱買臣同鄉。貴幸，顯貴寵幸。⑰中大夫：官名，無固定職掌，以議論政事爲主。⑱侍中：官名，隨侍皇帝左右，應對顧問。⑲朔方：郡名，在今內蒙古以西，黃河以南處。⑳公孫弘：字季，少爲獄吏，武帝時爲丞相，封平津侯。㉑罷（ㄆㄧˊ）敝：即疲敝。㉒難詘（ㄑㄩ）：詰責論辯。㉓坐：因。㉔東越：在今福建、浙江東南一帶。㉕東越王居保泉山：東越王，漢武帝封越王勾踐後裔余善爲東越王。保，護衛。泉山，在今福建泉州城北。㉖南行：地名，距泉山五百里。㉗樓船：高大的船。㉘須：等待。㉙守邸者寄居飯食：守邸者，看守官舍的人員。寄居飯食，借住房子，吃人飯食。㉚直：同「値」，正當之意。㉛見：顯露。㉜上計掾吏：上計官的助理。㉝妄誕：荒唐不實。㉞入內：入室。㉟白守丞：稟告守邸人員。㊱廄吏：古時傳驛站的官員。㊲傳（ㄓㄨㄢˋ）：驛車。㊳自經：上吊自殺。㊴報復：報答酬謝。㊵橫海將軍韓說（ㄩㄝˋ）：橫海將軍，官名，出征時爲統帥加的尊號。韓說，弓高侯庶孫，韓嫣之弟，破東越有功，封按道侯，後爲衛太子所殺。㊶主爵都尉：官名，掌列侯封爵之事。㊷九卿：中央政府最高的官吏。㊸丞相長史：丞相的助理。㊹御史大夫：官名，掌監察官吏，位次於丞相。㊺貴用事：顯貴掌權。㊻廷尉：官名，掌刑罰。㊼淮南獄：淮南王劉安父，因罪被廢，不食而死。劉安不滿，謀反，事發入獄。㊽陵折：凌辱折磨。㊾弗爲禮：不以禮相待。㊿右扶風：官名，武帝時更主爵都尉爲右扶風，執掌相當郡太守。

三、政論文

1. 賈誼

論積貯疏

管子曰：「倉廩實而知禮節①。」民不足而可治者，自古及今，未之嘗聞。古之人曰：

「一夫不耕，或受之飢②；一女不織，或受之寒。」生之有時而用之亡度，則物力必屈③。古之治天下，至孅至悉④也，故其畜積足恃。今背本而趨末⑤，食者甚衆，是天下之大殘⑥也；淫侈之俗，日日以長，是天下之大賊也。殘賊公行，莫之或止；大命將泛⑦，莫之振救。生之者甚少，而靡之者⑧甚多，天下財產何得不蹶⑨？漢之爲漢⑩，幾四十年矣，公私之積，猶可哀痛！失時不雨，民且狼顧，歲惡不入，請賣爵子⑪。既聞耳矣，安有爲天下阽危者若是而上不驚者！

世之有飢穰⑫，天之行也，禹、湯被之矣⑬。即不幸有方二三千里之旱，國胡以相恤？卒然邊境有急，數十百萬之衆，國胡以餽之？兵旱相乘，天下大屈，有勇力者聚徒而衡擊⑭，罷夫羸老⑮易子而咬其骨。政治未畢通⑯也，遠方之能疑者，並舉而爭起矣。乃駭而圖之，豈將有及乎？

夫積貯者，天下之大命也。苟粟多而財有餘，何爲而不成？以攻則取⑰，以守則固，以戰則勝。懷敵附遠⑱，何招而不至？今驅民而歸之農，皆著於本⑲，使天下各食其力，末技游食之民，轉而緣南畮⑳，則畜積足而人樂其所矣。可以爲富安天下，而直爲此廩廩㉑也！竊爲陛下惜之！

①管子曰：「倉廩實而知禮節」：語出《管子・牧民篇》。廩，糧倉。 ②一夫不耕，或受之飢：指一個男子不耕田，恐將有人要挨餓。或，有人。 ③物力必屈：社會的財力必將窮盡。屈，竭。 ④至孅至悉：極細微極詳密。孅，通纖，纖細。悉，詳密。 ⑤背本而趨末：背棄農耕，從事工商。本，指農事，末，指工商業。 ⑥大殘：大災害，與下句「大賊」意同。 ⑦大命將泛：國家即將滅亡。大命，天命，社稷的命運。泛，倒，傾覆。 ⑧靡之者：消費的人。 ⑨蹶：竭盡。 ⑩漢之爲漢：指漢朝建立以來。爲，建立。 ⑪請賣爵子：朝廷想賣官爵彌補短收，人民要賣子女來謀生。請，

顧。⑫飢穰：饑荒及豐收。飢，在此指荒年。穰，豐年。⑬禹、湯被之矣：禹時曾遭到九年水災，湯時也曾遭到七年旱災。被，遭受。⑭衡擊：搶劫，橫行攻擊。衡，同橫，橫行。⑮罷夫羸老：泛指疲憊老弱的人。⑯政治未畢通：政府力量沒有完全貫徹。通，貫徹。⑰以攻則取：憑此來攻打敵人則足以取勝。以，依憑。⑱附遠：使遠人歸附。⑲著於本：從事農業。著，附著。⑳緣南畮（ㄇㄨˇ）：走向田畝，從事農業。緣，沿、繞。畮，同「畝」。㉑廩廩：通「懍懍」，害怕的樣子。

2. 鼂錯

言兵事書

臣聞漢興以來，胡虜數入邊地，小入則小利，大入則大利；高后時再入隴西①，攻城屠邑，毆略②畜產；其後復入隴西，殺吏卒，大寇盜。竊聞戰勝之威，民氣百倍③；敗兵之卒，沒世不復。自高后以來，隴西三困於匈奴矣，民氣破傷，亡有勝意。今茲隴西之吏，賴社稷之神靈，奉陛下之明詔，和輯士卒④，底厲⑤其節，起破傷之民以當乘勝之匈奴，用少擊衆，殺一王，敗其衆而有大利。非隴西之民有勇怯，乃將吏之制巧拙異也。故兵法曰：「有必勝之將，無必勝之民。」繇⑥此觀之，安邊境，立功名，在於良將，不可不擇也。

臣又聞用兵，臨戰合刃⑦之急者三：一曰得地形，二曰卒服習⑧，三曰器用利。兵法曰：「丈五之溝，漸⑨車之水，山林積石，經川⑩丘阜，屮木所在，此步兵之地也，車騎二不當一。土山丘陵，曼衍相屬⑪，平原廣野，此車騎之地，步兵十不當一。平陵相遠⑫，川谷居間，仰高臨下，此弓弩之地也，短兵百不當一。兩陳相近，平地淺屮，可前可後，此長戟之地也，劍楯三不當一。萑葦竹蕭⑬，屮木蒙蘢⑭，支葉茂接，此矛鋋⑮之地也，長戟二不當一。曲道相伏，險阸相薄，此劍楯之地也，弓弩三不當一。士不選練，卒不服習，起居不精，動靜不集⑯，趨利弗及，避難不畢，前擊後解，與金鼓之指⑰相失，此不習勒卒⑱之過也，百不當十。兵不完利⑲，與空手同；甲不堅密，與袒裼⑳同；弩不可以及遠，與短兵同；射不能中，與亡矢同；中不能入，與亡鏃㉑同；此將不省兵㉒之禍也，五不當一。」故兵法曰：「器械不利，以其卒予敵也；卒不可用，以其將予敵也；將不知兵，以其主予敵也；君不擇將，以其國予敵也。四者，兵之至要也。」

臣又聞小大異形，彊弱異勢，險易異備㉓。夫卑身以事彊，小國之形也；合小以攻大㉔，敵國之形也，以蠻夷攻蠻夷㉕，中國之形也。今匈奴地形技藝與中國異，上下山阪，出入溪澗，中國之馬弗與㉖也；險道傾仄㉗，且馳且射，中國之騎弗與也；風雨罷勞，飢渴不困，中國之人弗與也；此匈奴之長技也。若夫平原易地㉘，輕車突騎，則匈奴之衆易撓亂也；勁弩長戟，射疏㉙及遠，則匈奴之弓弗能格也；堅甲利刃，長短相雜，遊弩往來，什伍㉚俱前，則匈奴之兵弗能當也；材官騶發㉛，矢道同的㉜，則匈奴之革笥木薦㉝弗能支也；下馬地鬬，劍戟相接，去就相薄，則匈奴之足弗能給㉞也；此中國之長技也。以此觀之，匈奴之長技三，中國之長技五。陛下又興數十萬之衆，以誅數萬之匈奴，衆寡之計，以一擊十之術也。

雖然，兵，凶器；戰，危事也。以大爲小，以彊爲弱，在俛卬之間㉟耳。夫以人之死爭勝，跌而不振㊱，則悔之亡及也。帝王之道，出於萬全。今降胡義渠㊲蠻夷之屬來歸誼者，其衆數千，飲食長技與匈奴同，可賜之堅甲絮衣，勁弓利矢，益以邊郡之良騎。今明將能知其習俗和輯其心者，以陛下之明約將之。即有險阻，以此當之；平地通道，則以輕車材官制之。兩軍相爲表裏，各用其長技，衡加之以衆，此萬全之術也。

傳曰：「狂夫之言，而明主擇焉。」臣錯愚陋，昧死上狂言，唯陛下財擇㊳。

①高后時再入隴西：指高后六年（西元前一八二），匈奴入侵隴西狄道之地。隴西，漢郡名，在今甘肅省臨洮縣東北等地。②毆略：掠奪。毆，同「驅」。③民氣百倍：指民心士氣更加奮厲。④和輯士卒：團結兵士之心。輯，同「集」。⑤底厲：同「砥礪」，磨練。⑥繇：由。⑦合刃：兩軍交兵。⑧卒服習：指士卒訓練有素。⑨漸：浸。⑩經川：常流之水。⑪曼衍相屬：緜延相續。曼衍，聯綿。⑫平陵相遠：平原與丘陵相離。⑬萑（ㄏㄨㄢˊ）葦竹蕭：萑葦，蘆荻。蕭，艾蒿，是一種野草。⑭蒙蘢（ㄌㄨㄥˊ）：覆蓋的樣子。⑮鋋（ㄔㄢˊ）：鐵把短矛。⑯集：齊。⑰金鼓之指：指進兵或退兵之用意。金所以止衆，鼓所以進衆。⑱勒卒：號令士卒。⑲完利：銳利。⑳袒裼（ㄒㄧˊ）：裸露。㉑亡（ㄨˊ）鏃（ㄗㄨˊ）：沒有箭鋒。㉒省兵：省視兵器之性質。㉓險易異備：險地與平地的防備措施不同。㉔合小以攻大：聯合小國爲外援以制伏強大的敵國。㉕以蠻夷攻蠻夷：使蠻夷自相攻擊。㉖弗與：不如。㉗傾仄：傾斜不平。㉘易地：平地。㉙疏：遼闊遙遠。㉚什伍：部卒。五人爲伍，二伍爲什。㉛材官騶（ㄗㄡˋ）發：騎射之官驟然射出弓箭。材官，騎射之官。騶，通「驟」，驟然。㉜矢道同的：射箭同中目標。的，靶心。㉝革笥木薦：以獸皮爲盔甲，以木板爲盾牌。㉞給：相連。㉟俛（ㄈㄨˇ）卬（ㄧㄤˇ）之間：瞬息之間。俛，同「俯」。卬，通「仰」。㊱跌而不振：跌倒之後不能再起。㊲義渠：古西戎國名，疆域在今甘肅省東北一帶。戰國時已爲秦所滅，置義渠縣，屬北地郡。㊳財擇：裁奪抉擇。財，通「裁」。

四、文論

1.王　充

論衡·自紀（節選）

充既疾俗情，作《譏俗》之書；又閔人君之政，徒欲治人，不得其宜，不曉其務，愁精苦思，不睹所趨，故作《政務》之書；又傷僞書俗文，多不實誠，故爲《論衡》之書。夫聖賢歿而大義分①，蹉跎②殊趨，各自開門；通人③觀覽，不能釘銓④；遙聞傳授，筆寫耳取，在百歲之前。歷日彌久，以爲昔古之事，所言近是，信之入骨，不可自解。故作實論。其文盛，其辯爭，浮華虛僞之語，莫不澄定。沒華虛之文，存敦厖之朴⑤；撥流失之風⑥，反宓戲之俗⑦。

充書形露易觀⑧。或曰：「口辯者其言深，筆敏者其文沉。案經藝之文，賢聖之言，鴻重優雅，難卒曉睹；世讀之者，訓古乃下⑨。蓋聖賢之材鴻，故其文語與俗不通。玉隱石間，珠匿魚腹，非玉工珠師，莫能采得。寶物以隱閉不見，實語亦宜深沉難測。《譏俗》之書，欲悟俗人，故形露其指，爲分別之文⑩；《論衡》之書，何爲復然？豈材有淺極，不能爲深覆⑪？何文之察⑫，與彼經藝殊軌轍也？」

答曰：「玉隱石間，珠匿魚腹，故爲深覆；及玉色剖於石心，珠光出於魚腹，其猶隱乎？吾文未集於簡札之上，藏於胸臆之中，猶玉隱珠匿也；及出荴露⑬，猶玉剖珠出乎！爛若天文之照，順若地理之曉，嫌疑隱微，盡可名處。且名白事自定也。論衡者，論之平也。口則務在明言，筆則務在露文。高士之文雅，言無不可曉，指無不可睹。觀讀之者，曉然若盲之開目，聆然若聾之通耳。三年盲子，卒見父母，不察察相識，安肯說喜？道畔巨樹，塹邊長溝，所居昭察，人莫不知；使樹不巨而隱，溝不長而匿，以斯示人，堯舜猶惑。人面色部七十有餘[14]，頰肌明潔，五色分別，隱微憂喜，皆可得察，占射[15]之者十不失一；使面黝而黑醜，垢重襲而覆部，占射之者，十而失九。夫文由語也，或淺露分別，或深迂優雅，孰爲辯者？故口言以明志；言恐滅遺，故著之文字。文字與言同趨，何爲猶當隱閉指意？獄當嫌辜[16]，卿決疑事，渾沌難曉，與彼分明可知，孰爲良吏？夫口論以分明爲公[17]，筆辯以荴露爲通，吏文以昭察爲良。深覆典雅，指意難覩，唯賦頌耳。經傳之文，賢聖之語，古今言殊，四方談異也；當言事時，非務難知，使指閉隱也。後人不曉，世相離遠，此名曰『語異』，不名曰『材鴻』。淺文讀之難曉，名曰『不巧』，不名曰『知明』。秦始皇讀韓非之書，嘆曰：『猶[18]獨不得此人同時。』其文可曉，故其事可思。如深鴻優雅，須師乃學，投之於地，何嘆之有？夫筆著者，欲其易曉而難爲，不貴難知而易造；口論務解分而可聽，不務深迂而難睹。孟子相賢以眸子明瞭者[19]，察文以義可曉。」

充書違詭於俗。或難曰：「文貴夫順合衆心，不違人意；百人讀之莫譴，千人聞之莫怪。故《管子》曰：『言室滿室，言堂滿堂。』[20]今殆說不與世同，故文刺[21]於俗，不合於衆。」

答曰：「論貴是而不務華，事尚然而不高合[22]。論說辯然否，安得不譎常心，逆俗耳？衆心非而不從，故喪黜其僞，而存定其眞。如當從衆順人心者，循舊守雅，諷習而已，何辯之有？孔子侍坐於魯哀公；公賜桃與黍，孔子先食黍而後啖桃[23]，可謂得食序矣；然左右皆掩口而笑，貫俗之日久也㉔。今吾實猶孔子之序食也；俗人違之，猶左右之掩口也。善雅歌，於鄭爲人悲；禮舞㉕，於趙爲不好。堯舜之《典》，伍伯㉖不肯觀；孔墨之籍，季孟㉗不肯讀。寧危之計，黜於閭巷；撥世之言，訾於品俗。有美味於斯，俗人不嗜；狄牙㉘甘食。有寶玉於是，俗人投之；卞和佩服。孰是孰非？可信者誰？禮俗相背，何事不然？魯文逆祀㉙，畔者三人。蓋獨是之語，高士不舍，俗夫不好；惑衆之書㉚，賢者欣頌，愚者逃頓。」

充書不能純美。或曰：「口無擇言，筆無擇文。文必麗以好，言必辯以巧。言瞭於耳，則事味於心；文察於目，則篇留於手。故辯言無不聽，麗文無不寫。今新書㉛既在論譬，說俗爲戾㉜，又不美好，於觀不快。蓋師曠㉝調音，曲無不悲；狄牙和膳，肴無澹味；然則通人造書，文無瑕穢。《呂氏》、《淮南》懸於市門，觀讀之者，無訾一言。今無二書之美，文雖衆盛，猶多譴毀。」

答曰：「夫養實㉞者不育華，調行㉟者不飾辭；豐章多華英，茂林多枯枝。爲文欲顯白其爲㊱，安能令文而無譴毀？救火拯溺，義不得好；辯論是非，言不得巧。入澤隨龜，不暇調足；深淵捕蛟，不暇定手。言姦辭簡，指趨妙遠；語甘文峭，務意淺小。稻穀千鍾，糠皮太半；閱錢滿億，穿決㊲出萬。大羹㊳必有澹味，至寶必有瑕穢，大簡必有大好㊴，良工必有不巧；然則辯言必有所屈，通文猶有所黜。言金由貴家起㊵，文糞㊶自賤室出；《淮南》《呂氏》之無累害，所由出者，家富官貴也。夫貴故得懸於市，富故有千金副。觀讀之者，惶恐畏忌，雖見乖不合，焉敢譴一字？」

充書既成，或稽合於古，不類前人。或曰：「謂之飾文偶辭，或徑或迂㊷，或屈或舒；謂之論道，實事委璅㊸，文給甘酸㊹。諧於經不驗，集於傳不合，稽之子長不當，內之子雲不入

㊺。文不與前相似，安得名佳好、稱工巧？」

答曰：「飾貌以彊類者失形，調辭以務似者失情。百夫之子，不同父母，殊類而生，不必相似；各以所稟，自爲佳好。文必有與合，然後稱善；是則代匠斲不傷手，然後稱工巧也。文士之務，各有所從；或調辭以巧文，或辨僞以實事。必謀慮有合，文辭相襲，是則五帝不異事，三王不殊業也。美色不同面，皆佳於目；悲音不共聲，皆快於耳。酒醴異氣，飲之皆醉；百穀殊味，食之皆飽。謂文當與前合，是謂舜眉當復八采㊻，禹目當復重瞳。」

充書文重㊼。或曰：「文貴約而指通，言尚省而趨明㊽。辯士之言要而達，文人之辭寡而章。今所作新書，出萬言；繁不省，則讀者不能盡；篇非一，則傳者不能領。被躁人之名㊾，以多爲不善。語約易言，文重難得。玉少石多，多者不爲珍；龍少魚衆，少者固爲神。」

答曰：「有是言也㊿！蓋寡言無多，而華文無寡(51)。爲世用者，百篇無害；不爲用者，一章無補。如皆爲用，則多者爲上，少者爲下。累積千金，比於一百，孰爲富者？蓋文多勝寡，財富愈貧(52)。世無一卷，吾有百篇；人無一字，吾有萬言；孰者爲賢？今不曰所言非，而云泰多；不曰世不好善，而云不能領，斯蓋吾書所以不得省也。夫宅舍多，土地不得小；戶口衆，簿籍不得少。今失實之事多，華虛之語衆，指實定宜，辯爭之言，安得約徑(53)？韓非之書，一條無異，篇以十第，文以萬數。夫形大，衣不得褊(54)；事衆，文不得褊。事衆文饒，水大魚多。帝都穀多，王市肩磨(55)。書雖文重，所論百種。按古太公望，近董仲舒，傳作書篇百有餘，吾書亦纔出百，而云泰多；蓋謂所以出者微，觀讀之者不能不譴呵也。河水沛沛(56)，比乎衆川，孰者爲大？蟲蠆(57)重厚，稱其出絲，孰爲多者？」

充以元和三年(58)，徙家辟難，詣揚州部丹陽、九江、廬江。後入爲治中(59)，材小任大，職在刺割(60)，筆札之思，歷年寢廢(61)。章和二年(62)，罷州家居。年漸七十，時可懸輿(63)；仕路隔絕，志窮無如(64)。事有否然，身有利害。髮白齒落，日月逾邁；儔倫彌索(65)，鮮所恃賴；貧無供養，志不娛快。曆數冉冉(66)，庚辛域際(67)；雖懼終徂，愚猶沛沛。乃作《養性》之書凡十六篇。養氣自守，適食則酒，閉明塞聰，愛精自保，適輔服藥引導，庶冀性命可延，斯須不老。既晚無還，垂書示後。惟人性命，長短有期；人亦蟲物，生死一時。年歷但記(68)，孰使留之？猶入黃泉，消爲土灰。上自黃唐(69)，下臻秦漢而來，折衷以聖道，析理(70)於通材；如衡之平，如鑑之開；幼老生死古今，罔不詳該(71)。命以不延，吁嘆悲哉！

①聖賢歿而大義分：指孔子及其弟子去世後，六經的要義就失去了。分，乖。②蹉跎：失足，走錯路，同「蹉跎」。③通人：通達事理之人。④釘銓：考訂詮釋，即「訂詮」。⑤存敦厖（ㄆㄤˊ）之朴：留存敦厚樸實者。厖，同「龐」。朴，同「樸」。⑥撥流失之風：矯正流俗不實的言論。流失，流俗失眞者。⑦反宓戲之俗：回復到古老時代的風尚。宓戲，即伏羲氏。用以比喻民風質樸的古代。⑧形露易觀：文字淺顯，容易披覽。⑨訓古乃下：解釋之後才能明白。訓古，即訓詁，注釋。⑩爲分別之文：寫出另類的文章。分別，指不一樣。⑪深覆：文義深晦隱蔽。⑫察：明察，即明白可曉。⑬荴（ㄈㄨ）露：敷佈顯露。荴，同「敷」。⑭人面色部七十有餘：世人臉上共有七十多種顏色部位，此處當引自面相之書。⑮占射：占卜猜測。即面相者所下的判斷。⑯獄當嫌辜：指刑獄判決是否有罪。當，判決。嫌，疑。⑰分明爲公：明白爲有功效。公，功。⑱猶：疑爲衍文。⑲孟子相賢以眸子明瞭者：語見《孟子．離婁上》：「存乎人者，莫良於眸子，眸子不能掩其惡。胸中正，則眸子瞭焉。」⑳《管子》曰：「言室滿室，言堂滿堂」：《管子．牧民篇》說：「在室中說話要讓聲音充滿於全室，在堂中說話，也要讓聲音充滿於堂中。」指要能讓所有的人能接受。㉑剌：不合，違背。㉒事尚然而不高合：論事貴於正確，不以合於流俗爲高貴。然，是。㉓孔子先食黍後啖桃：語見《韓非子．外儲說》，意爲孔子先吃黍再食桃，眾皆掩口而笑。因不合於當時以黍洗桃之俗，然孔子以黍爲五穀之長，桃爲菓類之下，祭先王不得入廟，因「君子以賤雪貴，不聞以貴雪賤」，所以先食黍再食桃的次序是很對的。㉔貫俗之日久也：世俗習慣於此已久。貫，同「慣」。㉕禮舞：合禮的舞蹈。㉖伍伯：指流俗之人。漢時五人爲伍，伯是五人之長。㉗季孟：猶俗言張三李四。㉘狄牙：即易牙。㉙魯文逆祀：春秋時魯文公違背祭祀的禮制。㉚惑眾之

書：在此指爲眾人所惑之書，亦即不迎合世情的著作。㉛新書：指《論衡》。㉜戾：違背。㉝師曠：春秋時魯國的名樂師。㉞養實：指內在道德的修養。㉟調行：整飭自己品行。㊱顯白其爲：彰顯世俗的虛僞。爲，僞。㊲穿決：指銅錢有破損，不堪使用者。㊳大（ㄊㄞˋ）羹：不和五味之羹。大，同「太」。㊴大簡必有大好：當作「大諫必有不好」，意爲再好的諫官也有其缺失。大諫，好的諫官。㊵言金由貴家起：談到出言如金，則由貴族人家說起。㊶文糞：其言等於糞土的作品。㊷或徑或迂：有時直接明瞭，有時又過於迂緩。㊸委璅：即委瑣、瑣碎。璅，同「瑣」。㊹文給甘酸：指善於辯論，然味道不夠純粹。給，口辭便給，善於言辯。㊺內之子雲不入：要放在揚雄的作品中又不能。內，通「納」。㊻舜眉當復八采：意即傳聞堯眉八采，舜眉未必八采，但舜同堯一樣偉大。如重視此眉采，則是捨內而求外。下句禹目當復重瞳亦然，以傳說舜爲重瞳子。㊼文重：指文章字數多。㊽趍（ㄑㄩ）明：趨向明白。趍，同「趨」。㊾被躁人之名：蒙上急躁之人的劣名。《易・繫詞傳》：「吉人之辭寡，躁人之辭多。」㊿有是言也：怎會有如此的話呢？也，通「耶」。(51)寡言無多，而華文無寡：缺乏內容的作品，它往往不可能千變萬化地寫得很多；而有充實內容的文章，它也不會枯窘得三言兩語就說完了。(52)財富愈貧：錢財多的勝於錢財少的。(53)約徑：縮短長度，縮小篇幅。(54)褊（ㄅㄧㄢˇ）：小。(55)王市肩磨：指王城人多擁擠。肩磨，猶言人擠人。(56)沛沛：水流不斷的樣子。(57)蟲蠒（ㄐㄧㄢˇ）：蠶繭。蠒，同「繭」。(58)元和三年：西元八六年。元和，漢章帝年號。(59)治中：官名，即治中從事史，漢代爲州府佐吏，居中治事，主眾官曹文書。(60)刺割：諫刺、察核。(61)寢廢：指辭職而去。(62)章和二年：西元八八年。章和，漢章帝年號。(63)懸輿：懸車，天晚停車休息，引伸爲告老退休。(64)無如：無可奈何。(65)儔倫彌索：指同輩的多已離去，無從再尋得。彌，止。(66)曆數冉冉：即時光不斷流逝。(67)庚辛域際：死神即將來臨。庚辛，本指西方，引伸爲死神。(68)年歷但記：指大限一旦來到。記，當作「訖」，至。(69)黃唐：指黃帝、唐堯之時。(70)析（ㄒㄧ）理：分析事理。析，同「析」。(71)詳該：詳細周備。該，通「晐」，完備。

玖、漢代詩歌

一、貴族文人詩

1.漢高祖

大風歌①

大風起兮雲飛揚，威加海內②兮歸故鄉，安得猛士兮守四方！

①大風歌：劉邦平黥布還，過沛縣，邀集鄉人飲酒。酒酣時劉邦擊筑，唱了這首歌。②海內：四海之內，就是天下的意思。

2.梁　鴻

五噫歌①

陟②彼北芒③兮，噫！顧覽帝京兮，噫！宮室崔嵬④兮，噫！民之劬勞兮，噫！遼遼未央⑤兮，噫！

①五噫歌：梁鴻過洛陽時，看到京城富麗堂皇，而人民生活勞苦，因此感嘆寫這首詩。噫，嘆息聲。②陟：登。③

北芒：山名，在今洛陽城北。古代爲王侯公卿的墓地。④崔嵬（ㄨㄟˊ）：高大。⑤遼遼未央：指人民的辛勞漫長無止盡。遼遼，本指路程遙遠，這裡指時間長久。未央，無盡。

3.張　衡

四愁詩①（四首之一）

我所思②兮在泰山③，欲往從之梁父④艱，側身東望淚沾翰⑤。美人贈我金錯刀⑥，何以報之英瓊瑤⑦。路遠莫致倚逍遙⑧，何爲懷憂心煩勞？

①四愁詩：《文選》錄此詩前有短序，說張衡做河間相時，天下漸弊，鬱鬱不得志而作；依屈原以美人爲君子，以珍寶爲仁義，想用道術貽贈時君，但懼讒邪不得通。②所思：指所思念的人。③泰山：在今山東省泰安縣。④梁父：泰山下的小山名，在泰安縣東南。⑤翰：衣襟。⑥金錯刀：刀環上鍍金的佩刀。錯，鍍。⑦英瓊瑤：發光的美玉。英，「瑛」的假借字，玉的光澤。瓊、瑤，都是美玉名。⑧路遠莫致倚逍遙：路途遙遠無法送達，我徘徊不安。倚，通「猗」，語助詞，無義。逍遙，徘徊不安。

二、樂府民歌

1.戰城南

戰城南，死郭北①，野死②不葬烏可食。爲我謂烏：「且爲客豪③，野死諒不葬，腐肉安能去子逃。」水深激激④，蒲葦冥冥⑤。梟騎戰鬬死，駑馬徘徊鳴。梁築室，何以南，何以北⑥，禾黍不穫君何食？願爲忠臣安可得？思子良臣，良臣誠可思，朝出行攻⑦，暮不夜歸。

①戰城南，死郭北：城南、城北都在打仗，都有人戰死。兩句是互文見義。郭，外城。 ②野死：指死在荒野中的屍體。 ③且爲客豪：希望烏鴉爲死者嚎哭。客，指戰死者。豪，通「嚎」。 ④激激：水清澈的樣子。 ⑤蒲葦冥冥：蒲、葦，都是水草。冥冥，茫茫一片。 ⑥梁築室，何以南，何以北：戰爭中在橋梁上構築工事或營壘，使人們不能南北通行。 ⑦朝行出攻：早上出去打仗。

2. 十五從軍征

十五從軍征，八十始得歸。道逢鄉里人：「家中有阿誰①？」「遙看是君家，松柏冢纍纍②。」兎從狗竇③入，雉從梁上飛。中庭④生旅穀⑤，井上生旅葵⑥。舂穀⑦持作飯，采葵持作羹。羹飯一時熟，不知貽阿誰？出門東向看，淚落沾我衣。

①阿誰：誰。阿，語助詞，無義。 ②冢纍纍：墳墓一個接一個。 ③狗竇：狗洞。 ④中庭：庭院裡。 ⑤旅穀：野生的穀子。 ⑥旅葵：野生的葵菜。 ⑦舂穀：用石臼搗穀，除去米糠。

3. 東門行

出東門①，不顧②歸；來入門，悵欲悲。盎③中無斗米儲，還視架上無懸衣④。拔劍東門去，舍中兒母⑤牽衣啼：「他家但願富貴，賤妾與君共餔糜⑥。上用倉浪天故，下當用此黃口兒⑦。

今非⑧！」「咄⑨！行！吾去爲遲！白髮時下難久居⑩。」

①東門：詩中主角所居城市的東門。②顧：考慮。③盎（ㄤˋ）：一種腹大口小的容器，古人用作米缸。④還視架上無懸衣：回頭看衣架上沒有一件掛著的衣服。指非常貧窮，除身上穿的，家中沒有一件多餘的衣服。⑤舍中兒母：家中孩子的媽，指詩中主角的妻子。⑥餔（ㄅㄨ）糜：吃稀飯。⑦上用倉浪（ㄌㄤˊ）天故，下當用此黃口兒：在上爲了要對得起蒼天，在下也應當爲孩子想一想。用，爲了。倉浪，青色。黃口兒，幼兒。⑧今非：現在的行爲不對。⑨咄（ㄉㄨㄛˋ）：呵斥聲。⑩白髮時下難久居：我已經熬得白髮時常脫落，這種窮日子實在難以捱下去了。時下，經常脫落。

4. 婦病行

婦病連年累歲，傳呼丈人①前，一言當言②；未及得言，不知淚下一何③翩翩④。「屬累⑤君兩三孤子，莫我兒飢且寒，有過愼莫笪笞⑥，行當折搖⑦，思復念之。」

亂⑧曰：抱時無衣⑨，襦復無裏⑩，閉門塞牖⑪，舍孤兒到市⑫。道逢親交，泣坐不能起。從乞求與孤買餌⑬，對交⑭啼泣，淚不可止。「我欲不傷，悲不能已。」探懷中錢持授交。入門見孤兒，啼索⑮其母抱。徘徊空舍中，「行復爾耳⑯，棄置勿復道⑰。」

①丈人：古時女子稱丈夫。②一言當言：有一句話應當對你說。③一何：何其，多麼。④翩翩：不停的樣子。⑤屬（ㄓㄨˇ）累（ㄌㄟˋ）：托付。⑥笪（ㄉㄚˊ）笞（ㄔ）：鞭打。⑦行當折搖：即將死去。折搖，即「折夭」，短命而死。⑧亂：樂歌的末章。⑨抱時無衣：父親抱起孩子，但沒有長衣給他穿。衣，長衣。⑩襦（ㄖㄨˊ）復無裏：短襖又沒有夾裏。⑪塞牖（ㄧㄡˇ）：堵上窗戶。⑫舍（ㄕㄜˇ）孤兒到市：把孤兒留在家裏，自己到市上去。舍，丟下。⑬與孤買餌：給孤兒買糕餅之類的食品。⑭交：親交。⑮索：求，尋找。⑯行復爾耳：將又如此。是說孩子也即將像母親那樣死於貧病。⑰棄置勿復道：暫且把這些煩惱拋開，不去想它吧！

5. 孤兒行

孤兒生，孤子遇生①，命獨當苦。父母在時，乘堅車，駕駟馬。父母已去，兄嫂令我行賈②。南到九江③，東到齊與魯④。臘月來歸，不敢自言苦。頭多蟣⑤蝨，面目多塵。大兄言辦飯，大嫂言視馬。上高堂，行取殿下堂⑥，孤兒淚下如雨。使我朝行汲，暮得水來歸，手爲錯⑦，足下無菲⑧。愴愴⑨履霜，中⑩多蒺藜⑪。拔斷蒺藜腸⑫肉中，愴欲悲。淚下渫渫⑬，清涕纍纍⑭。冬無複襦⑮，夏無單衣。居生⑯不樂，不如早去，下從⑰地下黃泉。春氣動，草萌芽，三月蠶桑，六月收瓜。將是瓜車⑱，來到還家⑲。瓜車反覆⑳，助我者少，啗㉑瓜者多。願還我蒂㉒，兄與嫂嚴，獨且急歸，當興校計㉓。

亂曰：里中一何譊譊㉔！願欲寄尺書，將與㉕地下父母，兄嫂難與久居。

①遇生：偶生，并生；指兄弟二人同是父母親生。 ②行賈（ㄍㄨˇ）：往來經商，做生意。漢代商人地位低下，有些商賈就是富貴人家的奴僕。兄嫂命孤兒經商，即把他當作奴僕。 ③九江：在今安徽省境內。 ④齊與魯：泛指今山東省境內。 ⑤蟣（ㄐㄧˇ）：蝨的幼蟲。 ⑥上高堂，行取殿下堂：孤兒上大廳去準備飯菜，又跑到廂房那邊去餵馬。高堂，正房。行，又。取，通「趨」，急走。殿下堂，廂房。 ⑦錯：通「皵（ㄑㄩㄝˋ）」，皮膚凍裂。 ⑧菲：草鞋。 ⑨愴愴：悲傷的樣子。 ⑩中：指道中，路上。 ⑪蒺藜：蔓生野草，有刺。 ⑫腸：腓腸，小腿肚。 ⑬渫（ㄉㄧㄝˊ）渫：淚流不停的樣子。 ⑭纍纍：接連不斷。 ⑮複襦（ㄖㄨˊ）：有裡層的短大衣。 ⑯居生：活在世上。 ⑰下從：指追隨父母。 ⑱將是瓜車：推著這輛裝瓜的車。將，推。是，此。 ⑲來到還家：向回家的路上走來。 ⑳反覆：翻覆。 ㉑啗（ㄉㄢˋ）：吃。 ㉒願還我蒂：孤兒無法阻止人家吃瓜，只得求眾人把瓜蒂還他，以便回去向兄嫂交代。 ㉓當興校計：必定會引起一場爭吵。校計，計較、爭執。 ㉔里中一何譊（ㄋㄠˊ）譊：家中兄嫂的叫罵聲又是多麼喧鬧。里中，家中。譊譊，喧嘩，叫罵聲。 ㉕將與：帶給。

6. 有所思

有所思①，乃在大海南。何用問遺君②？雙珠玳瑁簪③，用玉紹繚④之。聞君有他心⑤，拉雜摧燒之⑥。摧燒之，當風⑦揚其灰。從今以往，勿復相思！相思與君絕⑧！雞鳴狗吠⑨，兄嫂當知之。妃呼豨⑩！秋風肅肅⑪晨風颸⑫，東方須臾高知之⑬。

①有所思：有一個我所思念的人。②何用問遺（ㄨㄟˋ）君：用什麼贈給所思的人。何用，用何。問遺，贈送。③雙珠玳（ㄉㄞˋ）瑁（ㄇㄟˋ）簪：兩端各掛一珠的玳瑁髮簪。玳瑁，海龜科動物，甲殼光滑可做裝飾品。④紹繚（ㄌㄧㄠˊ）：纏繞。⑤他心：二心，變心。⑥拉雜摧燒之：把髮簪折斷、砸碎、摧毀，然後再燒掉它。拉，折。雜，砸碎。⑦當風：迎風。⑧相思與君絕：對你的相思永遠斷絕了。⑨雞鳴狗吠：指過去和男友幽會而驚動雞犬。⑩妃呼豨（ㄒㄧ）：摹聲詞，表示悲傷嘆息的聲音。⑪肅肅：風聲。⑫晨風颸（ㄙ）：雉鳥求偶而悲鳴。晨風，鳥名，即雉鳥。颸，「思」的訛字。⑬東方須臾高（ㄏㄠˋ）知之：一會兒東方發白，天亮以後我就知道怎麼辦了。高，同「皓」，明亮的意思。

7. 上邪

上邪①！我欲與君相知②，長命無絕衰③。山無陵④，江水爲竭，冬雷震震⑤夏雨⑥雪，天地合，乃敢與君絕。

①上邪：天啊！②相知：相親相愛。③長命無絕衰：希望永遠使愛情不衰絕。命，令，使。④山無陵：高山變爲平地。陵，山峰。⑤震震：雷聲。⑥雨（ㄩˋ）：降落。

三、五言詩

1.班　固

詠　史

三王①德彌薄，惟後用肉刑②。太倉令③有罪，就遞④長安城。自恨身無子，困急獨煢煢。小女痛父言，死者不可生。上書詣闕下⑤，思古歌〈鷄鳴〉⑥。憂心摧折裂，〈晨風〉⑦揚激聲。聖漢孝文帝，惻然感至情，百男何憒憒⑧，不如一緹縈。

①三王：指夏禹、商湯、周文王及武王。②肉刑：殘害肉體的刑罰。古代有墨、劓、剕、宮等種類。③太倉令：主管政府糧倉的長官。這裡指淳于意。他是西漢臨淄人，仕齊爲太倉長，世稱太倉公，或稱倉公，習醫術。文帝時，坐法當肉刑，其女緹縈上書救之，因而得免。④就遞：押送。⑤闕（ㄑㄩㄝˋ）下：宮闕之下。代指天子。⑥〈鷄鳴〉：《詩經．齊風》篇名。此詩抒寫賢妃催促君王上朝的情意。⑦〈晨風〉：《詩經．秦風》篇名。此詩歌咏女子「未見君子」的憂心。⑧憒（ㄎㄨㄟˋ）憒：糊塗昏庸。

2.秦　嘉

贈婦①詩（三首之一）

人生譬朝露，居世多屯蹇②。憂艱常早至，歡會常苦晚。念當奉時役③，去爾日遙遠。遣車迎子還，空往復空返。省書④情悽愴，臨食不能飯。獨坐空房中，誰與相勸勉？長夜不能眠，伏枕獨展轉，憂來如循環，匪席不可卷⑤。

①贈婦：作者赴洛陽之前，寫給臥病娘家的妻子徐淑。②屯（ㄓㄨㄣ）蹇（ㄐㄧㄢˇ）：屯、蹇是《易經》卦名，都有艱難之象。故用來指困難險阻。③奉時役：奉命任此差役。作者擔任郡上計，送簿記到京師洛陽。④省書：看書。⑤匪席不可卷：借用《詩經・邶風・柏舟》篇「我心匪席，不可卷也」，說明內心的愁思無盡，難以遏止，不像席子可以隨意捲起來。

四、古詩十九首

1.行行重行行

行行重行行①，與君生別離。相去萬餘里，各在天一涯。道路阻②且長，會面安可知？胡馬依北風，越鳥巢南枝③。相去日已遠，衣帶日已緩④。浮雲蔽白日⑤，遊子不顧反⑥。思君令人老，歲月忽已晚。棄捐⑦勿復道，努力加餐飯。

①行行重行行：走了又走，含有愈走愈遠的意思。②阻：艱險。③胡馬依北風，越鳥巢南枝：胡馬南來後仍依戀北風，越鳥北飛後仍築巢於南向的樹枝。胡馬，北方胡地所產的馬。越鳥，南方越地的鳥。④緩：寬。⑤浮雲蔽白日：比喻奸邪蔽賢。⑥不顧反：不想著回家。顧，念。⑦棄捐：拋開。

2.迢迢牽牛星

迢迢①牽牛星，皎皎②河漢女③。纖纖擢素手④，札札弄機杼⑤。終日不成章⑥，泣涕零⑦

如雨。河漢清且淺，相去復幾許⑧？盈盈⑨一水間，脈脈⑩不得語。

①迢迢：遙遠的樣子。②皎皎：明亮的樣子。③河漢女：指織女星。河漢，銀河。織女星位在銀河北。④纖纖擢（ㄓㄨㄛˊ）素手：舉起細柔潔白的手。纖纖，形容手的纖細柔長。擢，舉起。素，潔白。⑤札札弄機杼（ㄓㄨˋ）：操作織布機，發出札札的聲音。弄，操作。杼，織布用的梭子。⑥章：指布的紋理。⑦零：落。⑧幾許：多少。⑨盈盈：河水清淺的樣子。⑩脈脈：含情相視。

3. 迴車駕言邁

迴車駕言邁①，悠悠②涉長道。四顧何茫茫，東風搖百草。所遇無故物③，焉得不速老？盛衰各有時，立身④苦⑤不早。人生非金石，豈能長壽考⑥？奄忽⑦隨物化⑧，榮名⑨以爲寶。

①迴車駕言邁：掉轉車頭，駕著車子要回到遙遠的故鄉。迴車，回轉車子。言，語助詞，無義。邁，遠行。②悠悠：漫長遙遠的樣子。③所遇無故物：所遇見的景物都已經改變了。④立身：建立一生的事業。⑤苦：憂慮。⑥壽考：長壽高齡。考，老。⑦奄（ㄧㄢˇ）忽：急速。⑧隨物化：隨萬物而變化，即死亡的意思。⑨榮名：光榮的名聲。

4. 生年不滿百

生年不滿百，常懷千歲憂。晝短苦夜長，何不秉燭遊①？爲樂當及時，何能待來茲②。愚者愛惜費③，但爲後世嗤。仙人王子喬④，難可與等期⑤。

①秉燭遊：手拿著燭火照明去遊玩。②來茲：來年。茲，年。③費：費用，指錢財。④王子喬：古代傳說中著名的仙人之一。他原是周靈王的太子，名晉，好吹笙作鳳鳴，後被道人浮丘公接引到嵩山成仙。⑤等期：同樣的希望。

五、敘事詩

1.上山采蘼蕪

上山採蘼蕪①，下山逢故夫②。長跪③問故夫：「新人④復何如？」「新人雖云好，未若故人⑤姝⑥，顏色⑦類相似，手爪⑧不相如。新人從門入，故人從閤⑨去。新人工織縑⑩，故人工織素⑪。織縑日一匹⑫，織素五丈餘，將縑來比素，新人不如故。」

①蘼蕪：一種香草，葉子風乾可做香料。②故夫：已離婚的丈夫。③長跪：表示敬意的跪姿，跪時大腿挺直，臀部離開腳後跟。④新人：指新娶的妻子。⑤故人：指已離婚的妻子。⑥姝（ㄕㄨ）：美好。泛指各方面的優點，不專指容貌。⑦顏色：指容貌。⑧手爪：指紡織等手藝。⑨閤：旁門，小門。⑩縑（ㄐㄧㄢ）：黃絹。⑪素：白絹。⑫一匹：四丈長的布帛。

2.蔡　琰

悲憤詩

漢季失權柄，董卓亂天常①，志欲圖篡弒②，先害諸賢良。逼迫遷舊邦③，擁主以自強。

海內興義師④，欲共討不祥。卓衆來東下⑤，金甲耀日光，平土人脆弱，來兵皆胡羌⑥。獵野圍城邑，所向悉破亡。斬截無孑遺，尸骸相掌拒⑦，馬邊懸男頭，馬後載婦女。長驅西入關，迴路險且阻。還顧邈冥冥⑧，肝脾爲爛腐。所略⑨有萬計，不得令屯聚⑩。或有骨肉俱，欲言不敢語。失意幾微間⑪，輒言斃降虜，要當以亭刃⑫，我曹不活汝。豈敢惜性命，不堪其詈罵，或便加棰杖，毒痛參并下⑬。旦則號泣行，夜則悲吟坐。欲死不可得，欲生無一可。彼蒼者何辜？乃遭此厄禍。

邊荒⑭與華異，人俗少義理。處所多霜雪，胡風春夏起，翩翩吹我衣，肅肅⑮入我耳。感時念父母，哀歎無終已。有客從外來，聞之常歡喜，迎問其消息，輒復非鄉里。邂逅徼時願⑯，骨肉來迎己。己得自解免，當復棄兒子。天屬⑰綴⑱人心，念別無會期，存亡永乖隔，不忍與之辭。兒前抱我頸，問母欲何之？人言母當去，豈復有還時？阿母常仁惻⑲，今何更不慈？我尚未成人，奈何不顧思？見此崩五內⑳，恍惚生狂癡㉑，號呼手撫摩，當發復回疑。兼有同時輩，相送告離別，慕我獨得歸，哀叫聲摧裂㉒。馬爲立踟躕，車爲不轉轍㉓。觀者皆歔欷，行路亦嗚咽。

去去割情戀，遄征日遐邁㉔，悠悠三千里，何時復交會？念我出腹子，胸臆爲摧敗。既至家人盡，又復無中外㉕。城郭爲山林，庭宇生荊艾。白骨不知誰，從橫莫覆蓋。出門無人聲，豺狼號且吠。煢煢對孤景㉖，怛咤㉗糜㉘肝肺。登高遠眺望，魂神忽飛逝。奄若㉙壽命盡，旁人相寬大㉚。爲復彊視息㉛，雖生何聊賴㉜？託命于新人㉝，竭心自勗勵。流離成鄙賤，常恐復捐廢㉞。人生幾何時？懷憂終年歲！

①天常：天之常道，天理。②篡弒：殺君奪位。③舊邦：指長安。董卓焚燒洛陽，強迫獻帝遷都長安。④義師：指以袁紹爲主的關東討董卓軍隊。⑤卓眾來東下：董卓派部將李傕、郭汜等出兵關東，大掠陳留、潁川諸縣。蔡琰於此時被擄。⑥胡羌：指董卓軍中的羌、氐族人。⑦相牚拒：互相支拄。這裡形容屍體堆積雜亂。⑧還顧邈冥冥：回望故鄉渺遠迷茫。⑨所略：被虜掠的人。⑩屯聚：聚集。⑪失意幾微間：如果被虜掠的人使士兵稍感不滿。幾微，稍微。⑫亭刃：挨刀子。亭，直、當的意思。⑬毒痛參并下：毒恨和痛苦交加而來。⑭邊荒：邊遠之地，指南匈奴。⑮肅肅：風聲。⑯邂逅徼時願：平時所冀望的事情意外地實現了。徼，僥倖。⑰天屬：有血緣關係的親屬。⑱綴：牽繫。⑲仁惻：仁慈。⑳五內：五臟。㉑生狂癡：發狂。㉒摧裂：摧折得心都碎了。㉓轉轍：指車輪轉動。㉔遄（ㄔㄨㄢˊ）征日遐邁：飛快地趕路，一天天走遠了。遄，急速。㉕中外：中表親戚。中，指舅父的子女，爲內兄弟。外，指姑母的子女，爲外兄弟。㉖孤景：指自己的影子。景，同「影」。㉗怛（ㄉㄚˊ）咤（ㄓㄚˋ）：驚痛而發聲。㉘糜：爛、碎。㉙奄若：瞬間好像。㉚相寬大：相勸要寬心。㉛彊視息：勉強活下去。息，呼吸。㉜聊賴：依靠。㉝新人：指作者重嫁的丈夫董祀。㉞捐廢：遺棄。

3. 孔雀東南飛①

孔雀東南飛，五里一徘徊。「十三能織素，十四學裁衣，十五彈箜篌②，十六誦詩書。十七爲君婦，心中常苦悲。君既爲府吏③，守節情不移④。鷄鳴入機織，夜夜不得息。三日斷⑤五匹，大人⑥故嫌遲。非爲織作遲，君家婦難爲；妾不堪驅使，徒留無所施。便可白公姥⑦，及時相遣歸。」

府吏得聞之，堂上啓阿母：「兒已薄祿相⑧，幸復得此婦。結髮⑨同枕席，黃泉共爲友。共事二三年，始爾未爲久。女行無偏斜，何意致不厚⑩？」阿母謂府吏：「何乃太區區⑪！此婦無禮節，舉動自專由⑫。吾意久懷忿，汝豈得自由？東家有賢女，自名秦羅敷，可憐⑬體⑭

無比，阿母為汝求。便可速遣之，遣去慎莫留！」府吏長跪告，伏維⑮啓阿母：「今若遣此婦，終老不復取⑯！」阿母得聞之，槌牀⑰便大怒：「小子無所畏，何敢助婦語！吾已失恩義，會不相從許⑱！」府吏默無聲，再拜還入戶，舉言⑲謂新婦⑳，哽咽不能語：「我自不驅卿，逼迫有阿母。卿但暫還家，吾今且報府㉑，不久當歸還，還必相迎取，以此下心意㉒，慎勿違吾語。」新婦謂府吏：「勿復重紛紜㉓，往昔初陽歲㉔，謝家㉕來貴門。奉事循公姥，進止㉖敢自專！晝夜勤作息㉗，伶俜縈苦辛㉘。謂言㉙無罪過，供養卒大恩㉚。仍更被驅遣，何言復來還？妾有繡腰襦㉛，葳蕤㉜自生光；紅羅複斗帳㉝，四角垂香囊。箱簾㉞六七十，綠碧青絲繩㉟。物物各自異，種種在其中。人賤物亦鄙，不足迎後人㊱；留待作遺施㊲，於今無會因㊳。時時為安慰，久久莫相忘。」

雞鳴外欲曙，新婦起嚴妝㊴。著我繡裌裙㊵，事事四五通㊶。足下躡絲履，頭上玳瑁光。腰若流紈素㊷，耳著明月璫㊸。指如削葱根㊹，口如含珠丹㊺。纖纖作細步，精妙世無雙。上堂謝阿母，母聽去不止。「昔作女兒時，生小出野里，本自無教訓，兼愧貴家子。受母錢帛㊻多，不堪母驅使。今日還家去，念母勞家裏。」卻㊼與小姑別，淚落連珠子。「新婦初來時，小姑始扶床，今日被驅遣，小姑如我長。勤心養公姥，好自相扶將㊽，初七及下九㊾，嬉戲莫相忘。」出門登車去，涕落百餘行。

府吏馬在前，新婦車在後，隱隱何甸甸㊿，俱會大道口。下馬入車中，低頭共耳語：「誓不相隔卿，且暫還家去，吾今且赴府。不久當還歸，誓天不相負。」新婦謂府吏：「感君區區(51)懷。君既若見錄(52)，不久望君來。君當作磐石(53)，妾當作蒲葦(54)。蒲葦紉如絲，磐石無轉移。我有親父兄(55)，性行暴如雷，恐不任我意，逆(56)以煎我懷。」舉手(57)長勞勞(58)，二情同依依。

入門上家堂，進退無顏儀。阿母大拊掌59：「不圖子自歸！十三教汝織，十四能裁衣，十五彈箜篌，十六知禮儀，十七遣汝嫁，謂言無誓違60。汝今何罪過，不迎而自歸？」「蘭芝慚阿母，兒實無罪過。」阿母大悲摧61。

還家十餘日，縣令遣媒來。云「有第三郎，窈窕62世無雙，年始十八九，便言多令才63。」阿母謂阿女：「汝可去應之。」阿女含淚答：「蘭芝初還時，府吏見丁寧，結誓不別離。今日違情義，恐此事非奇64。自可斷來信，徐徐更謂之。」阿母白媒人：「貧賤有此女，始適還家門，不堪吏人婦，豈合令郎君？幸可廣問訊65，不得便相許。」媒人去數日，尋遣丞請還66。說「有蘭家女，承籍有宦官67。」云「有第五郎，嬌逸未有婚。遣丞爲媒人，主簿通語言68。」直說「太守家，有此令郎君。既欲結大義，故遣來貴門。」阿母謝媒人：「女子先有誓，老姥豈敢言？」阿兄得聞之，悵然心中煩，舉言謂阿妹：「作計何不量？先嫁得府吏，後嫁得郎君。否泰如天地，足以榮汝身。不嫁義郎體。其往欲何云69？」蘭芝仰頭答：「理實如兄言。謝家事夫壻，中道還兄門，處分適兄意，那得自任專！雖與府吏要70，渠71會永無緣。登即相許和72，便可作婚姻。」媒人下牀去，諾諾復爾爾73。還部白府君74：「下官奉使命，言談大有緣。」府君得聞之，心中大歡喜。視曆復開書75，便利此月內，六合76正相應。「良吉三十日，今已二十七。卿可去成婚。」交語速裝束77，絡繹如浮雲。青雀白鵠舫78，四角龍子幡79，婀娜隨風轉。金車玉作輪，躑躅80青驄馬，流蘇金縷鞍81。齎錢三百萬，皆用青絲穿；雜綵82三百匹，交廣市鮭珍83。從人四五百，鬱鬱登郡門84。

阿母謂阿女：「適得府君書，明日來迎汝。何不作衣裳？莫令事不舉85！」阿女默無聲，手巾掩口啼，淚落便如瀉。移我琉璃榻86，出置前窗下，左手持刀尺，右手執綾羅，朝成繡裌裙，晚成單羅衫。晻晻[87]日欲暝，愁思[88]出門啼。府吏聞此變，因求假暫歸，未至二三里，摧藏[89]馬悲哀。新婦識馬聲，躡履相逢迎，悵然遙相望，知是故人來。舉手拍馬鞍，嗟歎使心傷。「自君別我後，人事不可量。果不如先願，又非君所詳。我有親父母，逼迫兼弟兄。以我應他人，君還何所望？」府吏謂新婦：「賀卿得高遷！磐石高且厚，可以卒千年；蒲葦一時紉，便作旦夕間。卿當日勝貴[90]，吾獨向黃泉。」新婦謂府吏：「何意出此言？同是被逼迫，君爾妾亦然。黃泉下相見，勿違今日言！」執手分道去，各各還家門，生人作死別，恨恨那可論！念與世間辭，千萬不復全[91]。

府吏還家去，上堂拜阿母：「今日大風寒，寒風摧樹木，嚴霜結庭蘭[92]。兒今日冥冥[93]，令母在後單。故作不良計[94]，勿復怨鬼神，命如南山石，四體康且直[95]。」阿母得聞之，零淚應聲落：「汝是大家子，仕宦於臺閣[96]。愼勿爲婦死，貴賤情何薄[97]？東家有賢女，窈窕艷城郭，阿母爲汝求，便復在旦夕。」府吏再拜還，長歎空房中，作計乃爾[98]立，轉頭向戶裡[99]，漸見愁煎迫。其日牛馬嘶，新婦入青廬[100]，奄奄[101]黃昏後，寂寂人定初。「我命絕今日，魂去尸長留。」攬裙脫絲履，舉身赴清池。府吏聞此事，心知長別離。徘徊庭樹下，自掛東南枝。

兩家求合葬，合葬華山[102]傍。東西植松柏，左右種梧桐；枝枝相覆蓋，葉葉相交通。中有雙飛鳥，自名爲鴛鴦。仰頭相向鳴，夜夜達五更。行人駐足聽，寡婦起彷徨。多謝[103]後世人，戒之愼勿忘。

①孔雀東南飛：本詩最早見於《玉臺新詠》，題爲〈古詩爲焦仲卿妻作〉。《樂府詩集》亦收此詩，題爲〈焦仲卿妻〉。後人則常取詩之首句，名之爲〈孔雀東南飛〉。《玉臺新詠》詩前有序云：「漢末建安中，廬江府小吏焦仲卿妻劉氏，爲仲卿母所遣，自誓不嫁。其家逼之，乃投水而死。仲卿聞之，亦自縊於庭樹。時人傷之，爲詩云爾。」廬江，漢郡名，

在今安徽省濳山縣一帶。②箜(ㄎㄨㄥ)篌(ㄏㄡˊ)：古代的一種弦樂器，體曲而長，有二十三弦，彈時抱在懷中，兩手撥弦。③府吏：太守府中的小吏。④守節情不移：指焦仲卿忠於職守，常宿府中，不爲夫婦之情所移。節，臣節。⑤斷：指從織機上把織好的絹截下來。⑥大人：對長輩的敬稱，這裡指焦仲卿的母親。⑦公姥(ㄇㄨˇ)：公婆。這裡是偏義複詞，單指婆婆。⑧薄祿相：命中注定官卑俸少的長相。⑨結髮：指成年。男子二十歲束髮加冠，女子十五歲束髮加笄表示成年，通稱結髮。⑩何意致不厚：那料到會使您不喜歡她？意，料到。厚，厚愛、厚待的意思。⑪區區：愚昧，目光短淺。⑫自專由：自作主張，任性而爲。⑬可憐：可愛。⑭體：體態。⑮伏維：表示謙卑的發語詞。伏，伏在地下。維，想。⑯取：同「娶」。⑰牀：古代一種坐具，比板凳稍寬一些。⑱會不相從許：一定不聽從你的要求。會，必定。從許，依從。⑲舉言：轉述母言。⑳新婦：媳婦。㉑報府：到廬江府去辦公。報，通「赴」，到。㉒以此下心意：爲此你就委屈一點。下心意，低聲下氣。㉓勿復重紛紜：不必再找麻煩了，也就是說別再提迎娶了。㉔初陽歲：冬末春初的季節。㉕謝家：辭別娘家。㉖進止：進退舉止。㉗勤作息：勤奮地工作。㉘伶俜(ㄆㄧㄥ)縈苦辛：孤獨而又辛苦。伶俜，孤獨的樣子。縈，纏繞。㉙謂言：自以爲。㉚卒大恩：盡力報答婆婆的大恩。㉛繡腰襦：一種繡花的短襖。㉜葳(ㄨㄟ)蕤(ㄖㄨㄟˊ)：草木茂盛的樣子，這裡形容衣上刺繡的花樣很多，閃閃發光。㉝紅羅複斗帳：紅色絲綢做的雙層床帳。複，雙層。斗帳，一種上窄下寬，形如覆斗的床帳。㉞箱簾：箱子和鏡匣。簾，同「奩」，鏡匣。㉟綠碧青絲繩：指捆箱匣的青色絲繩。㊱後人：指焦仲卿將來再娶的妻子。㊲遺(ㄨㄟˋ)施：贈送、施與。㊳於今無會因：從此以後沒有見面的機會。因，機會。㊴嚴妝：盛妝。㊵繡裌(ㄐㄧㄚˊ)裙：繡花有裡面兩層的裙子。㊶事事四五通：指梳妝打扮時每件事都要反覆四五遍。㊷腰若流紈素：腰間絲帶的光彩像水一樣輕盈流轉。㊸明月璫(ㄉㄤ)：明月珠做的耳環。㊹削葱根：削尖了的葱白。㊺珠丹：一種紅色的寶石。㊻錢帛：聘禮。㊼卻：還，再。㊽扶將：照應、保重。㊾初七及下九：初七，指七夕。下九，每月的十九日。古代婦女，七夕供祭織女乞巧，下九日置酒遊戲。㊿隱隱何甸甸：隱隱、甸甸，都是車聲。何，語助詞。(51)區區：即「拳拳」，誠懇、眞摯。(52)君既若見錄：既然蒙你心中記著我。既若，既然這樣。見，蒙。錄，記。(53)磐石：大石。磐石沈重不能移動，以喻忠誠不變。(54)蒲葦：蒲草和葦草，都是水草，其性柔而韌，以喻愛情的堅貞。(55)親父兄：蘭芝父已不在，此處是偏義複詞，指親兄。(56)逆：逆料，揣度。(57)舉手：揮手告別。(58)勞勞：憂傷的樣子。(59)拊(ㄈㄨˇ)掌：拍手，表示驚訝。(60)無誓違：不要違背婆家的規矩。誓，約束。(61)悲摧：悲痛。(62)窈窕：容貌美好。(63)便(ㄆㄧㄢˊ)言多令才：善於辭令，又有才華。令，美。(64)非奇：不佳，不妙。(65)廣問訊：多方打聽。(66)尋遣丞請還：不久縣令派遣縣丞請示太守，縣丞請示後又回來。丞，縣丞，職位次于縣令。

(67)說「有蘭家女，承籍有宦官」：是縣丞向縣令建議另向蘭家求婚，說蘭家是官宦人家，和劉氏不同。承籍，承繼先人的仕籍。(68)云「有第五郎，嬌逸未成婚，遣丞爲媒人，主簿通語言」：是縣丞告縣令已受太守委託，爲他的五少爺向劉家求婚，這委託是府主簿傳達的。嬌逸，儀態優美，風度飄逸。主簿，掌管檔案文書的官吏。通語言，傳達太守的意思。(69)其往欲何云：長此以往將怎麼辦呢？(70)要（ㄧㄠ）：約。(71)渠：他，指仲卿。(72)登即相許和：立即可應許人家。和，應。(73)諾諾復爾爾：好好，是是，就如此辦吧！諾諾，答應聲。爾爾，如此如此。(74)還部白府君：回到府衙告訴太守。(75)視曆復開書：指查看曆書，挑選良辰吉日。(76)六合：古人結婚必擇吉日，要求年、月、日的干支都相適合，叫「六合」。(77)裝束：籌辦婚禮所用的東西。(78)青雀白鵠舫：指船頭畫有青雀、白鵠的船。(79)龍子幡：繡龍的旗幟。(80)躑（ㄓˊ）躅（ㄓㄨˊ）：緩步前進。(81)流蘇金縷鞍：流蘇，用五彩羽毛做成的穗子。金縷鞍，用金屬雕花爲飾的馬鞍。(82)雜綵：各色緞匹。(83)交廣市鮭（ㄒㄧㄝˊ）珍：教人廣泛去購買山珍海味。交，同「教」。市，買。鮭珍，魚類菜肴總稱，泛指山珍海味。(84)鬱鬱登郡門：鬱鬱，盛多的樣子，形容人馬物品之多。登郡門，從郡門出發。登，當作「發」。(85)不舉：籌辦不及。舉，成。(86)琉璃榻：鑲嵌著琉璃的坐具。(87)晻（ㄧㄢˇ）晻：日色昏暗無光的樣子。(88)愁思（ㄙˋ）：憂愁哀傷。(89)摧藏：摧折肝腸。藏，同「臟」。(90)日勝貴：生活一天比一天好，地位一天比一天高。勝，指生活好。(91)千萬不復全：無論如何不再想保全了。千萬，表示堅決之辭。(92)庭蘭：庭院的蘭草。(93)日冥冥：黃昏日落。比喻生命即將結束。(94)故作不良計：故意自尋短見。(95)直：順適。(96)仕宦於臺閣：你將來還要進尚書臺當官呢！臺閣，指尚書臺，尚書在漢代掌管機要文書，權力很大，其官署稱尚書臺。(97)貴賤情何薄：你的身分高貴，蘭芝卑賤，休棄她怎麼算薄情呢！(98)乃爾：如此。(99)轉頭向戶裏：寫仲卿臨死時顧念母親。(100)青廬：一種用青布搭成的帳篷，是古代舉行婚禮的地方。(101)奄奄：同「晻晻」，昏暗的樣子。(102)華山：廬江小山名，今不可考。(103)多謝：再三告訴。

拾、魏晉文學理論

1. 曹丕

典論・論文①

文人相輕，自古而然。傅毅之於班固②，伯仲之間耳，而固小之③，與弟超④書曰：「武仲以能屬文爲蘭臺令史⑤，下筆不能自休⑥。」夫人善於自見⑦，而文非一體，鮮能備善⑧，是以各以所長，相輕所短。里語曰：「家有弊帚，享之千金。」⑨斯不自見⑩之患也。

今之文人，魯國孔融文舉⑪，廣陵陳琳孔璋⑫，山陽王粲仲宣⑬，北海徐幹偉長⑭，陳留阮瑀元瑜⑮，汝南應瑒德璉⑯，東平劉楨公幹⑰。斯七子者⑱，於學無所遺⑲，於辭無所假⑳，咸以自騁驥騄㉑於千里，仰齊足而並馳㉒，以此相服㉓，亦良難矣。蓋君子審己以度人㉔，故能免於斯累㉕而作論文。

王粲長於辭賦，徐幹時有齊氣㉖，然粲之匹也。如粲之〈初征〉、〈登樓〉、〈槐賦〉、〈征思〉㉗，幹之〈玄猿〉、〈漏巵〉、〈圓扇〉、〈橘賦〉㉘，雖張、蔡㉙不過也；然於他文，未能稱是。琳、瑀之章表書記㉚，今之儁㉛也。應瑒和而不壯㉜，劉楨壯而不密㉝。孔融體氣高妙㉞，有過人者，然不能持論，理不勝辭㉟，以至乎雜以嘲戲；及其所善，揚、班之儔㊱也。

常人貴遠賤近㊲，向聲背實㊳，又患暗於自見，謂己爲賢。夫文本同而末異㊴，蓋奏議宜雅㊵，書論宜理㊶，銘誄尚實㊷，詩賦欲麗㊸。此四科不同，故能之者偏㊹也，唯通才能備其體。

文以氣爲主㊺，氣之清濁有體㊻，不可力強而致。譬諸音樂，曲度雖均，節奏同檢㊼，至於引氣不齊㊽，巧拙有素㊾，雖在父兄，不能以移㊿子弟。

蓋文章者，經國之大業，不朽之盛事(51)。年壽有時而盡，榮華止乎其身，二者必至之常期(52)，未若文章之無窮。是以古之作者，寄身於翰墨，見意於篇籍(53)，不假良史之辭，不托飛馳之勢(54)，而聲名自傳於後。故西伯幽而演《易》(55)，周旦顯而制《禮》(56)，不以隱約而弗務，不以康樂而加思(57)。夫然(58)，則古人賤尺璧而重寸陰(58)，懼乎時之過已。而人多不強力(60)，貧賤則懾(61)於饑寒，富貴則流(62)於逸樂，遂營目前之務，而遺千載之功。日月逝於上，體貌衰於下，忽然與萬物遷化(63)，斯志士之大痛也。

融等已逝，唯幹著《論》(64)，成一家言。

①典論．論文：《典論》是曹丕所著一部書，共五卷，原書已散失，今只存〈自敘〉〈論文〉〈論方術〉三篇。②傅毅之於班固：傅毅，字武仲，博學能文，曾作〈七激〉諷諫漢明帝，章帝時爲蘭臺令史，拜郎中，與班固、賈逵共同主持校勘書籍工作，現存詩、賦、誄、頌、連珠等二十八篇。班固，字孟堅，九歲能屬文，誦詩、書，十六歲入洛陽太學，博覽群經九流百家之言，明帝召爲蘭臺令史，升爲郎，典校秘書，著有《漢書》《白虎通義》〈兩都賦〉等，竇憲出征匈奴，班固任中護軍，竇憲失敗，被捕入獄，死於獄中。③小之：輕視他。④超：班超，班固之弟，少投筆從戎，漢明帝時出使西域，讓五十餘國內屬，封定遠侯。⑤以能屬（ㄓㄨˇ）文爲蘭臺令史：因爲擅長寫文章，做蘭臺令史。屬文，寫文章；屬，綴輯，綴集字句爲篇章，故曰屬文。蘭臺令史，官名，主持整理圖書和書奏；蘭臺，漢宮中藏書之處，本由御史中丞兼管，後設蘭臺令史六人，主持典校文書等工作。⑥下筆不能自休：寫文章冗長拖沓，不擅長駕馭文字。休，止。⑦自見（ㄒㄧㄢˋ）：表現自己。見，同「現」。⑧文非一體，鮮（ㄒㄧㄢˇ）能備善：文章體裁種類多，很少有人能全部精通。鮮，少。⑨里語曰：「家中敝帚，享之千金」：俗話說：「家中的破掃帚，當成千金的貴重

物品。」里語，民間諺語。弊帚，破掃把。享，當。⑩不自見（ㄐㄧㄢˋ）：無自知之明。⑪魯國孔融文舉：孔融，字文舉，東漢魯國（今山東省曲阜縣）人。獻帝時爲北海相，後爲曹操所殺，詩文頗有豪氣。現存《孔北海集》一卷。⑫廣陵陳琳孔璋：陳琳，字孔璋，東漢廣陵（今江蘇省江都縣東北）人。初爲何進主簿，後歸附曹操，軍國書檄多由其撰稿。現存《陳記室集》一卷。⑬山陽王粲仲宣：王粲，字仲宣，東漢山陽高平（今山東省鄒縣西南）人。能詩善賦，才思敏捷，鍾嶸《詩品》推爲「七子之冠冕」，曾避難荆州依劉表，後歸曹操。現存《王侍中集》一卷。⑭北海徐幹偉長：徐幹，字偉長，東漢北海（今山東省壽光縣）人。曹操辟爲司空軍謀祭酒掾屬、五官將文學。現存《中論》二卷、詩四首。⑮陳留阮瑀元瑜：阮瑀，字元瑜，東漢陳留（今河南省陳留縣）人。曹操辟爲司空軍謀祭酒、管記室。現存《阮元瑜集》一卷。⑯汝南應瑒德璉：應瑒，字德璉，東漢汝南（今河南省汝南縣東南）人。曹操辟爲丞相掾屬，轉平原侯庶子，後爲五官將文學。現存《應德璉集》一卷。⑰東平劉楨公幹：劉楨，字公幹，東漢東平（今山東省東平縣）人。曹操辟爲丞相掾屬。現存《劉公幹集》一卷。⑱斯七子者：上述七人即「建安七子」，建安七子之稱始見於此。斯，此。⑲於學無所遺：學識淵博，無所不學。遺，遺漏。⑳於辭無所假：文筆出眾，能自創新辭。假，借，謂借用古人陳言。㉑騁驥（ㄐㄧˋ）騄（ㄌㄨˋ）：馳騁千里馬。驥騄，泛指良馬；驥，千里馬；騄，周穆王八駿之一。㉒仰齊足而並馳：並駕齊驅，不相上下。仰，恃，恃其才而不相讓。齊足，步伐一致。並馳，並駕齊驅。㉓相服：互相佩服對方。㉔審己以度人：審察自己以量度別人。㉕斯累：指文人相輕而無自知之明的毛病。斯，此。累，病。㉖齊氣：受齊地影響所形成的氣，齊俗文體舒緩。氣，作者的才性與作品的風格。㉗粲之〈初征〉、〈登樓〉、〈槐賦〉、〈征思〉：王粲的〈初征〉、〈登樓〉、〈槐賦〉，均存，見《全後漢文》；〈征思〉，今佚。㉘幹之〈玄猿〉、〈漏卮〉、〈圓扇〉、〈橘賦〉：〈圓扇〉見《全後漢文》。〈玄猿〉、〈漏卮〉、〈橘賦〉，今佚。㉙張、蔡：張，張衡，字平子，東漢人，著名的文學家兼科學家，善辭賦，有〈二京賦〉、〈思玄賦〉、〈述志賦〉等傳世。蔡，蔡邕，字伯喈，東漢人，博學，好辭章、術數、天文，妙解音律，專長書法，所作賦以〈述行賦〉最有名。㉚章表書記：章，奏章，臣僚上呈皇帝的公文。表，臣僚爲說明事理、表白忠心而上呈皇帝的公文。書，書信。記，各種記事的箚牘。㉛雋：同「俊」，傑出。㉜和而不壯：平和而不雄壯。㉝壯而不密：雄壯而不精細。㉞體氣高妙：文章格調和才氣都高出眾人。㉟理不勝辭：文辭美好，而說理不佳。㊱揚、班之儔（ㄔㄡˊ）：揚，揚雄，字子雲，西漢末年著名的辭賦家兼思想家，著有〈甘泉賦〉、〈羽獵賦〉、〈長楊賦〉等賦，又仿《周易》作《太玄》，仿《論語》作《法言》。班，指班固。儔，同類。㊲貴遠賤近：即貴古賤今；看重前代，輕視近代。㊳向聲背實：崇尚虛名，脫離實際。聲，名聲。㊴文本同而末異：各種文體的根源相同，但流變後各有其特殊性。本，本源。末，流變。㊵奏議宜雅：奏議，向皇帝陳述政事、報告緊急事變、彈劾犯罪等的公文。宜雅，應當典雅。㊶書論宜理：書論，書信和論文。宜理，應當有條理。㊷銘誄尚實：銘，題刻在器物上、寓有警戒作用的文章；誄，哀悼追念死者的文章。尚實，注重眞實。㊸麗：指詞采華麗。㊹能之者偏：善寫文章的人只能偏重在某一方面有所專長。㊺文以氣爲主：「氣」的解釋極爲紛歧，常見者有二種；一說指作家的才性與才性形諸作品所產生的風格，一說指作家的才性與作品的文辭氣勢，但也有不少人主張單指作家才性，或單指作品風格、文辭氣勢。㊻氣之清濁有體：氣有清濁兩種類型，清是俊爽超邁的陽剛之氣，濁是凝重沈鬱的陰柔之氣。㊼曲度雖均，節奏同檢：曲譜相同，節奏也按照相同的規定。曲度，曲譜。檢，法度。㊽引氣不齊：引氣，用氣、運氣。不齊，不同；齊，相同。㊾素：素質，指人的天賦、本性。㊿移：傳授。(51)經國之大業，不朽之盛事：輔助治國的大業，傳諸後世不朽的盛事。經，治理。不朽，《左傳》以立德、立功、立言爲三不朽。大業、盛事，都是指偉大的事業。(52)必至之常期：必然終止的期限。常期，一定的期限。(53)寄身於翰墨，見意於篇籍：把身心寄託在創作，把思想表現在文章。翰墨，筆墨，指寫作文章。見意，表達思想意見。(54)不假良史之辭，不托飛馳之勢：不必借助歷史學家爲之作傳，也不必依靠飛黃騰達的權勢者爲之吹噓。假，借。托，依靠。飛馳，指權貴。(55)西伯幽而演《易》：周文王在殷商時，作雍州州長，州長曰伯，雍州在西，故曰西伯。紂王曾將文王拘囚於羑里，文王在獄中推演《易》象，作卦爻辭。幽，囚禁。演，推算。(56)周旦顯而制禮：周公，姓姬名旦，周武王之弟，成王之叔。周公平定管、蔡之亂後，改定官制，創制禮法。顯，顯達。(57)不以隱約而弗務，不以康樂而加思：不因困窘而不從事創作，也不因安樂而改變意圖。以，因爲。隱約，窮困。康樂，安樂。加思，轉移著述之心：加，改變。(58)夫然：如此，這樣。(59)古人賤尺璧而重寸陰：語出《淮南子》。璧，美玉。(60)強力：奮發努力。(61)懾（ㄓㄜ）：畏懼。(62)流：放縱。(63)遷化：變化，指死亡。(64)唯幹著《論》：徐幹著《中論》二十餘篇。

2. 陸　機

文賦（節選）

佇中區以玄覽①，頤情志於典、墳②。遵四時以嘆逝③，瞻萬物而思紛④；悲落葉於勁秋，喜柔條⑤於芳春。心懍懍以懷霜，志眇眇而臨雲⑥。詠世德之駿烈，誦先人之清芬⑦；遊文章之林府，嘉麗藻之彬彬⑧。既投篇而援筆，聊宣之乎斯文⑨。

其始也，皆收視反聽⑩，耽思傍訊⑪，精騖八極，心遊萬仞⑫。其致也⑬，情曈曨而彌鮮⑭，物昭晰而互進⑮。傾群言之瀝液⑯，漱六藝之芳潤⑰。浮天淵以安流⑱，濯下泉而潛浸⑲。於是沈辭怫悅⑳，若遊魚銜鉤而出重淵之深㉑；浮藻聯翩㉒，若翰鳥纓繳而墜曾雲之峻㉓。收百世之闕文，採千載之遺韻㉔。謝朝華於已披㉕，啓夕秀於未振㉖。觀古今於須臾㉗，撫四海於一瞬㉘。

然後選義按部，考辭就班㉙，抱景者咸叩，懷響者畢彈㉚。或因枝以振葉㉛，或沿波而討源㉜。或本隱以之顯㉝，或求易而得難㉞。或虎變而獸擾㉟，或龍見而鳥瀾㊱。或妥帖而易施㊲，或岨峿而不安㊳。罄澄心以凝思㊴，眇衆慮而爲言㊵；籠天地於形內㊶，挫萬物於筆端㊷。始躑躅於燥吻㊸，終流離於濡翰㊹。理扶質以立幹㊺，文垂條而結繁㊻。信情貌之不差，故每變而在顏㊼；思涉樂其必笑㊽，方言哀而已嘆。或操觚以率爾㊾，或含毫而邈然㊿。

伊茲事之可樂(51)，固聖賢之所欽(52)。課虛無以責有(53)，叩寂寞而求音(54)；函綿邈於尺素(55)，吐滂沛乎寸心(56)。言恢之而彌廣(57)，思按之而愈深(58)；播芳蕤之馥馥(59)，發青條之森森(60)；粲風飛而猋豎(61)，鬱雲起乎翰林(62)。

體有萬殊，物無一量(63)，紛紜揮霍，形難爲狀(64)。辭程才以效伎(65)，意司契而爲匠(66)；在有無而僶俛(67)，當淺深而不讓(68)。雖離方而遁圓(69)，期窮形而盡相(70)。故夫誇目者尙奢(71)，愜心者貴當(72)，言窮者無隘(73)，論達者唯曠(74)。詩緣情而綺靡(75)，賦體物而瀏亮(76)；碑披文以相質(77)，誄纏綿而悽愴(78)；銘博約而溫潤(79)，箴頓挫而清壯(80)；頌優遊以彬蔚(81)，論精微而朗暢(82)；奏平徹以閑雅(83)，說煒曄而譎誑(84)。雖區分之在茲，亦禁邪而制放(85)。要辭達而理舉(86)，故無取乎冗長⑻。

其爲物也多姿⑻，其爲體也屢遷⑻。其會意也尚巧⑼，其遣言也貴妍⑼。曁聲音之迭代，若五色之相宣⑼。雖逝止之無常⑼，固崎錡而難便⑼。苟達變而識次⑼，猶開流以納泉⑼。如失機而後會⑼，恒操末以續顛⑼。謬玄黃之秩序⑼，故淟涊而不鮮⑽。……

①佇（ㄓㄨˇ）中區以玄覽：久立於宇宙之間，深察萬物的變化。佇，久立。中區，天地宇宙之中。玄覽，深刻觀察。②頤（ㄧˊ）情志於典墳：從古代典籍中吸取營養，來培養志趣和情感。頤，養，猶言陶冶。墳，三墳，伏羲、神農、黃帝三皇之書。典，五典，少昊、顓頊、高辛、唐堯、虞舜五帝之書。③遵四時以嘆逝：隨著四季的推移而感歎光陰易逝。遵，循。四時，四季。④瞻萬物而思紛：看到萬物的變化而思緒紛紜。瞻，看。紛，紛紜，眾多的樣子。⑤柔條：柔嫩的枝條。條，樹枝。⑥心懍懍（ㄌㄧㄣˇ）以懷霜，志眇眇（ㄇㄧㄠˇ）而臨雲：心中戒懼，像懷抱秋霜；志趣高遠，像臨近白雲。懍懍，危懼的樣子。眇眇，高遠的樣子。懷霜、臨雲，比喻志行高潔。⑦詠世德之駿烈，誦先人之清芬：歌詠世代盛大的功業，讚誦先賢美好的德行。世德，世代相傳的功德。駿烈，盛大的功業。清芬，美好的德行。⑧遊文章之林府，嘉麗藻之彬彬：在文學園地裡遊玩，喜愛文質並茂的美文。林府，多如林木，富如府庫，故曰林府。麗藻，美麗的文辭。彬彬，文質盛多的樣子。⑨既投篇而援筆，聊宣之乎斯文：放下書本拿起筆來，姑且將情思表現在文章之中。篇，書籍。聊，姑且。斯文，指文章。⑩收視反聽：集中精神，不視不聽。反，同「返」。⑪耽思傍訊：耽思，深思。傍訊，旁求博採；傍，同「旁」。⑫精騖（ㄨˋ）八極，心遊萬仞（ㄖㄣˋ）：心神在廣闊的空間馳騁。精、心，心神、想像力。騖，奔馳。八極，即八方：東、南、西、北、東南、西南、西北、東北。仞，古以八尺或七尺爲一仞。八極、萬仞，比喻極遠處。⑬其致也：指文思來的時候。致，通「至」。⑭情曈（ㄊㄨㄥˊ）曨（ㄇㄥˊ）而彌鮮：文思來時，內在情感由不明而後愈來愈鮮明。曈曨，太陽剛出將明未明的樣子。彌，更加。⑮物昭晰而互進：外在景物的形象愈來愈清楚，互相湧進心中。昭晰，清楚。互進，不斷湧進入心中。⑯傾群言之瀝（ㄌㄧˋ）液（ㄧˋ）：傾吐群書的精髓。群言，群書。瀝液，細流，指菁華、精髓。⑰漱（ㄕㄨˋ）六藝之芳潤：咀嚼六經的辭采。漱，咀嚼品味。六藝，即六經：《詩》、《書》、《易》、《禮》、《樂》、《春秋》。芳潤，比喻美麗的文章。⑱浮天淵以安流：像是在天河裡安然浮游；指想像力可以上升到天。天淵，天河。⑲濯下泉而潛浸：像是在深泉裡洗濯浸潤；指想像力可以下沈到泉。濯，洗。潛浸，沈浸在水裡。⑳沈辭怫悅：沈辭，難言的文辭。怫悅，即「怫鬱」，抑

鬱不暢。㉑若遊魚銜鉤而出重淵之深：像把上鉤的魚，從深淵裡拉起來。㉒浮藻聯翩：浮藻，指美麗的辭藻。聯翩，鳥飛的樣子，此指接踵而至。㉓若翰鳥纓繳（ㄓㄨㄛˊ）而墜曾（ㄘㄥˊ）雲之峻：像高飛的鳥中箭，從雲端墜下。翰鳥，高飛的鳥。纓，纏住。繳，用繩縛的箭。曾雲，層雲；曾，通「層」。峻，高。㉔收百世之闕文，採千載之遺韻：廣收兼採歷代的闕文、遺韻。闕文，殘缺的文字。遺韻，猶言遺文。㉕謝朝華於已披：不要採早晨開過的花，比喻不因襲前人。謝，辭去。朝華，喻古人已用的意與辭。㉖啓夕秀於未振：開啓尚未盛開的黃昏蓓蕾，比喻敢於創新。夕秀，喻古人未用的意與辭。秀，花。未振，未開放。㉗觀古今於須臾：片刻之內，可以縱觀古今；指構思時博採古今。須臾，一會兒。㉘撫四海於一瞬：轉瞬之間，可以到達全天下；指構思時包納萬有。㉙選義按部，考辭就班：二句都是指選擇合適的詞句，安放在恰當的位置。部，部位。班，次第。㉚抱景者咸叩，懷響者畢彈（ㄊㄢˊ）：比喻天地間一切有色有聲的東西都可以取用，使文章無所遺漏。抱景者，具有色彩形象的東西。咸，都。叩，敲擊。懷響者，能發聲的東西。畢，咸。㉛因枝以振葉：依照樹枝來分布樹葉，指順敘法，由本及末，先樹立要領。㉜沿波而討源：順著流水來探討源頭，指倒敘法，由末及本，最後才說出主題。討，求。㉝本隱以之顯：從深奧處入手，逐步說明，指先隱後顯。之，往。㉞求易而得難：從簡單處入手，逐層深入，指先易後難。㉟虎變而獸擾：老虎出來，百獸馴服；比喻能掌握重大處則小者畢舉。虎變，虎長新毛，文彩美麗。擾，馴服。㊱龍見而鳥瀾：龍出現，眾鳥散渙驚飛；比喻掌握根本則枝葉紛披。見，同「現」。瀾，散渙。㊲妥帖而易施：恰當而且容易取得。妥帖，穩當。㊳岨（ㄐㄩˇ）峿（ㄩˇ）而不安：不恰當而且苦心經營。岨峿，互相牴觸。㊴罄（ㄑㄧㄥˋ）澄心以凝思：用盡清新的心思來專一構想。罄，盡。澄，明。㊵眇（ㄇㄧㄠˋ）眾慮而爲言：經過精妙的多方考慮，然後遣辭造句。眇，通「妙」。㊶籠天地於形內：天地雖大可以籠罩在文章中。形，指文章的組織。㊷挫萬物於筆端：萬物雖眾可以折取在文筆中。挫，折挫，指採取役用。㊸始躑（ㄓˊ）躅（ㄓㄨˊ）於燥吻：開始時言辭不順，停留在乾燥的嘴唇，很難說出。躑躅，徘徊不進的樣子。吻，嘴唇。㊹終流離於濡（ㄖㄨˊ）翰：最後淋漓盡致，從飽蘸墨汁的文筆流出。流離，淋漓，順暢的樣子。濡翰，飽蘸墨汁的毛筆；濡，漬；翰，毛筆。㊺理扶質以立幹：以文義爲根本要扶植起來，就像樹木要樹立主幹。理，文義、內容。質，本體。㊻文垂條而結繁：文辭像樹木的枝條和果實應當茂密。文，文辭。條，樹枝。結，果實。㊼信情貌之不差，故每變而在顏：內情與外貌眞的吻合，所以每次情感有變化，就表露在臉上。㊽思涉樂其必笑：想到快樂的事必然發笑。㊾操觚（ㄍㄨ）以率爾：提筆輕易寫成。操觚，作文；操，執；觚，供書寫用的木簡。率爾，不經意的樣子。㊿含毫而邈然：咬著筆卻心意茫然。含毫，含著筆；毫，筆。邈然，渺茫的樣子。(51)伊（ㄧ）茲事之可樂：寫作是人間一大樂事。伊，發語詞。茲事，此事，指文學創作。(52)固聖賢之所欽：本是歷代聖賢敬慕嚮往。

欽，敬慕嚮往。53課虛無以責有：試探虛無而尋求實有。課，試。責，求。54叩寂寞而求音：敲擊無聲而尋求聲音。叩，敲擊。寂寞，無聲音。55函綿邈於尺素：一尺生絹可以容納久遠的事物。函，含容。綿邈，久遠。尺素，一尺長的生絹，古人用來寫信作文，此處指短文。56吐滂（ㄆㄤ）沛（ㄆㄟˋ）乎寸心：方寸之心可以吐出盛大的內容。滂沛，盛大。57言恢之而彌廣：文辭經過擴張更加廣博。恢，擴大。58思按之而愈深：思想經過潛藏更加深入。按，抑，指潛藏。59播芳蕤（ㄖㄨㄟˊ）之馥（ㄈㄨˋ）馥：文采之美如花香遠播。蕤，草木的花。馥馥，芬芳。60發青條之森森：文辭之盛如枝葉茂盛。青條，茂盛的枝葉；條，樹枝。森森，草木茂盛的樣子。61粲風飛而猋（ㄅㄧㄠ）豎：形容文章之美像暴風突然而至。粲，美麗鮮艷。猋，同「飆」，暴風。豎，立、起。62鬱雲起乎翰林：形容文筆暢達像密雲蒸騰。鬱，濃。翰林，文筆之林；翰，筆。63體有萬殊，物無一量：文體千差萬別，事物的大小輕重又沒有相同的標準。體，文體。物，外在客觀事物。一量，相同的度量。64紛紜揮霍，形難為狀：紛雜快速的變化情況，很難加以描寫。紛紜，雜亂。揮霍，疾速的樣子。形，事物的形象。狀，描寫。65辭程才以效伎：文辭顯示才華，好比藝人獻技。程，呈、顯示。效，獻。伎，同「技」，技藝、才能。66意司契而為匠：心意要掌握恰到分寸，像匠人一樣努力經營。司契，掌握分寸；司，主管；契，契合。67在有無而僶（ㄇㄧㄣˇ）俛（ㄇㄧㄢˇ）：在可有可無之間要勤懇努力。僶俛，同「黽勉」，勤懇。68當淺深而不讓：在可深可淺之間要用心爭取。不讓，爭取。69離方而遁圓：文章雖有規矩，但有時不受規矩所限。方、圓，指規矩。遁，逃、違背。70期窮形而盡相：希望能窮盡事物的形象。71誇目者尚奢：好炫耀的人喜歡奢華浮艷。72愜（ㄑㄧㄝˋ）心者貴當：好稱心快意的人注重貼切。愜，滿意。73言窮者無隘：愛說窮愁的人，談論起來不能再困窘。無隘，無可再窘迫；隘，窘迫。74論達者唯曠：愛說通達的人，談論起來一味曠放。曠，無拘無束。75詩緣情而綺靡：詩是抒情而產生，特色在艷麗細膩。緣情，因情而生；緣，因。綺靡，侈麗。76賦體物而瀏（ㄌㄧㄡˊ）亮：賦是鋪陳事物的，特色在清亮流暢。體物，具體描寫事物；體，描寫。瀏亮，清明的樣子。77碑披文以相質：碑文是記載功德的，文辭與事實相稱。披，披露。質，事實。78誄纏綿而悽愴（ㄔㄨㄤˋ）：誄文是哀悼死者的，要纏綿悲傷。誄，見〈典論．論文〉注。79銘博約而溫潤：銘文要意廣博文簡約、溫和柔潤。銘，見〈典論．論文〉注。80箴頓挫而清壯：箴文是規諫用的，要抑揚頓挫、文清理壯。箴，陳述勸戒警惕的文體。81頌優遊以彬蔚：頌是歌功頌德，要優閒自得、文采華茂。頌，頌揚功德的文體。優遊，悠閒的樣子。彬蔚，文采繁盛。82論精微而朗暢：論是評議是非，要精細入微、明白通暢。論，議論性的文體。83奏平徹以閑雅：奏章是向帝王陳述事理，要平和透徹、雍容嫻雅。84說煒（ㄨㄟˇ）曄（ㄧㄝˋ）而譎（ㄐㄩㄝˊ）誑（ㄎㄨㄤˊ）：說是用來說服別人，要說得冠冕堂皇、有誘惑力。說，辯說性的文體。煒曄，光明盛大。譎誑，語言奇詭而有誘惑力。85

禁邪而制放：禁止控制淫邪放肆之辭，使文章有規矩。(86)辭達而理舉：辭能達意，說理周全。舉，全。(87)無取乎冗（ㄖㄨㄥˇ）長：不需把文章寫得冗長。冗長，散漫拖沓。(88)物也多姿：外在景物千姿百態。(89)體也屢遷：文體屢有變化。(90)會意也尚巧：體會事理、運思立意要力求新巧。尚，崇尚。(91)遣言也貴妍（ㄧㄢˊ）：使用文辭要美妙。妍，美好。(92)暨（ㄐㄧˋ）聲音之迭代，若五色之相宣：聲調互相協調，像彩繡五色相輝映。暨，及、與。迭代，輪流替代。宣，明。(93)逝止之無常：指聲韻的變化無常。逝止，去留，此指變化。(94)固崎（ㄑㄧˊ）錡（ㄑㄧˊ）而難便：固然難以妥帖安排。崎錡，不安、不妥當。便，適宜。(95)苟達變而識次：如果懂得變化的規律。達，通曉。次，次序。(96)開流以納泉：把泉水引入河流，形容順暢。納，引進。(97)如失機而後會：如果錯過變化的時機。(98)恒操末以續顛：常常硬把尾巴拼湊頭頂，指本末顛倒。顛，頂。(99)謬玄黃之秩序：配錯顏色。謬，錯。玄黃，黑色和黃色，泛指顏色。(100)淟（ㄊㄧㄢˇ）涊（ㄖㄣˇ）而不鮮：污濁而不新鮮。淟涊，混濁不清的樣子。

3. 葛　洪

抱朴子・鈞世篇

或曰：古之著書者才大思深，故其文隱而難曉①；今人意淺力近，故露而易見。以此易見，比彼難曉，猶溝澮之方江河②，蟻垤之並嵩岱③矣。故水不發崑山④，則不能揚洪流以東漸⑤；書不出英俊⑥，則不能備致遠之弘韻⑦焉。

抱朴子答曰：夫論管穴者⑧，不可問以九陔之無外⑨；習拘閡者⑩，不可督以拔萃之獨見⑪。蓋往古之士匪⑫鬼匪神，其形器雖冶鑠於疇曩⑬，然其精神布在乎方策⑭，情見乎辭⑮，指歸⑯可得。

且古書之多隱，未必昔人故欲難曉；或世異語變，或方言不同，經荒歷亂，埋藏積久，簡編朽絕⑰，亡失者多。或雜續殘缺，或脫去章句，是以難知，似若至深耳。

且夫《尚書》者，政事之集也，然未若近代之優文⑱、詔策⑲、軍書、奏議之清富贍麗⑳也。《毛詩》者，華彩之辭也，然不及〈上林〉㉑、〈羽獵〉㉒、〈二京〉㉓、〈三都〉㉔之汪濊㉕博富也。然則古之子書㉖，能勝今之作者，何也？

然守株之徒㉗，嘍嘍所翫㉘，有耳無目㉙，何肯謂爾！其於古人所作爲神，今世所著爲淺，貴遠賤近，有自來矣。故新劍以詐刻加價㉚，弊方以僞題見寶㉛也。是以古書雖質樸，而俗儒謂之墮於天㉜也；今文雖金玉，而常人同之於瓦礫也。

然古書者雖多，未必盡美，要當以爲學者之山淵㉝，使屬筆者㉞得采伐漁獵其中。然而譬如東甌之木、長洲之林㉟，梓豫㊱雖多，而未可謂之爲大廈之壯觀、華屋之弘麗也。雲夢之澤、孟諸之藪㊲，魚肉之雖饒，而未可謂之爲煎熬之盛膳、渝狄㊳之嘉味也。

今詩與古詩，俱有義理，而盈於差美㊴。方之於士，並有德行，而一人偏長藝文，不可謂一例㊵也。比之於女，俱體國色，而一人獨閑百伎㊶，不可混爲無異也。

若夫俱論宮室，而奚斯路寢之頌㊷，何如王生之賦靈光㊸乎？同說遊獵，而〈叔畋〉、〈盧鈴〉之詩㊹，何如相如之言上林㊺乎？並美祭祀，而〈清廟〉、〈雲漢〉㊻之辭，何如郭氏〈南郊〉之艷㊼乎？等稱征伐，而〈出車〉、〈六月〉㊽之作，何如陳琳〈武軍〉之壯㊾乎？則舉條可以覺焉。近者夏侯湛、潘安仁並作〈補亡詩〉㊿，〈白華〉、〈由庚〉、〈南陔〉、〈華黍〉之屬，諸碩儒高才之賞文者，咸以古詩三百未有足以偶二賢之所作也。

且夫古者事事醇素，今則莫不雕飾，時移世改，理自然也。至於罽錦[51]麗而且堅，未可謂之減於蓑衣；輜軿[52]妍而又牢，未可謂之不及椎車[53]也。

書猶言(54)也，若入談語故爲知(55)；胡越之接(56)，終不相解，以此教戒，人豈知之哉？若言以易曉爲辨(57)，則書何故以難知爲好哉？若舟車之代步涉，文墨(58)之改結繩，諸後作而善於前事，其功業相次(59)千萬者，不可復縷舉(60)也。世人皆知之快於曩矣，何以獨文章不及古邪？

①隱而難曉：內容隱晦，難以瞭解。②溝澮（ㄎㄨㄞˋ）之方江河：小溝渠與長江、黃河比較大小。溝澮，田間水溝。方，比較。③螘（ㄧˊ）垤（ㄉㄧㄝˊ）之並嵩岱：蟻穴旁的小土堆與嵩山、泰山比較高低。螘，同「蟻」。垤，小土堆。嵩岱，嵩山、泰山。並，比較。④崑山：崑崙山，古時傳說黃河源出崑崙山。⑤揚洪流以東漸：激蕩大波浪，向東方流去。⑥英俊：才智傑出的人，此指古人。⑦備致遠之弘韻：具備流傳久遠的偉大韻調。⑧論管穴者：比喻見識狹小的人。⑨九陔之無外：九陔，猶云九天，比喻極高遠。無外，無止境。⑩習拘閡（ㄏㄜˊ）者：習慣於拘守局限的人。拘閡，拘泥、不通達；閡，同「垓」。⑪督以拔萃之獨見：要求他有出類拔萃的獨特見解。督，責求。⑫匪：同「非」。⑬形器雖冶鑠於疇曩：古人的肉體雖然已經消亡於從前。形器，指人的身體。冶鑠，指死亡。疇曩，昔日。⑭方策：簡策，書籍。⑮情見（ㄒㄧㄢˋ）乎辭：情感表現在文辭中。⑯指歸：意旨。指，同「旨」。⑰簡編朽絕：竹簡編成的書籍，因爲年代久遠而竹簡腐爛，繩索斷絕。⑱優文：朝廷嘉獎朝臣的公文書。⑲詔策：帝王所用的各類詔令文告。⑳清富贍（ㄕㄢˋ）麗：語言清麗，辭藻豐富。㉑〈上林〉：〈上林賦〉，漢司馬相如所作。㉒〈羽獵〉：〈羽獵賦〉，漢揚雄所作。㉓〈二京〉：〈二京賦〉，含〈西京賦〉、〈東京賦〉，漢張衡所作。㉔〈三都〉：〈三都賦〉，含〈蜀都賦〉、〈吳都賦〉、〈魏都賦〉，晉左思所作。㉕汪濊（ㄏㄨㄟˋ）：深廣的樣子。㉖子書：諸家著作。㉗守株之徒：拘泥不變，一味守舊的人。用《韓非子．五蠹篇》中守株待兔的典故。㉘嘍（ㄌㄡˊ）嘍所翫（ㄨㄢˋ）：反覆誦念稱道所賞玩熟悉的古人作品。翫，同「玩」。㉙有耳無目：只有耳沒有目，指相信傳聞而不相信親眼所見。㉚新劍以詐刻加價：新鑄的劍刻上古代的年號，就可以抬高價錢。㉛弊方以僞題見寶：沒有效驗的藥方題上古代的名醫的名字，就被視爲寶貴。以上二句，比喻假托於古人的贗品，反而受到盲目崇古的人所貴重。㉜墜於天：自天而落，喻貴重。㉝山淵：深山大淵，喻取之不盡的文學寶庫。㉞屬（ㄓㄨˇ）筆者：寫文章的人。屬，連綴。㉟東甌（ㄡ）之木、長洲之林：東甌，今浙江省溫州西南一帶，漢時爲閩粵之地。長洲，即長洲苑，在今江蘇省蘇州地區，爲春秋時吳王闔閭遊獵之地。㊱梓（ㄗˇ）豫：文梓、豫樟，均爲名貴的樹木。㊲雲夢之澤、孟諸之藪（ㄙㄡˇ）：雲夢，古澤名，今湖北省境內。孟諸，亦古澤名，今河南省商邱一帶。雲夢、孟諸，皆春秋時遊獵區。藪，

大澤。㊳渝狄：渝，渝兒，黃帝時人。狄，易牙，齊桓公的著名廚師。㊴盈於差美：今詩之華美勝過古詩，兩者有差別。盈，滿溢，引申爲突出、增長。㊵一例：一概，等同。㊶獨閑百伎：只有她熟習各種藝術技能。閑，通「嫻」，嫻熟。㊷奚斯路寢之頌：奚斯，春秋時魯公子魚，《詩・魯頌・閟宮》相傳爲其所作，詩曰：「路寢孔碩，新廟奕奕，奚斯所作。」路寢，正寢。㊸王生之賦靈光：王生，王延壽，東漢辭賦家，作〈魯靈光殿賦〉。㊹〈叔畋〉、〈盧鈴〉之詩：《詩・邶風》有〈叔于田〉、〈大叔于田〉二首，詠鄭太叔段田獵事。又《齊風》有〈盧令〉一首，詠田獵事。㊺相如之言上林：司馬相如〈上林賦〉，鋪敘天子遊獵之事。上林，漢武帝苑囿名。㊻〈清廟〉、〈雲漢〉：〈清廟〉見《詩・周頌》，祀周文王之詩。〈雲漢〉見《詩・大雅》，周宣王祭祖祀神禳災祈雨之詩。㊼郭氏〈南郊〉之艷：郭璞〈南郊賦〉。艷，文筆富贍。㊽〈出車〉、〈六月〉：〈出車〉、〈六月〉具見《詩・小雅》，詠周宣王北伐之詩。㊾陳琳〈武軍〉之壯：陳琳〈武軍賦〉。壯，文筆雄壯。㊿夏侯湛（ㄓㄢˋ）、潘安仁並作〈補亡詩〉：夏侯湛，字孝若；潘安仁，潘岳，字安仁；二人爲友，皆是西晉文學家。《詩・小雅》中〈南陔〉、〈白華〉、〈華黍〉、〈由庚〉、〈崇丘〉、〈由儀〉六篇，有目無辭，曰笙詩。夏侯湛作〈周詩〉，想補足其辭，潘岳見後，也作〈家風詩〉：事見《世說新語》。今〈周詩〉、〈家風詩〉，均收錄於《全晉詩》，而〈白華〉等四首則未見。(51)罽（ㄐㄧˋ）錦：罽，毛織品。錦，絲織品。(52)輜（ㄗ）軿（ㄆㄧㄥˊ）：輜是有後轅的車子，軿是有帷幕的車子。(53)椎（ㄓㄨㄟ）車：一種最原始的車，用圓形的大木推著向前滾動，沒有輻，形狀如椎，當作車輪之用，所以也稱爲椎輪。(54)書猶言：寫在書上的文字就像人的語言一樣。(55)入談語故爲知：如口語一般易於瞭解，就能爲人所知。(56)胡越之接：胡在北，越在南，語言不同，無法溝通。(57)辨：正。(58)文墨：指文字。(59)相次：世代相承接。(60)縷舉：一一詳細列舉。縷，絲線。

拾壹、魏晉詩歌

一、建安時期

1. 曹　操

蒿里行①

關東有義士，興兵討群凶②。初期會盟津，乃心在咸陽③。軍合力不齊，躊躇而雁行④。勢利使人爭，嗣還自相戕⑤。淮南弟稱號⑥，刻璽於北方⑦。鎧甲生蟣蝨⑧，萬姓⑨以死亡。白骨露於野，千里無鷄鳴。生民百遺一⑩，念之斷人腸。

①蒿（ㄏㄠ）里行：樂府曲名，屬相和歌相和曲。蒿里本爲山名，在山東省泰山南方，古人稱人死魂魄歸於蒿里。原詩是給士大夫庶人送葬的挽歌。曹操此曲，主要寫軍閥間爭權奪利，釀成天下喪亂。②關東有義士，興兵討群凶：東漢初平元年（一九〇），董卓掠洛陽，挾持獻帝遷長安，各州郡起兵討伐董卓，推渤海太守袁紹爲盟主。關東，函谷關以東。義士，指袁紹等各州郡的軍隊。群凶，指董卓和他的部將。③初期會盟津，乃心在咸陽：原先期望各路義軍大會合，同心協力扶佐王室。初期，原先期望。會，會師。盟津，即孟津，今河南省孟縣南；周武王伐商紂，曾於孟津會集八百諸侯，詩中借用典故以爲喻。咸陽，今陝西省長安縣西北，秦朝首都，借喻爲王室。④軍合力不齊，躊（ㄔㄡˊ）躇（ㄔㄨˊ）而雁行：軍隊集合後，卻因各懷野心，不能同心協力而觀望不前。躊躇，猶豫不決貌。雁行，雁群飛行時所排列的隊伍，此形容各路軍隊列陣觀望的樣子。⑤嗣還自相戕（ㄑㄧㄤˊ）：嗣還，隨之、接著。戕，殺害。指袁紹、

袁術、韓馥、公孫瓚等人之間自相爭戰。⑥淮南弟稱號：建安二年（一九七），袁紹從弟袁術在淮南僭帝號，自稱「仲家」。淮南，今安徽省壽縣。⑦刻璽（ㄒㄧˇ）於北方：初平二年（一九一），袁紹、韓馥謀立幽州牧劉虞，刻有金璽。璽，皇帝所用印。北方，當時袁紹屯兵河內、劉虞在幽州，皆在北方。⑧鎧（ㄎㄞˇ）甲生蟣（ㄐㄧˇ）蝨（ㄕ）：兵連不解，戰衣穿在身上太久，都長滿蟣蝨。鎧甲，鐵甲戰服。蟣，蝨子卵。⑨萬姓：百姓。⑩生民百遺一：百姓一百人中只剩一個還活著。生民，人民。

短歌行①（二首之一）

對酒當歌，人生幾何？譬如朝露，去日苦多。慨當以慷②，憂思難忘。何以解憂？唯有杜康③。青青子衿，悠悠我心④。但爲君故，沉吟至今⑤。呦呦鹿鳴，食野之苹。我有嘉賓，鼓瑟吹笙⑥。明明如月，何時可掇⑦？憂從中來，不可斷絕。越陌度阡⑧，枉用相存⑨。契闊談讌，心念舊恩⑩。月明星稀，烏鵲南飛。繞樹三匝，無枝可依⑪。山不厭高，海不厭深⑫。周公吐哺，天下歸心⑬。

①短歌行：樂府曲名，屬相和歌平調曲，是宴會上歌唱的樂曲。②慨當以慷：即「慷慨」的間隔用法，「當以」二字無實際意義。慷慨，形容歌聲激昂不平。③杜康：人名，相傳是古代最早發明造酒的人，此處借代爲酒。④青青子衿（ㄐㄧㄣ），悠悠我心：穿著青衣領的青年才俊，使我思念長久。借用《詩經·鄭風·子衿》成句，原詩寫老師思念學生，此處表示渴慕賢才。衿，衣領。青衿，青色的衣領，周代的學生服裝。悠悠，思念長久。⑤但爲君故，沉吟至今：只是因爲你們的緣故，我至今還是念念不忘。但，只。君，泛指所思慕的賢才。沉吟，低聲吟味。⑥呦（ㄧㄡ）呦鹿鳴，食野之苹（ㄆㄧㄥˊ）。我有嘉賓，鼓瑟吹笙：鹿在鳴叫，呼喚同伴一起共食野苹；我有好賓客，設宴奏樂共同歡慶。借用《詩經·小雅·鹿鳴》成句，原詩寫君主饗宴群臣，此處表示希望招納賢才。呦呦，鹿叫聲。苹，艾蒿；鹿

找到艾蒿就相互召喚共食。嘉賓，泛指所思慕的賢才。鼓瑟吹笙，形容宴會中音樂高揚，歡樂熱鬧；鼓，動詞，演奏。⑦明明如月，何時可掇（ㄉㄨㄛˊ）：清明的月亮，何時可以捉取？掇，採取。明明，形容月的光輝，此處借喻賢才。以月光的不可掇取，譬喻賢才的不易得到。⑧越陌度阡：走過許多路，表示賢才遠道來訪。阡陌，田間小路，東西叫阡，南北叫陌。⑨枉用相存：勞駕屈尊前來看我。枉，屈就、枉駕。用，以。存，問、省視。⑩契闊談讌（ㄧㄢˋ），心念舊恩：久別重逢，歡宴款待，暢敘舊日的情誼。契闊，聚散離合；契，投合；闊，疏遠；此處是偏義複詞，偏取「契」。讌，通「宴」。談讌，即宴會中兩情相悅，歡飲談心。⑪月明星稀，烏鵲南飛。繞樹三匝（ㄗㄚ），無枝可依：在月明星稀的夜空，烏鵲紛紛往南飛去，於樹林中繞了幾圈，仍然無處棲身。烏鵲，比喻賢才，此四句以良禽擇木而棲，喻賢才擇主而事，希望賢才來歸。匝，周。依，依託。⑫山不厭高，海不厭深：山不嫌棄土石所以能成其高峻，大海不嫌棄滴水所以能成其深廣；比喻賢才來的愈多愈好。厭，通「饜」，飽足。⑬周公吐哺（ㄅㄨˇ），天下歸心：曹操自比周公，表示自己要像周公「一飯三吐哺」，得到天下擁戴。哺，咀嚼的食物；吐哺，吐出嘴中的食物。《韓詩外傳》記載周公吃一頓飯三次吐出食物，接待訪客，勤勞國事。

步出夏門行①（五首之四）

神龜雖壽，猶有竟時②。螣蛇乘霧，終爲土灰③。老驥伏櫪，志在千里④。烈士暮年，壯心不已⑤。盈縮之期，不但在天⑥。養怡之福，可得永年⑦。幸甚至哉，歌以詠志。

①步出夏門行：樂府曲名，屬相和歌瑟調曲，又稱〈隴西行〉。夏門，洛陽北面西頭的城門。建安十二年（二〇七），曹操五十三歲，北征烏桓時作。②神龜雖壽，猶有竟時：神龜雖然通靈長壽，最後也難逃死亡。神龜，傳說中的一種長壽龜。竟時，指死亡。③螣（ㄊㄥˊ）蛇乘霧，終爲土灰：螣蛇雖能駕霧飛行，終究化爲土灰。螣蛇，又作「騰蛇」，傳說中的神物，與龍同類，能興雲駕霧，昇天遨遊。④老驥伏櫪（ㄌㄧˋ），志在千里：千里馬雖然老了，卻不甘心雌伏在馬棚之下，仍想馳騁千里，一展長才。驥，千里馬。櫪，馬槽，養馬之地。⑤烈士暮年，壯心不已：英雄烈士即使到了老年，仍然滿懷雄心壯志，頗思有作爲。烈士，重義輕生的英雄豪傑之士。不已，不停止。⑥盈縮之期，不但

在天：人的壽命長短，不只是取決於天命。盈，滿、長；縮，虧、短。但，只。⑦養怡之福，可得永年：個人修養得法，可以延年益壽。養怡，養和，指修養沖淡平和之氣。永年，長壽。

2.曹　丕

燕歌行①

秋風蕭瑟②天氣涼，草木搖落③露爲霜。群燕辭歸雁南翔，念君客遊多思腸④。慊慊⑤思歸戀故鄉，君何淹留⑥寄他方。賤妾煢煢⑦守空房，憂來思君不敢忘，不覺淚下霑衣裳。援琴鳴絃發清商，短歌微吟不能長⑧。明月皎皎照我床，星漢西流夜未央⑨。牽牛織女遙相望，爾獨何辜限河梁⑩。

①燕歌行：樂府曲名，屬相和歌平調曲。燕是北方邊地，征戍不斷，故此曲多寫征人與游子思婦的離別之情。②蕭瑟：風聲。③搖落：凋零。④多思腸：思念痛切。⑤慊（ㄑㄧㄝˋ）慊：恨，不滿、空虛。⑥淹留：久留。⑦煢（ㄑㄩㄥˊ）煢：孤獨無依。⑧援琴鳴絃發清商，短歌微吟不能長：彈琴唱歌，但音節短促激越，很難唱出舒緩和平的歌曲。援，取。鳴絃，彈弦。清商，樂調名，其曲音節短促，聲音纖微，是一種悲婉淒清的曲調。短歌，即指清商曲。微吟，低聲吟唱。長，舒緩和平。⑨星漢西流夜未央：滿天的星斗和銀河向西流轉，秋夜正漫長。星漢，泛指眾星和銀河。西流，運轉西落。夜未央，夜已深而未止；央，盡、止、完了。⑩爾獨何辜限河梁：思婦問牛郎、織女，你們有何罪過，爲何受橋梁限制被分隔兩地？爾，你們，指牛郎、織女。何辜，有何罪過。河梁，河上的橋。神話中傳說牛郎與織女是一對夫婦，分隔銀河兩邊，每年只能七夕由烏鵲爲他們搭橋相會。

雜詩①（二首之一）

漫漫②秋夜長，烈烈③北風涼。展轉④不能寐，披衣起彷徨⑤。彷徨忽已久，白露沾我裳。俯視清水波，仰看明月光。天漢回西流，三五正縱橫⑥。草蟲鳴何悲，孤雁獨南翔。鬱鬱⑦多悲思，綿綿⑧思故鄉。願飛安得翼，欲濟何無梁⑨。向風長歎息，斷絕我中腸。

①雜詩：《文選》有雜詩類，不拘類例，多爲有興寄的游子思鄉詩。 ②漫（ㄇㄢˊ）漫：形容時間長遠。 ③烈烈：形容北風強大。 ④展轉：同「輾轉」，翻來覆去，睡不安穩。 ⑤彷（ㄆㄤˊ）徨（ㄏㄨㄤˊ）：徘徊瞻顧沒有定處。 ⑥天漢回西流，三五正縱橫：銀河此時正向西方流轉，群星布滿天空。天漢，銀河。三五，泛指群星。縱橫，眾多之意。 ⑦鬱鬱：形容悲思深切。 ⑧綿綿：形容思鄉之情長而不絕。 ⑨欲濟河無梁：想要渡河卻找不到橋。濟，渡河。梁，橋。

3. 曹 植

吁嗟篇①

吁嗟此轉蓬②，居世何獨然。長去本根逝，夙夜無休閒③。東西經七陌，南北越九阡④。卒遇回風起⑤，吹我入雲間。自謂終天路，忽然下沉泉⑥。驚飆接我出，故歸彼中田⑦。當南而更北，謂東而反西。宕宕當何依，忽亡而復存⑧。飄颻周八澤，連翩歷五山⑨。流轉無恒處，誰知吾苦艱。願爲中林⑩草，秋隨野火燔⑪。糜滅⑫豈不痛，願與根荄⑬連。

①吁（ㄒㄩ）嗟（ㄐㄧㄝ）篇：樂府曲名，屬相和歌清調曲。 ②吁嗟此轉蓬：曹植自喻像轉蓬遭遇四處飄泊的命運。

吁嗟，感嘆聲。轉蓬，旋轉飄泊的蓬草。蓬，菊科植物，秋天花朵乾枯，遇風則拔起而旋轉，故曰轉蓬；與人們離鄉飄泊的景況相似，因此常被詩人歌詠。③長去本根逝，夙夜無休閒：蓬草離根遠去，從早到晚不斷飄泊，永無止息。本根，即根；本，草木之根。逝，去。④東西經七陌，南北越九阡：形容蓬草在田野飄浮，忽而東西忽而南北，越過許多阡陌。阡陌，田埂，田間小路；東西曰阡，南北曰陌。⑤卒（ㄘㄨˋ）遇回風起：突然遇到旋風。卒，通「猝」，突然。回風，旋風。⑥自謂終天路，忽然下沉泉：自以爲被吹到天路的盡頭，誰知回風停止又從高處掉落深淵。下，墜落。沉泉，深淵。⑦驚飆（ㄅㄧㄠ）接我出，故歸彼中田：突然一陣狂風又把蓬草從深淵吹出，又將它送回田野。飆，暴風。中田，田中，田野裏。⑧宕（ㄉㄤˋ）宕當何依，忽亡而復存：飄飄蕩蕩，何處才是依存之所？忽而消失，又忽而出現。宕，同「蕩」。⑨飄颻周八澤，連翩歷五山：就這樣飄過江湖大澤、高山峻嶺。八澤，我國古代有八大澤，即魯之大野、晉之大陸、秦之楊汙、宋之孟諸、楚之雲夢、吳越之具區、齊之海隅、鄭之圃田。五山，即五嶽。連翩，飛揚。⑩中林：林中。⑪燔（ㄈㄢˊ）：燒。⑫糜滅：燒成灰燼。糜，爛。⑬根荄（ㄍㄞ）：根株。荄，草根。

七哀①

明月照高樓，流光正徘徊②。上有愁思婦，悲歎有餘哀。借問歎者誰，言是宕子③妻。君行踰十年，孤妾常獨棲。君若清路塵，妾若濁水泥④。浮沉各異勢，會合何時諧⑤？願爲西南風，長逝入君懷⑥。君懷良⑦不開，賤妾當何依？

①七哀：本篇爲五言詩，就風格言，大約屬樂府詩，宋郭茂倩《樂府詩集》即將它列入相和歌楚調曲。「七哀」解釋十分紛歧，元李敬齋以爲人有七情：喜、怒、哀、樂、愛、惡、欲，今哀傷至極，只存一個哀統七情，故曰七哀。清俞樾則以爲「七」表示哀之多，不是定數。②流光正徘徊：月光明澈，正晃動照耀著高樓，宛如流水。流光，明澈如水的月光。③宕子：離家遠遊、久出不歸之人。宕，同「蕩」。④君若清路塵，妾若濁水泥：丈夫就像路上輕揚的塵埃，可以隨風高揚；而我就像水中沈積的濁泥，永沈水底無出頭之日。⑤浮沉各異勢，會合何時諧：夫妻本如塵泥同爲一體，而今卻一浮一沈，情勢迥異，何時才能聚首和諧呢？異勢，情勢不同。諧，和。⑥長逝入君懷：越過漫長的路途，吹入

夫君的胸懷。長逝，遠去。 ⑦良：信，眞的。

贈白馬王彪並序①（七首之三）

玄黃②猶能進，我思鬱以紆③。鬱紆將何念？親愛在離居④。本圖相與偕⑤，中更不克俱⑥。鴟梟鳴衡軛⑦，豺狼當路衢⑧。蒼蠅間白黑⑨，讒巧令親疏⑩。欲還絕無蹊⑪，攬轡止踟躕⑫。

①贈白馬王彪並序：白馬王，曹彪，字朱虎，曹植異母弟，黃初四年（二二三）封白馬王。白馬，今河南省滑縣東。此詩寫於魏文帝黃初四年七月。 ②玄黃：馬病而色變，言馬因跋涉勞苦都累病了。 ③我思鬱以紆（ㄩ）：愁思鬱結縈繞，難以排遣。鬱，鬱積。以，而。紆，縈繞。 ④親愛在離居：言自己與白馬王即將分離。親愛，指親兄弟。在，將要。 ⑤本圖相與偕：本圖，本來打算。相與偕，兩人結伴而行。 ⑥中更不克俱：中，半路。更，變更。克，能夠。俱，在一起。 ⑦鴟（ㄔ）梟（ㄒㄧㄠ）鳴衡軛：指小人在魏文帝身邊搬弄是非。鴟梟，貓頭鷹，古人以爲不祥鳥，比喻小人。衡，車轅前方的橫木。軛，駕車時套在牲口脖子上的半月形曲木。 ⑧豺狼當路衢（ㄑㄩˊ）：指小人當道掌握大權。豺狼，比喻貪心殘忍的惡人。衢，四通八達的大路。 ⑨蒼蠅間（ㄐㄧㄢˋ）白黑：指小人顛倒善惡。蒼蠅，比喻奸佞小人。間，挑撥離間。 ⑩讒巧令親疏：指小人搬弄是非，使得親生骨肉反而疏遠。讒巧，讒言巧語。令，使。 ⑪欲還絕無蹊（ㄒㄧ）：想回朝廷向文帝申訴，卻無路可走。欲還，指回到京城。絕，斷絕，歸路斷絕。蹊，路徑。 ⑫攬轡止踟（ㄔˊ）躕（ㄔㄨˊ）：只有勒馬徘徊，無計可施。攬，拉。轡，馬韁繩。踟躕，徘徊不進。

贈白馬王彪並序（七首之四）

踟躕亦何留，相思無終極①。秋風發微涼，寒蟬②鳴我側。原野何蕭條，白日忽西匿。歸鳥赴喬林，翩翩厲羽翼③。孤獸走索群，銜草不遑食④。感物⑤傷我懷，撫心長太息⑥。

①踟躕亦何留，相思無終極：徘徊流連，徒然留下無限思念。無終極，沒有完了。②寒蟬：蟬的一種，又名寒蜩，深秋才停止鳴叫。③歸鳥赴喬林，翩（ㄆㄧㄢ）翩厲羽翼：黃昏時鳥兒急於回巢，猛烈地扇動翅膀。喬林，喬木樹林。厲，振奮。翩翩，上下飛動的樣子。④孤獸走索群，銜草不遑食：孤獸急於尋找同伴，嘴中咬著草也顧不得吃。孤獸，走散孤單的獸。走，奔跑。索群，尋找同伴；索，找。銜草，口中含著草。不遑，沒有閑暇。⑤感物：指見到此景，觸動心緒。⑥撫心長太息：撫心，以手撫胸。長太息，長聲嘆息。

4.王　粲

七哀詩①（三首之一）

西京亂無象②，豺虎方遘患③。復棄中國去，委身適荊蠻④。親戚對我悲，朋友相追攀⑤。出門無所見，白骨蔽⑥平原。路有飢婦人，抱子棄草間。顧聞號泣聲⑦，揮涕獨不還。「未知身死處，何能兩相完。」⑧驅馬棄之去，不忍聽此言。南登霸陵岸⑨，回首望長安。悟彼下泉人⑩，喟然⑪傷心肝。

①七哀詩：漢初平三年（一九二），王允、呂布殺董卓，董卓部將李傕、郭汜攻入長安，燒殺擄掠，死傷狼藉。四年（一九三），王粲離長安，避難荊州，此詩作於初離長安時。②西京亂無象：長安亂得無法無天。西京，長安。無象，沒有樣子。③豺虎方遘（ㄍㄡ）患：豺虎，比喻李傕、郭汜。遘患，製造禍患。遘，通「構」。④復棄中國去，委身適荊蠻：再度離開中原，前往托身荊州。中國，國家的中央地區，指中原，長安、洛陽位在中原。王粲本居洛陽，董卓之亂遷長安，此時又逃難離開長安，所以說「復棄」。委身，托身、寄身。適，往。荊蠻，指荊州，荊州是古楚國地，楚國原稱荊，周朝以其地在南方野蠻地方，又稱荊蠻。⑤追攀：指送行者尾隨著車，攀著車轅，不忍離別。⑥蔽：遮蔽。⑦顧聞號泣聲：顧，回頭看。號泣聲，指棄兒的哭聲。⑧未知身死處，何能兩相完：此二句爲婦人的話。是說：連自己死在那裡都不知道，那裏能夠母子二人全活？完，保全性命。⑨南登霸陵岸：霸陵，西漢文帝的陵墓，在

陜西省西安市東南。岸，高地。 ⑩悟彼下泉人：領悟到〈下泉〉詩人寫詩的心意。悟，體會、領悟。下泉，《詩經・曹風》篇名，曹國人民想望聖君明王以建立清平之治。 ⑪喟然：嘆息的樣子。

5. 劉　楨

贈五官中郎將①（四首之三）

秋日多悲懷，感慨以長歎。終夜不遑寐②，敘意於濡翰③。明燈耀閨中④，清風淒已寒。白露塗前庭⑤，應門⑥重其關。四節相推斥⑦，歲月忽欲殫⑧。壯士遠出征，戎事將獨難⑨。涕泣灑衣裳，能不懷所歡⑩。

①贈五官中郎將：五官中郎將，指曹丕；曹丕於建安十六年（二一一）任五官中郎將。 ②終夜不遑（ㄏㄨㄤˊ）寐：整夜無暇睡覺。遑，閒暇。 ③敘意於濡（ㄖㄨˊ）翰：借用詩文來敘說情懷。濡翰，寫作詩文。濡，浸濕；翰，筆。 ④閨中：室內。 ⑤白露塗前庭：潔白的露水灑滿庭院。 ⑥應門：正門。古天子有五門，第四曰應門，是皇宮的正門。 ⑦四節相推斥：四季輪轉，歲月流逝。 ⑧殫（ㄉㄢ）：盡、完。 ⑨壯士遠出征，戎事將獨難：壯士遠征，龐大的軍務獨自承擔十分艱辛。壯士，指曹丕。戎事，軍務。將，當。 ⑩懷所歡：曹丕此次遠征，劉楨因病不能隨從左右，秋夜觸緒感懷，心中想念不忘。所歡，指曹丕。

6. 陳　琳

飲馬長城窟行①

飲馬長城窟，水寒傷馬骨。往謂長城吏：「慎莫稽留太原卒②。」「官作自有程，舉築諧汝聲③。」「男兒寧當格鬥死，何能怫鬱築長城④？」長城何連連⑤，連連三千里。邊城多健少，內舍多寡婦⑥。作書與內舍：「便嫁莫留住。善待新姑嫜，時時念我故夫子⑦。」報書⑧往邊地：「君今出語一何鄙⑨？」「身在禍難中，何爲稽留他家子？生男愼莫舉，生女哺用脯。君不見長城下，死人骸骨相撐拄⑩！」「結髮行事君，慊慊心意關，明知邊地苦，賤妾何能自久全⑪。」

①飲（一ㄣˋ）馬長城窟行：樂府曲名，屬相和歌瑟調曲。飲馬，給馬喝水。長城窟，長城附近有水的坑窪地；窟，泉窟，即泉眼。②愼莫稽留太原卒：此句爲由太原徵調來的戍卒所言。是說：請千萬不要滯留太原來的戍卒。愼莫，懇求語，千萬不要。稽留，滯留、拖延。③官作自有程，舉築諧汝聲：此二句爲長城吏不耐煩的回答。是說：官府的工程有一定的期限，你們只管齊聲唱打夯歌幹活。官作，官府的工程。程，期限。築，同「筑」，砸土的工具。諧，和諧一致。汝，指戍卒。聲，夯歌。④男兒寧當格鬥死，何能怫（ㄈㄨˊ）鬱築長城：此二句爲戍卒內心的話。是說：男子漢大丈夫寧可在沙場與敵人戰鬥犧牲，那裏能夠憂鬱愁苦築長城而死？怫鬱，憂鬱愁悶，心情不舒暢。⑤長城何連連：何，多麼。連連，連綿不斷。⑥內舍多寡婦：內舍，內地家裡。寡婦，古時婦人獨居皆可稱寡婦，指戍卒妻。⑦便嫁莫留住。善待新姑嫜（ㄓㄤ），時時念我故夫子：此三句爲戍卒家書的內容。是說：你就改嫁吧！不要留在家裡等我。好好侍奉新的公婆，心中時時記得我這個前任丈夫就可以了。姑嫜，古人稱丈夫之父曰嫜，丈夫之母曰姑。故夫子，前任丈夫，古人稱丈夫爲夫子。⑧報書：回信。⑨君今出語一何鄙：此句爲戍卒妻的回信。一何，多麼。鄙，粗野，不通情理。⑩身在禍難中等六句：以下六句爲戍卒再次寫給妻子的信。是說：自己在邊地築長城，必死無疑，爲什麼要稽留別人家的女子？生了男孩，就不要養活他；生下女孩，就給她肉吃。你沒有看到：長城下死人的骸骨互相支撐！舉，撫養。哺（ㄅㄨˇ），餵養。脯（ㄈㄨˇ），乾肉。撐拄（ㄓㄨˇ），互相支撐，形容雜亂堆積。⑪結髮行事君等四句：此四句爲戍卒妻再次回信。是說：自從束髮與你結爲夫妻侍奉你，雖然常分離兩地，悲苦不滿，但心卻與你相連。知道你在邊地受苦，我又怎能長久保全自己？結髮，指成人，古時男女成年時要束髮。行事君，指婚後服侍丈夫；行，語助詞，無義。慊慊，心中不滿足，指分居兩地的愁怨。心意關，心意互相關連。

7. 阮　瑀

駕出北郭門行①

駕出北郭門，馬樊②不肯馳。下車步踟躕③，仰折枯楊枝。顧聞④丘林中，噭噭⑤有悲啼。借問啼者誰，「何爲乃如斯⑥？」「親母舍我沒⑦，後母憎孤兒。饑寒無衣食，舉動鞭捶施⑧。骨消肌肉盡，體若枯樹皮。藏我空室中，父還不能知⑨。上冢察故處⑩，存亡永別離。親母何可見？淚下聲正嘶⑪。棄我於此間，窮厄豈有貲⑫。」傳告後代人，以此爲明規⑬。

①駕出北郭門行：樂府曲名，屬雜曲歌辭。北郭門，城郭北門，內城爲城，外城爲郭，古代墳場多在郭北郊。②樊：沈滯不行。③踟躕：徘徊不進。④顧聞：只聽到。顧，只。⑤噭（ㄐㄧㄠˋ）噭：悲哭聲。⑥何爲乃如斯：詩人問孤兒：爲什麼哭得如此傷心？何爲，爲何。如斯，如此。⑦親母舍我沒：以下十四句，爲孤兒的答辭。生母丟下自己去世。舍，同「捨」。沒，同「歿」。⑧舉動鞭捶施：動不動鞭子就打在身上。施，行、用。⑨藏我空室中，父還不能知：後母將孤兒關在空屋內，父親回家卻不知道兒子在何處，寫父親不知後母虐待孤兒的情形。還，回家。⑩上冢察故處：孤兒上墳察看母親的塚墓。故處，指生母的塚墓所在。⑪嘶：聲音沙啞。⑫棄我於此間，窮厄（ㄜˋ）豈有貲（ㄗ）：生母把我丟在人間受苦，沒有留下財產，如何生活？窮厄，即貧窮。貲，同「資」，財產。⑬傳告後代人，以此爲明規：詩人告誡後世人以此爲教訓，不要虐待孤兒。明規，訓戒。

二、正始時期

1. 阮　籍

詠懷①（八十二首之一）

夜中不能寐，起坐彈鳴琴。薄帷鑒明月②，清風吹我襟。孤鴻號外野③，翔鳥鳴北林④。徘徊將何見，憂思獨傷心。

①詠懷：阮籍生當魏、晉之際，政治黑暗，名士少有全者，遂不與世事，酣飲爲常，作〈詠懷〉八十二首以抒發憂悶。〈詠懷〉是隨感而寫，加以輯錄而成，非一時一地之作。此爲第一首，有序曲的作用。②薄帷鑒明月：爲「明月鑒薄帷」的倒裝。帷，帳幔。鑒，照。③孤鴻號外野：孤鴻在野外鳴叫。鴻，水鳥名，較雁大，性喜群居。號，啼叫。④北林：北方的樹林，暗含有心情憂傷的意思。《詩經・晨風》：「鴥（ㄩˋ，疾飛的樣子）彼晨風（鳥名），鬱彼北林。未見君子，憂心欽欽。」

詠懷（八十二首之三十二）

朝陽不再盛，白日忽西幽①。去此若俯仰②，如何似九秋③。人生若塵露，天道邈悠悠④。齊景升牛山，涕泗紛交流⑤。孔聖臨長川，惜逝忽若浮⑥。去者余不及，來者吾不留⑦。願登太華山⑧，上與松子⑨遊。漁父知世患，乘流泛輕舟⑩。

①白日忽西幽：很快地夕陽西下，天色昏暗。幽，暗。②俯仰：低頭抬頭之間，比喻時間短暫。俯，低頭；仰，抬頭。③九秋：指秋天，一季三月共九十日，故曰九秋。④人生若塵露，天道邈（ㄇㄧㄠˇ）悠悠：相對於宇宙的亙古長存，人生短暫易逝像塵埃露水。邈，遠。悠悠，長久。⑤齊景升牛山，涕泗紛交流：《韓詩外傳》記載齊景公遊牛山，感歎生命短暫，說：「使古而無死者，則寡人將去此而何之？」言罷，泣涕沾襟。牛山，今山東省臨淄縣東。紛，眾多。交流，縱橫落下。⑥孔聖臨長川，惜逝忽若浮：《論語・子罕篇》記載孔子在川上，感慨流水一去不復返，說：「逝者如斯夫，不舍晝夜。」⑦去者余不及，來者吾不留：三皇五帝的太平盛世已過去，我來不及趕上；後世雖然會有聖人再出，我卻無法等待。⑧太華山：即西嶽華山，在陝西省華陰縣南。⑨松子：即赤松子，傳說中的仙人，神農時

爲雨師。⑩漁父知世患，乘流泛輕舟：《楚辭·漁父》寫屈原行吟澤畔，形容枯槁，漁父勸其避禍遠患，最後駕船歌唱而去。此處隱括〈漁父〉篇意，表明要學習漁父隱遁遠去，藉以擺脫險惡的處境。乘流，隨波飄流。輕舟，扁舟、小船。

2. 嵇　康

贈秀才入軍①（十八章之九）

良馬既閑，麗服有暉②。左攬繁弱，右接忘歸③。風馳電逝④，躡景追飛⑤。凌厲⑥中原，顧盼生姿⑦。

①贈秀才入軍：此詩是嵇康送其兄嵇喜從軍。嵇喜，字公穆，曾舉秀才。秀才，漢魏時薦舉科目之一。②良馬既閑，麗服有暉：騎著訓練嫻熟的好馬，穿著光彩鮮豔的軍裝。閑，熟練。有暉，暉然；暉，同「輝」。③左攬繁弱，右接忘歸：左手挽著名弓，右手拿著利箭。繁弱，古良弓名。忘歸，古名箭矢名。④風馳電逝：馳馬迅速，如風如電。⑤躡（ㄋㄧㄝˋ）景（ㄧㄥˇ）追飛：可以追上掠影、飛鳥，比喻迅速。躡，追。景，同「影」。⑥凌厲：奮行直前的樣子。⑦顧盼生姿：左顧右盼，很有風姿，十分神氣。顧，回頭看。盼，看。

酒會詩（七首之一）

樂哉苑中游①，周覽無窮已。百卉吐芳華，崇臺邈高跱②。林木紛交錯，玄池戲魴鯉③。輕丸④斃翔禽，纖綸出鱣鮪⑤。坐中發美讚，異氣同音軌⑥。臨川獻清酤⑦，微歌⑧發皓齒。素琴揮雅操⑨，清聲隨風起。斯會豈不樂，恨無東野子⑩。酒中念幽人⑪，守故彌終始⑫。但當體七弦⑬，寄心在知己。

①樂哉苑（ㄩㄢˋ）中游：苑，通「苑」，畜養禽獸的園林。游，同「遊」。 ②崇臺邈高跱（ㄓˋ）：樓臺高高聳立。跱，聳立、站立。 ③玄池戲魴（ㄈㄤˊ）鯉：玄池，傳說中神仙的水池名，此處泛指水塘。魴，體形寬扁的赤尾魚。 ④丸：彈丸。 ⑤纖綸出鱣（ㄓㄢ）鮪（ㄨㄟˇ）：纖綸，釣魚用的絲線。鱣，鰉魚。鮪，鱘魚。 ⑥異氣同音軌：猶「異口同聲」。軌，道。 ⑦清酤（ㄍㄨ）：清酒。 ⑧微歌：美妙的歌聲。 ⑨雅操：高雅的曲調。 ⑩東野子：指阮侃，字德如，尉氏（今河南省尉氏縣）人，官至河內太守，是嵇康好友，被迫離職歸鄉。 ⑪幽人：即幽居的高士，指阮侃。 ⑫守故彌終始：自始至終堅守節操。守故，意同「守常」，指堅持志節。 ⑬體七弦：體會琴中的音韻。

三、太康時期

1.張華

情詩①（五首之五）

游目四野外，逍遙獨延佇②。蘭蕙緣清渠，繁華蔭綠渚③。佳人不在茲，取此欲誰與。巢居知風寒，穴處識陰雨④。不曾遠別離，安知慕儔侶⑤。

①情詩：寫遊子對妻子的思念之情。 ②延佇：久久佇立。 ③蘭蕙緣清渠，繁華蔭綠渚（ㄓㄨˇ）：蘭蕙沿著清澈的水渠生長，美麗的花朵覆蓋著碧綠的沙洲。繁華，盛開的花：華，同「花」。渚，水中小陸地。 ④巢居知風寒，穴處識陰雨：巢居的鳥兒最易感受風寒，住在洞穴中的蟲子最易預識陰雨，比喻生活在某種特定處境的人們，對某些事物會特

別敏感。⑤儔（ㄔㄡˊ）侶：伴侶。

2.潘岳

悼亡詩①

荏苒冬春謝，寒暑忽流易②。之子歸窮泉，重壤永幽隔③。私懷誰克從？淹留亦何益④。僶俛恭朝命，迴心反初役⑤。望廬思其人，入室想所歷⑥。幃屏無髣髴，翰墨有餘跡⑦。流芳未及歇，遺挂猶在壁⑧。悵怳如或存，回遑忡驚惕⑨。如彼翰林鳥，雙棲一朝隻⑩。如彼游川魚，比目中路析⑪。春風緣隙來，晨霤承檐滴⑫。寢息⑬何時忘，沈憂日盈積。庶幾有時衰，莊缶猶可擊⑭。

①悼亡詩：是潘岳懷念亡妻楊氏之作。楊氏是西晉書法家楊肇的女兒，潘岳十二歲與其訂婚，婚後生活二十四年，卒於晉惠帝元康八年（二九八）。②荏苒冬春謝，寒暑忽流易：光陰流逝，亡妻死後已經一年。荏苒，形容時光流逝。謝，去。流易，流逝變換。③之子歸窮泉，重壤永幽隔：妻子埋在地下，永遠阻隔不見。之子，是子、那人，指亡妻。窮泉，深泉，指地下。永幽隔，永遠被阻隔在深邃的地下。幽，深邃。④私懷誰克從，淹留亦何益：私心雖然哀傷，想留在家中，那能從己所願，但是人已入土，久留也無用處。私懷，心中懷念亡妻的哀情。誰克從，是說王命與世俗不允許久留。克，能。從，隨、順從。⑤僶（ㄇㄧㄣˇ）俛（ㄇㄧㄢˇ）恭朝命，迴心反初役：勉力遵從朝命，改變心情，回到任所。僶俛，勉力；俛，同「勉」。恭，從。朝命，朝廷的任命。迴心，轉過心思，指改變心情。反初役，回到原官任所；反，同「返」。⑥望廬思其人，入室想所歷：看到屋子，就想起亡妻的音容；走進內室，不禁憶起她的行跡。⑦幃屏無髣髴，翰墨有餘跡：幃帳屏風間，再也找不到亡妻的形影，但她的翰墨尚存遺跡。帷，帳子。屏，屏風。髣髴，相似的形影。翰墨，筆墨文字。餘跡，遺跡。⑧流芳未及歇，遺挂猶在壁：亡妻的筆墨文字等遺物還掛在牆上，散發

的芳香猶未消失。挂，同「掛」。⑨悵怳（ㄏㄨㄤˇ）如或存，回遑忡驚惕：神志恍惚，好像妻子還活在身邊；隨即想到她已經死亡，不由惶恐不安，既驚且懼。悵怳，精神迷離；怳，同「恍」。忡，憂。惕，驚懼。⑩如彼翰林鳥，雙棲一朝隻：好像比翼雙飛的鳥，只剩一隻。翰林鳥，棲於林中的鳥。⑪如彼游川魚，比目中路析：好像水中嬉戲的比目魚，中途活生生被分開。比目，魚名，總是成雙而游。析，折開。⑫春風緣隟（ㄒㄧˋ）來，晨霤（ㄌㄧㄡˋ）承檐（ㄧㄢˊ）滴：春風沿著縫隙吹入室內，早晨屋簷流下的水不斷往下滴。緣，沿著。隟，同「隙」。霤，屋簷流下來的水。承，承接。檐，同「簷」。⑬寢息：安寢休息。⑭庶幾有時衰，莊缶（ㄈㄡˇ）猶可擊：但願有一天哀傷能淡薄些，那時或許能像莊子鼓盆唱歌了。缶，瓦盆，古代一種打擊樂器。莊缶，莊子死了妻子，惠施去弔唁，莊子正在棺木旁敲著瓦盆唱歌。

3. 左　思

詠史①（八首之五）

皓天舒白日，靈景耀神州②。列宅紫宮裏，飛宇若雲浮③。峨峨高門內，藹藹皆王侯④。
自非攀龍客，何爲欻來游⑤？被褐出閶闔，高步追許由⑥。振衣千仞岡，濯足萬里流⑦。

①詠史：借詠史以詠懷。②皓天舒白日，靈景耀神州：明亮的天空中，陽光四射，普照整個中國的神州大地，耀眼光輝。皓，明。舒，日光四射。靈景，白日、日光；景，同「影」。③列宅紫宮裏，飛宇若雲浮：皇宮裏成排的建築，飛簷如雲，壯觀宏偉。列宅，一排排的建築。紫宮，本是星名，即紫微宮，漢未央宮中有紫宮，後用來泛指皇宮。飛宇，古代宮殿的屋簷像飛揚的鳥翼，故稱「飛宇」。宇，屋簷。雲浮，形容飛宇高且密，像天上的浮雲。④峨峨高門內，藹藹皆王侯：高大的府第裏，住著許多達官貴人、王侯卿相。峨峨，高大。藹藹，眾多。⑤自非攀龍客，何爲欻（ㄏㄨ）來游：自己並非攀龍附鳳之人，爲何來到繁華京城遊玩？攀龍客，追隨帝王將相以追求功名利祿的人。欻，忽然。⑥被（ㄆㄧ）褐（ㄏㄜˊ）出閶（ㄔㄤ）闔（ㄏㄜˊ），高步追許由：穿著粗布衣服，走出城門，追隨許由，遠行隱遁。被，

通「披」。褐，粗布衣服。閶闔，宮門，此指京城門。高步，高蹈出世。許由，古代高士，堯讓天下，不受，逃隱箕山下，躬耕而食。⑦振衣千仞岡，濯足萬里流：在高山上抖衣，在長河裏洗足。振衣，抖去衣上灰塵。仞，七尺爲仞。濯足，洗腳。比喻除去世俗的污垢，特立獨行。

雜詩

秋風何洌洌①，白露爲朝霜。柔條旦夕勁②，綠葉日夜黃。明月出雲崖③，皦皦流素光④。披軒⑤臨前庭，嗷嗷⑥晨雁翔。高志局四海⑦，塊然守空堂⑧。壯齒不恆居⑨，歲暮常慨慷⑩。

①何洌（ㄌㄧㄝˋ）洌：何，多麼。洌洌，寒冷的樣子。②柔條旦夕勁：樹枝越來越堅勁。③雲崖：指雲端。④皦（ㄐㄧㄠˇ）皦流素光：皦皦，月色淨白的樣子。素光，皎潔的月光。⑤披軒：開門。⑥嗷（ㄠˊ）嗷：雁哀鳴聲。⑦高志局四海：志氣高遠，即使在四海之內也感到局促狹小。四海，指中國。⑧塊然守空堂：一個人孤獨守在斗室空屋中。塊然，孤獨的樣子。⑨壯齒不恆居：壯年不常在。壯齒，指青春年華。⑩歲暮常慷慨：歲暮，即暮年、晚年。慷慨，感慨。

4. 陸 機

赴洛道中①（二首之二）

遠遊越山川，山川脩且廣。振策陟崇丘②，案轡遵平莽③。夕息抱影寐④，朝徂銜思往⑤。頓轡倚嵩巖⑥，側聽悲風響。清露墜素輝⑦，明月一何朗⑧。撫枕不能寐，振衣獨長想⑨。

①赴洛道中：陸機於西晉太康十年（二八九），二十九歲時，與弟陸雲離開家鄉吳郡吳縣華亭，前往洛陽，於途中作。②振策陟（ㄓˋ）崇丘：振策，揮鞭；策，馬鞭。陟，登高。崇丘，高山。③案轡遵平莽：案轡，手按馬轡。遵，沿著。平莽，草木叢生的平野。④夕息抱影寐：晚上休息是孤零零，抱著自己的影子而睡。⑤朝徂（ㄘㄨˊ）銜思往：早晨起來懷著悲傷上路。徂，往。銜悲，含著悲思。⑥頓轡倚嵩巖：駐馬倚著高峻的山崖休息。頓轡，駐馬，把馬轡放下。嵩，高山。⑦清露墜素輝：清澈的露水下滴，閃爍著潔白的月光。素輝，皎潔的月光。⑧一何朗：一何，多麼。朗，明亮。⑨振衣獨長想：穿上衣服，獨自遐想。振衣，抖去衣塵，指穿衣。

5. 張 協

雜詩①（十首之一）

秋夜涼風起，清氣蕩暄濁②。蜻蛚吟階下③，飛蛾拂明燭。君子從遠役，佳人守煢獨。離居幾何時，鑽燧忽改木④。房櫳無行迹⑤，庭草萋以綠⑥。青苔依空墻，蜘蛛網四屋⑦。感物多所懷，沈憂結心曲⑧。

①雜詩：寫思婦懷遠之情。②清氣蕩暄濁：清新涼爽的空氣，洗滌了地面上殘暑留下的悶熱混濁。蕩，洗滌。暄，暖。暄濁，悶熱的濁氣。③蜻蛚（ㄌㄧˋ ㄝ）吟階下：蜻蛚，蟋蟀。吟，鳴叫。④鑽燧忽改木：古人鑽木取火，季節不同取火用的木質也不同，此處以取火所用木材的改變，來説明時光流逝，節候屢經變易。鑽燧，鑽木取火。⑤房櫳（ㄌㄨˊ ㄥ）無行迹：房室空空，沒有他的身影。櫳，泛指房室。⑥萋以綠：長得茂盛而碧綠。萋，草盛。以，而且。⑦四屋：四周的屋角。⑧沈憂結心曲：沈重的憂思聚結在內心深處。心曲，心中深隱之處。

四、永嘉時期

1. 劉琨

答盧諶①（節選）

厄運初遘②，陽爻在六③。乾象棟傾④，坤儀舟覆⑤。橫厲糾紛，群妖競逐⑥。火燎神州⑦，洪流華域⑧。彼黍離離⑨，彼稷育育⑩。哀我皇晉⑪，痛心在目。

①盧諶（ㄔㄣˊ）：字子諒，曾爲劉琨主簿，轉從事中郎，劉琨常有詩文贈答。此詩内容，感慨西晉的敗亡。②厄運初遘（ㄍㄡˋ）：指晉懷帝、愍帝被擄事。遘，遭遇。③陽爻（一ㄠˊ）在六：《易經》以陽爻、陰爻構成卦，陽爻之數爲九，陰爻之數爲六。陽爻在六，是陰陽顛倒，比喻臣子篡逆。④乾象棟傾：天之象如屋梁傾毀。乾象，《易經》乾卦以天爲説，乾象即指天象。棟，屋梁。⑤坤儀舟覆：地之象如大船翻覆。坤儀，《易經》坤卦以地爲説，地儀即指地象。儀，儀態、樣子。⑥橫（ㄏㄥˋ）厲糾紛，群妖競逐：指群賊競起，天下紛亂驚擾。群妖，指劉聰等叛將。⑦火燎神州：天下戰亂，如大火焚燒，迅速蔓延。神州，中國。⑧洪流華域：天下戰亂，如洪水滔滔，陷溺不安。華域，中國。⑨彼黍離離：暗用《詩經．王風．黍離》，原詩寫周臣於西周覆滅後，行役經過舊都，見遍地荒涼，長滿野黍野稷，心痛作詩。離離，茂盛的樣子。⑩育育：義同「離離」。⑪皇晉：晉室王朝。

扶風歌①

朝發廣莫門②，暮宿丹水山③。左手彎繁弱④，右手揮龍淵⑤。顧瞻望宮闕，俯仰御飛軒⑥。

據⑦鞍長歎息，淚下如流泉。繫馬長松下，發鞍高岳頭⑧。烈烈⑨悲風起，泠泠⑩澗水流。揮手長相謝⑪，哽咽不能言。浮雲為我結⑫，歸鳥為我旋⑬。去家日已遠，安知存與亡。慷慨窮林中⑭，抱膝獨摧藏⑮。麋鹿遊我前，猿猴戲我側。資糧⑯既乏盡，薇蕨⑰安可食？攬轡命徒侶⑱，吟嘯絕巖中。君子道微矣，夫子固有窮⑲。惟昔李騫期⑳，寄在匈奴庭。忠信反獲罪，漢武不見明。我欲竟㉑此曲，此曲悲且長。棄置勿重陳，重陳令心傷。

①扶風歌：樂府曲名，屬雜歌謠辭。劉琨在晉懷帝永嘉元年（三〇七）受任并州刺史，九月末自京城洛陽前往并州治所晉陽（今山西省太原縣）途中所作。②廣莫門：洛陽城北門。③丹水山：丹朱嶺，丹水發源地，在今山西省高平縣北。④繁弱：古良弓名。⑤龍淵：古寶劍名。⑥俯仰御飛軒：宮殿的廊宇高高低低，遠望宛如急行中的車子起起伏伏。俯仰，猶高下。御，駕御。飛軒，飛馳的車子。⑦據：靠著。⑧發鞍高岳頭：發鞍，解下馬鞍。高岳頭，高山頂，即丹水山頂。⑨烈烈：形容風聲。⑩泠（ㄌㄧㄥˊ）泠：形容水聲。⑪相謝：與京城遙相辭別。謝，告別。⑫結：凝止。⑬旋：盤旋。⑭慷慨窮林中：在荒涼的山林中激昂悲歌。慷慨，情緒激昂。⑮摧藏：悲痛。⑯資糧：指糧食。⑰薇蕨：野菜。⑱攬轡命徒侶：攬住馬轡，號召部下繼續前行。徒侶，隨從士卒。⑲夫子固有窮：孔子也有窮困之時。《論語．衛靈公》記載：孔子在陳國絕糧，曾對子路說：「君子固窮，小人窮斯濫矣。」夫子，指孔子。⑳惟昔李騫（ㄑㄧㄢ）期：漢武帝大將李陵，率軍深入匈奴，以寡敵眾，救兵不到，不得已權宜投降，武帝不見諒，殺其母弟妻子，李陵只好窮死異國，至死不歸。騫，同「愆」；愆期，過期不歸。㉑竟：結束。

2.郭　璞

遊仙詩①（十四首之一）

京華游俠窟②，山林隱遯棲③。朱門何足榮，未若託蓬萊④。臨源挹清波，陵岡掇丹荑⑤。

靈谿可潛盤，安事登雲梯⑥。漆園有傲吏，萊氏有逸妻⑦。進則保龍見，退爲觸藩羝⑧。高蹈風塵外，長揖謝夷齊⑨。

①遊仙詩：遊仙詩多寫想像中的仙山靈域，追跡仙人，雲遊方外，郭璞則借遊仙以抒憤懣不平。②京華游俠窟：京城繁華是貴族子弟出沒的地方。京華，京都繁華之處。游俠，呼嘯酒肆、奢華放浪的貴族子弟。窟，洞穴，此謂出沒的地方。③山林隱遯（ㄉㄨㄣˋ）棲：山林是隱者棲息的地方。遯，同「遁」；隱遯，隱居。④朱門何足榮，未若託蓬萊：豪門何足榮耀，不如托身蓬萊仙境。朱門，紅色大門，古富貴人家之門多紅色，借指富貴人家。蓬萊，傳說中的海上仙山，借指隱逸的理想境地。⑤臨源挹（ㄧˋ）清波，陵岡掇（ㄉㄨㄛˊ）丹荑（ㄧˊ）：在澄澈的水源掬飲清泉，攀登山岡采食靈芝。挹，酌取。掇，採拾。丹荑，初生的赤芝；丹，丹芝，又名赤芝，服食可以延年益壽；荑，植物初生的葉芽。⑥靈谿可潛盤，安事登雲梯：幽靜的山水可以隱居養性，何必要干祿登上青雲呢？靈谿，泛指幽深山谷中的溪流；谿，同「溪」。潛盤，隱居盤桓。登雲梯，本指成仙之路，此謂政治上的飛黃騰達。⑦漆園有傲吏，萊氏有逸妻：漆園，指先秦時代的莊周，莊周曾做漆園吏。《史記》本傳記載：楚威王聞莊周賢，派遣使者厚幣迎請擔任宰相，被莊周拒絕。萊氏，老萊子。《列女傳》記載，老萊子躬耕於蒙山，楚王請他出仕，妻子勸告：「今日食人酒肉，明日就受人制約，難逃禍患。」投其畚而去，老萊遂隨妻逃隱。逸，隱居。⑧進則保龍見（ㄒㄧㄢˋ），退爲觸藩羝（ㄉㄧ）：隱居的賢者如果出仕，固然可以如潛龍現身，爲君王重用，然一旦陷入困境，就如同壯羊的角卡在籬笆上，進退不得。進，進仕。保，保證。龍見，龍出現；見同「現」。《周易·乾·九二》：「見龍在田，利見大人。」指龍從淵中上浮出現在地上，出潛離隱。藩，同「樊」，籬笆。羝，壯羊。《周易·大壯·上六》：「羝羊觸藩，不能退，不能遂。」指卡在籬笆的壯羊，進退兩難，處於困境。⑨高蹈風塵外，長揖謝夷齊：高蹈於人世風塵之外，不學伯夷、叔齊餓死首陽山上，爲世俗所羈絆。夷齊，伯夷、叔齊，商朝孤竹國君二子，互讓王位，逃到西伯昌周文王處，後來武王伐紂，爲忠於商朝不食周粟，隱居餓死於首陽山上。伯夷、叔齊，是古人稱頌的賢者，但在郭璞觀之，這種大忠大賢仍然牽絆世網，殘害本性，正是觸藩羝的可憐人。揖，拱手敬禮。謝，辭去。

遊仙詩（十四首之三）

翡翠戲蘭苕①，容色更相鮮。綠蘿結高林②，蒙籠③蓋一山。中有冥寂士④，靜嘯⑤撫清絃。放情凌霄外⑥，嚼蘂挹飛泉⑦。赤松臨上遊，駕鴻乘紫烟⑧。左挹浮丘⑨袖，右拍洪崖⑩肩。借問蜉蝣輩⑪，寧知⑫龜鶴年。

①翡翠戲蘭苕（ㄊㄧㄠˊ）：翡翠鳥在蘭花苕花上嬉戲。翡翠，鳥名，亦名赤鴗，長九寸，營巢山中。蘭，蘭花。苕，凌霄花，蔓生植物。②綠蘿結高林：綠色的蔓藤爬滿林中松柏。蘿，植物名，蔓生。③蒙籠（ㄌㄨㄥˊ）：茂密的樣子。④冥寂士：隱遁山林的人，心境淡泊，超脫塵世名利之外，故曰「冥寂」。⑤靜嘯：在寂靜的山林放聲長嘯。⑥放情凌霄外：放縱情懷，遨遊天外。凌，高升。霄，雲霄。⑦嚼蘂（ㄖㄨㄟˇ）挹飛泉：飢則採食花蕊，渴則酌飲飛泉。蘂，同「蕊」，未開的花苞。⑧赤松臨上遊，駕鴻乘紫烟：相傳赤松子是神農時雨師，服食水玉，能入火不燒，常出入崑崙山西王母石室，駕著飛鴻乘著瑞雲上下往來。紫烟，祥雲。⑨浮丘：浮丘公，上古仙人，相傳爲黃帝時人，與容成子遊，曾接引王子喬上嵩山學仙。⑩洪崖：上古仙人，居洪崖，世稱洪崖先生，堯時已三千多歲。⑪蜉（ㄈㄨˊ）蝣（ㄧㄡˊ）輩：蜉蝣輩，像蜉蝣一樣朝生暮死的人，比喻目光短淺爭名逐利者。蜉蝣，昆蟲，形狀像蜻蛉，常棲息水邊，又能飛行空中，往往生後數小時即死亡。⑫寧知：豈知，那裡能知道。

五、晉末時期

1. 陶淵明

始作鎮軍參軍經曲阿作①

弱齡寄事外，委懷在琴書②。被褐欣自得，屢空常晏如③。時來苟冥會，宛轡憩通衢④。

投策命晨裝，暫與園田疏⑤。眇眇孤舟逝，綿綿歸思紆⑥。我行豈不遙，登陟千里餘。目倦川塗⑦異，心念山澤居。望雲慚高鳥，臨水愧遊魚⑧。眞想初在襟，誰謂形跡拘⑨。聊且憑化遷，終返班生廬⑩。

①始作鎮軍參軍經曲阿作：晉安帝元興三年（四〇四），陶淵明爲生活所迫，出任鎮軍將軍劉裕的參軍，赴京口（今江蘇省鎮江市）上任，行經曲阿（今江蘇省丹陽縣）時，寫下此詩。 ②弱齡寄事外，委懷在琴書：自敘從小就對世俗事務無興趣，心中懷抱的理想是彈琴讀書。弱齡，少年。寄事外，把身心放在俗事之外。委懷，置懷；委，置、託。 ③被（ㄆㄧ）褐（ㄏㄜˊ）欣自得，屢空常晏如：穿著粗布衣服，時常生活困窮，卻怡然自得。褐，粗布衣。欣，歡喜。自得，自得其樂。屢空，長年空匱窮困。晏如，安然的樣子。 ④時來苟冥會，宛轡憩通衢：時機來臨，姑且隨順命運安排出仕做官，放鬆馬轡慢行，在通衢大道小憩片刻。時，機運。苟，暫且。冥會，暗中迎合，指隨運順化。宛轡，放鬆馬轡緩行，比喻屈才從仕。憩，稍作休息。通衢，大馬路，指仕路。宛轡憩通衢，暗示仕宦非長久之計，只是暫時權宜而已。 ⑤投策命晨裝，暫與園田疏：收拾行囊，拿起馬鞭，在晨曦中出發，暫時離開田園。策，馬鞭。疏，離。 ⑥眇（ㄇㄧㄠˇ）眇孤舟逝，綿綿歸思紆（ㄩ）：小船越駛越遠，思歸之情綿綿不斷縈繞心頭。眇眇，通「渺渺」，遠。逝，往、去。紆，縈繞。 ⑦塗：通「途」。 ⑧望雲慚高鳥，臨水愧遊魚：看到鳥兒自由自在飛翔天空，魚兒自由自在浮游水裡，自己卻違反本性出仕，深覺慚愧。 ⑨眞想初在襟，誰謂形跡拘：眞樸隱居的思想是原來的懷抱，誰想到卻心爲形役而出仕。 ⑩聊且憑化遷，終返班生廬：姑且隨著自然的變化，隨遇而安，但是最後我肯定要返回田園。聊且，姑且、暫且。化遷，造化運轉。班生廬，指仁者、隱者所居的茅廬，典出班固〈幽通賦〉，故曰班生廬。

歸田園居①（五首之一）

少無適俗韻②，性本愛丘山。誤落塵網③中，一去三十年。羈鳥④戀舊林，池魚思故淵⑤。開荒南野際，守拙歸園田。方宅⑥十餘畝，草屋八九間。榆柳蔭後園，桃李羅⑦堂前。曖曖⑧

遠人村，依依墟里煙⑨。狗吠深巷中，鷄鳴桑樹顛。戶庭無塵雜⑩，虛室有餘閒⑪。久在樊籠⑫裏，復得返自然。

①歸田園居：東晉安帝義熙元年（四〇五）十一月，陶淵明辭彭澤令歸隱後所作。②適俗韻：適應世俗的氣韻風度。韻，氣質、性格。③塵網：塵世如羅網，指官場人事的束縛。④羇（ㄐㄧ）鳥：被關在籠中的鳥。羇，束縛。⑤故淵：魚兒原來生活的水池。⑥方宅：房子四周。方，旁。⑦羅：列。⑧曖（ㄞˋ）曖：昏暗、依稀不明的樣子。⑨依依墟里煙：依依，形容炊煙上升輕柔的樣子。墟里，村落。⑩戶庭無塵雜：戶庭，門庭。塵雜，指世俗的雜事。⑪虛室有餘閒：虛室，空閒安靜的屋子。餘閒，閒暇。⑫樊籠：關鳥的籠子。

歸田園居（五首之三）

種豆南山①下，草盛豆苗稀。晨興理荒穢②，帶月荷鋤歸③。道狹草木長，夕露沾我衣。衣沾不足惜，但使願無違。

①南山：即廬山。②晨興理荒穢：晨興，早起。理荒穢，除雜草。③帶月荷（ㄏㄜˋ）鋤歸：帶月，月夜行路，明月作伴，好像月亮不知不覺被詩人帶了回來。荷，掮。

飲酒詩（二十首之五）

結廬在人境①，而無車馬喧②。問君何能爾③，心遠地自偏④。採菊東籬下，悠然⑤見南山。

山氣日夕⑥佳，飛鳥相與還⑦。此中有眞意⑧，欲辨已忘言⑨。

①結廬在人境：結廬，建造住宅。人境，人間，許多人居住的地方。②車馬喧：指世俗來往的喧鬧與紛擾。③爾：如此。指「結廬在人境，而無車馬喧」。④心遠地自偏：心既遠離塵俗，就算居住鬧市也感覺像偏遠地方一般清靜。⑤悠然：自得的樣子。⑥日夕：黃昏。⑦相與還：結伴而歸。⑧此中有眞意：此中，指此時此地的情境。眞意，人生眞正的意義。⑨欲辨已忘言：想要辨析自已的體會，卻又不知如何用語言來表達。

雜詩①（十二首之一）

人生無根蒂②，飄如陌上塵。分散逐風轉，此已非常身③。落地爲兄弟，何必骨肉親④。得歡⑤當作樂，斗酒聚比鄰⑥。盛年不重來，一日難再晨。及時當勉勵，歲月不待人。

①雜詩：第六首說：「奈何五十年，忽已親此事。」證知作於晉安帝義熙十年（四一四），距辭官歸隱已有八年。②人生無根蒂（ㄉㄧˋ）：人生在世如無根之木、無蒂之花。③此已非常身：人生飄泊不定，種種遭遇和變故不斷改著人，每一個人都已不再是合乎常理的實體。常身，合乎常理的實體。④落地爲兄弟，何必骨肉親：來到這世上的人都應該成爲兄弟，何必一定要有骨肉之親呢？落地，一落胎胞。⑤得歡：遇到歡欣時。⑥斗酒聚比（ㄅㄧˋ）鄰：與鄰里相聚暢飲。比鄰，鄰里。

輓歌詩①（三首之三）

荒草何茫茫，白楊亦蕭蕭②。嚴霜九月中，送我出遠郊。四面無人居，高墳正嶕嶢③。馬爲仰天鳴，風爲自蕭條。幽室④一已閉，千年不復朝。千年不復朝，賢達無奈何。向來相送人，各自還其家。親戚或餘悲，他人亦已歌⑤。死去何所道，託體同山阿⑥。

①挽歌詩：喪歌曰挽歌，字亦作「輓歌」。②蕭蕭：風吹樹葉聲。③嶕（ㄐㄧㄠ）嶢（ㄧㄠˊ）：高聳的樣子。④幽室：墓穴。⑤已歌：已經在唱歌，沒有悲哀了。⑥山阿（ㄜ）：山。阿，大陵、大的土山。

拾貳、南北朝文學理論

1. 沈　約

宋書・謝靈運傳論

史臣①曰：民稟天地之靈，含五常之德②，剛柔迭用③，喜慍分情。夫志動於中，則歌詠外發；六義所因④，四始攸繫⑤；升降⑥謳謠，紛披風什⑦。雖虞夏以前，遺文不睹，稟氣懷靈，理無或異。

周室既衰，風流彌著。屈平、宋玉導清源於前⑧，賈誼、相如⑨振芳塵於後⑩。英辭潤金石⑪，高義薄雲天。自茲以降，情志愈廣。王褒、劉向⑫、揚、班、崔、蔡⑬之徒，異軌同奔，遞相師祖⑭。雖清辭麗曲，時發乎篇，而蕪音累氣⑮，固亦多矣。若夫平子艷發⑯，文以情變，絕唱高蹤，久無嗣響。至於建安，曹氏基命⑰，二祖、陳王⑱，咸蓄盛藻。甫乃以情緯文，以文被質⑲。自漢至魏，四百餘年，辭人才子，文體三變。相如工爲形似之言⑳，二班長於情理之說㉑，子建、仲宣以氣質爲體㉒，並標能擅美㉓，獨映當時，是以一世之士，各相慕習。源其飆流㉔所始，莫不同祖風騷㉕；徒以賞好異情，故意製相詭㉖。

降及元康㉗，潘、陸特秀㉘，律異班、賈，體變曹、王。縟旨星稠㉙，繁文綺合㉚，綴平臺之逸響㉛，採南皮之高韻㉜。遺風餘烈㉝，事極江右㉞。在晉中興㉟，玄風獨扇㊱，爲學窮於柱下㊲，博物止乎七篇㊳。馳騁文辭，義殫㊴乎此。自建武暨於義熙㊵，歷載將百。雖綴響聯辭，波屬雲委㊶；莫不寄言上德㊷，託意玄珠㊸，遒麗㊹之辭，無聞焉爾。仲文始革孫、許之風㊺，叔源大變太元之氣㊻。爰逮宋氏㊼，顏、謝騰聲㊽，靈運之興會標舉㊾，延年之體裁明密㊿，並方軌前秀(51)，垂範後昆(52)。

若夫敷衽論心(53)，商榷前藻(54)，工拙之數，如有可言。夫五色相宣(55)，八音協暢(56)，由乎玄黃律呂(57)，各適物宜。欲使宮羽相變(58)，低昂互節(59)，若前有浮聲，則後須切響(60)。一簡之內，音韻盡殊(61)；兩句之中，輕重悉異(62)。妙達此旨，始可言文。至於先士茂製(63)，諷高歷賞(64)。子建函京之作(65)，仲宣霸岸之篇(66)，子荊零雨之章(67)，正長朔風之句(68)，並直舉胸情(69)，非傍詩史(70)。正以音律調韻，取高前式(71)。自靈均(72)以來，多歷年代，雖文體稍精，而此秘未睹(73)。至於高言妙句，音韻天成，皆暗與理合，匪由思至(74)。張、蔡、曹、王(75)，曾無先覺；潘、陸、顏、謝(76)，去之彌遠。世之知音者，有以得之，知此言之非謬。如曰不然(77)，請待來哲(78)。

①史臣：指沈約自己，仿《史記》「太史公曰」之例。②含五常之德：古人言人類稟受天地的靈氣，具有五行的德性。五常，即五行，金、木、水、火、土。德，德行，性質。③剛柔迭用：人的性情有剛有柔，輪流替用。④六義所因：《詩經》有六義：風、雅、頌、賦、比、興。因，緣起。⑤四始攸繫：《詩經》以風、大雅、小雅、頌爲四始。攸，所。⑥升降：歌唱時聲音有高有低。⑦紛披風什：紛披，繽紛繁多。風什，風指《詩經》的國風，什指《詩經》的雅、頌，雅、頌每十篇爲一什。⑧屈平、宋玉導清源於前：屈平，即屈原。宋玉，戰國辭賦家，相傳爲屈原弟子。導清源，猶開先路、開先河。⑨賈誼、相如：賈誼，漢初政論兼辭賦家，受讒被貶長沙王太傅，後拜梁懷王太傅，梁懷王墮馬喪命，自傷爲傅無狀而死。相如，即司馬相如，成都人，漢武帝時大辭賦家。⑩振芳塵於後：繼承並發揚光大前人的美好。振，舉。芳塵，香車所經過，揚起的塵土，引申作「芳蹤」，此指前代的美好遺風。⑪英辭潤金石：華

美的文辭使金石潤色生輝。金，鐘鼎；石，碑碣；古代歌頌功德的銘文，都刻在鐘鼎或碑石之上。⑫王褒、劉向：王褒字子淵，劉向字子政，漢代辭賦家。⑬揚班崔蔡：指揚雄、班固、崔駰、蔡邕，都是漢代辭賦家。⑭遞相師祖：遞，一個接一個。師祖，動詞，效法。⑮蕪音累氣：蕪音，蕪雜之音。累氣，混濁之氣。⑯平子艷發：東漢張衡，字平子，曾構思十年，作〈二京賦〉。艷發，文采煥發。⑰曹氏基命：指曹丕篡漢稱帝。基命，開始受命；基，始。⑱二祖、陳王：二祖，魏武帝曹操、魏文帝曹丕。陳王，陳思王曹植。⑲甫乃以情緯文，以文被（ㄆㄧ）質：才開始根據情感組織文辭，用文辭來潤飾內容。甫，始。緯，組織。文，文辭，指形式。被，同「披」。質，情感，指內容。⑳相如工爲形似之言：相如，司馬相如。形似之言，描寫物象的文章。㉑二班長於情理之說：二班，班彪、班固父子。情理之說，抒情說理的文章。㉒子建、仲宣以氣質爲體：子建，曹植。仲宣，王粲。二人因爲才性不同，形成不同風格的作品。氣質，才性。㉓標能擅美：表現才能，具有優點。㉔飆流：猶「風流」，文學風氣。㉕風騷：風，國風，此指《詩經》。騷，《離騷》，此泛指屈原的作品。㉖意製相詭：作品的內容與體裁互相差異。意，內容。製，體裁。相詭，相反。㉗元康：晉惠帝年號，西元二九一到二九九年。㉘潘、陸特秀：潘，潘岳。陸，陸機。秀，傑出。㉙縟旨星稠：辭藻華麗如繁星密集。縟旨，含義豐富的辭藻。星稠，像星星一樣稠密。㉚繁文綺合：辭藻華麗如錦綺合集。綺，有花紋的絲織品。㉛綴平臺之逸響：繼承「平臺」作家的超凡文辭。平臺，西漢梁孝王劉武在封地大梁城，修宮室，築三十里平臺，招攬四方才士，如鄒陽、枚乘等辭賦家皆往遊宴寫作。綴，緝。㉜採南皮之高韻：採取「南皮」作家的高雅風格。南皮，地名，今河北南皮縣，魏文帝爲五官中郎將時，曾與吳質、阮瑀等文人於南皮遊宴寫作。㉝餘烈：餘業。烈，業。㉞江右：指西晉，東晉建都建業（今南京），稱「江左」；西晉建都洛陽，稱「江右」。㉟在晉中興：指西晉亡後，東晉復興。㊱玄風獨扇：玄風，以老莊爲中心的學術思想潮流。扇，同「煽」，熾烈。㊲爲學窮於柱下：研究學問只窮究老子。柱下，指老子學說，老子曾作周柱下史。㊳博物止乎七篇：博識事物只限於莊子。七篇，指莊子學說，今本《莊子》分內篇、外篇、雜篇，內篇爲〈逍遙遊〉〈齊物論〉〈養生主〉等共七篇，爲莊子學說的精華。㊴殫（ㄉㄢ）：盡。㊵自建武暨（ㄐㄧˋ）於義熙：建武，晉元帝年號，西元三一七年。義熙，晉安帝年號，西元四〇五到四一八年。暨，及，到。㊶波屬（ㄓㄨˇ）雲委：形容作品多如水波、雲彩。屬，連接。委，聚集。㊷上德：指老子學說。今本《道德經》八十一章，分上下兩篇，下篇首章（即第三十八章）曰：「上德不德，是以有德。」㊸玄珠：喻「道」，此指莊子學說。《莊子·天地篇》：「黃帝游乎赤水之北，登乎崑崙之丘，而望還歸，遺其玄珠。」㊹遒（ㄑㄧㄡˊ）麗：雄健華麗。㊺仲文始革孫、許之風：仲文，殷仲文。孫，孫綽；許，許詢。孫綽、許詢都是玄言詩人。㊻叔源大變太元之氣：叔源，謝混。太元，晉孝武帝年號，西元三七六到三九六年。太元之氣，指以孫綽、許詢爲首的玄言詩風。㊼爰逮宋氏：爰，語辭。逮，及、到。宋氏，指南朝劉宋王朝。㊽顏、謝騰聲：顏，顏延之。謝，謝靈運。騰聲，聲譽飛揚。㊾興（ㄒㄧㄥˋ）會標舉：興會，興致所會。標舉，高舉。㊿明密：明白細緻。(51)方軌前秀：與前代優秀作家並駕齊驅。方，並。(52)垂範後昆：給後人留下榜樣。範，法式。後昆，後代子孫。(53)敷衽（ㄖㄣˋ）論心：鋪開衣襟坐下來談心，猶「促膝談心」。敷衽，本指祭神下跪時，把衣襟鋪在地下，此處借指席地而坐，坐時衣襟亦須鋪地。衽，衣襟。(54)商榷前藻：商討評價前人的作品。(55)五色相宣：五色相映，色彩更加鮮明。五色，青、黃、赤、白、黑。(56)八音協暢：八音合奏，聲音更加協調流暢。八音，金、石、絲、竹、匏、土、革、木八類樂器所奏出的聲音。(57)玄黃律呂：玄黃，泛指顏色。玄，黑中帶赤的顏色。律呂，古代用來定樂音高低的十二個律管，後世亦可用來指律呂所發出的聲音，此處泛指聲音。(58)宮羽相變：平聲與仄聲互相變化。宮，指平聲。羽，指仄聲。(59)低昂互節：高低的聲音互相調節。高，指平聲，平聲音昂；低，指仄聲，仄聲音低。(60)前有浮聲，則後須切響：前一句是平聲，則後一句必須是仄聲。浮聲，指平聲。切響，指仄聲。(61)一簡之內，音韻盡殊：一句之內，聲韻不同。一簡，指五言詩的一句。音韻，指雙聲疊韻，除聯綿字外，五言詩一句之中不能用雙聲疊韻。(62)兩句之中，輕重悉異：兩句之內，高低音完全不同。兩句，指五言詩之一聯，含上下兩句。輕重悉異，指上一句的開頭兩字不得與下一句開頭兩字平仄相同，犯之則謂之「平頭」，又上一句的末一字不得與下一句的末一字平仄相同，犯之謂之「上尾」。輕重，指平仄。(63)先士茂製：前人的優秀作品。(64)諷高歷賞：諷高，詠誦高妙。歷賞，歷代文人共同欣賞。(65)子建函京之作：指曹植〈贈丁儀、王粲詩〉，詩曰：「從軍渡函谷，驅馬過西京。」(66)仲宣霸岸之篇：指王粲〈七哀詩〉，詩曰：「南登霸陵岸，回首望長安。」(67)子荊零雨之章：指孫楚〈征西官屬送於陟陽侯作詩〉，詩曰：「晨風飄歧路，零雨被秋草。」(68)正長朔風之句：指王瓚〈雜詩〉，詩曰：「朔風動秋草，邊馬有歸心。」(69)直舉胸情：猶「直抒胸臆」。(70)非傍詩史：不是依賴運用別人的詩句或史實典故。(71)取高前式：高出前人的法式。(72)靈均：指屈原。(73)此秘未睹：沈約認爲聲律方面的道理是他個人獨得的秘密，餘人皆未看到。(74)匪由思至：不是經由思考獲得。(75)張、蔡、曹、王：指張衡、蔡邕、曹植、王粲。(76)潘、陸、顏、謝：指潘岳、陸機、顏延年、謝靈運。(77)如曰不然：如果認爲不是這樣。然，如此。(78)請待來哲：請等待將來的明智之人作解說。

2.劉　勰

文心雕龍・情采

聖賢書辭，總稱文章①，非采②而何？夫水性虛而淪漪結③，木體實而花萼振，文附質也。虎豹無文，則鞹④同犬羊；犀兕⑤有皮，而色資丹漆⑥，質待文也。若乃綜述性靈，敷寫器象⑦，鏤心鳥跡之中⑧，織辭魚網之上⑨，其爲彪炳⑩，縟采名矣⑪。故立文之道，其理有三：一曰形文，五色⑫是也；二曰聲文，五音⑬是也；三曰情文，五性⑭是也。五色雜而作黼黻⑮，五音比而成韶夏⑯，五性發而爲辭章，神理之數⑰也。《孝經》垂典，喪言不文⑱，故知君子常言未嘗質也。老子疾僞⑲，故稱「美言不信⑳」；而五千精妙㉑，則非棄美矣。莊周云「辯雕萬物㉒」，謂藻飾也。韓非云「豔采辯說㉓」，謂綺麗也。綺麗以豔說，藻飾以辯雕，文辭之變，於斯極矣。研味李、老㉔，則知文質附乎性情；詳覽莊、韓，則見華實過乎淫侈。若擇源於涇渭之流㉕，按轡於邪正之路㉖，亦可以馭文采矣。夫鉛黛㉗所以飾容，而盼倩生於淑姿㉘；文采所以飾言，而辯麗㉙本於情性。故情性者，文之經；辭者，理之緯；經正而後緯成，理定而後辭暢，此立文之本源也。

昔詩人什篇㉚，爲情而造文；辭人賦頌，爲文而造情。何以明其然？蓋風雅㉛之興，志思蓄憤㉜，而吟詠情性，以諷其上，此爲情而造文也。諸子之徒㉝，心非鬱陶㉞，苟馳夸飾，鬻聲釣世㉟，此爲文而造情也。故爲情者要約而寫眞㊱，爲文者淫麗而煩濫㊲。而後之作者，採濫忽眞，遠棄風雅，近師辭賦，故體情之製日疏，逐文㊳之篇愈盛。故志深軒冕㊴，而汎詠皋壤㊵；心懷幾務㊶，而虛述人外㊷。眞宰㊸弗存，翩其反矣㊹。夫桃李不言而成蹊，有實存也㊺；男子樹蘭而不芳，無其情也。夫以草木之微，依情待實，況乎文章，述志爲本，言與志反，文豈足徵？

是以聯辭結采，將欲明經㊻；采濫辭詭，則心理愈翳㊼。固知翠綸桂餌㊽，反所以失魚。言隱榮華㊾，殆謂此也。是以衣錦褧衣㊿，惡乎太章(51)；賁象窮白(52)，貴乎反本(53)。夫能設謨以位理(54)，擬地以置心(55)，心定而後結音(56)，理正而後摛藻(57)，使文不滅質，博不溺心，正采(58)耀乎朱藍，間色(59)屏(60)於紅紫，乃可謂雕琢其章，彬彬君子(61)矣。

贊曰：言以文遠(62)，誠哉斯驗。心術既形(63)，英華乃贍(64)。吳錦好渝(65)，舜英徒豔(66)。繁采寡情，味之必厭。

①文章：青與赤謂之文，赤與白謂之章，所以文章一詞爲「文彩」的意思。②采：文采。③水性虛而淪漪（一）結：水的質性虛柔可以構成水波。淪漪，水的波紋。④鞹（ㄎㄨㄛˋ）：去毛的皮革。⑤犀兕：形狀像牛的野獸，犀雄兕雌，皮堅韌，古代用來製鎧甲。⑥色資丹漆：還要靠塗上丹漆染料，才能色澤鮮麗。資，憑藉。⑦敷寫器象：鋪陳描述事物的形象。⑧鏤心鳥跡之中：在文字中用心推敲琢磨。鏤心，精心推敲。鳥跡，指文字，相傳黃帝史官倉頡受鳥獸足跡的啓發而創造文字。⑨織辭魚網之上：組織成文辭寫在紙上。魚網，指紙，相傳後漢時蔡倫用魚網造紙。⑩彪炳：光彩煥發。⑪縟采名矣：繁盛的文彩更爲鮮明。名，明。⑫五色：青、黃、赤、白、黑。⑬五音：宮、商、角、徵、羽。⑭五性：從心、肝、脾、肺、腎產生的喜、怒、哀、樂、怨五種性情。⑮黼（ㄈㄨˇ）黻（ㄈㄨˊ）：古代禮服所繡的花紋，白黑相次曰黼，黑青相次曰黻。⑯韶夏：韶，虞舜時的樂章名。夏，夏禹時的樂章名。⑰神理之數：神理，神妙的自然之理。數，規律。⑱喪言不文：居父母喪的時候，言辭要樸質、不加文飾。《孝經・喪親章》：「子曰：孝子之喪親也，哭不偯，禮無容，言不文。」⑲疾僞：痛恨虛假。⑳美言不信：華美的言辭往往不誠實。《老子》八十一章：「信言不美，美言不信。」㉑五千精妙：《老子》一書共五千多字，舉其成數，代指書名。㉒辯雕萬物：用辯論來雕飾萬物。《莊子・天道篇》：「故古之王天下者，辯雕萬物，不自說也。」㉓艷采辯說：用

華美的文辭來巧言辯說。《韓非子．外儲說》：「夫不謀治強之功，而艷乎辯說文麗之聲。」依原文則「采」應作「乎」。㉔研味李老：李，應作「孝」，指《孝經》。研味，研究體味。㉕擇源於涇渭之流：追求清濁產生的本源。涇渭，涇水與渭水，兩水會合於陝西省高陵縣，涇水清，渭水濁，故「涇渭」代表「清濁」的意思。㉖按轡（ㄆㄟˋ）於邪正之路：分辯是非，選擇正確的寫作途徑。按轡，控制馬的走向。轡，馬韁繩。㉗鉛黛：鉛，女子用來修飾面容的鉛粉。黛，女子用來畫眉的青黑色顏料。㉘盼倩生於淑姿：盼，美目；倩，巧笑時動人的酒窩。淑姿，美好的姿容。㉙辯麗：巧妙華麗。㉚詩人什篇：詩人，指《詩經》以及繼承《詩經》傳統的作者。什篇，《詩經》以十篇爲一什，後世用來泛指詩篇。㉛風雅：詩有六義：風、雅、頌、賦、比、興，風、雅、頌爲詩的體裁。此處以風、雅代《詩經》。㉜志思蓄憤：詩人心中含蓄滿腔憂憤。㉝諸子之徒：指辭賦家。㉞鬱陶：憂愁鬱積。㉟鬻（ㄩˋ）聲釣世：沽名釣譽。鬻，賣。聲，名聲。㊱要（一ㄠ）約而寫眞：文辭精鍊，感情眞實。要約，簡要精鍊。㊲淫麗而煩濫：浮誇華美而雜亂濫造。㊳逐文：專門追求文采。㊴志深軒冕：一心想求高官厚祿。軒，高車；冕，禮帽；古制大夫以上乘軒服冕，代指官位爵祿。㊵汎詠皐（ㄍㄠ）壤：浮泛吟詠隱居的美好。皐壤，水邊的原野，代指隱居的地方。㊶心懷幾務：內心牽掛政事。幾務，通「機務」，官府中的各種事務。㊷虛述人外：虛僞地描寫隱居的樂趣。人外，塵世以外，指隱居山林。㊸眞宰：內心的眞性情。㊹翩其反矣：完全相反。翩其，翩然，翩然翻轉的樣子。㊺桃李不言而成蹊（ㄒ一），有實存也：桃李雖然不會說話，可是樹下自然被人走出道路，這是因爲樹上結有果實的緣故。蹊，小路。㊻明經：闡明道理。㊼翳（一ˋ）：隱蔽。㊽翠綸桂餌：翠綸，用翡翠鳥的羽毛做的釣魚線。桂餌，用肉桂做的魚餌。㊾言隱榮華：言辭的眞正意義被繁多的文采所掩蔽，語出《莊子．齊物論》。㊿衣（一ˋ）錦褧（ㄐㄩㄥˇ）衣：穿上錦繡衣服，外面還要再加麻布罩衫，語出《詩經．衛風．碩人》。衣，動詞，穿。錦繡，有彩色花紋的絲織物。褧，罩在外面的麻布單衣。(51)惡乎太章：討厭色彩過於顯耀。章，同「彰」，明顯。(52)賁（ㄅ一ˋ）象窮白：賁，文飾，此爲《易經》卦名。賁象，賁卦的卦象，賁卦上九爻辭：「白賁无咎，上得志也。」意謂用白色來文飾而沒有憂患，所以能得志。上九爲賁卦最後一爻，象徵裝飾到極點後，返回到樸實的白色，所以說「賁象窮白」。(53)反本：返回根源。反，同「返」。(54)設謨以位理：設立合乎標準的格式，來安置道理。謨，通「模」，規範。(55)擬地以置心：擬定體裁風格，來安置情感。地，指體裁風格。(56)結音：調聲諧律。(57)摛（ㄔ）藻：鋪張辭藻。摛，舒布。(58)正采：即正色，古人以青、赤、黃、白、黑爲正色。(59)間（ㄐ一ㄢˋ）色：雜色。(60)屏（ㄅ一ㄥˇ）：同「摒」，棄。(61)彬彬君子：《論語．雍也》：「文質彬彬，然後君子。」既樸質又有文采，兩者配合適當，然後才是君子。(62)言以文遠：言語要靠文采才能流傳久遠。(63)心術既形：心術，心理情感表現的道路。形，表現。(64)英華乃贍（ㄕㄢˋ）：文章的文采才顯得豐富。贍，富足。 (65)吳錦好渝（ㄩˊ）：吳地的錦繡雖然華麗，卻容易變色。渝，變。 (66)舜英徒艷：木槿花朝開暮落，艷麗也是枉然。舜英，木槿花，朝開暮落，不結果實。

文心雕龍・時序（節選）

時運交替①，質文代變②。古今情理，如可言乎？昔在陶唐③，德盛化鈞④，野老吐何力之談⑤，郊童含不識之歌⑥。有虞⑦繼作，政阜民暇⑧，薰風詩於元后⑨，爛雲歌於列臣⑩。盡其美者何？乃心樂而聲泰⑪也。至大禹敷土，九序詠功⑫；成湯聖教，猗歟作頌⑬。逮姬文之德盛，〈周南〉勤而不怨⑭；太王之化淳，〈邠風〉樂而不淫⑮。幽厲昏而〈板〉〈蕩〉怒⑯，平王微而〈黍離〉哀⑰。故知歌謠文理，與世推移，風動於上，而波震於下者。春秋以後，角戰英雄，六經泥蟠⑱，百家飆⑲駭。方是時也，韓魏力政⑳，燕趙任權㉑，五蠹六蝨，嚴於秦令㉒。唯齊楚兩國，頗有文學㉓。齊開莊衢之第㉔，楚廣蘭臺之宮㉕；孟軻賓館㉖，荀卿宰邑㉗。故稷下扇其清風㉘，蘭陵鬱其茂俗㉙；鄒子以談天飛譽㉚，騶奭以雕龍馳響㉛。屈平聯藻於日月㉜，宋玉交彩於風雲㉝。觀其艷說㉞，則籠罩雅頌，故知暐燁㉟之奇意，出乎縱橫之詭俗㊱也。

爰至有漢，運接燔書㊲；高祖尚武，戲儒簡學㊳。雖禮律草創，詩、書未遑㊴，然大風、鴻鵠之歌㊵，亦天縱之英作也。施及㊶孝惠，迄於文、景，經術頗興，而辭人勿用，賈誼抑而鄒、枚沈㊷，亦可知已。逮孝武崇儒，潤色鴻業㊸，禮樂爭輝，辭藻競鶩㊹；柏梁展朝讌之詩㊺，金堤製恤民之詠㊻；徵枚乘以蒲輪㊼，申主父以鼎食㊽；擢公孫之對策㊾，歎兒寬之擬奏㊿；買臣負薪而衣錦(51)，相如滌器而被繡(52)。於是史遷、壽王(53)之徒，嚴、終、枚皋(54)之屬，應對固無方[55]，篇章亦不匱[56]，遺風餘采[57]，莫與比盛。……

自獻帝播遷[58]，文學蓬轉[59]；建安之末，區宇方輯[60]。魏武[61]以相王之尊，雅愛詩章；文帝以副君[62]之重，妙善辭賦；陳思[63]以公子之豪，下筆琳瑯[64]；並體貌英逸[65]，故俊才雲蒸[66]。……觀其時文，雅好慷慨[67]，良由世積亂離，風衰俗怨，並志深而筆長[68]，故梗概而多氣[69]也。

……

自中朝貴玄[70]，江左稱盛[71]，因談餘氣，流成文體[72]。是以世極迍邅，而辭意夷泰[73]；詩必柱下之旨歸[74]，賦乃漆園之義疏[75]。故知文變染乎世情[76]，興廢繫乎時序[77]；原始以要終[78]，雖百世可知也。……

①時運交替：時代風氣是交替演變。運，氣運、風氣。　②質文代變：質樸風格與侈麗風格是交替變化。質，質樸。文，文采。　③陶唐：指堯，堯帝號陶唐氏。　④化鈞（ㄐㄩㄣ）：教化陶冶。鈞，陶人製器的轉輪，聖王治理天下也像陶人轉鈞。　⑤野老吐何力之談：相傳帝堯時，天下太平，百姓安樂，有老者擊壤而歌：「日出而作，日入而息，鑿井而飲，耕田而食，帝力於我何有哉？」　⑥郊童含不識之歌：相傳堯治天下五十年，微服出遊康衢，聞童謠：「立我蒸民，莫匪爾極，不識不知，順帝之則。」含，嘴裡唱。　⑦有虞：指舜，舜帝號有虞氏。　⑧政阜民暇：政治昌盛，百姓安閑。阜，盛大。暇，安閑。　⑨薰風詩於元后：薰風，即〈南風歌〉，相傳爲舜所唱，歌曰：「南風之薰兮，可以解吾民之慍兮；南風之時兮，可以阜吾民之財兮。」元后，天子，指舜。　⑩爛雲歌於列臣：爛雲，即〈卿雲歌〉，相傳舜時，群臣同唱此歌，歌曰：「卿雲爛兮，糺縵縵兮；日月光華，旦復旦兮。」　⑪心樂而聲泰：心情快樂，聲調安泰。　⑫大禹敷土，九序詠功：《古文尚書·大禹謨》：「九功惟敘，九敘惟歌。」相傳大禹治天下，向舜陳述政績。敷土，治理國土；敷，分佈治理。九序，即九敘，指水、火、金、木、土、穀、正德、利用、厚生等九種政事。　⑬成湯聖教，猗（一）歟作頌：成湯，即商湯，謚號成。聖教，教化聖明。作頌，指《詩經·商頌·那》，曰：「猗歟那歟。」猗，歎美辭。那，多。歟，語氣辭。　⑭逮姬文之德盛，〈周南〉勤而不怨：等到周文王時，恩德盛大，才有〈周南〉的詩篇，唱出臣民勤勞而無怨言的歌聲。姬文，周文王，姓姬名昌。〈周南〉，《詩經·國風》之一。　⑮太王之化淳，〈邠（ㄅㄧㄣ）風〉樂而不淫：太王教化淳厚，所以〈豳風〉的詩篇，唱出歡樂而不過分的歌聲。太王，周文王祖父古

公亶父。邠，同「豳」，今陝西省旬邑縣，太王所居地。〈邠風〉即〈豳風〉，《詩經・國風》之一。⑯幽厲昏而〈板〉〈蕩〉怒：周幽王、厲王昏庸殘暴，而有〈板〉〈蕩〉二詩表達憤怒的心聲。〈板〉〈蕩〉，《詩經・大雅》的詩篇名，〈詩序〉以爲〈板〉是西周老臣凡伯斥厲王所作，〈蕩〉是召穆公斥厲王所作。⑰平王微而〈黍離〉哀：周平王東遷，政權衰微，所以〈黍離〉表達哀怨的情感。〈黍離〉，《詩經・國風・王風》之一，大夫行役至西周故都，見宮殿敗壞，長滿禾黍，哀傷周室衰落而作。⑱泥蟠（ㄆㄢˊ）：埋沒在泥淖中。蟠，屈曲盤伏。⑲飈（ㄅㄧㄠ）駭：狂風捲起，使人驚怕。飈，暴風。⑳力政：用武力攻伐。政，同「征」。㉑任權：運用陰謀權術。任，用。㉒五蠹（ㄉㄨˋ）六蝨（ㄕ），嚴於秦令：秦國把文化學術視爲五蠹六蝨，用法令嚴加禁止。《韓非子・五蠹篇》把儒家、縱橫家、游俠刺客、近侍之臣、工商之民，視爲五種害國的蛀蟲。《商君書・靳令篇》把禮樂、詩書、修善和孝弟、誠信和貞廉、仁義、非兵和羞戰六者，當作害國的六種蝨子。㉓文學：泛指一切文化學術。㉔莊衢之第：莊衢，四通八達的大路。第，大住宅。㉕蘭臺之宮：宮名，遺址在今湖北省鍾祥縣。㉖孟軻賓館：孟子受到上賓的禮遇。賓館，賓師之館；賓師，不居官職而地位甚高的學者。㉗荀卿宰邑：荀子曾在楚國任蘭陵令。宰邑，主宰城邑。㉘稷下扇其清風：齊國稷下鼓動起學術研究的風氣。稷，齊國附近山名，在今山東省臨淄縣，齊國召集學者於稷山之下講學。㉙蘭陵鬱其茂俗：楚國蘭陵也有濃厚的學術風氣，荀子曾任蘭陵令，故蘭陵人多善學。鬱，累積。茂俗，美好的風俗。㉚鄒子以談天飛譽：鄒子，即鄒衍，稷下學者，善於談天說地理，時人號爲「談天衍」。飛譽，名聲飛揚。㉛騶奭以雕龍馳響：騶奭，亦稷下學者，所寫文章像雕刻龍的花紋，富有文采，時人號爲「雕龍奭」。馳響，聲名遠播。㉜屈平聯藻於日月：屈平，即屈原。聯藻，指寫作文章。《史記・屈賈列傳》謂屈原的作品可以與日月爭光，此處暗用此典。㉝宋玉交彩於風雲：宋玉，楚人，相傳是屈原弟子，作〈風賦〉〈高唐賦〉等，文彩華美。交彩於風雲，形容文筆之美像風一樣多變化、雲一樣絢爛。㉞艷說：艷麗的文辭。㉟暐（ㄨㄟˇ）曄（ㄧㄝˋ）：光彩照耀。㊱詭俗：詭異的風俗。㊲爰至有漢，運接燔（ㄈㄢˊ）書：爰，語辭。有漢，漢朝。燔，焚燒。燔書，指秦始皇焚書坑儒之事。㊳高祖尚武，戲儒簡學：漢高祖崇尚武力，對文人學者非常輕視，常戲弄和怠慢儒生。簡，輕慢。㊴雖禮律草創，詩、書未遑：漢初，叔孫通起草禮儀，蕭何起草律令。詩、書，指《詩經》、《書經》。未遑，沒有時間顧及。遑，閒暇。㊵大風、鴻鵠之歌：漢高祖統一天下後，回到故鄉，置酒高歌，作〈大風歌〉：「大風起兮雲飛揚，威加海內兮歸故鄉，安得猛士兮守四方。」其後欲廢太子，感於商山四皓輔佐太子，無法達成目的而作〈鴻鵠歌〉：「鴻鵠高飛，一舉千里；羽翮已就，當可奈何？雖有矰繳，尚安所施？」㊶施及：延及。㊷賈誼抑而鄒、枚沈：賈誼，漢初政論兼辭賦家，受讒被貶長沙王太傅，後拜梁懷王太傅，梁懷王墜馬喪命，自傷爲傅無狀而死。抑，壓抑、貶謫。鄒，鄒陽，漢初辭賦家，初事吳王劉濞，吳王欲反，上書勸諫，不聽，於是便到梁國，被羊勝、公孫詭等人所讒，下獄。枚，枚乘，漢初辭賦家，初事吳王劉濞，上書勸諫吳王，不聽，前往梁國，梁孝王尊爲上賓。沈，沈隱不得志。㊸潤色鴻業：指漢武帝尊崇儒學，用來潤飾他的偉大功業。潤色，修飾。鴻，大。㊹辭藻競騖（ㄨˋ）：指文人作品爭相表現。騖，疾馳。㊺柏梁展朝（ㄔㄠˊ）讌（ㄧㄢˋ）之詩：漢武帝作柏梁臺，詔群臣二千名讌會，賦詩聯句，人各一句，句皆用韻，成〈柏梁詩〉。柏梁，臺名，以香柏爲梁，故名柏梁臺，此處指〈柏梁詩〉。朝讌，朝廷中君臣讌飲。㊻金堤製恤民之詠：金堤，堤名，漢武帝時黃河在瓠子口決堤，武帝發動數萬人築堤，以喻其堅固，名曰金堤，並作〈瓠子歌〉。恤，憂。詠，歌詠。㊼徵枚乘以蒲輪：漢武帝爲太子時聞枚乘有文才，及即位枚乘年已老大，武帝用安車蒲輪徵召，結果枚乘死於上京的半路。蒲輪，以蒲草包車輪，減少車子行進的震動。㊽申主父以鼎食：讓主父伸展鼎食的志向。主父，即主父偃，漢武帝時爲中大夫，曾說：「大丈夫生不五鼎食，死即五鼎烹耳。」申，同「伸」。㊾擢（ㄓㄨㄛˊ）公孫之對策：公孫，即公孫弘，家貧，牧豕海上。漢武帝時爲博士，作〈舉賢良對策〉，拔擢第一名，後累官至丞相，封平津侯。擢，提拔。㊿歎兒（ㄋㄧˊ）寬之擬奏：兒寬，漢武帝時廷尉張湯的僚屬，替張湯擬草奏章，武帝問張湯知是兒寬所作，讚許說：「我聽說兒寬此人已經很久了」。歎，讚歎。(51)買臣負薪而衣（ㄧˋ）錦：買臣，即朱買臣，會稽人，家貧，賣柴爲生，其妻恥之，離婚求去。後漢武帝任命爲會稽太守，衣錦還鄉。衣，動詞，穿。(52)相如滌器而被（ㄆㄧ）繡：相如，即司馬相如，成都人，曾與卓文君在臨邛賣酒，文君當鑪，相如穿牛鼻褌，親自洗滌酒器，後漢武帝拜爲中郎將，回到四川，太守以下郊迎，縣令背弓矢替他開路。被，通「披」。被繡，指衣錦榮歸。(53)史遷、壽王：史遷，即司馬遷，作《史記》。壽王，姓吾丘，名壽王，西漢辭賦家。(54)嚴、終、枚皋：嚴，嚴助。終，終軍。枚皋，枚乘的兒子。三人俱西漢辭賦家，常在漢武帝身邊作賦、頌。(55)應對固無方：對答善於隨機應變。無方，無一定規格。(56)篇章亦不匱（ㄎㄨㄟˋ）：指著作甚多。匱，缺乏。(57)遺風餘采：指遺留下來的作品。(58)播遷：遷徙，指董卓逼迫漢獻帝由洛陽遷長安，後曹操又逼迫遷許昌。(59)文學蓬轉：比喻文人學士流離失所。蓬轉，蓬草隨風轉動。(60)區宇方輯：國土才安定。區宇，國內。輯，和睦安寧。(61)魏武：曹操。曹丕繼位後，自立爲魏文帝，追尊曹操爲魏武帝。(62)副君：太子。(63)陳思：曹植，封陳思王。(64)琳瑯：比喻作品美好。琳，美玉。瑯，同「琅」，似玉的石。(65)體貌英逸：敬重禮遇文學之士。體貌，猶言禮貌。(66)雲蒸：形容像雲一樣多。(67)雅好慷慨：往往喜歡抒寫慷慨激昂的感情。慷慨，意氣激昂。(68)志深而筆長：情志深遠而筆意深長。(69)梗概而多氣：激昂慷慨而富有氣勢。梗概，慷慨。(70)中朝貴玄：西晉崇尚道家玄理。中朝，指西晉。玄，玄學，以老莊思想爲中心的學說。(71)江左稱盛：東晉時玄學風氣更加興盛。江左，指東晉。(72)因談餘氣，流成文體：由於玄學清談的風氣影響，演變成文學作品的風格。因，由於。談，指玄學清談。 (73)世極迍（ㄓㄨㄣ）邅（ㄓㄢ），而辭意夷泰：時代極爲艱難，而文學作品卻表現平靜安閑。迍邅，難行不進的樣子。夷泰，平安。 (74)柱下之旨歸：柱下，代指老子，老子曾作周柱下史。旨歸，宗旨。 (75)漆園之義疏：漆園，代指莊子，莊子曾作漆園吏。義疏，闡釋古書義理的專著。 (76)文變染乎世情：文學的變化是由於社會情態的感染。 (77)興廢繫乎時序：文學的興衰是受到時代發展的影響。時序，時代的先後次序，引申爲時代的發展變化。 (78)原始以要終：推究開始，可以歸納求出結果。要，求。

3. 鍾嶸

詩品序（節選）

氣之動物①，物之感人②，故搖蕩性情③，形諸舞詠。照燭三才④，暉麗萬有⑤，靈祇待之以致饗⑥，幽微藉之以昭告⑦；動天地，感鬼神，莫近於詩⑧。……

若乃春風春鳥，秋月秋蟬，夏雲暑雨，冬月祁寒⑨，斯四候⑩之感諸詩者也。嘉會寄詩以親⑪，離群託詩以怨。至於楚臣去境⑫，漢妾辭宮⑬；或骨橫朔野⑭，魂逐飛蓬⑮；或負戈外戍，殺氣雄邊⑯；塞客衣單，孀婦⑰淚盡；或士有解佩出朝⑱，一去忘返；女有揚蛾入寵，再盼傾國⑲。凡斯種種，感蕩心靈，非陳詩何以展其義？非長歌何以騁其情？故曰：「詩可以群，可以怨⑳。」使窮賤易安㉑，幽居靡悶㉒，莫尚於詩矣。……

至乎吟詠情性，亦何貴於用事㉓？「思君如流水㉔」，既是即目；「高臺多悲風㉕」，亦惟所見；「清晨登隴首㉖」，羌無故實㉗；「明月照積雪㉘」，詎出經史㉙？觀古今勝語㉚，多非補假㉛，皆由直尋㉜。……

王元長創其首㉝，謝朓、沈約揚其波㉞。三賢㉟或貴公子孫，幼有文辯，於是士流景慕，務爲精密，襞積㊱細微，專相凌架㊲。故使文多拘忌㊳，傷其眞美。余謂文製本須諷讀，不可蹇礙㊴，但令清濁通流，口吻調利㊵，斯爲足矣。至平上去入，則余病未能，蜂腰鶴膝㊶，閭里已具㊷。……

①氣之動物：陰陽氣候使自然景物發生變化。氣，陰陽氣候。②物之感人：自然景物使人的情感受到感染。③搖蕩性情：激蕩起人的感情。④照燭三才：照耀三才。燭，動詞，照。三才，天、地、人。⑤暉（ㄏㄨㄟ）麗萬有：使萬物光輝燦爛。暉，同「輝」。萬有，萬物。⑥靈祇（ㄑㄧˊ）待之以致饗：神靈仰賴它獲得祭祀。靈祇，神靈。饗，同「享」，祭祀。⑦幽微藉之以昭告：幽深奧妙的道理依靠它來表白。幽微，深奧難明。⑧莫近於詩：莫過於詩。⑨祈寒：嚴寒。⑩四候：春、夏、秋、冬四季。⑪嘉會寄詩以親：賓主宴會時，用詩寄託親密的情感。嘉會，賓主宴會。⑫楚臣去境：指屈原被貶，離開郢都，流放他鄉。⑬漢妾辭宮：指王昭君辭別漢宮，遠嫁匈奴。⑭骨橫朔野：屍骨縱橫暴露在沙漠。⑮魂逐飛蓬：孤魂飄泊如追逐飛動不定的蓬草。⑯殺氣雄邊：邊關殺氣騰騰。⑰孀婦：寡婦。⑱解佩出朝：解下印綬，離開朝廷歸隱。⑲女有揚蛾入寵，再盼傾國：美女揚眉顧盼，希望入宮受寵。蛾，娥眉。傾國，漢武帝時李延作歌贊美其妹李夫人曰：「北方有佳人，絕世而獨立。一顧傾人城，再顧傾人國。寧不知傾國與傾城，佳人難再得。」武帝於是召見，專寵後宮。⑳詩可以群，可以怨：詩可以感化人情，可以怨刺朝政。語出《論語・陽貨篇》。㉑窮賤易安：貧窮位卑容易安居。㉒幽居靡悶：隱居沒有煩悶。㉓用事：引用典故。㉔思君如流水：徐幹〈室思〉詩句。㉕高臺多悲風：曹植〈雜詩〉詩句。㉖清晨登隴首：張華詩句，見《北堂書鈔》引。㉗羌（ㄑㄧㄤ）無故實：沒有用典故。羌，語辭。㉘明月照積雪：謝靈運〈歲暮〉詩句。㉙詎（ㄐㄩˋ）出經史：那裡是出自經史。詎，豈。㉚勝語：佳句。㉛補假：指借用典故。㉜直尋：直接敘寫所見所感。㉝王元長創其首：王元長，即王融。是說王融首創「四聲八病」之說。㉞揚其波：繼續加以發揚。㉟三賢：指王融、謝朓、沈約。㊱襞（ㄅㄧˋ）積：衣服上的摺襉，此處指詩歌音律的繁瑣細節。㊲專相凌架：專門在音律上互相競爭超越。㊳拘忌：限制。㊴蹇（ㄐㄧㄢˇ）礙：阻礙。蹇，難行。㊵口吻調利：音調和諧流利。㊶蜂腰鶴膝：沈約以平上去入四聲制韻，又有八病之說，以爲是作詩的忌諱，蜂腰、鶴膝即八病中之二。蜂腰，一句之中前二字與後二字都用仄聲，中間一字用平聲。鶴膝，一句之中前二字與後二字都用平聲，中間一字用仄聲。㊷閭里已具：指民間歌謠原來已有。

拾參、南北朝民歌

一、吳歌

1. 子夜歌①

宿昔②不梳頭，絲髮被③兩肩。婉伸④郎膝上，何處不可憐⑤。
始欲識郎時，兩心望如一。理絲入殘機⑥，何悟不成匹⑦。

①子夜歌：江南民歌之一支，《唐書·樂志》謂是晉曲，晉有女子名子夜造此歌，聲過哀苦，後人即用其曲製作許多歌辭，亦皆以「子夜」稱之。現存四十二首，此爲第一、二首。②宿昔：昨夜。昔，通「夕」。③被：披散；同「披」。④婉伸：蜷曲而臥。⑤可憐：可愛。⑥殘機：殘缺的織布機。⑦何悟不成匹：以織絲不成匹段，雙關隱喻情人不能成匹偶。悟，與「忤」意同，不順從、相逆。

2. 子夜四時歌①

春林花多媚②，春鳥意多哀③。春風復多情，吹我羅裳開。（春歌）
朝登涼台上，夕宿蘭池④裏。乘月采芙蓉⑤，夜夜得蓮子⑥。（夏歌）

①子夜四時歌：共七十五首，分春夏秋冬四季歌。此爲春歌第十首、夏歌第八首。②媚：嬌艷。③春鳥意多哀：指春鳥求偶，啼聲哀切。④蘭池：長滿蘭花蘭草的水池，指留宿之地。⑤芙蓉：荷花，諧音雙關「夫容」，丈夫的面容，指所思戀之人。⑥蓮子：隱喻所思戀的人。蓮，諧音雙關「憐」，愛。子，男子。

3. 大子夜歌①

歌謠數百種，子夜最可憐②。慷慨吐清音，明轉③出天然。

①大子夜歌：爲〈子夜歌〉的變曲，大約是文人寫來贊美〈子夜歌〉。共二首，此爲第一首。②可憐：可愛。③明轉：音調明亮宛轉。

4. 讀曲歌①

打殺長鳴雞②，彈③去烏臼鳥④。願得連冥⑤不復曙，一年都一曉⑥。

①讀曲歌：據《宋書．樂志》，此是民間爲彭城王義康所作。而《古今樂錄》則以爲是元嘉十七年（四四〇）宋文帝后袁齊嬀崩，百官不敢作聲歌，酒宴時只好竊聲讀曲，細吟而已。《樂府詩集》錄八十九首，此爲第四首。②長鳴雞：報曉的公雞，啼聲嘹亮悠長。③彈（ㄊㄢˊ）：動詞，用彈丸射擊。④烏臼鳥：候鳥名，形似老鴉而小，天將明時比雞先叫，鳴聲不絕。⑤連冥：長夜無盡。冥，昏暗不明。⑥一年都一曉：一年總共只有一次天亮。都，總計。

5. 華山畿①

華山畿②，君既爲儂③死，獨生爲誰施④？歡若見憐時⑤，棺木爲儂開。

①華山畿（ㄐㄧ）：南朝吳聲歌曲之一。共二十五首，此爲第一首。華山，在今江蘇省句容縣北。畿，附近，指山邊。宋少帝時，南徐（今江蘇省鎮江市一帶）有士子，從華山畿往雲陽，客店中偶然見到一位十八九歲少女，遂生愛意而不可得，回家後臥病不起。其母詢知此事，即至華山訪得少女，述說此事，少女感其痴情，解下蔽膝，囑其母回家暗置士子床席之下，病即可癒。士子發現席下蔽膝，吞咽而死，臨終時要求送葬必從華山經過。當送葬牛車抵少女家門時，牛鞭打也不肯前進，少女見此，便進屋沐浴梳洗，出來唱了這首〈華山畿〉，棺材應聲而開，少女躍身入棺，棺材又緊緊關閉。最後，家人只得將二人合棺而葬，時人稱爲神女冢。②華山畿：此呼請華山畿的山神土地、草木生靈作爲見證。
③儂：我。④獨生爲誰施：單獨一人活，又能爲誰而活？施，用。⑤歡若見憐時：你若眞是憐愛我。歡，猶「郎」，女子對所愛者的稱呼。憐，愛。

二、西曲

1. 三洲歌①

送歡板橋灣②，相待三山頭③。遙見千幅帆，知是逐風流④。

①三洲歌：商人客遊，往還巴陵、三江口，商人婦思而作此歌。共三首，此爲第一首。巴陵，今湖南省岳陽縣。三江口，今江蘇省蘇州附近。②板橋灣：即板橋浦，在今南京附近。③相待三山頭：相待，等待佇望。三山頭，三山的山頭；三山在今南京西南，山有三峰。④逐風流：追逐著風和水向遠方駛去，此處諧音雙關「尋歡作樂」的風流。

2. 那呵灘①

聞歡下揚州②，相送江津灣③。願得篙櫓④折，交⑤郎到頭還⑥。

①那呵灘：清商曲辭。共六首，此爲第四首。那呵，灘名，那呵與「奈何」同音，那呵灘是長江水路中水勢最凶險的地方，商旅憂之，故名。②聞歡下揚州：聽說情郎要遠去揚州。揚州，今江蘇省江都縣。③江津灣：古渡口名，在今湖北省江陵縣附近。④篙（ㄍㄠ）櫓（ㄌㄨˇ）：撐船竿。⑤交：通「教」。⑥到頭還：到，通「倒」，倒頭而回。

3. 西洲曲①

憶梅下西洲②，折梅寄江北。單衫杏子紅③，雙鬢鴉雛色④。西洲在何處？兩槳橋頭渡⑤。日暮伯勞⑥飛，風吹烏臼樹⑦。樹下即門前⑧，門中露翠鈿⑨。開門郎不至，出門采紅蓮。采蓮南塘⑩秋，蓮花過人頭。低頭弄⑪蓮子，蓮子青如水⑫。置蓮懷袖中，蓮心徹底紅⑬。憶郎郎不至，仰首望飛鴻⑭。鴻飛滿西洲，望郎上青樓⑮。樓高望不見，盡日欄干頭⑯。欄干十二曲⑰，垂手明如玉⑱。卷簾天自高⑲，海水搖空綠⑳。海水夢悠悠㉑，君愁我亦愁。南風知我意，吹夢到西洲㉒。

①西洲曲：雜曲歌辭，是經過江南文人潤色的民間歌曲。②憶梅下西洲：此句乃女子回憶與所愛之人共赴西洲賞梅之景。下，飄零、落下。西洲，未詳，是詩中男女共同回憶的地方。③杏子紅：杏紅色。④鴉雛色：頭髮如雛鴉羽毛一般烏黑油亮。鴉雛，小鴉。⑤兩槳橋頭渡：乘船經過橋頭、渡口，即可到達西洲。兩槳，指舟船。⑥伯勞：鳥名，好單棲，夏至始鳴。⑦烏臼樹：樹名，落葉喬木，夏季開花，種子可以用來洗衣、製蠟，古時人家多種植。⑧門前：指女子家門口。⑨翠鈿（ㄊㄧㄢˊ）：鑲嵌翠玉的金首飾，此代指女子。⑩南塘：女子所居南邊的荷塘。⑪弄：剝。

⑫青如水：言自蓮蓬中剛剝出的蓮子其外殼碧綠，色如南塘之水。⑬蓮心徹底紅：蓮心，剝去外殼的蓮子。徹底紅，紅得通透底。「蓮心」諧音雙關「憐心」，言其相愛之心徹底赤誠不變。⑭望飛鴻：古有鴻雁傳書之說，借以喻盼望音訊。⑮青樓：塗青色漆的樓，漢魏六朝詩中常以青樓爲女子居處。⑯盡日欄干頭：終日在欄干邊佇立眺望。⑰欄干十二曲：高樓的欄干曲曲折折。十二，概數，泛言多。⑱明如玉：潔皙白嫩，宛如白玉一般。⑲卷簾天自高：捲起窗簾，唯見天空蒼蒼，愈顯得高遠。⑳海水搖空綠：古人常將江海混稱，海水指江水。搖空綠，水波搖曳，江面空闊，到處一片碧綠。㉑海水夢悠悠：天海悠悠正如思夢悠悠，同是無極無垠。悠悠，渺遠的樣子。㉒吹夢到西洲：盼能夢歸西洲，重溫舊夢。

三、北方民歌

1. 敕勒歌①

敕勒川②，陰山③下，天似穹廬④，籠蓋四野。天蒼蒼，野茫茫，風吹草低見牛羊。

①敕勒歌：敕勒，古代中國北部少數民族，亦稱鐵勒，在今蒙古大草原，後融入維吾爾族。此詩是敕勒人當日所唱的牧歌。②敕勒川：未詳，可能泛指敕勒人聚居地區的河川。③陰山：山脈名，起於河套西北，綿亙於今內蒙古南境。④穹（ㄑㄩㄥˊ）廬：氈帳，遊牧民族居住的帳篷，俗稱「蒙古包」。

2. 李波①小妹歌

李波小妹子②雍容，褰裙③逐馬似卷蓬④。左射右射必疊雙⑤，婦女尚如此，男子安可逢。

①李波：後漢廣平郡（今河北省永年縣）人，根據《魏書》記載，其人宗族強盛，殘掠民生，後爲刺史李安世誘殺。②子：通「字」，是說李波小妹字叫「雍容」。③褰（ㄑㄧㄢ）裙：撩起衣裙。④卷蓬：被風捲動的飛蓬，形容快迅。卷，同「捲」。⑤疊雙：指一箭貫穿兩物。

3. 折楊柳歌①

遙看孟津②河，楊柳鬱婆娑③。我是虜家兒④，不解漢兒⑤歌。

①折楊柳歌：北朝的鼓角橫吹曲，歌中「我是虜家兒，不解漢兒歌」，知是北方少數民族的民歌。共五首，此爲第四首。②孟津：黃河古渡口名，在今河南省孟縣南。③鬱婆娑：繁盛而多姿的樣子。④虜家兒：古時鄙稱北方異族爲「胡虜」，虜家兒即指北方少數民族人家的兒子，也就是胡人。⑤漢兒：漢人，中國人。

4. 捉搦歌①

誰家女子能行步，反著裌禪後裙露②。天生男女共一處，願得兩個成翁嫗③。

①捉搦（ㄋㄨㄛˋ）歌：搦，亦「捉」意，捉搦引伸爲捉弄、戲弄，猶今言打鬧，男女諧謔相戲。共四首，此爲第二首。②反著裌（ㄐㄧㄚˊ）禪（ㄉㄢ）後裙露：反穿裌衣禪衣，以衣裡作衣面，而且下裳的後幅外露。裌，同「袷」，夾衣。禪，單衣。③成翁嫗（ㄩˋ）：成夫婦，含有白頭偕老的意思。嫗，老婦通稱。

5. 瑯琊王歌①

新買五尺刀，懸著中梁柱②。一日三摩挲③，劇於十五女④。

①瑯琊王歌：共八首，此爲第一首。②懸著（ㄓㄨㄛˊ）中梁柱：懸，高掛。著，附著，固定。中梁，支撐廳堂正中的主樑柱。③摩挲：用手撫摩。④劇於十五女：愛刀甚於愛十五歲的青春少女。劇，甚。

6. 企喻歌①

男兒欲作健②，結伴不須多③。鷂子④經天飛，群雀兩向波⑤。

①企喻歌：鼓角橫吹曲，是一種馬背上演奏的軍樂。共四首，此爲第一首。②健：健兒，勇士。③結伴不須多：勇士即使伙伴不多，也要能孤軍奮戰，勇往直前。④鷂（一ㄠˋ）子：鷂鷹，性凶猛而喜獨飛，捕小鳥爲食；比喻勇士。⑤群雀向兩波：群飛的雀鳥爲經天而過的鷂鷹所沖擊，分向左右，驚慌逃散。波，通「播」，逃散。

7. 地驅樂歌①

驅羊入谷，白羊在前。老女不嫁，蹋地喚天②。

①地軀樂歌：共四首，此爲第二首。②蹋地喚天：頓足悲嚎。蹋，同「踏」。

8. 木蘭詩

唧唧①復唧唧，木蘭②當戶③織。不聞機杼④聲，唯聞女歎息。問女何所思，問女何所憶？「女亦無所思，女亦無所憶。昨夜見軍帖⑤，可汗大點兵⑥。軍書十二卷⑦，卷卷有爺名。阿爺無大兒，木蘭無長兄。願爲市⑧鞍馬，從此替爺征。」

東市買駿馬，西市買鞍韉⑨。南市買轡頭，北市買長鞭。旦辭爺孃去，暮宿黃河邊。不聞爺孃喚女聲，但聞黃河流水鳴濺濺⑩。旦辭黃河去，暮宿黑山⑪頭。不聞爺孃喚女聲，但聞燕山⑫胡騎鳴啾啾。

萬里赴戎機⑬，關山度若飛。朔氣傳金柝⑭，寒光照鐵衣⑮。將軍百戰死，壯士十年歸。

歸來見天子，天子坐明堂⑯。策勳十二轉⑰，賞賜百千強。可汗問所欲，「木蘭不用尚書郎⑱，願借明駝⑲千里足，送兒還故鄉。」

爺娘聞女來，出郭相扶將⑳。阿姊聞妹來，當戶理紅妝。小弟聞姊來，磨刀霍霍㉑向豬羊。開我東閣門，坐我西間床。脫我戰時袍，著我舊時裳。當窗理雲鬢，對鏡貼花黃㉒。出門看伙伴，伙伴皆驚惶。「同行十二年，不知木蘭是女郎。」

雄兔腳撲朔㉓，雌兔眼迷離㉔。兩兔傍地走，安能辨我是雄雌？

①唧唧：嘆息聲。②木蘭：女子名，姓氏里居不詳，後世記載說法紛紜，或說姓魏、姓朱、姓花，也有人說木蘭爲姓非名，然皆不足採信。③當戶：臨窗。④機杼（ㄓㄨˋ）：指織布機。杼，織布機上用以持緯線的器具。⑤軍帖：徵兵文書。⑥可汗大點兵：可汗，南北朝時西北方柔然、突厥、蒙古等族對最高統治者的稱呼。點兵，調兵遣將。⑦十二卷：概數，泛指多。⑧市：動詞，買。⑨韉（ㄐㄧㄢ）：馬鞍的墊子。⑩濺濺：水流聲。⑪黑山：山名，在今歸綏東南百里。⑫燕山：指燕然山，即今蒙古境內杭愛山。⑬戎機：戰機，指戰士遠行萬里，在最需要的時刻趕赴戰場。⑭朔氣傳金柝（ㄊㄨㄛˋ）：寒氣中傳來金柝的報更聲。朔氣，北地寒冷之氣。金柝，三足銅鍋，有柄，軍中白日用來炊食，夜間用來報更。⑮鐵衣：指戰甲。⑯明堂：古時天子祭祀、朝見諸侯、教學、選士的殿堂。⑰策勳十二轉：古時將封官之事記錄在策曰策勳，此代指封官。轉，每一等軍功加官一級，謂之一轉：十二轉，舉概數泛言多。⑱尚書郎：官職名，在尚書省任職的侍郎、郎中等官通稱。⑲明駝：精壯的駱駝。⑳出郭相扶將：出郭，出於院門之外。外城牆曰郭，此指宅院之牆。扶將，扶持。將，持。㉑霍霍：磨刀聲。㉒貼花黃：古時女子的飾物，貼於額鬢間。㉓撲朔：腳步跳躍的樣子。㉔迷離：目光模糊的樣子。

拾肆、南北朝與隋代詩歌

一、南朝詩歌

1. 顏延之

五君詠①（五首之一）

阮公雖淪跡，識密鑒亦洞②。沈醉似埋照，寓辭類託諷③。長嘯若懷人④，越禮自驚眾⑤。物故不可論，途窮能無慟⑥。

①五君詠：顏延之初爲步兵校尉，好酒疏放，不諂媚權貴，見劉湛、殷景仁專權，意有不平，劉湛等人對他深惡痛絕，在彭城王義康前進讒言，於是外放出任永嘉太守，顏延之遂作〈五君詠〉，分別歌詠「竹林七賢」中的阮籍、嵇康、劉伶、阮咸、向秀五人，以抒發心中的怨憤。此爲第一首詠阮籍。②阮公雖淪跡，識密鑒亦洞：阮籍生於魏晉亂世，爲了遠身避禍，喜怒不形於色，口不臧否人物，卻對政治識鑒精密，如曹爽召他作參軍，阮籍以疾辭，屏居田里，歲餘曹爽就被誅殺，時人皆佩服他的遠見。淪跡，指外表隱晦，故意隱藏自己的形跡。識密，指內心有清醒的認識。鑒亦洞，指判斷事情有極敏銳的洞察力。③沈醉似埋照，寓辭類託諷：埋照，指隱藏才華，言阮籍假借飲酒來掩藏自己的識鑒。《晉書・阮籍傳》：「籍本有濟世志，屬魏晉之際，天下多故，名士少有全者，籍由是不與世事，遂酣飲爲常。文帝初欲爲武帝求婚於籍，籍大醉六十日，不得言而止。鍾會數以時事問之，欲因其可否致之罪，皆以酣醉獲免。」寓辭，把心意寄託在文學作品中。類，似。阮籍有〈詠懷詩〉八十二首，大量運用比興象徵，以隱晦的手法，表達他的諷喻與感慨。④長嘯若懷人：阮籍用長嘯以期覓得知音。《晉書・阮籍傳》：「籍嘗學於蘇門山，遇孫登，與商略終古及棲神

道氣之術，登皆不應，籍長嘯而退。至半嶺，聞有聲若鸞鳳之音，響乎岩谷，乃登之嘯也，遂歸著〈大人先生傳〉。」長嘯，撮口吹氣以爲哨音。懷人，懷念故人。⑤越禮自驚眾：阮籍常違背禮俗，令世人吃驚。《晉書・阮籍傳》記載阮籍與嫂相見告別，醉臥鄰家當壚少婦之側，兵家女死逕往哭之等事，都被時人視爲越禮之事，人或譏之，阮籍說：「禮豈爲我設邪！」⑥途窮能無慟：世道衰微，阮籍看不到希望，常爲之慟哭。《晉書・阮籍傳》：「時率意獨駕，不由徑路，車跡所窮，輒慟哭而反。」途窮，窮途末路。慟，痛哭。

2.謝靈運

登池上樓①

潛虯媚幽姿，飛鴻響遠音②。薄霄愧雲浮，棲川怍淵沈③。進德智所拙，退耕力不任。徇祿及窮海，臥痾對空林④。衾枕昧節候，褰開暫窺臨⑤。傾耳聆波瀾，舉目眺嶇嶔⑥。初景革緒風，新陽感故陰⑦。池塘生春草，園柳變鳴禽⑧。祁祁傷豳歌，萋萋感楚吟⑨。索居易永久，離群難處心⑩。持操豈獨古，無悶徵在今⑪。

①池上樓：在永嘉郡（今浙江省溫州）。永初三年（四二二）七月謝靈運因捲入政爭，被外放爲永嘉太守，冬天長久臥病，至第二年景平元年（四二三）春始癒，於是登樓觀景，寫下此詩。②潛虯（ㄑㄧㄡˊ）媚幽姿，飛鴻響遠音：深藏不露的虯龍能保眞而自得其樂，奮勇高翔的大雁能揚音而鳴聲清亮。虯，有角的小龍。③薄霄愧雲浮，棲川怍（ㄗㄨㄛˋ）淵沈：自己不如鴻雁與虯龍，止於雲霄卻無鳴聲，棲於水中無法保眞，因此深感慚愧。薄，通「泊」，止。怍，慚愧。④徇（ㄒㄩㄣˋ）祿及窮海，臥痾（ㄜ）對空林：被貶官到偏僻的永嘉，入冬後久臥病床，面對的只有蕭索枯瑟的空林。徇祿，指做官；徇，求。及，到。窮海，邊遠的海隅，指永嘉。痾，同「疴」，病。空林，秋冬草木葉落，故曰空林。⑤衾（ㄑㄧㄣ）枕昧節候，褰（ㄑㄧㄢ）開暫窺臨：久病在床，感覺不到季節氣候的變化，不知不覺已經冬去春來：因

此抱病強起，揭開帷簾暫且登樓臨視。衾，被子。昧，暗。褰，揭開。暫，時間短暫，指勉強起來。⑥傾耳聆波瀾，舉目眺嶇（ㄑㄩ）嶔（ㄑㄧㄣ）：傾耳細聽水聲，放眼遙望遠山。聆，聽。嶇嶔，山高險的樣子。⑦初景革緒風，新陽感故陰：指冬去春回。初景，初春的陽光；景，通「影」。革，改變。緒風，殘冬的餘風。新陽，指春。故陰，指冬。⑧池塘生春草，園柳變鳴禽：池塘周圍的草，因春天池水的滋潤長得青翠鮮嫩；園內柳枝上已有剛遷來的鳥兒鳴叫。變鳴禽，指鳴禽變換種類。⑨祁（ㄑㄧˊ）祁傷豳（ㄅㄧㄣ）歌，萋（ㄑㄧ）萋感楚吟：唱著古人吟誦春景的詩句，引起無限感傷。《詩經・豳風・七月》：「春日祁祁，采蘩祁祁。」祁祁，眾多的樣子。《楚辭・招隱士》：「王孫遊兮不歸，春草生兮萋萋。」萋萋，草木茂盛。⑩索居易永久，離群難處心：獨居的生活，容易使人感到歲月漫長，離開人群，很難安心自處。永久，歲月漫長。處心，安心自處。⑪持操豈獨古，無悶徵在今：堅持節操豈止古人能做到，《易經》所說的「遯世無悶」，在今人身上同樣可以獲得徵驗；指隱居生活確非易事，但自己仍然要下定決心歸隱。無悶，避世而無煩憂，《易經・乾卦》：「龍德而隱者也，不易乎世，不成乎名，遯世無悶。」徵，驗、證明。

石壁精舍還湖中作①

昏旦變氣候②，山水含清暉。清暉能娛人，遊子憺③忘歸。出谷日尚早，入舟陽已微④。林壑斂暝色，雲霞收夕霏⑤。芰荷迭映蔚⑥，蒲稗相因依⑦。披拂趨南徑⑧，愉悅偃東扉⑨。慮澹物自輕⑩，意愜理無違⑪。寄言攝生客⑫，試用此道推。

①石壁精舍還湖中作：石壁精舍，在會稽始寧（今浙江省上虞縣），爲謝氏莊園，規模宏大，包括南北兩山，謝靈運曾祖謝安經營南山祖宅，謝靈運辭官歸隱，又在北山經營居宅，石壁精舍就是謝靈運在北山的書齋。精舍，本是儒者教授生徒的地方，此指書齋。湖，巫湖，在南北兩山之間，是兩山往返唯一的水道。②昏旦變氣候：指山間氣候冷暖多變，清晨林霧籠罩，日出而後霧氣蒸發，大地晴朗，黃昏時又暮色聚合，一天之內變化極大。③憺（ㄉㄢˋ）：安然的樣子。④出谷日尚早，入舟陽已微：走出山谷，時候尚早，及至進入巫湖舟船，日光已經昏暗。⑤雲霞收夕霏（ㄈㄟ）：天

邊飄動的雲霞迅速向天邊凝聚。霏，雲飛的樣子。⑥芰（ㄐㄧˋ）荷迭映蔚：水中的芰荷茂盛，綠葉抹上夕陽，與湖水交相照映。芰，即菱；荷，即蓮；皆生長水中。⑦蒲稗（ㄅㄞˋ）相因依：水中的菖蒲、稗草左偏右倚，互相依倚。蒲，菖蒲，水草。稗，形狀像禾的雜草，高三四尺，生水中。⑧披拂趨南徑：船靠岸後，捨舟登陸，撥開路邊的草木，向南山的道路疾行。披拂，撥開。趨，疾行。⑨愉悅偃東扉：偃，臥息。扉，門。⑩慮澹（ㄉㄢˋ）物自輕：思慮淡泊，則名利得失、窮達榮辱等身外事物自然就看輕。澹，同「淡」。⑪意愜（ㄑㄧㄝˋ）理無違：心滿意足，則覺得自我心性不會違背宇宙萬物的至理常道。以上二句指慮淡意愜，就能夠順情適性、隨遇而安。⑫寄言攝生客：把以上的人生眞諦贈送給追求養生之道的人們。攝生，養生。

3. 鮑照

擬行路難①（十八首之四）

對案②不能食，拔劍擊柱長歎息。丈夫生世會幾時，安能蹀躞③垂羽翼？棄置罷官去，還家自休息。朝出與親辭，暮還在親側。弄兒牀前戲，看婦機中織。自古聖賢盡貧賤，何況我輩孤且直④。

①擬行路難：或單作〈行路難〉，樂府雜曲歌名。《樂府解題》：「〈行路難〉，備言世路艱難及離別悲傷之意。」〈擬行路難〉當爲〈行路難〉的仿作。原作已亡佚，鮑照所作共十八首（或將第十三首分割成二首，計十九首），是現存最早的詩篇。②案：放食器的小几，形如有腳的托盤。③蹀（ㄉㄧㄝˊ）躞（ㄒㄧㄝˋ）：小步行走的樣子。④孤且直：出身孤寒又以道德標榜，自然不爲俗世所容。孤，指寒門庶族。直，指耿介不屈。

梅花落①

中庭②雜樹多，偏爲梅咨嗟③。問君何獨然？念其霜中能作花④，露中能作實⑤。搖蕩春風媚春日⑥，念爾零落逐寒風⑦，徒有霜華無霜質⑧。

①梅花落：漢樂府橫吹曲。《樂府正義》：「〈梅花落〉，春和之候，軍士感物懷歸，故以為歌。」鮑照此詩與軍樂無關，而是藉梅花讚美堅貞正直的君子，藉雜樹譏諷卑瑣無操的小人。②中庭：即庭中。③咨嗟：讚歎。④念其霜中能作花：梅花不畏嚴寒，能在霜雪中開花。念，想。其，他，指梅花。作花，開花。⑤作實：結果實。⑥搖蕩春風媚春日：指雜樹只能在春風中招搖，在春日裡爭奇鬥艷。⑦念爾零落逐寒風：指雜樹遇到冬天便隨寒風零落。爾，你們，指雜樹。⑧徒有霜華無霜質：雜樹徒有美麗的外表而已，卻沒有耐寒的品質。

4. 謝　朓

之宣城郡出新林浦向板橋①

江路西南永②，歸流東北騖③。天際識歸舟，雲中辨江樹④。旅思倦搖搖，孤遊昔已屢⑤。既歡懷祿情，復協滄洲趣⑥。囂塵自茲隔，賞心於此遇⑦。雖無玄豹姿，終隱南山霧⑧。

①之宣城郡出新林浦向板橋：齊明帝建武二年（四九五）謝朓出任宣城（今安徽省宣城縣）太守，從建康（今南京）出發，赴任途中作。板橋，位於建康西南。酈道元《水經注》：「江水經三山，又幽埔出焉。水上南北結浮橋渡水，故曰板橋。江水又經新林埔。」浦，同「埔」。謝朓逆流而上，出新林浦是第一站。②江路西南永：宣城位於建康之南，故須逆流而向西南航行。言船逆流而上，只見水路茫茫無盡頭。江路，長江航道。永，長。③歸流東北騖（ㄨˋ）：順流向身後望去，江水滾滾向東北，直奔大海而去。騖，形容水勢奔流而下。④天際識歸舟，雲中辨江樹：江面帆影點點，即將從視野中消失，但還能認出是歸去的船隻；透過遠方朦朧的霧氣，依稀可辨明岸邊的樹林。⑤旅思（ㄙˋ）倦搖搖，孤遊昔已屢：旅行疲倦，精神恍惚，孤獨一個人出外已經很多次了。旅思，客旅的心情；思，名詞，情緒。搖搖，心

中恍惚。屢，多次。⑥既歡懷祿情，復協滄洲趣：此次外任宣城，既滿足做官的欲望，又適合自己嚮往歸隱的心情。祿，官俸。協，合。滄洲，指清江之洲，古人以爲適宜隱居。⑦囂塵自茲隔，賞心於此遇：嘈雜喧囂的塵世從此離去，心中喜歡的生活從此開始。自茲，從此。賞心，心情舒暢。⑧雖無玄豹姿，終隱南山霧：雖然沒有南山玄豹的豐姿，但可以像它那樣棲隱山林而遠避禍害。玄豹，黑虎。霧，山嵐水氣，此指山林。《列女傳·賢明傳，陶答子妻》：「答子治三年，名譽不興，家富三倍。……居五年，從車百乘歸休，宗人擊牛而賀之，其妻獨抱兒而泣，……曰：妾聞南山有玄豹，霧雨七日而不下食者，何也？欲以澤其毛而成文章也，故藏而遠害。……」

晚登三山還望京邑①

灞涘望長安，河陽視京縣②。白日麗飛甍，參差皆可見③。餘霞散成綺，澄江靜如練④。喧鳥覆春洲，雜英滿芳甸⑤。去去方滯淫，懷哉罷歡宴⑥。佳期悵何許，淚下如流霰⑦。有情知望鄉，誰能鬒不變⑧。

①晚登三山還望京邑：三山，山名，在南京西南長江南岸，以其有三峰、南北相接而得名。還望，登高下視。京邑，首都建康（今南京）。②灞涘（ㄙˋ）望長安，河陽視京縣：借用王粲〈七哀詩〉：「南登灞陵岸，回首望長安。」和潘岳〈河陽詩〉：「引領望京室。」說明自己登臨三山，回望京城建康，像王粲離長安和潘岳在河陽爲太守離洛陽一樣，依依不捨。灞涘，灞水之濱；灞水，源出陝西省藍田縣，流經長安。河陽，古縣名，今河南省孟縣西，地處黃河南岸，臨近洛陽。京縣，洛陽，用指首都。③白日麗飛甍（ㄇㄥˊ），參差皆可見：夕陽照耀下的京城，高高低低的宮室飛檐都看得見。麗，本義爲附著，此指照耀。飛甍，角檐上翹如飛鳥展翅；甍，屋脊。④餘霞散成綺，澄江靜如練：燦爛的晚霞鋪滿天空，猶如一匹散開的錦緞；清澄的江水，彷彿一條明靜的白綢。綺，繡花錦緞。練，白絹。⑤喧鳥覆春洲，雜英滿芳甸（ㄉㄧㄢˋ）：喧鬧的歸鳥蓋滿江中的小島，各色的野花開遍芬芳的郊野。雜英，各色花草。甸，郊野。⑥去去方滯淫，懷哉罷歡宴：已經離去卻仍然滯留不去，因爲懷鄉而停罷歡宴。方，仍。滯淫，久留不去。⑦佳期悵何許，淚下如流霰（ㄒㄧㄢˋ）：不知何日爲歸期，深感惆悵。佳期，指歸期。何許，何時。霰，小雪粒。⑧有情知望

鄉，誰能鬒（ㄓㄣˇ）不變：有情者必思鄉，有誰能長思鄉而不愁添白髮。鬒，黑髮。

5. 梁武帝

白紵①辭

朱絲玉柱②羅象筵③，飛琯促節④舞少年。短歌流目⑤未肯前，含笑一轉私自憐⑥。

①白紵（ㄓㄨˋ）：即白紵歌，樂府歌曲名，爲吳地之舞曲。②朱絲玉柱：朱絲，樂器上裝飾的紅絲帶。玉柱，箏瑟之類的樂器，上有柱，或用玉爲之。③羅象筵（ㄧㄢˊ）：羅列在宴席中。象筵，豪華的宴會；筵，本指墊底的坐席，古人席地而坐，飲食都置几席間，故引伸爲宴會。④飛琯（ㄍㄨㄢˇ）促節：形容音樂舞蹈的熱鬧。琯，古樂器，六孔，以玉爲之，此處指音樂。促節，急促的歌舞節拍。⑤短歌流目：短歌，猶言小曲，此處爲動詞，指唱小曲。流目，眼眸轉動的嫵媚樣子。⑥憐：愛。

6. 簡文帝

愁閨晚鏡

別來顦顇①久，他人怪容色。只有匣②中鏡，還持自相識。

①顦顇：同「憔悴」。②匣（ㄒㄧㄚˊ）：同「柙」，匱，此指裝鏡的盒子。

7. 何　遜

慈姥磯①

暮煙起遙岸，斜日照安流②。一同心賞③夕，暫解去鄉憂。野岸平沙合，連山遠霧浮④。客悲不自已，江上望歸舟⑤。

①慈姥磯：在慈姥山麓。慈姥山在今江蘇省江寧縣江寧鎮南、安徽省當塗縣北的長江岸邊，積石臨江，巖壁峻絕。何遜辭家出門，友人送至石磯所作詩。②安流：平緩而流的江水。③心賞：玩賞。④野岸平沙合，連山遠霧浮：沙灘和峻峭的崖壁連接成一片，兩岸的層巒籠罩在暮靄中。⑤客悲不自已，江上望歸舟：望見友人遠去的歸舟，客子悲哀難禁。自已，控制自己的感情；已，止。

8. 吳　均

發湘州①贈親故別

君留朱門②裏，我至廣江濆③。城高望猶見，風多聽不聞。流蘋④方繞繞⑤，落葉尚紛紛。無由得共賞，山川間⑥白雲。

①湘州：今湖南省長沙市。②朱門：本指紅漆門，古代王侯貴族的住宅大門漆紅色，表示尊貴，因稱豪門爲朱門。③廣江濆（ㄈㄣˊ）：大江邊。濆，水邊高地。④流蘋：水中流動的蘋草。蘋，植物名，生淺水中，葉有長柄，又名田字草，夏秋開小白花。⑤繞繞：柔曲的樣子。⑥間（ㄐㄧㄢˋ）：阻隔。

9. 陰　鏗

晚出新亭①

大江一浩蕩，離悲足幾重②。潮落猶如蓋③，雲昏不作峰④。遠戍唯聞鼓⑤，寒山但見⑥松。九十方稱半⑦，歸途詎⑧有蹤。

①晚出新亭：此詩描寫黃昏時分，陰鏗離新亭乘舟而去所見情景。新亭，在今南京市南。②大江一浩蕩，離悲足幾重：浩蕩的江流滔滔而去，離愁湧上心頭，眞是幾重波浪幾重愁。一，多麼。③蓋：車蓋。④雲昏不作峰：晚雲昏暗無光，不能形成峰巒高低起伏的形狀。⑤遠戍唯聞鼓：只聽見遠處戍鼓聲。戍鼓，古時兵營中以鼓角計時，日出日沒都會擊鼓；戍，軍隊駐紮。⑥但見：只見。⑦九十方稱半：長途跋涉到末後更艱難，一百里路走過九十里，只能算一半。方，才。⑧詎（ㄐㄩˋ）：豈。

10. 徐　陵

秋日別庾正員①

征塗轉愁旆②，連騎慘停鑣③。朔氣凌疎木④，江風送上潮⑤。青雀離帆遠⑥，朱鳶別路遙⑦。唯有當秋月，夜夜上河橋。

①庾正員：指庾信，字小山，與父庾肩吾、友徐陵都是南北朝名詩人。庾信先仕梁，梁武帝侯景亂前，曾任正員郎，又為東宮領直，統領兵馬。正員，正員郎，官名。②征塗轉愁旆（ㄆㄟˋ）：越走越遠，心中愁苦。征塗，遠行之路；征，遠行；塗，同「途」。旆，官吏遠行時所持的仗旗。③連騎慘停鑣（ㄅㄧㄠ）：馬也心中悽苦，不肯前行。鑣，馬嚼

子，馬口中所銜鐵具露在外面的兩頭。④朔氣凌疎木：寒氣迫害稀疏的林木。朔氣，寒氣；朔，北方，北方寒冷。凌，侵害。疎，同「疏」。⑤江風送上潮：潮水上漲，江邊吹起寒風，好像是風把潮水送上岸。⑥青雀離帆遠：指船遠行。青雀，原爲鳥名，又稱鷁，古代貴人船前作青雀，稱青雀舫。⑦朱鳶別路遙：指人遠行。朱鳶，又名朱雀、朱鳥，原是二十八宿南方七宿的總名，七宿聯合像鳥形，古代軍旗畫青龍、白虎、朱雀、玄武四種圖形爲標幟，朱雀旗在前方，故用以作旌旗的代稱。

二、北朝詩歌

1. 胡太后

楊白花①

陽春二三月，楊柳猶作花。春風一夜入閨闥②，楊花飄蕩落南家③。含情出戶腳無力，拾得楊花淚沾臆④。秋去春來雙燕子，願銜楊花入窠⑤裏。

①楊白花：《樂府詩集》雜曲歌辭〈楊白花〉解題引《梁書》：「楊華，武都仇池人也。少有勇力，容貌雄偉，魏胡太后逼通之。華懼及禍，乃率其部曲來降。胡太后追思之，不能已，爲作〈楊白花〉歌辭，使宮人晝夜連臂蹋足歌之，聲甚淒婉。」《南史》：「楊華本名白花。」②閨闥（ㄊㄚˋ）：宮中小門，此指內室。③南家：暗喻楊華所去的南朝。④臆（ㄧˋ）：前胸。⑤窠（ㄎㄜ）：鳥巢。

2.王　褒

渡河北①

秋風吹木葉，還似洞庭波②。常山臨代郡，亭障繞黃河③。心悲異方④樂，腸斷隴頭歌⑤。
薄暮臨征馬⑥，失道北山阿⑦。

①渡河北：河，指黃河。王褒原爲梁宮廷詩人，入北周後，與庾信同爲宇文氏所重，但感念故國，詩風轉變爲沈鬱悲涼。此詩即在北方懷念故國所作。②秋風吹木葉，還似洞庭波：北國深秋，秋風吹起滿地落葉，黃葉在風中飄滾，猶如江南洞庭的湖水奔騰。暗用屈原〈九歌・湘夫人〉：「洞庭波兮木葉下。」③常山臨代郡，亭障繞黃河：常山下臨代郡，亭障看起來如一條長線緊繞著黃河，伸向遠方。常山，北嶽恆山。臨，向下臨近。代郡，今山西省西北部。亭障，指哨亭、防禦工事等古代邊境軍事設施。④異方：異國。⑤隴頭歌：指隴地樂歌。樂府曲調中有〈隴上歌〉、〈隴頭水〉等曲名。此處泛指隴地土風、民間樂調。⑥薄暮臨征馬：傍晚山野無人，只得與戰馬爲伴。薄暮，黃昏。臨，面對。⑦失道北山阿（ㄜ）：失道，迷路。阿，山的曲折處。

3.庾　信

擬詠懷①（二十七首之十）

蕭條②亭障遠，悽慘風塵多③。關門臨白狄④，城⑤影入黃河。秋風別蘇武⑥，寒水送荊軻⑦。誰言氣蓋世，晨起帳中歌⑧。

①擬詠懷：庾信爲梁簡帝時著名詩人，侯景之亂，建康失陷，庾信亡命江陵，輔佐梁元帝。後奉命出使西魏被扣留，此時西魏大軍南下滅梁，元帝被害。從此庾信被迫仕魏，及北周取代西魏，又仕北周。〈擬詠懷〉皆抒發其鄉關之思，爲後期仕周時所作。②蕭條：寂寞冷落的樣子。③風塵多：指寇警多；戰爭所至，戎馬奔馳、風塵揚起。④關門臨白狄：關門外即異族所居之地。關門，關隘之通道。白狄，春秋時北方古狄族的一支，此處代指北方來的異族。⑤城：指秦漢時期的古長城。⑥秋風別蘇武：指李陵與蘇武在匈奴相別之事。作者以李陵自比，慨嘆自己不能南歸。蘇武，西漢武帝時使匈奴，被押不降，歷盡艱辛，凡十九年，至昭帝即位後數年方得放還。李陵，北伐匈奴，彈盡援絕，僞降，武帝刑及其老母，李陵終於投降而卒於匈奴。相傳蘇武歸漢時，李陵送別，二人相贈答，李陵有〈與蘇武詩〉三首、〈別歌〉一首。⑦寒水送荊軻：荊軻入刺秦王，燕太子丹在易水之上餞別，高漸離歌曰：「風蕭蕭兮易水寒，壯士一去兮不復返。」這裏借荊軻一去不返，比喻自己不能再返故國。⑧誰言氣蓋世，晨起帳中歌：即使有項羽蓋世英雄之氣，身陷此境，也只好唱「力拔山兮氣蓋世，時不利兮騅不逝，騅不逝兮可奈何，虞兮虞兮奈若何」的帳中歌。楚漢相爭，最後項羽被困垓下，夜聞四面楚歌，自知大勢已去，於帳中起舞唱歌，第二日遂自刎而死。

重別周尚書①

陽關萬里道，不見一人歸②。唯有河邊雁，秋來南向飛。

①周尚書：周弘正，字思行，梁武帝時任左户尚書；後仕陳，陳武帝天嘉元年（五六〇），北使周，往長安迎後來的陳宣帝陳頊，三年（五六二）返陳，是最早打通南北隔絕狀態的使者。庾信先有〈別周尚書弘正〉一首相贈，此言「重別」，當爲再次作詩送周弘正歸陳，題云「周尚書」，仍以梁時舊職相稱。②陽關萬里道，不見一人歸：自己羈留長安，猶如在陽關之外。周、陳通好以前，南北隔絕，凡是由南入北的人，正像走出萬里關塞之外，沒有一個能夠回來。陽關，關名，今甘肅省敦煌縣西南，玉門關以南，是出塞必經之地。

三、隋代詩歌

1. 楊　素

山齋獨坐贈薛內史①

居山四望阻②，風雲竟朝夕③。深溪橫④古樹，空巖臥幽石。日出遠岫明，鳥散空林寂⑤。蘭庭動幽氣，竹室生虛白⑥。落花入戶飛，細草當階積。桂酒徒盈樽⑦，故人⑧不在席。日暮山之幽⑨，臨風望羽客⑩。

①薛內史：即薛道衡，隋初官內史舍人，與楊素經常詩歌酬唱。②居山四望阻：四面高山圍繞，阻擋遠望的視線。③風雲竟朝夕：山中從早到晚風雲變幻屯聚。④橫：橫生。⑤日出遠岫（ㄒㄧㄡˋ）明，鳥散空林寂：太陽升起，對面的遠山映著朝暉，顯得非常明亮；鳥兒紛紛離開夜間棲宿的樹林，林間一片空寂。岫，山崖。⑥蘭庭動幽氣，竹室生虛白：種植蘭花的庭院內浮動縷縷幽香，竹林圍繞的房舍幽靜明亮。虛白，虛室生白，形容室內空寂明亮。⑦盈樽：滿酒杯。⑧故人：老朋友，指薛道衡。⑨幽：暗。⑩臨風望羽客：臨，迎。羽客，義同「羽人」，求仙得道者，指薛道衡。

2. 薛道衡

人日①思歸

入春才七日，離家已二年。人歸落雁後②，思發在花前③。

①人日：古俗以正月初七爲人日。②人歸落雁後：春季鴻雁北歸，而自己北歸尚在他日。相傳鴻雁於正月自南北歸。③思發在花前：北歸的思緒卻早已萌生在春日花開之前。

昔昔鹽①

垂柳覆金堤②，䕷蕪③葉復齊。水溢芙蓉沼④，花飛桃李蹊⑤。采桑秦氏女⑥，織錦竇家妻⑦。關山別蕩子⑧，風月⑨守空閨。恒斂千金笑，長垂雙玉啼⑩。盤龍隨鏡隱⑪，彩鳳逐帷低⑫。飛魂同夜鵲⑬，倦寢憶晨雞⑭。暗牖⑮懸蛛網，空梁落燕泥⑯。前年過代北⑰，今歲往遼西⑱。一去無消息，那能惜馬蹄⑲。

①昔昔鹽：隋唐樂府題名，屬羽調曲，諧音「夕夕艷」。明楊愼認爲就是梁代樂府〈夜夜曲〉，「昔昔」是「夜夜」的意思。②金堤：堤防堅固如金。③䕷蕪：香草名，即白芷，葉作羽狀，夏季開白花。④水溢芙蓉沼：池塘水滿，荷花遍開。沼，水澤。芙蓉，荷花，此處諧音雙關「夫容」，丈夫的容顏。⑤花飛桃李蹊：暗喻思婦的青春年華凋謝。花飛，花落。桃李，比喻人生盛時。蹊，小徑。⑥采桑秦氏女：借用漢樂府〈陌上桑〉，寫思婦的美好。⑦織錦竇家妻：借用竇滔妻的故事，寫相思之情。前秦苻堅時秦州刺史竇滔之妻蘇蕙，字若蘭，竇滔因罪流徙流沙，爲寄托離思，蘇蕙織錦爲回文詩贈滔。⑧蕩子：宦遊在外不能歸家的人。⑨風月：指風清月明的良宵。⑩恒斂千金笑，長垂雙玉啼：恒，常久。斂，收。千金笑，即千金難買美人一笑之意，此指女子的笑容。雙玉啼，兩行淚水；玉，玉箸、玉筷子，古人常用以形容流淚。⑪盤龍隨鏡隱：銅鏡久不擦拭，失去光亮。盤龍，指銅鏡上的花紋。隱，隱沒不見。⑫彩鳳逐帷低：錦幔垂落而未張掛。彩鳳，錦幔上所繡的鸞鳳圖飾。⑬飛魂同夜鵲：飛魂，驚魂，心悸不安。夜鵲，夜鵲無巢易驚。⑭倦寢憶晨雞：夜間難眠，剛入睡又被驚起，方想起是晨雞鳴啼。⑮暗牖（ㄧㄡˇ）：未開之窗。⑯空梁落燕泥：北燕未歸，因久無燕子居住，巢破損而滴落燕泥。暗喻丈夫北行不歸。⑰代北：北地代郡，北魏時治所在今山西省大同縣，此處泛指北疆。⑱遼西：今山海關以西，此處代指東北邊疆。⑲那能惜馬蹄：因愛惜馬而不肯騎馬歸家。

3. 盧思道

從軍行

朔方烽火照甘泉①，長安飛將出祁連②。犀渠玉劍良家子③，白馬金羈④俠少年。平明偃月屯右地⑤，薄暮魚麗逐左賢⑥。谷中石虎經銜箭⑦，山上金人曾祭天⑧。天涯一去無窮已，薊門迢遞三千里⑨。朝見馬嶺黃沙合⑩，夕望龍城⑪陣雲起。庭中奇樹已堪攀，塞外征人殊未還⑫。白雪初下天山⑬外，浮雲直上五原⑭間。關山萬里不可越，誰能坐對芳菲月⑮。流水本自斷人腸⑯，堅冰舊來傷馬骨⑰。邊庭節物與華異⑱，冬霰秋霜春不歇。長風蕭蕭渡水來，歸雁連連⑲映天沒。從軍行，軍行萬里出龍庭⑳，單于渭橋今已拜㉑，將軍何處覓功名。

①朔方烽火照甘泉：指北方異族入侵中國。朔方，北方。烽火，戰火。甘泉，秦、漢皇帝離宮的所在，今陝西省淳化縣甘泉山上，此處代指中國。 ②長安飛將出祁連：指朝廷派出勇將到北方征討。長安，爲歷代中國首都，用指朝廷。飛將，漢代飛將軍李廣，泛指中國將領。祁連，祁連山，甘肅省西部和青海省東北部邊境山脈的總稱。 ③犀渠玉劍良家子：犀渠，犀牛皮製成的盾。良家子，清白人家的子弟。 ④羈：馬絡頭。 ⑤平明偃月屯右地：平明，天剛亮。偃月，半月形，此指偃月戰陣，由主將帶隊居中，兩邊軍隊張角向前。屯，軍隊駐紮。右地，西部地帶。 ⑥薄暮魚麗逐左賢：薄暮，傍晚。魚麗，一種車戰陣形，二十五輛兵車爲一偏，五個步兵爲一伍，戰車在前，步兵配合其間。逐，追逐敗敵。左賢，左賢王，此處泛指匈奴的統帥。 ⑦谷中石虎經銜箭：漢李廣射獵，望草中石，誤以爲虎，一箭射去，箭鏃沒入石中。石虎，狀似虎形的石頭。 ⑧山上金人曾祭天：漢代霍去病曾遠征匈奴到皋蘭山，沒收匈奴祭天的金人。金人，匈奴祭天用的金鑄神像。 ⑨薊（ㄐㄧˋ）門迢遞（ㄉㄧˋ）三千里：薊門，即薊丘，今北京德勝門西北土城一帶。迢遞，遙遠。 ⑩馬嶺黃沙合：馬嶺，關名，今山西省太谷縣東南馬嶺山下。合，閉合，指黃沙漫天。 ⑪龍城：又稱龍庭，今蒙古鄂爾渾河附近，是漢朝時匈奴祭天和大會諸部的地方。 ⑫庭中奇樹已堪攀，塞外征人殊未還：奇樹，嘉樹，美好的樹木。攀，攀折。殊未還，很久沒有回來。 ⑬天山：指祁連山。 ⑭五原：漢代郡名，今內蒙古包頭市西北。

⑮芳菲月：芳香的花草和明月。⑯流水本自斷人腸：借用〈隴頭歌〉：「隴頭流水，鳴聲幽咽。遙望秦川，肝腸斷絕。」寫離別之情。⑰堅冰舊來傷馬骨：借用陳琳〈飲馬長城窟行〉：「飲馬長城窟，水寒傷馬骨。」寫思婦遙想征人在外的勞苦。⑱邊庭節物與華異：邊庭，邊地。節物，節令物候。華，指中原。⑲連連：接連不斷。⑳龍庭：即龍城，見注⑪。㉑單于渭橋今已拜：指四方臣服於中國，天下太平。單于，匈奴君主的稱呼。渭橋，漢、唐在長安渭水之上築橋。今已拜，借用漢宣帝時匈奴呼韓邪單于入朝，宣帝登渭橋接見的故事，說明外邦臣服。

4. 隋煬帝

春江花月夜①

暮江平不動②，春花滿正開。流波將月去③，潮水帶星來④。

①春江花月夜：樂府清商曲吳聲，原爲陳後主所創曲，古辭已亡佚，此爲隋煬帝的擬作。②平不動：水波平，波瀾不驚。③流波將月去：流動的江水，把映照水中的月光湧向遠方。將，送。④潮水帶星來：水天相接處繁星密佈，好像隨著新漲的潮水而來。

拾伍、魏晉南北朝小說

一、志怪小說

1. 列異傳・宗定伯捉鬼

南陽宗定伯，年少時，夜行逢鬼。問曰：「誰？」鬼曰：「鬼也。」鬼曰：「卿復誰？」定伯欺之，言：「我亦鬼也。」鬼問：「欲至何所？」答曰：「欲至宛市①。」鬼言：「我亦欲至宛市。」共行數里。鬼言：「步行大亟②，可共迭相擔③也。」定伯曰：「大善。」鬼便先擔定伯數里。鬼言：「卿大重，將非鬼④也？」定伯言：「我新死，故重耳。」定伯因復擔鬼，鬼略無重⑤。如其再三。定伯復言：「我新死，不知鬼悉何所畏忌⑥？」鬼曰：「唯不喜人唾⑦。」於是共道，遇水，定伯因命鬼先渡，聽之了無聲⑧。定伯自渡，漕漼⑨作聲。鬼復言：「何以作聲？」定伯曰：「新死不習渡水耳，勿怪。」行欲至宛市，定伯便擔鬼至頭上，急持之⑩，鬼大呼，聲咋咋索下⑪，不復聽之。徑至宛市中，著地化爲一羊，便賣之。恐其變化，乃唾之，得錢千五百乃去。於時言：「定伯賣鬼，得錢千五百。」

①宛市：宛縣的市集。宛縣，爲南陽郡郡治，今河南省南陽縣。 ②大亟（ㄑㄧˋ）：太過麻煩。大，通「太」。亟，屢。
③迭相擔：互相替換背。迭，輪流。 ④將非鬼：恐怕不是鬼。將，恐怕。 ⑤略無重：一點也不重。 ⑥畏忌：害怕

與忌諱。⑦人唾（ㄊㄨㄛˋ）：人的口水。⑧了無聲：一點聲音也沒有。⑨漕（ㄘㄠˊ）漼（ㄘㄨㄟˇ）：形容嘩啦嘩啦的涉水聲。⑩急持之：趕緊把鬼緊緊捉住。⑪咋（ㄗㄜˊ）咋索下：咋咋，形容鬼大聲呼喊的聲音。索下，要求放它下來；索，求。

2. 搜神記・阮瞻①持無鬼論

阮瞻字千里，素執無鬼論，物莫能難②。每自謂此理足以辨正幽明③。忽有客通名詣瞻，寒溫畢④，聊談名理⑤。客甚有才辨⑥。瞻與之言良久，及鬼神之事，反復甚苦⑦。客遂屈⑧。乃作色⑨曰：「鬼神古今聖賢所共傳，君何得獨言無？即僕便是鬼。」於是變爲異形⑩，須臾消滅。瞻默然，意色太惡⑪。歲餘，病卒。

①阮瞻：晉代人，阮籍之侄孫，永嘉中任太子舍人。②物莫能難：沒有人能駁倒他。物，眾人。③辨正幽明：足以辨明死生陰陽的道理。幽，陰間；明，陽間。④寒溫畢：寒暄客套完畢。寒溫，說客套話相問候。⑤聊談名理：談論起名理之學。名理，魏晉尚清談，名理爲清談的主要內容，指考核名實以辨名析理的學問。⑥才辨：辯論的才幹。辨，通「辯」。⑦反復甚苦：反覆辯論很辛苦。⑧屈：屈服，指辯輸。⑨作色：變臉色，指生氣。⑩異形：與人不同的形象，指鬼像。⑫意色太惡：情緒臉色很壞。太，通「大」。

李寄斬蛇

東越閩中①有庸嶺②，高數十里。其西北隰③中，有大蛇，長七八丈，大十餘圍，土俗常懼。東冶都尉④及屬城長吏⑤，多有死者。祭以牛羊，故不得福⑥。或與人夢，或下諭巫祝⑦，欲得啗⑧童女年十二三者。都尉令長，並共患⑨之，然厲氣不息⑩。共請求人家生婢子⑪，兼有罪家女養之，至八月朝⑫祭，送蛇穴口。蛇出，吞嚙⑬之，累年如此，已用九女。

爾時⑭預復募索⑮，未得其女。將樂縣⑯李誕家，有六女，無男，其小女名寄，應募欲行，父母不聽。寄曰：「父母無相⑰，惟生六女，無有一男，雖有如無。女無緹縈⑱濟父母之功，既不能供養，徒費衣食，生無所益，不如早死。賣寄之身，可得少錢，以供父母，豈不善耶？」父母慈憐，終不聽去。寄自潛行⑲，不可禁止。

寄乃告請好劍⑳及咋㉑蛇犬。至八月朝㉒，便詣㉓廟中坐。懷劍，將犬㉔。先將數十米餈㉕，用密麨㉖灌之，以置穴口。蛇便出，頭大如囷㉗，目如二尺鏡。聞餈香氣，先啗食之。寄便放犬，犬就嚙㉘咋，寄從後斫㉙得數創。瘡痛急，蛇因踊之，至庭而死。寄入視穴，得其九女髑髏，悉舉出，咤言㉚曰：「汝曹㉛性弱，爲蛇所食，甚可哀愍㉜。」於是寄女緩步而歸。越王聞之，聘寄女爲后，拜其父爲將樂令，母及姊皆有賞賜。自是東冶無復妖邪之物。其歌謠㉝至今存焉。

①東越閩中：東越，小國，爲越王句踐之後，轄境在今浙江東南及福建一帶。閩中，今福建地區。　②庸嶺：又名烏嶺，今福建省邵武縣西北。　③隰（ㄒㄧˋ）：低窪潮濕的地方。　④東冶都尉：東冶，古邑名，今福建省福州市，漢初爲東越王都城，武帝以後設都尉治理。都尉，管理軍事的長官。　⑤屬城長吏：所屬轄下縣城的長官。　⑥故不得福：依然不能得到福報。故，仍舊。　⑦下諭巫祝：下指示給巫祝。巫祝，專門替人向鬼神溝通以祈福消災的人。　⑧啗（ㄉㄢˋ）：同「啖」，食。　⑨患：憂。　⑩厲氣不息：瘧害仍然不止。息，止。　⑪家生婢子：古代奴婢所生的子女仍爲奴婢，男稱家生奴，女稱家生婢。　⑫朝（ㄓㄠ）：初一。　⑬嚙（ㄋㄧㄝˋ）：咬。　⑭爾時：這一時候。　⑮預復募索：再度預先招募尋求。索，求。　⑯將樂縣：今福建省將樂縣。　⑰無相（ㄒㄧㄤˋ）：無福相。舊社會重男輕女，生男有福

氣，生女無福氣。⑱緹縈：漢太倉令淳于意幼女，意無子，共有五女，獲罪下獄，當受肉刑，緹縈隨父至長安，上書文帝，自願入官爲婢，以贖父罪，文帝感動，下詔除肉刑，其父得免。⑲潛行：偷偷走了。⑳告請好劍：稟告官府請求一把鋒利的劍。㉑咋（ㄗㄜˊ）：咬。㉒八月朝：八月初一。㉓詣（一ˋ）：到。㉔將犬：帶著狗。㉕米餈（ㄘˊ）：用糯米蒸製的糰子。㉖麨（ㄔㄠˇ）：炒麥磨成的粉。㉗囷（ㄐㄩㄣ）：圓形穀倉。㉘囓（ㄋㄧㄝˋ）咋：咬食。㉙斫（ㄓㄨㄛˊ）：砍殺。㉚咤（ㄓㄚˋ）言：悲歎。㉛汝曹：你們。㉜愍（ㄇㄧㄣˇ）：同「憫」，哀憐。㉝歌謠：今福建、浙南一帶流傳民間唱詞〈陳十四傳〉，講述一個女孩滅妖蛇的故事。

3. 續齊諧記·陽羨①書生

東晉陽羨許彥，於綏安②山行，遇一書生，年十七八，臥路側，云腳痛，求寄鵝籠中。彥以爲戲言，書生便入籠，籠亦不廣，書生亦不更小，宛然③與雙鵝並坐，鵝亦不驚。彥負籠④而去，都不覺重。

前行息樹下⑤，書生乃出籠，謂彥曰：「欲爲君薄設⑥。」彥曰：「甚善。」乃口中吐出一銅盤奩子⑦，奩子中具諸饌殽⑧，海陸珍羞方丈⑨。其器皿皆銅物，氣味芳美，世所罕見。酒數行，乃謂彥曰：「向將一婦人自隨⑩，今欲暫邀之。」彥曰：「甚善。」又於口中吐一女子，年可十五六，衣服綺麗，容貌絕倫，共坐宴。

俄而⑪書生醉臥，此女謂彥曰：「雖與書生結妻，而實懷外心⑫。向亦竊將⑬一男子同來，書生既眠，暫喚之，願君勿言。」彥曰：「甚善。」女人於口中吐出一男子，年可⑭二十三四，亦穎悟⑮可愛，仍與彥敘寒溫⑯。書生臥欲覺，女子口吐一錦行障⑰，書生仍留女子共臥。

男子謂彥曰：「此女子雖有情，心亦不盡向⑱，復竊將女人同行。今欲暫見之，願君勿洩言。」彥曰：「善。」男子又於口中吐一女子，年二十許。共讌酌，戲調甚久，聞書生動聲，男曰：「二人眠已覺。」因取吐女人，還內口中⑲。

須臾，書生處女子乃出，謂彥曰：「書生欲起。」便吞男子，獨對彥坐。書生然後謂彥曰：「暫眠遂久，君獨坐當悒悒⑳耶？日又晚，便與君別。」還復吞此女子，諸銅器悉內口中。留大銅盤，可廣二尺餘，與彥別曰：「無以藉㉑君，與君相憶㉒也。」

後太元㉓中，彥爲蘭臺令史㉔，以盤餉㉕侍中張散。散看其銘㉖，題云是漢永平三年㉗所作也。

①陽羨：縣名，今江蘇省宜興縣南。②綏安：地名，今江蘇省宜興縣西南八十里。③宛然：平和安閒的樣子。④負籠：背著籠子。⑤前行息樹下：向前走了一段路，來到樹下休息。⑥欲爲君薄設：想請你吃頓便飯。薄，自謙；設，備酒食。⑦奩（ㄌㄧㄢˊ）子：盒子、箱子。⑧饌（ㄓㄨㄢˋ）殽（ㄧㄠˊ）：食物。⑨海陸珍羞方丈：指山產海產珍品美味非常豐富。珍羞，珍貴的美味；羞，同「饈」。方丈，一丈見方，形容珍羞擺設地方之大。⑩向將一婦人自隨：剛才帶著一個女子隨侍身邊。向，昔。將，帶。⑪俄而：不久。⑫懷外心：懷有二心。⑬竊將：暗中偷帶。⑭可：大約。⑮穎悟：聰明。⑯仍與彥敘寒溫：於是和許彥寒暄應酬。仍，晉宋常用作「因」解。⑰錦行障：織錦屏風。行障，外出用的屏風。⑱心亦不盡向：心裏也不是完全專意著她。⑲內口中：放入嘴裡。內，同「納」。⑳悒悒：鬱鬱不樂。㉑藉：貢獻。㉒與君相憶：給你做紀念。㉓太元：晉武帝年號，西元三七六年到三九六年。㉔蘭臺令史：官名，管典校書籍、治理文書。㉕餉：宴會請客。㉖銘：刻在盤子上的文字。㉗永平三年：永平，東漢明帝年號；永平三年，西元六〇年。

二、志人小說

1. 語林・王子猷愛竹

王子猷嘗暫寄人空宅住，使令種竹，或問：「暫住，何煩爾①？」嘯詠②良久，直指竹，曰：「何可一日無此君③！」

①何煩爾：何必麻煩做這種事情。爾，此。　②嘯詠：長嘯歌詠。　③此君：這位先生，指竹。

魏武帝眠中殺人

魏武①云：「我眠中不可妄近②，近輒斫人不覺③，左右宜慎之。」後乃陽凍④，所幸⑤小兒竊以被覆之⑥，因便斫殺，自爾⑦莫敢近之。

①魏武：指魏武帝曹操。　②妄近：隨便靠近。　③斫（ㄓㄨㄛˊ）人不覺：在不知不覺中砍殺人。　④陽凍：假裝寒凍。陽，通「佯」，僞裝。　⑤幸：寵愛。　⑥竊以被覆之：私下悄悄拿被子蓋他。　⑦自爾：從此以後。爾，此。

2. 世說新語・劉伶①病酒

劉伶病酒渴甚，從婦求酒。婦捐②酒毀器，涕泣諫曰：「君飲太過，非攝生之道③，必宜斷之。」伶曰：「甚善。我不能自禁，唯當祝鬼神④自誓斷之耳。便可具酒肉⑤。」婦曰：「敬聞命。」供酒肉於神前，請伶祝誓。伶跪而祝曰：「天生劉伶，以酒爲名⑥；一飲一斛⑦，五斗解醒⑧。婦人之言，愼不可聽。」便引酒進肉⑨，隗然⑩已醉矣。

①劉伶：字伯倫，晉沛國（今安徽省宿縣）人，曾爲建威將軍，後以不見用罷去，與阮籍、嵇康、山濤、向秀、阮咸、王戎等，寄情山水，號稱竹林七賢，性好酒，常乘鹿車攜酒，使人荷鍤相隨，說：「死便埋我。」著〈酒德頌〉。　②捐：棄。　③攝生之道：養生的方法。　④祝鬼神：向鬼神發誓。祝，以言詞告於鬼神。　⑤便可具酒肉：立即可以準

備酒肉祭拜。具，供置、準備。⑥以酒爲名：把酒當做生命。名，通「命」，生命。⑦一飲一斛（ㄏㄨˊ）：一喝就是一斛。斛，十斗。⑧五斗解酲（ㄔㄥˊ）：再喝五斗來解除酒病。酲，酒後醒來覺得不舒服的症狀。⑨引酒進肉：喝酒吃肉。引，舉。⑩隗（ㄨㄟˇ）然：酒醉倒下的樣子。

王子猷①居山陰②

王子猷居山陰，夜大雪，眠覺，開室，命酌酒。四望皎然，因起仿偟③，詠左思〈招隱詩〉④，忽憶戴安道⑤。時戴在剡⑥，即便夜乘小船就之。經宿方至⑦，造門⑧不前而返。人問其故，王曰：「吾本乘興而行⑨，興盡而返，何必見戴。」

①王子猷：即王徽之，王羲之第五子，卓犖不羈，初爲桓溫參軍，官至黃門侍郎。②山陰：縣名，今浙江省紹興縣。③仿（ㄆㄤˊ）偟（ㄏㄨㄤˊ）：同「彷徨」，徘徊。④左思〈招隱詩〉：左思，西晉文學家，字太沖，作〈三都賦〉，洛陽爲之紙貴，又有〈詠史詩〉、〈招隱詩〉等詩，後人輯爲《左太沖集》。〈招隱詩〉今存二首，寫入山招尋隱士，見山中景色而興起歸隱之心。⑤戴安道：即戴逵，字安道，晉譙國（今安徽省亳縣）人，後遷居會稽郡剡縣（今浙江省嵊縣），博學好談，多才藝，性高潔，孝帝時累徵不就，郡縣逼迫不已，乃逃於吳，後又返居剡，卒於晉武帝太元年間。⑥剡（ㄕㄢˋ）：即剡溪，爲曹娥江的上游，在今浙江省嵊縣西南。⑦經宿（ㄒㄧㄡˇ）方至：經過一夜才到。⑧造門：抵達門口。造，至。⑨乘（ㄔㄥˋ）興而行：趁著興致好而出發。

石崇①每要客燕集②

石崇每要客燕集，常令美人行酒③，客飲酒不盡④者，使黃門⑤交斬⑥美人。王丞相⑦與大將軍⑧嘗共詣崇，丞相素⑨不能飲，輒自勉彊⑩，至於沈醉。每至大將軍，固不飲⑪，以觀其變⑫。已斬三人，顏色如故，尚不肯飲。丞相讓⑬之，大將軍曰：「自殺伊⑭家人，何預卿事⑮！」

①石崇：字季倫，晉南皮（今河北省南皮縣東北）人，官至荊州刺史，曾劫遠使商客致富，於河陽建金谷園，日與貴戚王愷、羊琇等人以豪侈相尚，又與潘岳、陸機、陸雲等人附事賈后、賈謐，時號二十四友，後爲趙王倫嬖人孫秀所譖被殺。②要（一ㄠ）客燕集：邀請賓客宴會。要，通「邀」，約。燕，通「宴」「讌」。③行酒：酌酒勸客人飲。④飲酒不盡：猶言「沒有乾杯」。⑤黃門：東漢有黃門令及中黃門等官，均以閹人充任，後世遂稱閹人爲黃門，此處指後房的侍衛。⑥交斬：一個一個輪流殺掉。交，輪流。⑦王丞相：指王導，字茂宏，晉琅邪（今山東省臨沂縣北）人，有才識，歷事元帝、明帝、成帝三朝，官至太傅，晉之中興，王導功勞最大。⑧大將軍：指王敦，王導的堂弟，晉琅邪人，娶武帝女襄城公主，拜駙馬都尉；元帝即位，出爲鎭東大將軍；後恃功專權，據武昌造反，入朝自爲丞相；明帝時，舉兵再反，病死。⑨素：平素，一向。⑩輒自勉彊（ㄑ一ㄤˇ）：就勉強喝盡。彊，同「強」。⑪固不飮：堅決不肯喝。⑫以觀其變：觀察事情的變化。⑬讓：責備。⑭伊：他。⑮何預卿事：與你有什麼關係。

王藍田①性急

王藍田性急，嘗食雞子②，以筯刺之③，不得，便大怒，舉以擲地。雞子於地圓轉未止，仍下地④以屐齒蹍之⑤，又不得，瞋甚⑥，復於地取內口中⑦，齧⑧破即吐之。王右軍⑨聞而大笑曰：「使安期⑩有此性，猶當無一豪可論⑪，況藍田邪？」

①王藍田：即王述，字懷祖，晉太原晉陽（今山西省太原縣）人，祖父王湛、父王承，事親孝謹，襲爵藍田侯。②雞子：雞蛋，指煮熟後剝殼的雞蛋。③以筯（ㄓㄨˋ）刺之：用筷子插蛋。筯，同「箸」，筷子。④下地：從榻上走下地。⑤以屐（ㄐ一）齒蹍（ㄓㄢˇ）之：用木屐的齒踩蛋。屐，木屐，下有齒。蹍，踏。⑥瞋（ㄔㄣ）甚：非常生氣。瞋，怒。⑦內（ㄋㄚˋ）口中：放進嘴裡。內，通「納」。⑧齧（ㄋ一ㄝˋ）：咬。⑨王右軍：即大書法家王羲之，曾任右軍將軍，故稱王右軍。⑩安期：即王承，王藍田之父，性情沖淡，爲政清靜，累官至東海內史；渡江後，元帝引爲從事中郎。⑪一豪可論：沒有絲毫值得人家談論之處。一豪，比喻微小的事物；豪，通「毫」。

拾陸、魏晉南北朝文

1. 孔　融

論盛孝章書①

歲月不居，時節如流。五十之年，忽焉已至。公始為滿②，融又過二。海內知識③，零落殆盡，惟會稽盛孝章尚存。其人困於孫氏④，妻孥湮沒⑤，單子獨立⑥，孤危愁苦。若使憂能傷人，此子不得復永年⑦矣。《春秋傳》曰⑧：「諸侯有相滅亡者，桓公⑨不能救，則桓公恥之。」今孝章實丈夫之雄也，天下談士⑩，依以揚聲⑪；而身不免於幽縶⑫，命不期於旦夕⑬。是吾祖⑭不當復論損益之友⑮，而朱穆⑯所以絕交矣。公誠能馳一介之使⑰，加咫尺之書⑱，則孝章可致⑲，友道可弘⑳矣。

今之少年，喜謗前輩，或能譏平㉑孝章。孝章要為㉒有天下大名，九牧㉓之人所共稱歎。燕君市駿馬之骨㉔，非欲以騁道里㉕，乃當以招絕足㉖也。惟㉗公匡復漢室，宗社㉘將絕，又能正之。正之之術，實須得賢。珠玉無脛㉙而自至者，以人好之也；況賢者之有足乎？昭王築臺以尊郭隗㉚，隗雖小才，而逢大遇，竟能發明主之至心㉛。故樂毅㉜自魏往，劇辛㉝自趙往，鄒衍㉞自齊往。嚮使㉟郭隗倒懸㊱而王不解，臨溺㊲而王不拯，則士亦將高翔遠引㊳，莫有北首㊴燕路者矣。

凡所稱引㊵，自公所知，而復有云者，欲公崇篤斯義㊶。因表不悉㊷。

①論盛孝章書：盛孝章，名憲，漢末會稽（今浙江省紹興市）人，曾任吳郡太守。孫策平定江東後，誅殺英豪，盛孝章素有高名，身陷獄中，孔融與之友好，恐其遭受忌害，於是上書給時任司空兼車騎將軍的曹操，求其援助，可惜詔命未到，盛孝章已被孫權所殺。②公始爲滿：您剛滿五十歲。公，指曹操。③知識：所知道所認識的人，指舊交知友。④孫氏：指孫策、孫權的東吳政權。⑤妻孥（ㄋㄨˊ）湮（ㄧㄣ）沒：妻孥，妻子和子女。湮沒，死亡。⑥單孑（ㄐㄧㄝˊ）獨立：孤單無援。孑，無右臂，孤單只有一臂。⑦永年：長壽。⑧《春秋傳》曰：見《春秋公羊傳》僖公元年。⑨桓公：齊桓公，春秋五霸之一。此處以齊桓公比喻曹操，推崇曹操能力強權位高，像齊桓公一樣有力量救助危難。⑩談士：清談之士。⑪依以揚聲：指天下士人都要依靠盛孝章來宣揚聲名。揚聲，揚名。⑫幽縶（ㄓˊ）：囚禁。縶，縛綁。⑬命不期於旦夕：即朝不保夕，不能預料何時被殺。期，預料。旦夕，早晚。⑭吾祖：指孔子，孔融爲孔子的二十世孫。⑮論損益之友：《論語·季氏篇》：「孔子曰：益者三友，損者三友。友直、友諒、友多聞，益矣；友便僻、友善柔、友便佞，損矣。」益，對自己有益；損，對自己有害。正直、誠實、學問廣是益友，花言巧語、僞善詭顏、說謊欺騙是損友。⑯朱穆：字公叔，東漢人，常感時世澆薄，人心詭詐，作〈絕交論〉，希望矯正俗弊，又作〈崇厚論〉以推崇忠厚。以上二句是說像盛孝章這樣的人如果遭遇不測，那麼孔子也不必再談論「損益之友」，這也是爲什麼朱穆要寫〈絕交論〉的原因。⑰馳一介之使：迅速派一個使者。⑱咫（ㄓˇ）尺之書：短信，簡單的信。咫，八寸。⑲致：招致。⑳友道可弘：交友之道可以發揚光大。㉑譏平：譏諷評論。平，通「評」。㉒要爲：總之是。㉓九牧：九州之長，古分天下爲九州，此處指九牧所管轄之地，即全天下。㉔燕君市駿馬之骨：戰國時郭隗對燕昭王進諫所說的故事，古代有國君欲買千里馬，千里馬已死，其臣以五百金買回馬屍骨，國君大怒，臣下說：「屍骨尚且買，活的自然不求而至。」結果不到一年，找到了三匹千里馬。市，買。㉕騁道里：用死馬在道路上馳騁。㉖招絕足：用死馬引來活的千里馬。絕足，跑得最快的腳力，指千里馬。㉗惟：思、想。㉘宗社：指國家。㉙踁（ㄐㄧㄥˋ）：同「脛」，小腿，此指腳。㉚昭王築臺以尊郭隗（ㄨㄟˇ）：昭王，燕昭王，戰國時燕國的中興之主。郭隗，燕國賢士。齊滅燕，齊大燕弱，昭王即位後，卑身厚幣以招賢者，郭隗遊說昭王，以爲自己雖無才幹，但是如能從尊用他開始，天下賢士自然必到，於是昭王爲郭隗築宮室高臺，以老師之禮事之。㉛發明主之至心：啓發英明之主救國尊賢的誠摯之心。至心，誠心。㉜樂毅：戰國趙人，精通兵法，後去趙往魏，魏未能重用，聞燕昭王招納賢才，於是到燕，昭王拜爲上將軍，合五國攻齊，大敗齊，封昌國君。昭王死，惠王忌才，樂毅恐獲罪，棄家走趙，趙以爲客

卿，卒於趙。㉝劇辛：戰國時人，有賢才。㉞鄒衍：戰國時代學者，爲齊國的稷下學士，善陰陽五行之說，時人號爲「談天衍」。㉟嚮使：嚮，往昔。使，假如。㊱倒懸：倒掛，指極端痛苦。㊲臨溺：落水。㊳引：去，離開。㊴北首：向北方走去。首，動詞，朝向。㊵凡所稱引：凡是信中所論說和引述的事。㊶崇篤斯義：推崇重視好士招賢的道義。斯，此。㊷因表不悉：因表，借盛孝章之事表示自己的意見。不悉，不再詳說；悉，詳盡。

2. 嵇康

與山巨源絶交書①

康白：足下昔稱吾于潁川②，吾常謂之知言③。然經怪此④，意⑤尚未熟悉于足下，何從便得之也。前年從河東⑥還，顯宗、阿都⑦說足下議以吾自代，事雖不行⑧，知足下故不知之⑨。足下傍通⑩，多可而少怪⑪；吾直性狹中⑫，多所不堪⑬，偶與足下相知耳。間聞足下遷⑭，惕然⑮不喜。恐足下羞庖人之獨割，引尸祝以自助⑯；手薦鸞刀，謾之羶腥⑰。故具爲足下陳其可否。

吾昔讀書，得並介之人⑱；或謂無之，今乃信其眞有耳。性有所不堪，眞不可強。今空語同知有達人⑲，而無所不堪⑳，外不殊俗㉑，而內不失正㉒，與一世同其波流，而悔吝㉓不生耳。老子、莊周，吾之師也，親居賤職；柳下惠、東方朔㉔，達人也，安乎卑位；吾豈敢短㉕之哉？又仲尼兼愛，不羞執鞭㉖；子文無欲卿相，而三登令尹㉗；是乃君子思濟物㉘之意也。所謂達則兼善而不渝㉙；窮則自得而無悶也。以此觀之，故堯舜之君世㉚，許由之巖棲㉛，子房之佐漢㉜，接輿之行歌㉝，其揆一也㉞。仰瞻㉟數君，可謂能遂其志者㊱也。故君子百行㊲，殊塗而同致㊳。循性而動㊴，各附所安㊵。故有處朝廷而不出，入山林而不反之論。且延陵高子臧之風㊶，長卿慕相如之節㊷。志氣所託，不可奪也。

吾每讀尙子平、臺孝威傳㊸，慨然慕之㊹，想其爲人。加少孤露㊺，母兄見驕㊻，不涉經學㊼，性復疏嬾，筋駑肉緩㊽，頭面常一月十五日不洗，不大悶癢，不能沐也㊾。每常小便而忍不起，令胞中略轉乃起㊿耳。又縱逸來久(51)，情意傲散(52)，簡(53)與禮相背，嬾與慢相成。而爲儕類見寬(54)，不攻其過(55)。又讀莊、老，重增其放(56)，故使榮進之心日頹(57)，任實之情轉篤(58)。此猶禽鹿，少見馴育，則服從教制(59)；長而見羈，則狂顧頓纓，赴蹈湯火(60)。雖飾以金鑣(61)，饗以嘉肴，愈思長林(62)，而志在豐草(63)也。

阮嗣宗口不論人過(64)，吾每師之，而未能及。至性過人(65)，與物無傷(66)，唯飲酒過差(67)耳，至爲禮法之士所繩(68)，疾之如讎，幸賴大將軍保持之(69)耳。吾以不如嗣宗之賢，而有慢弛之闕(70)。又不識人情，闇于機宜(71)，無萬石之愼(72)，而有好盡之累(73)。久與事接，疵釁日興(74)。雖欲無患，其可得乎？又人倫有禮，朝廷有法；自惟至熟(75)，有必不堪者七，甚不可者二(76)。臥喜晚起，而當關呼之不置(77)，一不堪也；抱琴行吟，弋釣(78)草野，而吏卒守之，不得妄動，二不堪也；危坐一時(79)，痺不得搖(80)，性復多蝨(81)，把搔無已(82)，而當裹以章服(83)，揖拜上官(84)，三不堪也；素不便書(85)，又不喜作書，而人間多事，堆案盈机(86)，不相酬答，則犯教傷義，欲自勉強，則不能久，四不堪也；不喜弔喪，而人道(87)以此重，已爲未見恕(88)者所怨，至欲見中傷者，雖懼然(89)自責，然性不可化，欲降心順俗，則詭故不情(90)，亦終不能獲無咎無譽(91)，如此五不堪也；不喜俗人，而當與之共事，或賓客盈坐，鳴聲聒耳(92)，塵囂臭處(93)，千變百伎(94)，在人目前，六不堪也；心不耐煩，而官事鞅掌(95)，萬機(96)纏其心，世故煩其慮，七不堪也。又每非湯、武[97]，而薄周、孔[98]，在人間不止此事[99]，會顯世教所不容[100]，此甚不可一也；剛腸疾惡[101]，輕肆直言，遇事便發[102]，此甚不可二也。以促中小心[103]之性，統此九患[104]，不有外難，當有內病，寧可久處人間邪？

又聞道士遺言[105]，餌朮、黃精[106]，令人久壽，意甚信之。游山澤，觀魚鳥，心甚樂之。一行作吏[107]，此事便廢，安能舍其所樂，而從其所懼哉？

夫人之相知，貴識其天性，因而濟之[108]。禹不逼伯成子高，全其節也[109]。仲尼不假蓋于子夏，護其短也[110]。近諸葛孔明，不逼元直以入蜀[111]，華子魚不強幼安以卿相[112]，此可謂能相終始，眞相知也。足下見直木不可以爲輪，曲木不可以爲桷[113]；蓋不欲枉其天才，令得其所也。故四民有業，各以得志爲樂，唯達者爲能通[114]之，此似足下度內[115]耳。不可自見好章甫，強越人以文冕[116]也；己嗜臭腐，食鴛雛以死鼠[117]也。吾頃學養生之術，方外榮華[118]，去滋味[119]，遊心于寂寞[120]，以無爲爲貴。縱無九患，尚不顧足下所好者；又有悶疾[121]，頃轉增篤。私意自試，必不能堪其所不樂，自卜已審[122]。若道盡途窮，斯已耳[123]。足下無事冤之，令轉于溝壑[124]也。

吾新失母兄之歡[125]，意常悽切。女年十三，男兒八歲，未及成人，況復多病，顧此悢悢[126]，如何可言！今但願守陋巷，教養子孫，時與親舊敘離闊[127]，陳說平生[128]，濁酒一杯，彈琴一曲，志願畢矣。足下若嬲之不置[129]，不過欲爲官得人，以益時用[130]耳。足下舊知[131]吾潦倒麤疏[132]，不切事情[133]，自惟亦皆不如今日之賢能也。若以俗人皆喜榮華，獨能離之以爲快，此最近之[134]，可得言耳[135]。然使長才廣度，無所不淹，而能不營，乃可貴耳[136]。若吾多病，因欲離事自全，以保餘年，此眞所乏耳[137]。豈可見黃門而稱貞[138]哉！若趣欲共登王途[139]，期于相致[140]，共爲歡益[141]，一旦迫之，必發狂疾。自非重怨，不至此也[142]。

野人有快炙背、美芹子者(143)，欲獻之至尊(144)，雖有區區之意(145)，亦已疏矣(146)。願足下無似之，其意如此，既解足下(147)，並以爲別(148)。嵇康白。

①與山巨源絕交書：山巨源，名濤，竹林七賢之一，與嵇康、呂安等人爲友，但並未堅持退隱，四十歲以後出仕，任尚書吏部郎時，有意請嵇康替代職務，未成，一年後嵇康寫這封信與之絕交。②稱吾于潁川：對潁川贊美我。潁川，指山嶔，山濤的族父，曾爲潁川（今河南省許昌市東）太守，以官稱之。③知言：知己之言。④經怪此：常對此事感覺奇怪。經，常。⑤意：心想。⑥河東：地名，今山西夏縣西北。⑦顯宗、阿都：顯宗，公孫崇，字顯宗，曾爲尚書郎。阿都，呂安，字仲悌，小名阿都，爲嵇康之至交。⑧不行：不成。⑨故不知之：原來不瞭解我。故，原。⑩傍通：無所不通，善於應變。⑪多可而少怪：遇事多認可少疑怪。⑫直性狹中：性子剛直，心地狹窄。中，通「衷」，心。⑬多所不堪：許多事看不慣不能忍受。堪，忍。⑭間（ㄐㄧㄢˋ）聞足下遷：最近聽說您升官，指山濤由尚書吏部郎轉任大將軍從事中郎。間，最近。遷，升官。⑮惕然：憂懼的樣子。⑯羞庖人之獨割，引尸祝以自助：恐怕足下自己做官害羞，要拉我當助手，如同廚師害羞一個人屠宰，拉祭師去幫忙一樣。庖人，廚師。尸祝，祭師。引，拉。⑰手薦鸞（ㄌㄨㄢˊ）刀，謾（ㄇㄢˋ）之羶腥：讓我手拿屠刀，沾上一身羶腥。薦，舉。鸞刀，屠刀；鸞，刀把上裝飾的鈴。謾，通「漫」，沾污。羶腥，血肉臭氣味；羶，羊臭；腥，魚臭。⑱並介之人：既能兼善天下又是耿介孤直的人。並，兼，兼善天下。介，耿介孤直。⑲今空語同知有達人：現在空說彼此都知道有這樣一種通達的人。空語，空說。達人，通達的人。⑳無所不堪：沒有什麼是不能忍受。㉑外不殊俗：外表上和世俗沒有不同。殊，異。㉒內不失正：內心又沒有失去正道而隨俗逐流。㉓悔吝不生：不生悔恨之心。吝，悔。㉔柳下惠、東方朔：柳下惠，春秋時魯大夫，曾任刑獄之官，三次被罷黜，有人勸其離去，他以爲直道而行，到那裡都會遭受排擠，不必在意。東方朔，西漢名士，武帝時官太中大夫，後除官，終不見用，性詼諧，善辭賦。㉕短：批評、輕視。㉖仲尼兼愛，不羞執鞭：孔子仁愛，合乎道義的富貴，雖然是做拿鞭子趕車的車伕，也不會覺得羞恥。《論語．述而篇》：「子曰：富貴如可求也，雖執鞭之士，吾亦爲之；如不可求，從吾所好。」兼愛，指仁愛、泛愛眾人，不是墨子的兼愛。執鞭，當車伕，泛指低賤的工作。㉗子文無欲卿相，而三登令尹：子文沒有當卿相的欲望，卻三次坐上令尹的高位。子文，即鬭穀於菟，楚成王時任令尹，後讓位子玉，此後二十八年間，數次被罷免又被任命。令尹，楚國官名，掌軍政大權，相當於宰相。㉘濟物：救世濟人。物，人。㉙不渝：不改初衷。渝，變。㉚君世：爲君於世，指做皇帝。㉛許由之巖棲：許由，堯時高士，堯欲讓位於許由，許由不肯，逃到箕山隱居。巖棲，棲息巖穴，指隱居。㉜子房之佐漢：子房，即張良，輔

佐劉邦統一天下，建立漢朝。㉝接輿之行歌：春秋時楚國隱士，曾經唱歌從孔子身邊走過，勸孔子歸隱。行歌，邊走邊唱歌。㉞其揆（ㄎㄨㄟˊ）一也：原則是相同的。揆，法度。一，同。㉟仰瞻：仰瞻，舉目而視，表尊敬。㊱遂其志者：實現志向的人。遂，行。㊲百行：各種的行爲表現。㊳殊塗而同致：所走的道路不同，但是到達的目標卻一樣。殊，異。塗，通「途」。㊴循性而動：順著本性做事。㊵各附所安：各自得到所安。附，歸附。㊶延陵高子臧之風：延陵崇尚子臧的風範。延陵，春秋時吳國公子，姓延陵，名季札。子臧，曹國公子，曹宣公死，諸侯與曹人欲立子臧爲君，子臧以爲非本分所應有，離國而去。吳國諸樊也欲立延陵季札爲君，季札引子臧之事自勉，加以拒絕。㊷長卿慕相如之節：司馬相如仰慕藺相如的節操。長卿，即司馬相如，字長卿，西漢辭賦家。相如，即藺相如，戰國趙人，以完璧歸趙，有功於國家，拜上大夫，澠池之會後再拜上卿。司馬相如幼名犬子，因爲仰慕藺相如而更名相如。㊸尚子平、臺孝威傳：尚子平，指尚長，字子平，東漢人，有道術，爲縣功曹，後入山隱居，賣薪度日，不仕王莽，肆意遊五嶽名山，不知所終，《後漢書》作「向長」，有〈向長傳〉。臺孝威，即臺佟，字孝威，東漢人，隱居武安山，鑿穴爲居，採藥自給，州刺史訪之，說其居身清苦，他以爲存神養和、自得其樂，如果奉宣詔書，反而大苦，《後漢書·逸民傳》收錄其事。㊹慨然慕之：非常仰慕他們。慨然，贊歎的樣子。嵇康著《高士傳》，尚子平、臺孝威皆入選。㊺加少孤露：加上我少年亡父，又身體瘦弱。孤，幼而無父。露，羸弱。㊻母兄見驕：母親和兄長很驕寵。㊼不涉經學：沒讀修身致仕的儒家經典之書。涉，及、涉獵。經學，指儒家六經的經世濟民學說。㊽筋駑肉緩：筋骨遲鈍，肌肉鬆弛。㊾不能沐也：不能，不耐。沐，洗頭，此指沐浴，洗頭洗澡。㊿令胞中略轉乃起：忍到尿在膀胱中略略轉動而將脹出時才起身去小便。胞，胎衣，此指膀胱。乃，才。(51)縱逸來久：放縱的時間由來已久。(52)傲散：孤傲散漫。(53)簡：舉止隨便。(54)爲儕（ㄔㄞˊ）類見寬：儕類，同輩。見寬，被寬容。(55)不攻其過：不責備我的過錯。其，指自己的性情舉止。(56)重增其放：更增加我的放縱。(57)日頹：日漸減弱。(58)任實之情轉篤：放任性情的心日漸強烈。任實，放任本性。篤，厚。(59)此猶禽鹿，少見馴育，則服從教制：如同捉來一頭鹿，如果是小鹿，經過馴服養育，就會服從主人的管教和約制。禽，通「擒」。(60)長而見羈，則狂顧頓纓，赴蹈湯火：長大的鹿被捉，就瘋狂四顧，掙扎亂跳，赴湯蹈火也不顧。羈，束縛。頓纓，掙扎擺脫韁繩；纓，絲繩，指拴鹿的韁繩。湯，沸水。(61)金鑣（ㄅㄧㄠ）：金籠頭。(62)長林：茂密的森林。(63)豐草：豐盛水草的原野。(64)阮嗣宗口不論人過：阮籍說話不議論別人的過錯。阮籍，字嗣宗，陳留尉氏（今河南省尉氏縣）人，竹林七賢之一，主要作品有五言〈詠懷詩〉八十二首，與嵇康齊名。(65)至性過人：本性純厚，超過一般人。(66)與物無傷：待人接物圓融，不會產生摩擦。(67)過差：過失，指毛病。(68)繩：彈劾。(69)幸賴大將軍保持之：幸好有大將軍保護他。大將軍，指司馬昭，司馬懿之子，司馬師之弟，時繼司馬師爲曹魏大將軍。賴，依靠。(70)慢弛之闕（ㄑㄩㄝ）：傲慢散漫的缺點。弛，散漫。闕，同「缺」。(71)闇（ㄢˋ）于機宜：不明事理。闇，同「暗」。(72)萬石之愼：萬石，指萬石奮，漢文帝時任太中大夫、太子太傅，子四人皆官至二千石，景帝以其一門尊寵，號爲「萬石君」。石氏父子行事以謹愼小心著稱。(73)好盡之累（ㄌㄟˊ）：喜歡直話直說、不知避諱的毛病。(74)疵釁（ㄒㄧㄣˋ）日興：毛病事端日日發生。釁，事端。(75)自惟至熟：自己思考得仔細熟爛。惟，思。(76)必不堪者七，甚不可者二：一定不能忍受七件事，非常不能適應二件事。(77)當關呼之不置：守門的差役呼喊不停。當關，門房；關，門。不置，不止。(78)弋（ㄧˋ）釣：射鳥釣魚。(79)危坐一時：端坐一定的時辰。(80)痺（ㄅㄧˋ）不得搖：腿腳麻痺也不能搖動。(81)性復多蝨：身上又多蝨子。性，指身體。(82)把搔無已：不停用手搔癢。把，抓。已，止。(83)章服：官人穿的禮服禮帽。(84)上官：上級長官。(85)素不便書：一向不習慣寫信札。素，平素。便，習。(86)堆案盈机：公文信件堆滿桌子。案，几。机，同「几」。(87)人道：人情世故。(88)恕：原諒、寬恕。(89)惺然：警惕的樣子。(90)詭故不情：違背自己的本性，是我不情願。詭，違背；故，本來面貌，指本性。(91)無咎無譽：不遭災禍，不求讚譽。(92)聒（ㄍㄨㄚ）耳：喧吵之聲刺耳。聒，喧吵。(93)塵囂臭處：嘈雜穢氣的地方。(94)千變百伎：各種花招伎倆，指人情交際的詭譎。(95)鞅掌：忙迫紛擾的樣子。(96)萬機：雜亂的官府事務。機，官府事務。(97)非湯、武：批評商湯、周武王。(98)薄周、孔：輕視周公、孔子。(99)在人間不止此事：在世間做官而不停止這些事情。此事，指非湯武、薄周孔。(100)會顯世教所不容：恰好明顯爲禮教所不能容忍。會，適、恰好。顯，顯然。世教，正統的世俗禮教。(101)剛腸疾惡：性情倔強，憎恨壞人壞事。疾，恨。(102)遇事便發：碰到事情便立刻發作。(103)促中小心：心胸狹小。中，同「衷」。(104)九患：以上七不堪與二大不可。(105)遺言：傳言。(106)餌朮（ㄓㄨˊ）、黃精：餌，食。朮、黃精，皆藥名。(107)一行作吏：一去做官。一行，猶「一去」。(108)因而濟之：順其性而幫助他。因，循。濟，助。(109)禹不迫伯成子高，全其節也：夏禹不逼迫伯成子高做官，是爲了成全他的節操。伯成子高，傳說中的三代賢者，堯治天下時伯成子高爲諸侯，禹繼舜爲天子，伯成子高隱居野地，禹親自拜訪，伯成子高以爲堯不賞而民勸，禹則用賞罰，德將自此衰敗，耕田不理會禹。(110)仲尼不假蓋于子夏，護其短也：孔子不向子夏借傘，是爲了掩飾子夏的短處。子夏，孔子弟子，爲人吝嗇。假，借。蓋，傘。護，掩飾。(111)諸葛孔明，不逼元直以入蜀：諸葛亮不逼迫元直入蜀。元直，即徐庶，字元直，本追隨劉備，後因母親被曹操擄獲，不得已投曹，諸葛亮並未阻留。(112)華子魚不強幼安以卿相：華子魚不強逼幼安做卿相。華子魚，即華歆，字子魚，三國時人，魏文帝時爲司徒。幼安，即管寧，字幼安。魏文帝詔舉獨行君子，華歆推薦管寧，管寧舉家浮海歸隱，明帝時華歆爲太尉，又推薦管寧，仍拒辭不受。(113)桷（ㄐㄩㄝˊ）：方形的椽子。(114)通：通曉，瞭解。(115)度內：心中明白；度，識度，內，心中。(116)不可自見好章甫，強越人以文冕：

不要自己看到好禮帽，勉強越人戴。章甫，禮帽。越人，越地的人，越地在今閩浙一帶，文明落後，散髮紋身，根本不戴帽子。 (117)己嗜臭腐，食鴛雛以死鼠：自己嗜好發臭的食物，勉強鴛雛吃死老鼠。鴛雛，鵷雛，鳳凰一類的鳥，鴛通「鵷」。 (118)方外榮華：正鄙棄榮華富貴。方，正。外，棄置、排斥。 (119)去滋味：去除美味。滋味，指口腹之慾。(120)遊心于寂寞：身心安於恬淡安靜。遊心，心神嚮往。寂寞，安靜無慮。 (121)悶疾：心悶的病。 (122)自卜已審：自己經過考慮，已經決定。卜，考慮。審，審定。 (123)斯已耳：就算了。已，止。 (124)轉于溝壑：流離失所，棄置於山溝裡而死。 (125)新失母兄之歡：剛死了母親和兄長，失去他們的歡愛。 (126)顧此悢（ㄌㄧㄤˋ）悢：想到這些，心中悲傷。悢悢，悲哀。 (127)敍離闊：談敘離別之情。 (128)陳說平生：談敘往事。 (129)嬲（ㄋㄧㄠ）之不置：纏住不放。嬲，糾纏、干擾。(130)爲官得人，以益時用：替官府拉人，對辦事有利。時用，爲世所用。 (131)舊知：過去知道。 (132)潦倒麤（ㄘㄨ）疏：行爲放浪，不守禮法。潦倒，頹廢的樣子。麤，同「粗」。 (133)不切事情：做事不切實際。 (134)此最近之：此話最接近我的本性。 (135)可得言耳：此話說得最正確、最恰當。 (136)長才廣度，無所不淹，而能不營，乃可貴耳：假若原是個才能高、度量大、無所不通的人，然而卻不營求富貴，才是可貴。廣度，度量大。淹，貫通。 (137)此眞所乏耳：眞的缺乏上述長才廣度等優點。乏，缺。 (138)見黃門而稱貞：看到黃門就贊美他能守貞。黃門，宦官。稱，贊美。貞，守正。宦官去勢，不能人道，所以近女人也不失德，但這是天性使然，並非守貞，比喻自己不慕榮華是天性短於此，並不是像長才廣度的人那樣能守正。 (139)若趣（ㄑㄩ）欲共登王途：如果急著要我和你一起做官。趣，同「趨」，急。王途，仕途。(140)期于相致：一定要把我找去。期，必定。致，招致。 (141)歡益：歡樂。益，多。 (142)自非重怨，不至此也：若非有深仇大恨，你應當是不至於如此做。自非，若非，若不是。 (143)野人有快炙背、美芹（ㄑㄧㄣˊ）子者：田野人有把炙背當做快活、芹子當做美味的。野人，田夫、鄉下人。炙背，太陽曬背：炙，烤。芹子，芹菜子。 (144)至尊：最尊貴的人，指皇帝。 (145)區區之意：誠意，忠愛專一的心意。 (146)亦已疏矣：也太迂闊不切實際了。疏，遠。 (147)既解足下：解除你的薦舉。解，擺脫。 (148)並以爲別：並且用來向你告別，表示絕交。

3.吳　均

與宋元思①書

風煙俱淨，天山共色，從流飄蕩②，任意東西。自富陽至桐廬③，一百里許，奇山異水，天下獨絕。水皆縹碧④，千丈見底；游魚細石，直視無礙。急湍甚箭⑤，猛浪若奔⑥。夾岸高山，皆生寒樹⑦。負勢競上⑧，互相軒邈⑨，爭高直指⑩，千百成峰。泉水激石，泠泠⑪作響。好鳥相鳴，嚶嚶⑫成韻。蟬則千轉⑬不窮，猿則百叫無絕。鳶飛戾天者⑭，望峰息心⑮；經綸世務⑯者，窺谷忘返。橫柯⑰上蔽，在晝猶昏；疏條⑱交映，有時見日。

①宋元思：字玉山。「宋」一作「朱」。②從流飄蕩：任船隨水而飄行。③自富陽至桐廬：富陽，今浙江省富陽縣，臨富春江。桐廬，今浙江省桐廬縣，亦臨富春江。④縹（ㄆㄧㄠˇ）碧：青蒼色。縹，青白色的絲織品。⑤急湍（ㄊㄨㄢ）甚箭：水流比箭還急速。湍，急流。⑥若奔：像奔騰的馬，形容水勢凶猛。⑦寒樹：耐寒常綠的樹木。⑧負勢競上：依山勢向上生長。⑨互相軒邈：互相爭奪向高遠處生長。軒，高舉。邈，遠。⑩直指：筆直向上。⑪泠（ㄌㄧㄥˊ）泠：水聲。⑫嚶（ㄧㄥ）嚶：鳥鳴聲。⑬千轉：轉，通「囀」，原是鳥鳴，此指蟬鳴。⑭鳶（ㄩㄢ）飛戾（ㄌㄧˋ）天者：飛到高空的鳶，比喻青雲直上、追求高官厚祿的人。鳶，鴟鷹。戾，至。⑮息心：停止追求名利的慾望。⑯經綸世務者：整天忙於政事的人。經綸，治理絲線，比喻治理規劃政事。⑰柯：樹枝。⑱條：小樹枝。

4. 陶宏景

答謝中書①書

山川之美，古來共談。高峰入雲，清流見底。兩岸石壁，五色交輝②。青林翠竹，四時俱備。曉霧將歇③，猿鳥亂鳴；夕日欲頹④，沈鱗⑤競躍。實是欲界⑥之仙都，自康樂⑦以來，未復有能與其奇者⑧。

①謝中書：謝微，或作謝徵，字元度，曾爲中書鴻臚，故稱謝中書。②交輝：互相輝映。③歇：止，消散。④頹：傾墜、落下。⑤沈鱗：沈在水中的游魚。鱗，魚。⑥欲界：佛教有三界之說：欲界、色界、無色界。欲界是指具七情六欲的眾生所居住的世界，此指人間。⑦康樂：指謝靈運，謝靈運襲封康樂公。⑧與（ㄩˋ）其奇者：指謝靈運以後再也沒有人欣賞這樣奇妙的景色。與，參與。

5. 酈道元

水經・江水注（節選）

其下十餘里，有大巫山，非唯三峽①所無，乃當抗峰岷峨②，偕嶺衡疑③，其翼附群山④，並概青雲⑤，更就霄漢辨其優劣耳⑥。……

其間首尾百六十里，謂之巫峽，蓋因山爲名也。自三峽七百里中，兩岸連山，略無闕處⑦。重巖疊嶂⑧，隱天蔽日。自非亭午夜分⑨，不見曦月⑩。至於夏水襄陵⑪，沿泝阻絕⑫，或王命急宣⑬，有時朝發白帝⑭，暮到江陵⑮。其間千二百里，雖乘奔御風，不以疾也⑯。春冬之時，則素湍淥潭⑰，迴清倒影，絕巘⑱多生怪柏，懸泉瀑布，飛漱⑲其間，清榮峻茂⑳，良多趣味。每至晴初霜旦㉑，林寒澗肅㉒，常有高猿長嘯，屬引㉓淒異，空谷傳響，哀轉久絕。故漁者歌曰：「巴東三峽巫峽長，猿鳴三聲淚沾裳。」……

①三峽：即瞿塘峽、巫峽、西陵峽，地當長江上游，介乎四川、湖北兩省之間。②乃當抗峰岷峨：而且應當可以和岷山、峨嵋山爭高下。乃，且。岷，岷山，在四川省松潘縣北。峨，峨嵋山，在四川省峨嵋縣西南。③偕嶺衡疑：可以和衡山、九疑山相比。衡，衡山，五嶽中的南嶽，在湖南省境。疑，九疑山，又名，蒼梧山，在湖南省寧遠縣。④其

翼附群山：指大巫山兩旁與它相連的群山。⑤並概青雲：高與雲齊。概，平斗斛的木棒，用來將高出的餘米去平，此處用指齊平、等高。⑥更就霄漢辨其優劣耳：更要到霄漢之上，才能辨別高低。就，至。⑦略無闕（ㄑㄩㄝ）處：一點都沒有空隙。闕，同「缺」。⑧重巖疊嶂（ㄓㄤˋ）：指高山連綿不斷。巖，險峻的高山。嶂，像屏障般的山峰。⑨亭午夜分（ㄈㄣˋ）：亭午，正午。夜分，夜半。⑩曦月：日光、月光。⑪夏水襄陵：夏季水勢大漲，溢上山陵。襄，上。⑫沿泝（ㄙㄨˋ）阻絕：水上交通斷絕。沿，順流而下；泝，逆流而上。⑬王命急宣：皇帝的命令急於宣布。⑭朝（ㄓㄠ）發白帝：早晨從白帝城出發。白帝，城名，今四川省奉節縣東。⑮暮到江陵：黃昏就已經到達江陵。江陵，今湖北省江陵縣。⑯乘奔御風，不以疾也：形容不及坐船快速。乘奔，乘著奔跑的馬；御風，駕著大風。⑰素湍淥（ㄌㄨˋ）潭：素湍，白色的急流。淥潭，清澈的潭水；淥，水清。⑱絕巘（ㄧㄢˇ）：極高峻的山峰。巘，山峰。⑲飛漱（ㄙㄨˋ）：快速沖刷。⑳清榮峻茂：形容水清、草榮、山峻、樹茂。榮，草本類植物開花。㉑晴初霜旦：晴初，雨過初晴。霜旦，降霜的早晨。㉒林寒澗肅：林澗寒冷肅殺。㉓屬（ㄓㄨˇ）引：接連不斷。

6. 楊衒之

洛陽伽藍①記·法雲寺②（節選）

市西有延酤、治觴二里，里內之人多醞酒③爲業。河東④人劉白墮⑤善能釀酒。季夏六月，時暑赫羲⑥，以甖⑦貯酒，暴⑧於日中，經一旬，其酒味不動，飲之香美而醉，經月不醒。京師朝貴出郡登藩⑨，遠相餉饋⑩，踰于千里。以其遠至，號曰「鶴觴」，亦名「騎驢酒」。永熙⑪年中，南青州⑫刺史毛鴻賓齎酒⑬之藩，路逢賊，盜飲之即醉，皆被擒獲，因復命「擒奸酒」。游俠⑭語曰：「不畏張弓拔刀，唯畏白墮春醪⑮」。

市北慈孝、奉終二里，里內之人以賣棺槨⑯爲業，賃輀車⑰爲事，有輓歌⑱孫巖，娶妻三年，妻不脫衣而臥。巖因怪之，伺⑲其睡，陰⑳解其衣，有毛長三尺，似野狐尾，巖懼而出之㉑。妻臨去，將刀截巖髮而走，鄰人逐之，變成一狐，追之不得。其後京邑被截髮者，一百三十餘人。初變為婦人，衣服靚妝㉒，行於道路，人見而悅近之，皆被截髮。當時有婦人著綵衣者，人皆指為狐魅㉓。熙平二年㉔四月有此，至秋乃止。

①伽（ㄑㄧㄝˊ）藍：佛寺的別稱，梵語叫「僧伽藍摩」，義譯為眾園，謂僧眾所住的園林。②法雲寺：在洛陽城西，為西域僧人曇摩羅所創建。③醞（ㄩㄣˋ）酒：釀造酒。④河東：郡名，今山西省汾西、沁源諸縣以南。⑤劉白墮：《水經注》載河東郡民劉墮善釀酒，白墮疑為劉墮之字。⑥時暑赫（ㄏㄜˋ）羲：時當夏末，炎熱乾燥。赫羲，盛大的樣子，形容熾熱。⑦甖（ㄧㄥ）：口小腹大的瓶子。⑧暴（ㄆㄨˋ）：同「曝」，晒。⑨出郡登藩：出任郡首或到封地去。登，出發、上路；藩，諸侯封地，此指任所。⑩餉饋（ㄎㄨㄟˋ）：贈送。饋，同「餽」。⑪永熙：北魏孝武帝年號，西元五三二至五三四年。⑫南青州：今山東省沂水縣附近。⑬齎（ㄐㄧ）酒：帶酒。⑭游俠：好交遊、勇於救人急難的俠士。⑮春醪（ㄌㄠˊ）：春酒，冬釀春熟的酒。醪，醇酒。⑯棺槨（ㄍㄨㄛˇ）：棺材。槨，加在棺材外的一層套棺，此泛指棺木。⑰賃（ㄖㄣˋ）輀（ㄦˊ）車：賃，出租。輀車，喪車。⑱輓（ㄨㄢˇ）歌：喪歌，此指以替喪家唱喪歌為職業的人。⑲伺：偵察，此指伺機。⑳陰：暗地裡，偷偷地。㉑出之：指離婚趕出家門。㉒靚（ㄐㄧㄥˋ）妝：艷妝。靚，以脂粉修飾面容。㉓狐魅：猶俗言「狐狸精」。㉔熙平二年：西元五一七年。熙平，北魏孝明帝年號。

拾柒、初唐詩歌

一、樸質詩人

1.王 績

野 望

東皋①薄暮望，徙倚②欲何依。樹樹皆秋色，山山唯落暉。牧人驅犢返，獵馬帶禽歸。相顧無相識，長歌懷〈采薇〉③。

①東皋（ㄍㄠ）：今山西省河津縣東皋村，作者隱居於此。皋，水邊。　②徙倚：徘徊、徬徨。　③懷〈采薇〉：作者聯想到《詩經・采薇》詩篇，世亂紛擾，借以抒發心中苦悶。

2.王梵志

吾有十畝田

吾有十畝田，種在南山坡。青松四五樹，綠豆兩三窠①。熱即池中浴，涼便岸上歌。遨遊自取足②，誰能奈我何！

①窠：通「棵」。②自取足：自得自足。

3.寒山子

閑自訪高僧

閑自訪高僧，煙山①萬萬層。師②親指歸路，月掛一輪燈。

①煙山：山中雲霧彌漫，似爲煙層層繚繞。②師：上師，指高僧。

二、初唐四傑

1.王　勃

送杜少府之任蜀川①

城闕輔三秦②，風烟望五津③。與君離別意，同是宦遊④人。海內存知己，天涯若比鄰⑤。

無爲在歧路，兒女共沾巾⑥。

①送杜少府之任蜀川：送杜縣尉赴任四川。少府，官名，當時縣尉的通稱。之任，赴任。蜀川，泛指蜀地。②城闕輔三秦：杜少府出發的地點是三秦護衛著的長安。城闕，指長安的城池宮闕。輔，護衛、夾輔之意。三秦，泛指當時長安附近的關中之地。③風烟望五津：極目遠望杜少府將到任的目的地，但見風烟杳渺。風烟，風塵烟霧，這是描寫從長安遠望蜀川的景象。五津，岷江中五個渡口，合稱五津，此處以五津代指蜀川。④宦遊：指爲作官而奔走，即萍踪無定。⑤海內存知己，天涯若比鄰：在四海之內還有知心的朋友，即使今後彼此將遠隔天一方，也好像近在咫尺的近鄰。存，有，存在著。天涯，天邊。比鄰，近鄰。⑥無爲在歧路，兒女共沾巾：不要在分手的路上，彼此傷心流淚，沾濕了衣巾。無爲，不要做。歧路，離別分手之處。兒女，指多情善感的青年男女。沾巾，淚水沾濕了衣巾。

2. 盧照鄰

長安古意①

長安大道連狹斜②，青牛白馬七香車③。玉輦④縱橫過主第⑤，金鞭⑥絡繹向侯家。龍銜寶蓋⑦承朝日⑧，鳳吐流蘇⑨帶晚霞。百尺游絲⑩爭繞樹，一群嬌鳥共啼花。遊蜂戲蝶千門⑪側，碧樹銀台⑫萬種色。複道交窗作合歡⑬，雙闕連甍垂鳳翼⑭。梁家畫閣中天起，漢帝金莖雲外直⑮。樓前相望不相知，陌上相逢詎相識⑯。借問吹簫向紫煙，曾經學舞度芳年⑰。得成比目何辭死，願作鴛鴦不羨仙⑱。比目鴛鴦眞可羨，雙去雙來君不見？生憎帳額繡孤鸞，好取門簾帖雙燕⑲。雙燕雙飛繞畫梁⑳，羅幃翠被鬱金香㉑。片片行雲著蟬鬢㉒，纖纖初月上鴉黃㉓。鴉黃粉白車中出，含嬌含態情非一。妖童㉔寶馬鐵連錢㉕，娼婦盤龍金屈膝㉖。

御史府中烏夜啼，廷尉門前雀欲棲㉗。隱隱朱城㉘臨玉道㉙，遙遙翠幰㉚沒金堤㉛。挾彈飛鷹杜陵北㉜，探丸借客渭橋西㉝。俱邀俠客芙蓉劍㉞，共宿娼家桃李蹊㉟。娼家日暮紫羅裙㊱，清歌一囀口氛氳㊲。北堂㊳夜夜人如月，南陌㊴朝朝騎似雲。南陌北堂連北里㊵，五劇三條控三市㊶。弱柳青槐拂地垂，佳氣紅塵㊷暗天起。漢代金吾㊸千騎來，翡翠屠蘇鸚鵡杯㊹。羅襦㊺寶帶爲君解，燕歌趙舞㊻爲君開。

別有豪華稱將相，轉日回天㊼不相讓。意氣由來排灌夫㊽，專權判不容蕭相㊾。專權意氣本豪雄，青虬紫燕坐春風㊿。自言歌舞長千載，自謂驕奢凌五公(51)。節物風光(52)不相待，桑田碧海(53)須臾改。昔時金階白玉堂(54)，即今惟見青松(55)在。

寂寂寥寥揚子(56)居，年年歲歲一床書(57)。獨有南山桂花(58)發，飛來飛去襲人裾(59)。

①古意：表示擬古之作。②狹斜：小巷。③七香車：用七種香木製成的華麗車子。④玉輦（ㄋㄧㄢˇ）：本是皇帝所乘的車子，此處泛指權貴所乘華貴車子。⑤主第：公主的宅第。⑥金鞭：裝飾華美的馬鞭，用以代指車馬。⑦龍銜寶蓋：華美的車蓋。由於車蓋柄柱雕成龍形，龍口好像銜著車蓋，故云龍銜寶蓋。⑧承朝日：承受早晨的太陽。

⑨鳳吐流蘇：車蓋上繡有鳳凰，嘴端掛著流蘇，像是從鳳嘴中吐出。流蘇，用彩色羽毛或絲絨線結綴而成的穗狀飾物。

⑩游絲：昆蟲吐出的絲，飄揚於空中，叫游絲。⑪千門：泛指宮門之多。⑫銀台：白銀色的台階。⑬複道交窗作合歡：複道，宮宛樓閣間的空中高架通道，因爲不止一層，故稱複道。交窗，一種花格子窗。合歡，即馬纓花，這裡指交窗上的雕飾。⑭雙闕連甍（ㄇㄥˊ）垂鳳翼：雙闕，宮門前的左右門樓。甍，相連的屋脊。垂鳳翼，形容屋脊兩簷的形狀像鳳凰展翅。⑮梁家畫閣中天起，漢帝金莖雲外直：這兩句是說長安豪門貴族之家的屋宇樓閣，高聳直入雲霄，可與宮廷的建築媲美，十分宏偉。梁家，東漢順帝時外戚梁冀之家。梁氏在洛陽窮治宅第，奢侈貪暴之極，此處借以代指長安的豪門貴族之家。中天起，形容高聳於空中。金莖，即漢武帝在建章宮所立銅柱，高二十一丈，上鑄銅盤，名仙人掌，以盛接天上露水。⑯樓前相望不相知，陌上相逢詎相識：這是說豪貴樓前有位男子望見樓上的一位女子，心生

愛慕之意，卻自嘆只能相望而不得相知，即使能在路上相逢也未必能相識。樓前，即「梁家畫閣」前。詎，同「豈」。⑰借問吹簫向紫煙，曾經學舞度芳年：向人打聽到那位像弄玉的天仙美女是位舞女，在青春年少時曾學習過歌舞。借問，請問。吹簫，傳說秦穆公女兒弄玉從丈夫簫史學吹簫作鳳鳴，後來夫妻雙雙成仙乘鳳凰飛去。向紫煙，指飛上天成仙。紫煙，祥瑞的雲氣。芳年，少年。⑱得成比目何辭死，願作鴛鴦不羨仙：但願能像比目魚那樣成雙成對，雖死不辭，更希望像鴛鴦那樣相隨不分離，即使是神仙也不羨慕。⑲比目鴛鴦眞可羨……好取門簾帖雙燕：這四句是那位舞女的心聲。她羨慕比目魚、鴛鴦那樣成雙成對，永不分離；而最厭惡像單身的鸞鳥孤居獨宿，嚮往有個愛情幸福的生活。生憎，最恨。帳額，帳幃簷頭。孤鸞，孤單的鸞鳥，象徵獨居。雙燕，指門簾上所貼的圖案，象徵獲得愛情幸福的生活。⑳畫梁：即雕樑畫棟。㉑羅幃翠被鬱金香：幃，帳。翠被，翠綠的錦被。鬱金香，一種名貴的香料，可用來熏衣被。㉒片片行雲著蟬鬢：行雲，形容頭髮如輕雲飄動。著，附著。蟬鬢，古代婦女髮式之一，把鬢髮梳成縹緲像蟬翼般式樣。㉓纖纖初月上鴉黃：描寫當時婦女的一種額妝，額上塗鴉黃色，作月牙形圖案的裝飾。初月，農曆月初出現的新月牙。鴉黃，嫩黃色，六朝和唐朝婦女在額上塗黃爲飾。㉔妖童：指打扮妖冶的隨從童僕。㉕鐵連錢：青色馬身上的圓形斑紋。㉖娼婦盤龍金屈膝：娼婦，指上文所說豪門家中的歌姬舞女。盤龍金屈膝，指門窗鉸鏈環扣上雕鏤著盤龍形的花紋。屈膝，是門窗等物上的鉸鏈環扣。㉗御史府中烏夜啼，廷尉門前雀欲棲：朝廷中的御史和廷尉他們沒有實際權力，無法執行任務，因而門庭冷落，無人過問。御史，掌彈劾之官。廷尉，掌刑法之官。烏夜啼、雀欲棲，指烏鴉棲宿，門可羅雀，暗指御史、廷尉形同虛設。㉘朱城：宮城。㉙玉道：石道。㉚翠幰（ㄒㄧㄢˇ）：車上用翠鳥羽毛裝飾的布幔。㉛金堤：堅固的石堤。㉜挾彈飛鷹杜陵北：挾彈飛鷹，指豪門公子尚武好獵的豪縱生活。杜陵，漢宣帝的陵墓，在長安東南，是貴公子遊樂的地方。㉝探丸借客渭橋西：探丸借客，指殺人報仇的游俠行爲。探丸，探取彈丸。據《漢書・伊賞傳》載，長安有一羣少年專門謀殺官員替人報仇，事前設赤黑白三色彈丸，探得朱丸者殺武官，得黑丸者殺文官，得白丸者負責喪事。借客，替人報仇。渭橋，橫跨渭水的橋，在長安西北。㉞芙蓉劍：春秋時越國所造寶劍，此處泛指寶劍。㉟桃李蹊：桃李樹下的小路。這裡借以說明娼家居住的地方，人來人往，遊客眾多。㊱紫羅裙：古代王公貴人所穿的，此處借指豪門貴族。㊲口氛氳：形容歌唱者口中散發濃郁的香氣。㊳北堂：指娼家內室。㊴南陌：指娼家門外的道路。㊵北里：唐代娼妓聚居之處，即平康里，在長安城北門內。㊶五劇三條控三市：是說北里與繁華街市相通。五劇，多條縱橫交錯的街道。劇，交錯的道路。三條，面面通達的道路。條，通達的大路。三市，一天中成多次的集市。㊷佳氣紅塵：形容熱鬧繁榮、車馬雜沓的風光。㊸金吾：即執金吾，漢代禁衛將軍，掌管京城防衛之事。㊹翡翠屠蘇鸚鵡杯：翡翠，形容美酒的顏色。屠蘇，美酒名。鸚鵡杯，用形似鸚鵡的海螺雕琢鑲嵌成的酒杯。㊺襦：短衣或短襖。㊻燕歌趙舞：用以代指美妙歌舞。㊼轉日回天：比喻權勢之大，可以扭轉天日。㊽意氣由來排灌夫：權貴高官們意氣相爭，彼此傾軋，互不相容。意氣，任性使氣。排，打擊、排斥。灌夫，漢武帝時一位勇猛任俠的將軍，好使酒罵座，與竇嬰善，而與丞相田蚡爲敵，後被田蚡誣陷遭族誅。㊾專權判不容蕭相：是說權貴們專權傾軋，連蕭望之這樣的人都不能見容。判，同「拚」，割捨之意。蕭相，指蕭望之，漢宣帝時爲御史大夫、太子太傅，元帝時爲前將軍、光祿勳，諫元帝勿信任宦官石顯，終爲石顯所害，自殺，死前自嘆「吾嘗備位將相」，故稱「蕭相」。㊿青虬（ㄑ一ㄡˊ）紫燕坐春風：青虬、紫燕，均指駿馬。坐春風，在春風中飛馳，形容極爲得意。㉛五公：此處泛指達官貴人。㉜節物風光：四季風物景象。㉝桑田碧海：即滄海變桑田。㉞金階白玉堂：王公將相的豪華宅第。㉟青松：古人多於墓地種植青松，故以之代指墳墓。㊱揚子：指漢代揚雄。他遊於京師時，仕宦不得意，閉門著述，著有《太玄》、《法言》等書。此處以揚雄代表仕宦不得意而終以文學垂名於世的人，意在比喻自己。㊲一床書：喻書極多，以書自娛。㊳南山桂花：暗寓隱身避世之意。㊴襲人裾：襲，觸及、掉落。裾，衣前襟。

3. 駱賓王

易水①送別

此地別燕丹②，壯士髮衝冠③。昔時人已沒④，今日水猶寒。

①易水：源出河北省易縣，戰國時是燕國南部邊境。②燕丹：戰國末燕王喜太子，曾被質於秦，因秦不以禮相待，心懷怨恨逃回燕國。秦滅韓、趙後，大兵壓境，燕太子丹遣荊軻刺秦王，餞別於易水畔。③髮衝冠：形容情緒異常激動。荊軻在易水邊與太子等人辭別，荊軻唱著「風蕭蕭兮易水寒，壯士一去兮不復還」，歌聲悲壯，使得白馬縞素送別的賓客怒髮衝冠，淚流滿面。④昔時人已沒：昔時人，指荊軻。沒，同「歿」，死亡之意。

在獄詠蟬

西陸①蟬聲唱，南冠②客思深。不堪玄鬢③影，來對白頭④吟。露重飛難進⑤，風多響易沉⑥。無人信高潔⑦，誰爲表予心？

①西陸：指秋天。《隋書．天文志》云「日行西陸謂之秋」。 ②南冠：楚冠，代指囚犯。 ③玄鬢：指蟬。崔豹《古今注》：「魏文帝宮人莫瓊樹乃製蟬鬢，望之縹緲如蟬。」 ④白頭：作者遭遇坎坷，憂慮怨憤，所以自稱「白頭」。 ⑤露重飛難進：秋露濃重，沾濕蟬翼，以至無法奮飛。 ⑥風多響易沉：秋風瑟瑟淹沒了蟬的鳴聲。 ⑦高潔：古人認爲蟬「飲露而不食」，是高潔的象徵。

4. 楊烱

從軍行

烽火照西京①，心中自不平。牙璋辭鳳闕，鐵騎繞龍城②。雪暗凋旗畫③，風多雜鼓聲。寧爲百夫長④，勝作一書生。

①西京：即長安。 ②牙璋辭鳳闕，鐵騎繞龍城：朝廷調兵，將領辭別君王，奉命出征；率領精銳騎兵，包圍敵人的城堡。牙璋，古代調遣將帥的符信，分兩塊，合處因有牙鋸形，故得名。鳳闕，漢武帝所建建章宮上有金鳳，故稱鳳闕，後常用以代指帝王宮闕。龍城，匈奴大會祭天之處，此處借指敵方的要地。 ③雪暗凋旗畫：在征戰時，大雪落滿軍旗，使得軍旗上的圖彩失去鮮明的色澤。凋，指失色。旗畫，軍旗上的圖彩。 ④百夫長：下級軍官。

三、律體運動

1. 沈佺期

古意呈喬補闕知之①

盧家少婦鬱金堂②，海燕雙棲玳瑁梁③。九月寒砧④催木葉，十年征戍憶遼陽⑤。白狼河⑥北音書斷，丹鳳城⑦南秋夜長。誰爲⑧含愁獨不見⑨，更教明月照流黃⑩。

①古意呈喬補闕知之：古意，這首詩是擬古樂府而作，所以題作「古意」。補闕，掌諷諫之官。喬知之在武后朝爲補闕，後爲武承嗣所殺害。②鬱金堂：鬱金是名貴香料，用這種香料和泥塗抹內牆的堂屋。③海燕雙棲玳（ㄉㄞˋ）瑁（ㄇㄟˋ）梁：海燕雙雙棲息在塗飾成玳瑁色的屋樑上。海燕，春天燕子從南海飛返陸地。玳瑁，一種龜屬的海生動物，甲殼呈黃褐色有黑點，半透明，可作裝飾品。④寒砧（ㄓㄣ）：寒風中傳來搗衣的砧杵聲。砧，搗衣石。⑤遼陽：今遼寧省一帶，當時爲邊防要地。⑥白狼河：即今遼寧省的大凌河。⑦丹鳳城：相傳秦穆公女弄玉吹簫，鳳凰飛降咸陽城，因而以「丹鳳」爲城名。後爲京城別稱，此處指長安，長安大明宮南有丹鳳門。⑧誰爲：即爲誰。⑨獨不見：獨處孤居，不能見所思之人。⑩流黃：黃紫相間的絹，此指少婦閨中的帳幃。

2. 宋之問

渡吳江①別王長史②

倚櫂③望茲川，銷魂獨黯然。鄉連江北樹，雲斷日南天。劍別龍初沒④，書成雁不傳。離舟意無限，催渡復催年。

①吳江：即吳淞江，本源出今太湖，東入大海，明以後改入黃浦江。 ②長史：官名，唐州刺史下設有長史，爲從五品官，名爲刺史之佐，卻無實權。 ③倚櫂（ㄓㄠˋ）：泛舟。櫂，槳。 ④劍別龍初沒：用雷煥的寶劍最後化爲龍而去的典故，比喻王長史的才能就像龍劍一般，卻和自己分別了。

3. 杜審言

和晉陵陸丞①早春遊望

獨有宦遊人，偏②驚物候③新。雲霞出海曙④，梅柳渡江春⑤。淑氣⑥催黃鳥⑦，晴光轉綠蘋⑧。忽聞歌古調⑨，歸思欲沾襟⑩。

①晉陵陸丞：晉陵，唐郡名，屬江南道，即今江蘇省常州市。陸丞，陸姓縣丞。 ②偏：特別。 ③物候，自然界時令季節變換的徵象。 ④雲霞出海曙：天剛亮，曙光微熹，太陽好像從海上升起，蔚成絢爛的霞彩。海曙，海邊的曉色。 ⑤梅柳渡江春：春風初度，江南岸邊的梅樹柳樹都已吐露出幼小的花蕾和嫩芽。 ⑥淑氣：暖融融的春風。 ⑦黃鳥：即黃鶯。 ⑧晴光轉綠蘋：在晴朗的陽光照耀下，水面上的浮萍越來越青綠。蘋，浮萍。 ⑨古調：指陸丞的詩。 ⑩沾襟：指流淚。

四、復古運動

1. 陳子昂

感遇（三十八首之二）

蘭若①生春夏，芊蔚②何青青！幽獨空林色③，朱蕤冒紫莖④。遲遲白日晚⑤，嫋嫋秋風生。歲華⑥盡搖落，芳意⑦竟何成？

①蘭若：即蘭花、杜若，香氣清幽，風姿高雅，屬草本植物。②芊蔚：滋長繁盛的樣子。③空林色：使寂靜的林間其他的樹花草花爲之失色。④朱蕤（ㄖㄨㄟˊ）冒紫莖：朱紅色的花兒相繼怒放，蓋住了紫色的莖桿。蕤，代指花。冒，是覆蓋的意思。⑤白日晚：秋日來臨，白日漸短。⑥歲華：一年一枯榮的草木，指年華、歲時。⑦芳意：芬芳之意，這裏代指美好的理想。

登幽州臺①歌

前不見古人，後不見來者②。念天地之悠悠，獨愴然③而涕下！

①幽州臺：即薊北樓，故城在今北京市大興縣。②古人，來者：分別指前代和後世明君賢士。③愴然：悽惻悲涼的樣子。

拾捌、盛唐詩歌

一、自然詩

1.王　維

鹿柴①

空山不見人，但聞人語響。返景②入深林，復照青苔上。

①鹿柴（ㄓㄞˋ）：是王維在輞川別業附近的地名。柴，柵籬。　②返景：夕陽返照的光。景，同「影」。

鳥鳴磵①

人閑②桂花落，夜靜春山空③。月出驚山鳥，時鳴春澗中④。

①鳥鳴磵（ㄐㄧㄢˋ）：這是作者題友人皇甫岳所寫《皇甫岳雲溪雜題五首》中的第一首。磵，同「澗」。　②閑：寂靜之意，指寂無人聲人迹。　③夜靜春山空：春夜靜謐，空山無聲。　④月出驚山鳥，時鳴春澗中：月亮出來了，棲息在枝頭上的小鳥也吃了一驚，它們飛越澗水，時而傳來幾聲鳴叫。

送元二使安西①

渭城②朝雨浥③輕塵，客舍青青柳色新。勸君更進一杯酒，西出陽關④無故人。

①送元二使安西：元二，作者友人。安西，即唐代安西都護府，治所在今新疆省車庫縣。此詩一題作〈渭城曲〉，譜入樂府，當作送別曲，將末句「西出陽關無故人」反覆疊唱，故又稱〈陽關三疊〉。②渭城：秦時咸陽城，漢改稱渭城，在今西安市西北，渭水之北。③浥（丶一）：沾濕。④陽關，古關名，因在玉門之南，故稱陽關，爲古來出塞必經之路，在今甘肅省敦煌縣。

終南別業①

中歲②頗好道③，晚家南山陲④。興來每獨往，勝事空自知⑤。行到水窮處，坐看雲起時⑥。偶然值⑦林叟⑧，談笑無還期⑨。

①終南別業：即輞川別業，作者在終南山的別墅。②中歲：中年。③好道：指醉心佛家學說。④陲：邊。此處指山腳下。⑤勝事空自知：美景入眼，自己悠然會心。勝事，快意之事，此指美麗勝景。空，只。⑥行到水窮處，坐看雲起時：隨意走到流水盡頭，就席地坐下，閑看悠悠雲生。⑦值：遇見。⑧林叟：林中老人。⑨無還期：忘了回家時間。

酬張少府①

晚年惟好靜，萬事不關心。自顧無長策②，空知返舊林③。松風吹解帶，山月照彈琴。君問窮通理，漁歌入浦深④。

①酬張少府：酬，以詩詞酬答。少府，縣尉的別稱，是縣令的副手。②長策：好辦法。③舊林：故居。④君問窮通理，漁歌入浦深：您問我生命顯達窮困的道理，請聽漁浦深處漁父的歌聲。漁歌，借用屈原〈漁父〉中的漁父歌：「滄浪之水清兮，可以濯吾纓；滄浪之水濁兮，可以濯吾足。」浦，水濱。

渭川①田家

斜光②照墟落③，窮巷④牛羊歸。野老念牧童，倚杖候荊扉⑤。雉雊⑥麥苗秀⑦，蠶眠⑧桑葉稀。田夫荷⑨鋤立，相見語依依⑩。即此羨閒逸⑪，悵然歌〈式微〉⑫。

①渭川：渭水，在陝西省。②斜光：指夕陽。③墟落：村莊。④窮巷：深巷。⑤荊扉：柴門。⑥雉雊（ㄍㄡˋ）：野雞啼叫。⑦秀：指麥子吐穗。⑧蠶眠：蠶蛻皮時，不食不動，狀如睡眠，三眠後吐絲作繭。⑨荷（ㄏㄜˋ）：扛。⑩依依：依戀不捨的樣子。⑪閒逸：安閒舒適的田家生活。⑫悵然歌〈式微〉：悵然，惆悵失意的樣子。歌〈式微〉，吟誦《詩經．邶風．式微》詩，詩中有「式微，式微，胡不歸」詞句，表達自己爲什麼不歸隱山林呢？

2.孟浩然

臨洞庭贈張丞相①

八月湖水平，涵虛混太清②。氣蒸雲夢澤，波撼岳陽城③。欲濟無舟楫④，端居⑤恥聖明⑥。

坐觀垂釣者，徒有羨魚情⑦。

①張丞相：即張九齡。張九齡於唐玄宗開元二十一年（七三三）爲相，作者曾西遊長安，希望得到引薦，因此獻詩懇請提拔。②八月湖水平，涵虛混太清：遠望八月的洞庭湖，湖水高漲，不但與河岸齊平，而且把天空也包容其中，水天一色，沒有邊際，宇宙上下混成一片。涵，包容。虛、太清，均指天空。③氣蒸雲夢澤，波撼岳陽城：湖水水氣蒸騰，彌漫空中，籠罩雲夢大澤；波濤拍擊，巨浪起伏，力度極強，震撼著岳陽城池。雲夢澤，約當今洞庭湖北岸地帶。④欲濟無舟楫：暗喻自己想出仕無人引薦。濟，渡。楫，船槳。⑤端居：閑居。⑥聖明：聖明年代。⑦坐觀垂釣者，徒有羨魚情：我坐在一旁觀看釣魚的人，卻只有平白羨慕別人釣到大魚罷了。這裡用「垂釣者」比喻仕者，用「羨魚情」比喻自己出仕的願望。羨魚情，語出《淮南子·説林訓》：「臨河而羨魚，不如歸家織網。」

歲暮歸南山①

北闕②休上書，南山歸敝廬③。不才明主棄，多病故人疏。白髮催年老，青陽逼歲除④。
永懷愁不寐，松月夜窗虛⑤。

①南山：詩歌中常以南山代指隱居之地，此處指作者家鄉峴（ㄒㄧㄢˋ）山。②北闕：朝廷的別稱。③敝廬：破舊的家園。④青陽逼歲除：新春將到，逼得舊年除去。青陽，指春天。⑤虛：空寂。

過故人莊①

故人具②鷄黍③，邀我至田家。綠樹村邊合④，青山郭⑤外斜。開筵面場圃⑥，把酒話桑麻

⑦。待到重陽⑧日，還來就菊花⑨。

①過故人莊：拜訪老朋友所住的村莊。過，探訪。故人，老友。 ②具：準備。 ③鷄黍：豐盛的待客飯菜。黍，黃米。 ④合：環繞。 ⑤郭：外城，此處指城牆。 ⑥開筵面場圃：擺起酒席面對外面的園地。筵，指酒席。場圃，園地。 ⑦話桑麻：談論的是農作物耕種收成的話題。 ⑧重陽：農曆九月九日，也叫「重九」。 ⑨還來就菊花：再來欣賞菊花，喝菊花酒。還，再。就，到；引申有親近的意思。

3. 儲光羲

田家雜興（八首之八）

種桑百餘樹，種黍三十畝。衣食既有餘，時時會親友。夏來菰①米飯，秋至菊花酒，孺人②喜逢迎③，稚子解趨走④，日暮閒園裏，團團⑤蔭榆柳。酩酊乘夜歸，涼風吹戶牖。清淺望河漢，低昂⑥看北斗。數甕⑦猶未開，明朝能飲否？

①菰（ㄍㄨ）：一種多年生草本植物，生長在池沼裡，嫩莖叫茭白，果實叫菰米或雕胡米，可以煮飯。 ②孺人：古代稱大夫的妻子，後通用對婦人的尊稱。 ③逢迎：指招待客人。 ④解趨走：懂得幫忙接待客人。趨走，指跑腿供使喚。 ⑤團團：指團團圍坐。 ⑥低昂：高低起伏不定。 ⑦甕（ㄨㄥˋ）：一種腹較大的陶製盛酒器。

二、邊塞詩

1.岑　參

走馬川行奉送封大夫出師西征①

君不見走馬川行②雪海③邊，平沙莽莽④黃入天。輪臺⑤九月風夜吼，一川⑥碎石大如斗，隨風滿地石亂走。匈奴⑦草黃馬正肥，金山⑧西見煙塵飛⑨，漢家大將⑩西出師。將軍金甲⑪夜不脫，半夜軍行戈相撥⑫，風頭如刀⑬面如割。馬毛帶雪汗氣蒸，五花連錢⑭旋作冰⑮，幕中草檄⑯硯水凝。虜騎聞之應膽懾，料知⑰短兵不敢接，車師⑱西門佇⑲獻捷。

①走馬川行奉送封大夫出師西征：走馬川，即左末河，即今新疆省的車爾臣河。行，古詩的一種體裁。奉送封大夫，指給封常清送行。天寶十三年（七五四）安西都護所轄播仙部族反叛，時封常清任北庭都護、伊西節度、瀚海軍使統兵出征。②行：疑爲衍字，因題目而誤入。③雪海：在今新疆省境內。④莽莽：渺無邊際的樣子。⑤輪臺：今新疆省輪臺縣。唐時屬庭州，隸北庭都護府，封常清曾駐兵於此。⑥川：指舊河床。⑦匈奴：此處借指播仙部族。⑧金山：即阿爾泰山，用以泛指塞外山脈。⑨煙塵飛：烽煙和馬跑過的塵土飛揚，指有戰況。⑩漢家大將：指封常清。⑪金甲：軍人戰時所穿的鎧甲。⑫相撥：相互碰撞。⑬風頭如刀：形容戰場上寒風凜冽刺骨。⑭五花連錢：指名貴好馬。唐代豪富人家把馬鬣毛剪成花瓣形，五瓣的叫五花馬。連錢，一種叫連錢驄的駿馬，其毛紋像一個個金錢相連。⑮旋作冰：馬因奔馳出汗融化了身上的雪，很快又結成了冰。旋，立即。⑯草檄：起草討伐敵人的檄文。⑰料知：料想。⑱車師：唐代安西都護府所在地，今新疆省吐魯番縣。⑲佇（ㄓㄨˋ）：等待。

火山雲歌送別①

火山突兀②赤亭口③，火山五月火雲厚④。火雲滿山凝未開⑤，飛鳥千里不敢來。平明乍逐胡風斷⑥，薄暮渾隨塞雨回⑦。繚繞斜吞鐵關樹⑧，氛氳半掩交河戍⑨。迢迢征路⑩火山東，山上孤雲⑪隨馬去。

①火山雲歌送別：作者在交河（吐魯番縣境，城在火焰山下）一帶寫的送別詩。火山，火焰山，在今新疆省吐魯番盆地中北部。雲，火焰山蒸騰的熱氣凝結成雲。②突兀：高聳矗立。③赤亭口：在火焰山附近的山口名。④火雲厚：指火山上熱氣蒸騰，凝結成一層紅色雲霧。⑤凝未開：積聚不散。⑥平明乍逐胡風斷：天拂曉時偶爾被西北風吹開。平明，早晨。乍，忽然。逐，隨著。胡風，西域颳來的風。斷，散開。⑦薄暮渾隨塞雨回：黃昏又混隨著塞外的雨聚合起來。薄暮，傍晚。渾，混同。⑧繚繞斜吞鐵關樹：火山煙霧繚繞，從斜處擴散好像要吞沒鐵關的樹木。繚繞，盤旋環繞的樣子。吞，吞沒，即遮掩住。鐵關，鐵門關，在今新疆省博斯騰湖西邊。⑨氛氳半掩交河戍：火山雲氣瀰漫，交河駐防營壘幾乎被它遮蓋起來。氛氳（ㄩㄣ），雲氣蒸騰的樣子。戍，戍樓，防哨之用。⑩征路：遠行的道路。⑪孤雲：片雲。

逢入京使①

故園東望路漫漫②，雙袖龍鍾③淚不乾。馬上相逢無紙筆，憑④君傳語報平安。

①逢入京使：天寶八年（七四九），作者第一次遠赴西域，在初赴邊疆的中途，遇見回京述職的使者。②漫漫：漫長、遙遠的樣子。③龍鍾：沾濕。④憑：託。

2.高　適

燕歌行①并序

開元二十六年，客有從御史大夫張公②出塞而還者，作〈燕歌行〉以示適，感征戍之事，因而和焉。

漢家③烟塵在東北，漢將辭家破殘賊。男兒本自重橫行④，天子非常賜顏色⑤。摐金⑥伐鼓下榆關⑦，旌旆逶迤碣石間⑧。校尉羽書飛瀚海⑨，單于獵火照狼山⑩。山川蕭條極邊土⑪，胡騎憑陵雜風雨⑫。戰士軍前半死生⑬，美人帳下猶歌舞！大漠窮秋⑭塞草腓⑮，孤城落日鬥兵稀⑯。身當恩遇恒輕敵⑰，力盡關山未解圍⑱。鐵衣⑲遠戍辛勤久，玉箸⑳應啼別離後。少婦城南㉑欲斷腸，征人薊北㉒空回首。邊庭飄颻㉓那可度，絕域㉔蒼茫更何有！殺氣三時作陣雲㉕，寒聲一夜傳刁斗㉖。相看白刃血紛紛，死節㉗從來豈顧勳㉘？君不見沙場征戰苦，至今猶憶李將軍㉙！

①燕歌行：樂府相和歌辭平調曲舊題，原題多詠思婦傷別之情，本詩突破舊有題材，多方面敘寫唐代邊塞戰爭生活。

②御史大夫張公：指河北節度副使張守珪。開元二十六年（七三八），其部將趙堪等矯守珪之命，強迫平盧軍使烏知義攻擊契丹叛軍餘黨，先勝後敗。張守珪隱瞞敗績，不據實上報，反謊報戰功。後事跡敗露，貶爲括州刺史。高適曾送兵薊北，目睹軍政腐化，回封丘後，作詩以諷之。　③漢家：借指唐朝。　④橫行：馳騁沙場之意。　⑤非常賜顏色：即厚加禮遇。　⑥摐（ㄔㄨㄤ）金：敲鑼。摐，撞擊。　⑦下榆關：下，猶言出兵。榆關，山海關，爲唐代東北軍防要鎮。　⑧旌（ㄐㄧㄥ）旆（ㄆㄟˋ）逶（ㄨㄟ）迤（ㄧˊ）碣（ㄐㄧㄝˊ）石間：軍旗連綿不斷在碣石山間前進。旌旆，各種軍旗。逶迤，連綿不斷。碣石，山名，在今河北省昌黎縣北，此處泛指山間海邊。　⑨校尉羽書飛瀚海：校尉，武職名，此指守珪部將趙堪等主要將領。羽書，即「羽檄」，插有羽毛的緊急軍書。瀚海，大沙漠。　⑩狼山：即狼居胥山，在今蒙

古西北部。⑪極邊土：邊疆盡頭。⑫胡騎憑陵雜風雨：形容敵人來勢猛烈，似狂風暴雨。憑陵，逼壓。⑬半死生：死去一半。⑭窮秋：深秋。⑮腓（ㄈㄟˊ）：枯黃。⑯鬥兵稀：唐軍死傷慘重，參加戰鬥的士兵減少。⑰恒輕敵：即不顧敵人的凶猛而奮戰。⑱未解圍：未能解除孤城的圍困。⑲鐵衣：即鎧甲，指穿著鎧甲的戰士。⑳玉箸：玉製的筷子，此處用以形容思婦流下成串的眼淚。㉑城南：指長安城南，即是少婦居所。㉒薊（ㄐㄧˋ）北：薊州以北的地方，泛指征人所在東北邊地。㉓邊庭飄颻（ㄧㄠˊ）：邊境情勢緊張。㉔絕域：極偏遠、荒涼的地方。㉕殺氣三時作陣雲：一天到晚都籠罩在戰爭殺氣中。三時，指晨、午、晚，即一整天。陣雲，戰雲。㉖刁斗：古代軍用銅器，白天作炊具，夜間用以打更。㉗死節：以身殉國的志節。㉘豈顧勛：哪裡是為了個人的功勳？㉙李將軍：漢名將李廣，愛惜將士，與士卒同甘苦，匈奴畏之，稱之為「漢之飛將軍」，數年不敢入擾。

營州①歌

營州少年厭原野②，狐裘蒙茸③獵城下。虜酒④千鍾不醉人，胡兒十歲能騎馬。

①營州：唐營州都護府治，在今遼寧省錦州市西北。營州轄州縣三十餘處，多與契丹接壤。②厭原野：習慣原野狩獵生活。厭，同「饜」，指習慣於。③狐裘蒙茸：穿毛茸茸的狐皮裘袍。④虜酒：胡酒。

3.李 頎

古從軍行

白日登山望烽火①，黃昏飲馬傍交河②。行人③刁斗風沙暗，公主琵琶④幽怨多。野雲萬里無城郭，雨雪紛紛連大漠。胡雁哀鳴夜夜飛，胡兒眼淚雙雙落。聞道玉門猶被遮，應將性命逐輕車⑤。年年戰骨埋荒外，空見蒲桃⑥入漢家。

①望烽火：守衛士卒登高瞭望，觀察敵情。②交河：在今新疆省吐魯番縣，此處是泛指塞外河流。③行人：行役在外之人。④公主琵琶：漢武帝以江都王之女劉細君，嫁烏孫王，命人製琵琶，使其馬上作樂，以解鄉思，因有「公主琵琶」之稱。⑤聞道玉門猶被遮，應將性命逐輕車：皇帝派人遮斷玉門關，不准罷兵，必須拚著命跟著將帥，繼續打仗。這裡用《史記・大宛傳》貳師將軍李廣利故事，李廣利伐大宛不利，上書請求罷兵，漢武帝聞之大怒，使使遮玉門曰：「軍有敢入者輒斬之。」遮，阻攔。逐，追隨。輕車，指邊塞將帥。⑥蒲桃：即「葡萄」。

4. 崔　顥

黃鶴樓①

昔人②已乘黃鶴去，此地空餘黃鶴樓。黃鶴一去不復返，白雲千載空悠悠③。晴川④歷歷漢陽⑤樹，芳草萋萋鸚鵡洲⑥。日暮鄉關⑦何處是？烟波江上使人愁。

①黃鶴樓：舊址在今湖北省武漢市長江大橋頭。背倚蛇山，俯瞰長江，極目千里，是古人登臨詠唱的勝地。相傳曾有仙人駕黃鶴過此，因而得名。②昔人：指騎鶴的仙人。③悠悠：悠閒舒展的樣子，形容雲彩飄浮。④晴川：陽光照耀下的長江水。⑤漢陽：今湖北省漢陽縣，與武昌隔江相望。⑥鸚鵡洲：在漢陽西南長江中。東漢末，禰衡曾爲洲上所產鸚鵡作〈鸚鵡賦〉，後遭黃祖所殺，葬在洲上，此洲因以得名。⑦鄉關：家鄉。

5.王昌齡

出塞①（二首之一）

秦時明月漢時關②，萬里長征人未還。但使龍城飛將③在，不教胡馬度陰山④。

①出塞：樂府橫吹曲辭舊題，題一作〈從軍行〉。②秦時明月漢時關：是說修築長城以禦匈奴，自秦漢以來即如此，所以明月臨照關塞的景象，依然如舊。關，關塞。③龍城飛將：指漢名將李廣。李廣善戰，他任右北平太守時，匈奴不敢入侵。此處借李廣喻勇武善戰的將領。④陰山：在今內蒙古中部，是古代北部邊防的屏障。

從軍行①（七首之五）

大漠風塵日色昏，紅旗半捲②出轅門③。前軍夜戰洮河④北，已報生擒吐谷渾⑤。

①從軍行：樂府相和歌辭舊題。②紅旗半捲：形容軍旗被風吹得半張半捲的樣子。③轅門：軍營的門。④洮河：即洮水，是黃河上游支流之一，在今甘肅省西南。⑤吐谷（ㄩˋ）渾：是鮮卑族慕容氏的後裔，其子孫立國於洮河西南，因而作爲國名，唐時常侵擾邊境，後爲李靖所平。此泛指敵人。

閨怨

閨中少婦不知愁，春日凝妝①上翠樓②。忽見陌頭③楊柳色，悔教夫婿覓封侯④。

①凝妝：打扮。凝，結，結束停當的意思。②翠樓：指婦女居處。③陌頭：路邊。④覓封侯：爲了封侯而從軍。

6.王之渙

出塞①

黃河遠上白雲間②，一片孤城萬仞③山。羌笛④何須怨〈楊柳〉⑤，春風不度玉門關⑥。

①出塞：又題作〈涼州詞〉，唐樂府題名。②黃河遠上白雲間：黃河遠遠流去，消失在天際白雲之中。③萬仞：形容山極高。仞，古代八尺曰仞。④羌笛：羌族一種吹奏樂器，實即橫吹笛。⑤〈楊柳〉：指〈折楊柳〉曲，其詞多敘兵革辛苦，離情別緒。⑥玉門關：在今甘肅省敦煌縣西，爲通往西域的要道。此處暗指皇恩到不了邊庭官兵身上。

7.王　翰

涼州詞①

葡萄美酒夜光杯②，欲飲琵琶馬上催③。醉臥沙場④君莫笑，古來征戰幾人回。

①涼州詞：〈涼州歌〉的唱詞，此曲爲開元時，西涼府都督郭知運所進。涼州，在今甘肅省武威縣。②夜光杯：周穆王時，西胡進獻夜光常滿杯。杯用白玉之精製成，光明夜照。這裡指精緻的酒杯。③催：催人出發。④沙場：戰場。

三、浪漫詩

1.李　白

子夜吳歌①·秋歌（四首之三）

長安一片月，萬戶搗衣聲②。秋風吹不盡，總是玉關情③。何日平胡虜，良人罷遠征？

①子夜吳歌：即〈子夜歌〉，屬吳聲歌曲。②搗衣聲：將洗過的衣服放在石上，以木杵搗去鹹質。九月將要換季，家家準備寒衣，故搗衣多在秋天，這時搗衣聲最能引起思婦對遠方親人的懷想。③玉關情：指懷念丈夫遠在玉門關外戍守的相思之情。

少年行（二首之一）

五陵年少①金市②東，銀鞍白馬度春風。落花踏盡遊何處，笑入胡姬酒肆③中。

①五陵年少：指京師附近的富貴子弟。五陵，在長安城北，爲漢高祖、惠帝、景帝、武帝、昭帝等五帝的陵墓所在地。後曾遷徙豪族巨富居住於附近，便成爲富貴人家聚居的地方。②金市：在長安西。③酒肆：酒館。

蜀道難①

噫吁嚱②，危乎高哉！蜀道之難難於上青天！蠶叢及魚鳧③，開國何茫然④！爾來四萬八千歲，不與秦塞⑤通人煙⑥。西當太白⑦有鳥道⑧，可以橫絕⑨峨眉巔⑩。地崩山摧壯士死⑪，然後天梯石棧相鉤連⑫。上有六龍回日⑬之高標⑭，下有沖波逆折⑮之回川⑯。黃鶴之飛尚不得過，猿猱欲度愁攀援。青泥⑰何盤盤⑱，百步九折縈巖巒⑲。捫參歷井仰脅息⑳，以手撫膺㉑坐長嘆。問君西遊何時還？畏途巉巖㉒不可攀。但見悲鳥號古木，雄飛雌從繞林間。又聞子規㉓啼夜月，愁空山。蜀道之難難於上青天，使人聽此凋朱顏㉔！連峰去天㉕不盈尺，枯松倒挂倚絕壁。飛湍瀑流爭喧豗㉖，砯㉗崖轉石萬壑雷。其險也如此，嗟爾遠道之人，胡為乎㉘來哉！劍閣㉙崢嶸而崔嵬㉚，一夫當關，萬夫莫開。所守或匪親㉛，化為狼與豺㉜，朝避猛虎，夕避長蛇，磨牙吮血，殺人如麻。錦城㉝雖云樂，不如早還家。蜀道之難難於上青天，側身西望長咨嗟㉞！

①蜀道難：樂府古題，屬相和歌。 ②噫吁（ㄒㄩ）嚱（ㄏㄨ）：驚嘆聲。 ③蠶叢及魚鳧：蠶叢、魚鳧，傳說是古代蜀國開國的兩位國君。 ④茫然：渺茫難解。 ⑤秦塞：秦地。今陝西一帶。 ⑥通人煙：相互交往。 ⑦太白：山名，在陝西省郿縣境內。 ⑧鳥道：只有鳥才能飛越的險峻路徑。 ⑨橫絕：橫度。 ⑩峨眉巔：峨眉，山名，在今四川省峨眉縣，入蜀之道不經峨眉山，用它代指蜀地之山。巔，頂峰。 ⑪地崩山摧壯士死：傳說秦惠王知蜀王好色，許嫁五女於蜀，蜀王遣壯士五人前往迎接。在返回梓潼路上，見一大蛇鑽入山洞中，五壯士一齊抓住蛇尾，要把它拖出來，結果高山崩倒，壯士與美女全被壓死，而高山分為五嶺，從此秦、蜀相通。 ⑫天梯石棧相鉤連：天梯，高入雲霄的險峻山路。石棧，即修在山壁間的棧道。鉤連，溝通連接。 ⑬六龍回日：傳說日神每天坐著六條龍所拉的車子，從東往西而行。但到了蜀地被高山阻擋，六龍只得回轉日神的車子。 ⑭高標：群山的最高峰。 ⑮逆折：水流受阻而回旋。 ⑯回川：紆迴的川流。 ⑰青泥：指青泥嶺，在陝西略陽縣境，是由秦入蜀的要道。 ⑱盤盤：盤旋曲折。 ⑲縈巖巒：環繞山峰轉個不停。 ⑳捫參歷井仰脅息：在山峰上可以摸到天上的參星和井星，心情緊張得停止呼吸。參、井，星宿名。古代按天上星宿位置，相應地劃分地理位置。參星是蜀的分野；井星是秦的分野。脅息，屏住呼吸。 ㉑膺：胸膛。 ㉒巉巖：險惡高峻的山巖。 ㉓子規：即杜鵑鳥。 ㉔凋朱顏：使容顏為之憔悴。 ㉕去天：與天的距離。 ㉖喧豗

（ㄏㄨㄟ）：嘈雜喧鬧聲。㉗砯（ㄆㄧㄥ）：水撞擊岩石聲。㉘胡爲乎：爲什麼。㉙劍閣：大劍山與小劍山之間的一條棧道，又稱劍門關，在今四川省劍閣縣北。㉚崔嵬（ㄨㄟˊ）：形容山勢的高險崎嶇的樣子。㉛所守或匪親：把守關口如果不是可靠的人。㉜狼與豺：比喻凶殘的叛亂者。㉝錦城：指成都。漢時成都織錦發達，朝廷曾於此設錦官，故成都別稱錦官城。㉞咨嗟：嘆息。

獨坐敬亭山①

眾鳥高飛盡，孤雲獨去閑②。相看兩不厭，只有敬亭山。

①敬亭山：在今安徽省宣城縣北，原名昭亭山。山上舊有敬亭，南齊謝朓曾於此吟詠。②獨去閑：獨自悠然遠去。

早發白帝城①

朝辭白帝彩雲間，千里江陵②一日還。兩岸猿聲啼不住③，輕舟已過萬重山。

①白帝城：在今四川省奉節縣白帝山上。山峻城高，如入雲霄。唐肅宗乾元二年（七五九），李白因受永王璘事牽累，被貶至夜郎，行至白帝城，遇赦，乘舟東返。詩即作於東歸途上。②江陵：在今湖北省江陵縣，距白帝城一千二百里。③啼不住：指長江兩岸猿猴啼聲此起彼落，連續不斷。

黃鶴樓①送孟浩然之廣陵②

故人西辭黃鶴樓，烟花③三月下揚州。孤帆遠影碧空盡，唯見長江天際流④。

①黃鶴樓：在今湖北省武漢市長江大橋頭，俯瞰長江，極目千里。②廣陵：在今江蘇省揚州市。③烟花：形容春天薄霧瀰漫，百花盛開的情景。④孤帆遠影碧空盡，唯見長江天際流：詩人佇立江邊，望著遠去的船隻，漸行漸遠，終於連船影也消失了，只剩下藍藍的青天、滾滾的江流。

戰城南①

去年戰，桑乾②源，今年戰，葱河③道。洗兵條支④海上波，放馬天山⑤雪中草。萬里長征戰，三軍盡衰老。匈奴以殺戮爲耕作，古來惟見白骨黃沙田。秦家築城⑥備胡處，漢家還有烽火燃。烽火燃不息，征戰無已時。野戰格鬭死，敗馬號鳴向天悲。烏鳶⑦啄人腸，銜飛上掛枯樹枝。士卒塗草莽，將軍空爾爲⑧。乃知兵者是凶器，聖人不得已而用之。

①戰城南：樂府舊題，漢鼓吹鐃歌十八曲之一。詩人是對玄宗天寶年間的對外戰爭而發的。②桑乾：即今永定河，源出山西省朔縣南。③葱河：即葱嶺河，在今新疆省。④洗兵條支：洗兵，指勝利進軍。傳說武王伐紂，天雨洗兵器。條支，西域國名，臨波斯灣。⑤天山：在今新疆省內。⑥築城：指秦時建築長城。⑦鳶（ㄩㄢ）：鷂鷹。⑧空爾爲：白忙一場，徒勞而無功。

宣州謝朓樓餞別校書叔雲①

棄我去者昨日之日不可留，亂我心者今日之日多煩憂。長風萬里送秋雁②，對此可以酣高樓③。蓬萊文章④建安骨⑤，中間小謝⑥又清發⑦。俱懷逸興壯思飛⑧，欲上青天攬明月。抽刀斷水水更流，舉杯銷愁愁更愁。人生在世不稱意，明朝散髮弄扁舟⑨。

①宣州謝朓樓餞別校書叔雲：這首詩是作者在宣城遇到其族叔李雲時寫的。宣州，今安徽省宣城縣。謝朓樓，南齊詩人謝朓，曾任宣州太守，並於宣城陽陵山建北樓，後世稱謝朓樓。校書叔雲，指李雲，李白族叔，曾任校書郎。②秋雁：喻李雲。③酣高樓：於高樓酣飲。④蓬萊文章：指漢代文章。東漢時官家著述藏書於「東觀」，學者以之比作神仙藏祕書的蓬萊山。⑤建安骨：漢獻帝建安年間，曹操父子和建安七子作品，風格蒼勁剛健，後人因稱「建安風骨」。⑥小謝：指謝朓。⑦清發：文詞清麗，秀雅絕倫。⑧俱懷逸興壯思飛：意謂詩人他們豪情壯采，思緒飛颺。⑨散髮弄扁舟：古人一般束髮戴冠，散髮則用以表明閑適自在，遁隱江湖。扁舟，小船。

四、社會詩

1.杜甫

兵車行①

車轔轔②馬蕭蕭，行人③弓箭各在腰。耶娘④妻子走相送，塵埃不見咸陽橋⑤。牽衣頓足攔道哭，哭聲直上干⑥雲霄。道旁過者問行人，行人但云點行頻⑦。或從十五北防河⑧，便至四十西營田⑨；去時里正⑩與裹頭⑪，歸來頭白還戍邊。邊庭流血成海水，武皇⑫開邊意未已。君不聞漢家山東⑬二百州，千村萬落生荊杞⑭。縱有健婦把鋤犁，禾生隴畝無東西⑮。況復秦兵⑯耐苦戰，被驅不異犬與雞。長者雖有問，役夫敢申恨？且如⑰今年冬，未休關西卒⑱。縣官急索租，租稅從何出？信知⑲生男惡，反是生女好；生女猶得嫁比鄰，生男埋沒隨百草！君不見青海頭⑳，古來白骨無人收。新鬼煩冤舊鬼哭，天陰雨濕聲啾啾㉑。

①兵車行：此詩是作者即事名篇的樂府新題。②轔（ㄌㄧㄣˊ）轔：車輛運轉聲。③行人：從軍出征的征夫。④耶娘：即爹娘。⑤咸陽橋：在咸陽縣西南，橫跨渭水，出入長安必經之路。⑥干：衝上。⑦點行頻：頻繁的被點名徵調入伍。⑧北防河：調往北方河西地區戍守防禦。⑨西營田：調往西邊軍墾屯田。⑩里正：里長。唐制百户爲一里，設里長一人。⑪與裹頭：幫征夫裹紮頭巾，表示征夫尚年幼。⑫武皇：漢武帝，借指唐玄宗。唐時習慣以漢朝比唐朝，以漢武帝比唐玄宗。⑬山東：指華山以東的關東地區。⑭荊杞：野生灌木，用以形容田園荒蕪景象。⑮無東西：古代田畝，分東阡西陌。無東西即指農作物長得雜亂不堪，行列不整。⑯秦兵：關中兵，即眼前被徵調的兵士。⑰且如：就如。⑱關西卒：亦即「秦兵」。關西，函谷關以西。⑲信知：眞正明白了。⑳青海頭：青海湖邊，在今青海省東部。原爲吐谷渾之地，唐朝經常和吐蕃在此爭戰，傷亡慘重。㉑啾（ㄐㄧㄡ）啾：嗚咽飲泣之聲。

麗人行①

三月三日②天氣新，長安水邊③多麗人。態濃意遠淑且眞④，肌理細膩骨肉勻。繡羅衣裳照暮春，蹙金⑤孔雀銀麒麟。頭上何所有？翠爲㔩葉垂鬢脣⑥。背後何所見？珠壓腰衱⑦穩稱身。就中雲幕椒房親⑧，賜名大國虢與秦⑨。紫駝之峰⑩出翠釜⑪，水精之盤行素鱗⑫。犀箸⑬厭飫⑭久未下，鸞刀縷切空紛綸⑮。黃門⑯飛鞚⑰不動塵，御廚絡繹送八珍⑱。簫鼓哀吟感鬼神，賓從雜遝⑲實要津⑳。後來鞍馬㉑何逡巡㉒，當軒㉓下馬入錦茵㉔。楊花雪落覆白蘋，青鳥飛去銜紅巾㉕。炙手可熱㉖勢絕倫，愼莫近前丞相嗔㉗！

①麗人行：天寶十一年（七五二），楊貴妃從兄楊國忠任右丞相，楊氏兄弟專橫跋扈，驕奢淫侈。此詩爲諷刺楊家兄妹所創之樂府新題，約作於天寶十二年春。②三月三日：唐沿魏晉舊俗，以三月三日爲上巳節。風俗中，這天要到水邊

祭祀，或以水洗面淨身，除災求福。後演爲春天水邊宴樂，郊外踏青的節日。③長安水邊：指長安東南著名風景區曲江。④淑且眞：端莊而自然。⑤蹙（ㄘㄨˋ）金：在絲織品上用金線繡花紋圖案。蹙，刺繡。⑥翠爲匎（ㄜˋ）葉垂鬢唇：髮髻上用翡翠做成的花飾下垂到鬢邊。匎葉，髮髻上的花飾，葉狀，上綴有彩花。鬢唇，鬢角。⑦珠壓腰衱（ㄐㄧㄝˊ）：綴有珠玉用來繫裙的腰帶。⑧就中雲幕椒房親：在重重如雲的帳幕裡，是后妃的親屬。就中，其中。雲幕，繪有雲彩的帷帳，用以代指內宮。椒房，漢代后妃宮室，以椒末和泥塗壁，取其溫暖而有香氣。後借稱后妃。⑨虢（ㄍㄨㄛˊ）與秦：唐玄宗天寶七年（七四八）封楊貴妃三姊妹國夫人之號。大姐「韓國夫人」，三姐「虢國夫人」，八姐「秦國夫人」。⑩紫駝之峰：指駝峰羹，當時珍貴名菜。⑪翠釜：翠綠的鍋。⑫水精之盤行素鱗：水晶盤傳遞著白色的魚膾。水精，即水晶。行，傳遞。素鱗，白色鮮美的魚。⑬犀箸：犀牛角筷子。⑭厭飫（ㄩˋ）：吃膩了。⑮鸞刀縷切空紛綸：指廚房精細調製空忙一場。鸞刀，帶有鈴的刀。縷切，細緻的切。空紛綸，白忙一場。⑯黃門：太監。⑰飛鞚（ㄎㄨㄥˋ）：駕著快馬。鞚，馬勒頭。⑱八珍：泛指各種山珍海味。⑲雜遝（ㄊㄚˋ）：眾多紛亂的樣子。⑳實要津：猶言塞滿了交通要道。㉑後來鞍馬：後面騎馬來的，指楊國忠。㉒逡（ㄑㄩㄣ）巡：本是欲進難進，猶豫不決的樣子，這裡是形容楊國忠行走緩慢，大模大樣，目空一切之態。㉓當軒：直抵車輛旁。㉔錦茵：錦製的地毯。㉕楊花雪落覆白蘋，青鳥飛去銜紅巾：是說楊國忠車馬到來，人聲鼎沸，一時間，竟鬧得江邊楊花紛落，樹上鳥兒驚飛而散。楊花雪落，曲江畔多楊柳，暮春時楊花紛紛飄落如雪落。㉖炙手可熱：指楊氏權重位高，氣焰逼人。㉗丞相嗔：惹丞相生氣。丞相，指楊國忠。嗔，怒。

春望

國破①山河在，城春草木深。感時花濺淚②，恨別鳥驚心③。烽火連三月④，家書抵⑤萬金。

白頭搔更短，渾欲不勝簪⑥。

①國破：國都長安淪陷。本篇作於唐肅宗至德二年（七五七）三月。②感時花濺淚：是說感傷時局，見悅目花朵而禁不住流淚，似覺花也在濺淚。③恨別鳥驚心：意思是悵恨家人遠離，見到自由飛翔的鳥兒而止不住哀痛，覺得鳥也在

心驚。④連三月：接連三個月，即整個春季。⑤抵：值。⑥渾欲不勝簪（ㄗㄣ）：簡直要插不住髮簪了。渾欲，簡直要。

石壕①吏

暮投②石壕村，有吏夜捉人。老翁逾墻走③，老婦出門看。吏呼一何④怒！婦啼一何苦！聽婦前致詞：「三男鄴城戍⑤。一男附書至⑥，二男新戰死。存者且偷生，死者長已矣⑦！室中更無人，惟有乳下孫。孫有母未去，出入無完裙⑧。老嫗力雖衰，請從吏夜歸。急應河陽役⑨，猶得備晨炊。」夜久語聲絕，如聞泣幽咽⑩。天明登前途⑪，獨與老翁別⑫。

①石壕：鎮名，在今河南省陝縣東。②投：投宿。③逾墻走：爬牆逃跑。④一何：多麼。⑤三男鄴城戍：三個兒子都參加了鄴城的戰役。鄴城，在今河南省安陽縣。當時爲安慶緒所占。⑥附書至：帶信回來。⑦長已矣：永遠完了。⑧無完裙：沒有完整的裙子，所以不能出來見客。⑨急應河陽役：趕著去河陽的兵營服役。急應，趕著去報到。河陽，今河南省孟縣。⑩泣幽咽：低微又不敢出聲的啜泣。⑪登前途：繼續趕路。⑫獨與老翁別：表明老婦已被縣吏捉走。

垂老①別

四郊未寧靜，垂老不得安。子孫陣亡盡，焉用身獨完②！投杖出門去，同行爲辛酸③。幸有牙齒存，所悲骨髓乾。男兒既介冑④，長揖⑤別上官⑥。老妻臥路啼，歲暮衣裳單。孰知⑦是死別，且復傷其寒。此去必不歸，還聞勸加餐。土門⑧壁⑨甚堅，杏園⑩度亦難。勢異鄴城下⑪，縱死時猶寬⑫。人生有離合，豈擇衰盛端⑬！憶昔少壯日，遲回⑭竟長嘆。萬國盡征戍，烽火被岡巒。積屍草木腥，流血川原丹。何鄉為樂土？安敢尚盤桓⑮！棄絕蓬室居，塌然⑯摧肺肝。

①垂老：將老。②焉用身獨完：我為什麼還活下去呢！焉用，何以。完，活。③同行為辛酸：令同行者不禁辛酸落淚。④介冑：穿上盔甲。介，甲。冑，頭盔。⑤長揖：拱手禮。介冑之士長揖不拜。⑥上官：指地方官吏。⑦孰知：深知。⑧土門：土門關，在河陽附近。⑨壁：壁壘。⑩杏園：杏園渡，黃河渡口之一，在今河南省汲縣。⑪勢異鄴城下：意指情勢與鄴城敗下時不同。⑫時猶寬：時間還多，即指不會馬上戰死。⑬豈擇衰盛端：哪管是在老年或壯年呢？衰盛，指老年和壯年。⑭遲回：徘徊。⑮盤桓：留戀不忍離去。⑯塌然：頹然沉痛地。

登高①

風急天高猿嘯哀，渚清沙白鳥飛回②。無邊落木③蕭蕭下，不盡長江滾滾來。萬里悲秋常作客，百年④多病獨登臺。艱難⑤苦恨繁霜鬢⑥，潦倒新停⑦濁酒杯。

①登高：此詩約作於大曆二年（七六七），作者當時臥病夔州。②鳥飛回：因風急，群鳥回旋飛轉。③落木：落葉。④百年：猶言一生。⑤艱難：時事艱難，窮途潦倒。⑥繁霜鬢：增多了白髮。⑦新停：近來戒酒。重九登高，例應飲酒，但作者時因肺病纏身戒忌，故云。

登岳陽樓

昔聞洞庭水，今上岳陽樓。吳楚東南坼①，乾坤②日夜浮。親朋無一字，老病有孤舟。戎馬③關山北，憑軒涕泗流。

①吳楚東南坼（ㄔㄜˋ）：吳楚兩地，被洞庭湖隔開，吳在東，楚在南。坼，分裂。②乾坤：指天地，或指日月。③戎馬：指北方戰事未停。當時吐蕃入侵，西北邊陲不寧。

茅屋①為秋風所破歌

八月秋高風怒號，捲我屋上三重②茅。茅飛渡江灑江郊，高者掛罥③長林梢，下者飄轉沉塘坳④。南村群童欺我老無力，忍能⑤對面爲盜賊。公然抱茅入竹去，脣焦口燥呼不得⑥，歸來倚杖自嘆息。俄頃⑦風定雲墨色，秋天漠漠⑧向⑨昏黑。布衾⑩多年冷似鐵，嬌兒惡臥⑪踏裏裂。床頭屋漏無乾處，雨脚如麻未斷絕。自經喪亂⑫少睡眠，長夜沾濕何由徹⑬！安得廣廈千萬間，大庇天下寒士俱歡顏，風雨不動安如山！嗚呼！何時眼前突兀⑭見此屋，吾廬獨破受凍死亦足！

①茅屋：指成都草堂。此詩作於唐肅宗上元二年（七六一）的秋天。②三重：多層。三非實數，用以形容多。③掛罥（ㄐㄩㄢˋ）：糾結地掛著。④塘坳（ㄠˋ）：低窪積水之處。⑤忍能：竟然這樣。⑥呼不得：吆喝不住。⑦俄頃：一會兒。⑧漠漠：陰暗灰濛濛的樣子。⑨向：將近。⑩衾（ㄑㄧㄣ）：被子。⑪惡臥：睡姿不好。⑫喪亂：指安史之亂。⑬何由徹：怎樣挨到天亮。徹，度過。⑭突兀：高聳的樣子。

秋興①（八首之一）

玉露②凋傷楓樹林，巫山③巫峽氣蕭森④。江間波浪兼天湧⑤，塞上風雲接地陰⑥。叢菊兩開⑦他日淚⑧，孤舟一繫故園心⑨。寒衣處處催刀尺⑩，白帝城高急暮砧⑪。

①秋興（ㄒㄧˋㄥ）：因秋起興，共八首，大曆元年（七六六）秋客居夔州時所作的一組詩。②玉露：指白露。③巫山：在今四川省巫山縣內，大江流經其中，沿江壁立，綿延一百六十里，即爲巫峽。④氣蕭森：氣象蕭瑟陰森。⑤江間波浪兼天湧：巫峽江中波濤洶湧，彷彿連天也在翻滾。兼，連。⑥塞上風雲接地陰：巫山上烏雲翻滾，似與地面陰氣相接，大地一片昏沉。塞上，指夔州附近的巫山。⑦叢菊兩開：菊花已開過兩遍，意謂作者旅居夔州，已過了兩個秋天。⑧他日淚：因回憶往日而淚流不已。他日，唐人作往日之意解。⑨孤舟一繫故園心：自己本想乘舟歸去，但因孤舟淹留此地，思鄉之心也就好像隨它一起被繫住一樣。一繫，緊繫。故園心，懷念故鄉的心。⑩催刀尺：催人裁製冬衣。⑪急暮砧：傍晚搗衣的砧聲顯得很急促。

拾玖、中唐詩歌

一、自然詩

1. 劉長卿

逢雪宿芙蓉山主人①

日暮蒼山遠，天寒白屋②貧。柴門聞犬吠，風雪夜歸人。

①芙蓉山主人：芙蓉山，具體地點不詳。主人，指留宿作者的人家。②白屋：用白茅蓋的簡陋房屋，貧家所居。

送靈澈上人①

蒼蒼竹林寺②，杳杳③鐘聲晚。荷④笠帶斜陽，青山獨歸遠。

①靈澈上人：靈澈，唐時著名詩僧，本姓湯，元和十一年（八一六）卒於宣州。上人，對和尚的尊稱。②竹林寺：在今江蘇省鎮江市。③杳杳：深遠之意。④荷：戴著。

2. 韋應物

滁州西澗①

獨憐②幽草澗邊生，上有黃鸝③深樹④鳴。春潮帶雨晚來急，野渡⑤無人舟自横。

①滁州西澗：滁州，在今安徽省滁縣。西澗，又名上馬河，在滁縣城西。②憐：愛憐之意。③黃鸝：即黃鶯。④深樹：樹林深處。⑤野渡：郊外的渡口。

寄李儋①元錫

去年花裏逢君別，今日花開已一年。世事茫茫難自料，春愁黯黯②獨成眠。身多疾病思田里③，邑有流亡愧俸錢④。聞道欲來相問訊⑤，西樓望月幾回圓。

①李儋（ㄉㄢ）：字元錫，是作者摯友，曾官殿中侍御史。②黯黯：低沉黯淡之意。③田里：田園、家鄉。④邑有流亡愧俸錢：指在自己管轄的滁州地區內還有外出逃荒的饑民，爲拿了俸祿而沒有盡到職責，感到慚愧。⑤問訊：探訪。

3. 柳宗元

江雪

千山鳥飛絕①，萬徑人踪②滅。孤舟蓑笠翁③，獨釣寒江雪。

①絕：窮盡。②踪：腳印、足迹。③蓑（ㄙㄨㄛ）笠翁：穿蓑衣、戴笠帽的老翁。

漁翁①

漁翁夜傍西巖宿②，曉汲清湘③燃楚竹④。烟銷日出⑤不見人，欸乃⑥一聲山水綠。回看天際下中流⑦，巖上無心⑧雲相逐。

①漁翁：此詩作於元和初年被貶永州司馬之時。②西巖：指永州西山，在今湖南省零陵縣湘江旁。③清湘：清澈的湘水。④燃楚竹：燃燒竹子作飯。永州古屬楚地，所以稱當地的竹子爲楚竹。⑤烟銷日出：輕烟般的曉霧漸消散，太陽從東邊升起。⑥欸（ㄞˇ）乃：搖槳聲。⑦回看天際下中流：是說漁翁在船下中流之後，再回頭看遠在天際的西巖。⑧無心：無意、逍遙自在。

二、社會詩

1.李　益

夜上受降城①聞笛

回樂烽前沙似雪②，受降城外月如霜。不知何處吹蘆管③，一夜征人盡望鄉。

①受降城：指靈州（今甘肅省靈武縣西南）治所回樂縣。因唐太宗曾於貞觀年間，在此接受突厥的投降而得名。②沙似雪：烽火台前沙丘，在月光照射下如同白雪。③蘆管：指笛。

2. 盧　綸

逢病軍人

行多有病住無糧，萬里還鄉未到鄉。蓬鬢①哀吟古城下，不堪秋氣入金瘡②。

①蓬鬢：鬢亂如蓬。②金瘡：指刀槍等金屬器械所造成的傷口。

3. 戴叔倫

女耕田行

乳燕入巢筍成竹，誰家二女種新穀。無人①無牛不及犁②，持刀斫③地翻作泥。自言家貧母年老，長兄從軍未娶嫂。去年災疫牛囤④空，截絹⑤買刀都市中。頭巾掩面⑥畏人識，以刀代牛誰與同⑦？姊妹相攜心正苦，不見路人唯見土⑧。疏通畦壟⑨防亂苗，整頓溝塍⑩待時雨。日正南岡午餉歸⑪，可憐朝雉擾驚飛⑫。東鄰西舍花發盡，共惜餘芳淚滿衣。

①人：指男人。②不及犁：不能犁田。③斫（ㄓㄨㄛˊ）：砍。④牛囤（ㄉㄨㄣˋ）：牛圈、牛欄。⑤截絹：從織布機上剪下一段尚未成匹的絹。⑥頭巾掩面：古時婦人不能隨意拋頭露臉。⑦誰與同：有誰像她們這樣的艱辛？⑧不見路人唯見土：指她們整天埋首辛苦翻土耕作。⑨畦（ㄑㄧˊ）壟：即指田地。⑩溝塍（ㄔㄥˊ）：溝，溝渠。塍，稻田間的土埂。⑪午餉歸：回家午餐。⑫可憐朝雉擾驚飛：朝雉雙飛驚擾了耕田女無偶的悲苦心情。〈雉朝飛操〉，爲樂府琴曲歌辭。崔豹《古今註》：「〈雉朝飛〉者，犢牧子所作也。齊處士，湣宣時人，年五十無妻，出薪於野，見雉雄雌相隨而飛，意動心悲，乃作〈朝飛〉之操。」此暗用其典寫遲暮之感。

4. 張 籍

築城詞

築城處，千人萬人齊把杵①。重重土堅試行錐②，軍吏執鞭催作遲。來時一年深磧③裏，盡著短衣渴無水。力盡不得拋杵聲，杵聲未盡人皆死。家家養男當門戶，今日作君城下土。

①杵：舂土的工具。②試行錐：監工用鐵錐探刺，看城土築得堅實不堅實。③磧（ㄗˋ）：粗砂。

賈客①樂

金陵向西②賈客多，船中生長樂風波。欲發移船近江口③，船頭祭神④各澆酒。停杯共說遠行期，入蜀經蠻⑤遠別離。金多眾中爲上客，夜夜算緡⑥眠獨遲。秋江初月猩猩語⑦，孤帆夜發瀟湘渚⑧。水工⑨持楫防暗灘⑩，直到山邊及前侶⑪。年年逐利西復東，姓名不在縣籍中⑫。

農夫稅多長辛苦，棄業寧爲販寶翁⑬。

①賈客：商人。②金陵向西：金陵，今江蘇省南京市，地處長江下游，所以人們多溯江西上，到內地經商。③江口：指金陵秦淮河入江之口。④祭神：根據習俗，船在出發之前，先要祭拜水神，祈求一帆風順。⑤蠻：泛指西南少數民族地區。⑥算緡（ㄇㄧㄣˊ）：算帳。緡，穿錢的繩子，每一緡穿一千錢。⑦語：啼叫。⑧瀟湘渚（ㄓㄨˇ）：約指洞庭湖邊，商人乘船從金陵溯江而上，必經此地，才能入蜀或到嶺南。渚，水中的小陸地。⑨水工：水手。⑩暗灘：暗藏著礁石的險灘。⑪及前侶：趕上前面同行的船隻。⑫縣籍中：縣裡的户籍登載。沒有登載户籍姓名，也就沒有賦稅。⑬販寶翁：販賣珠寶的商人。

離婦

十載來夫家，閨門①無瑕疵，薄命不生子，古制②有分離。託身言同穴③，今日事乖違。念君終棄捐，誰能長在茲？堂上謝姑嫜④，長跪請離辭。姑嫜見我往，將決復沉疑⑤。與⑥我古時釧⑦，留我嫁時衣。高堂拊⑧我身，哭我於路陲。昔日初爲婦，當君貧賤時。晝夜常紡績⑨，不得事蛾眉⑩。辛勤積黃金，濟⑪君寒與飢。洛陽⑫買大宅，邯鄲⑬買侍兒。夫壻乘龍馬⑭，出入有光儀⑮。將爲富家婦，永爲子孫資⑯。誰謂出⑰君門，一身上車歸。有子未必榮，無子坐⑱生悲。爲人莫作女，作女實難爲⑲。

①閨門：內室之門，引申爲閨中儀訓，家中規矩。②古制：指古禮有出妻七事，分別是：不順父母、無子、淫、妒、有惡疾、多言、竊盜。③託身言同穴：以身相託，誓言同穴而葬，意指白頭偕老，同生共死。④姑嫜（ㄓㄤ）：即公婆。媳婦稱公公曰嫜。⑤沉疑：猶豫不決。⑥與：贈。⑦古時釧（ㄔㄨㄢˋ）：古老的玉環。⑧拊：撫摸。⑨紡績：紡紗織布。⑩蛾眉：本指婦女眉毛，此處指梳妝打扮。⑪濟：助。⑫洛陽：在今河南省洛陽市。⑬邯

鄲：在今河北省邯鄲市，是秦漢時黃河岸的大商務中心。⑭龍馬：駿馬。⑮光儀：光彩體面。⑯資：資助。⑰出：被休，指離婚。⑱坐：深。⑲作女實難爲：身爲婦女實在太難爲了。

5.白居易

輕肥①

意氣驕滿路，鞍馬光照塵。借問何爲者②，人稱是內臣③。朱紱皆大夫，紫綬悉將軍④。
誇赴軍中宴⑤，走馬去如雲。樽罍⑥溢九醞⑦，水陸羅八珍⑧。果擘⑨洞庭橘⑩，鱠⑪切天池鱗⑫。
食飽心自若⑬，酒酣氣益振。是歲⑭江南旱，衢州⑮人食人！

①輕肥：輕裘肥馬，指豪華奢靡的生活。此詩是〈秦中吟〉十首中的第七首。②何爲者：即「爲何者」，是幹什麼的。③內臣：宦官。④朱紱（ㄈㄨˊ）皆大夫，紫綬悉將軍：說這些宦官都身居文武要職。朱紱、紫綬，紱和綬都是古代繫印的絲繩，官位高的用紅色或紫色。⑤軍中宴：指禁軍中舉行的宴會。宦官是內臣，卻以文臣、武將身份到處赴宴。⑥樽（ㄗㄨㄣ）罍（ㄌㄟˊ）：盛酒的酒器。⑦九醞：美酒名。⑧八珍：泛指珍奇精美的食品。⑨擘（ㄅㄛˋ）：剝開。⑩洞庭橘：今江蘇省洞庭山的橘子，味美。⑪鱠（ㄎㄨㄞˋ）：同「膾」，細切的魚肉。⑫天池鱗：珍貴的海魚。天池，海。⑬心自若：心情舒暢，怡然自得。⑭是歲：指元和四年（八〇九）南方旱饑。⑮衢州：今浙江省衢縣。

買花①

帝城春欲暮，喧喧車馬度②。共道牡丹時，相隨買花去。貴賤無常價③，酬值④看花數。

灼灼⑤百朵紅，戔戔五束素⑥。上張幄幕⑦庇⑧，旁織笆籬護。水洒復泥封，移來色如故。家家習爲俗，人人迷不悟。有一田舍翁⑨，偶來買花處。低頭獨長嘆，此嘆無人諭⑩。一叢深色花，十戶中人賦⑪。

①買花：此詩是〈秦中吟〉十首的最後一首。②度：經過。③無常價：沒有一定的價錢。④酬值：買花者給的價款。⑤灼灼：形容花的火紅。⑥戔（ㄐㄧㄢ）戔五束素：價值相當於二十五匹帛。戔戔，眾多。束，五匹。素，指精白的絹。⑦幄（ㄨㄛˋ）幕：帳幕。⑧庇：遮蔽。⑨田舍翁：指老農夫。⑩諭（ㄩˋ）：理解。⑪中人賦：中等人家所交的賦稅額。唐代賦稅按百姓家產多少徵收，分上、中、下戶三等。

杜陵①叟

杜陵叟，杜陵居，歲種薄田②一頃餘。三月無雨旱風起，麥苗不秀③多黃死。九月降霜秋早寒，禾穗未熟皆青乾。長吏明知不申破④，急斂暴征求考課⑤。典桑賣地納官租，明年衣食將何如？剝我身上帛，奪我口中粟。虐人害物即豺狼，何必鉤爪鋸牙食人肉？不知何人奏皇帝，帝心惻隱知人弊。白麻紙⑥上書德音⑦，京畿⑧盡放⑨今年稅。昨日里胥⑩方到門，手持尺牒⑪牓⑫鄉村。十家租稅九家畢，虛受吾君蠲⑬免恩。

①杜陵：漢宣帝陵墓所在，在今陝西省西安市東南。②薄田：貧瘠的田地。③不秀：不開花吐穗。④申破：呈報事情實情。⑤考課：猶言考績，關乎官吏陞降。⑥白麻紙：唐代詔書分黃、白麻紙謄寫。凡任命、赦宥、豁免等，用白麻紙。⑦德音：頒布免稅好消息。⑧京畿：靠近京城的地方。唐代設京畿采訪使，管長安周圍四十多縣。⑨放：免除。⑩里胥：里正。唐代一百尺爲里，設里正。⑪尺牒：指免稅的公文。⑫牓：張貼。⑬蠲（ㄐㄩㄢ）：免除。

長恨歌

漢皇①重色思傾國②，御宇③多年求不得。楊家有女④初長成，養在深閨人未識。天生麗質難自棄，一朝選在君王側。回眸一笑百媚生，六宮⑤粉黛⑥無顏色。春寒賜浴華清池⑦，溫泉水滑洗凝脂⑧。侍兒扶起嬌無力，始是新承恩澤⑨時。雲鬢花顏金步搖⑩，芙蓉帳⑪暖度春宵。春宵苦短日高起，從此君王不早朝。承歡侍宴無閑暇，春從春游夜專夜⑫。後宮佳麗三千人，三千寵愛在一身。金屋⑬妝成嬌侍夜，玉樓宴罷醉和春⑭。姊妹弟兄皆列土⑮，可憐⑯光彩生門戶。遂令天下父母心，不重生男重生女。驪宮⑰高處入青雲，仙樂風飄處處聞。緩歌謾舞凝絲竹⑱，盡日君王看不足。漁陽鼙鼓⑲動地來，驚破〈霓裳羽衣曲〉⑳。九重㉑城闕煙塵生㉒，千乘萬騎西南行。翠華㉓搖搖行復止，西出都門百餘里㉔。六軍㉕不發無奈何，宛轉㉖蛾眉㉗馬前死。花鈿委地無人收，翠翹金雀玉搔頭㉘。君王掩面救不得，回看血淚相和流。黃埃散漫風蕭索，雲棧縈紆㉙登劍閣㉚。峨嵋山㉛下少人行，旌旗無光日色薄。蜀江水碧蜀山青，聖主朝朝暮暮情。行宮㉜見月傷心色㉝，夜雨聞鈴㉞腸斷聲。天旋地轉迴龍馭㉟，到此㊱躊躇不能去。馬嵬坡下泥土中，不見玉顏空死處㊲。君臣相顧盡沾衣，東望都門信馬歸㊳。歸來池苑皆依舊，太液芙蓉未央柳㊴。芙蓉如面柳如眉㊵，對此如何不淚垂？春風桃李花開日，秋雨梧桐葉落時。西宮南內㊶多秋草，落葉滿階紅不掃。梨園弟子㊷白髮新，椒房阿監青娥老㊸。夕殿螢飛思悄然㊹，孤燈挑盡未成眠。遲遲㊺鐘鼓㊻初長夜，耿耿㊼星河㊽欲曙天。鴛鴦瓦㊾冷霜華重，翡翠衾寒誰與共。悠悠生死別經年，魂魄㊿不曾來入夢。

臨邛道士鴻都客(51)，能以精誠致魂魄(52)。爲感君王輾轉思，遂教方士殷勤覓。排雲馭氣(53)

奔如電，升天入地求之徧。上窮碧落(54)下黃泉，兩處茫茫皆不見。忽聞海上有仙山，山在虛無縹緲間。樓閣玲瓏五雲起(55)，其中綽約(56)多仙子。中有一人字太眞(57)，雪膚花貌參差是(58)。金闕西廂叩玉扃(59)，轉教小玉報雙成(60)。聞道漢家天子使，九華帳(61)裏夢魂驚。攬衣推枕起徘徊，珠箔銀屏迤邐開(62)。雲髻半偏(63)新睡覺(64)，花冠不整下堂來。風吹仙袂(65)飄飄舉，猶似〈霓裳羽衣舞〉。玉容寂寞淚闌干(66)，梨花一枝春帶雨。含情凝睇(67)謝君王，一別音容兩渺茫。昭陽殿(68)裏恩愛絕，蓬萊宮(69)中日月長。回頭下望人寰處，不見長安見塵霧。惟將舊物表深情，鈿合(70)金釵寄將去(71)。釵留一股合一扇(72)，釵擘黃金合分鈿(73)。但教心似金鈿堅，天上人間會相見。臨別殷勤重寄詞(74)，詞中有誓兩心知。七月七日長生殿(75)，夜半無人私語時。在天願作比翼鳥(76)，在地願爲連理枝。天長地久有時盡，此恨緜緜(77)無絕期。

①漢皇：本指漢武帝，此處借指唐玄宗。②傾國：形容美女。③御宇：統治天下。④楊家有女：楊貴妃是蜀州司戶楊玄琰的女兒，幼時寄養在叔父楊玄珪家，小名玉環。⑤六宮：古代后妃們住的地方。⑥粉黛：代指婦女。⑦華清池：唐玄宗在驪山建華清宮，內有華清溫泉浴池。⑧凝脂：形容皮膚白嫩而柔滑。⑨承恩澤：受皇帝的恩寵。⑩金步搖：婦女的頭飾，用金銀絲製成花枝狀，上綴珠玉，行走時一步一搖。⑪芙蓉帳：繡有並蒂蓮花的幔帳。⑫專夜：指專寵。⑬金屋：形容富麗堂皇的房屋。⑭醉和春：醉意和著春意。⑮列土：分封爵位和領地。⑯可憐：可羨。⑰驪宮：驪山華清宮。⑱凝絲竹：管弦樂之聲久久不散。⑲漁陽鼙（ㄆㄧˊ）鼓：指天寶十四年（七五五），安祿山在范陽起兵叛亂。漁陽，即范陽，在今河北省薊縣一帶，爲節度使安祿山所管轄。鼙鼓，古代軍中用的鼓。⑳驚破〈霓裳羽衣曲〉：是說安史之亂驚破了唐玄宗、楊貴妃醉生夢死的享樂生活。〈霓裳羽衣曲〉，舞曲名，唐玄宗根據楊敬述所獻之曲潤色而成。㉑九重：皇帝居住的宮殿。㉒煙塵生：發生戰亂而煙塵滾滾。㉓翠華：指皇帝的儀仗，上面裝飾著翠鳥羽毛的旗幟。㉔西出都門百餘里：指到了馬嵬坡，在陝西省興平縣。㉕六軍：皇帝的扈從軍隊。㉖宛轉：淒楚動人的樣子。㉗蛾眉：代稱美女，此處指楊貴妃。㉘花鈿委地無人收，翠翹金雀玉搔頭：花鈿、翠翹、金雀、玉搔頭等首飾，都丟在地上，沒有人收拾。翠翹，一種形似翠鳥尾的首飾。金雀，雀形的金釵。玉搔頭，即玉簪。

㉙雲棧縈紆：高入雲間的棧道迴環彎曲。㉚劍閣，劍門山，山中有棧道，是到蜀川必經之路。㉛峨嵋山：在四川西南，此處以其代指蜀地。㉜行宮：皇帝臨時住處。㉝傷心色：令人傷心的月色。㉞夜雨聞鈴：相傳玄宗入蜀時，到斜谷口，遇到十多天的陰雨，在棧道上聽見雨中鈴聲隔山相應，十分淒涼，更思念楊貴妃。㉟天旋地轉迴龍馭：指大局轉變，皇帝由蜀返回京城。㊱此：指馬嵬坡。㊲空死處：空留下慘死的地方。㊳信馬歸：任馬行走不加駕馭，表現出悲傷不已的心情。信，聽任。㊴太液芙蓉未央柳：指宮殿內的景物，如芙蓉、柳都和以前一樣。太液，漢代宮中池苑名。未央，漢代宮殿名。此處均借指爲唐代池苑宮殿。㊵芙蓉如面柳如眉：荷花看去像貴妃的臉，柳葉如貴妃的眉。㊶西宮南內：玄宗自蜀返京，不再稱帝。先住在宮城南面的興慶宮，稱南內。後遷移至西面的太極宮，稱西宮。㊷梨園弟子：唐玄宗在梨園教練出來的樂工。㊸椒房阿監青娥老：椒房，本指皇后住處，其房內以椒粉塗壁，取其香氣，此處泛指後宮。阿監，守宮門的女監。青娥，年輕的宮女。㊹思悄然：愁悶不語。㊺遲遲：緩慢的樣子，形容時間難挨。㊻鐘鼓：報時辰的鐘鼓聲。㊼耿耿：明亮。㊽星河：銀河。㊾鴛鴦瓦：一俯一仰嵌合成對的瓦。㊿魂魄：楊貴妃的亡靈。(51)臨邛（ㄑㄩㄥˊ）道士鴻都客：是說一位蜀地道士來長安爲客。臨邛，四川省邛崍縣。鴻都，洛陽北宮門名，此借指長安。(52)致魂魄：招死者魂魄。(53)排雲馭氣：駕雲乘風。(54)碧落：道家對天的稱呼。(55)五雲起：在五彩雲霧中。(56)綽約：輕盈秀美的樣子。(57)太眞：楊貴妃曾一度爲女道士，叫太眞。(58)參（ㄘㄣ）差（ㄘ）是：大概是，彷彿是。(59)玉扃（ㄐㄩㄥˇ）：白玉的門。扃，門閂。(60)轉教小玉報雙成：指層層通報太眞的侍女。小玉、雙成，均仙女名，此處借指太眞的侍女。(61)九華帳：華貴繁麗的彩帳。(62)珠箔銀屏迤（ㄧˇ）邐（ㄌㄧˇ）開：形容神仙洞府的重重門戶先後打開。珠箔，珠簾。屏，屏風。迤邐，接連。(63)雲髻半偏：髮髻半歪。(64)睡覺（ㄐㄩㄝˊ）：睡醒。(65)袂（ㄇㄟˋ）：袖子。(66)淚闌干：流淚縱橫的樣子。(67)凝睇（ㄉㄧˋ）：凝視。(68)昭陽殿：漢成帝皇后趙飛燕所住內殿，借指楊貴妃生前住所。(69)蓬萊宮：仙宮，指貴妃所住的仙境。(70)鈿合：鑲嵌金花的盒子。合，通「盒」。(71)寄將去：託請捎去。將，助詞。(72)釵留一股合一扇：釵有兩股，留下一股，盒有底和蓋，留一半。(73)釵擘黃金合分鈿：承上句補足留的動作。擘，分開。合分鈿，盒子上面鑲著的金花分爲兩半。(74)重寄詞：再次叮嚀。(75)長生殿：天寶元年（七四二）建，爲祭神的宮殿。(76)比翼鳥：雌雄並排齊飛的鳥。(77)連理枝：兩棵樹不同根而枝幹彼此交錯糾結。(78)緜緜：長久不止。

6. 元稹

田家詞①

牛吒吒②，田確確③，旱塊敲牛蹄趵趵④，種得官倉珠顆穀⑤。六十年來兵簇簇⑥，月月食糧車轆轆⑦。一日官軍收海服⑧，驅牛駕車食牛肉。歸來收得牛兩角，重鑄鋤犁作斤劚⑨。姑舂婦擔去輸官，輸官不足歸賣屋。願官早勝仇早復⑩，農死有兒牛有犢，誓不遣官軍糧不足⑪。

①田家詞：是作者〈樂府古題〉十九首中的第九首。②吒（ㄔㄚˋ）吒：叱牛聲。③確確：堅硬、貧瘠的樣子。④趵（ㄅㄛ）趵：牛蹄踩在硬地上發出的聲響。⑤種得官倉珠顆穀：辛勤耕種出來像珍珠一般的穀粒都給官府搜刮去了。⑥兵簇（ㄘㄨˋ）簇：兵器聚集繁多的樣子，此指戰火連年不絕。⑦轆（ㄌㄨˋ）轆：車聲。⑧海服：指濱海之地。服，古人把京畿以外每五百里稱一服。⑨斤劚（ㄓㄨˇ）：泛指砍伐用的工具。斤，斧。劚，鋤頭一類的農具。⑩仇早復：早日打敗敵人。⑪不遣：不讓。

聞樂天授江州司馬①

殘燈無焰影幢幢②，此夕聞君謫九江③。垂死④病中驚坐起，暗風吹雨入寒窗。

①聞樂天授江州司馬：樂天，白居易字，元和十年（八一五）因直言極諫，貶爲江州（今江西省九江市）司馬。這時作者爲通州（今四川省達縣）司馬，立刻寫此詩遠寄江州。②幢（ㄔㄨㄤˊ）幢：昏暗晃動不定的樣子。③九江：唐代的江州，隋時爲九江郡，故稱。④垂死：將死。作者此時正臥病在床。

三、奇險冷僻詩

1.孟　郊

秋夕貧居述懷

臥冷無遠夢①，聽秋酸別情②。高枝低枝風，千葉萬葉聲。淺井不供飲，瘦田長廢耕。今交非古交，貧語聞皆輕③。

①臥冷無遠夢：寒冷得無法入夢，想要在夢中回到遙遠的故鄉都無法辦到。②聽秋酸別情：聽到秋聲來臨，想念遠別之人，心中更加感到酸楚。③輕：輕視。

織婦詞

夫是田中郎，妾是田中女。當年嫁得君，爲君秉①機杼。筋力日已疲，不息窗下機。如何織紈素②，自著③藍縷衣④？官家牓⑤村路，更索⑥栽桑樹⑦。

①秉：操持。②紈素：細白的絹。③著：穿著。④藍縷衣：破舊衣服。⑤牓：同「榜」，張貼告示。⑥索：要求。⑦栽桑樹：多種桑樹，意指多養蠶繅絲。

2. 韓　愈

山石①

山石犖确②行徑微③，黃昏到寺蝙蝠飛。升堂④坐階新雨足，芭蕉葉大梔子⑤肥。僧言古壁佛畫好，以火來照所見稀⑥。鋪床拂席置羹飯，疏糲⑦亦足飽我饑。夜深靜臥百蟲絕，清月出嶺光入扉。天明獨去無道路⑧，出入高下窮烟霏。山紅澗碧紛爛漫，時見松櫪⑨皆十圍⑩。當流赤足蹋澗石，水聲激激風吹衣。人生如此自可樂，豈必局束⑪爲人鞿⑫？嗟哉吾黨二三子⑬，安得至老不更歸⑭！

①山石：這首詩寫於唐德宗貞元十七年（八〇一），作者離開徐州後閑居洛陽之時，是遊洛北惠林寺的紀遊詩。②犖（ㄌㄨㄛˋ）确（ㄑㄩㄝˋ）：險峻不平的樣子。③行徑微，路徑狹窄。④堂：佛堂。⑤梔（ㄓ）子：常綠灌木，夏日開花，白色，味香。⑥稀：稀罕，指以前很少見過如此好的壁畫。⑦疏糲（ㄌㄧˋ）：簡單飯菜。疏，同「蔬」。糲，糙米。⑧無道路：隨意走走，不擇路徑。⑨櫪：同「櫟」。⑩圍：兩臂合抱爲一圍。⑪局束：即局促，拘謹。⑫鞿（ㄐㄧ）：馬絡頭。此處作動詞，控制之意。⑬吾黨二三子：指和自己志向道合的幾個朋友。⑭不更歸：即更不歸，指長期留在山中，不再回到官場。

左遷至藍關示侄孫湘①

一封②朝奏九重天③，夕貶潮州④路八千。欲爲聖明除弊事，肯將⑤衰朽惜殘年！雲橫秦嶺⑥家何在？雲擁⑦藍關馬不前。知汝遠來應有意，好收吾骨瘴江邊⑧。

①左遷至藍關示侄孫湘：左遷，貶官。唐憲宗元和十四年（八一九）迎佛骨於鳳翔，大興佛事。作者時爲刑部侍郎，上表極言進諫，觸怒憲宗，被貶爲潮州刺史。藍關，即藍田關，在今陝西省藍田縣東南。湘，韓湘，韓愈侄老成之子，長慶時進士。②一封：指其諫書〈論佛骨表〉。③九重天：古稱天有九層，第九層最高，此借指皇帝。④潮州：治所在今廣東省潮陽縣。⑤肯將：怎麼肯因爲。肯，豈肯。將，因。⑥秦嶺：此指終南山。⑦擁：阻塞。⑧瘴江邊：指潮州。當時嶺南一帶多瘴氣。

早春呈水部張十八員外①（二首之一）

天街②小雨潤如酥③，草色遙看近却無。最是一年春好處，絕勝④烟柳滿皇都⑤。

①張十八員外：即張籍，唐人習以排行相稱。時張籍任水部員外郎。②天街：京城中的街道。③酥：酥油，動物乳汁所製。④絕勝：遠遠超過。⑤皇都：指京城長安。

3. 賈島

題李凝①幽居②

閑居少鄰並③，草徑入荒園。鳥宿池邊樹，僧敲月下門。過橋分④野色，移石動雲根⑤。暫去還來此，幽期⑥不負言⑦。

①李凝：作者的朋友，生平事迹不詳。②幽居：幽靜的居處。此指隱居之處。③鄰並：並居的鄰居。④分：區分。⑤移石動雲根：雲腳移動，彷彿石在移動。雲根，即雲腳。古人認爲雲「觸石而出」。⑥幽期：幽雅的約會。指與李

凝共同隱居的期約。⑦不負言：不違背約定。

送無可上人①

圭峯②霽③色新，送此草堂人④。麈尾⑤同離寺，蛩鳴暫別親⑥。獨行潭底影，數息樹邊身⑦。終有煙霞約⑧，天台⑨作近鄰。

①無可上人：爲賈島堂弟，居天仙寺，能詩，與島齊名。②圭峯：山名，在陝西省鄠縣東南紫閣峯東，其形如圭，下有草堂寺，寺東又有小圭峯。③霽（ㄐㄧˋ）：雨止天晴。④草堂人：指無可上人。⑤麈尾：拂塵。⑥別親：親人分別。⑦獨行潭底影，數息樹邊身：你獨自登上漫長的旅程，只有潭底的身影、歇息的大樹和你作伴。⑧煙霞約：隱居之期約。⑨天台：山名，在浙江省天台縣北。

四、奇詭穠麗詩

1.李　賀

金銅仙人辭漢歌幷序①

魏明帝青龍元年②八月，詔宮官牽車西取漢孝武捧露盤仙人，欲立置前殿③。宮官既拆盤，仙人臨載，乃潸然④淚下。唐諸王孫李長吉遂作〈金銅仙人辭漢歌〉。

茂陵劉郎秋風客⑤，夜聞馬嘶曉無迹⑥。畫欄桂樹懸秋香，三十六宮⑦土花⑧碧。魏官牽車指⑨千里，東關⑩酸風⑪射眸子。空將⑫漢月出宮門，憶君⑬清淚如鉛水⑭。衰蘭送客咸陽道⑮，天若有情天亦老。攜盤獨出月荒涼，渭城⑯已遠波聲⑰小。

①金銅仙人辭漢歌并序：漢武帝曾在長安建安宮前造神明台，上鑄仙人銅像，銅仙人以手掌托銅盤，承接空中露水，拿來和玉屑調飲，以求長生不老。至魏明帝時，派人遷移銅仙人搬往魏都洛陽，傳說上車時銅人下淚。作者根據這個故事，寫了此詩。 ②青龍元年：應作青龍五年。魏改青龍五年三月爲景初元年（二三七）四月，徙長安銅人承露盤就在這一年。 ③前殿：指洛陽宮殿的前殿。 ④潸（ㄕㄢ）然：形容落淚的樣子。 ⑤茂陵劉郎秋風客：茂陵劉郎，指漢武帝劉徹。漢武帝的陵墓叫茂陵。他作有〈秋風辭〉，故稱「秋風客」，武帝雖貴爲帝王之尊，仍不過是秋風中的過客。 ⑥夜聞馬嘶曉無迹：是說武帝魂魄夜晚巡遊，午夜時有人聽到馬鳴聲。 ⑦三十六宮：漢武帝在長安有離宮別館三十六所。 ⑧土花：青苔。 ⑨指：指向，送往。 ⑩東關：長安東門。 ⑪酸風：悲淒之風。 ⑫將：與、和。 ⑬君：指漢武帝。 ⑭鉛水：鉛粉溶成的水，以水狀淚，極言淚多。鉛白，故曰清淚如鉛水。 ⑮衰蘭送客咸陽道：從長安東去的路上，只有衰敗的蘭花在爲金銅仙人送行。客，指金銅仙人。咸陽道，泛指長安通往關東的道路。 ⑯渭城：即咸陽。因其位在渭水之旁，故漢代時改稱渭城，這裏借指長安。 ⑰波聲：指渭水的波聲。

將進酒①

琉璃鍾②，琥珀③濃，小槽酒滴眞珠紅④。烹龍炮鳳⑤玉脂泣⑥，羅幃繡幕圍香風。吹龍笛⑦，擊鼉鼓⑧；皓齒歌，細腰舞。況是青春日將暮，桃花亂落如紅雨。勸君終日酩酊醉，酒不到劉伶⑨墳上土！

①將進酒：樂府舊題，爲漢鼓吹鐃歌十八曲之一。 ②鍾：盛酒器具。 ③琥珀：如琥珀一般色澤的美酒。 ④小槽酒滴眞珠紅：眞珠似的紅酒沿著酒槽往下滴。槽，壓酒的器具。 ⑤烹龍炮鳳：極言珍奇鮮美的食物。 ⑥玉脂泣：肉類

食物煎煮時發出的聲音。⑦龍笛：笛聲如龍吟。⑧鼉（ㄊㄨㄛˊ）鼓：鼉皮蒙的鼓。鼉，鱷魚近屬，四足，長丈餘，甲如鎧，其皮堅而厚，可以蒙鼓。⑨劉伶：西晉竹林七賢之一，放情肆志，嗜酒無度，著有〈酒德頌〉文。

南園（十三首之十三）

小樹開朝徑，長茸①溼夜烟。柳花驚雪浦②，麥雨漲溪田③。古刹疏鐘度④，遙嵐⑤破月⑥懸。沙頭敲石火，燒竹照漁船。

①長茸：指遍地蒙茸的細草。②柳花驚雪浦：柳絮飄落，水邊上白花花一片，似鋪了一層雪，令人驚訝！浦，水邊。③溪田：溪邊的麥田。④疏鐘度：遠遠的鐘聲傳來。⑤嵐：山林中的霧氣。⑥破月：新月。

貳拾、晚唐詩歌

一、華美詩

1. 杜　牧

遺懷

落魄①江湖載酒②行，楚腰③纖細掌中輕④。十年一覺⑤揚州夢，贏得青樓⑥薄倖⑦名。

①落魄：漂泊。②載酒：携酒。③楚腰：楚國美女的細腰。《韓非子・二柄》：「楚靈王好細腰，而國中多餓人。」這裏泛指美人的細腰。④掌中輕：相傳漢趙飛燕體輕，能在掌上起舞。⑤一覺（ㄐㄩㄝˊ）：醒悟。⑥青樓：指妓女所居之處。⑦薄倖：薄情。

過華清宮①絕句（二首之一）

長安回望繡成堆②，山頂千門次第開③。一騎紅塵④妃子笑，無人知是荔枝來。

①華清宮：唐玄宗開元十一年（七二三）修建的行宮，在今陝西省臨潼縣驪山腳下，是唐玄宗、楊貴妃避寒消暑之處。②長安回望繡成堆：這是說從長安回頭望去，驪山樹木葱蘢繁盛，艷麗花卉，樓閣宮殿，一團錦繡。③次第開：宮門

一個接一個地打開。④一騎紅塵：一個人騎著快馬飛馳而來，帶起了一溜煙的塵土。

泊秦淮①

煙籠寒水月籠沙，夜泊秦淮近酒家。商女②不知亡國恨，隔江猶唱〈後庭花〉③。

①秦淮：長江下游的支流，流經江蘇省南京市。相傳爲秦始皇時開鑿，以疏通淮水，故名。②商女：指賣唱的歌女。③〈後庭花〉：即樂曲〈玉樹後庭花〉，爲南朝陳後主所作。由於後主耽於聲色，荒淫腐化，終至亡國，是以後人把他所作之曲視爲亡國之音。

山行

遠上寒山石徑斜①，白雲生處②有人家。停車坐③愛楓林晚，霜葉紅於二月花。

①斜：形容山的陡峭。②白雲生處：白雲產生的地方。指深山。③坐：因爲。

2.李商隱

無題①

相見時難別亦難，東風無力②百花殘。春蠶到死絲③方盡，蠟炬④成灰淚始乾。曉鏡⑤但愁雲鬢改⑥，夜吟⑦應覺月光寒。蓬山⑧此去無多路⑨，青鳥⑩殷勤爲探看。

①無題：內心隱祕情事，不宜立題，因稱無題。②東風無力：春風衰微，指時序已至暮春。③絲：與「思」諧音，爲雙關語，取相思之義。④蠟炬：蠟燭。⑤曉鏡：早晨照鏡。⑥雲鬢改：指容顏憔悴。⑦夜吟：月下沉思。⑧蓬山：即蓬萊山，傳說中的海上仙山，此指戀人的居所。⑨無多路：沒有多遠，但卻阻隔難通。⑩青鳥：神話中西王母的使者。此指傳遞消息的人。

嫦娥①

雲母②屛風燭影深③，長河④漸落曉星沉。嫦娥應悔偷靈藥⑤，碧海青天⑥夜夜心⑦。

①嫦娥：神話中月宮仙女。②雲母：一種礦石，晶體透明有光澤，其薄片常用作窗户、屛風等的裝飾物。③深：陰暗。④長河：銀河。⑤偷靈藥：偷吃長生不死之藥。⑥碧海青天：碧海一般的青天。⑦夜夜心：日日夜夜，雲天遙隔，多麼寂寞的心。

花下醉

尋芳①不覺醉流霞②，倚樹沉眠③日已斜。客散酒醒深夜後，更④持紅燭賞殘花。

①尋芳：觀賞繁花。②流霞：傳說中的仙酒名，借指美酒。③倚樹沉眠：倚著花樹沈沈入眠，寫醉臥花下。④更：再。

賈生①

宣室②求賢訪逐臣③，賈生才調④更無倫⑤。可憐⑥夜半虛前席⑦，不問蒼生⑧問鬼神。

①賈生：即賈誼，西漢著名的政論家及辭賦家。②宣室：西漢長安城未央宮前殿的正室。這裏借指漢朝朝廷。③逐臣：被貶謫的臣子。這裏指賈誼，因他一度被貶爲長沙王太傅。④才調：才華、才氣。⑤無倫：無與倫比。⑥可憐：可惜、可嘆。⑦虛前席：指空有聽得入迷的舉動。虛，徒然，白白地。前席，古人席地跪坐，每人各據一席（一塊坐墊），膝蓋移到席子前端的地上謂「前席」。據《史記・屈原賈生列傳》載，賈誼被徵回長安，有一次，文帝剛祭祀結束，在宣室接見賈誼，有感於鬼神之事而向賈誼問鬼神之本。賈誼於是詳細說明鬼神之所以產生原因，文帝聽得入迷，直到夜半，不知不覺移坐向前。⑧蒼生：人民、百姓。

錦瑟①

錦瑟無端②五十弦，一弦一柱③思華年④。莊生曉夢迷蝴蝶⑤，望帝春心託杜鵑⑥。滄海月明珠有淚⑦，藍田日暖玉生烟⑧。此情可待成追憶⑨，只是當時已惘然⑩。

①錦瑟：繪有綿繡般美麗花紋的瑟。瑟是一種彈撥樂器，古瑟五十弦。②無端：無緣無故。③柱：弦的支柱。④華年：少年，盛年。作者寫此詩時年近五十，故以五十弦之瑟爲起端，回憶逝去的華年。⑤莊生曉夢迷蝴蝶：據說莊子曾夢見自己化爲蝴蝶，醒來後想，不知現實與夢境哪個是眞的？此句暗示自己現在有如夢醒之後，回憶人生似一場夢幻，感到迷惘。曉夢，是指早晨夢醒之後。⑥望帝春心託杜鵑：周末蜀王杜宇稱望帝，國亡身死，魂魄化爲杜鵑鳥，鳴聲哀凄。此句說望帝的悲傷感情託杜鵑之口表達出來，用來比喻自己一生的理想抱負均未實現，只有將傷感化爲詩篇而得以表達。春心，傷春之心。⑦珠有淚：傳說南海有鮫（ㄐㄧㄠˇ）人（即美人魚），哭泣時眼淚變成珍珠。⑧藍田日暖玉生烟：藍田，在陝西省藍田縣，生美玉。當日光照射玉田時，遠望似有一層烟霧。⑨此情可待成追憶：往事情景豈堪再追憶。⑩只是當時已惘然：即使是當時也已感到惘然若失了。

登樂遊原①

向晚②意不適③，驅車登古原④。夕陽無限好，祇是近黃昏。

①樂遊原：在長安城南，地勢較高，四望寬敞，可以俯瞰全城。原爲秦宜春苑。漢宣帝修樂遊廟，因以爲名。唐太平公主在此造亭閣，成爲長安士女登賞之地。 ②向晚：黃昏時分。 ③意不適：心緒不佳。 ④古原：指樂遊原。

二、社會詩

1. 皮日休

橡媼嘆①

秋深橡子熟，散落榛蕪岡②。傴僂③黃髮媼，拾之踐晨霜。移時④始盈掬⑤，盡日⑥方滿筐。幾曝復幾蒸，用作三冬⑦糧。山前有熟稻，紫穗襲人香。細獲⑧又精舂⑨，粒粒如玉璫⑩。持之納於官，私室⑪無倉箱⑫。如何一石餘，只作五斗量！狡吏不畏刑，貪官不避贓⑬。農時作私債⑭，農畢歸官倉。自冬及於春，橡實誑饑腸⑮。吾聞田成子⑯，詐仁猶自王⑰。吁嗟⑱逢橡媼，不覺淚沾裳。

①橡媼（ㄠˇ）嘆：此詩是作者〈正樂府十篇〉中的第二首。橡媼，採摘橡子的老婦。橡，是櫟樹的果實，苦澀難食。 ②榛蕪岡：草木叢生的山岡。榛，樹叢。 ③傴（ㄩˇ）僂（ㄌㄡˊ）：彎腰駝背的樣子。 ④移時：過了些時候。 ⑤

盈掬：滿滿一捧。⑥盡日：整日。⑦三冬：冬季的三個月。⑧細獲：仔細的收割。⑨精舂：把稻粒舂成精米。⑩玉璫（ㄉㄤ）：玉耳環。此處用以形容光澤圓潤。⑪私室：自己家中。⑫無倉箱：是說沒有貯藏糧食。食箱，裝米的箱子。⑬不避贓：公然貪贓。⑭作私債：指借債作耕種本錢。⑮誑饑腸：哄騙肚子。⑯田成子：春秋時齊簡公的宰相田常。他以大斗出貨，小斗收取，受齊人擁護。他的後代篡奪齊國王位而自立。⑰詐仁猶自王：田常假仁假義，人民得到了好處，終於其後世自立爲王，成就了王業。在此揭露貪官狡吏連假仁假義都不要，後果可想而知。⑱吁嗟：感嘆詞。

2. 聶夷中

詠田家

二月賣新絲①，五月糶新穀②。醫得眼前瘡③，剜却心頭肉④。我願君王心，化作光明燭。
不照綺羅筵⑤，只照逃亡屋⑥。

①新絲：指當年的絲。這是寫農人爲生計所迫，二月還不曾養蠶就預先出賣新絲。②糶（ㄊㄧㄠˋ）新穀：賣出新穀。糶，賣穀。③眼前瘡：指農人眼前艱困的生活。④剜（ㄨㄢ）却心頭肉：剜肉醫瘡，比喻爲了救急，顧不到未來的生計。剜，挖掉。⑤綺羅筵：指豪華豐盛的筵席。⑥逃亡屋：逃亡在外的窮人之家。

3. 杜荀鶴

山中寡婦

夫因兵①死守蓬茅②，麻苧③衣衫鬢髮焦④。桑柘⑤廢來猶納稅，田園荒後尚徵苗⑥。時挑野菜和根煮，旋⑦斫⑧生柴帶葉燒。任⑨是深山更深處，也應無計避征徭⑩。

①兵：戰爭。②蓬茅：用蓬蒿和茅草做成的屋子。③麻苧（ㄓㄨˋ）：粗麻布。④焦：枯黃。⑤桑柘（ㄓㄜˋ）：桑、柘皆是常綠灌木，葉可養蠶。⑥尚徵苗：還要徵收青苗錢。⑦旋：臨時。⑧斫（ㄓㄨㄛˊ）：砍。⑨任：任憑。⑩征徭：賦稅和徭役。

貳拾壹、唐代古文

1. 韓　愈

進學解①

國子先生②晨入太學③，招諸生立館④下，誨之曰：「業精於勤，荒於嬉；行成於思，毀於隨⑤。方今聖賢相逢，治具⑥畢張，拔去兇邪，登崇畯良⑦。占小善者率以錄⑧，名一藝者無不庸⑨。爬羅剔抉，刮垢磨光⑩。蓋有幸而獲選⑪，孰云多而不揚⑫？諸生業患不能精，無患有司⑬之不明；行患不能成，無患有司之不公！」

言未既⑭，有笑於列者曰：「先生欺余哉！弟子事先生，于茲有年矣。先生口不絕吟於六藝之文⑮，手不停披⑯於百家之編⑰。紀事者⑱必提其要⑲，纂言者⑳必鉤其玄㉑。貪多務得，細大不捐㉒。焚膏油以繼晷㉓，恆兀兀以窮年㉔。先生之業，可謂勤矣。觝排異端㉕，攘斥佛老，補苴罅漏㉖，張皇幽眇㉗。尋墜緒㉘之茫茫，獨旁搜㉙而遠紹㉚。障百川而東之㉛，迴狂瀾於既倒㉜。先生之於儒，可謂勞矣。沈浸醲郁㉝，含英咀華㉞，作爲文章，其書滿家。上規姚姒㉟，渾渾㊱無涯；周誥㊲殷盤㊳，佶屈聱牙㊴；《春秋》謹嚴㊵，左氏浮誇㊶；《易》奇而法㊷，《詩》正而葩㊸；下逮《莊》、《騷》㊹，太史所錄㊺；子雲相如㊻，同工異曲。先生之於文，可謂閎其中而肆其外㊼矣。少始知學，勇於敢爲；長通於方㊽，左右具宜。先生之於爲人，可謂成㊾矣。然而公不見信於人，私不見助於友。跋前躓後㊿，動輒得咎。暫爲御史，遂竄南夷(51)。三年博士(52)，冗不見治(53)。命與仇謀，取敗幾時(54)！冬暖而兒號寒，年豐而妻啼飢。頭童齒豁(55)，竟死何裨(55)？不知慮此，而反教人爲！」

先生曰：「吁！子來前！夫大木爲宋(57)，細木爲桷(58)，欂櫨(59)侏儒(60)，椳闑居楔(61)，各得其宜，施以成室者，匠氏之工也。玉札丹砂(62)，赤箭青芝(63)，牛溲馬勃(64)，敗鼓之皮(65)，俱收並蓄，待用無遺者，醫師之良也。登明選公(66)，雜進巧拙(67)，紆餘(68)爲妍，卓犖(69)爲傑，校短量長，惟器是適(70)者，宰相之方也。昔者孟軻好辯，孔道以明，轍環天下，卒老於行(71)。荀卿守正(72)，大論是宏(73)，逃讒于楚，廢死蘭陵。是二儒者，吐辭爲經，舉足爲法，絕類離倫(74)，優入聖域(75)，其遇於世何如也！今先生學雖勤而不繇其統(76)，言雖多而不要其中(77)，文雖奇而不濟於用，行雖修而不顯於衆。猶且月費俸錢，歲糜廩粟(78)。子不知耕，婦不知織。乘馬從徒，安坐而食。踵常途之促促(79)，窺陳編以盜竊(80)。然而聖主不加誅，宰臣不見斥，非其幸歟！動而得謗，名亦隨之。投閒置散(81)，乃分之宜。若夫商財賄之有亡(82)，計班資之崇庳(83)，忘己量之所稱(84)，指前人(85)之瑕疵，是所謂詰匠氏之不以杙爲楹(86)，而訾(87)醫師以昌陽引年(88)，欲進其豨苓(89)也。」

①進學解：進學，增進學業和德行。解，辨解。唐憲宗元和七年（八一二），韓愈由職方員外郎被貶爲國子博士，仕途不得意，憤憤不平，於是寫下這篇文章。　②國子先生：指國子博士，韓愈自稱。　③太學：國子監，是設立京城的最高學府。唐之國子監，分國子學、太學、廣文館、四門學、律學、書學和算學七個學，各置博士。　④館：國子監的學舍。　⑤行成於思，毀於隨：道德修養完善於獨立思考，而品德的毀壞則由於因循隨俗。行，德行。隨，因循、盲從。　⑥治具：指國家法令。　⑦登崇畯（ㄐㄩㄣˋ）良：提拔賢良。登崇，提拔。畯良，才德兼備之人。畯，同「俊」。　⑧占小善者率以錄：稍有一點長處的人都得到錄用。占，據有。率，大都。錄，錄用。　⑨名一藝者無不庸：能夠精通一

技之長者無不被錄用。名，通「明」，掌握。藝，技能。庸，用。⑩爬羅剔抉，刮垢磨光：是說網羅拔擢人才，訓練造就人才。爬，整理。羅，搜尋。剔，區別。抉，挑選。刮垢，刮去污垢。磨光，磨出光亮。⑪蓋有幸而獲選：或許有因僥倖而獲得選拔的人。⑫孰云多而不揚：誰說有學識淵博而不被舉用的呢？多，指學識淵博。揚，舉用。⑬有司：官吏。⑭既：終了，結束。⑮六藝之文：泛指儒學經典。六藝，即《詩》、《書》、《禮》、《樂》、《易》、《春秋》。⑯披：翻閱。⑰百家之編：各種學派的書籍。⑱紀事者：以記事爲主的史籍。⑲提其要，提煉出其中的要點。⑳纂言者：以論述爲主的學術論著。纂，論著。㉑鉤其玄：探索出其中深刻的道理。玄，微妙深奧。㉒捐：捨棄。㉓焚膏油以繼晷（ㄍㄨㄟˇ）：夜以繼日認眞讀書。膏油，燈油。晷，日影，此指白日。㉔恆兀（ㄨˋ）兀以窮年：經常一年到頭都是如此勤奮勞苦。恆，經常。兀兀，勤奮勞苦的樣子。窮年，盡年，指一年到頭。㉕觝（ㄉㄧˇ）排異端：抵制排斥邪說。異端，指當時非儒家學說，如佛教、道教思想。㉖補苴（ㄐㄩ）罅（ㄒㄧㄚˋ）漏：補充儒學的疏漏不足。補苴，塡補。苴，草墊子，這裡作動詞用，塡塞之意。罅，隙縫。㉗張皇幽眇（ㄇㄧㄠˇ）：闡發儒家學說深奧隱微之處。張皇，闡明光大。幽眇，深隱不明。㉘墜緒：已經被埋沒失傳的儒家理論。墜，中斷。緒，事業、功業。㉙旁搜：廣泛地搜求。㉚遠紹：遠遠的繼承儒家事業。㉛障百川而東之：攔阻一切江河使之東流。比喻引導百家之說都皈依於儒家學說。障，攔阻。㉜迴狂瀾於既倒：挽回被狂猛波瀾沖倒的局面。比喻挽救儒家學說被佛、老異端邪說擊垮的局面。㉝醲郁：本指香氣濃厚，此指經典中精美處。㉞含英咀華：細細咀嚼玩味經典中的精華。含、咀，玩味咀嚼。英、華，指書籍中的精華處。㉟上規姚姒（ㄙˋ）：上以《虞書》、《夏書》爲規範。姚姒，虞舜姓姚，夏禹姓姒。此代指《尚書》中的《虞書》、《夏書》。㊱渾渾：宏大的樣子，即博大精深。㊲周誥：周代的文告，代指《周書》。㊳殷盤：指《尚書》中的《盤庚》三篇，代指《商書》。㊴佶（ㄐㄧㄝˊ）屈聱（ㄠˊ）牙：形容文字艱深難讀。佶屈，迂曲不順。聱牙，讀起來彆扭不順。㊵《春秋》謹嚴：《春秋》，指孔子據魯國史官的記載所編修的史書。謹嚴，《春秋》一書，文辭簡約精煉，往往一字定褒貶，故說「謹嚴」。㊶左氏浮誇：左氏，指魯左丘明所著《左傳》。浮誇，此書用以闡明《春秋》，記事詳備，文辭華麗鋪張，其中有許多誇張而形象的描寫，富有文學色彩，所以說它「浮誇」。㊷《易》奇而法：《易》，指《易經》。奇，指卦的變化奇妙。法，有法則可尋。㊸《詩》正而葩（ㄆㄚ）：《詩》，指《詩經》。正，指思想醇正。葩，原指花初開，此處用以比喻文采富麗華美。㊹《莊》《騷》：指《莊子》、《離騷》。㊺太史所錄：太史公司馬遷所記錄的《史記》。㊻子雲相如：子雲，漢代思想家、文學家揚雄，字子雲。相如，漢辭賦名家司馬相如。㊼閎其中而肆其外：是說韓愈文章內容廣博精深，文辭奔放暢達。閎，宏大。中，指文章內容。肆，開展洒脫。外，指文章形式。㊽長通於方：年長通曉處世之道。方，道理。㊾成：成熟完備。㊿跋前躓（ㄓˋ）後：進退兩難。語出《詩經・豳風・狼跋》：「狼跋其胡，載躓其尾」，是說狼前進即踩其胡（項下懸肉），後退則踏其尾。(51)遂竄南夷：就遭貶謫到南方邊遠地區。韓愈在御史任上，曾上書爲民請命減免租稅，而被貶爲陽山令（在今廣東）。(52)三年博士：指韓愈多次任國子監博士之職。(53)冗不見（ㄒㄧㄢˋ）治：閑散而沒有表現出什麼治績。(54)命與仇謀，取敗幾時：命運常與仇敵打交道，常被貶官降職；隨時隨地失敗倒楣。謀，相伴，相結合。取敗，失敗倒楣。幾時，不時，隨時隨刻。(55)頭童齒豁：頭上禿頂，牙齒脫落。豁，殘缺。(56)竟死何裨：直到死又有何補益？(57)宊（ㄇㄤˊ）：屋的大樑。(58)桷（ㄐㄩㄝˊ）：房上的方木椽。(59)欂（ㄅㄛˊ）櫨（ㄌㄨˊ）：柱頂上用來承托屋樑的方木，即斗拱。(60)侏儒：樑上的短小支柱。(61)椳（ㄨㄟ）闑（ㄋㄧˋㄝ）店（ㄉㄧˋㄢ）楔（ㄒㄧˋㄝ）：椳，門上的樞軸。闑，古代門中央所豎的短木。店，門閂。楔，榫縫中所插的斜木。(62)玉札丹砂：玉札，地榆，葯材的一種。丹砂，朱砂。(63)赤箭青芝：赤箭，一種草藥，紅色，形似箭杆，上端開花。青芝，一名龍芝，靈芝草之一種。(64)牛溲（ㄙㄡ）馬勃：牛溲，牛尿，可以治水腫。馬勃，馬屁菌。(65)敗鼓之皮：破鼓皮，可入藥。(66)登明選公：提拔選用人才明察而公正。登、選，選拔。(67)雜進巧拙：聰明、笨拙的人都得到進用。(68)紆（ㄩ）餘：屈曲的樣子，指穩重和緩的人。(69)卓犖（ㄌㄨˋㄛ）：超群出眾。(70)惟器是適：根據各人的才器給予適合的位置。適，合用。(71)卒老於行：最後在周遊奔走中老去。(72)守正：堅守儒家之道。(73)大論是宏：荀子的博大論著發揚光大了孔、孟儒學。(74)絕類離倫：超出同類，無與倫比。(75)優入聖域：足夠進入聖人的境地。(76)不繇其統：不合儒家的道統。繇，同「由」，遵循。(77)要（ㄧㄠ）其中：把握其中的核心。要，把握。中，關鍵，核心。(78)歲縻廩（ㄌㄧˇㄣ）粟：每年耗費公家的糧食。縻，浪費。廩粟，倉庫的米糧，此指俸米。(79)踵常途之促促：只是拘謹的跟著別人走老路。踵，腳跟，此處作動詞，指跟著走。常途，平常的路，即走老路。促促，不舒展的樣子。(80)窺陳編以盜竊：只是襲用前人的說法而無創見。窺，看。陳編，陳舊古籍。盜竊，抄襲。(81)投閒置散：放在閑散的職位上。(82)若夫商財賄之有亡（ㄨˊ）：如果盤算俸祿之多少。商，盤算。財賄，錢財、俸祿。亡，通「無」。(83)計班資之崇庳（ㄅㄟ）：計較官位的高低。班資，班列資格，即官位等級。崇庳，高低。(84)忘己量之所稱：忘記自己能力所符合的標準。(85)前人：在自己前面的人，即顯貴者、當權者。(86)詰匠氏之不以杙（ㄧˋ）爲楹：責問工匠不以小木樁爲大柱子。詰，責問。杙，小木樁。楹，大柱子。(87)訾（ㄗˇ）：指責。(88)以昌陽引年：用昌蒲來延年益壽。昌陽，昌蒲，有健身補養作用。(89)豭（ㄒㄧ）苓：又名猪苓，草藥的一種，有利尿治渴之用。

送李愿歸盤谷序①

太行之陽②有盤谷，盤谷之間，泉甘而土肥，草木藂③茂，居民鮮少。或曰：「謂其環兩山之間，故曰盤。」或曰：「是谷也，宅幽而勢阻④，隱者之所盤旋⑤。」友人李愿居之。

愿之言曰：「人之稱大丈夫者，我知之矣。利澤⑥施於人，名聲昭於時⑦。坐於廟朝⑧，進退百官⑨，而佐天子出令。其在外，則樹旗旄⑩，羅弓矢⑪，武夫前呵⑫，從者塞途⑬。供給之人⑭，各執其物，夾道而疾馳。喜有賞，怒有刑。才畯⑮滿前，道古今而譽盛德⑯，入耳而不煩。曲眉豐頰⑰，清聲而便體⑱，秀外而惠中⑲，飄輕裾⑳、翳㉑長袖、粉白黛綠㉒者，列屋而閑居，妒寵而負恃㉓，爭妍而取憐。大丈夫之遇知㉔於天子，用力於當世者之所爲也。吾非惡此而逃之，是有命焉，不可幸而致㉕也。

窮居而野處㉖，升高而望遠，坐茂樹以終日，濯清泉以自潔。採於山，美可茹㉗；釣於水，鮮可食。起居無時㉘，惟適之安。與其有譽於前，孰若無毀於其後？與其有樂於身，孰若無憂於其心？車服不維㉙，刀鋸㉚不加，理㉛亂不知，黜陟㉜不聞。大丈夫不遇於時者之所爲也，我則行之。

伺候於公卿之門，奔走於形勢㉝之途，足將進而趦趄㉞，口將言而囁嚅㉟，處穢污而不羞，觸刑辟㊱而誅戮，僥倖於萬一，老死而後止者，其於爲人賢不肖何如也？」

昌黎㊲韓愈，聞其言而壯之。與之酒而爲之歌曰：「盤之中，維子之宮㊳；盤之土，可以稼；盤之泉，可濯可沿㊴；盤之阻，誰爭子所㊵？窈㊶而深，廓其有容㊷；繚而曲㊸，如往而復。嗟㊹盤之樂兮，樂且無殃。虎豹遠迹兮，蛟龍遁藏；鬼神守護兮，呵禁㊺不祥。飲則食兮壽而康，無不足兮奚所望？膏吾車兮秣吾馬㊻，從子於盤兮，終吾生以徜徉㊼。」

①送李愿歸盤谷序：這是一篇送人歸隱的臨別贈言。李愿，隱士，生平不詳。盤谷，在今河南省濟源縣北。序，即贈序，臨別贈言。②太行之陽：太行山的南邊。陽，山南爲陽。③藂：同「叢」。④宅幽而勢阻：居處清幽僻靜，地勢險阻。⑤盤旋：即盤桓，留連不去。⑥利澤：利益恩澤。⑦昭於時：顯耀於一時。⑧坐於廟朝：意指在朝廷上爲官掌權。廟，宗廟，此處爲古代帝王發號施令、任命議事之處。朝，朝廷。⑨進退百官：升降任免百官。⑩旄（ㄇㄠˊ）：旗杆上飾以牛尾或鳥羽的旗子，此指百官的儀仗。⑪羅弓矢：排列兵器。⑫前呵（ㄏㄜ）：在前面喝叱開道。⑬從者塞途：隨從人員之多塞滿道路。⑭供給之人：聽候差遣的人員。⑮畯：同「俊」。⑯譽盛德：稱頌官員的功德。⑰曲眉豐頰：形容女子眉毛彎曲，臉頰豐滿。⑱便（ㄆㄧㄢˊ）體：體態輕盈。⑲秀外而惠中：外表秀麗，內心聰慧。⑳輕裾（ㄐㄩ）：輕軟的衣服。裾，衣服的前襟。㉑翳（ㄧˋ）：掩。㉒粉白黛綠：代指美女姬妾。㉓妒寵而負恃：妒忌別的姬妾得寵，而自己仗著得寵而自矜。㉔遇知：得到賞識提拔。㉕幸而致：僥倖得到。㉖野處：居住在草野之間，指隱居。㉗茹：吃。㉘起居無時：即作息沒有固定時間。㉙車服不維：不受官祿的束縛。車服，古代的官職按品級不同，而有不同車馬和服飾。維，繫，指束縛。㉚刀鋸：指刑戮。古代刑罰，斬首用刀，斷足用鋸。㉛理：治。㉜黜陟（ㄓˋ）：貶官與升官。㉝形勢：權勢。㉞趦（ㄗ）趄（ㄐㄩ）：欲進而不敢，猶豫不前的樣子。㉟囁（ㄋㄧㄝˋ）嚅（ㄖㄨˊ）：想說又不敢開口的樣子。㊱刑辟：刑法。㊲昌黎：在今河北省昌黎縣。昌黎韓氏爲大姓，韓愈遂稱其郡望。㊳維子之宮：維，是。宮，居室。㊴沿：指順著水邊散步。㊵誰爭子所：誰來你爭奪這個居所呢？所，處所。㊶窈：幽遠。㊷廓其有容：空曠寬敞，容量大。㊸繚而曲：盤旋曲折。㊹嗟：嘆美。㊺呵禁：呵斥禁止。㊻膏吾車兮秣吾馬：是說我要做好遠行的準備工作。膏車，用油脂塗在車軸，使之潤滑。秣馬，餵馬。㊼徜徉：自由自在遊蕩。

2. 柳宗元

蝜蝂傳

蝜蝂①者，善負小蟲也。行遇物，輒持取，卬②其首，負之。背愈重，雖困劇③不止也。

其背甚澀④，物積，因不散。卒躓仆⑤，不能起。人或憐之，爲去其負。苟能行，又持取如故。又好上高，極其力不已，至墜地死。

今世之嗜取者，遇貨⑥不避，以厚其室⑦，不知爲己累也，唯恐其不積。及其怠而躓⑧也，黜棄⑨之，遷徙⑩之，亦以病矣⑪。苟能起⑫，又不艾⑬。日思高其位，大其祿，而貪取滋甚⑭，以近於危墜。觀前之死亡不知戒。雖其形魁然大者也，其名人⑮也，而智則小蟲也。亦足哀夫！

①蝜（ㄈㄨˋ）蝂（ㄅㄢˇ）：一種黑色的小蟲。　②卬：同「仰」，抬起。　③困劇：困苦到了極點。劇，劇烈。　④澀：不光滑。　⑤躓（ㄓˋ）仆（ㄆㄨ）：摔倒。　⑥貨：指一切財物。　⑦以厚其室：增加他的家產。室，家。　⑧及其怠而躓：等到他精疲力竭而跌倒。這裡指官場而言。怠，困疲。　⑨黜棄：罷官不再任用。　⑩遷徙：被流放到遠方去。　⑪亦以病矣：也算是吃盡了苦頭。病，困苦。　⑫起：指又被起用。　⑬艾（ㄧˋ）：止。　⑭滋甚：更加厲害。　⑮名人：名義上是人。

鈷鉧潭西小丘記①

得西山②後八日，尋③山口西北道二百步，又得鈷鉧潭。西二十五步，當湍而浚者爲魚梁④。梁之上有丘焉，生竹樹。其石之突怒偃蹇⑤，負土而出，爭爲奇狀者，殆不可數。其嶔然相累而下者⑥，若牛馬之飲於溪；其衝然角列而上者⑦，若熊羆⑧之登于山。

丘之小不能一畝，可以籠而有之⑨。問其主，曰：「唐氏之棄地，貨而不售⑩。」問其價，曰：「止⑪四百。」余憐而售之⑫。李深源、元克己⑬時同遊，皆大喜，出自意外。即更取器用⑭，剷刈穢草，伐去惡木，烈火而焚之。嘉木立，美竹露，奇石顯。由其中以望，則山之高，雲之浮，溪之流，鳥獸之遨遊，舉熙熙然迴巧獻技⑮，以效⑯茲丘之下。枕席而臥，則清泠⑰之狀與目謀⑱，瀯瀯⑲之聲與耳謀，悠然而虛者與神謀⑳，淵然而靜者㉑與心謀。不匝旬㉒而得異地者二㉓，雖古好事之士㉔，或未能至焉。

噫！以茲丘之勝，致之灃、鎬、鄠、杜㉕，則貴游之士㉖爭買者，日增千金而愈不可得。今棄是州也，農夫，漁夫過而陋㉗之，賈㉘四百，連歲不能售；而我與深源、克己獨喜得之，是其果有遭㉙乎！書於石，所以賀茲丘之遭也。

①鈷（ㄍㄨˇ）鉧（ㄇㄨˇ）潭西小丘記：本篇爲〈永州八記〉之一。鈷鉧，熨斗。鈷鉧潭在西山西麓，形如熨斗，故名。②得西山：元和四年（八〇九）九月十八日，柳宗元發現永州城西五里的西山景物優美，寫成〈始得西山宴游記〉。③尋：沿著，順著。④當湍而浚者爲魚梁：正當急而深的溪流築有一個魚梁。浚，深。魚梁，攔水堤堰，中有缺口，裝有捕魚器具。⑤突怒偃（ㄧㄢˇ）蹇（ㄐㄧㄢˇ）：形容石頭傲然挺立。突怒，突起挺立像發怒的樣子。偃蹇，山石高仰像很高傲的樣子。⑥其嶔（ㄑㄧㄣ）然相累而下者：聳立的山石一層壓一層，相互疊壓而向下的。嶔然，聳立的樣子。相累，互相重疊。⑦其衝然角列而上者：那些昂然突出，並列爭持而向上的山石。衝然，起伏突出的樣子。角列，獸角般並列的樣子。⑧羆（ㄆㄧˊ）：熊類動物，體大，能直立。⑨籠而有之：可以收起裝在籠子裡，形容小丘之小。⑩貨而不售：待賣而尚未賣出。貨，待賣。售，賣掉。⑪止：只。⑫憐而售之：我因喜愛這小丘而買下了它。售之，使之售出。⑬李深源、元克己：作者朋友。李深源，名幼清，原任太府卿。元克己，原任侍御史。同貶居永州。⑭更取器用：交互拿著工具。更，相互。⑮舉熙熙然迴巧獻技：全都和樂地呈獻各種巧慧技藝。熙熙然，和悅的樣子。迴，回旋運轉，此處指表演，施展。⑯效：呈獻。⑰清泠（ㄌㄧㄥˊ）：明淨清涼。⑱謀：接觸。⑲瀯（ㄧㄥˊ）瀯：奔流回蕩的聲音。⑳悠然而虛者與神謀：飄忽而虛空的境界和我的神志相冥會。㉑淵然而靜者：深沉而靜穆的氣氛。㉒不匝旬：不滿十天。匝，滿。㉓異地者二：指鈷鉧潭和潭西小丘兩處名勝。異地，風景絕勝之地。㉔好事之士：指喜歡遊山玩水的人。㉕致之灃（ㄈㄥ）、鎬（ㄏㄠˋ）、鄠（ㄏㄨˋ）、杜：致之，移置到。灃，灃邑，周文王都城，在今陝西省户縣東。鎬，鎬京，周武王都城，在今陝西省長安縣西南。鄠，今陝西省户縣，在長安縣西南。杜，杜陵，在今陝西省長安縣東南。灃、鎬、鄠、杜都在長安附近，爲富貴人家居住和著名遊樂地區。㉖貴游

之士：不任官職的貴族人士。㉗陋：輕視。㉘賈：同「價」。㉙遭：遭際，得遇好時機。

3.陸龜蒙

野廟碑①

碑者悲也②。古者懸而窆用木③，後人書之④，以表其功德，因留之不忍去⑤，碑之名由是而得。自秦漢以降，生而有功德政事者亦碑之，而又易之以石，失其稱矣⑥。余之碑野廟也，非有政事功德可紀，直⑦悲夫甿⑧竭其力，以奉無名之土木⑨而已矣。

甌越⑩間好事鬼，山椒⑪水濱多淫祀⑫。其廟貌⑬有雄而毅、黝而碩⑭者，則曰將軍；有溫而愿、晳而少⑮者，則曰某郎；有媼⑯而尊嚴者，則曰姥；有婦而容艷⑰者，則曰姑。其居處則敞之以庭堂，峻之以陛級⑱，左右老木，攢植森拱⑲。蘿蔦⑳翳㉑於上，鴟鴞㉒室其間㉓，車馬徒隸㉔，叢雜怪狀。甿作之，甿怖之㉕。大者椎牛㉖，次者擊豕㉗，小不下㉘雞犬。魚菽之薦㉙，牲酒之奠㉚，缺於家可也㉛，缺於神不可也。一朝懈怠，禍亦隨作，耋孺畜牧慄慄然㉜，疾病死喪，甿不曰適丁其時㉝耶，而自惑其生㉞，悉歸之於神。

雖然，若以古言之，則戾㉟；以今言之，則庶乎神之不足過㊱也。何者？豈不以生能御大災、捍大患㊲，其死也則血食於生人㊳，無名之土木不當與御災捍患者爲比，是戾於古也明矣。今之雄毅而碩者有之，溫愿而少者有之；升階級㊴、坐堂筵、耳弦匏㊵、口粱肉㊶、載車馬、擁徒隸者，皆是也。解民之懸㊷，清民之暍㊸，未嘗貯於胸中；民之當奉者㊹，一日懈怠，則發㊺悍吏、肆㊻淫刑，毆之以就事㊼。較神之禍福，孰爲輕重哉？平居無事，指爲賢良，一旦有天下之憂，當報國之日，則恇撓脆怯㊽，顛躓竄踣㊾，乞爲囚虜之不暇。此乃纓弁言語之土木㊿耳，又何責其眞土木耶？故曰：以今言之，則庶乎神之不足過也。

既而爲詩，以亂(51)其末：

土木其形，竊吾民之酒牲，固無以名(52)；土木其智，竊吾君之祿位，宜如何可議(53)？祿位頎頎(54)，酒牲甚微，神之饗(55)也，孰云其非？視吾之碑，知斯文之孔悲(56)！

①野廟碑：爲一座不知名的廟所寫的碑文。②碑者悲也：碑這個東西，是爲表示悲哀的。③古者懸而窆（ㄅㄧㄢˇ）用木：古代安葬時，在墓穴四周豎立大的木柱，上裝轆轤，以便繫繩懸棺下葬。窆，埋葬。④後人書之：死者子孫，在大木柱上書寫死者生前的事迹。⑤不忍去：不忍拔去木棍。去，撤掉。⑥失其稱矣：和碑的原義不相稱了。⑦直：只。⑧甿（ㄇㄥˊ）：農民。⑨以奉無名之土木：野廟所供奉是無名的泥像木偶。⑩甌越：指今浙江、福建一帶。⑪山椒（ㄐㄧㄠ）：山頂。⑫淫祀：過多的不載於祀典的祭祀，即指濫設祠廟。淫，過分的。⑬廟貌：廟內神像。⑭雄而毅、黝而碩：威武而剛強，黝黑而高大。⑮溫而愿、晳而少：溫文而恭謹，潔白而年輕。⑯媼（ㄠˇ）：老婦。⑰容艷：容顏艷麗。⑱敞之以庭堂，峻之以陛級：把廳堂建得十分寬敞，把台階築得高高的。敞之，使它寬敞。峻之，使它高。⑲攢（ㄘㄨㄢˊ）植森拱：樹木茂密而粗壯。攢植，聚植，即樹木稠密。森拱，高大合抱，指樹木古老高大。⑳蘿蔦（ㄋㄧㄠˇ）：女蘿和蔦蘿，兩種攀爬植物，多攀附樹木蔓生。㉑翳（ㄧˋ）：遮蔽。㉒鴟（ㄔ）鴞（ㄒㄧㄠ）：貓頭鷹。㉓室其間：築巢其間。㉔車馬徒隸：指木雕泥塑的車馬僕役，以供神差使。徒隸，差役。㉕甿作之，甿怖之：農民自己設立了神像，自己又害怕它們。㉖椎牛：宰牛。㉗擊豕：殺豬。㉘不下：不低於。㉙魚菽（ㄕㄨˊ）之薦：指供奉祭品。菽，豆類的總稱。薦，呈獻。㉚牲酒之奠：奠，指殺牲供酒隆重的祭奠。㉛缺於家可也：指家中祭祀祖先缺少點還可以。㉜耋（ㄉㄧㄝˊ）孺畜牧慄（ㄌㄧˋ）慄然：耋孺，老人和子孩。畜牧，指放牧的人。慄慄然，戒愼恐懼的樣子。㉝適丁其時：恰巧碰上了那個時候。丁，正當。㉞自惑其生：自己迷惑自己的生命。㉟戾：乖謬，不合情理。㊱不足過：不值得怪罪了。㊲豈不以生能御大災、捍大患：人們祭神，難道不是因爲他們活著時能爲百姓防禦大災、抵抗大難？以，因爲。御、捍，抵禦、捍衛之意。㊳其死也則血食於生人：死後才享受百姓的祭祀。血

食，享受祭祀。祭祀時宰殺犧牲，所以稱「血食」。生人，指活人，即百姓。㊴階級：台階。㊵弦匏（ㄆㄠˊ）：指音樂。弦，指弦樂器。匏，指笙、竽等管樂器。㊶粱肉：精美飯食。㊷解民之懸：解除人民的苦難。懸，人倒掛，形容極爲痛苦。㊸清民之暍（ㄧㄝˋ）：清除人民的痛苦。暍，中暑。㊹當奉者：應當供給、奉獻的。㊺發：派出。㊻肆：濫用。㊼敺（ㄑㄩ）之以就事：驅迫他們去做事。㊽恇（ㄎㄨㄤ）撓脆怯：畏懼退縮，軟弱不敢向前。㊾顛躓（ㄓˋ）竄踣（ㄅㄛˊ）：跌跌倒倒，狼狽逃竄。㊿纓弁（ㄅㄧㄢˋ）言語之土木：戴著冠帶會說話的泥像木偶。纓弁，指官吏的服飾。纓，帽帶。弁，皮冠。(51)亂：古代樂器的最後一章叫亂，此即是作一總結。(52)固無以名：本來叫不出名字。(53)宜如何可議：應該怎麼說呢？(54)頎（ㄑㄧˊ）頎：修長的樣子，引申爲優厚之意。(55)饗：同「享」。(56)孔悲：深悲。孔，甚，很之意。

貳拾貳、唐傳奇及變文

1. 沈既濟

枕中記

開元七年①，道士有呂翁者，得神仙術，行邯鄲②道中，息邸舍③，攝帽弛帶④，隱囊⑤而坐。俄見旅中少年，乃盧生也。衣短褐⑥，乘青駒，將適⑦于田，亦止於邸中，與翁共席而坐，言笑殊暢。久之，盧生顧其衣裝敝褻⑧，乃長歎息曰：「大丈夫生世不諧，困如是也！」翁曰：「觀子形體，無苦無恙，談諧方適，而歎其困者，何也？」生曰：「吾此苟生耳。何適之謂？」翁曰：「此不謂適，而何謂適？」答曰：「士之生世，當建功樹名，出將入相，列鼎而食⑨，選聲而聽，使族益昌而家益肥，然後可以言適乎。吾嘗志於學，富於游藝⑩，自惟當年青紫可拾⑪。今已適壯⑫，猶勤畎畝⑬，非困而何？」言訖，而目昏思寐。

時主人方蒸黍⑭。翁乃探囊中枕以授之，曰：「子枕吾枕，當令子榮適如志。」其枕青甆⑮，而竅其兩端⑯。生俛首⑰就之，見其竅漸大，明朗。乃舉身而入，遂至其家。數月，娶清河崔氏⑱女。女容甚麗，生資⑲愈厚。生大悅，由是衣裝服馭，日益鮮盛。明年，舉進士，登第；釋褐秘校⑳；應制㉑，轉㉒渭南尉；俄遷㉓監察御史；轉起居舍人㉔，知制誥㉕。三載，出典同州㉖，遷陝牧㉗。生性好土功㉘，自陝西鑿河八十里，以濟不通。邦人利之，刻石紀德。

移節汴州㉙，領河南道採訪使㉚，徵爲京兆尹㉛。是歲，神武皇帝㉜方事戎狄，恢宏土宇。會吐蕃悉抹邏及燭龍莽布支攻陷瓜沙㉝，而節度使王君㚟㉞新被殺，河湟㉟震動。帝思將帥之才，遂除㊱生御史中丞，河西道節度。大破戎虜，斬首七千級，開地九百里，築三大城以遮要害。邊人立石於居延山㊲以頌之。

歸朝冊勳㊳，恩禮極盛。轉吏部侍郎，遷戶部尚書兼御史大夫。時望清重㊴，羣情翕習㊵。大爲時宰所忌，以飛語㊶中之，貶爲端州㊷刺史。三年，徵爲常侍㊸。未幾，同中書門下平章事㊹。與蕭中令嵩㊺，裴侍中光庭㊻同執大政十餘年，嘉謨密令㊼，一日三接，獻替啓沃㊽，號爲賢相。同列㊾害之，復誣與邊將交結㊿，所圖不軌。制下獄(51)。府吏引從至其門而急收(52)之。生惶駭不測，謂妻子曰：「吾家山東(53)，有良田五頃，足以禦寒餒，何苦求祿？而今及此。思衣短褐，乘青駒，行邯鄲道中，不可得也。」引刃自刎。其妻救之，獲免。其罹者皆死，獨生爲中官(54)保之，減罪死(55)，投驩州(56)。數年，帝知冤，復追爲中書令，封燕國公，恩旨殊異。生五子：曰儉，曰傳，曰位，曰倜，曰倚，皆有才器。儉進士登第，爲考功員外；傳爲侍御史；位爲太常丞；倜爲萬年尉(57)；倚最賢，年二十八，爲左襄(58)。其姻媾皆天下望族。有孫十餘人。兩竄荒徼(59)，再登台鉉(60)，出入中外(61)，徊翔臺閣(62)，五十餘年，崇盛赫奕(63)。性頗奢蕩，甚好佚樂，後庭聲色，皆第一綺麗。前後賜良田、甲第(64)、佳人、名馬，不可勝數。後年漸衰邁，屢乞骸骨(65)，不許。病，中人候問，相踵於道，名醫上藥，無不至焉。

將歿，上疏曰：「臣本山東諸生(66)，以田圃爲娛。偶逢聖運，得列官叙。過蒙殊獎，特秩鴻私(67)，出擁節旌(68)，入昇台輔。周旋中外，綿歷(69)歲時。有忝天恩，無裨聖化。負乘貽寇(70)，履薄(71)增憂，日懼一日，不知老至。今年逾八十，位極三事(72)，鐘漏並歇(73)，筋骸俱耄，彌留沈頓(74)，待時益盡。顧無成效，上答休明，空負深恩，永辭聖代。無任感戀之至。謹奉表陳謝。」詔曰：「卿以俊德，作朕元輔(75)。出擁藩翰(76)，入贊雍熙(77)。昇平二紀(78)，實卿所賴。比嬰疾疹(79)，日謂痊平。豈斯沈痼，良用憫惻。今令驃騎大將軍高力士就第候省(80)。其勉加鍼石(81)，為予自愛。猶冀無妄，期於有瘳(82)。」是夕，薨。

盧生欠伸(83)而悟，見其身方偃(84)於邸舍，呂翁坐其傍，主人蒸黍未熟，觸類如故(85)。生蹶然而興(86)，曰：「豈其夢寐也？」翁謂生曰：「人生之適，亦如是矣。」生憮然(87)良久，謝曰：「夫寵辱之道，窮達之運，得喪之理，死生之情，盡知之矣。此先生所以窒(88)吾欲也。敢不受教。」稽首(89)再拜而去。

①開元七年：西元七一九年，開元，唐玄宗年號。②邯鄲：今河北省邯鄲縣。③邸舍：旅舍。④攝帽弛帶：脫下帽子，鬆開衣帶。⑤隱囊：靠著包裹。隱，倚靠。⑥短褐：粗布短衣，為平民服裝。⑦適：往。⑧敝褻（ㄒㄧㄝˋ）：破舊而骯髒。褻，髒污。⑨列鼎而食：周制，諸侯飲食可享用五鼎，卿大夫三鼎，排列鼎而食，成為富貴的表徵。⑩藝：指六藝，禮、樂、射、御、書、數。⑪青紫可拾：可以輕易當上大官。漢制，丞相、太尉金印紫綬，御史大夫銀印青綬，後以青紫代稱高官。⑫已適壯：已到壯年。古代以三十歲為「壯」。⑬畎（ㄑㄩㄢˇ）畝：田地。⑭蒸黍：蒸煮黃米飯。⑮甆：同「瓷」。⑯竅其兩端：兩端有孔。⑰俛（ㄈㄨˇ）首：低頭。⑱清河崔氏：唐著名世族，為士子理想之結婚對象。清河，在今河北省清河縣。⑲資：產業。⑳釋褐祕校：初任祕校官職。釋褐，脫去平民衣服，改著官服，故「釋褐」為初次授官的代稱。祕校，祕書省校書郎，掌校讎典籍之職。㉑應制：唐代皇帝特命舉行的「制科」考試。㉒轉：調升。㉓遷：升遷。㉔起居舍人：官名，掌紀錄皇帝的起居、言行和朝廷政令大事。㉕知制誥：官名，掌起草詔令。㉖出典同州：出任同州刺史。同州，治所在今陝西省大荔縣。㉗還陝牧：任陝州都督。陝州都督府在今河南省陝縣。㉘土功：水利工程。㉙移節汴州：調任汴州都督。汴州都督府在今河南省開封市。㉚領河南道採訪使：領，兼任。採訪使，官名，掌監察州縣官吏，兼黜陟使。㉛徵為京兆尹：徵，特旨召還。京兆尹，首都長安的行政長官。㉜神武皇帝：唐玄宗開元二十七年加尊號稱「開元聖文神武皇帝」。㉝會吐蕃悉抹邏及燭龍莽布支攻陷瓜沙：這是開元十五年（七二七）的事情。會，正逢。悉抹邏，吐蕃大將。燭龍，唐州名，在今蘇聯貝加爾湖

㉞王君㚟（ㄔㄨㄛˋ）：唐瓜州長樂人，玄宗開元間任河西隴右節度使。㉟河湟：黃河和湟水，指今甘肅、青海一帶。㊱除：授。㊲立石於居延山：立碑在居延山。居延山，今甘肅省額濟納旗一帶，是河西要道。㊳冊勳：舉行隆重的封官典禮。㊴時望清重：在當時有清華高貴的聲望。㊵翕（ㄒㄧˋ）習：親近，歸附。㊶飛語：謠言。㊷端州：在今廣東省高要縣。㊸常侍：即散騎常侍，對皇帝規諫，備皇帝顧問，是一閑官。㊹同中書門下平章事：唐代宰相的代稱。㊺蕭中令嵩：中書令蕭嵩。蕭嵩，唐玄宗時宰相，後封徐國公。㊻裴侍中光庭：侍中裴光庭。裴光庭，玄宗時宰相，卒謚忠憲。㊼嘉謨（ㄇㄛˊ）密令：皇帝的謀略和秘密命令。㊽獻替啓沃：獻替，臣子向君主呈獻善道而剔除不善。啓沃，臣子用正確的道理啓迪君主。㊾同列：同事。㊿與邊將交結：唐代禁止大臣和守邊將領交結，以防糾結謀反。(51)制下獄：皇帝特命審訊的案件。(52)收：逮捕。(53)山東：泛指華山以東地區。(54)中官：宦官。(55)滅罪死：得減死罪。(56)投驩州：流放到驩州。驩州，在今越南境內。(57)萬年尉：萬年縣尉。萬年縣，故城在今陝西省臨潼縣東北。(58)左襄：即左補闕，諫官。(59)荒徼（ㄐㄧㄠˋ）：荒僻的邊地。(60)台鉉（ㄒㄩㄢˋ）：宰輔。鉉，扛鼎的器具。古人以三台星的星象應人間的宰相，又以鼎之三足喻三公，故稱宰輔爲「台鼎」。台鉉猶「台鼎」。(61)中外：中央和地方。(62)徊翔臺閣：輾轉於高位上。台閣，泛指高官職位。(63)赫奕：顯耀。(64)甲第：上等宅第。(65)乞骸骨：告老退隱還鄉。(66)諸生：儒生。(67)特秩鴻私：特別的提拔和宏大的恩寵。(68)出擁節旌：出任爲封疆大吏。(69)綿歷：久歷。(70)負乘（ㄔㄥˊ）貽寇：携帶重物乘車出門卻招來寇賊，此處指不稱職。貽，贈送。(71)履薄：比喻小心翼翼。(72)三事：三公古稱三事大夫。(73)鐘漏並歇：是說在世時間將結束。(74)彌留沈頓：病重瀕死。沈頓，沉重的樣子。(75)元輔：首相。(76)藩翰：藩屏骨幹，指諸侯之國。翰，假借爲「幹」字。(77)雍熙：和樂的樣子，比喻天下太平。(78)紀：十二年爲一紀。(79)比嬰疾疹（ㄓㄣˇ）：最近染患疾病。比，近。嬰，纏身。(80)候省（ㄒㄧㄥˇ）：問候看望。(81)鍼（ㄓㄣ）石：醫療。(82)瘳（ㄔㄡ）：痊癒。(83)欠伸：打哈欠，伸懶腰。(84)偃：倒臥。(85)觸類如故：看到的都和以前一樣。(86)蹶然而興：驚訝而起。(87)憮然：悵然若失的樣子。(88)窒：遏抑。(89)稽（ㄑㄧˇ）首：叩頭跪拜。

2.白行簡

李娃傳

汧國夫人李娃①，長安之倡女②也。節行瓌奇，有足稱者，故監察御史白行簡爲傳述。

天寶中，有常州刺史滎陽公③者，略其名氏，不書。時望④甚崇，家徒甚殷。知命之年⑤，有一子，始弱冠矣；雋朗有詞藻⑥，迥然不羣，深爲時輩推伏⑦。其父愛而器之，曰：「此吾家千里駒也。」應鄉賦秀才舉⑧，將行，乃盛其服玩車馬之飾，計其京師薪儲之費⑨，謂之曰：「吾觀爾之才，當一戰而霸。今備二載之用，且豐爾之給，將爲其志⑩也。」生亦自負，視上第如指掌⑪。自毗陵⑫發，月餘抵長安，居於布政里。

嘗遊東市還，自平康⑬東門入，將訪友於西南。至鳴珂曲⑭，見一宅，門庭不甚廣，而室宇嚴邃。闔一扉，有娃方憑一雙鬟青衣⑮立，妖姿要妙⑯，絕代未有。生忽見之，不覺停驂⑰久之，徘徊不能去。乃詐墜鞭於地，候其從者，敕⑱取之。累眄⑲於娃，娃回眸凝睇⑳，情甚相慕。竟不敢措辭而去。生自爾意若有失，乃密徵其友遊長安之熟者，以訊之。友曰：「此狹邪女㉑李氏宅也。」曰：「娃可求乎？」對曰：「李氏頗贍㉒。前與之通者多貴戚豪族，所得甚廣。非累百萬，不能動其志也。」生曰：「苟患其不諧㉓，雖百萬，何惜。」

他日，乃潔其衣服，盛賓從而往。扣其門，俄有侍兒啓扃㉔。生曰：「此誰之第耶？」侍兒不答，馳走大呼曰：「前時遺策郎也！」娃大悅曰：「爾姑止之。吾當整妝易服而出。」生聞之私喜。乃引至蕭牆㉕間，見一姥垂白上僂㉖，即娃母也。生跪拜前致詞曰：「聞茲地有隙院㉗，願稅㉘以居，信乎？」姥曰：「懼甚淺陋湫隘㉙，不足以辱長者㉚所處，安敢言直耶。」延㉛生於遲賓之館㉜，館宇甚麗。與生偶坐㉝，因曰：「某有女嬌小，技藝薄劣，欣見賓客，願將見之。」乃命娃出。明眸皓腕，舉步艷冶。生遽驚起，莫敢仰視。與之拜畢，敘寒燠㉞，觸類妍媚㉟，目所未覩。復坐，烹茶斟酒，器用甚潔。久之，日暮，鼓聲四動㊱。姥訪其居遠近。生紿㊲之曰：「在延平門㊳外數里。」——冀其遠而見留也。姥曰：「鼓已發矣。當速歸，無犯禁。」生曰：「幸接歡笑，不知日之云夕。道里遼闊，城內又無親戚。將若之何？」娃曰：「不見責僻陋，方將居之，宿何害焉。」生數目姥。姥曰：「唯唯㊴。」生乃召其家僮，持雙縑㊵，請以備一宵之饌。娃笑而止之曰：「賓主之儀，且不然㊶也。今夕之費，願以貧窶㊷之家，隨其粗糲以進之。其餘以俟他辰㊸。」固辭，終不許。俄徙坐西堂，幃幙簾榻，煥然奪目；妝奩衾枕，亦皆侈麗。乃張燭進饌，品味甚盛。徹饌㊹，姥起。生娃談話方切，詼諧調笑，無所不至。生曰：「前偶過卿門，遇卿適在屏間。厥後心常勤念，雖寢與食，未嘗或捨。」娃答曰：「我心亦如之。」生曰：「今之來，非直求居而已，願償平生之志。但未知命也若何？」言未終，姥至，詢其故，具以告。姥笑曰：「男女之際，大欲存焉。情苟相得，雖父母之命，不能制也。女子固陋，曷足以薦君子之枕席㊺？」生遂下階，拜而謝之曰：「願以己爲厮養㊻。」姥遂目之爲郎㊼，飲酣而散。

及旦，盡徙其囊橐㊽，因家於李之第。自是生屏迹戢身㊾，不復與親知相聞。日會倡優儕類㊿，狎戲遊宴。囊中盡空，乃鬻駿乘，及其家童。歲餘，資財僕馬蕩然。邇來姥意漸怠，娃情彌篤。

他日，娃謂生曰：「與郎相知一年，尙無孕嗣。常聞竹林神(51)者，報應如響(52)，將致薦酹(53)求之，可乎？」生不知其計，大喜。乃質(54)衣於肆，以備牢醴(55)，與娃同謁祠宇而禱祝焉，信宿(56)而返。策驢而後，至里北門，娃謂生曰：「此東轉小曲中，某之姨宅也。將憩而覲之，可乎？」生如其言。前行不逾百步，果見一車門。窺其際(57)，甚弘敞。其青衣自車後止之曰：「至矣。」生下，適有一人出訪曰：「誰？」曰：「李娃也。」乃入告。俄有一嫗至，年可四十餘，與生相迎，曰：「吾甥來否？」娃下車，嫗逆訪[58]之曰：「何久疏絕？」相視而笑。娃引生拜之。既見，遂偕入西戟門[59]偏院。中有山亭，竹樹葱蒨[60]，池榭幽絕。生謂娃曰：「此姨之私第耶？」笑而不答。以他語對。俄獻茶果，甚珍奇。食頃，有一人控大宛[61]，汗流馳至，曰：「姥遇暴疾頗甚，殆不識人。宜速歸。」娃謂姨曰：「方寸亂矣！某騎而前去，當令返乘，便與郎偕來。」生擬隨之。其姨與侍兒偶語[62]，以手揮之，令生止於戶外，曰：「姥且歿矣。當與某議喪事以濟其急，奈何遽相隨而去？」乃止，共計其凶儀齋祭之用。日晚，乘不至。姨言曰：「無復命，何也？郎驟往覘之，某當繼至。」生遂往，至舊宅，門扃鑰甚密，以泥緘之[63]。生大駭，詰其鄰人。鄰人曰：「李本稅此而居，約已周[64]矣。第主自收。姥徙居，而且再宿矣。」徵「徙何處？」曰：「不詳其所。」生將馳赴宣陽，以詰其姨，日已晚矣，計程不能達。乃弛其裝服，質饌而食，賃榻而寢。生恚怒方甚，自昏達旦，目不交睫[65]。質明，乃策蹇而去。既至，連扣其扉，食頃無人應。生大呼數四，有宦者徐出。生遽訪之：「姨氏在乎？」曰：「無之。」生曰：「昨暮在此，何故匿之？」訪其誰氏之第。曰：「此崔尚書宅。昨者有一人稅此院，云遲[66]中表之遠至者。未暮去矣。」

生惶惑發狂，罔知所措，因返訪布政舊邸。邸主哀而進膳。生怨懣，絕食三日，遘疾甚篤，旬餘愈甚。邸主懼其不起，徙之於凶肆[67]之中。綿綴移時[68]，合肆之人共傷嘆而互飼之。後稍愈，杖而能起。由是凶肆日假之，令執繐帷[69]，獲其直以自給。累月，漸復壯。每聽其哀歌，自嘆不及逝者，輒嗚咽流涕，不能自止。歸則效之。生，聰敏者也。無何，曲盡其妙，雖長安無有倫比。

初，二肆之傭[70]凶器者，互爭勝負。其東肆車轝[71]皆奇麗，殆不敵，唯哀挽[72]劣焉。其東肆長知生妙絕，乃醵[73]錢二萬索顧[74]焉。其黨耆舊[75]，共較其所能者，陰教生新聲，而相贊和。累旬，人莫知之。其二肆長相謂曰：「我欲各閱[76]所傭之器於天門街，比較優劣。不勝者罰直五萬，以備酒饌之用，可乎？」二肆許諾。乃邀立符契[77]，署以保證，然後閱之。士女大和會[78]，聚至數萬。於是里胥[79]告於賊曹[80]，賊曹聞於京尹[81]。四方之士，盡赴趨焉，巷無居人。自旦閱之，及亭午[82]，歷舉輦轝威儀之具[83]，西肆皆不勝，師[84]有慚色。乃置層榻於南隅，有長髯者，擁鐸[85]而進，翊衛[86]數人。於是奮髯揚眉，扼腕頓顙[87]而登，乃歌〈白馬〉之詞[88]；恃其夙[89]勝，顧眄左右，旁若無人。齊聲贊揚之；自以爲獨步一時，不可得而屈也。有頃，東肆長於北隅上設連榻，有烏巾少年，左右五六人，秉翣[90]而至，即生也。整衣服，俯仰甚徐，申喉發調，容若不勝[91]。乃歌〈薤露〉之章[92]，舉聲清越，響振林木，曲度未終，聞者歔欷掩泣。西肆長爲衆所誚，益慚恥。密置所輸之直於前，乃潛遁焉。四坐愕眙[93]，莫之測也。

先是，天子方下詔，俾外方之牧[94]，歲一至闕下[95]，謂之「入計」[96]。時也適遇生之父在京師，與同列者易服章[97]竊往觀焉。有老豎[98]，——即生乳母婿也——見生之舉措辭氣，將認之而未敢，乃泫然流涕。生父驚而詰之。因告曰：「歌者之貌，酷似郎之亡子。」父曰：「吾子以多財爲盜所害，奚至是耶？」言訖，亦泣。及歸，豎間[99]馳往，訪於同黨曰：「向歌者誰？若斯之妙歟？」皆曰：「某氏之子。」徵其名，且易之矣。豎凜然大驚；徐往，迫而察之。生見豎色動，回翔[100]將匿於衆中。豎遂持其袂曰：「豈非某乎？」相持而泣。遂載以歸。至其室，父責曰：「志行若此，污辱吾門！何施面目，復相見也？」乃徒行出，至曲江[101]西杏園東，去其衣服，以馬鞭鞭之數百。生不勝其苦而斃。父棄之而去。

其師命相狎暱者[102]陰隨之，歸告同黨，共加傷嘆。令二人齎[103]葦蓆瘞焉。至，則心下微溫。

舉之，良久，氣稍通。因共荷而歸，以葦筒灌勺飲，經宿乃活。月餘，手足不能自舉。其楚撻之處皆潰爛，穢甚。同輩患之，一夕，棄於道周[104]。行路[105]咸傷之，往往投其餘食，得以充腸。十旬，方杖策而起。被布裘，裘有百結，襤褸如懸鶉[106]。持一破甌，巡於閭里，以乞食爲事。自秋徂冬，夜入於糞壤窟室，晝則周遊廛肆[107]。

一旦大雪，生爲凍餒所驅，冒雪而出，乞食之聲甚苦。聞見者莫不悽惻。時雪方甚，人家外戶多不發。至安邑東門，循里垣北轉第七八，有一門獨啓左扉，即娃之第也。生不知之，遂連聲疾呼：「飢凍之甚！」音響凄切，所不忍聽。娃自閤中聞之，謂侍兒曰：「此必生也。我辨其音矣。」連步而出。見生枯瘠疥厲[108]，殆非人狀。娃意感焉，乃謂曰：「豈非某郎也？」生憤懣絕倒，口不能言，頷頤[109]而已。娃前抱其頸，以綉襦擁而歸於西廂。失聲長慟曰：「令子一朝及此，我之罪也！」絕而復蘇。姥大駭，奔至，曰：「何也？」娃曰：「某郎。」姥遽曰：「當逐之。奈何令至此？」娃斂容却睇[110]曰：「不然。此良家子也。當昔驅高車，持金裝，至某之室，不逾期[111]而蕩盡。且互設詭計，捨而逐之，殆非人。令其失志，不得齒於人倫。父子之道，天性也。使其情絕，殺而棄之。又困躓[112]若此。天下之人盡知爲某也。生親戚滿朝，一旦當權者熟察其本末，禍將及矣。況欺天負人，鬼神不祐，無自貽其殃也。某爲姥子，迨今有二十歲矣。計其資，不啻直千金。今姥年六十餘，願計二十年衣食之用以贖身，當與此子別卜所詣[113]。所詣非遙，晨昏得以溫清[114]，某願足矣。」姥度其志不可奪，因許之。給姥之餘，有百金。北隅四五家稅一隙院。乃與生沐浴，易其衣服。爲湯粥，通其腸；次以酥乳潤其臟；旬餘，方薦水陸之饌[115]。頭巾履襪，皆取珍異者衣之。未數月，肌膚稍腴；卒歲[116]，平愈如初。

異時，娃謂生曰：「體已康矣，志已壯矣。淵思寂慮[117]，默想曩昔之藝業，可溫習乎？」生思之，曰：「十得二三耳。」娃命車出遊，生騎而從。至旗亭[118]南偏門鬻墳典之肆[119]，令生揀而市之，計費百金，盡載以歸。因令生斥棄百慮以志學[120]，俾夜作晝，孜孜矻矻。娃常偶坐，宵分[121]乃寐。伺其疲倦，即諭之綴詩賦。二歲而業大就，海內文籍，莫不該覽。生謂娃曰：「可策名試藝[122]矣。」娃曰：「未也。且令精熟，以俟百戰。」更一年，曰：「可行矣。」於是遂一上登甲科[123]，聲振禮闈[124]。雖前輩見其文，罔不斂衽敬羨，願友之而不可得。娃曰：「未也。今秀士[125]，苟獲擢一科第，則自謂可以取中朝之顯職，擅天下之美名。子行穢迹鄙，不侔[126]於他士。當礱淬利器[127]，以求再捷，方可以連衡[128]多士，爭霸羣英。」生由是益自勤苦，聲價彌甚。其年，遇大比[129]，詔徵四方之雋，生應直言極諫科[130]，策名第一，授成都府參軍[131]。三事[132]以降，皆其友也。

將之官，娃謂生曰：「今之復子本軀，某不相負也。願以殘年，歸養老姥。君當結媛鼎族[133]，以奉蒸嘗[134]。中外婚媾，無自黷[135]也。勉思自愛。某從此去矣。」生泣曰：「子若棄我，當自剄以就死！」娃固辭不從，生勤請彌懇。娃曰：「送子涉江，至於劍門[136]，當令我回。」生許諾。

月餘，至劍門。未及發而除書[137]至，生父由常州詔入，拜成都尹，兼劍南採訪使。浹辰[138]，父到。生因投刺[139]，謁於郵亭[140]。父不敢認，見其祖父官諱，方大驚，命登階，撫背慟哭移時，曰：「吾與爾父子如初。」因詰其由，具陳其本末。大奇之，詰娃安在。曰：「送某至此，當令復還。」父曰：「不可。」翌日，命駕與生先之成都，留娃於劍門，築別館以處之。明日，命媒氏通二姓之好，備六禮[141]以迎之，遂如秦晉之偶。

娃既備禮[142]，歲時伏臘[143]，婦道甚修，治家嚴整，極爲親所眷。向後數歲，生父母偕歿，持孝甚至。有靈芝產於倚廬[144]，一穗三秀。本道上聞[145]，又有白燕數十，巢其層甍[146]。天子異之，寵錫加等。終制[147]，累遷清顯之任。十年間，至數郡[148]。娃封汧國夫人。有四子，皆爲大官；其卑者猶爲太原尹。弟兄姻媾皆甲門，內外隆盛，莫之與京[149]。

嗟乎！倡蕩之姬，節行如是，雖古先烈女，不能逾也。焉得不爲之嘆息哉！

予伯祖嘗牧晉州[150]，轉戶部[151]，爲水陸運使[152]，三任皆與生爲代[153]，故諳詳其事。貞元[154]中，予與隴西李公佐話婦人操烈之品格，因遂述汧國之事。公佐拊掌竦聽[155]，命予爲傳。乃握管濡翰，疏[156]而存之。時乙亥[157]歲秋八月，太原白行簡云。

①汧（ㄑㄧㄢ）國夫人李娃：汧，指唐代汧陽郡，又稱隴州，治所在今陝西省汧陽縣。國夫人，封號。唐制，國公及文武官一品的母親和妻子封爲國夫人。娃，古代美女的通稱。②倡女：妓女。倡，同「娼」。③常州刺史滎陽公：常州，即今江蘇省常州縣。刺史，一州之長。滎（ㄒㄧㄥˊ）陽，郡名，治所在今河南省滎陽縣。④時望：當時的聲望地位。⑤知命之年：五十歲。⑥雋朗有詞藻：英俊聰穎有文才。雋，同「俊」。詞藻，指文才。⑦推伏：推崇佩服。伏，同「服」。⑧應鄉賦秀才舉：由州縣保舉應進士科的考試。鄉賦，唐代科舉只在中央舉行考試，每年由州縣保舉若干人參加考試，這樣保舉叫「鄉賦」或「鄉貢」。秀才，本爲唐初科考中的一種科目，但貞觀後已廢。此處以「秀才舉」代稱「進士舉」。⑨薪儲之費：旅途上，做客他鄉所需儲備的費用。⑩將爲其志：以幫助你實現志向。將，以。爲，助。⑪視上第如指掌：把金榜及第看作像掌中指畫一般的容易。⑫毗（ㄆㄧˊ）陵：常州的別名。⑬平康：長安里名，在丹鳳街，爲唐代妓女聚居之所。⑭曲：巷子。⑮雙鬟青衣：頭上梳著雙髻的婢女。青衣，婢女的代稱。⑯妖姿要妙：姿色妖嬈而美麗動人。⑰驂（ㄘㄢ）：本指三匹馬的車子。此指馬而言。⑱敕（ㄔˋ）：命令。⑲累眄（ㄇㄧㄢˇ）：不斷地斜視。⑳凝睇：注視。㉑狹邪女：妓女。狹邪，本指狹窄小巷，後以狹邪作爲妓女居處的代稱。㉒贍：富足。㉓不諧：不合、不成。㉔啓扃（ㄐㄩㄥ）：開門。扃，門閂。㉕蕭牆：古代宮室用以分隔內外的當門小牆。㉖垂白上僂：頭髮將白，身體駝背。㉗隙院：空院落。㉘稅：租。㉙湫（ㄑㄧㄠˇ）隘：低濕狹小。㉚長者：尊者，富貴者。㉛延：請。㉜遲賓之館：接待賓客的房間。遲，招待。㉝偶坐：對坐。㉞敘寒燠（ㄩˋ）：說冷

暖，即寒暄問候。㉟觸類妍媚：一舉一動都嫵媚動人。㊱鼓聲四動：唐代長安施行夜禁。順天門先擊四百槌，擊閉關門。再擊六百槌，坊與坊間的門關閉，不能通行。㊲紿（ㄉㄞˋ）：騙。㊳延平門：在長安外郭城西。㊴唯唯：答應。㊵雙縑：兩匹縑。㊶且不然：不能如此。㊷貧窶（ㄐㄩˋ）：貧賤。㊸他辰：他日。㊹徹饌：即撤饌，撤去宴席。㊺薦君子之枕席：侍寢之意。㊻廝養：僕役。㊼目之爲郎：看成女婿。㊽囊橐（ㄊㄨㄛˊ）：行李裝備。㊾屏迹戢身：不外出藏身於家。屏，棄，戢，藏。㊿倡優儕類：妓女、藝人一類人。(51)竹林神：當時唐人很迷信的一位神。(52)報應如響：很靈驗，有求必應。(53)薦酹（ㄌㄟˋ）：祭品。(54)質：抵押。(55)牢醴：供品。牢，指牛、羊、豬三牲。醴，甜酒。(56)信宿：兩夜。(57)窺其際：看裡面。(58)逆訪：迎問。(59)戟門：古代宮門外掛著戟的門，稱戟門。唐制三品以上高官可立戟，以示尊貴。(60)蔥蒨（ㄑㄧㄢˋ）：形容樹木蒼翠茂盛。(61)大宛（ㄩㄢ）：漢時西域國名，產良馬，故以大宛代稱良馬。(62)偶語：私語。(63)緘之：封閉起來。(64)約已周：期約已到期。周，終。(65)交睫：不能合眼，指不能入眠。(66)遲：等待。(67)凶肆：專售喪葬用品的店舖。(68)綿綴移時：病重拖了一段時日。綿綴，病重垂危，只剩一口氣的樣子。移時，過了一段時日。(69)繐帷：靈帳之類。(70)傭：經營。(71)車轝（ㄩˊ）：供葬喪用的車馬、轎子等。(72)哀挽：出殯時唱的挽歌。(73)醵（ㄐㄩˋ）：湊聚。(74)索顧：求雇用。顧，同「雇」。(75)其黨耆舊：指職業挽歌手中的老前輩。(76)閱：展覽。(77)立符契：訂定契約合同。(78)士女大和會：男女大聚會。(79)里胥：里正，相當於今里長。(80)賊曹：漢時官名，掌管水火盜賊之事。(81)京尹：即京兆尹，唐長安的行政長官。唐時設京兆府，掌管首都長安和附近十二縣。(82)亭午：正午。(83)輦轝威儀之具：喪葬用的車轎、儀仗等用具。(84)師：指西肆老板。(85)擁鐸：拿著大鈴。(86)翊（ㄧˋ）衛：助手。(87)扼腕頓顙（ㄙㄤˇ）：拱手點頭。顙，額頭。(88)〈白馬〉之詞：〈白馬歌〉，古時祭奠的歌曲。(89)夙：一向、向來。(90)秉翣（ㄕㄚˋ）：拿著長柄大扇。(91)不勝（ㄕㄥ）：不能承擔，即不像會唱歌的樣子。(92)薤（ㄒㄧㄝˋ）露之章：古代挽歌。歌辭比喻人的生命如同薤葉上的露水一樣。薤，一種像韭菜而中空的植物。(93)愕眙（ㄔˋ）：驚訝而目瞪口呆的樣子。(94)外方之牧：地方長官。(95)歲一至闕下：每年到京師來一次。闕下，指京城。(96)入計：地方官到中央報告治績，以備中央考察，定獎懲。計，考核。(97)易服章：換掉官服，穿便服。(98)老豎：老僕人。(99)間：乘機。(100)回翔：閃躲。(101)曲江：位處長安東南，爲著名遊覽勝地。(102)狎暱者：來往親近的人。(103)齎（ㄐㄧ）：持、攜帶。(104)道周：路邊。(105)行路：路人。(106)懸鶉：鶉鳥，禿尾。後以懸鶉或鶉衣形容衣服破爛的樣子。(107)廛肆：市場。(108)疥厲：生疥癩瘡。(109)頷頤：點頭。(110)斂容却睇：臉色嚴肅轉過目光。(111)不逾期：不過一年。(112)困躓：困頓潦倒。(113)別卜所詣：另覓住所。(114)溫凊（ㄑㄧㄥˋ）：侍候問安。凊，使之涼爽。(115)方薦水陸之饌：才進用魚肉之類的食物。薦，進用。水陸，魚肉之類。

(116)卒歲：過了一年。(117)淵思寂慮：深思靜想。(118)旗亭：亭樓，爲古代的市場。唐代在亭樓早晚擊鼓敲鑼指揮市集的集散。(119)墳典之肆：書店。墳典，指書籍。(120)志學：專心致志向學。(121)宵分：半夜。(122)策名試藝：報名參加科考。策名，報名。(123)登甲科：甲等考中。(124)禮闈：禮部的試場。(125)秀士：參加科舉考試者。(126)不侔：不相同。(127)礱（ㄌㄨㄥˊ）淬利器：比喻砥礪學識，使其功力更上層樓。礱，以石磨刀劍。淬，淬火，鑄刀劍時，將燒紅的鐵放在水中浸一下，使其質地堅硬。(128)連衡：結交。(129)大比：唐代由皇帝特命舉行的「制科」考試。(130)直言極諫科：唐代制科考試中的一科，以向政府提出直率批評和建議爲主。(131)成都府參軍：成都府，唐肅宗因玄宗曾駐益州，故改益州爲成都府，直屬中央。參軍，府尹的重要幕僚屬官。(132)三事：即三公。唐以太尉、司徒、司空爲三公。(133)結媛鼎族：與豪門貴族的女子結婚。(134)奉蒸嘗：主持祭祀之事，指主持家事。古代宗廟祭祀，秋祭稱嘗，冬祭稱蒸。(135)黷：污穢。(136)劍門：位於今四川省劍閣縣北，爲出入成都的要道。(137)除書：任命官吏的公文派令。(138)浹（ㄐ一ㄚˊ）辰：十二天。浹，循環。(139)投刺：投遞名片。「刺」上寫有官銜及三代姓名。(140)郵亭：驛站兼官員行道館舍。(141)六禮：古代結婚須經納采、問名、納吉、納徵、請期、親迎等，才是正式合法的婚姻。(142)備禮：依禮數成婚。(143)歲時伏臘：指主持家計。歲時，年節。伏，夏天的祭祀。臘，冬天的祭祀。(144)倚廬：古代居喪時臨時搭建的草棚。(145)本道上聞：指滎陽公子本鄉的長官把祥瑞報告皇帝。本道，地方官。(146)層甍（ㄇㄥˊ）：高聳的屋脊。(147)終制：守孝期滿。(148)至數郡：做了幾郡的刺史。(149)莫之與京：無人可比。京，大。(150)牧晉州：擔任晉州刺史。晉州，在今山西省臨汾縣。(151)轉戶部：調升到尚書省戶部任職。戶部，尚書省所屬六部之一，掌管全國戶口、財政、糧食等。(152)水陸運使：管理水陸運輸的官吏。(153)爲代：爲前後任。(154)貞元：唐德宗年號。(155)拊（ㄈㄨˇ）掌諫聽：兩手輕按，恭敬聆聽。拊掌，拍手。(156)疏：詳細記錄。(157)乙亥，唐德宗貞元十一年（七九五）。

3. 蔣　防

霍小玉傳

大歷中①，隴西李生名益②，年二十，以進士擢第。其明年，拔萃③，俟試於天官④。夏六月，至長安，舍於新昌里。生門族清華⑤，少有才思，麗詞嘉句，時謂無雙；先達丈人⑥，翕然⑦推伏。每自矜風調⑧，思得佳偶，博求名妓，久而未諧。

長安有媒鮑十一娘者，故薛駙馬家青衣⑨也；折券從良⑩，十餘年矣。性便辟⑪，巧言語，豪家戚里，無不經過，追風挾策⑫，推爲渠帥⑬。常受生誠託厚賂，意頗德之⑭。

經數月，李方閑居舍之南亭。申未間⑮，忽聞扣門甚急，云是鮑十一娘至。攝衣從之，迎問曰：「鮑卿今日何故忽然而來？」鮑笑曰：「蘇姑子作好夢也未⑯？有一仙人，謫在下界，不邀⑰財貨，但慕風流。如此色目⑱，共十郎相當矣。」生聞之驚躍，神飛體輕，引鮑手且拜且謝曰：「一生作奴，死亦不憚⑲。」因問其名居。鮑具說曰：「故霍王⑳小女，字小玉，王甚愛之。母曰淨持。——淨持，即王之寵婢也。王之初薨，諸弟兄以其出自賤庶，不甚收錄㉑。因分與資財，遣居於外，易姓爲鄭氏，人亦不知其王女。姿質穠艷，一生未見；高情逸態，事事過人；音樂詩書，無不通解。昨遣某求一好兒郎格調相稱者。某具說十郎。他亦知有李十郎名字，非常歡愜。住在勝業坊古寺曲㉒，甫上車門宅是也。已與他作期約。明日午時，但至曲頭覓桂子，即得矣。」

鮑既去，生便備行計。遂令家僮秋鴻，於從兄㉓京兆參軍㉔尙公處假青驪駒，黃金勒㉕。其夕，生浣衣沐浴，修飾容儀，喜躍交并，通夕不寐。遲明㉖，巾幘㉗，引鏡自照，惟懼不諧也。

徘徊之間，至於亭午㉘。遂命駕疾驅，直抵勝業。至約之所，果見青衣立候，迎問曰：「莫是李十郎否？」即下馬，令牽入屋底，急急鎖門。見鮑果從內出來，遙笑曰：「何等兒郎，造次㉙入此？」生調誚㉚未畢，引入中門。庭間有四櫻桃樹；西北懸一鸚鵡籠，見生入來，即語曰：「有人入來，急下簾者！」生本性雅淡，心猶疑懼，忽見鳥語，愕然不敢進。逡巡㉛，鮑引淨持下階相迎，延入對坐。年可四十餘，綽約多姿，談笑甚媚。因謂生曰：「素聞十郎才調風流，今又見儀容雅秀，名下固無虛士㉜。某有一女子，雖拙教訓㉝，顏色不至醜陋，得配君子，頗爲相宜。頻見鮑十一娘說意旨，今亦便令永奉箕箒㉞。」生謝曰：「鄙拙庸愚，不意顧盼㉟，倘垂採錄㊱，生死爲榮。」

遂命酒饌，即令小玉自堂東閤子㊲中而出。生即拜迎。但覺一室之中，若瓊林玉樹，互相照曜，轉盼精彩射人。既而遂坐母側。母謂曰：「汝嘗愛念『開簾風動竹，疑是故人來㊳。』即此十郎詩也。爾終日吟想，何如一見。」玉乃低鬟微笑，細語曰：「見面不如聞名。才子豈能無貌？」生遂連起拜曰：「小娘子愛才，鄙夫重色。兩好相映，才貌相兼。」母女相顧而笑，遂舉酒數巡。生起，請玉唱歌。初不肯，母固強之。發聲清亮，曲度精奇。

酒闌，乃暝，鮑引生就西院憩息。閑庭邃宇，簾幕甚華。鮑令侍兒桂子、浣沙與生脫靴解帶。須臾，玉至，言敘溫和，辭氣宛媚。解羅衣之際，態有餘妍，低幃暱枕，極其歡愛。生自以爲巫山、洛浦㊴不過也。中宵之夜㊵，玉忽流涕觀生曰：「妾本倡家，自知非匹。今以色愛，托其仁賢。但慮一旦色衰，恩移情替㊶，使女蘿無托㊷，秋扇見捐㊸。極歡之際，不覺悲至。」生聞之，不勝感嘆。乃引臂替枕，徐謂玉曰：「平生志願，今日獲從，粉骨碎身，誓不相捨。夫人何發此言！請以素縑㊹，著之盟約。」玉因收淚，命侍兒櫻桃褰幄㊺執燭，授生筆研㊻。玉管弦之暇，雅好詩書，筐箱筆研，皆王家之舊物。遂取綉囊，出越姬烏絲欄㊼，素縑三尺以授生。生素多才思，援筆成章，引諭山河，指誠日月㊽，句句懇切，聞之動人。染畢，命藏於寶篋之內。自爾婉孌㊾相得，若翡翠之在雲路㊿也。如此二歲，日夜相從。

其後年春，生以書判拔萃登科[51]，授鄭縣主簿[52]。至四月，將之官，便拜慶於東洛[53]。長安親戚，多就筵餞。時春物尚餘，夏景初麗，酒闌賓散，離思縈懷。玉謂生曰：「以君才地名聲，人多景慕，願結婚媾，固亦衆矣。況堂有嚴親，室無冢婦[54]，君之此去，必就佳姻。盟約之言，徒虛語耳。然妾有短願，欲輒指陳。永委君心[55]，復能聽否？」生驚怪曰：「有何罪過，忽發此辭？試說所言，必當敬奉。」玉曰：「妾年始十八，君才二十有二，迨君壯室之秋[56]，猶有八歲。一生歡愛，願畢此期。然後妙選高門，以諧秦晉[57]，亦未爲晚。妾便捨棄人事，剪髮披緇[58]。夙昔之願，於此足矣。」生且愧且感，不覺涕流。因謂玉曰：「皎日之誓[59]，死生以之[60]。與卿偕老，猶恐未愜素志，豈敢輒有二三[61]。固請不疑，但端居[62]相待。至八月，必當却到[63]華州，尋使奉迎，相見非遠。」更數日，生遂訣別東去。

到任旬日，求假往東都覲親。未至家日，太夫人已與商量[64]表妹盧氏，言約已定。太夫人素嚴毅，生逡巡不敢辭讓，遂就禮謝，便有近期[65]。盧亦甲族[66]也，嫁女於他門，聘財必以百萬爲約，不滿此數，義在不行。生家素貧，事須求貸，便托假故，遠投親知，涉歷江、淮，自秋及夏。生自以孤負盟約，大愆回期[67]，寂不知聞，欲斷其望，遙托親故，不遺漏言。

玉自生逾期，數訪音信。虛詞詭說，日日不同。博求師巫，遍詢卜筮，懷憂抱恨，周歲有餘。羸[68]臥空閨，遂成沈疾。雖生之書題[69]竟絕，而玉之想望不移，賂遺親知，使通消息。尋求既切，資用屢空，往往私令侍婢潛賣篋中服玩之物，多托於西市寄附鋪[70]侯景先家貨賣。曾令侍婢浣沙將紫玉釵一只，詣景先家貨之。路逢內作[71]老玉工，見浣沙所執，前來認之曰：「此釵，吾所作也。昔歲霍王小女，將欲上鬟[72]，令我作此，酬我萬錢。我嘗不忘。汝是何人，從何而得？」浣沙曰：「我小娘子，即霍王女也。家事破散，失身於人。夫婿昨向東都，更無消息。悒怏成疾，今欲二年。令我賣此，賂遺於人，使求音信。」玉工淒然下泣曰：「貴人男女，失機落節(73)，一至於此！我殘年向盡，見此盛衰，不勝傷感。」遂引至延光公主(74)宅，具言前事。公主亦爲之悲嘆良久，給錢十二萬焉。

時生所定盧氏女在長安，生既畢於聘財，還歸鄭縣。其年臘月，又請假入城就親。潛卜靜居，不令人知。有明經(75)崔允明者，生之中表弟也。性甚長厚，昔歲常與生同歡於鄭氏之室，杯盤笑語，曾不相間。每得生信，必誠告於玉。玉常以薪芻(76)衣服，資給於崔。崔頗感之。生既至，崔具以誠告玉。玉恨嘆曰：「天下豈有是事乎！」遍請親朋，多方召致。生自以愆期負約，又知玉疾候沈綿(77)，慚恥忍割(78)，終不肯往。晨出暮歸，欲以迴避。玉日夜涕泣，都忘寢食，期一相見，竟無因由。冤憤益深，委頓(79)床枕。自是長安中稍有知者。風流之士，共感玉之多情；豪俠之倫，皆怒生之薄行。

時已三月，人多春遊。生與同輩五六人詣崇敬寺玩牡丹花，步於西廊，遞吟詩句。有京兆韋夏卿者，生之密友，時亦同行。謂生曰：「風光甚麗，草木榮華。傷哉鄭卿，銜冤空室！足下終能棄置，實是忍人。丈夫之心，不宜如此。足下宜爲思之！」嘆讓(80)之際，忽有一豪士，衣輕黃紵衫，挾弓彈，丰神雋美，衣服輕華，唯有一剪頭胡雛(81)從後，潛行而聽之。俄而前揖生曰：「公非李十郎者乎？某族本山東(82)，姻連外戚。雖乏文藻，心嘗樂賢。仰公聲華，常思覯止(83)。今日幸會，得睹清揚(84)。某之敝居，去此不遠，亦有聲樂，足以娛情。妖姬(85)八九人，駿馬十數匹，唯公所欲。但願一過。」生之儕輩，共聆斯語，更相嘆美。因與豪士策馬同行，疾轉數坊，遂至勝業。生以近鄭之所止，意不欲過，便托事故，欲回馬首。豪士曰：「敝居咫尺，忍相棄乎？」乃輓挾其馬，牽引而行。遷延之間，已及鄭曲。生神情恍惚，鞭馬欲回。

豪士遽命奴僕數人，抱持而進。疾走推入車門，便令鎖却，報云：「李十郎至也！」一家驚喜，聲聞於外。

先此一夕，玉夢黃衫丈夫抱生來，至席，使玉脫鞋。驚寤而告母。因自解曰：「『鞋』者，『諧』也。夫婦再合。『脫』者，『解』也。既合而解，亦當永訣。由此徵之，必遂相見，相見之後，當死矣。」凌晨，請母妝梳。母以其久病，心意惑亂，不甚信之。僶勉[86]之間，強爲妝梳。妝梳才畢，而生果至。玉沈綿日久，轉側須人[87]；忽聞生來，欻然[88]自起，更衣而出，恍若有神。遂與生相見，含怒凝視，不復有言。羸質嬌姿，如不勝致[89]，時復掩袂，返顧李生。感物傷人，坐皆欷歔。

頃之，有酒餚數十盤，自外而來。一坐驚視，遽問其故，悉是豪士之所致也。因遂陳設，相就而坐。玉乃側身轉面，斜視生良久，遂舉杯酒酬地[90]曰：「我爲女子，薄命如斯！君是丈夫，負心若此！韶顏稚齒，飲恨而終。慈母在堂，不能供養，綺羅弦管，從此永休。徵痛黃泉[91]，皆君所致。李君李君，今當永訣！我死之後，必爲厲鬼，使君妻妾，終日不安！」乃引左手握生臂，擲杯於地，長慟號哭數聲而絕。母乃舉尸，寘[92]於生懷，令喚之，遂不復甦矣。

生爲之縞素[93]，旦夕哭泣甚哀。將葬之夕，生忽見玉繐帷[94]之中，容貌妍麗，宛若平生。著石榴裙，紫榼襠[95]，紅綠帔子[96]。斜身倚帷，手引繡帶，顧謂生曰：「愧君相送，尚有餘情。幽冥之中，能不感嘆。」言畢，遂不復見。明日，葬於長安御宿原[97]。生至墓所，盡哀而返。

後月餘，就禮於盧氏。傷情感物，鬱鬱不樂。夏五月，與盧氏偕行，歸於鄭縣。至縣旬日，生方與盧氏寢，忽帳外叱叱作聲。生驚視之，則見一男子，年可二十餘，姿狀溫美，藏身暎幔，連招盧氏。生惶遽走起，繞幔數匝，倏然不見。生自此心懷疑惡，猜忌萬端，夫妻之間，無聊生矣。或有親情，曲相勸喻。生意稍解。後旬日，生復自外歸，盧氏方鼓琴於床，忽見自門拋一斑犀鈿花合子(98)，方圓一寸餘，中有輕絹，作同心結，墜於盧氏懷中。生開而視之，見相思子(99)二、叩頭蟲(100)一、發殺觜(101)一、驢駒媚(102)少許。生當時憤怒叫吼，聲如豺虎，引琴撞擊其妻，詰令實告。盧氏亦終不自明。爾後往往暴加捶楚，備諸毒虐，竟訟於公庭而遣之(103)。

盧氏既出(104)，生或侍婢媵妾之屬，蹔同枕席，便加妒忌。或有因而殺之者。生嘗遊廣陵，得名姬曰營十一娘者，容態潤媚，生甚悅之。每相對坐，嘗謂營曰：「我嘗於某處得某姬，犯某事，我以某法殺之。」日日陳說，欲令懼己，以肅清閨門。出則以浴斛(105)覆營於床，周迴封署，歸必詳視，然後乃開。又畜一短劍，甚利，顧謂侍婢曰：「此信州葛溪鐵(106)，唯斷作罪過頭！」大凡生所見婦人，輒加猜忌，至於三娶，率(107)皆如初焉。

①大歷：唐代宗年號。②李益：字君虞，隴西姑臧（今甘肅省武威縣）人。生於玄宗天寶中，卒於文宗太和初。益長於詩歌，與李賀齊名，為大歷十才之一。③拔萃：唐代進士及第後，取得做官資格，還須經過吏部主持的考試，才可以授官。拔萃，吏部考試的方法之一，試擬斷獄判詞三條，叫「拔萃」。④天官：本為周禮六官之一，統攝百官，後即以天官代指吏部。⑤清華：清貴顯赫。⑥先達丈人：先賢前輩。⑦翕（ㄒㄧˋ）然：一致。⑧自矜風調：自負才貌。⑨青衣：婢女。古代以青衣為賤者服，故以青衣稱婢女。⑩折券從良：毀掉賣身契約，取得平民身份。⑪便（ㄆㄧㄢˊ）辟：善於迎逢諂媚。⑫追風挾策：原是揮馬鞭驅馬，此處指為男女說媒打探消息。追風，駿馬名。挾策，拿著馬鞭。⑬渠帥：首領。⑭意頗德之：心裡很感激他。⑮申未間：即下午三時左右。⑯蘇姑子作好夢也未：是說夢到什麼好兆頭沒有？蘇姑子，未詳出處。⑰邀：企求。⑱色目：猶言品貌人材。⑲不憚：不怕。⑳霍王：唐高祖李淵的兒子李元軌，封霍王。後與越王貞合謀起兵，事敗而死。中宗神龍初追復爵位。此指後代嗣霍王。㉑收錄：收留、容納。㉒曲：巷。㉓從兄：堂兄。㉔京兆參軍：京兆府參軍。參軍，唐代軍府和地方衙門的僚屬。㉕勒：馬籠頭。㉖遲明：及至天明。㉗巾幘（ㄗㄜˊ）：繫上包頭髮的頭巾。㉘亭午：正午。㉙造次：冒冒失失。㉚

調詼：打趣、開玩笑。㉛逡（ㄑㄩㄣ）巡：徘徊不進。㉜名下固無虛士：眞是名不虛傳。㉝拙教訓：沒有受好教育，此處是自謙之意。㉞奉箕箒：供事洒掃，作人臣僕、妻妾之意。後專用作當妻妾的謙詞。㉟不意顧盼：沒想到被您看得起。㊱採錄：選中。㊲東閤子：東邊的小門。㊳開簾風動竹，疑是故人來：此是李益〈竹窗聞風寄苗發司空曙〉詩句。㊴巫山、洛浦：巫山，宋玉在〈高唐賦〉中說，楚懷王遊高唐，遇見巫山神女和他在夢中歡會。洛浦，洛水之濱。相傳宓羲氏之女溺死洛水爲神，名爲宓妃。㊵中宵之夜：半夜。㊶恩移情替：恩情變化轉移。㊷女蘿無托：指被捐棄，似女蘿無所依靠，用以比喻女子失去依靠。女蘿，即松蘿，依附他樹而生。㊸秋扇見捐：秋涼時扇子棄置不用。比喻女子因色衰而見棄。見，被。捐，棄。㊹素縑：白色的細絹。縑，一種細薄的絲織品。㊺褰（ㄑㄧㄢ）幄：拉起帳幔。㊻研：同「硯」。㊼越姬烏絲欄：越國女子織的帶有黑絲格線的素細絹。㊽指誠日月：指著日月發誓，表示至死不渝的眞情。㊾婉孌（ㄌㄩㄢˊ）：親愛。㊿若翡翠之在雲路：像翡翠鳥在天上比翼雙飛。翡翠，鳥名，翡爲雄鳥，翠爲雌鳥。雲路，指天空。（51）登科：考中、考取。（52）鄭縣主簿：鄭縣，在今陝西省華縣。主簿，掌文書簿籍的官員。（53）便拜慶於東洛：就便到東都洛陽探望父母。拜慶，離家日久，返鄉探望父母稱「拜家慶」，簡稱「拜慶」。（54）冢婦：本指嫡長子婦，此指正妻。（55）永委君心：永遠傾心於您。（56）壯室之秋：三十歲的時候。（57）秦晉：春秋時秦、晉兩國世代通婚，後因以秦晉代指婚姻。（58）剪髮披緇（ㄗ）：即出家爲尼。緇，黑色的僧尼服。（59）皎日之誓：對著太陽發的誓。（60）死生以之：不管生死都按誓言行事。（61）二三：三心二意，不守誓約。（62）端居：平居。（63）却到：回到。（64）商量：議親。（65）近期：短期內舉行婚禮。（66）甲族：門第高貴的世家大族。甲，頭等。（67）大愆（ㄑㄧㄢ）回期：大大的超過了歸期。愆，延誤。（68）羸（ㄌㄟˊ）：瘦弱。（69）書題：書信題詠。（70）寄附舖：寄售物品的委託商店。（71）內作：皇家工匠。（72）上鬟：古代女子十五歲爲成年，須將披垂的頭髮挽成髮髻，插上簪釵，稱上鬟。（73）失機落節：失意潦倒。（74）延光公主：唐肅宗的女兒。（75）明經：唐代科舉考試科目之一。明經及第後不能立即授官，未授官時只能稱其爲明經。（76）薪蒭：柴草與食物，此處指日常生活費用。（77）沉綿：纏綿沉重。（78）慚耻忍割：慚愧羞恥，忍心割捨。（79）委頓：疲困不堪。（80）嘆讓：嘆息責備。（81）胡雛：幼小的家奴。（82）山東：指華山以東地區，此地多世襲的高門大族。（83）覯止：會面。止，語助詞。（84）清揚：本指人眉目之間婉美，後引申爲敬詞，猶言「尊容」。（85）妖姬：妖嬈美麗的歌妓。（86）僶（ㄇㄧㄣˇ）勉：勉強。（87）轉側須人：翻轉個身子都要人扶持。（88）欻（ㄏㄨ）然：忽然。（89）如不勝致：好像有無限的情態。不勝，不盡。致，情態。（90）酬地：把酒潑洒地面，表示發誓。（91）徵痛黃泉：把痛苦帶到地下。徵，招引。（92）寘，同「置」。（93）縞素：白色孝服。（94）繐（ㄙㄨㄟˋ）帷：靈帳。（95）褣（ㄎㄜˋ）襠：古時婦人穿的外袍。（96）帔（ㄆㄟ）子：披於肩背的紗巾。（97）御宿原：在長安城南，爲一處墳地。(98)斑犀鈿花合子：鑲嵌斑紋的犀牛角花盒子。鈿，以金銀珠寶鑲嵌飾物。(99)相思子：即紅豆。(100)叩頭蟲：一種小甲蟲，人一碰其身體，頭部振動很像叩頭。贈叩頭蟲取其順從之意。(101)發殺觜（ㄗ）：一種媚藥。(102)驢駒媚：一種媚藥，婦人帶之能嫵媚。(103)遣之：休棄了她，趕走了她。(104)出：古代男子單方面離婚，而把妻子遣送回娘家叫「出」。(105)浴斛：洗澡盆。(106)此信州葛溪鐵：這是信州葛溪所產的鐵所鑄造而成。信州，今江西省上饒縣。葛溪鐵，葛溪出鐵，精而細。(107)率：大抵。

4. 陳　鴻

長恨傳

開元①中，泰階平②，四海無事。玄宗在位歲久，倦於旰食宵衣③，政無大小，始委於右丞相④，稍深居遊宴，以聲色自娛。

先是，元獻皇后⑤、武惠妃⑥皆有寵，相次即世⑦。宮中雖良家子千數，無可悅目者。上心忽忽不樂。時每歲十月，駕幸華清宮⑧，內外命婦⑨，熠燿景從，浴日餘波，賜以湯沐⑩，春風靈液，澹蕩⑪其間，上必油然⑫若有所遇，顧左右前後，粉色如土。詔高力士潛搜外宮，得弘農楊玄琰女於壽邸⑬，既笄⑭矣。鬢髮膩理⑮，纖穠中度⑯，舉止閑冶⑰，如漢武帝李夫人⑱。別疏⑲湯泉，詔賜藻瑩⑳。既出水，體弱力微，若不任羅綺。光彩煥發，轉動照人。上甚悅。進見之日，奏〈霓裳羽衣曲〉㉑以導之；定情㉒之夕，授金釵鈿合以固之㉓。又命戴步搖㉔，垂金璫㉕。明年，冊㉖為貴妃，半后服用㉗。繇㉘是冶其容，敏其詞，婉孌萬態，以中㉙上意。上益嬖㉚焉。時省風㉛九州，泥金五岳㉜，驪山雪夜，上陽㉝春朝，與上行同輦，止同室，宴專席，寢專房。雖有三夫人、九嬪、二十七世婦、八十一御妻，暨後宮才人㉞，樂府妓女，使天子無顧盼意㉟。自是六宮無復進幸者。非徒殊艷尤態致是，蓋才智明慧，善巧便佞㊱，先意希旨㊲，有不可形容者。叔父昆弟皆列位清貴㊳，爵爲通侯㊴。姊妹封國夫人㊵，富埒王宮㊶，車服邸第，與大長公主侔㊷矣。而恩澤勢力，則又過之，出入禁門不問，京師長吏㊸爲之側目。故當時謠詠有云：「生女勿悲酸，生男勿喜歡。」又曰：「男不封侯女作妃，看女却爲門上楣㊹。」其爲人心羨慕如此。

天寶末，兄國忠盜丞相位㊺，愚弄國柄㊻。及安祿山引兵向闕㊼，以討楊氏爲詞。潼關不守，翠華㊽南幸。出咸陽㊾，道次㊿馬嵬亭，六軍(51)徘徊，持戟不進。從官郎吏伏上馬前，請誅晁錯(52)以謝天下。國忠奉氂纓盤水(53)，死於道周。左右之意未快。上問之。當時敢言者，請以貴妃塞天下怨。上知不免，而不忍見其死，反袂掩面，使牽之而去。倉皇展轉，竟就死於尺組之下(54)。

既而玄宗狩(55)成都，肅宗受禪靈武(56)。明年，大凶歸元(57)，大駕還都(58)。尊玄宗爲太上皇，就養南宮(59)。自南宮遷於西內(60)。時移事去，樂盡悲來。每至春之日，冬之夜，池蓮夏開，宮槐秋落，梨園弟子(61)，玉琯(62)發音，聞〈霓裳羽衣〉一聲，則天顏不怡，左右歔欷。三載一意，其念不衰。求之夢魂，杳不能得。

適有道士自蜀來，知上皇心念楊妃如是，自言有李少君(63)之術。玄宗大喜，命致其神。方士乃竭其術以索之，不至。又能遊神馭氣，出天界，沒地府以求之，不見。又旁求四虛(64)上下，東極天海，跨蓬壺(65)。見最高仙山，上多樓闕，西廂下有洞戶，東向，闔其門，署曰：「玉妃太真院。」方士抽簪扣扉，有雙鬟童女，出應其門。方士造次未及言，而雙鬟復入。俄有碧衣侍女又至，詰其所從。方士因稱唐天子使者，且致其命[66]。碧衣云：「玉妃方寢，請少待之。」於時雲海沉沉，洞天日曉，瓊戶重闔，悄然無聲。方士屏息斂足[67]，拱手門下。久之，而碧衣延入，且曰：「玉妃出。」見一人冠金蓮，披紫綃，佩紅玉，曳鳳舄[68]，左右侍者七八人。揖方士，問：「皇帝安否？」次問天寶十四載已還事。言訖，憫然。指碧衣取金釵鈿合，各析其半，授使者曰：「爲我謝太上皇，謹獻是物，尋舊好也。」方士受辭與信[69]，將行，色有不足[70]。玉妃固徵其意。復前跪致詞：「請當時一事，不爲他人聞者，驗於太上皇；不然，恐鈿合金釵，負新垣平之詐[71]也。」玉妃茫然退立，若有所思，徐而言曰：「昔天寶十載，侍輦避暑於驪山宮。秋七月，牽牛織女相見之夕，秦人風俗，是夜張錦繡，陳飲食，樹瓜華[72]，焚香於庭，號爲『乞巧』。宮掖間尤尚之。時夜殆半，休侍衛於東西廂，獨侍上。上憑肩而立，因仰天感牛女事，密相誓心，願世世爲夫婦。言畢，執手各嗚咽。此獨君王知之耳。」因自悲曰：「由此一念，又不得居此。復墮下界，且結後緣。或爲天，或爲人[73]，決再相見，好合如舊。」因言：「太上皇亦不久人間，幸惟自安，無自苦耳。」使者還奏太上皇，皇心震悼，日日不豫[74]。其年夏四月，南宮晏駕[75]。

元和元年冬十二月，太原白樂天自校書郎尉於盩厔[76]，鴻與瑯琊[77]王質夫家於是邑，暇日相携遊仙遊寺，話及此事，相與感嘆。質夫舉酒於樂天前曰：「夫希代之事，非遇出世之才潤色[78]之，則與時消沒，不聞於世。樂天深於詩，多於情者也。試爲歌之，如何？」樂天因爲〈長恨歌〉。意者[79]不但感其事，亦欲懲尤物[80]，窒亂階[81]，垂於將來者也。歌既成，使鴻傳焉。世所不聞者，予非開元遺民，不得知；世所知者，有〈玄宗本紀〉[82]在。今但傳〈長恨歌〉云爾。（下即白居易〈長恨歌〉全詩，今刪。）

①開元：唐玄宗年號（七一三—七四一）。②泰階平：是說天下太平。泰階，星名，又稱三台星座。上階代表天子，中階代表公卿大夫，下階代表百姓。③旰（ㄍㄢˋ）食宵衣：日夜忙碌，廢寢忘食。旰食，過了吃飯時間才吃飯。宵衣，天未明就起床。④右丞相：指李林甫。⑤元獻皇后：玄宗妃，肅宗的生母。肅宗立，追謚爲元獻皇后。⑥武惠妃：玄宗妃，恆安王武攸止之女，卒後追謚爲貞順皇后。⑦相次即世：一個接一個去世。⑧華清宮：在今陝西省臨潼縣，唐玄宗改驪山的溫泉宮爲華清宮。⑨內外命婦：受詔封的婦女稱爲「命婦」。皇帝嬪妃及太子良娣以下爲內命婦，公主及王妃以下爲外命婦。⑩浴日餘波，賜以湯沐：皇帝洗完澡後，也賜給她們沐浴。日，皇帝。⑪澹蕩：蕩漾。⑫油然：悄然動心。⑬得弘農楊玄琰女於壽邸：弘農，郡名，或稱虢（ㄍㄨㄛˊ）州，治所在今河南省靈寶縣南。楊玄琰，楊貴妃玉環的父親。壽邸，玄宗兒子壽王李瑁的王府。楊貴妃原是壽王的妃子，玄宗看中她後，要她出家爲道士，號太眞，後又娶入宮中。⑭笄：即及笄，古代女子十五歲，及笄。⑮膩理：潤滑。⑯纖穠中度：身材肥瘦恰到好處。⑰閑冶：沉靜嬌媚。⑱李夫人：漢武帝的寵妃，音樂家李延年的妹妹，美麗善歌舞。⑲別疏：另外開闢。⑳藻瑩：沐浴。藻，借作「澡」。㉑霓裳羽衣曲：原是西涼婆羅門樂曲，後傳經玄宗改寫潤色。㉒定情：結成夫婦。㉓以固之：用來鞏固愛情。㉔步搖：用金絲屈曲而成的一種首飾，上綴珠玉，插在髮髻上，行走時會微微搖動，所以叫「步搖」。㉕金璫：金耳環。㉖冊：冊封。㉗半后服用：相當於皇后日常費用的一半。㉘繇：同「由」。㉙中：迎合。㉚嬖：寵幸。㉛省風：視察民風民情。㉜泥金五岳：祭祀天地山川。泥金，以金爲泥，作爲封泥。皇帝祭五岳，將祭文寫在簡版上，以玉爲飾，稱作玉牒，蓋上蓋子，再加上封泥，並加蓋印章。㉝上陽：上陽宮，皇帝行宮，在東都洛陽。㉞才人：宮中女官，掌管吃穿等事務。㉟無顧盼意：沒有看一看的意念。㊱善巧便佞（ㄋㄧㄥˋ）：很會說甜言巧語。㊲先意希旨：能揣度玄宗心意，不等他說就先迎合他。㊳叔父昆弟皆列位清貴：楊貴妃父追贈爲兵部尚書，母爲涼國夫人。叔楊玄珪爲光祿大夫，兄弟楊銛爲鴻臚卿，楊錡爲侍御史，楊釗賜名國忠，封右丞相。㊴通侯：泛指顯貴爵位。㊵姊妹封國夫人：楊貴妃大姐封韓國夫人，三姊封虢國夫人，八姊封秦國夫人。㊶富埒王宮：家財豪富可與皇室匹敵。埒，相等。㊷大長公主侔：與皇帝的姊妹相同。大長公主，皇帝的姊妹。侔，相同。㊸長吏：大吏，即指朝中大官。㊹門上楣：門上的橫樑。當時地位不同門楣裝飾也不同，顯貴人家門樑高大，後人常以門楣比喻地位。㊺盜丞相位：楊國忠任右丞相，固非其所應得，故稱「盜」。㊻國柄：國家權力。㊼向闕：向朝廷進犯。㊽翠華：本是皇帝出行的儀仗，旌旗上用翠羽爲飾，此處代指皇帝。㊾咸陽：與長安隔著渭河，在今陝西省咸陽市東。㊿道次：途中駐留。㉛六軍：皇帝的軍隊。㊾請誅晁錯：漢景帝時聽信御史大夫晁錯的建議，削減諸侯封地，引起吳、楚等七國叛亂，要求殺晁錯以謝天下。這裡是說軍隊請誅楊國忠。㊽氂（ㄇㄠˊ）纓盤水：氂纓，用

氂牛尾繫綴在冠帽上，表示待罪。盤水，以盤盛水，水上放一把劍，表示請公平處分。(54)尺組：上吊用的絲綢帶子。(55)狩：皇帝出巡叫巡狩。安史之亂，玄宗逃至成都，諱言逃奔，所以稱「狩」。(56)受禪靈武：天寶十五年（七五六），唐玄宗把皇位傳給太子李亨，在靈武（今寧夏省靈武縣）即位，即唐肅宗。(57)大凶歸元：大凶，指安祿山。歸元，殺頭。(58)大駕：指太上皇帝李隆基。(59)南宮：即興慶宮，位於太極宮和大明宮的東南。(60)西內：即西宮，指太極宮。(61)梨園弟子：唐玄宗在開元二年（七一四）設梨園，選拔坐部伎子弟三百人，在梨園演習樂曲，稱「皇帝梨園弟子」。(62)玉琯：玉製的管樂器。琯，同「管」。(63)李少君：漢武帝時的方士，有神仙法術。(64)四虛：即東、西、南、北四個方位。(65)蓬壺：亦作蓬萊，傳說中的仙山。(66)致其命：說明玄宗交待給自己的使命。(67)屏息斂足：屏住呼息，收住腳步。(68)鳳舃（ㄒㄧˋ）：飾有鳳頭的鞋子。(69)信：信物。(70)色有不足：神色出現不滿足的樣子。(71)負新垣平之詐：犯新垣平那樣的欺詐之罪。新垣平，姓新垣，名平，西漢文帝時人，以善「望氣」受寵信，後弄玄虛造假，事敗被殺。(72)樹瓜華：陳列瓜果。(73)或爲天，或爲人：或在天上，或在人間。(74)不豫：不樂。(75)宴駕：宮車很晚不出來，暗示皇帝死了。(76)尉於盩（ㄓㄡ）厔（ㄓˋ）：任盩厔縣（今陝西省盩厔縣）縣尉。(77)瑯琊：也稱沂州，在今山東省臨沂縣。(78)潤色：文學描寫。(79)意者：猜測、推想。(80)懲尤物：以寵愛女色爲戒。尤物，指絕色美人。(81)窒亂階：阻止造成禍亂的階梯。(82)〈玄宗本紀〉：泛指玄宗史傳。

5. 杜光庭

虬髯客①傳

隋煬帝②之幸江都③也，命司空楊素④守西京⑤。素驕貴，又以時亂，天下之權重望崇者，莫我若⑥也，奢貴自奉，禮異人臣。每公卿入言，賓客上謁，未嘗不踞床⑦而見，令美人捧出⑧，侍婢羅列，頗僭於上⑨。末年愈甚，無復知所負荷⑩，有扶危持顛⑪之心。

一日，衛公李靖⑫以布衣上謁，獻奇策。素亦踞見。公前揖曰：「天下方亂，英雄競起。

公爲帝室重臣⑬，須以收羅豪傑爲心，不宜踞見賓客。」素斂容而起，謝公；與語，大悅，收其策而退。

當公之騁辯⑭也，一妓有殊色，執紅拂⑮，立於前，獨目公。公既去，而執拂者臨軒指吏曰：「問去者處士第幾⑯？住何處？」公具以對。妓誦而去。

公歸逆旅⑰。其夜五更初，忽聞叩門而聲低者，公起問焉。乃紫衣戴帽人，杖揭⑱一囊。公問誰。曰：「妾，楊家之紅拂妓也。」公遽延入。脫衣去帽，乃十八九佳麗人也。素面畫衣⑲而拜。公驚答拜。曰：「妾侍楊司空久，閱天下之人多矣，無如公者。絲蘿⑳非獨生，願托喬木，故來奔耳。」公曰：「楊司空權重京師，如何㉑？」曰：「彼尸居餘氣㉒，不足畏也。諸妓知其無成，去者衆矣。彼亦不甚逐也。計之詳矣，幸無疑焉。」問其姓。曰：「張。」問其伯仲之次㉓。曰：「最長。」觀其肌膚、儀狀、言詞、氣性，眞天人也。公不自意㉔獲之，愈喜愈懼，瞬息萬慮不安，而窺戶者無停履㉕。數日，亦聞追訪之聲，意亦非峻㉖。乃雄服㉗乘馬，排闥㉘而去。將歸太原。

行次㉙靈石㉚旅舍，既設床，爐中烹肉且熟。張氏以髮長委地㉛，立梳床前。公方刷馬，忽有一人，中形㉜，赤髯如虬，乘蹇驢㉝而來。投革囊於爐前，取枕欹臥㉞，看張梳頭。公怒甚，未決㉟，猶親刷馬。張熟視其面，一手握髮，一手映身搖示公㊱，令勿怒。急急梳頭畢，斂衽前問其姓。臥客答曰：「姓張。」對曰：「妾亦姓張，合是妹。」遽拜之。問第幾。曰：「第三。」問妹第幾。曰：「最長。」遂喜曰：「今夕多幸逢一妹。」張氏遙呼：「李郎且來見三兄！」公驟拜之。遂環坐。曰：「煮者何肉？」曰：「羊肉，計已熟矣。」客曰：「飢。」公出市胡餅㊲。客抽腰間匕首，切肉共食。食竟，餘肉亂切送驢前食之，甚速。客曰：

「觀李郎之行，貧士也。何以致斯異人㊳？」曰：「靖雖貧，亦有心者焉。他人見問，故不言；兄之問，則不隱耳。」具言其由。曰：「然則將何之？」曰：「將避地太原。」曰：「然，吾故謂非君所能致也。」曰：「有酒乎？」曰：「主人㊴西，則酒肆也。」公取酒一斗。既巡，客曰：「吾有少㊵下酒物，李郎能同之乎？」曰：「不敢。」於是開革囊，取一人頭並心肝。却㊶頭囊中，以匕首切心肝，共食之。曰：「此人天下負心者，銜之㊷十年，今始獲之。吾憾釋矣。」又曰：「觀李郎儀形器宇，眞丈夫也。亦聞太原有異人乎？」曰：「嘗識一人，愚謂之眞人㊸也；其餘，將帥而已。」曰：「何姓？」曰：「靖之同姓。」曰：「年幾？」曰：「僅二十。」曰：「今何爲？」曰：「州將㊹之子。」曰：「似矣。亦須見之。李郎能致吾一見乎？」曰：「靖之友劉文靜㊺者，與之狎。因文靜見之可也。然兄何爲？」曰：「望氣者㊻言太原有奇氣，使訪之。李郎明發，何日到太原？」靖計之日。曰：「達之明日，日方曙，候我於汾陽橋㊼。」言訖，乘驢而去，其行若飛，迴顧已失。公與張氏且驚且喜，久之，曰：「烈士㊽不欺人，固無畏。」促鞭㊾而行。

及期，入太原。果復相見。大喜，偕詣劉氏。詐謂文靜曰：「有善相者㊿思見郎君，請迎之。」文靜素奇其人，一旦聞有客善相，遽致使迎之。使迴而至(51)，不衫不履，裼裘(52)而來，神氣揚揚，貌與常異。虬髯默然居末坐，見之心死(53)。飲數杯，招靖曰：「眞天子也！」公以告劉，劉益喜，自負。既出，而虬髯曰：「吾得十八九矣(54)。然須道兄見之。李郎宜與一妹復入京。某日午時，訪我於馬行(55)東酒樓，下有此驢及瘦驢，即我與道兄俱在其上矣。到即登焉。」又別而去。公與張氏復應之。及期訪焉，宛見二乘。攬衣登樓，虬髯與一道士方對飲，見公驚喜，召坐。圍飲十數巡，曰：「樓下櫃中有錢十萬。擇一深隱處駐一妹。某日復會我於汾陽橋。」

如期至，即道士與虬髯已到矣。俱謁文靜。時方弈棋，揖而話心[56]焉。文靜飛書迎文皇[57]看棋。道士對弈，虬髯與公傍侍焉。俄而文皇到來，精采驚人，長揖而坐。神氣清朗，滿坐風生，顧盼暐如[58]也。道士一見慘然，下棋子曰：「此局全輸矣[59]！於此失却局哉！救無路矣！復奚言！」罷弈而請去。既出，謂虬髯曰：「此世界非公世界，他方可也。勉之，勿以爲念。」因共入京。虬髯曰：「計李郎之程，某日方到。到之明日，可與一妹同詣某坊曲[60]小宅相訪。李郎相從一妹，懸然如磬[61]。欲令新婦祗謁[62]，兼議從容[63]，無前却也[64]。」言畢，吁嗟而去。

公策馬而歸。即到京，遂與張氏同往。乃一小版門子，叩之，有應者，拜曰：「三郎[65]令候李郎、一娘子久矣。」延入重門[66]，門愈壯。婢四十人，羅列庭前。奴二十人，引公入東廳。廳之陳設，窮極珍異，巾箱妝奩[67]冠鏡首飾之盛，非人間之物。巾櫛[68]妝飾畢，請更衣，衣又珍異。既畢，傳云：「三郎來！」乃虬髯紗帽[69]裼裘而來，亦有龍虎之狀[70]，歡然相見。催其妻出拜，蓋亦天人耳。遂延中堂，陳設盤筵之盛，雖王公家不侔也。四人對饌[71]訖，陳女樂二十人，列奏於前，若從天降，非人間之曲。食畢，行酒。家人自堂東舁[72]出二十床[73]，各以錦繡帕覆之。既陳，盡去其帕，乃文簿[74]鑰匙耳。虬髯曰：「此盡寶貨泉貝[75]之數。吾之所有，悉以充贈。何者？欲於此世界求事[76]，當或龍戰[77]三二十載，建少功業。今既有主，住亦何爲？太原李氏，眞英主也。三五年內，即當太平。李郎以奇特之才，輔清平之主，竭心盡善，必極人臣。一妹以天人之姿，蘊不世之藝[78]，從夫之貴，以盛軒裳[79]。非一妹不能識李郎，非李郎不能榮一妹。起陸之貴[80]，際會如期，虎嘯風生，龍吟雲萃[81]，固非偶然也。持余之贈，以佐眞主，贊功業也，勉之哉！此後十年，當東南數千里外有異事，是吾得事之秋[82]也。一妹與李郎可瀝酒[83]東南相賀。」因命家童列拜，曰：「李郎、一妹，是汝主也！」言訖，與其妻從一奴，乘馬而去。數步，遂不復見。

公據其宅，乃為豪家，得以助文皇締構[84]之資，遂匡天下。

貞觀十年[85]，公以左僕射平章事[86]。適南蠻入奏曰：「有海船千艘，甲兵十萬，入扶餘國[87]，殺其主自立。國已定矣。」公心知虬髯得事也。歸告張氏，具衣拜賀，瀝酒東南祝拜之。乃知眞人之興也，非英雄所冀[88]。況非英雄者乎？人臣之謬思亂者，乃螳臂之拒走輪[89]耳。我皇家垂福萬葉[90]，豈虛然哉。或曰：「衛公之兵法[91]，半乃虬髯所傳耳。」

①虬（ㄑㄧㄡˊ）髯（ㄖㄢˊ）客：長著蜷曲鬍子的人。虬，同「虯」，生有兩角的小龍，這裡是形容盤繞蜷曲的樣子。②隋煬帝：姓楊名廣，文帝第二子，殺父自立為帝，在位十四年，沉湎酒色，荒淫政亂而亡國。③江都：即揚州，在今江蘇省江都縣。④楊素：隋朝開國功臣，有智能文，封越國公，官拜僕射。其後又政變，廢太子楊勇，立煬帝楊廣。煬帝朝，居功驕橫，改封楚公。⑤西京：隋煬帝以洛陽為東京，新建的大興城為西京，在今西安市。⑥莫我若：即莫若我，意謂不如我。⑦踞床：坐在床上。床，古人坐臥的用具。坐床見客，有輕慢之意。⑧捧出：簇擁而出。⑨僭於上：超過禮制，和皇帝差不多。僭，僭越。⑩負荷：擔負的責任。⑪扶危持顛：挽救國家敗亡的局勢。⑫衛公李靖：李靖，字藥師，三原（今陝西省三原縣）人。初仕隋，後歸唐，有開國之功。曾破突厥，再破吐谷渾，先封代國，後改封衛國公。⑬重臣：負有重責大任的臣子。⑭騁辯：放言辯說，侃侃而談。⑮拂：拂塵，用麋鹿類的尾巴製成，用以驅趕蚊蠅。⑯第幾：問李靖於兄弟中排行第幾。⑰逆旅：旅館。⑱杖揭：以杖挑物。揭，挑負。⑲素面畫衣：素面，未施脂粉。畫衣，畫有圖案花紋的衣服。⑳絲蘿：菟絲和女蘿，蔓生植物，依附樹木而生。㉑如何：怎麼辦？㉒尸居餘氣：言比死人多一點氣，即快要死了。㉓伯仲之次：排行次序。㉔不自意：沒料想到。㉕窺户者無停履：指李靖心情不安，怕人來追，不斷向門外窺看，故足無停履，履，麻布鞋。㉖非峻：不急。㉗雄服：化裝成男子。㉘排闥（ㄊㄚˋ）：闖出城門。闥，門，引申為城門。㉙次：住宿。㉚靈石：在今山西省靈石縣。㉛委地：拖到地上。㉜中形：中等身材。㉝蹇（ㄐㄧㄢˇ）驢：跛腳的驢。㉞欹臥：斜躺臥。㉟未決：還未決定怎麼做。㊱一手映身搖示公：一隻手暗置身後搖擺向李靖示意。映，遮。㊲市胡餅：買燒餅。㊳致斯異人：得到

這個奇人美女。異人，指紅拂。㊴主人：這裡指旅舍。㊵少：即少許、一點之意。㊶卻：退，放回去。㊷銜之：懷恨於心。㊸眞人：即眞命天子。意謂李世民。㊹州將：李世民父李淵在隋朝任太原留守，故稱州將。㊺劉文靜：武功（今陝西省武功縣）人，有才幹、多謀略。唐高祖李淵鎮守太原時，他任晉陽令，和李世民交往甚密，曾助李淵起兵推翻隋。㊻望氣者：善於望雲氣的人。古人以爲皇帝或將做皇帝之人所在之處，天上會出現特別的雲氣。㊼汾陽橋：在太原城東。㊽烈士：重義輕生的豪俠之士。㊾促鞭：快馬加鞭。㊿善相者：善於相面的人。(51)使迴而至：使者回來，他跟著也來了。(52)裼（ㄒㄧˊ）裘：古人穿裘，外加正服，將正服的袖子捲起露出裘袖，叫「裼裘」。(53)心死：死了自己作天子之心。(54)吾得十八九矣：我看準十之八九了。(55)馬行（ㄏㄤˊ）：西京街道名。(56)揖而話心：互相作揖後便開始談心。(57)文皇：指唐太宗。本文作於太宗死後，因諡「文」，故稱。(58)顧盼暐（ㄨㄟˇ）如：目光炯炯有神。暐如，光亮的樣子。(59)此局全輸矣：這盤棋全輸了。雙關語，不但指棋局，更指天下之局勢。(60)坊曲：街坊里巷。(61)懸然如磬：家中只有樑棟，如懸掛的磬，空無一物。用以形容家貧如洗，一無所有。(62)新婦祗謁：讓新娘子正式拜見。新婦，指虬髯妻。祗謁，拜見。祗，敬。(63)兼議從容：並且商議今後行動。從容，此作舉動解。(64)無前卻也：可別推辭呀！前，先。卻，推辭。(65)三郎：虬髯客排行第三，故在家稱三郎。郎，僕人對主人的稱呼。(66)重門：幾道門。(67)妝奩（ㄌㄧㄢˊ）：梳妝用的鏡匣。(68)巾櫛：洗臉梳頭。巾，面巾。櫛，梳子。(69)紗帽：古代官吏或顯貴所戴的帽子。(70)龍虎之狀：形容帝王不凡儀態，暗示虬髯客能成爲一邦之主。(71)饌（ㄓㄨㄢˋ）：飲食。(72)舁（ㄩˊ）：擡出。(73)床：安置器物的架子。(74)文簿：賬簿。(75)泉貝：錢幣。(76)求事：做一番事業。(77)龍戰：爭奪帝位的戰爭。古時以龍作爲皇帝的象徵。(78)蘊不世之藝：藏有世間少有的才藝。(79)盛軒裳：指享受榮華富貴。(80)起陸之貴：指龍從陸地飛馳上天，比喻隱居之人一旦出仕就能顯貴。(81)虎嘯風生，龍吟雲萃：比喻在帝王開創基業時，就有輔佐他的人，像「雲從龍」、「風從虎」一般，從四面八方聚攏過來。(82)得事之秋：成大事之時。(83)瀝酒：灑酒。(84)締構：建造大廈，用以喻建立帝業。(85)貞觀十年：西元六三六年。貞觀，唐太宗年號。(86)左僕射（ㄧˋ）平章事：即宰相。唐設左右僕射，加上「平章事」的名稱即是宰相。(87)扶餘國：古國名，在今吉林、遼寧一帶。唐無扶餘國，但高麗國中有扶餘城，在今吉林省四平市。(88)非英雄所冀：不是英雄希望就能得到的。(89)螳臂之拒走輪：螳螂用臂膀抵擋疾馳的車輪；比喻不自量力。拒，抵禦。(90)垂福萬葉：福祉綿遠，永垂萬世。葉，世代。(91)衛公之兵法：現存《李衛公兵法》三篇，是清人輯錄他書所引李靖言論而成。

6. 敦煌變文

降魔變文①（節選）

波斯匿王②見舍利弗③，即勑羣僚，各須在意。佛家東邊，六師④西畔。朕在北面，官庶南邊。勝負二途，各須明記。和尚得勝，擊金鼓而下金籌；佛家若強，扣金鐘而點尚字⑤。各處本位，即任施張⑥。

舍利弗徐步安詳，昇師子之座⑦。勞度叉身居寶帳，捧擁四邊。舍利弗即昇寶座，如師子之王，出雅妙之聲，告四衆言曰：「然我佛法之內，不立人我之心⑧，顯政摧邪，假爲施設。勞度叉有何變現，即任施張！」

六師聞語，忽然化出寶山，高數由旬⑨。欽（嶔）岑⑩碧玉，崔嵬白銀。頂侵天漢，叢竹芳薪（新）。東西日月，南北參辰。亦有松樹參天，籐（藤）蘿萬段。頂上隱士安居，更有諸仙遊觀。駕鶴乘龍，仙歌繚亂。四衆誰不驚嗟，見者咸皆稱歎。

舍利弗雖見此山，心裏都無畏難，須臾之頃，忽然化出金剛。其金剛乃作何形狀？其金剛乃頭圓像天，天圓祇堪爲蓋；足方萬里，大地纔足爲鈷（砧）。眉欝（鬱）翠如青山之兩崇（重），口暇暇⑪猶江海之廣闊。手執寶杵，杵上火焰衝天。一擬邪山⑫，登時粉碎。山花萎悴飄零，竹木莫知所在。百僚齊歎希奇，四衆一時唱快⑬。故云金剛智杵破邪山處若爲⑭：

六師忿怒情難止，化出寶山難可比。
嶃巖⑮可有數由旬，紫葛金藤而覆地。

山花鬱翠錦文成，金石崔嵬碧雲起。
上有王喬、丁令威⑯、香水浮流寶山裏。
飛仙往往散名華，大王遙見生歡喜。
舍利弗見山來入會，安詳不動居三昧⑰。
應時化出大金剛，眉高額闊身軀礧⑱。
手執金杵火衝天，一擬邪山便粉碎。
外道哽噎語聲嘶，四衆一時齊唱快。

于時帝王驚愕，四衆忻忻。此度既不如他，未知更何神變？其時須達長者遂擊鴻鐘，手執金牌，奏王索其尙字。

六師見寶山摧倒，憤氣衝天，更發瞋心，重奏王曰：「然我神通變現，無有盡期，一般雖則不如，再現保知⑲取勝。」勞度差忽於衆裏，化出一頭水牛。其牛乃瑩角驚（擎）天，四蹄似龍泉之劍，垂斛（胡）⑳曳地，雙眸猶日月之明。喊吼一聲，雷驚電吼。四衆嗟嘆，咸言外道得強。

舍利弗雖見此牛，神情宛然不動。忽然化出師子，勇銳難當。其師子乃口如谿路（谿壑），身類雪山，眼似流星，牙如霜劍，奮迅哮吼，直入場中。水牛見之，亡魂跪地。師子乃先懾（摺）㉑項骨，後拗脊跟，未容咀嚼，形骸粉碎。帝王驚歎，官庶忙（茫）然。六師乃悚懼恐惶，太子乃不勝慶快處若爲：

六師忿怒在王前，化出水牛甚可憐㉒。
直入場中驚四眾，磨角掘地喊連天。
外道齊聲皆唱好，我法乃遣國人傳。
舍利座上不驚忙，都緣智惠甚難量。
整理衣服安心意，化出威稜㉓師子王。
哮吼兩眼如星電，纖牙迅抓（爪）㉔利如霜。
意氣英雄而振尾，向前直擬水牛傷。
懾（摺）剉㉕登時消化了，并骨咀嚼盡消亡。
兩度佛家皆得勝，外道意極㉖計無方。

六師既兩度不如，神氣漸加羞恧㉗。強將頑皮㉘之面，衆裏化出水池。四岸七寶莊嚴，內有金沙布地。浮萍菱草，遍綠水而競生；耎柳芙蓉，匝靈沼而氛氳㉙。

舍利見池奇妙，亦不驚嗟。化出白象之王，身軀廣闊，眼如日月。口有六牙，每牙吐七枝蓮花。華上有七天女，手搊㉚弦管，口奏弦歌。聲雅妙而清新，姿逶迤㉛而姝麗。象乃徐徐動步，直入池中，蹴踏東西，迴旋南北。以鼻吸水，水便乾枯。岸倒塵飛，變成旱地。于時六師失色，四衆驚嗟，合國官僚，齊聲歎異處若爲：

其池七寶而爲岸，馬瑙㉜珊瑚爭燦爛。
池中魚躍盡衡冠（銜貫）㉝，龜鼈黿鼉㉞競穀（投）竄。

水裏芙蓉光照灼，見者莫不心驚愕。
外道自歎甚希奇，看我此度諍強弱。
舍利舉目而南望，化出六牙大香象。
行步狀如雪山移，身軀廣闊難知量。
口裏嚵（巉）巖㉟吐六牙，一一牙高一百丈。
牙上各有七蓮華，華中玉女無般當㊱。
手搊琴瑟奏弦歌，雅妙清新聲合響。
共讚㫋陀極樂國㊲，相携祇勸同心往。
象乃動步入池中，蹴踏東西並岸上。
以鼻吸水盡乾枯，六師哽噎懷惆悵。

六師頻頻輸失，心裏轉加懊惱。今朝怪㊳不如他，昨夜夢相顛倒㊴。面色粗赤粗黃㊵，唇口異常乾㙮（燥）。腹熱狀似湯煎，腸痛猶如刀攪。瞿曇㊶雖是惡狼，不襟（禁）羣狗衆咬。舍利弗小智拙謀，魯斑（班）前頭出巧㊷。者迴忽若得強㊸，打破承前併藴㊹。不忿欺屈㊺，忽然化出毒龍。口吐煙雲，昏天翳日。揚眉眴目㊻，震地雷鳴。閃電乍闇乍明，祥雲或舒或卷。驚惶四衆，恐動平人。舉國見之，怪其靈異。

舍利弗安詳寶座，殊無怖懼之心。化出金翅鳥王㊼，奇毛異骨，皷騰雙翊（翅），掩蔽日月之明。抓（爪）距纖長，不異豐城之劍㊽。從空直下，若天上之流星。遙見毒龍，數迴博接㊾。雖然不飽我一頓，且得噎飢㊿。其鳥乃先啅㊿眼睛，後嚵四竪㊿。兩迴動嘴，兼骨不殘㊿。六師戰懼驚嗟，心神恍忽：

是日六師漸冒慘[54]，忿恨罔知無□控。
雖然打強[55]且抵敵，終竟懸知自傾倒。
又更化出毒龍身，口吐烟雲懷操暴[56]。
雷鳴電吼霧昏天，礔礫[57]聲揚似火爆。
場中恐怯並驚嗟，兩兩相看齊道好。
舍利既見毒龍到，便現奇毛金翅鳥。
頭尾懾（摺）斗不將難，下口其時先啅腦。
肋骨粉碎作微塵，六師莫知何所道。
三寶[58]威神難測量，魔王戰悚生煩惱。

王曰：「和尚猥地[59]誇談，千般伎術；人前對驗，一事無能。更有何神，速須變現！」六師強打精神，奏其王曰：「我法之內，靈變卒無盡期。」忽於衆中，化出二鬼。形容醜惡，軀貌拐（楞）曾[60]。面北塡（比靛）而更青，目類朱而復赤。口中出火，鼻裏生煙，行如奔電，驟似飛旋，揚眉瞬目，恐動四邊。見者寒毛卓竪[61]，舍利弗獨自安然。舍利弗踟躕思忖，毗沙門[62]踴現王前。威神赫弈，甲杖光鮮，地神捧足，寶劍腰懸。二鬼一見，乞命連綿處若爲：

六師自道無般比[63]，化出兩箇黃頭鬼。
頭腦異種醜屍骸，驚恐四邊令怖畏。

舍利弗舉念暫思惟，毗沙天王而自至。
天王迴顧震睛看，二鬼迷悶而擗地64。
外道（舍利弗）是日破魔軍，六師膽懾盡亡魂。
賴得慈悲舍利弗，通容（融）忍冔（耐）盡威神。
驢騾負重登長路，方知可得比龍鱗（麟）65。
衹爲心迷邪小逕，化遣歸依大法門66。

六師雖五度輸失，尚不歸降。「更試一迴看看，後功將補前過。忽然差使更失67，甘心啓（稽）首歸他。」思惟既了，忽然衆中化出大樹，婆娑枝葉，蔽日干雲，聳幹芳條，高盈萬仞。祥擒（禽）瑞鳥，遍枝葉而和鳴；翠葉芳花，周數里而斗闇。於時見者，莫不驚嗟。

舍利弗忽於衆裏化出風神，叉手向前，啓言和尚：「三千大千世界，須臾吹卻不難；況此小樹纖毫，敢能當我風道！」出言已訖，解袋即吹。於時地卷如綿，石同塵碎，枝條迸散他方，莖幹莫知所在。外道無地容身，四衆一時唱快處若爲：

六師頻□（頻）輸五度，更向王前化出樹。
高下可有數由旬，枝條蓊蔚而滋茂。
舍利弗道力不思議，神通變現甚希奇。
辭佛故來68降外道，次第69總遣大風吹。
神王叫聲如雷吼，長虵擿樹不殘枝70。

瞬息中間消散盡，外道飄颻無所依。
六師被吹腳距地[71]，香爐寶子[72]逐風飛。
寶座傾危而欲倒，外道怕急總扶之。
兩兩平章[73]六師弱，芥子可得類須彌[74]！

時王啓言和尚：「朕比日[75]已來，虛加敬重，廣施玉帛，枉費國儲。故知眞金濫鍮[76]，目驗分析；龍蛇渾雜，方辨其能。和尚力盡勢窮，事事皆弱，總須低心屈節[77]，摧伏歸他。更莫虛長我人[78]，論天說地。」六師聞語，唯諾依從。面帶羞慚，容身無地。舍利弗見邪徒折伏，悅暢心神。非是我身健力能，皆是如來加被。遂騰身直上，踴在虛空，高七多羅樹[79]。頭上出火，足下出水，或現大身，惻（側）塞虛空，或現小身，猶如芥子。神通變化，現十八般，合國人民，咸皆瞻仰處若爲：

舍利弗倏忽現神通，踴身直上在虛空。
或現大身遍法界[80]，小身藏形芥子中。
勞度叉愕然合掌立，我法豈得與他同。
共汝捨邪歸政（正）路，相將慚謝盡卑恭。
鬬聖已來極下劣，迴心豈敢不依從。
各擬悔謝歸三寶，更亦無心事火龍[81]。
累曆（歷）歲年枉氣力，終日從空復至空。

各自抽身奉仕（事）佛，免被當來鐵碓舂(82)。

或見不是處，有人讀者，即與政（正）著(83)。

《降魔變文》一卷

①降魔變文：本文節選最後部分，爲舍利弗與六師鬥法。②波斯匿王：南天竺舍衛國王名，與釋迦牟尼同日生。③舍利弗：佛的十大弟子之一，以「智慧第一」著稱。④六師：佛教稱對立的其它教派爲外道，外道中六個代表人物爲六師。這裏指外道頭目。⑤點尚字：點畫「尚」字一筆。「尚」字共十筆（兩個轉折筆畫各作二筆），每一筆代表數量一，每個「尚」字代表數量十。相當於現在用「正」字計數一樣。⑥施張：施展、表現。⑦師子之座：座位的美稱。因佛爲人中師子，故稱佛所坐處，爲師子座。⑧不立人我之心：沒有與人爭強鬥勝的心。⑨由旬：古印度計算長度的單位，約相當於四十里。⑩欽（嶔）岑：變文常夾雜許多錯字別字，爲便利讀者閱讀，根據前人校勘成果，將正字用括弧注明於原文之下。⑪啁（ㄧㄚ）啁：張口的樣子，同「呀呀」。⑫一擬邪山：一對邪山比劃。擬，以兵器相比試。⑬唱快：大聲叫好。⑭若爲：下面省略「陳說」兩字。⑮嶃（ㄓㄢˇ）巖：險峻的樣子，同「嶄巖」。⑯王喬、丁令威：都是傳說中的仙人。⑰居三昧：入定的意思。⑱礧（ㄌㄟˇ）：魁梧、巨大的樣子。⑲保知：保證，一定。知，語助詞，無義。⑳胡：牛頸下的垂肉。㉑摺：折斷。㉒可憐：可愛。㉓威稜：威風。㉔鐵牙迅爪：銳利的爪牙。㉕剉（ㄘㄨㄛˋ）：折傷。㉖意極：謀略使盡。㉗羞恧（ㄋㄩˋ）：羞愧。㉘頑皮：厚臉皮。㉙氛氳（ㄩㄣ）：香氣很濃的樣子。㉚搊（ㄔㄡ）：以手彈撥樂器。㉛逶（ㄨㄟ）迤（ㄧˊ）：姿態柔美的樣子。㉜馬瑙：即瑪瑙，一種玉質礦石，光澤晶瑩，可作飾物。㉝銜貫：後魚之口銜前魚之尾，形容連續不絕。㉞黿（ㄩㄢˊ）鼉（ㄊㄨㄛˊ）：黿，以鼈而甚大的爬蟲類動物。鼉，形似鱷魚的爬蟲類動物。㉟巉巖：山巖高峻的樣子。㊱無般當：無與倫比。㊲彌陀極樂國：佛教淨土宗的極樂天堂，即西方淨土。㊳這裏形容象牙高聳上指的樣子。㊴夢相顛倒：做了失敗的惡夢。㊵面色粗赤粗黃：臉色變紅變黃，形容生氣的樣子。㊶瞿曇（ㄊㄢˊ）：釋迦佛的俗姓。㊷魯班前頭出巧：在魯國公輸班面前賣弄巧藝，即班門弄斧的意思。㊸者迴忽若得強：這回如果得勝。者，同「這」。忽若，如果。㊹打破承前併薀（ㄩㄣˋ）：洗刷從前恥辱。㊺不忿欺屈：不服欺壓。㊻眴（ㄒㄩㄢˋ）目：轉動眼珠。㊼金翅鳥王：金翅鳥的領袖。金翅鳥是佛教八部眾之一，是一種吃龍的大鳥。㊽豐城之劍：即在豫章（今江西省南昌縣）豐城挖掘出來的龍泉、太阿寶劍。見《晉書·張華傳》。㊾數迴博接：數次的咀嚼。

㊿噎飢：充塡飢腸。噎，食物塞住咽喉。 (51)啅（ㄓㄨㄛˊ）：同「啄」。 (52)後嚵（ㄔㄢˋ）四豎（ㄕㄨˋ）：再吃四肢。 (53)殘：剩餘。 (54)冒慘：煩悶。 (55)打強：逞強。 (56)操暴：凶暴。 (57)礔（ㄆㄧ）礫（ㄌㄧˋ）：同「霹靂」。 (58)三寶：佛教對佛、法、僧的合稱。 (59)猥地：背地。 (60)楞曾：凶猛的樣子。 (61)卓豎：豎立。 (62)毗（ㄆㄧ）沙門：佛教四大天王之一，就是多聞天王，爲護法之天神。 (63)般比：相比。 (64)迷悶而擗（ㄆㄧˋ）地：昏迷而倒地。 (65)龍鱗：駿馬名。 (66)大法門：指佛教。 (67)忽然差使更失：如果再差錯失敗。忽然，如果。差使，即「差池」，差錯。 (68)故來：特意而來。 (69)次第：依次。 (70)長虵（ㄕㄜˊ）擿（ㄓㄞ）樹不殘枝：凶猛摘樹連一根枝條也不剩。長虵，大蛇，比喻殘忍凶惡。擿，同「摘」。 (71)距地：離地。 (72)寶子：一種香爐。 (73)平章：評議。 (74)芥子可得類須彌：是說兩者相差甚遠，怎可相提並論呢？芥子，即芥菜子，佛經中用來比喻極小。須彌，山名，即今之喜馬拉雅山，佛經中用來比喻極大。 (75)比日：昔日。 (76)濫鍮（ㄊㄡ）：假金。鍮，似金的石頭。 (77)低心屈節：虛心屈服。 (78)虛長我人：枉做我人之師長。 (79)多羅樹：一種像棕櫚樹的高大喬木，其高一般有十丈餘。 (80)法界：佛教對整個宇宙現象界的稱呼。

(81)無心事火龍：不再信仰外道。火龍，事火爲外道信仰之一，佛經曾載釋迦牟尼降伏火龍，度化事火外道的迦葉爲弟子。

(82)免被當來鐵碓舂：以免將來淪入地獄受苦。當來，將來。鐵碓舂，地獄酷刑之一。 (83)即與正著：祈求讀者能夠給予指正。

貳拾參、唐五代詞

1.李　白

菩薩蠻

平林①漠漠②煙如織③。寒山④一帶⑤傷心碧。暝色⑥入高樓。有人⑦樓上愁。　玉階⑧空佇立⑨。宿鳥⑩歸飛急。何處是歸程。長亭更短亭⑪。

①平林：遙望中平齊的樹林。　②漠漠：迷濛不清的樣子。　③煙如織：煙霧稠密得像織成一片。　④寒山：指深秋時的山。　⑤一帶：指山巒連綿。　⑥暝色：即暮色，蒼茫朦朧的黃昏。　⑦人：指思婦。　⑧玉階：白石砌成的臺階。　⑨佇（ㄓㄨˋ）立：久立。　⑩宿鳥：歸巢的鳥。　⑪長亭更短亭：亭，古代設在路旁供旅客休息或餞行送別的亭舍。各亭之間的距離不一，所以有「長亭」、「短亭」之稱。《白孔六帖》卷九：「十里一長亭，五里一短亭。」

2.張志和

漁歌子

西塞山①前白鷺②飛，桃花流水鱖魚③肥。青箬笠④，綠蓑衣⑤，斜風細雨不須歸⑥。

①西塞山：在今浙江省吳興縣西。②白鷺：即白鷺鷥，一種以魚爲食的水鳥，喜群居，常出沒於湖沼水田間。③鱖（ㄍㄨㄟˋ）魚：大口細鱗，青黃色，背有不規則斑紋，味鮮美。④青箬（ㄖㄨㄛˋ）笠：青色箬竹葉編的大斗笠。⑤蓑（ㄙㄨㄛ）衣：一種雨具，用草或棕編製而成。⑥不須歸：指不避風雨，流連忘返。

3. 戴叔倫

調笑令

邊草①，邊草，邊草盡來②兵老。山南山北雪晴，千里萬里月明。明月，明月，胡笳③一聲愁絕④。

①邊草：邊地的野草。邊，指西北邊塞。②盡來：枯竭。③胡笳：即胡樂。相傳古代北方民族捲蘆葉吹之，叫做「胡笳」。④愁絕：令人愁腸欲斷。

4. 白居易

憶江南

江南好，風景舊曾諳①。日出江花②紅勝火，春來江水綠如藍③。能不憶江南？

①舊曾諳（ㄢ）：從前就熟識。②江花：江岸上的紅花。③藍：一種蓼科植物，其葉可製青綠染料。

5.敦煌曲子詞

望江南

莫①攀我，攀我太心偏②。我是曲江③臨池柳④，者人⑤折了那人攀，恩愛一時⑥間。

①莫：不許。②心偏：意指心術不正，不懷好意。③曲江：池名，在今陝西省西安市東南。唐時曲江爲京城郊外遊覽勝地。④臨池柳：池畔的柳樹。古人常以楊柳比喻妓女。⑤者人：這人。⑥一時：片刻。

鵲踏枝

叵耐①靈鵲②多謾語③，送喜何曾有憑據？幾度飛來活捉取④，鎖上金籠休共語⑤。　比擬⑥好心來送喜，誰知鎖我在金籠裡。欲他征夫早歸來，騰身⑦却放我向青雲裡。

①叵（ㄆㄛˇ）耐：即不可耐，不應該。②靈鵲：喜鵲。民間以聞鵲聲爲喜兆，稱之爲「靈鵲報喜」。③謾（ㄇㄢˊ）語：謊言。④活捉取：活生生的把喜鵲捉起來。⑤休共語：不再跟它講話。⑥比擬：唐人用語，指本來打算。⑦騰身：躍身。

6.溫庭筠

菩薩蠻

小山重疊①金明滅②。鬢雲欲度香腮雪③。懶起畫蛾眉。弄妝梳洗遲。　照花前後鏡。花面④交相映。新貼⑤繡羅襦⑥。雙雙金鷓鴣⑦。

①小山重疊：屏風上所畫的山巒高低起伏。小山，指女子床頭屏風上的山。②金明滅：透進的陽光，照在畫面上顯得忽明忽暗。③鬢雲欲度香腮雪：鬢髮零亂將掩遮雪白的面頰。度，飛動。④花面：人面與花飾。⑤貼：貼金，把金箔熨貼在器物上。⑥繡羅襦（ㄖㄨˊ）：繡花的絲綢短襖。⑦金鷓鴣：指羅襖上有金箔貼成的鷓鴣圖案。鷓鴣，屬鶉鳥類，其鳴聲似「行不得也哥哥」。

更漏子

玉爐①香，紅蠟淚。偏照畫堂②秋思③。眉翠薄④，鬢雲殘⑤。夜長衾枕寒。　梧桐樹。三更雨。不道⑥離情正苦。一葉葉，一聲聲。空階滴到明。

①玉爐：玉製的香爐。②畫堂：裝飾華美的居室。③秋思：指秋思的人。④眉翠薄：眉色淡薄。眉翠，描眉的黛色。⑤殘：散亂。⑥不道：不管，不理會。

7. 韋　莊

菩薩蠻

紅樓①別夜堪惆悵。香燈②半掩流蘇帳③。殘月④出門時。美人和淚⑤辭。　琵琶金翠羽⑥。絃上黃鶯語⑦。勸我早歸家。綠窗人似花。

①紅樓：指富門豪家女子的閨閣繡樓。②香燈：香料製成的明燭。③流蘇帳：飾有穗子的紗帳。④殘月：指拂曉時分。⑤和淚：帶淚。⑥金翠羽：琵琶上的裝飾，是鑲嵌在琵琶槽金屬薄片上的翠羽花紋。⑦黃鶯語：形容琵琶聲悅耳動聽，如黃鶯啼唱。

女冠子

四月十七。正是去年今日。別君時。忍淚佯①低面，含羞半斂眉②。不知魂已斷，空有夢相隨。除却天邊月，沒人知。

①佯：假裝。②斂眉：皺眉。

8.李　璟

攤破浣溪沙

菡萏①香銷翠葉殘，西風愁起綠波間。還與韶光②共憔悴，不堪看③。細雨夢回④鷄塞⑤遠，小樓吹徹⑥玉笙寒⑦。多少淚珠何限⑧恨，倚闌干。

①菡（ㄏㄢˋ）萏（ㄉㄢˋ）：荷花的別名。②韶光：指美好時光。③不堪看：不忍去看。④夢回：夢醒。⑤鷄塞：地名，即鷄鹿塞，爲邊關重鎮，在今陝西省橫山縣西。此處泛指邊塞，是良人從軍駐守之地。⑥吹徹：吹到最後一曲，猶言吹遍。⑦玉笙寒：指笙吹久而濕潤。⑧何限：無限。

9.馮延巳

蝶戀花

幾日行雲何處去①？忘却歸來，不道春將暮。百草千花寒食②路，香車③繫在誰家樹？

淚眼倚樓頻獨語，雙燕來時，陌上④相逢否？撩亂春愁如柳絮，依依夢裡無尋處。

①行雲何處去：言心中人不知在何處與人尋歡。行雲，指男女歡會。②寒食：節令名，在清明前兩天。③香車：華美的車子。④陌上：路上。

謁金門

風乍起①，吹皺一池春水。閑引②鴛鴦芳徑裡，手挼③紅杏蕊。鬥鴨闌干④獨倚，碧玉搔頭⑤斜墜。終日望君君不至，舉頭聞鵲喜。

①乍起：初起。指春風剛吹起。②閑引：閑逗。閑，閑散。引，逗弄。③挼：搓揉。④鬥鴨闌干：有鬥鴨形狀裝飾的闌干。⑤碧玉搔頭：即碧玉簪。

10.李　煜

玉樓春

晚妝初了①明肌雪②。春殿嬪娥③魚貫列④。鳳簫吹斷⑤水雲間⑥，重按⑦〈霓裳〉⑧歌遍徹

⑨。臨風誰更飄香屑⑩。醉拍闌干⑪情味切。歸時休放⑫燭花紅，待踏馬蹄清夜月。

①初了：化妝初罷。②明肌雪：肌膚如雪愈發光彩奪目。③嬪娥：宮殿中的女子，此指舞隊。④魚貫列：依次排列。⑤吹斷：意指盡情吹奏。⑥水雲間：指樂聲飄蕩於水雲之間。⑦重按：重奏。⑧〈霓裳〉：即〈霓裳羽衣曲〉，唐舞曲名。⑨歌遍徹：從第一樂章演奏到最後樂章。遍，大曲的名目，猶如現在所說的樂章。唐宋大曲是由同一宮調的若干「遍」組成的成套樂舞。徹，樂曲終了。⑩香屑：香末。相傳後主宮中設有主香宮女，掌焚香及飄香之事。⑪拍闌干：依節奏在闌干上打拍子。⑫休放：不要點燃。

相見歡

林花謝了春紅①。太匆匆。無奈朝來寒雨晚來風。　胭脂淚②。相留醉。幾時重③。自是人生長恨水長東。

①林花謝了春紅：林花已辭謝春天的紅艷，亦即林花已經凋零了。②胭脂淚：指女人的眼淚。女人臉上搽胭脂，淚流過臉就成爲「胭脂淚」。③重：再。

浪淘沙

簾外雨潺潺①。春意闌珊②。羅衾③不耐④五更寒。夢裡不知身是客，一晌⑤貪歡。　獨自莫憑闌⑥。無限江山。別時容易見時難。流水落花春去也，天上人間⑦。

①潺潺：雨聲。②闌珊：衰殘。③羅衾（ㄑㄧㄣ）：絲綢做的被子。④不耐：受不住。⑤一晌（ㄕㄤˇ）：片刻。
⑥憑闌：憑欄遠眺。⑦天上人間：是偏義複辭，指的是天上，意思是說春天在人間已經找不到了，只能往天上尋找。

虞美人

春花秋月何時了①。往事知多少。小樓昨夜又東風。故國②不堪回首月明中。　雕闌玉砌③應猶在。只是朱顏改④。問君⑤能有幾多愁。恰似一江春水向東流。

①何時了：什麼時候才結束呢？　②故國：指南唐。　③雕闌玉砌：雕飾的欄干，白石做的臺階，指南唐華麗的宮殿。
④朱顏改：美好的容顏改變了，此處泛指人事變遷。　⑤君：指作者自己。